Patrick Sieger

Dunkel ist die Nacht

Schwarze Schatten

Bibliografische Information der Deutschen Nationalbibliothek
Die Deutsche Nationalbibliothek verzeichnet diese Publikation in der Deutschen Nationalbibliografie; detaillierte bibliografische Daten sind im Internet über http://dnb.de abrufbar.

Wir sind ein junger Verlag und sehr dankbar für jede Art von Feedback.

Sollten Sie daher Anregungen oder Fragen haben, würden wir uns sehr freuen, von Ihnen zu lesen: support@litego.de

Erstauflage
Veröffentlicht im Litego Verlag, Wien

Litego Verlag
Schönbrunnerstr. 59-61
1050 Wien
Österreich
support@litego.de

ISBN 978-3-99159-090-3 Taschenbuch
ISBN 978-3-99159-091-0 eBook
ISBN 978-3-99159-092-7 Hardcover

Redaktion: Antonia Zarfl
Lektorat: Julia Eder
Umschlagdesign: Anna Bleikolm
Satz: Tomasz Dębowski

Weitere Informationen zum Verlag finden Sie unter:
www.litego.de

Wir wünschen Ihnen viel Vergnügen beim Lesen!

PATRICK SIEGER

DUNKEL IST DIE NACHT

SCHWARZE SCHATTEN

LITEGO

Triggerwarnung:
Dieses Buch enthält Gewalt, Blut und Tod
und detaillierte Beschreibungen von Kampfszenen.
Alle Ähnlichkeiten mit realen Personen
oder Ereignissen sind rein zufällig.

Manchmal reicht ein einziger Atemzug,
ein einziger Gedanke,
um der Finsternis zu trotzen.
Wer in der Dunkelheit den Mut findet,
das Licht zu suchen,
wird es eines Tages nicht nur sehen,
sondern selbst leuchten.

HERBST 1174 N. CHR.

Der aufkommende Sturm, welcher sich am westlichen Horizont erhob, hatte den jungen Bauern sichtlich überrascht. Denn noch vor wenigen Augenblicken war der Himmel über ihm tiefblau gewesen und nichts hatte auf ein mögliches Unwetter mit Regen oder gar Schnee hingedeutet. Obwohl der Herbst schon weit vorangeschritten war und er die tückischen Launen des Wetters zu dieser Jahreszeit sehr gut kannte, war er überzeugt davon gewesen, dass ein Sturm am heutigen Tag ausbleiben würde. Doch da wurde er von der Natur eines Besseren belehrt. Die bedrohlichen Zeichen am Himmel sprachen eine eindeutige Sprache und es gab nichts, was dieses Unheil verhindern könnte. Wilhelm stoppte kurz in seiner Bewegung und ließ von der Feldarbeit ab. Missmutig schaute er, der Älteste von drei Brüdern, auf den dunklen Horizont vor sich und stutzte. Genau dorthin, wo sich die graugrünen Wolken zu einer mächtigen Wand auftürmten, die gefahrdrohend auf das von ihnen gepachtete Land zurollte. Urplötzlich war das noch wärmende Sonnenlicht von den mächtigen Wolken verschluckt worden und er spürte die aufkommende Kälte, die vom Wind über das Feld herangetragen wurde. Von jetzt auf gleich waren sämtliche Kronen der umgebenden Bäume in Bewegung und kündigten an, was unausweichlich auf sie zukam.

Sehr schnell begriff der 26-jährige Wilhelm die Situation und reagierte schließlich, ohne zu zögern.

Einen leisen Fluch ausstoßend, drehte er sich um und blickte auf den gewaltigen braunen Ochsen, der unmittelbar hinter ihm stand. Das große Tier zog einen stark in Mitleidenschaft gezogenen Holzpflug hinter sich her. Mit dem einzigen Zweck, eine Furche in den aufgeweichten Lehmboden zu reißen. Ein etwa zwei Meter langes Seil aus Rosshaar und Bast verband die beiden bei ihrer Feldarbeit miteinander. Er schaute das Tier an und schüttelte unzufrieden den Kopf.

„Wir müssen hier weg", grummelte er dem Ochsen entgegen. Wilhelm umwickelte das raue Seil mit seiner rechten Hand und zog schließlich so kräftig daran, dass es sich kurz spannte. Es war dem Tier um den Hals gebunden worden und es spürte unmittelbar, was der junge Mann von ihm verlangte. Der Ochse warf den Kopf seitlich hoch und schnaubte protestierend auf. Stur wie er war, bewegte er sich aber keinen Meter vorwärts. Frustriert zog der Bauer erneut kräftig an dem Seil, bis es sich abermals vibrierend spannte. Dieses Mal sogar noch etwas fester. Das Tier wirkte erschöpft und ließ gerade jetzt den Kopf müde hängen. Es war nichts zu machen, der Ochse blieb einfach stehen. Wilhelm drehte sich nun vollends zu ihm um und sank dabei mit seinen Bundschuhen in den weichen Lehmboden ein. Es war mühselig, nicht nur für den Ochsen. Durch den aufkommenden Wind segelten die bunten Blätter von den Bäumen wie reife Früchte zu Boden. Für Wilhelm und seine Brüder wurde es langsam Zeit, den Acker zu verlassen.

„Komm schon", flehte Wilhelm den Ochsen sanft an und zog erneut mit aller Kraft an dem Seil, das seine Haut auf der Innenhandfläche schon so aufgeribbelt hatte, dass sie feuerrot war. Der kräftige Kerl ignorierte den Schmerz und versuchte, die Spannung der Leine aufrechtzuerhalten. Behutsam verlagerte er sein Gewicht etwas nach hinten und zog so fest, wie er nur konnte. Das müde Tier hob wiederholt den großen Kopf und setzte sich schließlich doch in Bewegung.

Mit einem zufriedenen Gesichtsausdruck drehte der Bauer sich wieder um und ging erleichtert vorwärts. Dabei ließ er das straff gezogene Seil nicht los. Sein Blick richtete sich noch einmal nach Westen, wo sich der Himmel noch einmal mehr verfinstert hatte. *Die Aussicht wird nicht besser*. Und man konnte nicht sagen, dass ihm dies gefiel.

Nachdem die grauen Wolken die Sonne schließlich komplett verschluckt hatten, wurde es zugleich merklich dunkler, was dazu führte, dass die leuchtenden Farben der Umgebung unmittelbar verblassten und die Landschaft trostloser wirkte als zuvor. Der Bauerssohn war sich sicher, dass der Himmel schon bald seine Schleusen öffnen und der Sturm über sie hereinbrechen würde.

Es war an der Zeit, den Heimweg anzutreten. Auch wenn es ihm nicht gefiel und der Tag bei Weitem noch nicht zu Ende war, mussten sie zügig auf den festen Waldweg zurückkehren, um schließlich die Ernte sicher nach Hause zu bringen. Wenngleich dies auch bedeutete, dass sie mit der heutigen Arbeit nicht ganz fertig werden würden. Manchmal musste man etwas zurücklassen, um das zu retten, was man hatte. Das war nun mal der Preis, den man manchmal zahlen musste.

Lieber der Spatz in der Hand als die Taube auf dem Dach, dachte er sich kurz, während er schnaubend den Ochsen hinter sich herzog.

Hinter dem geschwächten Tier und dem abgenutzten Holzpflug folgten seine beiden jüngeren Brüder Gabriel und Oliver. Deren einzige Aufgabe bestand darin, den aufgerissenen Erdboden noch weiter zu vertiefen. Denn der Holzpflug lockerte den Boden zwar auf, aber die Furche war niemals tief genug, um das Saatgut sicher darin zu versenken. Jeder von ihnen hatte eine wichtige Aufgabe für eine erfolgreiche Ernte. Und alles war klar aufgeteilt.

Oliver bearbeitete den Erdboden mit einem einfachen Spaten, während Gabriel das Saatgut des Wintergetreides in den Boden streute. Das braune Ledersäckchen war nur noch zu einem Drittel gefüllt, was bedeutete, dass sie bald fertig waren mit der heutigen Arbeit. Es roch sehr stark nach nasser Erde und vermoderten Pflanzen, was der Witterung geschuldet war. Im Herbst des Jahres 1174 regnete es häufiger als in den Jahren zuvor. Ein Wetterphänomen, das jedem Bauern im Umkreis um Heidelberch extrem zu schaffen machte. Die Ernte war bei Weitem nicht so ertragreich, wie sie in den Jahren zuvor gewesen war. Dies ließ nicht nur die Bauern unruhig werden.

Wilhelm schaute abermals nach hinten, an dem massigen Tier vorbei, und blickte seine Brüder sorgenvoll an. Pausenlos arbeiteten sie weiter, den Blick immer auf den Boden gerichtet, ohne wirklich zu bemerken, was sich über ihnen zusammenbraute.

Nachdem Gabriel das Saatgut verteilt hatte, schaufelte Oliver den Boden wieder zu. Was eine Horde schwarzer Raben nicht davon abhielt, den Bauern in einem gewissen Abstand zu folgen. Krächzend versuchten die schwarz gefiederten Vögel, die Saat aus dem Boden zu picken. Zum Glück für die jungen Männer mit eher mäßigem Erfolg.

Gabriel, mit vierundzwanzig Jahren der Zweitälteste der Brüder, verabscheute diese Tiere zutiefst. Seiner Meinung nach waren sie Vorboten des Unheils und er versuchte, so gut wie es eben ging, die Geschöpfe zu ignorieren. Man konnte beinahe meinen, dass er regelrecht Angst vor ihnen hatte.

Eigentlich fürchtete er sich nicht vor vielen Dingen auf dieser Welt, aber diese Vögel lösten ein leichtes Unbehagen in ihm aus, das durch nichts gemildert werden konnte. Woher diese Angst kam, wusste er nicht so genau. Sie war aber eindeutig da und zu seinem Leidwesen sehr oft präsent. Um die schwarzen Vögel zu ignorieren, konzentrierte Gabriel sich, wie sein jüngster Bruder Oliver, auf die schwere körperliche Arbeit und machte unbeirrt weiter.

Durch die Dreifelderwirtschaft wurden fast zwei Drittel der gesamten Ackerfläche für Getreide beansprucht, den Rest bepflanzte die Bauernfamilie mit Kohl. Nach der vorangegangenen Ernte des Sommergetreides wurde nun das Wintergetreide gesät. So wurde das Feld fast das ganze Jahr sinnvoll genutzt, um eventuelle Hungersnöte durch Missernten für die Familie zu vermeiden. Allerdings blieb ihnen nicht sehr viel von der Ernte übrig, denn den größten Teil des Ertrages musste die Bauernfamilie Sgaslik an ihren Pachtherren abgeben, der ihnen das Land zur Verfügung gestellt hatte. Ein eher ungleiches Geschäft, bei dem es nur einen Gewinner geben konnte.

Lange braune Haarsträhnen klebten Oliver auf der Haut seines verschwitzten Gesichtes und verdeckten zum Teil seine in Falten gelegte Stirn. Der Dreitagebart ließ ihn ein wenig älter erscheinen, als er in Wirklichkeit war. Seine Haut war wie aus Samt und sein Antlitz war jung und makellos. Das Auffälligste an ihm waren seine wunderschönen, tiefblauen und vertrauenserweckenden Augen, in denen man sich zu verlieren schien. Vor allem, wenn man dem weiblichen Geschlecht angehörte. Die Proportionen von Augen, Nase und Mund fügten sich zu einem perfekten Gesamtbild und wirkten teilweise wie von einem Künstler gemalt. Der vermeintlich einzige Makel war wohl seine blasse Haut. Man konnte glatt den Eindruck gewinnen, dass der junge Mann etwas krank aussah. Was aber nicht der Fall war. Ganz im Gegenteil. Der 22-Jährige stand in der Blüte seines Lebens und strotzte nur so vor Kraft. Für einen kurzen Augenblick stoppte er seine Arbeit und schaute nach vorne zu Wilhelm, der in seinen Augen ziemlich unruhig wirkte. Der Ochse hatte das Tempo etwas angezogen und ging jetzt schneller als noch vor ein paar Augenblicken voran. Im gleichen Moment blickte er in den Himmel und erkannte, was unausweichlich auf sie zukam. Oliver beobachtete weiter, wie Wilhelm verzweifelt versuchte, das Tier vom Feld auf die Waldstraße zu bewegen. Zum wiederholten Male stoppte auch der Ochse kurz vor dem Ziel, was wiederum dazu führte, dass Wilhelm noch hektischer wurde. Seine langen blonden Haare bauschten sich im immer stärker aufkommenden Wind auf und verfingen sich teilweise in seinem rotblonden Bart, als er ein weiteres Mal kräftig an dem Seil zog. Die buschigen Brauen ließen seine braunen Augen ein wenig schmaler erscheinen, als sie in Wirklichkeit waren. Wilhelms Gesicht war sehr markant, die Wangenknochen stachen deutlich hervor und bildeten mit seiner runden Kopfform ein perfektes Gesamtbild. Einzig und allein die große Nase wirkte wie ein Fremdkörper in seinem Gesicht.

Obwohl die Luft angenehm kühl war, schwitzte Wilhelm sehr stark und sein Herz hämmerte vor Kraftanstrengung wie verrückt in seiner Brust. Mit großer Mühe zog er das alte Tier schließlich auf den festen Weg der Waldstraße. Seine Besorgnis vergrößerte sich noch einmal, als er meinte, den ersten Regentropfen auf der feuchten Haut zu spüren. Mit einer winkenden Handbewegung machte er seinen Brüdern schließlich klar, dass es jetzt besser wäre, den Heimweg anzutreten.

„Wir müssen los!“, rief er ihnen zu, womit er seiner Geste noch mehr Ausdruck verlieh. Oliver blickte zu seinem Bruder hinüber und legte seinen Kopf fragend zur Seite.

„Warum hört unser Bruder mit der Arbeit auf?", fragte er seinen älteren Bruder. Gabriel ließ die Frage seines Bruders unbeantwortet. Eilig schüttete Oliver das letzte Loch zu und warf schließlich den Spaten über seine schmerzende rechte Schulter. Dann setzte er sich in Bewegung und versuchte, nicht so tief in den weichen Boden einzusinken. Seine Bundschuhe aus Leder waren völlig mit Lehm bedeckt und wirkten wie zwei klumpige Füße eines mystischen Wesens. Gabriel schnürte indes das kleine braune Ledersäckchen zu, in dem sich das restliche Saatgut befand, und stellte dabei Wilhelms Forderung keineswegs in Frage. Denn er hatte hier auf dem Feld das alleinige Sagen. Egal, was er für eine Entscheidung traf, er würde sie befolgen. Schließlich gingen beide weiter über den feuchten Erdboden zur schmalen Straße hinüber. Hinter ihnen stritten sich ein paar Raben um den besten Futterplatz. Oliver hielt den Holzstiel seines Ackerwerkzeuges fest in seiner rechten Hand und betrachtete seinen Bruder Wilhelm weiter mit Verwunderung.

Der große Blonde war direkt mit dem Nutztier zum Karren gegangen, den sie am Wegesrand abgestellt hatten, als sie heute Morgen zum Feld gekommen waren, um mit der Arbeit zu beginnen. Ohne weitere Zeit zu verlieren, hatte er den Holzpflug schon gelöst und wartete jetzt darauf, diesen auf den Karren zu heben. Dazu brauchte er die Hilfe seiner beiden Brüder.

Plop.

Ein dicker Regentropfen platschte Wilhelm direkt auf die Stirn. Besorgt schaute er nach oben in den wolkenverhangenen Himmel.

„Warum hat es unser Bruder auf einmal so eilig?", vergewisserte Oliver sich noch einmal bei Gabriel, der etwas versetzt vor ihm herging. Etwas stutzig drehte sich dieser zu ihm um und deutete, ohne ein Wort zu sagen, auf die Regenwolken am Himmel. Oliver blickte wiederholt in den Himmel und zuckte verständnislos mit den Achseln.

„Na und?", sprach er leise aus.

„Wie na und? Ist das nicht Grund genug?", fragte Gabriel verwundert. Seine Stimme klang etwas heiser.

Der junge Bauer verzog kritisch sein Gesicht und blickte Gabriel dann etwas ratlos an. Oliver verstand die Hektik nicht. Schließlich war es nicht das erste Mal, dass sie bei Regen oder Schnee auf dem Feld waren und gearbeitet hatten. Sicher würde es bald unangenehm werden, aber die Arbeit deswegen zu unterbrechen, stand nicht wirklich zur Debatte. Vor allem, da nicht mehr viel zu tun war. Er suchte nach den passenden Worten.

„Und? Es wird Regen geben", betonte er schließlich. In seiner Stimme schwang so viel Gleichgültigkeit mit, dass Gabriel sich ernsthaft fragte, was Oliver nicht verstanden hatte. Sah er nicht den aufkommenden Sturm? Ungläubig schüttelte er den Kopf und stöhnte kurz verzweifelt auf. Ohne sich umzudrehen, ging er weiter vorweg. Oliver hatte fest damit gerechnet, bis zum Abend hier zu bleiben und zu arbeiten. Egal, was auch passieren würde. So eine Hungersnot, wie sie es vor drei Jahren erlebt hatten, wollte er nicht noch einmal erdulden.

Also war es für ihn nur logisch, jetzt weiter auf dem Feld zu arbeiten. Sie mussten mindestens noch fünf Reihen Saat auf dem Feld verteilen. Das Ledersäckchen war noch nicht leer. Auch der Kohl war noch nicht vollständig abgeerntet. Direkt am Waldesrand befand sich noch sichtbar einiges von dem schmackhaften Gemüse. Doch dies sahen seine Brüder wohl etwas anders. Oliver blieb kurz auf der Waldstraße stehen, klopfte sich den Lehm von den Schuhen und blickte abermals in den Himmel. Er verlieh seinem Unmut über ein lautes zischen Ausdruck. Wilhelm hörte es zwar, ignorierte es aber. Nicht jede Aktion verlangte nach einer Reaktion. Mit einer schnellen Handbewegung winkte er die beiden zu sich. Oliver ging zum Karren hinüber und warf seinen Spaten achtlos auf die Ladefläche, genau dorthin, wo noch kein Gemüse lag, und packte schließlich mit an.

Mit vereinten Kräften schafften sie es schließlich, alles zügig zu verstauen. Auf der rechten Seite lag der Kohl, auf der linken Seite waren die Werkzeuge untergebracht. Danach spannte Wilhelm mit seinen geschickten Händen das Gefährt ein, damit der müde Ochse den Karren ziehen konnte. Seine Hände waren riesige Pranken, die kräftig genug waren, um einem ausgewachsenen Mann das Genick zu brechen. Wozu er ohne Zweifel bereit wäre, wenn es die Situation erforderte. Alles, was er mit diesen Händen zu packen bekam, ließ er so schnell nicht mehr los. Es sei denn, er wollte es so. Eine riesige Narbe zog sich durch die linke Handinnenfläche, vom Daumen quer bis zum kleinen Finger, und zeugte von einer großen Verletzung in jungen Jahren. Die Erinnerung daran verlieh ihm immer noch ein flaues Gefühl in der Magengegend. Nur einem glücklichen Zufall war es zu verdanken, dass sein Vater in der Nähe gewesen war und die Wunde blitzschnell versorgen konnte. Völlig schmerzfrei hatte der Junge damals auf die Wunde gestarrt, aus der sehr schnell dunkles Blut gesickert war. Der Schock hatte so tief gesessen, dass er eine geraume Weile gebraucht hatte, um sich davon zu erholen.

Plop, Plop

Wieder bekam Wilhelm ein paar dicke Regentropfen ab. Sie mussten in den schützenden Wald, und zwar eilig. Die noch zum Teil vollen Baumkronen würden sie vor dem Sturm etwas schützen. So war jedenfalls der Plan. Zügig sprang er auf den Hochsitz des Gefährts und zog am Seil, sodass der

Ochse sofort verstand und sich dieses Mal, ohne zu protestieren, in Bewegung setzte. Schon bald verschwanden die drei Brüder mitsamt dem Tier im dichten Wald. Die Raben blieben allein zurück und suchten nach Nahrung auf dem Feld. Der aufkommende Herbststurm war dabei für die Tiere nicht von Bedeutung.

Schließlich fing es heftig an zu regnen, gemischt mit einzelnen dicken Schneeflocken. So sehr sie sich auch beeilten, es war vergebens. Noch bevor sie die Hälfte des Heimwegs durch den Wald zurückgelegt hatten, steckte das Gefährt das erste Mal in dem vom Niederschlag aufgeweichten Schlammboden fest. Die Waldstraße war leider doch nicht überall gut befahrbar. Die Hoffnung des Ältesten wurde hier leider enttäuscht. Wilhelm war sich ziemlich sicher, dass der Boden der Straße nicht so schnell aufweichen würde wie auf dem Feld. Das war auch zumeist der Fall. Aber es gab Bereiche auf der Straße, die waren die reinste Katastrophe.

Dort, wo die Straße frei vom Blätterdach war, gab es keinen natürlichen Schutz mehr, und der Niederschlag stürzte ungehindert zu Boden. Schon bald bildeten sich an solchen kleinen Lichtungen große Pfützen, da der Erdboden die vielen Wassermassen nicht mehr aufnehmen konnte. Und genau an so einer Lichtung steckten die drei jetzt fest. Es war eine kleine Senke, eingekesselt von zwei landschaftlichen Erhebungen. Während Wilhelm das Tier abwechselnd anschrie und ihm gutmütig zusprach, stemmten sich Gabriel und Oliver mit aller Kraft, die ihren jungen Leibern innewohnte, gegen den Karren, um die großen Holzräder aus dem Matsch zu befreien. Erst nach dem fünften Anlauf gelang es dem Nutztier, den Wagen aus der Kuhle zu ziehen. Ohne stehen zu bleiben, sprang Gabriel sogleich auf den Karren und legte sich erschöpft auf den geernteten Kohl nieder. Es war ein wenig unbequem, aber immer noch besser, als nebenherzulaufen. Der Ochse zog den Karren weiter den Hügel hinauf.

„Endlich", flüsterte Wilhelm, der völlig durchnässt auf dem Hochsitz des Karrens saß.

Gabriel blickte in die Wolken und ließ das kühle Nass auf sein Gesicht prasseln. Dabei holte er tief Luft, um seinen Puls etwas zu verlangsamen, während Oliver lieber weiter hinter dem Wagen herlief. Seine aus Wolle bestehende graue Kleidung war mittlerweile ebenfalls durchnässt. Gedankenverloren zog er seine nasse Kapuze über den Kopf, starrte auf den matschigen Waldboden unter sich und schien die aufkommende Kälte kaum zu spüren, die durch den nassen Stoff drang. Mittlerweile hatte schon die Dämmerung eingesetzt, und die dunklen Wolken über den Männern wirkten jetzt noch bedrückender als vorher.

„Nur die Hälfte des Weges...", murmelte Wilhelm, der den Ochsen gegen das Tosen des aufkommenden Windes anführte. Erneut überkam ihn ein Gefühl des Unbehagens, und sein Mut wurde durch das Wetter nicht gerade bestärkt. Die Sorge, von Landstreichern oder von einem gefährlichen Tier angegriffen zu werden, wuchs unaufhaltsam. In diesem Moment auf einen Wolf zu treffen, wäre denkbar schlecht. Gerade jetzt, wo sie mit der Arbeit nicht fertig geworden waren, war es umso wichtiger, die vorhandene Ernte sicher nach Hause zu bringen. Er sah besorgt nach seinem jüngeren Bruder Oliver, der in einigem Abstand hinter dem Wagen herlief. Ihm gefiel es ganz und gar nicht, dass er sich zurückfallen ließ.

„Spring auf!", befahl er ihm in einem Ton, der vielleicht ein wenig zu barsch gewesen war. Seine dunkle Stimme wirkte meistens etwas härter, wenngleich seine Worte gar nicht so streng gemeint waren. Ein zorniger Blick traf ihn, und er merkte sofort, dass sein Bruder alles andere als begeistert war. Dennoch wollte er nicht, dass der Jüngste allein hinter ihnen herlief.

„Wir müssen schnell nach Hause, das lahme Traben bringt uns nicht weiter", fügte er hinzu. Oliver blickte erneut auf. Er wollte sich von seinem Bruder nicht vorschreiben lassen, was er zu tun und zu lassen hatte. Aber eine Wahl hatte er eigentlich nicht.

„Nur vier verdammte Jahre älter und er spielt sich auf wie ein Lehnsherr", murmelte Oliver in sich hinein.

„Wie war das?", fragte der Älteste, seinen Blick starr auf die Straße nach vorne gerichtet. Er war der Meinung, etwas gehört zu haben. Doch durch das Rauschen des Schneeregens war es schwer, gesprochene Worte auf diese Entfernung zu verstehen.

„Ich habe nichts gesagt", rief Oliver ihm zu und schüttelte verneinend den Kopf. Oliver wusste genau, dass bei jedem weiteren Wort die Situation eskalieren könnte. Aber vielleicht war das gar nicht so schlecht, wenn er jetzt mal seine Meinung sagte. Die Wut in sich hineinzufressen, war eigentlich keine Option für ihn.

„Rede, was ist dein Problem?", brummte Wilhelm, der dieses Verhalten missbilligte. Oliver schaute auf den Waldboden.

„Du und deine Angst sind meine Probleme", sagte er recht laut, sodass alle es hören konnten.

„Wie bitte?" Wilhelm legte die Stirn in Falten und war kurzfristig irritiert. Zügig drehte er sich nach hinten um. Schließlich holte Oliver etwas zum Karren auf und fing an, seine Beschwerde weiter hörbar an seinen Bruder heranzutragen. Dabei gestikulierte er wild mit seinen Armen hin und her. Man sah ihm an, dass er so richtig in Rage war.

„Wir waren noch nicht fertig mit der Aussaat, und außerdem ist der Karren erst halb voll. Die Ernte war dieses Jahr sehr bescheiden. Daher hätten wir lieber noch ein wenig auf dem Feld bleiben sollen und weiterarbeiten müssen. Den Kohl hätten wir heute abernten können. So wird es uns nicht reichen. Was ist, wenn er morgen weg ist? Wenn man uns bestiehlt?" Er hielt kurz inne und schaute auf den halb leeren Karren.

„Weil du feige bist, müssen wir wohl hungern", sagte er wütend, beinahe fauchend. Wilhelm stockte in seiner Bewegung, zog an seinem Seil und befahl dem Ochsen, stehen zu bleiben. Sie standen jetzt zum Glück oben auf dem Hügel. Er holte tief Luft, drehte sich schließlich erneut langsam mit seinem gesamten Oberkörper um und suchte den direkten Blickkontakt mit Oliver. Dass ihr Feld nicht direkt am Dorf lag, war sicherlich ein Nachteil. Aber der Boden unmittelbar am Dorf war einfach nicht mehr ertragreich. So waren sie gezwungen, weiter in den Wald zu gehen.

„Jetzt? Wir wollen das jetzt besprechen?", zürnte er. Ohne darauf eine Antwort zu bekommen, blickte Oliver ihn hart an. Das konnte und wollte Wilhelm sich nicht gefallen lassen. Schließlich war er der Älteste hier. Er hatte die Verantwortung, die ihm der kranke Vater übertragen hatte. Er ließ das Seil los, sprang mit einem Satz vom Wagen hinunter und landete mit beiden Beinen auf dem nassen Boden. Oliver ging sogleich ein paar Schritte zurück. Den vielen Pfützen ausweichend, ging Wilhelm ihm nach. Gabriel richtete sich unterdessen auf und beobachtete die Szenerie mit ein wenig Besorgnis. Er war jederzeit bereit, einzuschreiten, ahnend, was passieren könnte. Er zog seine graublaue Kapuze nach hinten, sodass seine kurzen, dunkelbraunen Locken zum Vorschein kamen. Schnell spürte er die prasselnden Regentropfen auf seiner Kopfhaut. Die Farbe seiner Haare deckte sich in etwa mit der seiner Augenfarbe. Gabriel war ein dunkler Typ, und obwohl er nur ein wenig jünger als Wilhelm war, wirkte er wesentlich älter. Sein Gesicht war mit vielen Falten durchzogen und wirkte ein wenig grau. Indes baute sich Wilhelm energisch vor seinem Bruder auf.

„Wie kannst du es wagen, in diesem Ton mit mir zu reden? Ich bin mir meiner Verantwortung der Familie gegenüber bewusst. Stell meine Entscheidung also nicht in Frage." Er hob mahnend den Zeigefinger. Oliver giftete seinen Bruder an. Gerade wusste er aber nicht, ob es ihm darum ging, dass sein Bruder Recht hatte, oder ob es die Angst war, zu hungern. Seine Gefühle waren etwas durcheinander, und das konnte Wilhelm in seinem Gesicht deutlich lesen.

„Seht auf die Straße. Hätten wir noch länger gewartet, hätten wir den Karren vielleicht im Wald stehen lassen müssen. Dann hätten wir mit Sicherheit gar nichts gehabt. Oder glaubst du, ein alleinstehender Wagen mit frischer Ernte bleibt hier unentdeckt? Wir sind schon einmal steckengeblieben. Die Gefahr ist groß." Wilhelm knirschte mit den Zähnen. Gabriel beugte sich nach vorne und stützte sich mit den Ellenbogen an der Randbegrenzung des Holzwagens ab.

„Da hat er Recht!", meinte er schließlich. Dabei klang er sehr ruhig und besonnen. Doch Oliver schüttelte erneut verständnislos den Kopf und fing an zu schmollen. Er war böse auf seine Brüder. Besonders auf Wilhelm. Doch er wusste, dass seine Brüder Recht hatten. Nur die Sorge, im Winter wieder hungern zu müssen, ließ ihm keine Ruhe. Ein leerer Magen fordert eine gewisse Risikobereitschaft.

„Wir holen den Rest morgen. So Gott will, wird das Wetter morgen besser und wir können mit unserer Arbeit weitermachen." Gabriel beobachtete die beiden ganz genau und versuchte, aus beiden Gesichtern denselben Ehrgeiz herauszulesen. Aber das war zum jetzigen Zeitpunkt vergebens.

„Wir sollten zu Hause sein, bevor es richtig dunkel wird. Durch den nassen Boden kommen wir nicht so schnell voran wie gewünscht." Wilhelm zwang sich, zu lächeln. Was ihm in diesem Moment schwerfiel und reichlich aufgesetzt wirkte. Für einen kurzen Moment herrschte betretenes Schweigen. Und gerade als Wilhelm dachte, es sei alles geklärt, fing Oliver erneut an zu zetern wie ein Waschweib.

„Ihr seid beide feige wie die Hühner", giftete er. Wilhelm schaute Oliver erstaunt an. Er konnte es nicht gut sein lassen. Drohend kam er noch ein Stück näher, sodass er ungefähr eine Armlänge vor seinem Bruder entfernt stand.

„Ich verzeihe dir deine Frechheiten, weil du mein Bruder bist und ich dich liebe, aber sag noch ein Wort und ich ..." Er ballte die Faust.

„Was, Wilhelm? Was willst du dann machen?", fiel ihm der Jüngste in sein Wort.

„Das zeig ich dir dann!", drohte er mit weit aufgerissenen Augen. Die Adern an seinem Hals fingen an zu pulsieren.

„Ist das so?", antwortete Oliver, beim letzten Wort feixend. Er schüttelte verächtlich den Kopf, konnte er die Entscheidung einfach nicht recht verstehen. *Oder wollte er sie einfach nicht verstehen?* Der junge Mann wusste es wohl selbst nicht so genau.

„Komm endlich, es ist Zeit! Ich diskutiere meine Entscheidung nicht weiter mit dir. Also rede nicht weiter und beeile dich lieber." Erzürnt blickte Oliver ihm in die Augen.

„Das ist nicht richtig. Du bist ein Feigling", beleidigte er ihn erneut. Wilhelms Gesichtsfarbe wechselte nun zu einem sehr kräftigen Rot. Langsam stieß seine Geduld wirklich an Grenzen.

„Wie war das?", fragte Wilhelm und kam schnaubend noch ein Stück näher.

Darauf hatte Oliver schließlich gewartet. Sein Ziel war es wohl, einen Streit zu entfachen, nur um sein Recht einzufordern. Nun war es so weit und Wilhelm drohte ihm offensichtlich. Oliver hielt dem wütenden Blick seines Bruders kurz stand. *Was machen Tiere, wenn sie sich bedroht fühlen? Sie flüchten oder sie greifen an.* Oliver entschied sich für Letzteres. Jetzt gab es kein Zurück mehr. Einem Impuls gleich holte der junge Mann aus und schlug zu, so fest er nur konnte. Der Schlag kam so plötzlich und unerwartet, dass der ebenso überraschte Gabriel nicht mehr eingreifen konnte. Die Faust traf Wilhelm direkt am Kinn. Dieser stolperte zurück und fiel rücklings zu Boden, in den Matsch. Wie ein toter Käfer lag er da und war für einen kurzen Augenblick völlig orientierungslos. Wilhelm spuckte Blut aus seinem Mund. Verachtend blickte er dann nach oben in den Himmel. Kleine Lichtpunkte tanzten wild vor seinen Augen herum und seine Wut stieg noch an. Wütend atmete er einmal tief ein und dann wieder aus. Der kühle Niederschlag prasselte auf sein Gesicht und kühlte sein heißes Gemüt ein wenig ab. Dann schüttelte er den Kopf und richtete sich langsam wieder auf. Für den Bruchteil einer Sekunde blickte er seinen jüngeren Bruder wütend an. Schließlich ging er auf die Knie und stellte sich wieder auf seine Füße. Seine Hände waren jetzt ebenfalls, wie seine Kleidung, mit feuchtem Schlamm besudelt.

„Das war ein Riesenfehler", brummte Wilhelm, während er sich an sein Kinn fasste und dabei den Kiefer bewegte. Schließlich konnte der Älteste nicht anders und stürmte wütend auf seinen Bruder zu. Er holte aus und antwortete ebenfalls mit einem Faustschlag, der aber ins Leere ging, da Oliver sehr schnell ausweichen konnte. Die Faust prallte hart gegen das nasse Holz des Wagens und splitterte zum Teil. Sein jüngerer Bruder, der unter dem Schlag weggetaucht war, tänzelte um Wilhelm herum und stand bald hinter seinem Rücken.

„Verdammter Bastard!“, schrie Wilhelm ihn an. Schließlich drehte er sich schnell einmal um die eigene Achse, sodass er seinem Bruder wieder gegenüberstand. Rasend vor Wut wollte Wilhelm zum zweiten Schlag ausholen, doch bevor die Keilerei richtig losging, war Gabriel endlich zur Stelle und zwischen die beiden Streithähne gesprungen. Er griff nach dem Handgelenk seines aufgebrachten Bruders Wilhelm und befahl ihm, das Kämpfen einzustellen.

„Hört auf, beide!“, schrie er die Brüder an und schubste währenddessen Oliver mit seinem Ellenbogen außer Reichweite, sodass Wilhelm ihn nicht mehr erreichen konnte. Wieder setzte Wilhelm an, doch Gabriel konnte ihn zurückhalten, indem er ihn mit beiden Händen an den Schultern packte und ihn wegschob.

„Genug jetzt!“, brüllte Gabriel abermals, dieses Mal noch bestimmender. Wilhelms Augen glühten vor Zorn und er musste aufpassen, dass er dem Schlichter nicht in sein Gesicht schlug. Nach ein paar Sekunden der Ruhe nickte er Gabriel schließlich stumm zu und wandte sich wortlos um. Er ballte die Faust erneut und ging zurück zum Lasttier. Nachdem er ein paar Schritte gegangen war, drehte er sich noch einmal um, blickte seine Brüder an, die immer noch wie angewurzelt an derselben Stelle im Regen standen, ohne etwas zu sagen.

„Wir müssen weiter, das Wetter wird schlechter!“ Die Wut ebbte in diesem Moment etwas ab. Wilhelm tastete sein Kinn erneut ab und meinte, schon eine Schwellung zu spüren. Er war richtig verärgert über Oliver, versuchte aber, die Empörung weiter niederzukämpfen. Manchmal war es sinnvoller, sich und seine Wut zurückzunehmen. Ein Kampf machte hier und jetzt keinen Sinn.

„Rücksichtsloser Bursche …“, murmelte er nochmals und sprach dabei so leise, dass Oliver ihn nicht verstehen konnte. Eigentlich hatten die beiden ein gutes und enges Verhältnis. Aber der Hunger konnte manchmal einen Keil zwischen die beiden treiben. Mit Schwung kletterte er auf den Hochsitz des Holzkarrens und griff nach dem nassen Seil. Sofort befahl er dem Ochsen, weiterzugehen. Er kannte seinen Bruder ganz genau. Er hatte ein aufbrausendes Gemüt, wenn es darum ging, sein Recht durchzusetzen. Sonst war Oliver eher ein ruhiger Geselle, aber wenn es darum ging, Recht zu haben, dann bestand er meistens darauf. Schon bald würden sich alle wieder beruhigen.

„Oh Mann, kleiner Bruder, den hast du aber mal richtig böse gemacht“, bemerkte Gabriel. Dann ging er ein paar Schritte zurück und sprang erneut auf den Wagen. Er landete mit seinem Hintern auf dem nassen Holz und schaute seinen Bruder kritisch an. Dabei schüttelte er verständnislos den Kopf. Die Aktion war nicht nötig gewesen. Oliver musste noch viel lernen.

SPUREN IM WALD

Mit seinen Samtpfoten huschte das Tier beinahe lautlos über den feuchten Waldboden, bedeckt von einem scheinbar endlosen Strom aus braunem und gelbem Herbstlaub. Hin und wieder segelten vereinzelte Blätter lautlos hinunter und fielen leise zu Boden. Die Baumkronen wiegten sich durch den Sturm im Wind und warfen ihr Blätterdach gnadenlos ab. Somit wurde die Umgebung zusammen mit dem Niederschlag in ein einheitliches Rauschen gehüllt, welches die vielen anderen natürlichen Geräusche des Waldes mit ihren Bewohnern übertönte. Es roch nach feuchter Walderde und Pilzen. Äußerst bedachtsam, ja beinahe schon zögerlich, schnüffelte das muskulöse Tier durch das Unterholz, um eine Fährte wieder aufzunehmen, welche seine Nase kurz zuvor fast verloren hatte. Seine Hatz dauerte schon eine Weile und für den Wolf war es unsagbar anstrengend, die Verfolgung weiter aufzunehmen. Er folgte der Aufgabe, welche seine Besitzerin ihm zugetragen hatte. Plötzlich hob er seine linke Vorderpfote an und stoppte in der Bewegung. Mit seiner empfindlichen Nase hatte er unter dem Laub etwas wahrgenommen. Seine Nase nahm die unzähligen Gerüche der Umgebung auf, welche sie unaufhörlich freigab, und filterte die gesuchte Spur aus Millionen von Aromen heraus. Ein schwacher Duft, der sich eindeutig von der Umgebung abhob.

Es war genau das Aroma des einen Menschen, den er zu verfolgen versuchte. Er hatte die richtige Spur wieder aufgenommen. Das Tier schnüffelte weiter die Stelle ab und sah einen Blutfleck auf dem vom Laub bedeckten Boden. Er war nicht wirklich groß. Vielleicht einen Daumennagel dick. Wenn überhaupt, und dennoch konnte der Wolf ihn problemlos finden. Er senkte erneut den Kopf und schnüffelte abermals daran. Schnell erkannte das Tier, wohin die Blutspur führte. Sie verlief parallel zur Waldstraße entlang. Instinktiv schritt das athletische Tier weiter und wusste genau, was von ihm verlangt wurde. Er war schon etwas älter, gezeichnet von vielen Erfahrungen, welche sich in seinem jetzigen Wesen und Verhalten niederschlugen.

Der Schneeregen nahm unweigerlich zu, da der Sturm jetzt genau über ihm tobte. Trotz des noch teilweise recht dichten Blätterdachs war sein Fell beinahe vollständig durchnässt. Die Fellhaare an der Schnauze waren schwarz und wirkten durch den Niederschlag noch dunkler, als sie ohnehin schon waren. Der Rest war heller und in verschiedenen Grautönen gescheckt. Das Geschöpf schlich vorsichtig unter den hohen Laubbäumen entlang, mit der Nase knapp über dem Herbstlaub. Wie die Wildschweine auf der unersättlichen Jagd nach Eicheln und kleinen Krabbeltieren versuchte der Jäger mit seiner empfindlichen Nase, der Spur weiter zu folgen.

An einem umgestürzten Baumstamm, welcher schon zu großen Teilen mit Moos bedeckt war, blieb das Geschöpf abermals stehen und spitzte plötzlich die Ohren. Mit den Vorderpfoten stellte er sich auf das Holz. Dann hob er den Kopf an und schaute mit seinen gelben Augen unerbittlich in die nahe Umgebung. Der ganze Wald schien durch den Sturm in Bewegung zu sein und das Tier versuchte, die Bewegung herauszufiltern, welche für seine Jagd von Bedeutung war. Etwas schien das Tier zu beunruhigen. Es schaute kurz nach links, dann wieder nach rechts und schließlich fiel sein Blick erneut nach vorne. Dorthin, wo die Laubbäume an die schmale Waldstraße grenzten. Zu den Waldgeräuschen gesellte sich noch ein weiterer Klang hinzu. Einer, den das Tier nicht sofort deuten konnte.

Der Wolkenbruch wurde mit dem aufkommenden Wind noch etwas stärker. Zum Teil fielen jetzt daumendicke Schneeflocken leise auf sein graues Fell, nur um sich wenige Augenblicke später wie von Geisterhand aufzulösen. Der Wolf blieb regungslos stehen und fixierte bewusst einen Punkt im Wald. Seine Ohren nahmen die Geräusche weiter auf und er konzentrierte sich darauf. Er war zweifellos auf der richtigen Spur, aber irgendwas war da noch. Die gelben Augen schauten sich weiter um und versuchten, eine Bewegung zu lokalisieren.

Momente verstrichen und das Tier wurde noch unruhiger. Hechelnd blickte sich der Wolf um. Dann senkte er den Kopf sowie seine Rute und nahm die Vorstehhaltung ein. Die Geräusche wurden lauter und die Aufregung nahm zu. Er war nicht nur dem Gejagten sehr nahe.

* * *

Der Flüchtige wurde schon seit einiger Zeit verfolgt und seine Kräfte gingen langsam zu Neige. So viel stand fest. Hinter einem dicken Baumstamm lehnend hielt der junge Mann kurz an. Dabei rang er heftig nach Luft und versuchte, wieder zu Kräften zu kommen. Blut tropfte aus mehreren Wunden auf den Waldboden und hinterließ ungewollt eine Spur. Er konnte gar nicht genau lokalisieren, von wo es überall hinuntertropfte. Immer wieder atmete er durch den Mund ein und durch die Nase wieder aus. Zum einen, um sich zu beruhigen, und zum anderen, um das verdammte

Seitenstechen wegzubekommen. Für einen kurzen Moment schloss der junge Mann seine Augen, legte den Kopf in den Nacken und atmete weiter schwer durch den Mund und die Nase. Er musste weiterlaufen. Musste fliehen vor dem, was ihn verfolgte. Wobei er sich nicht mal sicher war, welches Tier da gerade Jagd auf ihn machte. Von jetzt auf gleich waren sie angegriffen worden. Von etwas, das er nicht beschreiben konnte. Es war so furchtbar gewesen, dass er es schnell aus seinen Gedanken verbannen wollte. Aber wie machte man das? Für den Moment hatte er sich befreien und vor dem Unsagbaren davonlaufen können. Ohne dabei auf seine Mitreisenden zu achten. Völlig allein, vermutlich war er der einzige Überlebende von seiner Gruppe, war er in den Wald gelaufen und hatte schon bald bemerkt, dass ihn nun ein anderes Geschöpf zu jagen schien als jenes, das die Gruppe angegriffen hatte. Es war ein Alptraum, der nicht enden wollte.

DER FLÜCHTIGE

Die Kälte, vom Wind angepeitscht, schlug den drei Brüdern heftig in ihre Gesichter, sodass sie ihre Kapuzen noch tiefer in ihr Antlitz ziehen mussten, um sich zu schützen. Obwohl seine Füße schmerzten, zog Oliver es weiter vor, nach dem Streit lieber neben dem Karren herzulaufen. Er wollte in diesem Moment einfach nur für sich sein und brauchte die Zeit, um etwas nachzudenken.

Er war mit seinen eigenen Gedanken beschäftigt und versuchte, für sich die Situation mit Wilhelm zu bewerten, als er meinte, eine Bewegung im Augenwinkel wahrgenommen zu haben. Verdutzt blieb er stehen und blickte zur Seite in die Pflanzenwelt, die durch den Wind pausenlos in Bewegung war. Wilhelm bekam davon nichts mit und steuerte den Karren weiter die Waldstraße entlang. Gabriel hockte zusammengekauert, sich vor der Kälte schützend, auf dem Wagen und blickte ebenfalls in den Wald hinein. Indes drehte Oliver sich gänzlich zur Seite und blickte genauer in den bunten Laubwald hinein. Durch eine kleine Öffnung zwischen zwei Büschen, an ein paar dicken Ästen vorbei, konnte er sich die nähere Umgebung minuziöser ansehen. Er ging ein Stück näher an die Waldgrenze heran und schaute in die lichtarme Umgebung des Waldes hinein. Unweit von ihm sah er einen umgefallenen Baumstamm. Die Wurzel ragte am Ende bis zu zwei Meter in die Höhe. Dieser Baum lag dort schon länger und war schon im Begriff zu vermodern. Die Moosschicht war dick und grün und überlagerte den größten Teil des Holzes. Genau hier meinte er, die Bewegung wahrgenommen zu haben. Seine Augen suchten die nähere Gegend ab, aber da war rein gar nichts. Jedenfalls konnte er hier nichts Ungewöhnliches feststellen. Kurzerhand blickte er wieder nach vorne auf die Straße und war sichtlich überrascht, wie schmal diese doch eigentlich war. Mit der nahenden Dämmerung wirkte die ganze Umgebung bedrohlicher als vorher. Vor lauter Bäumen und Sträuchern war in der Ferne kaum eine abgrenzende Kontur auszumachen. Alles verschwamm zu einer einzigen Wand aus verschiedenen erdfarbigen Tönen. Selbst die kleine Anhöhe, die sie gerade eben noch passiert hatten, verhalf nicht zur besseren Sicht. Der Wagen war schon einige Meter von ihm entfernt und bei dem schlechten Wetter kaum noch auszumachen.

War es wirklich eine flüchtige Bewegung, die er da gesehen hatte? Oder war es doch nur eine Täuschung, die seine Augen aufgrund des Wetters ihm einen Streich gespielt hatten? Er versuchte, seine Sinne zu schärfen, blickte abermals in den herbstlichen Wald und kniff die Augen zusammen, um irgendetwas zu erkennen. Doch da war nichts außer der Bewaldung.

„Also doch nur eine Täuschung“, murmelte er und zuckte ratlos mit den Schultern. Urplötzlich spürte er eine Kälte in sich aufsteigen, die sehr viel tiefer ging, als es das Wetter jemals hätte erzeugen können. Es war an der Zeit, wieder aufzuschließen. Zügig setzte er sich in Bewegung und lief seinen Brüdern hinterher. Gabriel hörte die laufenden Schritte seines Bruders und blickte sich zu ihm um.

„Was ist los?“, fragte er ihn verwundert, als Oliver den Wagen erreichte.

„Es ist nichts, ich habe nur was nachgesehen“, bekam er als Antwort. Erneut versuchte Gabriel, seinen Bruder dazu zu bewegen, auf das Gefährt zu klettern, und bot ihm erneut helfend seine Hand an, als er sich hingehockt hatte. Erleichtert stellte er fest, dass Oliver nach seiner Hand griff. Mit einer gehörigen Portion Unverständnis zog er seinen jüngeren Bruder schließlich auf den fahrenden Holzwagen.

Ein weiteres rasselndes Geräusch aus einem naheliegenden Gestrüpp ließ Olivers Kopf erneut zur Seite fahren und einen Punkt im Wald fixieren. Mit einem leisen, kaum hörbaren Ruf und einer Handbewegung zwang er seine Brüder, ruhig zu sein. Oliver stellte sich auf beide Knie und musterte die Umgebung erneut. Wilhelm drehte sich zu diesem Zeitpunkt nach hinten um, während er dem Tier gleichzeitig befahl, stehen zu bleiben. Instinktiv griff er mit der rechten Hand nach seinem Messer, das an seinem Gürtel befestigt war. Oliver drehte jetzt den ganzen Oberkörper in die Richtung, aus welcher die vermeintlichen Geräusche kamen. Er zog die Kapuze etwas zurück und vergewisserte sich, dass sie auch wirklich allein waren. Stirnrunzelnd schaute er in sämtliche Richtungen und lauschte. Doch da war wieder nichts Abnormes. Drohte wirklich Gefahr oder spielte ihm sein Verstand einen Streich? Die Lichtverhältnisse wurden immer schlechter und machten es schwer, Bewegungen im Wald richtig zu deuten. Alle drei lauschten gespannt in die Böschung hinein. Doch außer dem Rauschen des Schneeregens und dem Ächzen der Bäume durch den Wind war nichts zu hören.

„Was ist denn los?“, flüsterte Wilhelm fragend, während er den Griff des Messers fester umklammerte. Die Nervosität stand ihm ins Gesicht geschrieben. Oliver reagierte sofort nonverbal auf die Frage seines Bruders und schüttelte den Kopf. Er hatte keine Ahnung, aber irgendwas stimmte hier nicht. Er legte den Zeigefinger auf seine Lippen und bat erneut um Ruhe. Seine Augen suchten die Gegend weiter ab. Keiner von ihnen wagte es noch, ein Wort zu sagen, geschweige denn laut zu atmen. Wilhelm hoffte, dass es keine Diebe waren. Plötzlich vernahm Oliver ein weiteres Rascheln im Unterholz. Es wurde deutlich lauter und er lokalisierte jetzt eindeutig Schritte, die über den Waldboden rannten. Er hatte sich doch nicht getäuscht. Die ernsten Gesichter seiner Brüder verrieten Oliver, dass die Geräusche keine Hirngespinste waren und jetzt auch von den anderen wahrgenommen wurden. Jemand näherte sich, laut und keuchend. Kurz darauf kam ein weiteres Geräusch hinzu, das einem Donnergrollen gleichkam.

Oliver schaute ungläubig in den Himmel, aber von da kam das Getöse nicht. Irritiert starrte der Jüngste wieder zwischen die Bäume. Schließlich erkannte er inmitten der Laubbäume einen jungen Mann, der braune Beinlinge und eine grüne Jacke aus Wolle trug. Sein Gesicht leuchtete feuerrot vor Anstrengung und spiegelte den Ausdruck des Entsetzens wider. Auf seiner linken Stirnseite klaffte eine große Wunde, die blutverschmiert war.

Mit einem Satz sprang der Läufer über einen kleinen Busch und stolperte auf die Waldstraße. Um ein Haar wäre er gestürzt, konnte aber das Gleichgewicht im letzten Moment wiedererlangen und stand schon bald mit beiden Füßen auf dem nassen Boden. Oliver sah, dass er einen Schuh verloren hatte und die blanken Zehen zu sehen waren. Auch hier war die Haut aufgerissen und Blut floss aus vielen kleinen Wunden. Ohne die geringste Notiz von den Brüdern zu nehmen, lief er über die Waldstraße und stammelte etwas Unverständliches in die Luft. Von panischer Angst angetrieben, lief er weiter. So schnell der Flüchtige aufgetaucht war, so zügig verschluckte ihn der Wald auf der anderen Seite wieder. Alles ging so schnell, dass den Brüdern keine Zeit zum Reagieren blieb.

Jetzt wurde das Donnergrollen immer lauter und schließlich erkannten sie, was es verursachte. Alle drei drehten sich fast gleichzeitig nach hinten um und blickten auf die Anhöhe, welche sie gerade passiert hatten. Ein Pferd kam die Biegung im gestreckten Galopp entlanggelaufen und stürzte auf die jungen Männer zu. Völlig handlungsunfähig starrten sie auf einen Schimmel, der schließlich kurz vor ihnen stehen blieb. Der Reiter trug ein Kettenhemd aus Eisenringen, das von einem Wappenrock aus weißem Stoff mit einem roten Kreuz auf der Brust bedeckt wurde. Darunter trug er eine Leinenhaube, um das Kettenhemd zu polstern und die Haut vor Kratzern zu schützen. Sein Kopf wurde durch einen Nasenhelm geschützt. Der Ritter hob die Hand zum Gruß.

„Gott sei mit Euch!", sagte er ein wenig außer Atem und mit katalanischem Akzent. Sein Pferd stampfte unruhig mit den Hufen hin und her.

„Gott sei auch mit Euch, mein Herr!", erwiderte Wilhelm und versuchte, direkten Augenkontakt mit dem Ritter zu vermeiden.

„Sagt, wohin ist er gelaufen?", fragte der Ritter, der sichtlich in Eile war.

„Dort lang, mein Herr!", hauchte Gabriel ebenfalls ehrfürchtig und zeigte mit dem Finger in den Wald. Der Ritter schien zu ahnen, wohin der junge Mann fliehen wollte, und spornte sein Pferd, ohne ein weiteres Wort zu verlieren, wieder an. Da er nicht durch den dichten Wald reiten konnte, befahl er dem Tier, die Straße weiter entlang zu galoppieren, und zwar in die Richtung, in die der junge Mann verschwunden war. Das Donnern entfernte sich wieder und bald darauf war vom Reiter nichts mehr zu sehen.

„Der hat sich wohl was zu Schulden kommen lassen!", stammelte Gabriel.

„Wahrscheinlich hatte der Bursche was gestohlen?", grübelte Wilhelm. Das war allerdings nur eine Vermutung.

Kopfschüttelnd, da sie schon wieder Zeit verloren hatten, nahm Wilhelm das Seil erneut in die Hand und wies den Ochsen an, weiterzugehen. Doch dieser setzte sich nur schwerfällig und unter Protest in Bewegung. Oliver hörte das Fluchen seines Bruders kaum und seine anfängliche Wut ihm gegenüber wich einer leisen Besorgnis. Das hätte auch anders ausgehen können.

An seinen Bruder Gabriel angelehnt sitzend, blickte Oliver weiter in den Wald, wohin der Mann gelaufen war.

Welches Schicksal ihn wohl ereilen mag? dachte er. Oliver ahnte es bereits. Nach wenigen Momenten waren die drei Brüder hinter einer Biegung verschwunden und auf der Waldstraße nicht mehr zu sehen.

* * *

Genau in diesem Moment trat der Wolf behutsam auf die Straße und blickte auf den leeren Weg vor sich. Für einen Moment blieb er einfach nur so stehen und hörte zu, wie sich der Reiter und die Menschen mit dem Wagen entfernten. Für einen kurzen Moment schien das Tier zu zögern. Dann drehte der Wolf sich schließlich um und lief zurück in die Richtung, aus der er gekommen war.

DIE BOTSCHAFT

Wie ein unheilvolles Anzeichen kam die Dunkelheit der Nacht über die hügelige Landschaft gekrochen und verdrängte somit das Tageslicht im Osten. Wie ein schwerer Mantel aus dichtgewebtem Stoff legte sie sich schweigend über das Kloster, hoch oben auf dem Michaelsberg. Jeder Versuch, die Finsternis aus den verwinkelten Gebäuden zu verbannen, war schwer und teilweise sogar unmöglich. Abend für Abend trotzten die Bewohner der Dunkelheit, indem sie Kerzen aufstellten oder Fackeln entzündeten. Somit waren die Gebäude mit gesegnetem Licht erhellt. Die Mönche glaubten fest daran, durch das Licht die geheimnisvollen Schatten der Nacht innerhalb ihrer Mauern fernzuhalten. Sie fühlten sich dadurch sicherer, wenngleich das ungute Gefühl und die Furcht niemals richtig weichen wollten.

Im Lichtkegel seiner Kienfackel ging der schweigende Benediktinermönch den schmucklosen, schmalen Gang zum Klosterhof hinüber. Die dunkle Kapuze seines braunen Habits hatte er tief in sein Gesicht gezogen, die somit ein wenig Schutz gegen die aufkommende Kälte bot. Das faltenreiche, bodenlange Übergewand mit seinen weiten Ärmeln flog durch die zügigen Bewegungen des Mannes hin und her und warf durch den Feuerschein bizarre Abbildungen an die

Wand. Auf seinem Weg entflammte er die zahlreichen Feuerstellen an der Wand, um die dunklen Gänge zu erhellen. So entstand ein Weg des Lichtes und der Wärme, die die Mauern des ehrwürdigen Michaelsklosters erhellten. Einige seiner Glaubensbrüder waren gerade auf dem Weg zur Vesper, dem Abendgottesdienst, und erfreuten sich an der Helligkeit.

Nachdem er den Klosterhof einmal mit dem Licht erschlossen hatte, blieb er schließlich vor der letzten der vielen Zimmertüren stehen. Ein kleiner Windstoß hatte das Feuer seiner Fackel beinahe zum Erlöschen gebracht. Im letzten Moment keimte die Flamme wieder auf und bestrahlte sein faltenreiches Gesicht mit angenehmer Wärme. Mit leicht zitternder Hand hängte er die brennende Fackel in die dafür vorgesehene Eisenhalterung an der Wand, direkt neben dem Eingang. Dann klopfte er demütig an die Tür. Einen Augenblick verharrte er vor der Pforte und wartete darauf, dass man ihm Einlass gewährte. Schließlich wurde die Tür knarrend von innen geöffnet und ein ebenfalls alter, grauhaariger Mönch steckte seinen kleinen Kopf mit einem finsteren Blick durch den schmalen Spalt, um kurz darauf ohne ein Wort wieder zu verschwinden. Es war der Mediziner, welcher ihm die Türe öffnete. Seine Augen waren alt und trüb und man musste sich schon wundern, dass der Alte überhaupt noch was sehen konnte. Die Pforte blieb einen Spalt offen und der Neuankömmling trat schweigend in das kleine Zimmer.

Nachdem er eingetreten war, schloss er die Tür hinter sich zu. Im Inneren des privaten Krankenzimmers war es so dunkel, dass er sich anfangs konzentrieren musste, wohin er seine Füße stellte, um nicht irgendwo gegen zu stoßen. Eine Fackel an der Wand und zwei Brennnäpfe, die auf einem kleinen Holztisch direkt vor dem schmalen Fenster standen, erhellten den Raum nur spärlich. Durch das kleine Fenster drang nur wenig Frischluft in das Innere, was aber ausreichte. Es roch zudem nach medizinischen Ölen, wie Minze und Salbei. Direkt neben dem Tisch befand sich ein schmales Bett, auf dem ein weiterer älterer Mann lag und zu schlafen schien. Es war der Abt des Klosters. Dieser hatte im Gegensatz zu den beiden Glaubensbrüdern ein weißes Leinengewand an. Seine Hände waren auf dem Bauch gefaltet. Ein dünnes Tuch, mit dem der alte Mann zugedeckt war, sollte ihn vor der kommenden Kälte schützen. Ein Kissen, gefüllt mit Stroh, stützte seinen Kopf. In seinem runden Gesicht trug er einen langen grauen Bart. Der alte Mediziner schlurfte leicht humpelnd zum Tisch hinüber und setzte sich langsam auf einen der beiden wackligen Stühle. Dabei stöhnte er laut auf und bekundete somit, dass seine Knochen müde waren und leicht schmerzten.

„Wie geht es Bartholmes?", fragte der Botschafter, während er den Blick vom Oberhaupt des Klosters abwandte und zu dem mittlerweile sitzenden Mediziner hinübersah. Dieser blickte zu ihm auf und zögerte ein wenig mit der Antwort. Währenddessen setzte sich der Besucher, dessen Aufgabe darin bestand, die wichtige Nachricht an die Verbündeten zu senden, auf den verbleibenden Stuhl, auf die andere Seite des Tisches. Dabei ließ er sein Gegenüber nicht aus den Augen.

„Ein wenig besser, möchte ich meinen. Die Kräuter scheinen ihm zu helfen. Dennoch ist sein Gesundheitszustand kritisch", betonte der Mediziner mit ernster Miene. Seine Stimme klang ein wenig verzweifelt und heiser. Der Botschafter schaute zum Abt hinüber und kräuselte die Stirn.

„Hat er den Brief unterzeichnet?", fragte er.

„Ja!", bekam er direkt als Antwort entgegengesagt.

„Wir brauchen schnellen Schutz vor den Gefahren, welche außerhalb der Mauern lauern. Jedenfalls bis Theotmar aus Passavia hier ist. Wir können nicht warten, bis es so weit ist.", sagte der Botschafter leise. Der grauhaarige Mönch nickte dem Alten bewusst zu. Dann nahm dieser ein Stück Papier, welches direkt vor ihm lag, in die Hand. Mit seinen knochigen Fingern faltete der Mediziner es mehrmals zusammen, bis es so klein war, dass es nicht länger und breiter war als sein kleiner Finger. Dann packte er den Zettel in ein großes Blatt und anschließend in ein kleines Ledersäckchen. Ohne ein weiteres Wort zu sagen, überreichte der Mediziner dem Botschafter das beschriebene Stück Papier. Der Besucher bedankte sich schweigend mit einem Nicken.

„Gebt gut auf ihn Acht. Macht ihn schnell wieder gesund", flehte er den Mediziner an. Dieser blickte aus seinen trüben Augen auf Bartholmes.

„Gott wird mir die Kraft geben", betonte er.

Ein letztes Mal schaute der Besucher auf den schlafenden Abt, dann nickte er dem Mediziner zu, stand auf und verließ das Zimmer. Nichts als Stille blieb in dem Raum zurück. Draußen angekommen, wehte ihm eine kleine Windböe um die Nase. Dann griff er wieder nach seiner Fackel und ging auf den Klosterplatz hinaus. Noch war genügend Licht vorhanden, um zu erkennen, dass ein weiterer Glaubensbruder dort im Schneeregen auf ihn wartete.

Der Mönch wirkte ein wenig ungeduldig und schaute dann beunruhigt in den Himmel. Er hatte einen Falken bei sich, dessen Ungeduld ebenso zu Ende schien wie die des Glaubensbruders. Immer wieder schlug das Tier mit den Flügeln und versuchte, in die Lüfte aufzusteigen, doch der Mann ließ das schmale Band, das ihn und das Tier verband, nicht los. Die Krallen des Tieres umfassten den Lederschutz am Arm des Benediktiners und hielten sich sicher daran fest. Nach nur ein paar Schritten hatte der Botschafter ihn erreicht, übergab ihm das Feuer wie einstudiert, sodass er den Zettel an der Kralle des Vogels mit Hilfe des kleinen Säckchens befestigen konnte.

Neugierig blickte das Tier ihn an und wartete, bis der Zettel so befestigt war, dass der Vogel ihn im Flug nicht mehr verlieren konnte. Zärtlich streichelte der Botschafter ihm über das Gefieder, dann trennte er das Band, welches den Falken mit dem wartenden Mönch verband. Ohne zu zögern, hob dieser den Arm und gab dem Tier das Signal, auf welches es gewartet hatte.

„Überbringt die Nachricht an Christoph", sagte der Botschafter.

Das Tier verstand sofort, flatterte schleunig mit den Flügeln und erhob sich kreischend in die Lüfte. Die beiden Mönche schauten dem Vogel zufrieden nach und sahen, wie sich der königliche Falke in den Abendhimmel erhob und langsam Richtung Nordwesten flog. Nach wenigen Minuten war er schon außer Sichtweite. Zufrieden schauten die beiden Männer ihm nach. Die Botschaft war übermittelt worden.

„Ich hoffe, der Vogel findet Christoph schnell", meinte der Botschafter, übernahm das Licht wieder und schritt von dannen. Es war Zeit für die Vesper.

ANKUNFT IM DORF

Glücklicherweise hatte der Schneeregen am späten Abend nachgelassen und schlussendlich eine Pause eingelegt. Die Wolkendecke riss an manchen Stellen auf und das violette Licht der untergehenden Sonne war an manchen Stellen gut zu erkennen. Trotzdem waren die Männer immer noch nass bis auf die Haut und nichts vermochte die Kälte aufzuhalten, die undurchdringlich an ihren Körpern nagte wie eine Ratte an einem Stück Brot. Umso mehr sehnten sie sich nach der warmen und vertrauten Wohnstube. Die Fahrt war weiter beschwerlich gewesen und der Wagen war noch zweimal eingesunken. So lange hatten sie noch nie für die Rückreise gebraucht. Mit jedem Stopp waren die Brüder von noch größerer Unruhe gepackt worden. So hatten sie sich mit steigender Verbissenheit um das Freikommen bemüht und sich untereinander keine große Beachtung mehr geschenkt. Die Anspannung war greifbar und ging erst ein wenig zurück, als sie in die vertraute Umgebung des Dorfes kamen.

Hier wurde der Weg endlich besser, da der Untergrund mit verschieden großen Steinplatten aus einer längst vergangenen Zeit gepflastert war. Es wurde zwar holpriger, aber die Holzräder sanken nicht mehr in den weichen Matsch ein. Die Straße war so breit, dass man bequem mit einem Ochsenkarren durchfahren konnte. Das Dorf zählte fünfzehn größere und kleinere Gebäude, die alle um die Kirche *Mariahilf* gebaut waren. Sie bildete das Zentrum und war zugleich auch das höchste Gebäude im Dorf. Das Gotteshaus wurde zusammen mit dem Friedhof durch einen Zaun umschlossen und die riesige Eiche, die direkt neben ihr stand, warf beschützend ihre Äste über die Vielzahl an Gräbern. Selbst im Dämmerlicht erkannte Wilhelm die Kirche sofort und atmete tief ein, als er das helle Gebäude aus Stein ausmachte.

Alles wie immer, dachte er. Nachdem sie die Mühle hinter sich gelassen hatten, machte der Weg einen kleinen Knick nach rechts und die Straße wurde hier noch mal ein Stück breiter. Auf der rechten Seite lag das große Herrenhaus mit seinen prächtigen Anbauten. Ein Wassergraben, der einmal komplett um das Grundstück ging, schützte es vor ungebetenen Gästen. Es war nur über zwei Holzbrücken zu erreichen, die in der Nacht hochgezogen wurden. Ein Stück weiter links befand sich das kleine Haus des Schmiedes, welches ein bisschen verloren dem Herrenhaus schräg gegenüberstand. Schmied Saxmut war ein guter Freund der Familie und hatte schon oft den Karren repariert, wenn dieser zum wiederholten Male kaputtgegangen war. Nicht nur sie musste schwer und hart arbeiten, auch dem Karren wurde einiges abverlangt.

Wilhelm lenkte den Wagen an der Kirche und der Töpferei vorbei, die diagonal zum Gotteshaus lag. Nach ein paar Metern kamen sie an eine Kreuzung, wo sie noch einmal nach rechts abbiegen mussten, in die Richtung des Versammlungsplatzes. Um diese Zeit waren kaum noch Menschen auf der Straße und der Brunnen wirkte in der Mitte des Dorfes sehr verlassen. Direkt daneben auf der linken Seite befand sich der Stall der Familie Sgaslik.

„Endlich geschafft", flüstert Wilhelm, ohne dass die anderen darauf achteten, was er sagte. Der Wohnraum grenzte direkt an die Stallungen und Oliver konnte durch die kleinen Öffnungen im Mauerwerk Licht im Inneren des Hauses erspähen. Noch war es draußen warm genug, aber bald mussten die Luken mit Strohbündeln zugestopft werden, damit die unsagbare Kälte des Winters nicht ungeschützt in das Innere des Hauses gelangen konnte. Zudem hatte die Familie die Möglichkeit, die Öffnungen mit Klappläden seitlich an der Fensterlaibung zu schließen. Dies war ein sicherer Schutz im Winter.

Wilhelm lenkte das Tier weiter, mitsamt dem Karren, am Brunnen vorbei, wo eine alte Bäuerin noch schnell etwas Wasser aus der Zisterne schöpfte. Kurz darauf gelangten sie zur Vorderseite ihres Heimes, wo sich der Eingang des Hauses befand. Endlich angekommen, blickte Oliver erfreut auf den kleinen angelegten Garten mit vielen Kräutern und Beeren.

Der Wagen stoppte und das erschöpfte Lasttier ließ müde den Kopf sinken. Wilhelm ging voran, öffnete das Holztor des Stalls, welches an der linken Seite des Hauses zu finden war. Seine Brüder sprangen unterdessen vom Gefährt und spannten den Holzwagen aus. Sofort danach machten sich die drei an die Arbeit und verstauten den Kohl in einer dafür vorgesehenen kleinen Kammer, die im Stall untergebracht war. Mittlerweile war es dunkel geworden und vereinzelte helle Lichtpunkte drangen durch die Wolkendecke hindurch. Nachdem das müde Tier und der Karren im Stall untergebracht worden waren, gingen die drei gemeinsam durch den schmalen Vorgarten in Richtung der Wohnstube.

Die Tür öffnete sich knarrend, noch bevor Oliver sie richtig aufschieben konnte. Die angenehme Helligkeit des Feuers von der Kochstelle blendete ihn ein wenig und der junge Bauer musste die Augen automatisch etwas zusammenkneifen. Vorsichtig zog er den Kopf ein, um durch die Tür zu kommen, denn obwohl Oliver der Jüngste in der Familie war, war er körperlich gesehen der Größte. Mit einem gezwungenen Lächeln stand der junge Mann nun in der Wohnstube und blickte auf seinen kranken Vater, dessen Körper von der Feldarbeit gezeichnet war. Der Vater lag sanft gebettet auf Stroh, gegenüber von der Eingangstür, und war mit einer warmen Wolldecke zugedeckt. Der einst so stolze Mann war nur noch ein Schatten seiner selbst. Er war nicht mehr in der Lage, sich allein zu bewegen, geschweige denn die Schlafstelle zu verlassen. Oliver war es nicht entgangen, dass es seinem Vater von Tag zu Tag schlechter ging, und er war sich ziemlich sicher, dass er den kommenden Winter nicht mehr erleben würde. Der Husten nahm zu und er spuckte jedes Mal mehr Blut aus. Der Jüngste ging auf ihn zu und streichelte ihm über das dünne graue Haar, doch sein Vater nahm nicht wirklich Notiz von ihm. Sein Gesicht war eingefallen und faltig. Der Bart war lang, sodass man seinen Mund kaum noch sehen konnte. Das harte Alltagsleben hatte wieder ein Opfer gefordert und bald war Zahltag.

Das gesamte Haus bestand aus einem großen Raum, in dem gegessen und geschlafen wurde. Der Stall war durch eine Lehmstrohwand vom Wohnraum abgetrennt. Doch trotz dieser konnte man die Anwesenheit der beiden Schweine und des Ochsen riechen. Sie hatten nicht viele Tiere, gerade mal fünf Stück an der Zahl, aber damit ging es der Familie schon besser als anderen Bauern im Dorf, die gar keine Tiere besaßen. Sie waren darauf angewiesen, sich Zugtiere auszuleihen, da sie sonst keine Möglichkeiten hatten, die Ernte einzuholen, und das kostete natürlich etwas.

Lächelnd ging Wilhelm zu seiner geliebten Frau hinüber, die an der Feuerstelle stand und auf ihn wartete. Er lächelte sie an und gab ihr einen Kuss auf den Mund. Sie hatte ihren gemeinsamen Sohn Carl auf dem Arm, der behütet darin schlief. Der Erstgeborene war sein ganzer Stolz und er hoffte, dass seine Frau ihm bald einen zweiten Sohn schenken würde. Liebevoll streichelte der Vater seinem Sohn über die Wange und küsste ihn anschließend auf die Stirn. Oliver und Gabriel gingen in diesem Moment ebenfalls zur Feuerstelle, um sich dort aufzuwärmen.

Die Mutter der Brüder war zwei Jahre jünger als der Vater und ebenso wie er war auch sie von der harten Arbeit im Alltag gezeichnet. Ihre Hände waren knochig und ihre Haut war rau und stumpf. Sie begrüßte ihre Kinder rasch und half ihren Söhnen aus den nassen Kleidern. Im hinteren Bereich hängte sie diese an ein Seil, welches an der Rückwand zum Stall gespannt war. Hier konnte die Kleidung in Ruhe trocknen. Zwei Hühner liefen gackernd auf dem Boden herum und suchten Schutz vor den vielen Füßen.

Nach einer Weile setzten sich alle, bis auf das Familienoberhaupt, gemütlich um das Herdfeuer und warteten darauf, dass es etwas zu essen gab. Die drei zogen rasch ein dünnes und trockenes Leinenhemd über. Es war ein schönes Gefühl, etwas Trockenes auf der Haut zu spüren. Dann entspannten sie sich etwas und bemerkten allesamt die Müdigkeit in sich aufsteigen, die sie den ganzen Rückweg ignoriert hatten. Zufrieden lehnte sich Oliver an einen Stützbalken und schloss für einen kurzen Moment die Augen. Unterdessen brachte die Mutter ihnen etwas zu essen.

„Es ist nicht viel, aber es wird euch guttun“, sagte sie liebevoll. Sie reichte ihren Familienmitgliedern jeweils ein Stück selbst gebackenes Brot und zudem ein Gefäß mit warmem Kohl. Die Augen der hungrigen Beteiligten leuchteten im Feuerschein liebevoll und dankbar auf. Im Gegensatz zum

Frühstück war das Abendessen meistens etwas umfangreicher, sofern genug da war. Die Familie belohnte sich abends mit ausreichend Essen für die viele Arbeit, die sie den ganzen Tag verrichtet hatten. Schnell griff Oliver nach dem Gefäß und tunkte das Brot in den heißen Kohl. Schlürfend und schmatzend nahm er die Mahlzeit zu sich und stillte sein Verlangen nach Nahrung. Alle wirkten zufrieden und schon bald waren sie auch gesättigt.

Die Nacht hatte sich nun vollständig über das Dorf gelegt und hüllte die Umgebung in kalte Dunkelheit. Schon bald nach dem Abendbrot war völlige Ruhe eingekehrt. Das Feuer brannte leise nieder, hüllte den Raum in eine angenehme Wärme und ließ die Kälte draußen. Über einen kleinen Kamin zog der Rauch ab und sorgte dafür, dass es nicht so stickig war.

Oliver lag auf seiner Schlafstelle, hatte die Hände im Nacken verschränkt und schaute auf die sich bewegenden Schatten an den Wänden, die durch das Feuer verursacht wurden. Er musste kurz an den flüchtigen jungen Mann denken. Warum er ihm in den Sinn gekommen war, konnte er nicht sagen, aber der Gedanke war auf einmal da. Kaum war er auf den Bauch gerollt, hatte seine dünne Leinendecke über die Schultern gezogen, schwanden seine Sinne und er träumte tief und intensiv wie fast jede Nacht.

Oliver war ein guter und regelmäßiger Träumer, dessen Inhalte unwillkürlich viele Türen zu seinem Unterbewusstsein öffneten. Ob er es wollte oder nicht. Sein Verstand war einfallsreich und drückte seine Sorgen, Wünsche und Sehnsüchte in faszinierenden Bildern aus. Noch heute konnte er sich gut an den Traum erinnern, mit dem er die Hungersnot der vergangenen Zeit verarbeitet hatte. Darin sah er sich als Jäger, der das Wild in den Wäldern erlegte. Er war ein Anführer, ein Macher und er fühlte sich stark und lebendig. Der Traum hatte noch lange in ihm nachgewirkt. Seine Träume fühlten sich immer sehr real an und er konnte sich oft daran erinnern. Wenn er mit seinen Brüdern darüber sprach, hatte er oft den Eindruck, dass dies bei ihnen anders war. Für Oliver war dies mittlerweile allerdings Normalität und er hatte diese Tatsache als eine besondere Eigenschaft seiner selbst akzeptiert.

DUNKEL IST DIE NACHT

Seit Anbeginn der Zeit begleitete die Menschen der Tag-und-Nacht-Zyklus wie ein nie enden wollender Kreislauf aus Licht und Schatten. Zur Tag-Nacht-Grenze, dem Zeitraum, wo sich die angestrahlte Lichtseite und die unbeleuchtete Schattenseite abwechseln, begaben sich die Menschen schon immer in geschützte Räume. Niemand wollte freiwillig in der Nacht unterwegs sein. Es sei denn, es gab keine andere Möglichkeit. Es war die Angst vor dem Unbekannten. Dem Verborgenen, das den Menschen ein leichtes Unbehagen auslöste. Niemand wusste so genau, was in den Wäldern durch die Nacht streifte. Viele Geschichten, die von Generation zu Generation übermittelt wurden, regten die Fantasie der Bewohner an und schürten ihre Ängste vor den Schatten in der Nacht. So war es kaum verwunderlich, dass sich niemand mehr im Dorf nach dem Untergang der Sonne außerhalb der Häuser aufhielt.

Die Wolken hatten sich mittlerweile vollständig verzogen und der nächtliche Himmel über dem friedlichen Dorf war übersät mit unzähligen Sternen, die auf den ersten Blick ziemlich chaotisch erschienen. Doch bei genauer Betrachtung erkannte man Formationen und Gebilde, an denen man sich orientieren konnte. Schon immer zog der Sternenhimmel seine Beobachter in ihren Bann. Und schon immer orientierten sich

Reisende in der Nacht an den Gestirnen. Die wohl berühmtesten waren die heiligen drei Könige, deren Geschichte bis heute erzählt wird. Sie folgten dem einen hellen Stern und fanden schließlich den Sohn Gottes.

Diese Nacht war kühl und durch die klare Luft leuchteten die Sterne wie helle Diamanten. Unübersehbare, helle Punkte über den ganzen Horizont verteilt. Selbst die Milchstraße war eindeutig zu sehen in dieser Nacht. Ein atemberaubender Anblick für jeden, der daran teilhaben durfte.

An den Waldesrändern stieg leichter Nachtdunst auf und hüllte die Bäume in ein milchiges Gespinst aus wabernden Gebilden. Leichter Wind bewegte den Dunst an den Stämmen vorbei und ließ diesen an den Rinden leicht emporquellen. Ein Kauz ließ seinen Ruf durch die Nacht schallen und durchbrach die Stille.

Jeder Bewohner im Dorf schlief zu dieser Zeit und keiner von ihnen bemerkte, dass sie schon seit Längerem beobachtet wurden. Etwas starrte sie aus der Finsternis der Wälder an. Schatten, die sich durch die Nacht bewegten. Leise und zielgerichtet. Selbst die aufgehende Mondsichel vermochte die Gefahr nicht anzuzeigen, die dort lauerte. Alles wirkte so friedlich und ruhig. Und dennoch drohte Gefahr von einem Feind, den hier niemand vermuten würde.

Aber nicht nur die Schatten bewegten sich auf das Dorf zu. Zwischen zwei dunklen Tannen stand auch wieder der Wolf, der unbemerkt an den Gestalten vorbeischlich und in Deckung blieb. Er war da, aber beobachtete nur.

DER BLICK IN DIE DUNKELHEIT

Helligkeit durchflutete den ganzen Raum und Oliver musste stark blinzeln. Das Licht schmerzte in seinen Augen und diese füllten sich zugleich mit Tränenflüssigkeit. Er fragte sich berechtigterweise, wieso es auf einmal so hell war? Eben war es doch noch dunkle Nacht, oder etwa nicht? Für einen Moment war er verwirrt und wusste im ersten Augenblick nicht, wo er sich gerade befand. Die Orientierungslosigkeit ging so weit, dass er nicht mal genau deuten konnte, ob er gerade schlief oder wach war. Das Einzige, was er gerade mit Sicherheit wusste, war, dass er auf weichem Stroh lag. Immer noch blinzelnd hob er seinen Kopf vorsichtig an und prüfte, wo das Licht genau herkam. Ein Blick nach rechts verriet es ihm sehr schnell. Die Erhellung kam von draußen und drang durch die schmalen Spalten der alten Eingangstür sowie durch sämtliche kleine Öffnungen in der Lehmwand. Es war so hell wie das Sonnenlicht, nein, eigentlich noch viel kräftiger, aber bei Weitem nicht so heiß. Jedenfalls kam es ihm so vor, denn er spürte keine Wärme. Es wirkte auf ihn eher wie kühles, geheimnisvolles Sternenlicht. Oliver richtete sich weiter von seinem Schlafplatz auf und starrte gebannt auf den hellen Schein auf der Westseite des Hauses. Schützend hielt er sich die Hand vor die Augen, seinen Blick leicht nach unten gewandt. Ihm fröstelte ein wenig und in seinem Nacken sowie an den Armen richteten sich die dünnen Härchen wie eine Armee von kleinen Soldaten auf.

„Was ist das?", flüsterte er. Mit beiden Händen stützte er sich im Sitzen ab. Die Neugierde trieb ihn vorsichtig an. Langsam stand er vollständig auf und blieb etwas wackelig auf seinen nackten Füßen stehen. Sein Körper fühlte sich unsagbar leicht an. Für einen Moment bewegte er sich nicht und blieb auf dem kalten Lehmboden stehen. Er fokussierte seinen Blick auf das Leuchten. Es schien sich zu bewegen. Zwar nur leicht, aber es war ohne Zweifel so.

Nach einem kurzen Moment der Ruhe wollte er seine Füße vorwärtsbewegen, doch es fiel ihm unsagbar schwer. Es fühlte sich so an, als ob seine Gliedmaßen am Boden festgesaugt waren. So wie im Moor. Ein Vorankommen war im Moment fast unmöglich. Unsicher schaute er sich weiter um. Es war niemand anderes im Haus, der ihm hätte helfen können. Er biss sich fragend und hilfesuchend auf die Unterlippe.

Was passiert hier gerade?, schoss es ihm durch den Kopf. Plötzlich hörte er ein Geräusch hinter sich. Einen Klang, den er nicht charakterisieren konnte. Der junge Bauer versuchte, sich nach hinten umzudrehen, aber es gelang ihm nicht richtig. Sein Oberkörper war irgendwie steif und er konnte auch ihn kaum noch bewegen. Plötzlich zuckte ein kleiner Blitz vom Hausdach herab und durchströmte seinen Körper. Der Schmerz war unerträglich und so schnell er gekommen war, so schnell war er auch wieder weg. Dann spürte er einen heftigen Stoß im Rücken. Zugleich flog er ein Stück weit nach vorne und prallte unsanft gegen einen Stützbalken. Wie ein panischer Schwimmer strampelte er durch die Luft und wir-

belte herum. Nachdem er vom Balken abgeprallt war, versuchte er, sich auf den Sturz zu Boden vorzubereiten. Kurz hielt er die Luft an und schloss die Augen. Doch nichts geschah. Oliver öffnete die Augen und stellte zu seinem Erstaunen fest, dass er in der Luft schwebte. Jetzt war er zwar frei, aber dafür hatte er keinen Halt mehr.

„Wie ist das möglich?", hauchte er. Sein Blick richtete sich wieder nach vorn zur Tür, während er sich noch einmal in der Luft überschlug. Oliver versuchte, die Bewegung zu stoppen, und strampelte mit den Armen und Beinen wie im freien Fall. Schließlich schaffte er es, in der Waagrechten stehen zu bleiben. Er schwebte etwa zwei Meter über dem Boden, mit dem Blick zur Tür. Oliver konzentrierte sich und versuchte, sich nach vorn zu bewegen. Aber wie sollte er das machen? Kurzerhand strampelte er abermals wie ein Schwimmer in der Luft und zu seiner Verwunderung funktionierte es sogar.

Es war ungeheuer anstrengend, aber er schaffte es, sich der Tür zu nähern. Mit aller Kraft, die sein müder Geist aufbringen konnte, konzentrierte er sich auf seine Bewegungen. Gemächlich rückte die Tür immer näher. Er schwamm dem Licht weiter entgegen. Mit der Anstrengung nahm die innere Hitze zu und er fing an zu schwitzen. Er hörte undefinierbare Geräusche. Unmenschliche, fremde Laute, die er zuvor noch nie gehört hatte. Das Feuer in ihm wurde heißer und es drohte, ihn zu verbrennen. Er streckte die Hand aus. Seine Fingerspitzen waren kurz davor, die Tür zu erreichen.

„Arrrghhh ...", brüllte er mit aller Kraft. Schließlich sprang die Tür automatisch auf und er blickte in das helle Licht. Es blendete ihn so stark, dass er nichts mehr sehen konnte. Schnell hielt er sich die Hand vor das Gesicht. Oliver kniff die Augen erneut fest zusammen, bevor er sie wie-

der blinzelnd öffnete. Angestrengt sah er durch die schmalen Schlitze zwischen seinen Fingern hindurch und meinte, eine schemenhafte Gestalt im Licht zu erkennen. Sie schien die Ursache der Lichtquelle zu sein. Jedenfalls kam es ihm so vor. Er konnte keine direkten Konturen erkennen, aber es war irgendwie eine menschengleiche Figur. Nur ohne jegliche Gesichtszüge. Das Wesen sprach mit ihm, ohne dass er den Mund sehen konnte. Die Stimme war in seinem Kopf und er hörte die Worte erst sehr undeutlich. Es war immer das Gleiche, was wiederholt wurde. Der junge Bauer konzentrierte sich darauf und dann auf einmal verstand er die Botschaft.

„Wacht auf", hörte er. Oliver versuchte, der Gestalt noch etwas näher zu kommen, doch dann, mit einem Ruck, wurde er zurückgezogen. Wie an einer unsichtbaren Schnur zurück in das Haus. Mit einem lauten Knall wurde die Tür automatisch zugeschlagen *und ...*

„Neeeeein ...", brüllte er abermals im Schlaf.

Die schmerzvoll verzerrte Stimme in seinem Kopf erstarb und kurz darauf vernahm er ein scheußliches Gurgeln und Schmatzen. Oliver riss panisch die Augen auf und starrte geschockt in die Halbdunkelheit. Ein ungewöhnlicher Nebel lag auf seinen Augen und er konnte nicht richtig sehen. Immer wieder machte er die Augen auf und wieder zu, bis der Nebel endlich verschwand. Ein unheimliches Pfeifen erklang in seinem Kopf und wurde immer lauter. Kalter Schweiß klebte an seinem ganzen Körper und das Stroh kratzte an manchen Stellen an seiner Haut. Seine dünne Decke fehlte und ihm war kalt. Das unerträgliche Schmatzen wurde immer lauter und war nicht mehr so fern, wie es eben noch der Fall gewesen war.

Wo bin ich?, fragte er sich kurz. Wieder blinzelte er und erholte sich von dem, was er gerade erlebt hatte. Es war ein heftiger Traum und während er die Botschaft noch analysierte, hörte er Tumult von draußen. Seine Verwirrtheit wich der Besorgnis. Irgendwas stimmte hier nicht.

In diesem Moment war er sich hundertprozentig bewusst, sich nicht mehr in einem Traum zu befinden, sondern in der Realität. Von einer Sekunde auf die andere spürte er die Gefahr. Er wagte es zunächst nicht, sich zu bewegen. Irgendetwas Fremdartiges war im Haus. Etwas Unheimliches. Er spürte eine gewisse Bösartigkeit, die ihn umgab. Sein Puls schnellte in die Höhe und auf einmal war er richtig wach. Heftig atmend und voller böser Vorahnung griff er vorsichtig nach rechts, wo eigentlich Wilhelm liegen sollte, doch die Finger griffen ins Leere. Vor Schreck stockte ihm der Atem und er zuckte kurz zusammen. Vorsichtig und sehr zaghaft tastete er über das Stroh. Plötzlich spürte Oliver etwas, das er im ersten Moment nicht zuordnen konnte. Seine Fingerkuppen fühlten etwas Feuchtes und Klebriges. Er drehte seinen Kopf langsam zur Seite und versuchte, etwas zu erkennen, doch es gelang ihm nicht. Es war einfach zu dunkel dafür.

Seine Füße waren kalt wie Eis und schmerzten. Und trotzdem konnte er den kühlen Luftzug von draußen spüren. Die Haustür, die im Traum eben noch geschlossen worden war, war offen.

Warum ist die Haustür offen?, dachte er sich. Oliver meinte, etwas vor der Haustür vorbeihuschen gesehen zu haben.

Seine Augen füllten sich mit Tränen, wider alle Vernunft wandte er den Kopf in die Richtung, aus der der Hall an sein Ohr drang. Blankes Entsetzen paralysierte ihn, denn er sah schemenhaft einen Schatten vor sich. Die Gestalt hockte mit dem Rücken zu ihm gewandt in der Nähe des Feuers und schien gebannt auf eine Stelle zu achten. Eigentlich wollte er nicht weiterdenken, als er das zusammengesackte Bündel unter dem Schatten erkannte. Wollte nicht wissen, wer oder was da lag, und doch arbeitete sein Verstand gnadenlos weiter und versuchte, rationale Erklärungen zu finden. Schließlich ließen seine Gedanken nur noch einen Entschluss zu. Es konnte nur seine geliebte Mutter sein, die dort lag. Die Vorahnung wurde beim zweiten Blick schließlich zur Gewissheit.

Warum hat keiner was getan?, fragte er sich. Dabei stellte er fest, dass er selbst auch nichts tat. Jedenfalls nicht in diesem Moment. Ihm wurde speiübel, als er weiter nachdachte. Von draußen hörte er weitere Kampfgeräusche. Er war wie im Krieg. *Irgendwer hatte ihn im Traum gewarnt.* Wieder blickte er auf das Wesen vor ihm an der Feuerstelle. Angestrengt kniff er die Augen zusammen und versuchte, im Halbdunkeln etwas Genaueres zu erkennen.

Was ist das für ein Ding? Wie eine Windmühle raste sein Verstand weiter.

Ist es ein Wolf? Nein, es schien auf zwei Beinen zu laufen. *Ist es ein sich aufbäumender Bär?* Nein, zu klein. *Und woher kommt dieser würgereizauslösende, süße Geruch?* Oliver ballte die Fäuste und versuchte verzweifelt, die Panik niederzukämpfen, die weiter in ihm aufstieg. Er atmete einmal tief über die Nase ein und über den Mund wieder aus. Er musste sich beruhigen.

Was tat dieses Wesen da genau? Und mit einem Schlag wurde ihm alles klar. Es tötete seine Mutter, verging sich an allem, was er liebte. Mit aller Wut, die er aufbieten konnte, suchte er nach einer Lösung, ihr zu helfen. Zufällig tastete er nach einem Stück Holz, das direkt neben ihm lag, packte es und stand so leise, wie es ihm möglich war, auf. *Bloß keine Geräusche machen.* Für seinen Kreislauf war er etwas zu schnell aufgestanden. Ihm wurde schwindlig und Oliver kniete sich noch mal hin. Einmal tief Luft holend, rappelte er sich dann auf und stellte sich erneut hin. Seine Beine zitterten wie bei einem Erdbeben. Oliver sah, wie diese Kreatur konzentriert mit ihren Pranken den Körper seiner Mutter auseinanderriss, so, als ob sie aus weichem Brot bestand. Knochen brachen und irgendwas klatschte mit einem matschigen Geräusch auf den Boden. In seinem Magen bildete sich ein Knoten und er kämpfte gegen die Übelkeit an. Dann holte er tief Luft, um sich zu beruhigen. Er musste was tun.

Er schaute sich kurz um und erspähte dabei die Leiche von Wilhelms Frau, die blutüberströmt auf dem Boden lag, die Glieder abnormal verdreht. Oliver ließ einen Laut des Entsetzens folgen und seine Augen weiteten sich. Gleich darauf merkte er, dass das ein Fehler gewesen war. Die Kreatur schien ihn jetzt bemerkt zu haben und hielt kurz inne, ließ von ihrem Opfer ab und hob langsam den Kopf. Oliver ahnte, dass diese Kreatur sich auf die Geräusche, die er verursachte, konzentrierte. Wie in Zeitlupe richtete sich das fremde Wesen schließlich auf. Es wirkte riesengroß.

Was in Gottes Namen sollte er jetzt machen? Sich totstellen? Er wusste nicht, was die beste Entscheidung für ihn war, um zu überleben. Ein kurzer Augenblick verstrich, in dem nichts passierte. Doch dann drehte sich das Monster knurrend um und kam langsam auf ihn zu. Von Furcht gefesselt, sah er, wie die Gestalt durch die Dunkelheit schritt und ihn ansteuerte. Schließlich geriet das Gesicht der Kreatur in das glimmende Licht der noch leicht zündelnden Feuerstelle. Olivers Augen weiteten sich erneut vor Entsetzen.

„Was seid Ihr?“, stammelte er. Oliver stockte der Atem und die Angst lähmte jeden einzelnen Muskelstrang in seinem Körper. Nichts vermochte ihm zu helfen, den Blick abzuwenden. Es war einfach zu grausam, was da Schritt für Schritt auf ihn zukam und kaum noch zwei Meter entfernt war. Schmutzige und zerfetzte Kleidungsstücke bedeckten den teilweise mit Blut besudelten nackten Körper. Blanker Hass aus goldgelben Augen sprühte dem jungen Bauern entgegen. Die blutverzerrte Fratze konnte man kaum als Gesicht bezeichnen. Es gab Augen, Nase und Mund, aber alles schien eine einzige Narbe zu bilden und die Haut hing teilweise in Fetzen herab oder war an mehreren Stellen verkohlt. Hier und da konnte Oliver rohes Fleisch und ein paar Knochen erkennen.

Die grausame Deformierung machte aber am Gesicht nicht Halt, sondern zog sich über den ganzen muskelbespannten Körper. Der Gestank des Todes nahm unaufhörlich zu und Oliver schüttelte sich vor Angst und Ekel. Er musste hier weg, musste der Gefahr den Rücken kehren. Ihm war sofort klar, dass er gegen diesen Gegner nichts auszurichten vermochte. Wie ein gehetztes Tier suchte er fieberhaft nach einer Möglichkeit, an der Kreatur vorbeizukommen und zu fliehen. Seine Augen suchten die bekannte Umgebung ab.

„Wo sind meine Brüder, verdammt noch mal?“, fluchte er verzweifelt. Er schien allein zu sein und würde von niemandem Hilfe erwarten können. Er würgte, der Schädel schien ihm zu bersten und die Kälte machte ihm zusätzlich zu schaffen. Mit großem Entsetzen starrte er immer noch in die scheinbar triumphierende Fratze seines Angreifers und konnte fast schon dessen Atem spüren. Die Kreatur war kurz davor, ihn zu packen. In diesem Moment klinkte er seinen Verstand völlig aus und zum richtigen Zeitpunkt schoss so viel Adrenalin durch seine Venen, dass er mit einer blitzartigen Bewegung das umklammerte Holzstück von unten nach oben direkt in die verhasste Mörderfratze hämmerte. Sein Körper war jetzt nur noch um sein eigenes Überleben bemüht. Die Kreatur fauchte auf und mit einem krachenden Geräusch taumelte das Wesen nach hinten zurück. Oliver glaubte, so etwas wie Verwirrung in deren Augen aufblitzen zu sehen. Die Kreatur fiel auf den Boden und blieb auf dem Rücken liegen. Das war der richtige Zeitpunkt. Er öffnete seine Hand und das Holz fiel dumpf auf den Lehmboden. Dann rannte er wie ein von Angst getriebenes Tier in Richtung der Tür. Kurz bevor er über die Schwelle treten wollte, stolperte er über etwas, das am Boden lag, schlürfend fiel hin und stützte sich mit den Händen ab. Kurz blickte er nach hinten und er erkannte seinen toten Vater, der auf dem Boden lag. Am Hals klaffte eine faustgroße Wunde, aus der immer noch ein wenig Blut sickerte. Die toten Augen starrten ihn flehend an und es schien so, als ob sein Vater immer noch Schmerzen verspürte. Ihm wurde kurzzeitig schlecht und er musste erneut würgen. Verzweifelt schnappte er nach Luft und versuchte, sich wieder aufzubäumen. Oliver sprang wieder auf die Füße und rannte hinaus. Gerade als er die schmale Tür passiert hatte, hörte er das wütende Brüllen seines Verfolgers. Er drehte sich im Lauf um, blickte zurück und erkannte die Gestalt schemenhaft hinter sich. Kurz blickte er auf den Marktplatz. Dort wurde tatsächlich gekämpft. Er sah berittene Soldaten, die mit ihren Schwertern auf herumlaufende Gestalten einschlugen. Es war ein Gemetzel. Erst jetzt erkannte er die ganzen Leichen, die auf dem Boden lagen. Er schaute nach vorne und sah den dichten Tannenwald im Nachtdunst. Ohne weiter zu überlegen, rannte er genau dorthin.

Ich muss hier weg und zwar schnell. Mit einem Satz sprang er nach vorne und wurde noch schneller. Seine nackten Füße sackten immer wieder im aufgeweichten Wiesenboden ein, sodass jeder Schritt eine unendliche Qual bedeutete. Die kalte Luft brannte in seiner Lunge und erschwerte das Laufen noch zusätzlich. Wieder drehte er sich um und erkannte erst jetzt, dass ein paar Häuser im Dorf brannten. Gestalten liefen hin und her. Die entsetzliche Angst trieb ihn immer weiter voran, die Böschung hinab in Richtung Wald. Die Bäume waren seine einzige Chance, denn sie würden ihm Schutz bieten können. Das war jedenfalls der Plan, den er sich kurzfristig zusammengelegt hatte. Die Mondsichel stand hoch am Himmel und tauchte die Umgebung in ein unheimliches silbriges Leuchten. Gerade als er den Hang fast vollständig hinuntergelaufen war, verlor er den Halt unter den Füßen und rutschte den restlichen Hügel hinab. Dabei schürfte er sich die Füße blutig und kam erst bei den hohen Fichten wieder zum Stehen. Seine Lunge war kaum noch imstande, richtig zu funktionieren, und die Muskeln brannten ungeheuerlich.

„Hiiiiiilfe!“, schrie er krächzend. Oliver konnte seinen Verfolger zwar im Moment nicht sehen, aber er wusste, dass er ganz in der Nähe war. Hektisch blickte er sich um, dann sah er ihn wieder. Diese Kreatur war verdammt schnell. Fauchend kam das Wesen näher. Tränen trübten seinen Blick, sodass er weiter vorwärts durch die Dunkelheit stolperte. Mit einem Satz verschwand Oliver zwischen den Tannen und tauchte in die lichtarme Umgebung ein. Orientierungslos lief er so gut wie blind weiter, immer bemüht, den Baumstämmen auszuweichen. Was machte er sich eigentlich vor, eine Flucht war doch gar nicht möglich. Aber die Hoffnung daran, zu entkommen, ließ ihn weiter voranhetzen. Da ein Knacken und ein Rascheln, die ganzen Bäume schienen in Bewegung zu sein, und sein Gefühl betrog ihn dahin gehend, dass er den Eindruck hatte, von tausend Schatten verfolgt zu werden. Nach ein paar Metern geriet der Flüchtige auf eine kleine Lichtung und das Licht des Mondes erhellte den Waldboden auf ein Neues. Leichter Dunst stieg vom feuchten Gras auf.

Endlich konnten seine Augen wieder etwas erfassen. Die Hände in die Hüfte stemmend, machte er eine kurze Pause und während Oliver nach Luft schnappte, schaute er sich hilfesuchend um. Es musste schnell ein gutes Versteck gefunden werden, denn sein Körper stieß langsam an seine Grenzen. Aber außer ein paar undefinierbaren Schattierungen konnte er nicht viel erkennen. Beim genaueren Betrachten erfassten seine Augen jedoch eine Mulde im Boden. Direkt in der Nähe des kleinen Bachs.

„Ein Versteck?“, keuchte er. War es denn auch ein gutes Versteck? Ein Loch im Boden? Ein Grab? Sein Grab? Er zweifelte.

„Nein, dort wird man mich finden!“, stammelte er mit Gewissheit vor sich hin. Oliver verwarf die Idee wieder und blickte sich um. Zurück konnte er nicht. Der Wald war die einzige Möglichkeit, sich zu verstecken. Dort würde ihn der Jäger nicht so schnell erspähen. Er holte noch einmal tief Luft und rannte wieder los. Mit einem großen Sprung flog er über den kleinen Bach hinweg und rannte in den dahinterliegenden Laubwald. Nachdem er erneut Schutz unter den Bäumen gesucht hatte, war er schließlich völlig am Ende. Sein Körper verweigerte seinen Dienst, und das machte ihn wütend. Wieder hielt er an, schaute nach rechts und sah einen Ast, der seinen Weg beinahe kreuzte. Mit enormer Kraftanstrengung brach Oliver ihn ab, drehte sich um und stellte sich breitbeinig auf. Hier im Laubwald war etwas mehr Platz als bei den Tannen, und er konnte mehr sehen. Oliver konnte nicht mehr. Er würde sich dem Wesen stellen müssen. Die Zeit war vorbei, wie ein Reh vor dem Wolf davonzurennen. So oder so, es würde hier enden. Oliver war bereit, sich dem Schicksal zu stellen. Er keuchte schwer und schaute dabei in alle Richtungen. Seine Augen suchten nach jeder kleinsten Bewegung in der Dunkelheit.

„Zeigt euch ... kommt schon. Hier ist noch jemand, den ihr nicht feige ermorden könnt“, er hielt inne, holte tief Luft und schrie dann weiter „... im Schlaf!" Das Atmen fiel ihm immer schwerer und er japste arg nach Luft. Gleichzeitig war er verwundert über sein eigenes Handeln. Noch nie in seinem Leben war er so mutig gewesen. *Oder so dumm, je nachdem, wie man es sah!* Die Verzweiflung warf ihn auf die Knie und er fing an, leise zu beten. Dabei stützte er sich auf dem Ast ab und ließ seine Umgebung nicht aus den Augen.

„Herr, beschütze mich!" Seine Stimme klang heiser und ein wenig verkrampft. Plötzlich knackte es ganz in der Nähe von ihm. Oliver schaute auf und dann stand die Kreatur wie aus dem Nichts knurrend vor ihm. Olivers Augen weiteten sich und er erschrak fürchterlich.

Als Nächstes verlor er den Boden unter den Füßen, sodass ihm der Ast aus seiner Hand entglitt und in das Laub fiel. Der junge Bauer wurde direkt am Hals gepackt und in die Höhe gehoben. Alles ging so wahnsinnig schnell, dass er vor Angst nicht mehr reagieren konnte. Oliver blickte mit schmerzverzerrtem Gesicht direkt in die Augen des Täters. Noch nie in seinem Leben hatte er derartig böse Augen gesehen. Sie waren voller Hass und Zorn, und Oliver war sich sicher, dass er jetzt sterben würde. Diese Nacht würde die letzte seines Lebens sein. Der Jäger hatte ihn diesmal erwischt, und es war jetzt Zeit für das Opfer, zu sterben. Die langen Fingernägel gruben sich in das Fleisch, und der Schmerz war für ihn kaum zu ertragen. Blut sickerte aus seiner Wunde. Die Kreatur stemmte den jungen Bauern mit enormer Wucht gegen den Baumstamm und drückte ihn dagegen. Unglaublich, wie kräftig die Kreatur war. Mit nur einer Hand hielt er ihn fest. Dann hob das Ungetüm die andere Hand, drückte den Unterarm gegen seine Brust. Der Sauerstoff wurde aus Olivers Lungen gepresst und er wollte aus Verzweiflung schreien, doch alles, was er hervorbrachte, war ein jämmerliches Winseln. Mit seinen Armen schlug Oliver mit mäßigem Erfolg gegen den Kopf des Angreifers. Die Schläge schienen der Kreatur nichts auszumachen. Dann packte Oliver in das Gesicht und versuchte, mit seinen Daumen die Augen der Kreatur zu erreichen. Die Haut fühlte sich seltsam weich und seifig an. Die Kraft, um sich zu wehren, verließ ihn aber recht zügig. Er stand kurz davor, das Bewusstsein zu verlieren. *So sollte es also mit ihm enden?* Die Augen seines Peinigers glühten auf und der Dämon schien wütender denn je zu sein. Die Kreatur drückte ihm die Kehle weiter zu, sodass ein Atmen gänzlich unmöglich war. Oliver röchelte und verdrehte die Augen. Das Wesen grinste und schien das Todesspiel wirklich zu genießen.

Oh Gott. Der Dämon öffnete sein stinkendes Maul. Er wollte ihn beißen und Olivers Augen weiteten sich kurz, dann schloss er sie, um der Grausamkeit zu entfliehen. Aus dem Mund drang ein süßlicher, fauler Geruch und seine Zähne waren noch immer blutverschmiert.

Ganz unerwartet ging ein Ruck durch den ganzen Körper des Jägers. Oliver spürte, wie sich der feste Griff plötzlich lockerte, was ihm völlig ausreichte, um wieder Luft zu bekommen. Der Arm des Angreifers wich von seinem Brustkorb zurück. Oliver registrierte die Veränderung sofort. Er ruderte mit beiden Beinen und trat aus. Dann umfasste er, ohne nachzudenken, die knochigen Finger, die sich um seinen Hals geschlossen hatten. *Das fühlt sich so eklig an.* Mit seinen eigenen Händen zog er daran, so kräftig, wie er nur konnte. Mühsam verbog er die einzelnen Finger, sodass er dem festen Griff allmählich entkam. Unangekündigt ließ der Jäger ihn los, und Oliver rutschte den Baumstamm hinunter und knallte mit voller Wucht auf den Rücken. Zu seinem Pech genau auf ein Stück Wurzel, die aus dem Waldboden hervorragte. Kurzzeitig blieb ihm die Luft weg und er musste husten. Nach kurzer Zeit rollte er sich unter Schmerzen auf die Seite, rappelte sich erneut auf die Knie und griff sich an den Hals. Er spürte Feuchtigkeit am Hals. Es dauerte einige Sekunden, bis er verstehen konnte, dass dies doch noch nicht das Ende war. Der junge Bauer blickte auf die Gestalt vor sich, die immer noch aufrecht stand, sich aber nicht rührte.

Was war geschehen, hatte es sich das Monster anderes überlegt? Wollte er noch ein wenig mit seiner Beute spielen? Allein der Glaube daran fehlte in diesem Moment. Erst jetzt hörte er das Pferdeschnauben und sah das Aufblitzen der Klinge. Ein massives Schwert hatte das Ungetüm von hinten durchbohrt. Der Führer dieser außergewöhnlichen Waffe saß hoch zu Ross und schien Spaß an der Szenerie zu haben. Es dauerte ein paar Sekunden, dann zog der Reiter seine Klinge aus dem Körper des Monsters heraus und blickte dabei mit seinen dunklen Augen auf Oliver. Irgendwie hatte er das Gefühl, den Reiter zu kennen. Dann, ohne jede Vorwarnung, trennte der Kämpfer der Kreatur mit einem schnellen Hieb den Kopf vom Rumpf und der Jäger brach zu einem stinkenden Haufen zusammen. Zum Entsetzen blieb der Körper nicht einfach liegen. Nein, etwas Absurdes und Ekelhaftes passierte. Das Fleisch löste sich von den Knochen, wie bei einem Huhn, das man lange gekocht hatte. In rasender Geschwindigkeit fielen Haut, Muskeln, Sehnen in sich zusammen, bis sich zum Schluss sogar die Knochen auflösten und zu Matsch zerfielen. Es blieb nichts weiter als eine organische Pfütze auf dem Waldboden liegen.

Das ist unmöglich. Welcher Aberglaube ist hier auferstanden? dachte er sich. Oliver blickte vom Waldboden zu dem Reiter hinauf. Er konnte sein Gesicht aber nicht richtig erkennen. Es war einfach zu dunkel und der Nasenhelm verdeckte einen Teil des Gesichtes. Besorgt schaute er zum Reiter auf.

„Das ist alles nicht wahr!", rief er und raufte sich die Haare. War der Ritter jetzt ein Freund oder ein Feind? Oliver wusste es in diesem Moment nicht. Sein Gefühl sagte ihm, dass er fliehen sollte. Der Reiter senkte die Klinge und versuchte, das Pferd ruhig zu halten. Leicht nervös trampelte es im Halbdunkeln mit den Hufen im Laub. Dunkles Blut floss an der Klinge hinunter und tropfte auf das Laub. Beim Anblick des blutigen Schwertes ergriff er abermals die Flucht. Er drehte sich um die eigene Achse und rannte los. In die entgegengesetzte Richtung. Wie ein verängstigtes Wild, immer weiter durch den dichten Laubwald. Sofort setzte sich sein Verfolger mitsamt dem Pferd in Bewegung. Oliver schaute sich immer wieder nach hinten um und sah, wie der Reiter zu ihm aufholte. Oliver schlug einen Haken nach links, dann wieder nach rechts. Vorbei an den dicken Baumstämmen. Der Versuch, seinen Verfolger damit zu verwirren, stieß an Grenzen. Auch diese Flucht schien aussichtslos. Der Schimmel war schneller, als er jemals rennen konnte. Oliver war nicht wirklich weit gekommen, da hatte ihn sein neuer Verfolger schon im Galopp eingeholt, packte ihn mit metallischen Klauen und zog ihn unsanft auf das Tier. Oliver war am Ende. Erschöpft ließ er Arme und Beine einfach nur hängen, während er angestrengt nach Luft rang. Im halsbrecherischen Tempo ritten sie durch den Wald in Richtung der Lichtung, von wo er einst gekommen war. Oliver war einfach mit dem Bauch über den Rücken des Pferdes geworfen worden und das Holpern stieß ihn in den Magen. Im Rücken spürte er die Hand des Reiters, der ihn festhielt und keine Anstalten machte, ihn loszulassen.

Was hatte dieser Ritter vor? Und wo genau waren sie jetzt? Es roch nach verbranntem Holz. Schemenhaft konnte er ein hohes Gebäude vor sich ausmachen, dessen Konturen ihm ziemlich bekannt vorkamen.

Das kann nur die Kirche sein!, schoss es ihm durch den Kopf. In diesem Moment warf der Ritter ihn etwas unsanft vom Pferd. Er fiel auf das weiche, nasse Gras, direkt vor einem Grab. Mit beiden Armen konnte er den Sturz etwas abfangen und blieb für einen Moment erschöpft auf dem Boden liegen. Dann stützte er sich zitternd mit beiden Armen ab. Ohne weiter nachzudenken, rappelte sich der junge Bauer auf. Oliver war mit den Kräften ziemlich am Ende und wünschte sich nur noch, dass alles bald ein Ende hatte. In der Zwischenzeit war der namenlose Reiter selbst vom Pferd abgestiegen. Den Blick nach vorne gerichtet, sah der junge Bauer den Einlass der Kirche. Oliver stand auf und rannte mit letzter Kraft, leicht stolpernd, zum Eingang der Kirche und stemmte sich mit aller Macht gegen die Holztür des Gotteshauses. Hier musste er doch Schutz finden können.

In der Kirche war es recht dunkel. Verzweifelt suchte er nach einem guten Versteck. Er tastete sich keuchend am Rand der Wand entlang, wo die Sitzgelegenheiten der Edelleute waren. Kurzerhand ließ er sich auf den Boden fallen. Dann kroch er auf allen Vieren zwischen den Sitzgelegenheiten hin und her, sodass man ihn nicht sehen konnte, wenn man die Kirche betrat. Kurz danach hörte er, wie die Tür erneut aufgestoßen wurde und der Ritter ihm folgte.

So leicht sollte es der Fremde nicht haben. Nachdem er unter der Sitzgelegenheit Schutz gesucht hatte und kurz zur Ruhe gekommen war, hörte er metallische Schritte, welche unerbittlich näherkamen. Langsam schritt der Fremde den schmalen Gang in der Mitte der Kirche entlang.

Vorsichtig hob der Flüchtige den Kopf und blickte über die Rückenlehne hinweg und sah die schattenhafte Gestalt des Ritters, der scheinbar, ohne auf ihn zu achten, an ihm vorbeiging. Im Halbdunkeln erkannte er den Mann mit dem Kettenhemd und dem weißen Wappenrock wieder. Auch wenn dieser jetzt blutverschmiert war. Die kleinen Kerzen auf dem Altar, am Ende des Ganges, flackerten durch einen Windstoß kurz auf und warfen diffuse Schatten an die Wände. Zielsicher ging der Reiter zum visuellen Mittelpunkt des Gotteshauses, welcher genau am anderen Ende der Kirche lag, und verneigte sich dort demütigst. Dann nahm er den Helm ab, fiel auf die Knie und bekreuzigte sich zweimal. Der Altar vor ihm war ein etwa zwei Meter hoher Steintisch, auf dem ein riesiges Holzkreuz stand. Vor dem Altar befanden sich zwei Treppenstufen, die zum Altar hinaufführten. Oliver legte sich so leise wie möglich auf den Bauch und rollte sich schützend unter die Sitzgelegenheit. Von draußen hörte er immer noch Getöse und leidvolle Schreie.

Wusste sein Verfolger nicht, wo er war? Wenn nicht, warum suchte er dann nicht nach ihm? Eine Weile verharrte er zwischen den Sitzen, lauschte in die Dunkelheit, bis sich seine Atmung so weit beruhigt hatte, dass er schließlich leise und ruhig atmete. Schließlich fasste er allen Mut zusammen und richtete sich erneut auf. Dabei war er so leise, wie es ihm nur möglich war. Den Blick ein weiters mal auf den Fremden vor dem Altar gerichtet. Außer ihnen war niemand im Gebäude zu sehen. Oliver verließ sich auf sein Augenlicht und kroch langsam unter der schmalen Sitzgelegenheit aus Holz hervor. Der Ritter kniete noch immer vor dem Altar und blickte auf das Holzkreuz, angestrahlt durch die Dutzend Kerzen auf dem Steintisch.

Das ist meine Chance, dachte der junge Bauer sich. Er richtete sich komplett auf und versuchte, sich mit leisen Sohlen davonzuschleichen. Auf dem glatten Steinboden hinterließ er blutige Fußspuren.

„Wenn Ihr am Leben bleiben wollt, bleibt Ihr besser hier!", sagte der Ritter plötzlich, ohne sich umzudrehen. Oliver erschrak und zuckte am ganzen Körper zusammen. Dann verlor er beim Umdrehen das Gleichgewicht und taumelte dabei zur Seite gegen die Kirchenmauer. Zügig versuchte er, sich an etwas festzuklammern, damit er nicht umfiel. Er griff nach ein paar roten Leinen, die von der Decke herunterhingen, und hielt sich daran fest. Just in diesem Moment gab es einen Knall, der Stoff gab nach und irgendwas stürzte von der Holzdecke hinab. Eine große Öse aus Eisen fiel ihm auf den Schädel. Den Schmerz auf dem Hinterkopf nahm er schon gar nicht mehr wahr, als alles um ihn herum in tiefe Schwärze versank. Jetzt war es endlich vorbei.

DER MORGEN DANACH ...

Sehr viele Bilder schossen ihm blitzartig durch den Kopf, welche er nicht wirklich einordnen konnte. Alles ging so furchtbar schnell und schien ohne wirkliche Anordnung vonstattenzugehen, sodass alles irgendwie keinen Sinn ergab. Oder vielleicht doch? Er sah Blut, tote Körper und viel Feuer. Schwarzer Qualm stieg dem Himmel empor und hüllte die Umgebung in einen dunklen Nebel. Die Sicht war weitestgehend eingeschränkt und er konnte nicht wirklich viel erkennen. Der junge Bauer schwitzte sehr stark. Kalter Schweiß rann über seinen Körper und seine Haut fühlte sich klebrig feucht an.

Außer diesen kurzen visuellen Informationen waren seine restlichen Sinne weitestgehend getrübt. Ja, man konnte beinahe sagen, sie waren nicht mehr vorhanden. Riechen, schmecken oder gar etwas zu ertasten, war nicht möglich. So gesehen spürte er rein gar nichts, selbst wenn er der Meinung war, etwas anzufassen. So wie das schmale Stück verkohltes Holz, das vor ihm auf dem Boden lag. Für einen kurzen Moment hob er es auf und betrachtete das mit Ruß bedeckte Brennmaterial. Seine Hände waren wie taub.

Es war eine Koexistenz von Sein und Nichtsein. Er war da und irgendwie doch nicht. Frustriert ließ er das Stück Holz wieder zu Boden fallen. Selbst Geräusche schien er nur dumpf wahrzunehmen. Von jetzt auf gleich änderte sich die Szenerie. Der Qualm verschwand und er war an einem anderen Ort. Sein Blick wanderte umher. Das, was er jetzt erkennen konnte, war wohl ein Teil seines Heimatdorfes. Irgendwo in der Nähe des Brunnens. Der Lehmboden unter seinen Füßen war schwarz und weich. Gabriel drehte sich nach hinten um, doch da sah er nichts anderes als schwarzen, dunklen Rauch, der die dahinterliegende Umgebung nicht preisgeben wollte. Dann drehte er sich wieder nach vorne und überlegte, was hier passiert war. Je länger er darüber nachdachte, lokalisierte sich ein Schmerz am Hinterkopf, der immer stärker zu werden schien. Und je mehr er sich darauf konzentrierte, umso mächtiger wurde dieser tatsächlich. Es fühlte sich an, als ob seine Haut brennen würde. Seine Hände fingen an zu kribbeln. Er schien wieder etwas zu spüren. Gabriel sog die rauchige Luft tief ein und schloss die Augen für einen kurzen Moment. Dann öffnete er sie. Wieder war er woanders. Er stand jetzt in einem fremden Haus. In einem schön geschmückten Raum, der von Reichtum zeugte. Gabriel versuchte, etwas wiederzuerkennen, während der Schmerz weiter pulsierte und kaum noch zu ertragen war. Langsam breitete er sich weiter aus, umhüllte ihn wie Wasser beim Eintauchen in einen See. Sein ganzer Körper schien ein einziger Mantel aus Qualen zu sein. Er überlagerte beinahe jede weitere Empfindung, die den jungen Bauern umgab. So war es ihm schließlich kaum noch möglich, einen klaren Gedanken zu fassen.

Gabriel blickte nach oben. Das Dach fehlte und er schaute in die Baumkronen und erkannte schemenhaft eine Gestalt. Er fokussierte seinen Blick und versuchte, mehr zu erkennen. Vergeblich. Plötzlich, ohne Vorwarnung, ebbte der Schmerz ab und eine fremdartige Stimme in seinem Kopf beruhigte ihn mit einem leisen Flüstern. Es war äußerst eigenartig. Es fühlte sich so an, als ob jemand in seinen Geist gedrungen war und ihm gut zusprach. Wie eine Mutter zu ihrem kranken Kind.

Gabriel konzentrierte sich auf die Stimme, auf das sanfte Flüstern, aber er konnte kein Wort verstehen. Es wirkte wie eine fremde Sprache, die er noch nie in seinem Leben gehört hatte. Er schaute wieder nach vorne. Der Raum hatte sich aufgelöst und er stand jetzt mitten im Wald, umgeben von mächtigen Nadelhölzern.

Der Tod lag in der Luft. Süßlich, schmierig und klebrig feucht, und irgendwie identifizierte er sich jetzt damit. Ein Teil von ihm hatte das Gefühl, zu Hause zu sein. Der Körper streckte sich in wohliger Erregung, die Zunge leckte über die Zähne und Gabriel schmeckte eine eigenartige Substanz. Seine Sinne schienen weiter zurückzukehren. Das Flüstern wurde jetzt lauter und er verstand auf einmal die Worte, die gesprochen wurden. Es wurde immer deutlicher.

„Wacht auf!", rief ihm der Fremde in seinem Kopf zu. Gabriel schaute noch mal nach oben in die Baumkrone. Die Gestalt war weg.

„Wacht auf!", hörte er die Stimme ein zweites Mal. Dieses Mal war sie noch lauter und viel energischer. Gabriel zuckte und merkte dabei, wie er langsam wach wurde.

Nur äußerst langsam erlangte der junge Bauer das Bewusstsein wieder. Es roch nach feuchter Erde und in seiner Nase kitzelte es. Sein Körper fühlte sich durch die morgendliche Frische merkwürdig steif und träge an. Dementsprechend war er kaum in der Lage, sich zu bewegen.

So, als ob jemand einen Schalter in seinem Kopf umgelegt hätte, war er plötzlich vollständig wach und kam aus der Traumwelt heraus, wie ein Wolf aus dem Unterholz. Das Bewusstsein traf ihn wie ein Schlag und schärfte gleichzeitig seine Sinne. Von jetzt auf gleich funktionierten sie perfekt. Gabriel war froh, wieder in der Realität angekommen zu sein, aber das bedeutete gleichzeitig, dass ein neuer Schmerz ihn ereilte. Seine Stirn schmerzte und sein Hals war trocken. Gabriel musste husten. Seine Augen hielt er anfangs geschlossen, dabei lauschte er aber in die Umgebung. Er hörte den Wind, der sich rauschend durch das Blätterdach bewegte. Irgendwo in der Nähe krächzten ein paar Raben. *Wieder diese Vögel.*

Der junge Mann holte tief Luft. Ein lautes Stöhnen drang über seine aufgesprungenen Lippen, als er versuchte zu blinzeln. Das Licht war grell. Der Oberkörper bäumte sich kurz unter unermesslichen Qualen auf und sackte gleich wieder in sich zusammen. Seine Atmung beschleunigte sich etwas und sein Brustkorb blähte sich auf, wie eine übervolle Schweinsblase. Die Schmerzpunkte verstärkten sich noch einmal und schienen jetzt am ganzen Körper verteilt zu sein. Nach einer kurzen Pause fasste er sich bewusst an den Hals, den Hauptpunkt des Schmerzes. Mit seinen lehmverkrusteten Fingerkuppen tastete er vorsichtig die Haut ab. Sie fühlten grobe Unreinheiten, die ihn vermuten ließen, dass sein Hals völlig von getrocknetem Schlamm bedeckt war. Seine Augen waren wieder verschlossen und er konzentrierte sich auf seinen Tastsinn. Wie automatisch knibbelte er an der Kruste herum und versuchte, sie von der Haut zu lösen.

Wo bin ich und was ist passiert?, fragte er sich. Von der Neugierde angetrieben versuchte er ein weiteres Mal, die Augen zu öffnen. Abermals drang Licht durch die halb geöffneten Lider. Er versuchte erneut zu blinzeln, doch das Tageslicht war einfach unerträglich hell und er schaffte es wieder nicht, die Augen zu öffnen.

Gabriel zwang sich, richtig wach zu werden. Er holte noch einmal tief Luft und schließlich öffnete er die Augen. Das grelle

Licht traf auf seine Pupillen. Die Helligkeit schmerzte in den mit Tränen gefüllten Augen, aber irgendwie half sie ihm, noch mehr Klarheit in den wirren Verstand zu spülen. Sein Hals war immer noch sehr trocken und er musste dringend etwas trinken.

Nach ein paar Sekunden der Besinnung versuchte er, sich klarzumachen, wo er sich gerade befand. Er drehte den Kopf zur Seite. Hier war das Tageslicht nicht so grell. Dort sah Gabriel nur feuchte Erde. Ein Regenwurm bahnte sich gerade einen Weg durch das weiche und feuchte Erdreich und über seinen rechten Arm rannte eine dicke Spinne, die Schutz vor der aufgehenden Sonne suchte. Das Kribbeln war allzu deutlich zu spüren. Schnell stellte er fest, wo er war. Er lag in einem Erdloch, das nach oben hin völlig offen war. Mit halb geöffneten Augen schaute er sich die nähere Umgebung genauer an und er fragte sich, warum er hier war. Sein Erinnerungsvermögen wies eindeutig große Lücken auf.

Alles in ihm verlangte nach Ruhe, nach süßem, vergessendem Schlaf, und doch konnte er dies nicht zulassen. Mit einem entschlossenen Ruck richtete er sich ein weiteres Mal auf und fuhr sich mit der rechten Hand über die schmutzige Stirn. Eine braune Locke klebte ihm an der Stirn. Jeder einzelne Muskel in seinem Körper schmerzte. Eine kleine Schwindelattacke übermannte ihn und ihm wurde kurz schwarz vor Augen.

Ein Schrei half ihm, die Verspannung seines Körpers ein wenig zu lockern und somit seinen Schmerz zu lindern. Seine Hand tastete über den Hinterkopf und fühlte die Kruste, die sich bis zum Nacken erstreckte. Sein ganzer Leib war wohl völlig verdreckt. Ein Blick auf seine nackte Brust bestätigte seine Vermutung. Alles war mit braunem, getrocknetem Schlamm übersät. Darunter erkannte er hier und da ein paar Wunden mit getrocknetem Blut. Er musste gekämpft haben.

Immer noch etwas benommen, betrachtete er regungslos einen weiteren Regenwurm, der sich über seine linke Hand schlängelte, genauso wie die vielen Insekten, die immer noch auf ihm herumkrabbelten, so, als wäre er ein Teil des Erdreiches. In einer beinahe schon trotzigen Reaktion schüttelte er die Tiere ab und stand nun völlig auf. Die Insekten fielen wie reife Früchte hinunter, völlig unfähig zu begreifen, was gerade passierte. Sein Blick fiel über die Grasnarbe und er erkannte den Wald in der Nähe. Er war in der Waldlichtung. Ganz in der Nähe des Dorfes.

Warum bin ich hier? Seine Augen, zu ganz kleinen Schlitzen geöffnet, versuchten, die nähere Landschaft weiter zu erfassen. Außer ihm war niemand anderes zu sehen. Instinktiv schaute er in die Baumkronen. Das Blätterdach war schon sehr durchlässig und er konnte außer Ästen und ein paar Raben niemanden erkennen. Ungläubig schüttelte er den Kopf. Mit nichts als einem einfachen Beinkleid bedeckt war er schlafen gegangen und mit nichts anderem am Leib stand er hier mitten im Wald. Ohne die geringste Ahnung, wie er dort hingekommen war.

Aus der Ferne hörte er ein paar Schafe blöken. Es schien alles normal zu sein, so wie jeden Tag. Bis auf die Tatsache, dass er nicht im Haus wach geworden war. Gabriel drehte sich einmal im Kreis. Mit jedem seiner fünf Sinne konzentrierte er sich auf die ganze Umgebung. Schließlich roch er verbranntes Holz und lauschte, ob er irgendwo Gemurmel von den Dorfbewohnern hörte. Immer wieder rannten die Kinder hierhin oder die Frauen zogen los, um Beeren zu sammeln. Aber nichts dergleichen konnte er hören. Kein Kinderlachen oder Rufen der Frauen.

Nicht weit von ihm entfernt sprudelte ein kleiner Bach durch die Waldlichtung. Langsam setzte er sich in Bewegung, kletterte aus der engen Bodensenke hervor und steuerte das kühlende Nass an. Er musste etwas trinken und sich vom Schlamm befreien. Nach nur ein paar Schritten über das hohe Gras erreichte er das Wasser. Ohne weiter zu zögern, sank er mit beiden Knien auf den feuchten Boden und hielt den ganzen Kopf, soweit es ging, unter Wasser.

Feuchte Klarheit umspülte ihn, drang in die Ohren und den Mund und kühlte sein heißes Blut. Die rotbraune Kruste löste sich allmählich von seiner Haut und hinterließ eine dunkelbraune Wolke aus Dreck im Wasser. Er fühlte sich in diesem Moment irgendwie befreiter. Jetzt war er erneut in eine andere Welt eingetaucht, in der ihn kalte Stille umfing. Nur für Sekunden wollte er nicht denken und schloss einfach die Augen. Kleine glänzende Luftblasen drangen aus seinem Mund und tänzelten an die Wasseroberfläche. Gabriel war für diesen Moment von allen Lasten befreit und spürte rein gar nichts. Selbst der Schmerz war für einen kurzen Moment weg. Genau in diesem Augenblick tauchte ein Bild vor seinem geistigen Auge auf. Das Bild von einem Gesicht, eines fremden Mannes mit grauer Haut. Die Haare waren lang und so schwarz wie die Nacht selbst. Die gelben Augen, blutunterlaufen und fordernd, gafften ihn hämisch an.

„Bereit, die Dunkelheit zu schmecken und meinem Flüstern zu folgen?“, hörte er in seinem Kopf.

Erschrocken riss Gabriel die Augen auf und ließ einen Schrei unter Wasser los. Ein Schwall von weiteren Luftblasen rauschte zur Oberfläche und er zog seinen Kopf schnell aus dem Wasser. Durch die Wucht landete er schreiend rücklings auf dem feuchten Ufer. Das kühle Wasser lief von seinen nassen Haaren, dem Nacken und dem Rücken hinunter. Sein Brustkorb war klatschnass und immer noch völlig verdreckt. So schnell er zurückgewichen war, so schnell schob er seinen

Oberkörper wieder nach vorn. Schwer atmend starrte er kniend auf die sich kräuselnde Wasseroberfläche. Nah genug, um sein verzerrtes Spiegelbild darin zu erkennen. Das, was er dort sah, war nicht sein Gesicht. Jedenfalls nicht so, wie er es in Erinnerung hatte. Es war beinahe dieselbe Fratze, die er gerade noch gesehen hatte, die ihn aus der Dunkelheit seines Unterbewusstseins angestarrt hatte. Das Gesicht auf dem Wasser ähnelte ihm zwar, aber wirkte gleichzeitig völlig fremd. Er hatte Angst. Furcht vor dem, was mit ihm passiert sein könnte.

„Oh Herr, was hast du aus mir gemacht?", schickte er ein Gebet zum Himmel. Es fühlte sich alles so fremd an. Verlor er allmählich den Verstand? Gabriel fuhr sich mit der Hand durch die nassen Haare und tastete erneut den Hals ab, der jetzt durch das Wasser gereinigt war. Vorsichtig glitten die Fingerkuppen über die feuchte Haut, bis sie bei mehreren kleinen, kreisrunden Wunden stehen blieben. Die Löcher waren so breit, dass eine Fingerkuppe darin Platz finden konnte. Für einen Moment hielt er erschrocken die Luft an.

Was sind das für Wunden?, fragte er sich.

Das musste er genauer inspizieren. Gabriel wurde mit jeder Sekunde nervöser, wusste er doch nicht, welcher Gefahr er ausgesetzt war. Erneut blickte er auf die Wasseroberfläche. Ein fahles, müdes Gesicht starrte ihn an. Ein Mann mit großen dunklen Augen und schwarzen Ringen darum. Der Ausdruck eines Fieberkranken, dem das Entsetzen im Gesicht geschrieben stand. Ein Abglanz, der nur diesen Entschluss zuließ: Sicher hatten der Schneeregen, der kalte Wind und die harte Feldarbeit ihm zugesetzt, aber seine jetzige Verfassung nahm unbekannte Ausmaße an. So was hatte er noch nie gesehen. Mit Sicherheit hatte er Fieber. Im Wahn musste er dann die Schlafstätte und die Hütte verlassen haben und schließlich vor Erschöpfung in dieser Mulde zusammengebrochen sein. Er musste zu einem Mediziner, der ihn wieder gesund machen würde.

Gabriel drehte seinen Kopf etwas zur Seite, um die Wunden am Hals im Wasser besser sehen zu können. Er suchte in seinem Gedächtnis nach Erinnerungen, nach der Wahrheit, doch er fand keine Antwort auf seine Frage. Vorerst jedenfalls nicht. Keine Ahnung, woher diese Verletzungen stammten. Ein tiefer Luftzug füllte seine Lungen abermals mit Luft. Erneut stieg ihm Rauch in die Nase. Unruhig blickte er in den blauen Himmel zwischen den Baumkronen und dort sah er jetzt den Grund, warum es so verbrannt roch. Der Himmel war an dieser Stelle mit dunklen Rauchschwaden durchzogen. Warum hatte er das eben nicht bemerkt?

Es brennt im Dorf. Sein Verstand erkannte die Zusammenhänge sofort. Das war kein kleines Feuer, das war ein Großbrand. Sofort sprang er auf und blieb mit wackeligen Knien stehen. Von jetzt auf gleich waren alle Fragen, die er sich bis jetzt gestellt hatte, belanglos.

„Meine Familie!", stammelte er. Schnell setzte er einen Fuß vor den anderen. Seine Gedanken fingen wieder an zu rotieren, als er sich mit einem Ruck in Bewegung setzte. Jeder seiner Schritte kostete ihn anfangs etwas Kraft. Trotzdem trieb der Gedanke an seine Familie ihn immer weiter voran. Erst humpelte Gabriel nur langsam vorwärts, doch mit jedem Schritt wurde er schneller und schneller, bis er schließlich rannte. Der Bewegungsapparat funktionierte besser als gedacht. Er überquerte die hohe Wiese und lief in die Richtung des Dorfes. Schon bald hatte er das Ende der Lichtung erreicht und tauchte mit einem Satz in den nahen Nadelwald ein. Mit seinen Händen schob er ohne jede Vernunft die Äste und das Gestrüpp zur Seite, die sich ihm in den Weg stellten.

„Vaaaaaater ...!“, schrie er und ließ danach direkt ein „Ich komme!“ folgen. Die dicken Äste kratzten ihm die Haut im Gesicht und an den Armen auf. Sein Körper war voll mit Adrenalin und trieb ihn immer weiter durch das Dickicht. Je näher er dem Dorf kam, desto weniger Schmerzen empfand er.

Dann trat er mit einem großen Sprung aus dem Wald hervor, rannte den kleinen Hang hinauf und stand mit großem Entsetzen vor den ersten Häusern. Gabriel entglitten die Gesichtszüge, als er kurz stehen blieb. Der Schock war ihm deutlich anzusehen, als er sich umschaute. Komischerweise war er nicht außer Atem, er rang nicht mal nach Luft. Noch erstaunlicher jedoch war, dass sein Herz nicht so heftig schlug, wie er es gewohnt war, obwohl es das nach einer solchen Anstrengung eigentlich hätte tun müssen.

Er blickte über das ganze Areal und konnte es nicht fassen. Leise stammelte er ein paar Worte, die das Entsetzen begreiflich machen sollten, was er da sah. Manche Behausungen brannten noch, andere wiederum waren völlig abgebrannt und hinterließen ein paar Mauerreste und schwarze, verkohlte Holzstumpen, begleitet von einem Haufen Asche auf dem Boden. Vereinzelnd liefen ein paar Schafe und Schweine verängstigt durch die Gegend. Doch er sah keinen einzigen Menschen. Da waren sie wieder, die Bilder, die er eben noch im Traum gesehen hatte. Alles war bittere Realität. Langsam ging er vorwärts und schaute sich um. Sie waren überfallen worden. Man hatte das Dorf dem Erdboden gleichgemacht. Die Fehde mit Graf Adalar war wohl doch ernster als zunächst angenommen. Niemals hätte er gedacht, dass Adalars Truppen das Dorf angreifen würden, aber dies schien wohl doch so gewesen zu sein. Die mächtigen Herren in Heidelberch und Wormatia waren ihm nicht wohlgesonnen. Die Gutsherren weigerte sich beständig gegen die höheren Abgaben, die der

Graf forderte. Das war wohl nun der Preis, den sie alle zahlen mussten, für diese, ja sagen wir mal, Ungehorsamkeit. So seine Vermutung. Schon lange versuchte er, seine Macht rund um Heidelberch zu verstärken und die Besitztümer an sich zu reißen. Gabriel kannte sich nicht besonders gut mit Politik aus, aber er wusste, dass es immer um Macht und Geld ging. Das Land war hier besonders fruchtbar und brachte reichlich Ertrag. Ein lohnendes Geschäft, wenn man weiter Profit aus dieser Gegend schlagen wollte. Die Mächtigen dieser Welt trugen ihre Kämpfe auf den Rücken der Bauern aus. Kopfschüttelnd und voller Zorn blickte er sich weiter um und stellte sich eine wichtige Frage:

„Waren alle geflohen und konnten sie sich retten?" Diese Vorstellung glich eher einer Hoffnung als einer Gewissheit. Er ging weiter auf den Dorfbrunnen zu und blickte dann einmal um ihn herum. Das Erste, was er sah, waren die weiteren abgebrannten Häuser. Ihm stockte erneut der Atem. Zögerlich ging er ein paar Schritte weiter, dann sah er, was sich hinter dem Brunnen befand. Bestürzt zuckte er zusammen. Unfähig, das Grauen in seinen ganzen Ausmaßen zu begreifen, steuerte er weiter stolpernd, durch eine furchtbare Vermutung angetrieben, um die Zisterne herum. Der schwarze Berg, aus dem noch kleine Flammen züngelten, stank furchtbar. Als er langsam näher kam, fing sein Verstand an zu blockieren, wollte sich vor der Wahrheit verschließen, was ihm aber nicht gelang.

Der Rauch stach ihm in die Augen und brachte ihn zum Würgen. Unter Tränen erkannte er schließlich die furchtbare und grausame Wahrheit. Das war kein Holz, wie er gehofft hatte, das waren die Dorfbewohner selbst. Fassungslos blieb er davor stehen und schaute den Hügel aus verkohlten Körperteilen an. Wie von Geisterhand löste sich ein Schädel aus dem Haufen und rollte ihm vor die Füße. Ganze Körper sowie einzelne Körperteile waren hier aufgebahrt und verbrannt worden. Er sah Fingerknochen und Unterschenkel übereinandergestapelt. Teilweise waren die Skelette auseinandergefallen, andere waren noch vollständig und es hing noch Fleisch an den Knochen. Ja, sogar Kleider konnte er zum Teil noch erkennen. Andere wiederum waren bis zur Unendlichkeit verbrannt. Fassungslos schüttelte er den Kopf und blickte auf die toten Männer, Frauen und Kinder.

Direkt neben dem Leichenberg befand sich die Kirche. Die große Eiche, die schützend über dem Friedhof stand, gab es nicht mehr und die Gräber konnte man auch nicht mehr ausmachen. Sein Heimatdorf war komplett verwüstet worden. Einzig die Kirche stand noch einigermaßen unversehrt da.

Bewusst hatte er den Blick nach rechts, auf sein Elternhaus, gemieden, konnte sich dem aber auf lange Sicht nicht entziehen. Mit einer schlechten Vorahnung blickte er sich schließlich um und betrachtete ein weiteres Mal den Ort, wo einst das Haus seiner Eltern gestanden hatte. Der Anblick war ein Stich in sein Herz. Mahnend stand das schwarze, verkohlte Skelett aus Holz vor ihm. Ein paar Balken standen noch aufrecht, der Rest war in sich zusammengefallen. Hier stieg nur noch schwacher Rauch auf und die Asche begann bereits zu erkalten. Im ehemaligen Kräutergarten lag etwas, was wohl mal ein Mensch gewesen war. Er ging ein paar Schritte darauf zu und erkannte schließlich einen Schädel. Der Kiefer war weit aufgerissen, wie bei einem stummen Schrei. Niemand hatte ihn wohl gehört und man hatte den Toten einfach feige im Stich gelassen. Sein Blick wanderte weiter hinunter zur Tür. Dort fand er ein Stück Stoff, das der Körper vor Kurzem noch getragen hatte. Er konnte den Stoff seinem kranken Vater zuordnen.

„Oh, Vater“, stammelte er jämmerlich vor sich hin. Wolken bedeckten in diesem Moment die Sonne, und der

Himmel verfinsterte sich. Hinter ihm lag ein verkohlter Holzbalken. Kraftlos ließ er sich darauf nieder und plumpste mit seinem Hintern auf das noch warme Holz. Den verzweifelten Blick nach unten gerichtet und mit den Händen in der verbrannten Asche wühlend, starrte er sichtlich betroffen auf den Boden. Seine Sorge um die Familie war unendlich groß, und er fragte sich, was aus den anderen geworden war. Bis jetzt hatte er nur seinen Vater gefunden. Gabriel schaute mit tränengefüllten Augen wieder auf. Er wollte wissen, wo die anderen Leichen lagen. Jetzt, wo die grausame Wirklichkeit vor ihm Gestalt annahm, war es schrecklicher als jede Vorstellung, die er sich hätte ausmalen können. Gabriel erhob sich abermals und stand auf. Wie im Delirium betrat er den ehemaligen Eingang des verbrannten Hauses und stieß dabei auf eine weitere Leiche. Das Entsetzen nahm zu sowie seine Wut gegen dieses Unrecht. Vor ihm lag der verbrannte Körper einer Frau. Haare am Schädel waren teilweise noch sichtbar, und der Ring am Finger verriet ihm, dass die Person einst seine Mutter gewesen war.

„Neeeeeeeeeeeeeein!", brüllte er die Verzweiflung hinaus. Ein unmenschlicher Schrei entstieg seiner Kehle, schallte durch das ganze Dorf, schwoll an und endete schließlich in einem leisen Wimmern wieder bei ihm. Der Bauer hatte auf einmal alles verloren, was ihm lieb und teuer gewesen war. In einem plötzlichen Schwächeanfall sank er erneut auf die Knie und erbrach sich. Kalter Schweiß rann ihm über die Stirn, seine Augen füllten sich erneut mit Tränen, und der Würgereiz wollte zunächst nicht enden.

Nachdem er sich erneut beruhigt hatte, öffnete er die Augen und blickte auf seinen Mageninhalt. Das Erbrochene hatte eine komische Färbung. Die rotbraune Flüssigkeit stank fürchterlich, und er wich ein Stück zurück. Überhastet sprang er ein weiteres Mal auf, sackte sogleich in die Hocke und wiederholte fortlaufend dieselbe Frage.

„Warum, warum, warum?" Einige Minuten verharrte Gabriel in dieser Position, unfähig zu denken oder etwas zu fühlen. Geschweige denn überhaupt zu handeln. Er war hilflos und völlig auf sich gestellt. Der junge Bauer holte tief Luft und versuchte, sich zu beruhigen, aber es gelang ihm einfach nicht. Nach einer Weile setzte sein Verstand wieder ein, und er konnte unter Tränen sehen, was von seinem Leben übrig war. Gabriel schüttelte sich kurz und sprang abermals mit einem Satz zurück auf seine Füße. Bis jetzt hatte er nicht alle Leichen von seiner Familie gefunden. Dies warf eine weitere wichtige Frage auf. Waren bei diesem Feuer wirklich alle seine Lieben ums Leben gekommen? Gabriel brauchte Gewissheit über diese Frage. Er hielt sich die Hand vor Mund und Nase, kämpfte somit gegen die Übelkeit und suchte dabei das Grundstück nach weiteren Leichen ab.

Vorsichtig stieg er über die Leiche seiner Mutter. Unmittelbar neben ihr erkannte er ein weiteres Opfer auf dem Boden. Schnell wurde ihm klar, dass die kleine Leiche das Kind von Wilhelm war. Schnellen Schrittes rannte er zu dem Säugling hinüber, beugte sich zu ihm hinunter und starrte mit weit aufgerissenen Augen das an, was einmal das unschuldige Kind gewesen war. Der Körper war vollständig verbrannt. Die Tatsache, nicht geholfen zu haben, ließ seine Schuldgefühle ins Unermessliche steigen. Seine Augen füllten sich weiter mit schuldhaften Tränen, die den Ruß von der verschmierten Wange wischten. Dann blickte er noch einmal auf. Nirgendwo konnte Gabriel seine Brüder finden. Waren sie nach draußen gebracht worden, so wie die anderen? Genau in diesem hoffnungslosen Moment keimte in ihm etwas Hoffnung auf.

„Vielleicht sind sie noch am Leben?", flüsterte er sich zu. Solange er die Leichen der beiden nicht gefunden hatte, bestand die Möglichkeit, dass es so war. Wieder wischte er sich die Tränen aus den Augen und stand auf. Schnell ging er aus der Ruine hinaus. Dabei lief er nicht durch den normalen Eingang, sondern durch den Stall an den verbrannten Tieren vorbei. Nach nur ein paar Schritten stand er schließlich abermals vor dem Leichenberg. Seine Blicke suchten jeden Zentimeter ab. Doch es war unmöglich festzustellen, ob seine Brüder unter den Toten waren oder nicht. Dafür waren es zu viele verkohlte tote Körper. Einmal um den Berg herumlaufend, konnte er nichts dergleichen erkennen. Die Hoffnung wuchs an. Er entschloss sich schließlich dazu, zu glauben, dass sie es überlebt hatten. Irgendwie konnten sie fliehen, so wie er es konnte. Nein, er war sich jetzt sicher, dass sie noch am Leben waren. Was sprach dagegen? Nichts.

„Folge der Dunkelheit!", hörte er. Erschrocken drehte er sich nach hinten um. Da war aber niemand. Das Gefühl, komplett durchzudrehen, stieg in ihm auf wie warme Luft über einem kalten See.

„Wer ist da?", fragte er lauthals. Gabriel bekam keine Antwort. Er war doch allein, oder etwa nicht? Der Bauer schaute nach oben in den Himmel, welcher sich mittlerweile zugezogen hatte. Verzweifelt blickte er wieder nach vorne und sah die verwüstete Umgebung. Er musste hier weg. Hier war er nicht mehr sicher. Gabriel bezweifelte zwar, dass der Feind noch einmal zurückkehren würde, und dennoch war dieses Gefühl da, dass er diesen Ort besser verlassen sollte. Schnell überlegte er, was seine Brüder gemacht haben könnten, um zu überleben. Vielleicht waren sie in die Stadt geflohen? Dort gab es vorläufig den besten Schutz. Kurz schaute er nach rechts. Ein Rabe landete auf einem verkohlten Holzstumpf und krächzte ihn bedrohlich an. Der junge Bauer erschauderte kurz. Es war an der Zeit, diesen Ort zu verlassen. Ohne zu zögern, setzte er sich schließlich in Bewegung.

Er ging ein paar Schritte die alte Römerstraße entlang, ohne sich dabei umzusehen. Mit der Gewissheit, das Grauen im Rücken zu haben, verabschiedete er sich gedanklich von seinen toten Familienmitgliedern. Es war furchtbar. Der junge Bauer würde zurückkommen und sie später begraben. Doch jetzt galt es erst mal, seine Brüder zu finden, in der Hoffnung, sie lebend zu finden.

Nachdem er nach links abgebogen war und am alten Herrenhaus vorbeikam, das ebenfalls völlig zerstört und ausgebrannt war, sah er eine unverbrannte Leiche auf dem Weg liegen. Es war der Schmied. Der alte Freund der Familie. Man hatte ihm einen Pfeil durch die Schläfe gejagt. Er ging einmal durch seinen Schädel hindurch, was bewies, mit welcher Wucht dieser in den Körper eingedrungen war. Er blickte ihn mit traurigen Augen an.

Wer auch immer für diese Gräueltaten verantwortlich war: Sie würden dafür bezahlen müssen. Egal, ob es die schwarzen Soldaten von Adalar waren oder wer anders. Gabriel beugte sich kurz zu ihm hinunter und schloss ihm die Augen. Dann sprach er ein kurzes Gebet.

„Findet Frieden, mein Freund“, sagte er am Ende zu ihm. Dann zog er ihm seine wattierte Jacke aus und streifte sich diese über seinen nackten Oberkörper. Auch den Schmied ließ er auf der Straße zurück, ohne ihn zu beerdigen. Dann folgte er weiter der alten Römerstraße, die in die Stadt führte. Begleitet von der Hoffnung, seine Brüder dort zu finden. Erste Regentropfen fielen vom Himmel, und es wurde merklich kühler.

DIE BRUDERSCHAFT

Abermalig zog ein weiterer kräftiger Herbstschauer über das Land. Große Regentropfen prasselten, gemischt mit ein paar dicken Schneeflocken, unaufhörlich auf den schlammigen Boden und hüllten die Umgebung in ein einheitliches Rauschen. Der Himmel hatte sich verschlossen, und die dunklen Wolken vermischten sich mit den Baumspitzen des Waldes zu einer undurchsichtigen weißgrauen Wand. Christoph blickte unter seiner nassen Kapuze hervor und starrte in den Nebel am Horizont. Irgendwo hinter der Wolkendecke verbarg sich die strahlende Scheibe, die das Licht und die Wärme spendete, die sie so sehr benötigten. Hatte sich doch die unsagbare Kälte in die Herzen vieler Menschen gestohlen und war durch fast nichts mehr zu vertreiben. Es fehlte ihnen allen an Hoffnung und guten Nachrichten. Die letzte Schlacht hatte sehr viel Blut gefordert. Viel zu viel von dem kostbaren Saft, der den Menschen die Kraft verlieh, um gegen die Ungerechtigkeit der Welt aufzubegehren. Die Anzahl der Bewohner, welche unschuldig ihr Leben lassen mussten, stieg wiederholt an, und Christoph stellte sich immer wieder dieselbe Frage: *Kann das Massaker wirklich so weitergehen?* Er presste seine Lippen zusammen und war von seiner eigenen Antwort überzeugt. Er war es leid, Gewalt mit Gewalt zu bekämpfen.

„Sicher nicht!“, sagte er sich. Diesen schrecklichen Taten musste endlich Einhalt geboten werden. Doch zurzeit standen die Zeichen auf einen Frieden eher schlecht. Der Feind war listig, stark und in einer noch nie dagewesenen Übermacht. Und es wurde immer schwerer, sich dieser zu erwehren. Genau das hatte die letzte Nacht im Dorf gezeigt. Sie waren zwar noch rechtzeitig zur Stelle gewesen. Aber schnell hatten Christoph und die Seinen festgestellt, dass es ein ungleicher Kampf war, der in seinen Augen unweigerlich als verloren galt. Schnell hatte er bemerkt, dass der Feind mit Mitteln kämpfte, die ihnen schlichtweg überlegen waren. Doch die Hoffnung und der Glaube an Gott ließen sie alle weiterkämpfen, gegen die ungerechte Verteilung von Licht und Schatten auf dieser Welt. Einige Erinnerungen der letzten Nacht flammten auf und mehrten das kalte Regenwasser in Christophs Gesicht mit stummen Tränen. Sein Herz krampfte in unausgesprochener, lang verdrängter Pein bei den Gedanken an die vielen Opfer. Der Himmel weinte mit ihm und löste den Schmerz immer wieder auf ein Neues aus. Der Ritter war noch jung, etwas mehr als dreiundzwanzig Winter lagen hinter ihm und doch hatte Christoph jetzt schon mehr ertragen müssen, als es für einen einzelnen Menschen eigentlich vorgesehen war.

Viele Prüfungen lagen schon hinter ihm, doch wie viele sollten noch folgen? Er rieb sich die Augen und starrte danach in die kühl wirkende Landschaft. Eine Antwort auf seine Frage konnte er nicht finden, bis jetzt jedenfalls noch nicht. Die letzte Prüfung hatte er wenige Stunden zuvor erlebt. Erbarmungslos wütete der dunkle Feind in all seiner Grausamkeit in dem kleinen Dorf am schmalen Wasserlauf. Ohne wirklich zu erkennen, wer in der Dunkelheit Freund oder Feind gewesen war, töteten sie alles und jeden, der sich ihnen in den Weg stellte. Dies war der Grundlage geschuldet, dass man den Feind in der Nacht nicht gleich erkennen konnte. Obwohl es augenscheinlich keine andere Möglichkeit gab, die schwarz gekleideten Soldaten und diese furchtbaren Kreaturen von Graf Adalars Armee zu bekämpfen, zermarterte er sich den Kopf und zweifelte irgendwie daran, das Richtige getan zu haben. Immer schwerer fiel es ihm, die Trennung zwischen sich, seinen Taten und denen der anderen Seite zu erkennen, denn es forderte zu viele menschliche Opfer.

Ist ein Mord nicht ein Mord, sei er aus Hass oder geglaubter Notwendigkeit getan? Christoph blickte auf seine großen, verschorften Hände. Nass durch den Regen, der vom Himmel fiel.

Machte es einen Unterschied, ob seine Hände das Schwert in den sündigen Leib des Feindes rammten, um einen schnellen Tod herbeizuführen, oder ob sich diese hungrigen Kreaturen ihr Opfer suchten und dasselbe taten? Teilte er beim Töten seiner Gegner nicht dieselbe Befriedigung? War es nicht dieselbe Machtgier, welche beide Seiten antrieb? Zumal Unschuldige darunter leiden mussten. Vor seinen Augen blitzten die entsetzten Gesichter von Frauen und Kindern auf, die um Gnade flehten. Die sie ihnen aber nicht gewähren konnten. Er versuchte, seine Taten zu rechtfertigen. Doch konnte er das? Die Bewohner des Dorfes wurden getötet. Ausnahmslos alle. Laut Amar, dem Anführer der Gruppe, erlangten sie Erlösung, doch Christoph fragte sich, ob dies wirklich so war. Vielleicht wollten sie gar nicht erlöst werden, sondern einfach nur in Frieden leben. Der Anführer rechtfertigte seine Taten damit, dass die Bewohner alle mit dem Bösen infiziert waren. Aber war das wirklich so? Bestand nicht eine geringe Möglichkeit, sie zu retten? Und bestand nicht die Alternative, einige von ihnen in ihrer Mitte aufzunehmen? Genau aus diesem

Grund fragte er sich, ob es richtig war, das ganze Dorf niederzubrennen und wirklich alle zu töten. Sie wussten noch zu wenig über Adalar und seine Macht. Er hatte einen Weg gefunden, eine unsagbare Magie zu verwenden, die harmlose Menschen in böswillige Kreaturen verwandeln konnte. Sie wurden zu furchtlosen Soldaten, die ihren eigenen Tod nicht scheuten. Sie waren erbarmungslos und vernichteten jeden, der sich ihnen in den Weg stellte. So etwas hatte er noch nie gesehen. Diese Geschichten, dass es sie gab, wurden ihm schon in Kindheitstagen erzählt, aber der Glaube daran hatte ihm gefehlt. Bis er sie im letzten Kampf selbst gesehen hatte. Wie war es möglich, solche Kreaturen zu erschaffen? Er wusste es nicht und dennoch plagten ihn Schuldgefühle. War er nicht genauso wie sie? Seine Gedanken rotierten.

Schließlich gab er sich selbst eine Antwort auf die vielen Fragen: Sicher nicht. Er und seine Bruderschaft handelten im Namen Gottes und befreiten die Menschen von allem Schlechten in der Welt. Sein Kampf war gerechtfertigt und für das Gute bestimmt. Amar hatte also recht mit seinen Taten. Sobald Zweifel bestanden, musste jeder Mensch getötet werden. Ausnahmslos! Und dabei mussten sie eigentlich immer konsequent sein. Dies diente zum Schutz aller, denn keiner von ihnen wusste, womit sie es genau zu tun hatten. Und keiner von ihnen konnte wirklich sagen, ob die Bewohner schon infiziert waren oder auch nicht. Es musste also getan werden. Es kam einfach auf den Standpunkt an, aus welchem man die Situation betrachten wollte. Christoph blickte auf und versuchte, sein Gewissen weiter zu beruhigen. Seine graue Kapuze war mittlerweile völlig durchnässt. Einzelne dicke Schneeflocken landeten auf dem Stoff, um gleich wieder durch den folgenden Regentropfen abzutauen. Die Lederweste, die er über seine gepolsterte Jacke trug, war ebenfalls schon völlig durchnässt.

„Strafe mich, oh Herr, wenn ich ein Sünder bin!", rief er laut in den Schneeregen hinaus. Er hielt kurz inne und wartete einen Augenblick ab. Würde Gott ihm ein Zeichen senden? Er blickte in den wolkenverhangenen Himmel, doch nichts geschah. Christoph schob seine Kapuze etwas zurück und starrte wiederum in den Himmel, als der Niederschlag zunahm. Mit einer schnellen Handbewegung wusch er sich die dunklen Haarsträhnen aus dem Gesicht und benetzte mit seiner Zunge die spröden Lippen. Sein dunkler Vollbart verdeckte die markanten Züge seines Gesichtes und die hervorstehenden Wangenknochen ließen ihn strenger aussehen, als er es in Wirklichkeit war.

„So sei es!", stieß er kurz und knapp hervor und blinzelte mit dieser Erkenntnis, alles richtig zu machen, in den Schleier aus Schnee und Regenwasser. Mit einer forschen Bewegung zog er seine Kapuze wieder tiefer in sein Gesicht und besann sich, weshalb er eigentlich nach oben, auf die Festungsmauer der Burg gekommen war. Diese Ruine musste einmal eine stolze Bastion gewesen sein, doch nun lag sie im Schatten der vielen Angriffe und ihrer vergessenen Geschichte.

Die Gegend um die alte Burg war ein fruchtbares Land, doch dieses Gemäuer stach wie ein toter Dorn daraus hervor und keiner wusste genau, warum sie je erbaut worden war. Ein schmaler Fluss zog sich durch die herrlichen Auen mit ihren dichten Wäldern und sanften Hügeln. Plötzlich schärften sich seine Sinne. Er hatte am düsteren Himmel eine Bewegung ausgemacht und sein geübter Blick erkannte sofort den großen Vogel, der königlich durch den aufkommenden Wind segelte. Eigentlich hatte er das Tier schon viel früher erwartet, aber jetzt war er einfach nur froh, dass sein Falke zurückgekommen war. Ein paar gezielte Flügelschläge und schon korrigierte sich die Flugbahn des Tieres. Christoph zog unter seinem Umhang einen Lederschutz hervor, den er über seinen linken Arm stülpte. Zielsicher nahm er dann einen kleinen Stoffbeutel hervor, der an seinem Gürtel befestigt war, und erhaschte daraus ein Stück rohes Fleisch von einem Hasen. Das Tier reagierte auf die Geschehnisse sofort. Es begann den Sinkflug und entzog sich plötzlich dem Blickfeld des Betrachters, rauschte dann ganz unverhofft kurz vor der Mauer wieder hinauf und landete mit einigen wilden Schlägen auf dem Arm seines Besitzers.

Mit Wohlwollen nahm Christoph die Landung des erschöpften Vogels wahr. Der Falke beäugte das ihm dargebotene Fleisch und schlang es gierig hinunter. Mit nervösen Flügelschlägen hielt er das Gleichgewicht, als eine Windböe am Gefieder des Vogels zerrte. Dankbar streichelte er das Tier über den Rücken und honorierte somit dessen Leistung. Christoph nahm den kleinen Lederbeutel mit der Botschaft entgegen, welche dem Tier an den Krallen befestigt worden war.

„Komm, lass uns reingehen, du hast eine lange Reise hinter dir und brauchst Ruhe", sagte Christoph zum Falken. Auch er spürte nun die Müdigkeit, als wäre sie auf den Schwingen des Vogels zu ihm übertragen worden. Er drehte sich um und folgte einer maroden Steintreppe in das Innere der Burg. Auch hier waren die Spuren der Abwesenheit von Menschen zu sehen. Efeu schlang sich am Mauerwerk hinab und bot sich einen Wettkampf mit dessen Zerfall. Hier und da lagen lose Steine herum, und die Stufen waren an vielen Stellen gefährlich schmal abgeschliffen oder vollkommen weggebrochen. Wieder musste er erkennen, dass dieser altersschwache Bau weder wirklichen Schutz vor Feinden bot noch in irgendeiner Form zu verteidigen war. Der Wind erhob sich zu einem Sturm und pfiff durch das Gemäuer wie ein alter trauriger Geist. Das Gewicht des Vogels auf seiner Hand nahm merklich zu, und er stieg schneller in die Tiefe. Dorthin, wo es trockener und warm war.

Im Inneren des Gemäuers hatten seine Mitstreiter ein paar Räume ausmachen können, die von der Verwahrlosung weitestgehend verschont geblieben und zudem halbwegs bewohnbar waren. Nachdem er den Treppengang verlassen hatte, zog es ihn in einen weiteren Gang mit vielen einzelnen fensterlosen Räumen. Das unruhige Flackern der Fackeln im schmalen Gang lockte ihn und versprach ein paar Stunden der Ruhe und vielleicht des Vergessens. Das Feuer war ausreichend verteilt, sodass die dunklen Gänge mit genügend Licht erhellt wurden. Schnellen Schrittes ging er den Weg weiter entlang, bis er das Ende des Ganges erreicht hatte. Neben einer kleinen Holztür brannte die letzte Fackel im Gang, und Christoph erkannte eine dunkle Gestalt, die an der Wand vor einer Tür lehnte und sich nicht rührte.

„Roland, haltet Ihr Wache oder schlaft Ihr?", rief er ihm zu. Die dürre Gestalt zuckte zusammen und straffte sich danach sofort wieder. Der Wachposten fühlte sich ertappt und zupfte nervös an seiner aufgeribbelten Lederweste. Er war viel kleiner als Christoph und recht schlank.

„Ähm, nein ... während meiner Wache schlafe ich niemals, Herr", sagte Roland leise und musste gähnen. Auch ihn hatte der Kampf viel Kraft gekostet.

„Ach so ... ich dachte schon. Und Ihr stützt euch nur an der Mauer ab, damit sie nicht umfällt! Richtig?" Christoph musste grinsen. Roland ignorierte die Äußerung. Der Vogelmann reichte ihm das kleine durchnässte Ledersäckchen.

„Holt die Botschaft raus und gebt sie mir", sagte er zu ihm. Ungeduldig rollte Roland das Blatt mit dem leicht feucht gewordenen Papier auf und überreichte Christoph die Botschaft, ohne sie zu lesen. Christoph nahm sie und versuchte, seinen Vogel nicht durch zu hektische Bewegungen zu beunruhigen. Zügig las er die Nachricht. Adalars Macht reichte wohl weiter als bisher angenommen. Er überlegte kurz.

„Wie lautet die Botschaft?“, fragte Roland. Christoph schaute ihn irritiert an, als er ihn aus den Gedanken holte.

„Macht euch keine Sorgen.“ antwortete er ihm. Christoph lächelte verschmitzt, als er ihn anschaute, und mit einem Zwinkern stieß er dann die Tür auf. Er wollte Roland nicht beunruhigen. Der Falke korrigierte sein Gleichgewicht mit ein paar Flügelschlägen und blieb auf dem Unterarm sitzen. Als er den Raum betrat, platzte er mitten in eine Diskussion zwischen Amar und Johannes. Die beiden Männer waren mit ihm zusammen der Kopf der Gruppe. Außer ihnen befand sich noch Dubois im Raum. Drei Fackeln an der hinteren Steinwand warfen genug Licht ab und leuchteten die Räumlichkeiten aus. Zügig schloss Roland die Tür hinter Christoph, und der Vogelmann wohnte dem Gespräch bei.

„... das Dorf war nicht mehr zu retten. Das wisst Ihr ebenso gut wie ich.“ Johannes stimmte dem Sprecher nickend zu. Dann redete Amar weiter, der seinen Standpunkt erneut verteidigte. „Und obwohl wir das Dorf nicht retten konnten, so konnten wir doch die Soldaten erst mal zurückdrängen. Aber ...“ er hob mahnend den Zeigefinger. „... die Macht des Feindes wächst weiter an und unsere schwindet. Wir brauchen dringend Verbündete, sonst werden wir diesen Kampf endgültig verlieren. Wie ihr wisst, hat Bartholmes unseren Verbündeten in Passavia einen Hilferuf zukommen lassen. Der blieb bis jetzt ohne Antwort. Ohne sie wird es schwierig sein, zu bestehen. Unsere Späher haben die Spuren des Feindes im Wald leider verloren, aber sie suchen sie bereits. Ich bin mir sicher, es wird nicht lange dauern, und man wird sie finden. Wir müssen jetzt schnell handeln, um dieser Entwicklung Einhalt zu gebieten. Wir können nicht mehr warten, bis Theotmar oder Bischof Konrad von Passavia reagieren. Wir müssen jetzt handeln. Graf Adalar steht mit diesen Kreaturen in Zusammenhang. Wenngleich ich nicht weiß, wie. Sie werden immer mächtiger und wir müssen was tun, um die Menschen in dieser Region vor ihnen zu schützen. Zudem wissen wir ziemlich genau, dass seine Soldaten und diese gottlosen Kreaturen nur nachts agieren. Auch hier fehlen uns noch weitere Informationen, warum das so ist. Wir müssen endlich herausfinden, was ihr Geheimnis ist und wo sie sich bei Tage aufhalten, um sie dann ein für alle Mal zu vernichten. Wenn wir sie vernichtet haben, ist auch Adalar besiegbar. Seid Ihr da bei mir, Johannes?"

Amar, der Johannes diese Frage stellte, war ein großer Kerl mit langen schwarzen Haaren und südländischem Aussehen. Sein dunkler Bart ließ ihn recht finster aussehen, was seinen Gegnern sehr oft gehörigen Respekt einflößte. Er war ein Mann mittleren Alters, der mit viel Erfahrung gesegnet war und einen sehr hellen Verstand aufwies. Diese Vorzüge hatten ihm eine Menge Ansehen des losgelösten Ritterordens eingebracht. Der Mann aus Kastilien lehnte sich mit den Armen verschränkt gegen das Mauerwerk und blickte die Männer fragend an, als er auf eine Antwort von Johannes wartete.

Amar trug über seinem Kettenhemd das verschmutzte rote Symbol der Kreuzritter, Dubois wiederum, ein weißes Kreuz auf schwarzem Stoff, welches nur noch eine blasse Erinnerung an vergangene Tage darstellte. Es war ein zusammengewürfelter Haufen, der es sich zur Hauptaufgabe gemacht hatte, alles Böse auf der Welt zu vernichten. Dubois hielt verkrampft seinen Nasenhelm in der Hand und betrachtete wortlos die Beulen vom letzten Kampf. Auch er stimmte dem Befehlshaber nickend zu, genauso wie die anderen, die im Raum standen.

Johannes blickte schweigend auf seine kaputten braunen Lederstiefel und dachte kurz nach. Es vergingen ein paar Sekunden des Schweigens, dann schaute er Amar an.

„Es ist wahr, das Böse ist mächtiger und stärker denn je. Und ich gebe euch auch dahin gehend Recht, dass unsere Anzahl an Kriegern zu gering ist, um dauerhaft gegen sie zu bestehen. Vor allem, wenn Graf Adalar dahintersteckt. Er hat scheinbar eine unerschöpfliche Quelle von Soldaten. Von seiner Macht ganz zu schweigen. Wir wissen immer noch nicht, welche Magie hinter all dem steckt. Gefühlt töten wir einen seiner Kämpfer, und schon sind zwei neue da. Lange halten wir dem nicht mehr stand!“ Sein Gesichtsausdruck spiegelte Besorgnis wider. Johannes war viel kleiner als alle anderen, aber trotz seiner bescheidenen Größe war er ein großartiger Kämpfer. Seine geringe Körpergröße glich er mit seinen geistreichen Kampfhandlungen wieder aus. Er war so leichtfüßig und schnell, dass seinen Gegnern meist nicht bewusst war, wie ihnen geschieht. Johannes war, ebenso wie Christoph, einer, der kein schweres Kettenhemd über seinen Kleidern trug. Eine einfache dicke Lederweste machte ihn somit viel beweglicher und schneller als seine Feinde. Durch sein bartloses Gesicht und seine kurz geschorenen grauen Haare glich er eher einem Knaben als einem ausgewachsenen Mann. Diese Irritation führte öfters dazu, dass man ihn unterschätzte. Das war ein großer Vorteil für ihn.

„Wer wird sich uns anschließen? Wir sind nicht gut angesehen in dieser Gegend. Wir können froh sein, dass Theotmar mit uns ist, aber dessen Ressourcen sind begrenzt. Also frag ich euch, wer hilft uns sonst noch?“, fragte Johannes. Seine Stimme war voller Sorge. Amar und Dubois merkten die Verbitterung. So einfach würden sie niemanden für ihre Ziele begeistern können, galten sie doch in manchen Landkreisen als Mörder und wurden verachtet. Nur wenige kannten ihre wahre Mission und unterstützten die Männer in ihren Taten. Sogar die Kirche, die noch vor Kurzem ein großer Verbündeter war, fing an zu schwanken, und es gab schon Glaubensbrüder, die sie lieber tot als lebendig sehen wollten. Aber zum Glück galt das noch nicht für alle. Manche sagten ihnen nach, dass sie sich mit dem Bösen vereinten und untereinander Unzucht trieben. Was aber frei erfunden war. Und aus diesem Grund war es für sie so schwer, zu bestehen. Die Mehrheit der Kirche glaubte, was sie glauben wollten. Noch standen sie unter dem geheimen Schutz des Papstes Alexander III. Aber wie lange man ihnen diesen Schutz noch gewährte, konnte keiner von ihnen wissen. Was aktuell blieb, waren Theotmar aus Passavia und Bartholmes aus dem Michaelskloster.

„Unsere Verbündeten werden uns später stärken. Seid ohne Sorge. Egal, was die Zukunft bringen mag. Wir werden nicht aufgeben! Ich bin mir sicher, dass Theotmar uns in Zukunft unterstützen kann und auch will. Sein Eid bindet ihn daran. Gott wird uns beistehen. Habt Vertrauen. Nur jetzt sind wir auf uns allein gestellt und wir werden trotzdem siegen." Amar klang sehr bestimmend und ballte die Faust, während er ein Stück auf die Männer zuging.

„Ihr habt Recht, Amar! So oder so, wir werden siegen", pflichtete Johannes ihm bei und klopfte ihm aufmunternd auf die Schulter, als er sich zu ihm gesellte. Sie versuchten, die Euphorie auf die anderen beiden zu übertragen. Amar war sehr gut darin, in hoffnungslosen Situationen Hoffnung zu säen. Und genau das brauchten seine treuen Begleiter jetzt. Hoffnung.

„Was ist mit den beiden Neuankömmlingen, die ihr hergeschafft habt?", fragte Dubois und blickte Amar mit einer Mischung aus Neugierde und Furcht an.

„Sind sie verloren?", fügte Christoph fragend hinzu, der aus dem Schatten trat und sich zu den Männern in der Runde gesellte. Sein Gesprächspartner schüttelte nachdenklich den Kopf.

„Wie ihr wisst, kann ich das schwer sagen. Hier müssen wir die Zeit arbeiten lassen. Ich denke, wenn sie die nächste Nacht überleben, dann sind sie nicht verloren. Sie sind zäh und haben großen Kampfgeist bewiesen. Bei meiner ersten Untersuchung konnte ich nichts Verdächtiges erkennen, was auf eine Verwandlung zur Dunkelheit hindeutet. Sie kommt und frisst die Seelen von jedem, der ihr verfallen ist. Und ich habe schon viele davon gesehen. Manche brauchten nur zwei Nächte. Andere sieben Nächte, bis ich es erkennen kann. Aber ich sehe es. So wie immer." Amar machte eine kurze Pause. Die Aussage war eine vage Hoffnung, die er zum Ausdruck brachte. Sicher konnte er sich nicht sein, spielte es aber immer vor.

„Vielleicht wäre es gut gewesen, noch mehr aus dem Dorf zu retten, anstatt sie abzuschlachten wie Tiere?", betonte Dubois und zupfte an seinem schwarzen Wappenrock. Er starrte Amar mit traurigen Augen an. Dieser nickte ihm stumm zu und suchte nach einer Antwort auf diese berechtigte Aussage.

„Wie hätten wir all diese Seelen aufnehmen sollen? Zwei von ihnen, die wir beobachten können, sind machbar. Aber gleich so viele? Ich bezweifle, dass Adalars Kreaturen nur einen von ihnen verschont haben. Aber bei diesen beiden bin ich mir sicher.", er machte eine Pause. Dann legte er seine starke Hand an sein Kettenhemd.

„Seid nicht im Glauben, dass mir die Entscheidung leichtgefallen ist, alle zu töten. Aber in der Dunkelheit ist es nicht möglich zu unterscheiden. Das seht ihr doch ein? Es hätte gut gehen können. Es hätte schiefgehen können. Was wäre, wenn nur ein Teil von ihnen infiziert wäre und wir es nicht bemerkt hätten? Wenn wir Männer, Frauen und Kinder aufgenommen hätten und ihre Seelen in die Dunkelheit gegangen wären. Wie hätten wir sie alle überwachen sollen?“ Amar schaute zu Christoph hinüber.

„Ihr wisst ebenso gut wie ich, dass wir zu wenige sind. Die Gefahr, dass diese Seelen sich mit der Dunkelheit vereinen und uns dann hinterrücks überfallen, ist zu groß. Diese Verantwortung kann ich euch gegenüber nicht leisten und ich erwarte auch nicht, dass ihr das Gleiche tut. Ich habe Verantwortung euch gegenüber.“ Amar machte eine Pause. Seine Worte klangen gut überlegt.

„Bei den beiden bin ich mir recht sicher, dass alles in Ordnung ist. Vertraut mir. Sollte ich mich irren, können wir reagieren. Sie sind angekettet und können nicht weg. Die beiden stellen keine Gefahr für uns dar. Doch wenn es die Situation erfordert, werden auch sie sterben. Genauso wie alle anderen in dem kleinen Dorf. Schnell und schmerzfrei. Dafür werde ich selbst sorgen.“.

Dubois verzog kurzfristig sein Gesicht. Seine Worte machten Sinn, trotzdem machte die Aussage ihn nicht wirklich glücklich. Das ungute Gefühl blieb in seinem Herzen wohnen und ließ sich nicht vertreiben. Wenn man doch nicht sicher sein konnte, ob sie infiziert waren oder nicht, wäre es doch besser, sie gleich zu töten. Warum ging man hier ein Risiko ein? Nachdenkliche Stille erfüllte den Raum für einen Moment. Dubois starrte Amar immer noch fragend an. Sein Gesichtsausdruck spiegelte, wie so oft, Angst und Nervosität wider, die er so gut es eben ging zu verbergen versuchte. Was ihm aber keineswegs gelang. Sein Gesicht war ein offenes Buch für alle anderen. Er ging noch mal einen Schritt auf Amar zu und blickte ihm wieder direkt in die Augen. Die beiden Männer waren in allen Belangen recht unterschiedliche Personen. Zwar war der Franke in etwa so groß wie der Mann aus Kastilien, aber ansonsten unterschieden sich die beiden nicht nur äußerlich voneinander. Im Gegensatz zu ihm wirkte Dubois mit seinen blonden Locken sehr vertrauenswürdig. Seine Gesichtszüge glichen dem eines Engels und man konnte den Eindruck gewinnen, dass er niemals zu einer Waffe greifen würde. Doch dieser Schein täuschte nicht nur seine Verbündeten.

Die Charakterzüge der beiden Männer waren ebenso unterschiedlich wie ihre Haarfarben. Während Amar standfest in seinem Glauben und siegessicher sein Schwert gegen das Böse führte, so war Dubois von Zweifel und Unsicherheit geprägt. Er war ein misstrauischer Mensch mit notorisch aufbrausendem Gemüt, immer auf seinen eigenen Vorteil bedacht. Ein Teil der Gruppe beschimpfte ihn als feige. Christoph hingegen beschrieb seine Art eher als um sein eigenes Überleben bemüht.

„Ich bin ein wenig in Sorge. Sie könnten sich in dieser Nacht verwandeln. Oder in der nächsten. Ihr habt es selbst gesagt. Es gibt keine Sicherheit, die ihr uns versprechen könnt. Was ist, wenn sie es schaffen, mit List zu fliehen? Was ist, wenn sie zum Feind überlaufen und sagen, wo wir uns aufhalten? Was ist, wenn sie uns töten? Wenn ihr euren Standpunkt aus dem Dorf weiter teilt, dann müsst ihr sie töten." Er hielt kurz inne. Dann sprach Dubois weiter.

„Sie könnten uns wirklich verraten oder töten. Ihr selbst wisst, wozu die Kreaturen fähig sind, wenn sie sich verwandelt haben. Ihr seid nicht konsequent in eurem Handeln. Entweder gilt es für alle oder keinen." Amar widerstand Dubois' wütendem Blick und sah es ein wenig anders.

„Wie soll das gehen? Sie sind angekettet. Außerdem haben wir die Wachen. Sie können sich nicht so einfach befreien und durch die Burg spazieren. Es sei denn, wir wollen es so und sind unachtsam. Aber das sind wir nicht. Sie werden uns nicht angreifen.", meinte er bestimmend.

Der Franke wurde immer nervöser und versuchte, seiner Stimme noch mehr Ausdruck zu verleihen, indem er sie erhob. Das Oberhaupt der Gruppe hörte sich den weiteren Vortrag geduldig an, in dem Dubois auflistete, welche Gefahren ihnen drohen könnten. Auch die Mitstreiter gaben dem Sprecher den Raum, den er gerade benötigte. Das war nicht wirklich üblich bei so einer hitzigen Diskussion.

„Ihr werdet uns noch alle in unser Grab bringen!", fügte Dubois am Schluss seiner impulsiven Rede hinzu. Danach war für einen kurzen Moment abermals Stille. Dubois senkte den Kopf. Er war ziemlich aufgebracht und war froh, all seine Punkte angebracht zu haben. Amar holte indes tief Luft und ging demonstrativ einen Schritt nach vorne auf ihn zu.

„Wenn Ihr meine Entscheidung in Frage stellt, steht es euch jederzeit frei zu gehen. Kein Eid bindet Euch an mich. Ich bin mir sicher, dass sie nicht infiziert sind. Sonst würde ich nicht so handeln", stellte er fest. Es war mühselig, ihn immer und immer wieder davon zu überzeugen, dass die Angst sein größter Feind war und dass er der Gruppe einfach etwas mehr Vertrauen schenken sollte. Dann hob Amar erstaunt die Augenbrauen an, als wollte er zu ihm sagen, dass er sich endlich beruhigen sollte. Verständnislosigkeit spiegelte sich in Dubois' Gesicht wider. Es war bei weitem nicht sein Vorhaben, den Verbund zu verlassen. Seine Sorge galt einzig und allein der Sicherheit der Männer. Zudem war er auf sein eigenes Wohlergehen bedacht. Schließlich ist man sich selbst am nächsten. Das war schon immer so gewesen bei ihm. Und das würde auch immer so sein, bis zum Ende seiner Tage. Aber anscheinend schien das keiner von den anderen zu verstehen. So versuchte er, das klarzustellen und wollte sich an dieser Entscheidung nicht beteiligen.

„Ihr allein werdet die Verantwortung dafür tragen müssen“, entgegnete er ihm vorwurfsvoll. Amar spürte die Frustration im Raum und presste die Lippen zusammen. So fest, dass sie beinahe ihre rote Farbe verloren hatten. Dann atmete er einmal tief durch, legte seine linke Hand auf Dubois’ rechte Schulter und beruhigte ihn erneut.

„Das werde ich! So wahr Gott mein Zeuge ist. Seid unbesorgt, alter Freund. Ich handle nicht unvernünftig oder voreilig, wie ihr vielleicht vermuten wollt. Meine Taten sind stets durchdacht.“Dubois war in seinen Augen manchmal verdammt anstrengend.

Der Franke blickte ihm in die Augen und versuchte, sein Handeln zu verstehen. Aber es fiel ihm schwer. Nach einem Moment der Stille pflichtete er ihm schließlich nickend bei.

„Nun gut, aber ich bleibe bei meinem Standpunkt. Ich habe mit dieser Entscheidung nichts zu tun und möchte dies hier noch einmal betonen“, sagte er laut, sodass jeder im Raum ihn hören konnte. Grollend trat Dubois ein Stück beiseite, drehte sich schließlich vollends um und verabschiedete sich von den anderen Männern. Dann ging er zur Tür, riss diese polternd auf und verließ aufbrausend den Raum. Die Tür knallte gegen die Wand und schwang ein Stück weit zurück. Schließlich blieb sie halboffen stehen und ein verwunderter Roland steckte den Kopf durch die Öffnung. Amar blickte ihm einen kurzen Moment nach, schüttelte verständnislos den Kopf und schaute dann zu den anderen Gruppenmitgliedern.

„Ist noch einer unter euch, der diese Meinung teilt?“ Alle verbliebenen Personen schüttelten fast synchron den Kopf und machten keine Anstalten, seine Entscheidung infrage zu stellen, denn ihre Loyalität war stärker als jeder Zweifel. Jedenfalls wirkte es so. Obwohl keiner der Männer sich rührte, spürte er die Ruhelosigkeit unter ihnen. Auf eine gewisse Weise verstand er ihre Skepsis auch. Dafür hatten die Männer schon zu viel erlebt. Sie wussten schon viel über den Feind. Allerdings gab es immer noch Lücken, was ihr Wissen betraf. Mit dem Thema Magie waren sie alle nicht gut vertraut. Sie trugen einzig und allein das Wissen in sich, welches ihnen durch die Schriften vom Michaelskloster mitgeteilt wurde. *Aber bedarf es nicht auch eines gewissen Risikos, um den Feind zu studieren?*

Dubois' Wutausbruch regte Christoph zum Nachdenken an. Obwohl er zunächst nichts sagte, flammten jetzt wieder seine Zweifel in ihm auf. Die gleichen Zweifel, die er eben noch gehabt hatte, als er auf dem Turm gestanden hatte. Ihm blieb nichts anderes übrig, als sich gegen das aufkommende Schweigen zu stemmen. Liebevoll streichelte er dem Vogel über das Gefieder.

Amar, es liegt nicht in meiner Absicht, Unruhe zu säen", sagte er mit leiser, gedrungener Stimme. „Doch um die Schatten aus den Köpfen der anderen zu vertreiben, sollten wir noch einmal hinabsteigen. Zurück in das dunkle Verlies. Lasst uns die Gefangenen gemeinsam sehen, mit eigenen Augen. Wenn sich bestätigt, dass alles so ist, wie es sein sollte, wird die Furcht der anderen Schweigen." Seine Stimme klang am Ende des Satzes etwas kratzig und er musste sich kurz räuspern. Amar legte verwundert den Kopf zur Seite.

„Wenn es Euch beruhigt", sagte er kurz und knapp und ließ die Schultern frustriert hängen. Dann holte er tief Luft. „Wir werden uns gleich gemeinsam darum kümmern." Christoph wirkte irgendwie erleichtert. „Da es sonst nichts mehr zu besprechen gibt, würde ich sagen, dass wir uns gleich aufmachen." Dann machte er eine Pause. Er schaute kurz nach oben, die Steinwand des alten Gemäuers hinauf. Es wirkte so, als ob ihm gerade etwas eingefallen war. Dann blickte er zu Christoph hinüber: „Wie lautet die Nachricht, die man uns übermittelt hat?" Christoph schaute den Ritter irritiert an. Es war offensichtlich, dass Amar das Thema wechseln wollte. Der Vogelmann kramte das feuchte Papier hervor und sprach dann mit ruhiger, aber sorgenvoller Stimme.

„Bartholmes bittet uns um Hilfe. Es wird berichtet, dass Adalars Soldaten vor dem Kloster gesichtet wurden. Ebenso vor den Toren Heidelberchs. Zudem wird berichtet, dass Ghule in der Nähe gesehen wurden. Der Abt befürchtet einen Angriff auf das Kloster. Da Theotmar noch nicht geantwortet hat, bittet er uns um schnelle Hilfe."

„Was ist ein Ghul?", fragte Amar kopfschüttelnd.

„Ich ... ich bin mir nicht sicher", murmelte Christoph mit Sorge. „Doch wir sollten seiner Bitte Nachkommen, ehe etwas Größeres aus den Schatten erwacht." Amar ließ den Blick langsam auf den Falken sinken, der reglos auf Christophs Hand hockte, als würde der Vogel mehr wissen.

„Ich verstehe", hauchte Amar. „Adalar will, dass wir an mehreren Fronten gleichzeitig kämpfen. Das schwächt uns", sagte er leise. Es war beinahe ein Selbstgespräch. Jetzt schaute er wieder zu Christoph hinüber.

„Von wann ist die Nachricht?", fragte Johannes, sich in den Dialog einmischend. Sie waren hier mit ihrer Aufgabe noch nicht fertig und wurden schon zur nächsten berufen. Christoph schaute zu Johannes hinüber.

„Von gestern Abend."

„Gestern Abend? Warum brauchte der Vogel dann so lange?", fragte Amar. Christoph zuckte mit den Schultern. Auch darauf hatte er keine Antwort. Für gewöhnlich war das Tier viel schneller. Auch Christoph hatte sich schon gewundert, aber der Tatsache der Verzögerung keine weitere Beachtung mehr geschenkt.

„Sonst steht nichts weiter geschrieben?“, fragte Amar. Christoph verneinte kopfschüttelnd.

„Egal wie, wir müssen ihnen helfen. Wir haben einen Eid geschworen“, sagte Amar. „Doch bevor wir aufbrechen, beenden wir das, was wir in der Nacht nicht beenden konnten.“

KALTER ABSTIEG

Es roch intensiv nach nassem Waldboden und der Niederschlag hatte wieder zugenommen. Rechts und links des kleinen Waldweges erhoben sich meterhohe Steilhänge, die mit braunem und gelbem Laub bedeckt waren und der Umgebung einen besonderen Charakter verliehen. Zwischen den dichten Bäumen entdeckte Gabriel zahlreiche monolithische Felsen, bedeckt mit reichlich Moos und die wie schlafende Riesen wirkten. Die Hänge, von dichten Baumbeständen gesäumt, hielten die Hochebene sicher fest, sodass der Boden nicht abrutschen konnte. Durchdringend und ohne erkennbares Muster überragten die Felsen das zerklüftete Gelände und erlaubten ein Durchkommen ausschließlich über den Waldweg. Dieser war hier sehr unübersichtlich und wirkte wie ein brauner Fluss aus Schlamm, der sich durch das herbstliche Meer an Bäumen hindurchschlängelte. Die Wolken griffen nach den Baumkronen und sorgten somit dafür, dass die Lichtverhältnisse äußerst schlecht waren. Gabriel fühlte sich müde und unkonzentriert. Ihm war kalt und die Jacke des Schmiedes war mittlerweile komplett durchnässt. Es war ein langer Fußmarsch bis in die Stadt. Wahrscheinlich kam er erst mitten in der Nacht dort an und er musste vor den Toren warten, bis man ihm Einlass gewährte. In der Nacht wurde eigentlich kein Besucher in die Stadt gelassen. Niemand durfte hinein oder hinaus. Außer man besaß Macht oder Geld. So hatte man nur die Möglichkeit, irgendwo außerhalb zu nächtigen. Wo immer das auch sein mochte.

Der junge Bauersohn stolperte den schmalen Weg weiter hinauf, bis er schließlich an eine kleine Biegung kam. Hier ragte auf der linken Seite ein sehr großer Felsen unmittelbar in den Waldweg hinein, sodass er drumherum gehen musste. Dabei machte er eine kleine Pause. Gabriel blieb kurz stehen und lehnte sich genau an jenen Felsen und spürte den kalten Stein im Rücken. Den Blick in die Wolken richtend, holte er einmal tief Luft, blähte seinen Brustkorb auf und pustete die eingeatmete Luft schließlich wieder mit voller Kraft aus. Ein spitzer Vorsprung pikste ihn in seinen Rücken und ließ ihn kurz zusammenzucken. Die Rast tat ihm sichtlich gut. So langsam musste er sich überlegen, wo er die Nacht verbringen wollte. Er holte noch einmal tief Luft und ging dann schließlich weiter.

Nachdem er die Biegung passiert hatte, wurde auch gleichzeitig der höchste Punkt dieses Streckenabschnittes erreicht. Der Abstieg würde mit Sicherheit etwas einfacher für ihn werden. Die Straße schlängelte sich ab jetzt weiter hinunter. Zu seinem Leidwesen war das die wetteroffene Seite, was für jeden Reisenden, der ohne großen Schutz bei diesem Wetter unterwegs ist, nicht so günstig war. Hier peitschte ihm der Wind heftig in sein Gesicht. Einzelne Schneeflocken tanzten wie wild hin und her und verfingen sich mit dem Regen in seiner Kleidung. Gabriel zog die Jacke weiter zu, um nicht noch mehr zu frieren. Aber so richtig warm wurde es ihm trotzdem nicht. Er beschleunigte den Gang, um die Anhöhe schneller hinunterzukommen. Es dauerte nicht lange und er kam an die Stelle des Weges, wo der Wind ihm nicht mehr so heftig in sein Gesicht klatschte.

Gabriel schaute sich nicht mehr nach hinten um. Er wollte einfach das, was geschehen war, hinter sich lassen. Wollte nicht mehr an den grausamen Verlust erinnert werden. Es gab nur eine Richtung und die war nach vorne weg. Es galt jetzt nur eins und das war, seine Brüder zu finden. Obwohl er nicht einmal wusste, ob sie noch am Leben waren. Trotzdem ging er weiter voran, auf der Suche nach einer Bleibe für die kommende Nacht.

Hätte er sich aber einmal umgedreht, wenn auch nur zügig, so wäre ihm vielleicht aufgefallen, dass man ihm folgte. Ein großes Tier auf vier Pfoten schlich lautlos hinter ihm her und ließ ihn nicht aus den Augen. Gabriel war nicht allein im Wald unterwegs und er bemerkte es nicht einmal.

DUNKLE ANZEICHEN

Die Luft roch modrig-feucht und hinterließ einen unangenehmen Geschmack auf der Zunge. Zügig gingen Amar, Johannes und Christoph den schmalen, dunklen Gang zurück bis zur nächsten Wegkreuzung. Wie besprochen, hatten es sich die drei Männer zur Aufgabe gemacht, die Gefangenen noch einmal zu begutachten. An der Kreuzung angekommen, hatte man drei Möglichkeiten. Entweder man ging nach rechts den Burgturm hinauf oder geradeaus zum Haupttor dieser Ruine. Nach links ging es hinunter in das Verlies des Gemäuers, und genau das war das Ziel der drei.

Zügig bogen sie gemeinsam nach links ab und folgten der schmalen und maroden Steintreppe hinunter in das kleine Gewölbe unterhalb der Burg. Erstaunlicherweise war das alte Gemäuer an diesem Ort nicht so sehr in Mitleidenschaft gezogen worden, wie es oben der Fall war, obwohl die Luft hier unten weitaus schlechter und die Feuchtigkeit um einiges höher war. Sie befanden sich jetzt etwa fünf Meter unter der Erde. Irgendwo in der Nähe rauschte Wasser und ließ das Gemäuer irgendwie bedrohlicher erscheinen, als es in Wirklichkeit war. Verweilen mochte man hier trotzdem nicht. Unten angekommen, machte der Gang einen weiteren Knick nach links, wo er schließlich schlagartig endete. Hier befand sich so eine Art Halle, und an den jeweiligen Seitenwänden befanden sich vier kleine Zellen, die mit massivem Eisengitter verschlossen waren: zwei auf der rechten und zwei auf der linken Seite. Genau gegenüber vom Eingang endete die Halle mit einer langen Steinwand, an der Eisenketten hinunterhingen. Direkt bei der ersten Kammer blieb Amar stehen, leuchtete mit seiner Fackel durch die Gitterstäbe in den dunklen Kerker hinein und beäugte die Insassen. Er kniff die Augen zusammen und erkannte zwei dunkle Gestalten, die in der Ecke kauerten. Ohne die Fackel kam nur sehr wenig Tageslicht über einen kleinen Luftschacht in der Decke in die Zelle. Schnell zog der Fackelträger das Licht wieder zurück und übergab das Feuer Christoph.

„Hier, haltet das. Ich werde jetzt da reingehen und ihr werdet hier auf mich warten. Sobald ich eure Hilfe benötige, kommt ihr beiden zu mir!" Christoph griff nach dem knisternden Licht und nickte ihm stumm zu. Johannes stellte sich an die Seite von Christoph und sagte erst mal kein Wort.

„Gut", bemerkte Amar, dann drehte er sich um und ging zur Gittertür. Mit wenigen Handgriffen schob er einen Bolzen hinaus, öffnete das Schloss, welches man nur von außen öffnen konnte, und schob somit die Tür auf. Einmal eingetreten und die Tür fiel in das Schloss, war man erst einmal gefangen. Der Raum war nicht mehr als ein kleiner Verschlag und das karge Tageslicht fand kaum Einzug. Schon gar nicht in den Abendstunden. Wenn es hochkam, konnte man hier bis zu zehn Menschen gleichzeitig einsperren. Das war dann aber schon grenzwertig. Durch den Luftschacht in der Decke fiel vereinzelt etwas Niederschlag in den Raum. So entstand in der Mitte der Kerkerzelle eine beinahe kreisrunde Pfütze aus Wasser. Christoph streckte das Feuer wieder durch die Gitterstäbe, damit Amar mehr sehen konnte. Das Licht der

Fackel erhellte das dunkle Loch und die beiden Gefangenen waren jetzt besser sichtbar. Amar ließ die Tür vom Kerker offen, sodass er jederzeit die Flucht antreten konnte. *Sicher ist sicher*. Die Schatten tanzten unter dem Schein des Feuers und zeichneten bizarre Figuren an die Wände. Die Stimmung war angespannt und keiner von ihnen sagte ein Wort.

Vorsichtig, fast schleichend, näherte er sich den beiden Schlafenden, die zur Sicherheit an den Händen angekettet waren. Die Eisenketten waren am anderen Ende mit einem Haken an der Außenmauer befestigt und die Länge der Kette betrug etwa zwei Meter. Die Bewegungsfreiheit der Gefangenen war somit stark eingeschränkt, was Christoph und Johannes tatsächlich beruhigte. Beide waren auf einem Strohballen gebettet und schliefen so fest, dass sie den Besuch nicht bemerkten. Mit dem Oberkörper lehnten sie an der Mauer und der Kopf hing bei beiden kraftlos nach vorne hinunter. Amar musterte die ruhenden Körper ganz genau, so wie er es immer tat. Alles sah völlig normal aus, wie beim ersten Mal, als er sie in Augenschein genommen hatte. Sie wirkten wie zwei schlafende Kinder, die bald aufwachen würden. Nichts deutete darauf hin, dass sie der dunklen Magie zum Opfer gefallen waren oder es noch in naher Zukunft tun würden.

Langsam kam der Ritter ein Stück näher, beugte sich vorsichtig nach unten und widmete sich als Erstes dem jungen Mann, den er in der Kirche bewusstlos auf dem Boden liegend eingesammelt hatte. Vor seinem geistigen Auge flogen noch mal die Bilder vorbei, wie der junge Bauer der Kreatur getrotzt und sich mit aller Macht gegen den drohenden Tod gewehrt hatte. Doch ohne seine Hilfe hätte er diesen Kampf am Ende verloren. Sicherlich bestand die Möglichkeit, dass er sich hierbei mit der geheimnisvollen Magie hätte infizieren können. Aber dafür gab es keine Anzeichen. Der junge Bauer schien, von den Blessuren mal abgesehen, kerngesund. Die verräterischen Wunden am Körper waren nicht vorhanden. Er war voller Kraft und konnte sich sogar wieder freikämpfen. Selbst in der Kirche wirkte er noch bei klarem Verstand. Eine Tatsache, die Amar sehr gefiel. Dieser Bauer wirkte auf ihn keinesfalls wie ein Feigling.

Nach dem Schlag auf den Kopf hatte er sein Bewusstsein noch nicht wiedererlangt und die Schwellung am Kopf war mittlerweile übermäßig groß geworden. Der Ritter ging in die Hocke, sein Kettenhemd rutschte zum Teil über den Boden, als er ein Stück näher an den Gefangenen heranrobbte. Vorsichtig berührten seine Finger die Wölbung am Hinterkopf. Dann kam er noch ein Stück näher und schaute erneut nach irgendwelchen Wunden, die verdächtig aussahen. Sie waren meistens ein untrügliches Zeichen für eine Veränderung. Amar hatte dies schon mehrfach mitbekommen. Gezielt wurde der Hals kontrolliert, dann die Arme und sogar die Füße, die blutverschmiert waren. Doch es gab keinerlei Anzeichen auf diese Art von Verletzung, nach der er gesucht hatte. Es war wie bei der ersten Untersuchung. Seine Erleichterung nahm zu und er war sich sicher, den einzigen Überlebenden aus dem Dorf gefunden zu haben. Unter anderen Umständen hätte Amar auch ihn getötet. Aber irgendwas sagte ihm, dass dieser junge Mann etwas Besonderes an sich hatte. Er konnte nicht erklären, was, aber er verdiente es, zu leben.

Mit der Sicherheit, dass der Gefangene wieder gesund werden würde, robbte er jetzt zu dem anderen Mann hinüber. Dieser schien ein wenig älter zu sein und sah weitaus schlimmer aus als sein Zellengenosse. Das Beinkleid war an vielen Stellen aufgerissen und darunter befanden sich mehrere größere und kleinere Fleischwunden, die den Stoff mit Blut getränkt hatten. Amar war sich sicher, dass es sich dabei um keine Bisswunden handelte. Bei der Verfolgung durch den Wald hatte er gesehen, wie er einen Abhang hinuntergestürzt war. Dabei hatte er wohl auch seinen Bundschuh verloren und vermutlich hatte er sich dabei die Verletzungen zugezogen. Auch hier deutete nichts auf eine Infektion hin. Für ihn waren die Wunden eindeutig. Sie wurden nicht von den Kreaturen verursacht. Schließlich atmete er erleichtert auf, drehte sich zu Johannes und Christoph um.

„Wie ich euch bereits sagte, es ist alles in Ordnung."

Der Gefangene lehnte immer noch aufrecht sitzend an der Mauer und sein Brustkorb blähte sich mit jedem Atemzug sanft auf. Immer im gleichen Rhythmus. So machte auch er einen friedlichen Eindruck. Amar drehte sich wieder zu ihm um. Es war alles so, wie er es sich gewünscht hatte. Tatsächlich aber gab es eine Stelle, direkt unterhalb des Ohres, am Haaransatz, die verdächtig aussah. Zwei runde Wunden zeugten von einer Verletzung, die von einem Biss stammen könnte. Um die aufgerissene Haut bildete sich ein bläulicher Schein, der sich wie ein Dornenkranz über die Haut an der Wunde verteilte. Sie war von einer dicken Blutkruste verdeckt, sodass man sie nicht direkt erkennen konnte.

Der Ritter, immer noch kniend, löste die Schnalle ab, die sein Wams hielt. Dann stützte er sich auf sein rechtes Knie und senkte den Kopf. Er zog sein silbernes Kreuz hervor, atmete tief ein und berührte mit dem kühlen Metall seine heiße Stirn. Leise und kaum hörbar begann er, lateinische Verse zu beten. Schon bald ging das monotone Gemurmel in einen herrlichen Singsang über. Das Kreuz erwärmte sich unter seiner Hand und er versuchte so zusätzlich herauszufinden, ob der Bursche infiziert war oder nicht. Ob diese Methode zielführend war, wusste keiner so genau. Nicht mal Amar wusste es, aber bis jetzt hatte er immer richtig gelegen. Denn aus irgendeinem Grund, den er nicht kannte, mochten diese Kreaturen keine Kreuze, und Gebete waren ihnen auch zuwider. Es passierte zwar nichts weiter damit, aber es gab eine Reaktion der Abneigung. Sie fauchten und wurden wütend, wenn sie ein Kreuz sahen.

Er stoppte in seinem Gebet, steckte das Kreuz wieder ein und rutschte noch ein wenig näher an den Schlafenden heran. Ganz behutsam griff er nach dem gesenkten Kopf des Mannes und legte ihn sanft in den Nacken. Als Nächstes hob er vorsichtig die Augenlider an, um sich die Augen anzuschauen. Manchmal konnte man es auch an ihren Augen sehen. Aber auch hier wirkte alles normal. Er ließ das Augenlid wieder los.

„Und der andere?", hörte er hinter sich Johannes fragen. Amar schaute hinüber zu dem Bauer. Dann robbte er erneut zu ihm hinüber und machte dort die gleiche Prozedur. Auch hier schien alles in Ordnung zu sein.

„Es gibt keine Zweifel. Sie sind nicht infiziert." Amar stand stöhnend auf und griff nach seinem Gürtel. Johannes und Christoph schienen in diesem Moment beide erleichtert. Kurz bevor er die Kammer verlassen wollte, blickte er sich noch mal um. Sie schliefen immer noch.

„Seid ihr euch wirklich sicher?", fragte Christoph abermals, während er die Fackel wieder zurück durch das Gitter zog. Amar schaute Christoph an und nickte ihm lächelnd zu.

„Es gibt keine Anzeichen", bestätigte er ihm. Dann schob er den Bolzen am Schloss wieder zurück und die Tür wurde mit einem metallischen Klacken verschlossen. Johannes sagte kein Wort. Stumm blickte er durch die Gitterstäbe hindurch und beobachtete die beiden Gefangenen. Keine Reaktion. Sie schienen friedlich zu schlafen.

„Kommt, wir gehen nach oben, es gibt noch viel zu tun. Gebt Dubois Bescheid. Ich denke, er wird darauf brennen zu erfahren, was ihr zu sagen habt", sagte Amar. Christoph nickte ihm zu.

„Das werde ich." Die beiden Männer gingen die Treppe wieder hoch. Johannes verweilte noch einen Augenblick in der Dunkelheit, ehe er sich von den Gefangenen lösen konnte. Die drei Ritter hatten das Verlies verlassen und schon bald wurde es abermals völlig dunkel. Genau in diesem Moment hob einer der beiden den Kopf langsam an, öffnete die Augen und starrte fragend in die Dunkelheit.

RUHE

Seine Füße schmerzten mit jedem weiteren Schritt und die Belastung nahm unweigerlich zu. Das Leid verteilte sich von der Ferse bis hinauf zur Wadenmuskulatur und schien kein Ende zu nehmen. Sein Korpus war ausgelaugt und er fühlte sich alles andere als kraftstrotzend. Hinzu kam noch, dass er ohne Schuhe unterwegs war. Und das die ganze Zeit schon. Jede kleinste Unebenheit im Boden, ob es ein Stock oder ein spitzer Stein war, bohrte sich in seine aufgeraute Fußsohle und hinterließ einen stechenden Schmerz. Er war froh, wenn der Weg mit reichlich Laub bedeckt und der Boden unter seinen Füßen dadurch weicher war. Gabriel hätte die Schuhe des Schmieds genommen, wenn sie denn gepasst hätten. Der Schmied hatte Füße wie ein Kind und Gabriel hatte sich immer gefragt, wie er damit laufen konnte. Der Weg hinunter war beinahe abgeschlossen und die nächsten paar Meter würde es nur noch leichter für ihn werden. Gabriel war müde geworden und lange würde er nicht mehr laufen können. Die Luft war kalt und ausgesprochen feucht. Daher spürte er deutlich, wie das Wetter seinem Körper zusetzte. Der Niederschlag hatte zwar etwas nachgelassen, dies half ihm aber nur bedingt. Wenn man an seine körperlichen Grenzen stieß, war es egal, bei welchem Wetter man unterwegs war. Gabriel brauchte jetzt einen ruhigen, trockenen Ort, um sich auszuruhen. Zu der Müdigkeit, welche unbeirrt in ihm aufstieg, spürte er noch eine zusätzliche Veränderung in seinem Körper. Der junge Bauer konnte es nicht wirklich beschreiben, aber er bemerkte es ganz unterschwellig. Ein merkwürdiges Gefühl breitete sich in ihm aus und er konnte es nicht ignorieren. Und es gab in seinem Wortschatz kein direktes Wort, welches dieses Gefühl beschreiben konnte. Oder doch?

Es wurde bald dunkel und Gabriel sollte recht behalten, die Stadt vor Einbruch der Dunkelheit nicht mehr zu erreichen. Die Tore wurden bald verschlossen und man würde ihm keinen Einlass mehr gewähren. So oder so machte es nicht mehr wirklich Sinn, weiterzulaufen. Für einen kurzen Moment überlegte der junge Mann, ob er hier irgendwo verbleiben konnte. Ein Ort, der ihn in der Nacht vor Wind und Wetter schützen würde. Kurzerhand blieb er stehen und schaute sich um. Das Meer an Bäumen schien endlos zu sein und auf Anhieb sah er nichts, wo er hätte verbleiben können. Er schloss die Augen für einen kurzen Moment und holte noch einmal tief Luft. Müde legte er den Kopf in den Nacken und ließ die seichten Tropfen aus Wasser und Eis auf sein Gesicht rieseln. Wie aus dem Nichts blickte ihn wieder diese Grimasse an und er riss entsetzt die Augen auf. Was auch immer das war, es machte ihm Angst. Diese Visionen verstärkten sich, je länger der Tag andauerte. Erschrocken schüttelte er sich und versuchte, sich wieder auf den Weg zu konzentrieren. Er wollte nicht den Verstand verlieren.

„Richtet euren Blick nach rechts, zu den Felsen", donnerte die Stimme in seinem Kopf.

„Oh Herr, was ist mit mir?", stammelte er hinaus und blickte wieder auf die Waldstraße vor sich. Er ballte beide Fäuste und spannte für einen kurzen Moment die Muskulatur in beiden Armen an. Mit dem Mut der Verzweiflung kämpfte sein Verstand gegen diesen Zustand der Erschöpfung. Von jetzt auf gleich beschlich ihn das Gefühl, nicht mehr allein zu sein. Tausend Augen schienen ihn aus dem Dickicht des Waldes anzustarren. Seine Sinne waren wachsamer als je zuvor. Trotz der Müdigkeit seines gesamten Körpers.

* * *

Der Wolf, hinter Bäumen versteckt, verharrte in seiner Bewegung und starrte den Mann auf der Waldstraße geduldig an. Er machte keinen Mucks. Das Tier beobachtete einfach ganz genau, was da vor sich ging. Der Mann schien ihn zu wittern, ohne recht zu wissen, wo er sich befand.

* * *

Gabriel schaute nach rechts und sah eine hohe Felswand. Hätte die Stimme ihn nicht darauf aufmerksam gemacht, wäre er achtlos daran vorbeigelaufen.

Woher wusste ..., Gabriel beendete den Satz gedanklich nicht. Ohne zu zögern, schritt er darauf zu. Direkt neben dem Waldweg war ein kleiner Wasserlauf. Er war so flach, dass er ganz schnell durch das eiskalte Wasser laufen konnte. Nachdem er den kleinen Bach passiert hatte und ein Stück weiter durch den Wald gelaufen war, siegte so langsam die Nacht über den Tag und der Himmel wechselte zögerlich von grau zu schwarz. Mit zunehmender Dunkelheit fühlte er sich unsicher und ihm war klar, dass er eine Bleibe für die Nacht suchen musste. Zielstrebig ging er auf die Felswand zu und begutachtete sie. In einer Anhöhe von etwa drei bis vier Metern erkannte er eine Nische im Felsen. Sie ging etwa ein bis zwei Meter in die Felswand hinein. Und was am wichtigsten war, dort war es trocken. Gabriel grinste kurz.

„Das ist genau das, was ich gesucht habe", sagte er sich. Er griff in eine kleine Felsspalte und zog sich an der glatten und nassen Steinwand hinauf. Nach wenigen Momenten schaffte er es, die kleine Nische zu erreichen und krabbelte dankbar hinein. Hier oben war es, wie er es vermutet hatte, völlig trocken. Endlich kam er mal raus aus dem Schneeregen.

Der perfekte Platz zum Schlafen, dachte er sich. Jedenfalls für eine Nacht. Er zog die nasse Jacke aus und legte sie auf den Boden. Eigentlich wäre jetzt ein kleines Feuer sehr gut, aber das Holz im Wald war so nass, dass es ihm nicht möglich gewesen wäre, ein Feuer zu machen. Ein Schauer von Kälte durchzog seinen Körper. Dann legte er sich auf den trockenen Stein und versuchte, es sich so bequem wie möglich zu machen. Die nasse Jacke benutzte er als Kopfkissen, um es etwas bequemer zu haben. Dann rollte er sich in die Embryostellung und versuchte, seinen Körper warmzuhalten. Sofort begann sich sein müder Körper zu entspannen, und dies, obwohl er leicht zitterte. Er umklammerte seine nasse Brust mit seinen Armen, kauerte sich zusammen und versuchte, sich somit vor der nagenden Nachtkälte zu schützen. In der Ferne hörte er ein paar Raben krächzen, die wahrscheinlich um eine Schlafstätte stritten.

Da habe ich es im Moment schon besser getroffen als die Vögel! Gabriel lächelte und schloss die Augen. Er fror, aber die Kälte war nicht so unerträglich, wie sie eigentlich hätte sein müssen. Seine Konzentration fiel auf das Rauschen des Niederschlages und schon bald schlief er vor Erschöpfung ein. Sofort glitt er in eine andere Welt. In die Sphären, wo manchmal alles gut, aber auch viel schlimmer sein konnte, als es in der Realität war. An den Ort, wo alles möglich war. Gabriel entschied sich für den guten Traum. Baute sich eine heile Welt auf, wo seine Familie bei ihm war und er sich aufgehoben und geborgen fühlte. Gabriel war ein guter Träumer. Doch dieses Gefühl der Geborgenheit war trügerisch und keinesfalls echt.

* * *

Ganz in der Nähe lief der Wolf zwischen den Baumstämmen hin und her. Er hatte seinen Verfolger nicht aus den Augen gelassen und wusste genau, wo er war. Er hockte sich hinter einen gefallenen Baumstamm und beobachtete Gabriel aus der Ferne. Erst mal würde er ihn nicht aus den Augen lassen.

Ein paar Momente später.

Das Rauschen des Schneeregens wurde von einem schleifenden Brummen gestört. Der Wolf öffnete kurz die Augen und spitzte die Ohren. Dann schreckte er hoch und blickte verwundert in die Dunkelheit. Sein Blick fiel auf die Straße, die sich durch den Wald schlängelte. Irgendwas schien das Tier aufzuschrecken. Nervös lief der Wolf auf der Stelle hin und her, um dann schließlich kurzerhand auf die kalte Steinwand zuzulaufen. Das Geräusch war zunächst leise und kaum hörbar, wurde aber mit der Zeit immer lauter. Gabriel bemerkte nichts davon und widmete sich schönen Volksliedern, die er mit seinen Brüdern am Lagerfeuer sang.

Schnaufend trieb das schwarze Pferd den Holzwagen mit blutigen Hufen an. Mit enormer Geschwindigkeit galoppierte der Hengst den schlammigen Pfad entlang und machte zunächst keine Anstalten, stehen zu bleiben. Nachdem es die Biegung erreicht hatte und den kleinen Hügel hinabritt, verlangsamte das Pferd die Geschwindigkeit, bis es schließlich an der Steilwand zum Stehen kam. Der Wolf versteckte sich hinter einem Gebüsch und beobachtete die Szenerie. Nachdem das Zugtier stehen geblieben war, wieherte es triumphierend auf und schüttelte sich. Wie auf Befehl sprangen nun zwei dunkle Gestalten vom Einspänner in den Matsch. Ihre dunklen Kutten waren so lang, dass sie teilweise über den schlammigen Boden streiften und nach ein paar Schritten völlig verdreckt waren. Es waren zwei Mönche, die zielstrebig auf die Steilwand zugingen und mit ihrer Fackel nach etwas suchten. Das Raubtier blieb weiter stehen und beobachtete die beiden Männer nur. Tatsächlich dauerte es nur einen kurzen Moment, und die beiden Fremden erkannten die Nische in der Steilwand.

„Hier", sagte der eine und reichte dem anderen seine Fackel. Schnell und ohne zu zögern kletterte der größere Mann hinauf, schaute in die Nische und lächelte. Ohne jede Vorwarnung packte er den wehrlosen Körper und zog ihn an den Füßen aus dem Loch, sodass er unsanft nach unten plumpste. Dabei krachte er so hart auf den Boden auf, dass er vom Schlaf in eine direkte Bewusstlosigkeit fiel, ohne es zu merken. Der dicke Mönch, der unten geblieben war, versuchte noch, den Körper aufzufangen. Es gelang ihm aber nicht so ganz.

„Seid vorsichtig, Ripertus", rief der andere aus der Nische ihm zu. Der kahlköpfige Mönch, der die Wand hinaufgeklettert war, kletterte schließlich zügig wieder hinunter und landete mit beiden Beinen standfest auf dem Boden. Bewusstlos lag Gabriel weiter regungslos im Dreck und rührte sich nicht. Der Größere der beiden nahm sich das Feuer wieder zurück und leuchtete damit in Gabriels Gesicht, damit er mehr erkennen konnte.

„Ist er das, Giso?", fragte der etwas beleibtere Mönch.

„Laut der Beschreibung unseres Auftraggebers müsste er es sein. Er sagte, wo wir ihn finden würden, und das haben wir. Oder seht ihr hier noch einen anderen Menschen in dieser einsamen Gegend?" Ripertus schüttelte den Kopf. Der Mann mit der Fackel leuchtete den ganzen Körper mit dem Licht ab. Ihr Auftraggeber hatte ausdrücklich um Unversehrtheit gebeten. Und daran wollte er sich unbedingt halten.

„Der wacht so schnell nicht mehr auf“, meinte Giso kurz. „Wir bringen ihn wie vereinbart zum Haus. Dann fahren wir zum See.“ Dann packte der Kleinere von den beiden ihn mit seinen schmalen Händen, zog ihn an beiden Armen und schleifte den bewusstlosen Gabriel über den Waldboden zum Karren hinüber. Dort hoben die beiden Mönche den bewusstlosen Körper auf den Karren. Giso ging nach vorne zum Wagen, schnappte sich die Zügel, um das Pferd voranzutreiben, während Ripertus hinten auf den Wagen sprang, um Gabriel Gesellschaft zu leisten. Das Pferd schnaubte Luft durch seine Nüstern und rannte dann schließlich wieder los. Sie verschwanden so schnell in der Dunkelheit, wie sie gekommen waren. Der Wolf blickte ihnen winselnd nach und rannte dann schließlich in die entgegengesetzte Richtung los. Es war Eile geboten.

Einzig und allein blieb Gabriels nasse Jacke zurück in der trockenen Nische und zeugte von seinem kurzen Besuch. So war das alles nicht geplant gewesen.

DER SCHUTZENGEL

Helligkeit durchflutete die gesamte Umgebung und ausnahmslos jedes Farbpigment wurde von ihr verschluckt. Alles erstrahlte in merkwürdigen weißen Schattierungen und ließ die Gegend völlig fremd erscheinen. Das Licht schmerzte in seinen Augen und sie fingen an zu tränen. Verzweifelt probierte er, etwas in der Lichtstreuung zu erkennen, doch es war einfach zu grell und so wie es den Anschein hatte, vermochte nichts die Helligkeit zu dämmen. Nicht einmal die schützende Hand vor seinem Gesicht. Es war verrückt. Die Lichtquelle befand sich unmittelbar vor ihm und dennoch konnte er nicht ausmachen, wodurch sie genau verursacht wurde. Neugierig versuchte Oliver, der diffusen Lichtquelle näherzukommen, welche direkt vor ihm anmutete, doch auch dieses Mal kam er ihr nur schwerlich entgegen. Er war abermals in der Luft gefangen und seine Füße berührten den Boden nicht. Oliver taumelte langsam und schwerelos umher und verstand nicht, was hier vor sich ging.

Es war ein sich wiederholender Traum, dessen Bedeutung ihm immer noch nicht klar war. Ihm war kalt und die Stille, die ihn umfasste, war schon beinahe unangenehm. Das Gespür für die Situation, gleich wie ein Fisch im Wasser, ging verloren und er schien darin unterzugehen. Sein Körper wurde von einer unerträglichen feuchten Kühle umschlossen, die alles bis jetzt Dagewesene in den Schatten stellte. Die merkwürdige Stille wurde durch ein Flüstern unterbrochen. Behutsam blickte er sich um und schien jetzt endlich eine schemenhafte Gestalt zu erkennen. Sie war augenscheinlich vor ihm, ohne dass er es mit Sicherheit sagen konnte. Im Licht schien sich jemand zu bewegen. Majestätisch und absolut anmutig. Oliver schaute genauer hin und nach und nach erkannte er eine Person. Sie war riesig. Er schätzte so um die zwei Meter, wenn nicht sogar noch etwas mehr. Oliver fokussierte seinen Blick und sah, wie die Gestalt auf ihn zusteuerte. Ganz langsam, ohne hektisch zu wirken. Je näher sie kam, desto mehr konnte er, trotz des Lichtes, erkennen. Sie war in ein dunkles Gewand gehüllt, über dem Kopf trug die Gestalt eine dicke Kapuze. In der linken Hand hielt sie ein Schwert, dessen Klinge zu leuchten schien. Oliver blinzelte kurz. Die Kapuze war weit in das Gesicht gezogen, so dass er nicht wirklich viel davon erkennen konnte. Einzig und allein die Mundpartie konnte er sehen.

Waren das Engelsflügel im Hintergrund? Der junge Bauer war überrascht. Er kniff die Augen erneut zusammen und schaute noch mal genauer hin.

„Wie ist das möglich?", fragte er sich. Ohne zu wissen, ob er noch im Leben oder im Tod verweilte. Es fühlte sich alles so unwirklich an. Der Engel kam noch ein Stück näher und dann hörte Oliver ihn sprechen.

„Was macht ihr hier?", wurde er gefragt. Die Stimme des Engels klang angenehm süß und beruhigend. Er konnte aber nicht sagen, ob es eine Frauen- oder Männerstimme war. Es war irgendwie beides. Der junge Bauer konzentrierte sich auf die Erscheinung, die jetzt kurz vor ihm stehen blieb und sich auf den Griff des Schwertes stützte. Oliver konnte nicht

erkennen, ob die Klinge im Boden steckte oder nicht, sie verschwand in der Helligkeit des Lichtes und schien sich darin aufzulösen. Der Engel stand einfach nur da und schien auf eine Antwort zu warten. Oliver konnte nicht glauben, was er dort sah.

„Es waren tatsächlich Engelsflügel.", murmelte er in seinen Gedanken. Sie waren riesig und erstrahlten in einem so reinen Weiß, wie er es zuvor noch nie gesehen hatte. Die Kutte, die der Engel trug, war sehr lang und reichte bis zum Boden. An den Schultern trug er einen Schulterschutz aus glänzendem Metall. Es war eine imposante Erscheinung. Oliver sammelte sich kurz.

„Wie ist das gemeint?", meinte er schließlich. Seine Stimme war sehr zaghaft. Ja, beinahe nur ein Hauch, doch der Engel verstand merkwürdigerweise jedes Wort. Olivers Stimme klang in dieser lichtvollen Umgebung merkwürdig klar, ohne jeden Hall. Es verging ein kurzer Moment.

„Ihr dürft nicht hier sein!", sprach der Engel dann.

„Wieso, wo bin ich?", fragte Oliver.

„In einer Welt, die nicht für eure Augen und Ohren bestimmt ist. Jedenfalls jetzt noch nicht. Wenn die Wächter davon erfahren, werden sie euch bestrafen. Verlasst diesen Ort."

„Die Wächter?" Oliver war verwirrt.

„Ja!", sagte der Engel in einem beruhigenden Ton. „Es ist für euch noch nicht an der Zeit."

„Wer sind die Wächter?"

„Sie achten darauf, wer sich hier aufhalten darf und wer nicht. Sie bewachen das Tor."

„Das Tor?", fragte Oliver unwissend.

„Ja, das Tor zur Unterwelt. Es gibt eine klare Trennung zwischen diesem Ort und dem, den ihr als Unterwelt bezeich-

net. Nichts darf von dort jemals hierher gelangen. Und wir dürfen niemals an diesen Ort gehen. Dafür sorgen die Wächter. Und sie mögen es nicht, wenn jemand hier ist, der nicht hier sein darf", sagte der Engel.

„Bin ich durch das Tor gekommen?"

„Nein, ... dennoch ist es noch nicht an der Zeit für euch, hier zu verweilen. Ihr müsst gehen, und zwar jetzt ..." Urplötzlich stockte der Engel in seiner Rede. Er blickte sich um und schaute hinter sich. Nach einem kurzen Moment schaute er wieder Oliver an.

„Es ist wirklich an der Zeit für euch, diesen Ort zu verlassen. Wenn ihr nicht geht und die Wächter euch finden, zerren sie euch in die Unterwelt. Und das wollt ihr nicht", mahnte der Engel und machte mit seiner rechten Hand eine verscheuchende Geste.

„Warum bin ich hier?", fragte Oliver.

„Weil ihr nach jemandem sucht, den ihr hier aber nicht finden werdet. Und jetzt geht, Oliver. Ich kann euch sonst nicht beschützen", betonte der Engel.

„Woher kennt ihr meinen Namen?"

„Ich weiß alles über euch!"

„Ich verstehe nicht." Oliver war durcheinander. Was meinte der Engel?

„Bitte, ihr müsst gehen. Die Wächter haben euch bemerkt." Der Engel breitete seine Flügel aus und stand mit seiner ganzen Spannweite vor ihm. Es war beeindruckend, wie groß sie waren.

„Geht jetzt!", befahl der Engel mit Nachdruck. Oliver hörte etwas auf sich zukommen. Dann war es von jetzt auf gleich dunkel. Das Licht war völlig erloschen und ihm wurde kalt. Oliver rang nach Luft und merkte beim Wachwerden, wie er nach Luft schnappte. Er musste aufgehört haben zu atmen.

Ein kräftiger Atemzug verhalf ihm, das Bewusstsein zu erlangen.

Was war das gerade?, dachte er sich. Oliver saß angelehnt mit dem Rücken an einer Steinmauer und spürte beim Wachwerden sogleich den kalten Stein. Sein Kopf war leicht nach unten gekippt und sein Nacken schmerzte. Instinktiv drehte er den Kopf nach vorne und versuchte, ihn unter Stöhnen anzuheben. Sein Schädel brummte und er kam immer mehr zu sich.

„Was ist los?“, hauchte er, während er die Augen noch geschlossen hielt. Er wollte die Hand heben, merkte gleich, dass sie schwer wie Blei war. Oliver holte noch einmal tief Luft und öffnete dabei ruckartig die Augen und blickte in die schummrige Umgebung. Er kniff mehrmals die Augen zusammen und versuchte, das Gesehene zu verstehen. Er befand sich in einer fremden, dunklen Umgebung, die nicht vielversprechend aussah. Ganz anders als in seinem Traum. Ein Blick hinunter zu seinen Füßen zeugte von mehreren Verletzungen an seinen zerschundenen Beinen. Der Stoff seines Beinkleides war blutig und an manchen Stellen so sehr zerfetzt, dass er seine aufgerissene Haut sehen konnte. Oliver blickte sich weiter um, den Schmerz, den sein Körper ausstrahlte, versuchte er wegzuatmen. Er spürte Stroh unter seinem Hintern und ihm war kalt. Es war ein Ort, an dem man eigentlich nicht verweilen wollte, und der junge Bauer überlegte angestrengt, wie er hierhergekommen war.

„Was ist passiert?“, stammelte er keuchend vor sich hin. Eine Fackel erhellte den Raum und er konnte erkennen, dass es ein Loch in der Decke gab, durch das es reinregnete. Der stechende Schmerz im unteren Lendenwirbel war unerträglich.

„Wo bin ich?“, murmelte er weiter und presste noch einmal kurz seine Augenlider zusammen. Nachdem er sie erneut geöffnet hatte, war es abermals das gleiche Bild. Das Loch war schier unerreichbar hoch über ihm. Sein Verstand meldete eine vollkommene Orientierungslosigkeit und er konnte sich an so gut wie nichts mehr erinnern, was in der letzten Zeit passiert war. Der Gestank von Vergänglichkeit vermischte sich mit dem Geruch von abgestandener und verbrauchter Luft, die ihn fast an seine Empfindungsgrenze brachte. Oliver verstand so langsam, dass er sich in einem Verlies befand. Irgendjemand hatte ihn gefangengenommen und eingesperrt. Aber warum?

Warum bin ich hier? Was wirft man mir vor?, fragte er sich, dabei durchfuhr ein ungutes Gefühl seinen Körper. Seine Augen bewegten sich unkoordiniert hin und her, auf der Suche nach einer Lösung oder besser gesagt nach einem Ausweg aus dieser Situation. Vorsichtig bewegte er erneut seinen linken Arm nach oben und wollte sich damit den kalten Schweiß aus dem Gesicht wischen. Obwohl er schwitzte, fror er zugleich. Erst jetzt hörte er die schwere Metallkette, mit der er gefesselt war. Jede einzelne Bewegung brannte und seine Knochen waren von der Kälte ganz steif. Kopfschüttelnd versuchte er erneut, sich die letzten Geschehnisse in sein Gedächtnis zu rufen. Keine Chance. Die kalte Luft reizte seine Lunge und er musste husten. Ein Stich fuhr durch seinen Rippenbogen und er ließ ein lautes Zischen ertönen.

Erschöpft ließ er seine Hände in seinen Schoß fallen, schaute frustriert auf seine Handgelenke, die von schweren Metallringen umschlossen waren. Davon würde er sich allein nicht befreien können. Niemals. Das war unmöglich.

Einer Ahnung zufolge blickte er nach rechts und erkannte jetzt, dass er nicht allein war. Eine weitere Person saß neben ihm und war genauso gefangen, wie er es war. Ebenfalls angekettet und an die Mauer gelehnt, schlief der junge Mann und rührte sich kein bisschen. Gute zwei Meter entfernt. Oliver überlegte kurz. Angestrengt versuchte er zu schauen, ob der Mann noch am Leben war. Unter den Umständen war das nicht so selbstverständlich. Nach kurzer Überlegung versuchte er, ihn zu wecken.

„Ihr da! Hört auf zu schlafen!", Oliver sprach zunächst leise, da er keine Ahnung hatte, ob nicht eine Wache oder so etwas Ähnliches in der Nähe war, die nicht erfreut darüber war, dass er aufgewacht war. Der junge Mann neben ihm rührte sich nicht. Verständnislos schüttelte er den Kopf.

„Wacht auf!" rief er ein weiteres Mal, doch es geschah wieder nichts. Oliver suchte mit seinen Händen den lehmigen Boden ab und fand ganz in der Nähe seines Strohlagers einen kastaniengroßen Stein. Seine Finger umklammerten ihn und mit einem gezielten Wurf warf er ihn dem Gefangenen auf die Brust. Es dauerte einen Moment, doch dann reagierte der Schlafende und hob unter Stöhnen den Kopf an. Völlig verwundert, wie ein alkoholisierter Landstreicher, starrte er Oliver blinzelnd an.

„Was, ... was ist los?", stammelte dieser flüsternd. Seine Stimme klang schwach und rau. Schnell schien der junge Mann die Situation zu begreifen und war gleich hellwach. Mehr oder weniger. Manchmal kann man die Gefahr spüren, in der man sich befindet.

„Wie ist euer Name?", stellte Oliver eine Gegenfrage, ohne die ihm eben gestellte Frage zu beantworten. Der Fremde schien zunächst nicht zu verstehen und wirkte zwar wach, aber desorientiert. Er blickte ein paar Mal fragend hin und her.

„Äh ... man nennt mich ...", er überlegte und machte eine Pause. „... ich ... ich weiß es nicht mehr!", flüsterte er schließlich. Resignation legte sich wie ein dunkles Geheimnis über seine Stimme.

„Ihr wisst es nicht mehr?" Oliver stutzte und schob seinen Kopf fragend nach hinten. Wollte oder konnte er ihm das nicht sagen? Oliver war sich da nicht sicher, was in dieser Situation aber auch nachvollziehbar war. Wenngleich sie sich beide gerade augenscheinlich in der Klemme befanden.

„Nein ... ich weiß es wirklich nicht mehr!" er schüttelte verneinend den Kopf.

„Wisst ihr wenigstens noch, wie ihr hergekommen seid?" Der Fremde überlegte weiter, aber schüttelte schließlich abermals den Kopf. In dieser Hinsicht ging es ihm ähnlich. Sein Erinnerungsvermögen wies ebenfalls Lücken auf.

„Kennt Ihr denn Euren Namen, Fremder?", fragte er ihn.

„Oliver!"

„Und wie seid Ihr hierhergekommen?"

„Das weiß ich ebenso wenig wie Ihr!" Oliver starrte auf die Fesseln und zog daran, sodass die Kette vollends gespannt war. Mit voller Kraft versuchte er, die Kette aus der Verankerung in der Wand zu reißen.

„Das dürfte zwecklos sein!", betonte der Fremde resignierend. „Ohne fremde Hilfe bekommen wir die nicht ab", fügte er dann noch hinzu.

„Da habt Ihr wohl Recht." Oliver gab es frustriert auf. Das waren ja tolle Aussichten. Verzweifelt schaute er sich nochmals um. Es gab keine Möglichkeit, sich von den Ketten zu befreien. Jedenfalls nicht ohne einen Schlüssel oder hilfreiches Werkzeug. Dann fiel sein Blick wieder auf den Fremden.

„Mir kommt es so vor, als ob ich Euch schon mal begegnet bin. Kann dies sein?" Oliver kramte in seinem Gedächtnis herum, aber seine Synapsen gaben diese Information nicht frei. So sehr er auch überlegte. Der junge Mann horchte indes neugierig auf.

„Ja, und wo?", fragte er Oliver.

„Das weiß ich leider auch nicht mehr!" Oliver versuchte, das Gesicht im Dämmerlicht besser zu erkennen. Er studierte die schmalen Gesichtszüge, aber es fiel ihm einfach nicht ein. Bei der genauen Betrachtung merkte er plötzlich, dass mit ihm etwas nicht stimmte. Seine Augen wirkten so andersartig. Die Iris hatte eine Farbe, die nicht normal aussah, und irgendwas sagte ihm, dass er so etwas schon mal gesehen hatte. Oliver kniff die Augen zu Schlitzen zusammen und dachte nach.

Gelbe Augen. Er blickte zur Seite und kramte in seinem Verstand herum. Aber es war wie verhext, auch das fiel ihm nicht mehr ein.

„Ihr seht nicht gut aus, fühlt Ihr Euch nicht wohl?", merkte er an. Gerade als der Fremde antworten wollte, hörten sie Schritte, die unbeirrt näherkamen. Ein kleiner Leuchtschein kam den schallenden Schritten zuvor. Wenige Augenblicke später erkannten sie einen Mann mit engelsgleichem Gesicht, der sie fragend durch die Gitterstäbe anstarrte. Oliver schaute ebenso fragend zurück.

DIE ENTFÜHRUNG

Die Hufe des Pferdes donnerten über die feuchte Waldstraße hinweg und durchbrachen die Stille der Nacht mit einem gehörigen Grollen. Ein Kauz protestierte schreiend gegen den Lärm und warf seine Rufe den Reisenden mit aller Wucht entgegen. Mit voller Muskelkraft zog das Tier den Karren durch die dunkle Nacht und hinterließ dabei eine tiefe Furche im aufgeweichten Waldweg. Die großen Räder zeugten von der Anwesenheit der Reisenden. Giso kauerte in Fahrtrichtung sitzend auf der schmalen Holzbank des Wagens und lenkte das Tier den schmalen Pfad den Hügel hinauf. Er war sehr konzentriert, da die Sicht in der Nacht denkbar schlecht gewesen war. Durch den Fahrtwind war seine Kapuze nach hinten gerutscht und gab seine Glatze frei. Ein hauchdünner Kranz von weißen Haaren säumte seinen Hinterkopf.

Konzentriert hielt er mit der linken Hand die Zügel fest und umklammerte mit der rechten Hand das offene Licht seiner Fackel. Durch den Fahrtwind war das Feuer sehr schwach und eigentlich keine große Hilfe, um in der Dunkelheit etwas zu sehen. Und dennoch gab es ihm eine Art Sicherheit auf dem Weg zu ihrem nächsten Ziel. Sie mussten sich beeilen, da sie zu spät dran gewesen waren. Über die Zügel gab er dem Pferd den Befehl, schneller zu laufen. Der Vierbeiner verstand sofort und beschleunigte das Tempo noch mal, als es weiter schnaubend durch den dunklen Wald preschte. Durch die vielen Unebenheiten im Boden wurde Gabriels Körper auf dem Wagen umhergewirbelt und sein Mitfahrer hatte große Mühe, ihn dabei festzuhalten. Seine linke Hand umklammerte den Oberarm des schlafenden Gabriel, damit dieser nicht vom Wagen rutschen konnte. Mit der rechten Hand umklammerte Ripertus kniend die Holzumrandung des Wagens. Seine Finger waren eiskalt, schmerzten dabei fürchterlich und dennoch ließ er beides nicht los. Das war nun mal keine Option. Sie hatten einen Auftrag und den würden sie erfüllen. Voller Kraftanstrengung biss er sich auf die Zähne und hoffte, dass sie bald ankommen würden.

Sie waren der Waldstraße für eine gewisse Zeit vorangeeilt, als der Schneeregen, welcher mehr und mehr in Schnee überging, mit einem Mal nachließ und das Tropfen des Wassers allmählich verstummte. Stille umfing sie und auf einmal wirkte es so, als ob Gefahr drohte. Giso konnte es nicht beschreiben, aber aus dem Bauch heraus merkte er instinktiv, dass etwas nicht stimmte. Das Pferd drosselte von selbst die Geschwindigkeit an einer schmalen Kurve, als der Wald eine kleine Lichtung freigab. Giso gab dem Pferd zu verstehen, die Geschwindigkeit noch einmal mehr zu verlangsamen, als er in der Ferne eine dichte Nebelbank sah. Das Feuer der Fackel verstärkte sich, nachdem sie beinahe gestoppt hatten, und leuchtete die Gegend unmittelbar vor ihm aus. Verwundert kniff er die Augen zusammen und blickte etwas missmutig auf die Nebelwand vor sich. So etwas hatte er noch nie gesehen. Es war irgendwie anders als sonst. Viel dichter und materieller. Die Bäume in der näheren Umgebung wurden von der undurchsichtigen Masse umhüllt und bis zur völligen Unkenntlichkeit verschluckt. Nebel war zu dieser Jahreszeit nichts Ungewöhnliches, aber dieser, welchen er dort sah, war definitiv anders.

Langsamer schritten sie auf die Nebelwand zu, ohne wirklich anzuhalten, und tauchten langsam darin ein. Nur schemenhaft erkannte Giso die großen Nutzhölzer, die wie knochige Ungeheuer aus dem Dunst hervorstachen und nach ihnen zu greifen schienen. Die Bäume waren nicht mal einen Meter von ihm entfernt und dennoch konnte er sie nicht richtig erkennen. Selbst mit dem Feuer der Fackel war es unmöglich, mehr als zwei Meter weit zu schauen. Das Pferd trabte etwas nervös voran, bis sie allesamt schließlich vollständig in den Dunstschwaden verschwanden. Den beiden Männern wurde es offenkundig unbehaglich zumute und Giso konzentrierte sich jetzt noch einmal genauer auf seine Umgebung, um nicht von der Straße abzukommen. Es war mittlerweile völlig windstill und man hörte nichts außer den Hufen und dem Quietschen der Holzräder, die sich durch den Matsch wühlten. Giso zog die Zügel an und befahl dem Tier nun doch, stehen zu bleiben.

„Warum halten wir?", fragte Ripertus auf der Pritsche hinter ihm. Seine Stimme klang ängstlich, ja beinahe war es nur ein Piepsen. Der Reiter blickte sich hastig um und schaute ihn nervös an, doch durch den Nebel konnte er seinen Gesichtsausdruck kaum erkennen. Zunächst sagte Giso kein Wort und lauschte angestrengt in die Umgebung. Es war totenstill, bis auf ein kleines merkwürdiges Geräusch, welches die Stille durchschnitt.

„Was ist los?", fragte sein Begleiter nochmal und hob fragend die Schultern. Fast gleichzeitig, als er die Frage flüsternd stellte, hörte er es auch. Ripertus verharrte in seiner Bewegung und schaute in den Nebel hinter sich, der seinen feuchten Mantel um sie gelegt hatte und sie in völliger Dichtigkeit erstarren ließ. Das Rascheln und Knistern waren deutlich zu hören gewesen. Irgendetwas bewegte sich durch das Unterholz. Zwar nur sehr langsam und sehr leise, aber irgendetwas kam auf sie zu.

„Wer ist da?", fragte Giso. Dabei war er aber nicht so laut, wie er vielleicht sein sollte, um eine Antwort zu bekommen. Die Nebelwand gab nichts preis. Wurden sie von jemandem verfolgt oder war es ein Tier auf Nahrungssuche? Die Antwort blieb erstmal, wie die beiden, im Nebel verborgen. Wildschweine suchten gerne in der Nacht im Unterholz nach Nahrung. Aber waren es tatsächlich Wildschweine? Giso zweifelte daran. Sie lauschten genauer hin. Es klang nicht nach einem Tier. Was auch immer es war, es wusste, dass sie auf der Straße standen und wahrscheinlich stierte es sie gerade an, wenn das überhaupt durch den dichten Nebel möglich war.

„Ich glaube, da ist wer, der uns verfolgt", flüsterte Giso. Ripertus schaute in die Umgebung und versuchte, etwas durch die Nebelschwaden zu erkennen. Abwechselnd schlug ihr Pferd unruhig mit den Hufen auf den Boden und gab somit seinen Unmut preis. Kurz wandte sich Giso dem Tier zu.

„Ruhig!", meinte er.

„Was ist das?", fragte der Dicke und kniff die Augen zusammen. Das Rascheln verstummte auf einmal und es war jetzt noch stiller als vorher. Selbst die Natur schien totengleich vor Schreck. Es verging ein Augenblick, in dem nichts geschah.

„Ich glaube, man beobachtet uns!", sagte der Glatzkopf, völlig überzeugt von seiner Aussage.

„Von wem? Ich kann nichts erkennen." Ripertus wurde nervöser.

„Nur weil ihr etwas nicht sehen könnt, heißt das nicht, dass es nicht da ist, Dummkopf!", flüsterte Giso mit aufgeregter Stimme. Mit der Fackel versuchte er, die Gegend ein wenig auszuleuchten. Doch dies war und blieb aussichtslos.

Die Unruhe breitete sich unter den Mönchen weiter aus. Langsam stand der dicke Mönch auf, ließ vom Schlafenden ab und schaute in die undurchsichtige, dunkle Umgebung. Der Lichtschein des offenen Feuers reflektierte die Nebelschwaden, sodass sie von orangem Nebel umschlossen wurden. Ripertus drehte sich nach vorne um und schaute seinen Begleiter fragend an.

„Ich sehe immer noch nichts. Wir sollten unseren Weg fortsetzen", betonte er. Es verging noch ein Moment der Stille, als Ripertus plötzlich einen Hauch im Nacken spürte. Jedenfalls meinte er das. Irgendwas berührte seine dünnen Haare auf seinem Kopf. Ängstlich riss er die Augen auf und blieb starr vor Schreck stehen, wie eine Salzsäule.

„Was ist los?", fragte Giso, der ihn irritiert anschaute. Der Dicke wagte es nicht, sich zu bewegen. Ohne den Kopf nach hinten zu drehen, versuchte er zu erkennen, wer oder was da hinter ihm auf dem Wagen stand. Angestrengt verdrehte er die Augen zur linken Seite, bis der Schmerz unerträglich wurde. Sein Atem wurde schneller, sein Puls raste in die Höhe und er fing an zu zittern. Deutlich fühlte er den feuchten Atem in seinem Nacken. Da war tatsächlich jemand, und er war ihm näher, als es ihm lieb war.

„Verdammt, Ripertus, was habt ihr? Ich sehe nichts", fluchte Giso. Der Dicke presste vor Angst die Lippen zusammen, schüttelte verneinend den Kopf und bat Giso darum, still zu sein. Warum auch immer, dachte er an einen Geist. Vielleicht eine verlorene Seele, die ihn heimsuchte für seine Sünden, die er begangen hatte. Ripertus bewegte sich nicht, in der Hoffnung, dass die Erscheinung wieder verschwinden würde. Er fing an zu schwitzen und sein Puls schnellte noch einmal in die Höhe. Es fehlte nicht mehr viel und sein Herz würde wie eine reife Frucht in seinem Brustkorb platzen. Giso beugte sich etwas nach vorne, um die Umgebung besser auszuleuchten. Doch außer seinem Begleiter konnte er niemanden sehen. Er zuckte mit den Achseln und schüttelte fragend den Kopf.

„Was ist da?“ Ripertus starrte Giso weiter an und bewegte sich nicht. Wenn er nichts sah, wie konnte er die Gegenwart spüren? Vielleicht war es ja wirklich ein Geist? *Oder es ist nur eine Einbildung, resultierend aus meiner Furcht.* Tausend Gedanken schossen ihm gleichzeitig durch den Kopf. Seine kleinen Nackenhaare richteten sich auf und eine weitere Woge der Furcht überkam ihn. Die Gänsehaut verteilte sich wie eine schnell verbreitete Welle über seinen ganzen Rücken und wollte nicht enden. Nervös schaute er abermals zu Giso hinüber, welcher ihn immer noch ratlos anblickte.

Sollte er sich doch umdrehen? Oder war das dann ein Fehler? Der Atem war immer noch deutlich zu spüren. Er fühlte Fingernägel auf seiner Kopfhaut. Mit allem Mut, den er aufbringen konnte, drehte er sich schließlich um und blickte mit einem Schrei in das Nichts hinter sich. Sowohl der Fahrer als auch das Pferd zuckten von dem Schrei zusammen.

„*Herr Gott*“, stieß Giso aus und hielt sich vor Schreck die Hand an die Brust. Das Pferd stampfte aufgeregt mit den Hufen. Es würde nicht mehr lange dauern und dann würde es mitsamt dem Wagen durchgehen.

„Ruhig“, flüsterte der Fahrer dem Tier zu. Ripertus schaute hinter sich. Doch da war niemand. Er sah nichts außer dichtem Nebel. Hektisch blickte er sich um und suchte die Gegend ab. Sie waren völlig allein. Wie war das möglich?

„So redet, was habt Ihr gesehen?“, fragte Giso neugierig.

„Wir sind hier nicht allein!“, antwortete der Dicke ihm nervös.

„Hier, nehmt das Licht. Vielleicht seht Ihr damit mehr?“, befahl er ihm. Der andere Mönch drehte sich zu ihm um, ging zwei Schritte nach vorne und griff nach der Fackel. Dann leuchtete er die Umgebung mit dem Feuer aus. Er kniff konzentriert die Augen zusammen und versuchte, durch die sich bewegenden Nebelschwaden etwas zu erkennen. Doch da war rein gar nichts. Die Angst ließ in seinem Kopf womöglich Bilder entstehen, die nicht der Realität entsprachen. Er schaute sich die Wolkenstrukturen an und meinte nun, in den Wolken Gestalten zu erkennen. Einen Drachen, dann einen Löwen, einen Wolf und zu guter Letzt das Gesicht einer wunderschönen Frau.

„Das ist nicht möglich“, stammelte er leise vor sich hin. Kurz darauf hörten beide das hämische Lachen einer Frau. Direkt hinter dem Wagen verformten sich die Nebelschwaden und sie sahen, wie die Luft die Wolken im Nebel herumwirbelte. Die Gestalt stand nicht mal zwei Meter von ihnen entfernt. Dann wirkte es beinahe so, als ob eine Hand durch die Wolken auf Ripertus zugeschossen kam und versuchte, ihn zu packen. Er riss die Augen auf und duckte sich blitzschnell weg. Dann drehte er sich um.

„Weg hier!“, rief er seinem Begleiter zu. Giso drehte sich geschwind um, griff nach den Zügeln und gab den Befehl, loszureiten. Das Tier spannte jeden Muskel an und ritt auf der Stelle los. Ohne dass die beiden Mönche sehen konnten, was sie wirklich umgab, flüchteten sie nach vorne weg. Der Dicke verlor den Halt und plumpste mit dem Hintern auf den Wagen. Dabei fiel ihm die Fackel aus der Hand auf den Boden des Wagens. Hektisch griff er danach und hob sie im Liegen wieder auf. Zum Glück war sie nicht in den Matsch gefallen.

* * *

Die Frau öffnete wieder die Augen und starrte in die Dunkelheit. Sie stand unweit von der Straße entfernt hinter zwei Bäumen versteckt und blickte auf die Waldstraße.

„Verflucht“, ärgerte sie sich. Ihr war immer noch nicht klar, welche Rolle der Welpe für Adalars Armee spielte. So wie es aussah, war er von einer gewissen Wichtigkeit. Irgendwas wurde in ihm gesehen. Nur was? Die beiden Mönche hatten absolut keine Ahnung, wen sie da eigentlich transportierten.

Sie hatte eine Aufgabe: herauszufinden, was Adalar und seine Söhne planten. An den beiden Mönchen hatte sie kein Interesse. Sie waren ersetzbare Figuren in einem traurigen Spiel um Macht und Geld. Und dies war ihnen nicht einmal bewusst. Ihnen war auch nicht klar, in welcher Gefahr sie sich eigentlich befanden.

„Menschen“, fluchte sie, während sie weiter nachdachte. Eigentlich hatte sie den beiden nur einen Schreck einjagen wollen, damit sie ohne den Wagen fliehen würden. Aber da hatte sie sich getäuscht. Sie waren mit dem Wagen geflohen und hatten den Welpen gleich mitgenommen. Jetzt musste sie die beiden weiterverfolgen und in das Gebiet von Adalars und seinen Soldaten eindringen. Das machte es nicht einfacher. Aber eine Aufgabe war nun mal eine Aufgabe und sie würde Katharina nicht enttäuschen. Niemand enttäuschte seine Mutter. Sie knirschte wütend mit den Zähnen, während sie sah, wie der Wagen sich von ihr entfernte. Neben ihr stand der graue Wolf und blickte sie an. Abwartend, welcher Befehl ihn jetzt ereilen mochte. Sie wartete einen Moment. Dann schaute sie zu dem Tier hinunter.

„Jetzt“, befahl sie. Der Wolf setzte sich in Bewegung und hechtete nach vorne weg. Dann setzte auch sie sich in Bewegung und nahm die Verfolgung im Schutz des Nebels auf. Aber in einem gewissen Abstand, sodass die Männer sie nicht sehen konnten. Sie musste versuchen, die Männer zu verscheuchen, ohne wirklich gesehen zu werden und ohne dass sie diese gar verletzen oder töten würde. Das erlaubte ihr Kodex nicht. Und deswegen war sie auch nicht hier. Jetzt würde es nur noch schwieriger werden.

* * *

Völlig blind raste das Pferd den Weg entlang, ohne eine Anstalt zu machen, stehen zu bleiben. Nach ein paar Metern war der Nebel von jetzt auf gleich wieder verschwunden und man konnte erahnen, wohin die Waldstraße sie führte. Es war unverkennbar, dass die beiden Mönche Angst hatten. Aber wem würde es nach so einer Begegnung nicht so ergehen? Nach ein paar Metern drosselte der Fahrer die Geschwindigkeit etwas. Dann drehte Giso sich um und sah, wie Ripertus sich langsam wieder aufrappelte. Da hatten sie wohl echt noch mal Glück gehabt. Wer oder was das auch immer gewesen war. Aber das Wort Hexe geisterte in seinem Kopf herum.

Nach einer Weile kamen sie endlich an die gewünschte Weggabelung, die ihr Auftraggeber ihnen beschrieben hatte. Das erste Ziel war nicht mehr weit, danach ging es weiter zum See. Der Reiter lenkte den Hengst auf den Seitenweg, der nochmals um die Hälfte schmaler war als die Waldstraße. Teilweise musste er Äste, die über den Weg gewachsen waren, beiseiteschieben. Nachdem sie eine weitere Biegung passiert hatten, lag vor ihnen ein kleines, aus dunklen Steinen erbautes Gebäude. Auf der Vorderseite besaß es eine kleine Eingangstür aus Holz und zwei kleine Fenster, die mit Brettern verschlossen waren. Direkt vor der Hütte wurde der Weg ein wenig breiter. Es gab gerade mal so viel Platz, um mit dem Karren in einem Halbkreis vorzufahren und direkt vor der Eingangstür stehen zu bleiben. Ripertus blickte nach hinten in den dunklen Wald, schauend, ob er Nebel sie verfolgte oder das, was sich im Nebel befand. Doch nichts dergleichen war zu sehen. Erleichtert atmete er einmal auf.

„Wir sollten uns beeilen", sagte er. Der Fahrer sprang vom Hochsitz und landete mit beiden Füßen fest auf dem nassen Boden. Mit seiner Hand klopfte er dem Pferd anerkennend an den Hals, drehte sich danach um und ging auf den Karren zu. Ripertus sprang fast gleichzeitig vom Wagen und stellte sich wankend neben ihn.

* * *

Der Wolf sprang über liegengebliebene Baumstämme hinweg und folgte den Geruchsmolekülen, die die Menschen hinterlassen hatten. An einer Gabelung blieb das Tier kurz unsicher stehen und schaute abwechselnd in beide Richtungen. Der Wolf war sich nicht sicher, welchen Weg er nehmen sollte. Der Waldboden war hier zum Teil aus Stein, sodass man die Rillen des Wagens nicht sehen konnte. Die Frau hielt neben dem Wolf kurz inne und wartete auf dessen Entscheidung. Die Flüchtigen mussten ganz in der Nähe sein, das konnte sie spüren, aber sie konnte die Fahrgeräusche des Wagens nicht mehr hören. Das war kein Vorteil. Der Wolf senkte den Kopf und fing an zu schnüffeln.

* * *

„Schläft er noch?", fragte Giso. Ripertus nickte ihm zu, ohne ein Wort zu sagen. Mit der Fackel leuchtete er zu Gabriel hinüber, der immer noch rücklings auf dem Wagen lag. Dann steckte er die Fackel in eine kleine Öse am Karren, sodass sie aufrecht stecken blieb. Kurz danach griff er nach einem Seil, das auf dem Karren herumlag. Im Schutze der Nacht nahmen sie den leblosen Körper, packten ihn an Händen und Füßen und trugen ihn an die Schwelle. Sie war nicht sehr groß und im Wald kaum auszumachen. Vor der Tür legten sie den leblosen Körper ab, und der Glatzkopf holte einen Schlüssel hervor, der an seinem Gürtel hing. Etwas mühsam bohrte er im Schlüsselloch herum und schaffte es schließlich, die massive Holztür zu öffnen. Die Tür knarrte und gab kurz danach einen Raum frei, der fürchterlich stank. Der stechende Geruch nahm einem den Atem, und die zwei Träger hatten ihre Mühe, den Raum zu betreten.

„Bäh ... was ist das hier?", fragte Ripertus und hielt sich die Hand vor den Mund. Der andere schüttelte den Kopf.

„Ich weiß es nicht, aber so muss es im Fegefeuer stinken", antwortete er ihm angewidert. Sie packten Gabriel erneut an und hoben ihn hoch. Sein Kopf klappte willenlos nach hinten weg, sodass der Hals gestreckt war und der Kehlkopf deutlich hervorstach. Lieblos warfen sie ihn bäuchlings auf verdrecktes Heu, das sich am Ende des Raumes befand. Sie verbanden ihm die Hände hinter dem Rücken mit dem rauen Seil und ließen ihn auf dem Bauch liegend zurück. Danach drückte Giso seinen Kopf richtig in den Dreck und lachte hämisch. Einen Moment später drehten sich die Männer um und verließen das Haus, so schnell wie sie gekommen waren. Giso verriegelte die Tür wieder, damit niemand rein oder raus konnte. So war es vereinbart worden. Er band danach den Schlüssel an eine kleine Lederschnur am Bauch fest und schwang nun noch zusätzlich einen Schutzbalken vor die kleine Pforte, damit der Gefangene auf keinen Fall sein Gefängnis verlassen konnte. Ihr Auftraggeber hatte ausdrücklich darauf hingewiesen, dies zu tun. Der andere holte dann eine kleine Lederflasche hervor, die ebenfalls an seinem Gürtel hing. Er öffnete den Verschluss und verschüttete eine stinkende Flüssigkeit, die nach tierischen Fäkalien roch, direkt vor der Tür. Dann verschloss er sie wieder und band die Flasche an seinem Gürtel fest.

Wenige Sekunden später entfernten sich die Hufschläge des Pferdes und mit ihm die beiden Männer, bis diese nicht mehr zu hören waren. Die Aktion hatte nicht mal fünf Minuten gedauert. Gabriel blieb völlig allein in der Dunkelheit zurück, ohne auch nur im Geringsten zu ahnen, was passiert war.

* * *

Der Wolf schaute nun nach links, da er etwas gehört hatte. Dann fletschte er kurz die Zähne und nahm die Fährte auf. Die Mönche hatten die Straße verlassen und waren einen kleinen Nebenweg weitergefahren.

„Guter Junge!", betonte die junge Frau und eilte ihm nach. Es verging ein weiterer kurzer Moment, dann umhüllten Nebelschwaden das kleine Gebäude aus Stein. Im dichten Nebel tauchten nun der Wolf und die junge Frau auf und hielten kurz am Gebäude an. Absolute Stille umfing die Umgebung. Zügig ging das Tier zur Tür und schnüffelte aufgeregt. Er wirkte unentschlossen, hob den Kopf und spitzte die Ohren. Die Frau beobachtete ihn dabei und wartete auf seine Entscheidung. Dann blickte das Tier nach links auf den schmalen Weg, der an den dichten Tannen vorbeiführte. Ohne weiter zu zögern, setzten sich die sanften Pfoten in Bewegung und rannten den Weg weiter, um die Verfolgung aufzunehmen.

Die Frau schaute kurz auf das verschlossene Gebäude. Für einen knappen Moment kam ihr der Gedanke, die Tür zu öffnen und nachzusehen, was sich dahinter verbarg, sie entschied sich dann aber, ihrem treuen Begleiter zu folgen. Was auch immer dahintersteckte, es konnte nicht wichtig sein. Die Mönche waren schließlich weitergezogen. Sie blickte in den dunklen Wald. Ihr Begleiter war schon weg. Es war an der Zeit, ihm zu folgen.

GEFAHR IM VERZUG

Angsterfüllte Augenpaare fixierten ihn aus dem Halbdunkel, was ihm kein gutes Gefühl gab. Die Situation wirkte bedrückend, und Oliver wünschte sich ein weiteres Mal weit weg von hier. Wie konnte das alles nur geschehen? Welche Ungerechtigkeit war hier auferstanden und suchte den jungen Bauern immer wieder auf ein neues Heim. Der blonde Ritter, mit dem weißen Kreuz auf dem Wappenrock, ließ keine Sekunde von ihm ab und musterte ihn, von den Haarspitzen bis zu den Sohlen. Das kleine Feuer seiner Fackel, das er in der rechten Hand festhielt, leuchtete sein Gesicht nur teilweise aus, sodass man die Miene des Ritters nicht richtig erkennen konnte. Oliver sah aber genug, um zu erkennen, dass er ihm gegenüber nicht freundlich gestimmt war. Der junge Bauer schaute den Ritter ebenfalls durch die Gitterstäbe an und rührte sich nicht. Es war still. Ja, ungewöhnlich ruhig sogar, und Oliver hörte nur sein eigenes Atmen, das durch seine Aufregung etwas beschleunigt war. Er räusperte sich kurz, um die Spannung in seinem Körper etwas zu lösen.

Der blonde Ritter stand äußerst links von ihm ausgesehen. Dort, wo die Felsenmauer den Bereich zum Verlies abgrenzte. Das Starren hörte nicht auf und dauerte eine gefühlte Ewigkeit.

Was will er von mir?, dachte Oliver. Er hatte nichts Unrechtes getan. Oder doch? Oliver presste nervös seine Lippen aufeinander, während er tief Luft holte. Oliver blinzelte kurz. Es verging noch ein weiterer Moment, als sich der Ritter schließlich in Bewegung setzte. Vorsichtig wie ein Reh ging der blonde Mann auf die Tür des Verlieses zu. Seine Schritte klangen dumpf, die Steinwände verschluckten die Geräusche fast vollständig. Das Licht der Fackel flammte durch die Bewegungen auf, während der Ritter ihn nicht aus den Augen ließ.

Dubois war vorsichtig. Wie immer eigentlich. Erst vor Kurzem hatte ihn die Nachricht von Amar erreicht, dass die Gefangenen nicht infiziert waren. Man sagte ihm, nein, man versicherte ihm, dass es ihnen gut ging. Er konnte nicht sagen, ob es Misstrauen oder einfach nur reine Neugier war, dass er sich selbst davon überzeugen wollte. Vielleicht etwas von beidem. Ohne zu überlegen, hatte er sich nach der Nachricht die Fackel geschnappt und war, ohne den anderen Bescheid zu geben, hinuntergegangen. Da war er nun und blickte auf die beiden Bastarde. So etwas wie Wut stieg in ihm auf. Nicht direkt gegen die beiden Gefangenen, es war eher die Wut gegen diese Ungerechtigkeit, die es in dieser Welt gab. Und diese Wut projizierte er gebündelt in diese Situation hinein. Ob Amar recht hatte oder nicht, davon würde er sich jetzt selbst noch mal überzeugen. Und wenn er falsch lag, würde er sie töten, ohne mit der Wimper zu zucken. An der Tür blieb Dubois stehen. Er blickte kurz auf den Bolzen, dann wieder zu den Gefangenen hinüber.

Sollte er das Risiko wirklich eingehen? Gedanklich nickte er sich selbst zu. Ja, das sollte er. Er wollte die Gewissheit, die er brauchte, um nachts ruhig schlafen zu können. Egal, was er jetzt herausfinden würde. Er griff mit der linken Hand nach dem Bolzen und öffnete die Tür. Das Metall quietschte wie eine kleine gequälte Ratte, und schließlich trat der Ritter in das dunkle Verlies ein.

Ja, soll der Fremde nur schauen, wer da auf ihn zukommt. Möge er erzittern von meinem Anblick, dachte sich Dubois.

Oliver schluckte kurz und sah, wie der Ritter sehr langsam, beinahe schleichend, auf ihn zukam. Ein kurzer Blick nach rechts verriet ihm, dass sein Mitgefangener immer noch am Schlafen war. Oder besser gesagt, wieder am Schlafen war. Er bekam von dem Besuch nichts mit. Einer schlechten Vorahnung folgend, zog Oliver instinktiv die Knie an, um zu warten, was gleich passieren würde. In seinem Magen bildete sich ein Knoten, und er biss sich auf seine Unterlippe, um sich etwas zu beruhigen. Tausend Gedanken schossen ihm wie Blitze durch den Kopf, aber ein ganz bestimmter Gedanke ließ den jungen Mann nicht los: *Himmel, was ist, wenn er uns töten will?* Dieser eine Gedanke verfestigte sich in seinem Geist und verursachte noch weitere Unruhe in seinem Gemüt. Die Nervosität stieg um ein Vielfaches an, und er fing schließlich an, leicht zu schwitzen. Oliver wollte jetzt erst recht ganz woanders sein. Alles wäre ihm recht gewesen. Jeder andere Ort, aber gewiss nicht hier. Nicht in dieser Situation.

Ein Keuchen riss ihn aus seinen Gedanken. Oliver schaute hastig zu seinem Mitgefangenen hinüber und stutzte. Er sah, wie er den Kopf anhob und gequält nach Luft japste. Ihm schien es offenkundig nicht gutzugehen. Oliver runzelte die Stirn. Die sitzende Gestalt im Halbdunkeln war richtig blass um die Nase geworden. Er hechelte etwas, so wie es ein Hund oder ein Wolf tat, wenn es ihm zu warm war. Vor Schmerzen hob der Mithäftling seinen Kopf an und pustete einen Schwall warmer Luft aus einer Wange raus, die Augen schmerzlich zusammengekniffen. Die Adern am Hals quollen abnormal hervor und pulsierten bei jedem Herzschlag. Immer wieder hielt er den Atem an, als könnte er den brennenden Schmerz aufhalten, doch es gelang ihm nicht. Mit schmerzverzerrtem Stöhnen knirschte er mit den Zähnen, während Sabber aus seinem Mund quoll, begleitet vom bitteren Geschmack der Qual, die jede Faser seines Körpers durchdrang.

„Das ist nicht gut ... das ist gar nicht gut", stammelte Oliver leise vor sich hin.

Dubois hielt in seiner Bewegung inne und blickte auf den Gefangenen, der sich gerade vor Schmerzen krümmte. Was ging da vor sich? Dubois schluckte kurz und fühlte sich im ersten Moment in seiner Vermutung bestätigt, dass hier etwas so gar nicht stimmte. Gut, dass er hier war. Er umklammerte die Fackel etwas fester und leuchtete in die Richtung des jungen Mannes mit den zerrissenen Kleidern.

Olivers Blicke wechselten nervös zwischen dem stehenden Ritter und seinem Mitgefangenen hin und her. Dieser stöhnte erneut laut auf und ließ dann einen kurzen Schrei los. Dabei öffnete er den Mund so weit wie jemand, der gerade zu gähnen versuchte. So einen Schrei hatte er noch nie gehört, und er ging ihm durch Mark und Bein. Oliver rückte mit seinem Kopf ein Stück nach vorne und legte seine Stirn in Falten.

Waren das verlängerte Fangzähne, die er da gerade gesehen hatte? Kurz nach dem Schrei verstummte der junge Mann, und sein Körper sackte wie ein nasser Sack in sich zusammen. Der Kopf kippte nach vorne weg, und von jetzt auf gleich war es wieder still geworden. Oliver riss die Augen auf. War der Mann gerade gestorben? Es musste so sein.

Der Ritter blieb immer noch in einem gewissen Abstand zu den beiden stehen und verharrte in seiner Bewegung. Die Fackel in seiner Hand flammte abermals auf, sodass man jetzt mehr sehen konnte.

Für einen kurzen Moment passierte rein gar nichts. Oliver konnte nicht mal sagen, ob er in dieser Zeit geatmet hatte oder nicht. Ängstliche Spannung durchflutete den Raum, und man konnte sie beinahe greifen. Oliver konnte nicht erkennen, ob der Mitgefangene noch atmete oder nicht. Wenn ja, dann war seine Atmung sehr flach. Der blonde Mann beobachtete sie beide angestrengt. Olivers Blicke wechselten immer noch zwischen den beiden hin und her, und die Augen des Ritters verrieten es: Der Edelmann war völlig ratlos. Nicht wissend, was er jetzt tun sollte, blieb er in einem Abstand von etwa zwei Metern stehen. Zwei Atemzüge später setzte er sich schließlich doch in Bewegung.

Dubois hielt das Feuer mit ausgestrecktem Arm nach vorne weg und machte einen kleinen Schritt auf den Schlafenden zu. Er war aber so zaghaft, dass man es beinahe gar nicht wahrgenommen hätte. Der Mitgefangene war wohl immer noch bewusstlos oder tot, denn er rührte sich nicht. Der junge Bauer versuchte, aus der Gestik die nächsten Schritte vorauszuahnen. Nicht, dass es etwas gebracht hätte, aber irgendwie wollte er vorbereitet sein. Es gab ihm ein beruhigendes Gefühl, sofern man jetzt von Beruhigung sprechen konnte. Angetrieben von seiner unerschöpflichen menschlichen Neugierde kam Dubois dem Schlafenden so gefährlich nahe, dass Oliver ihn beinahe greifen konnte. Der Leuchtkörper war so dicht vor ihnen, dass der junge Bauer die Wärme des Feuers im Gesicht spüren konnte. Obwohl ihn die Angst beinahe völlig lähmte, stammelte Oliver schließlich leise, kaum hörbar vor sich hin. Es war beinahe nur ein Hauch.

„Wer seid Ihr und was wollt Ihr von uns?“ Dubois blickte erstaunt zu ihm hinüber und starrte ihn an. Für einen Moment kniff er fragend die Augen zusammen, machte aber keine Anstalten, ihm eine Antwort auf seine Frage zu geben. Oliver beobachtete den Ritter weiter und bemerkte, dass der Fremde etwas in ihnen zu suchen schien. Ja, etwas an ihnen zu erkennen erhoffte. Es war sehr aufdringlich und irgendwie merkwürdig sachlich. So wie man ein Schwein anschaut und sich die Frage stellt, ob es geschlachtet werden kann oder nicht. So blickte der Ritter die beiden abwechselnd an. Gefühlt dauerte es eine Ewigkeit, aber Oliver war sich mittlerweile sicher, dass der Ritter es in seinem Mitgefangenen gefunden hatte. Die Erkenntnis warf fragende Furchen in das Gesicht des fremden Mannes mit dem schwarzen Wappenrock.

Oliver schluckte, seine Angst hinderte ihn daran, entsprechend nachzudenken oder weiterzureden. So sehr er sich auch gegen die Angst wehrte, sie schien stärker als sein Wille zu sein.

Dubois trat schließlich gegen den Fuß seines Mitgefangenen. Keine Reaktion. Was auch immer mit ihm war, er rührte sich nicht. Aber Dubois' Bauchgefühl hatte sich nicht geirrt. Amar lag falsch. Eine leichte Hoffnung beschlich ihn, dass er einfach nur gestorben war. Dann hätte sich das Problem jetzt erledigt. Zumindest eins von den beiden.

„Herr, sind wir krank? Wollt Ihr uns helfen?", hörte Dubois, wie er erneut angesprochen wurde. Dieser Bauernjunge war frech. Wie konnte er ihn erneut einfach so ansprechen? Dazu hatte er nicht das Recht.

Seine Stimme klang jetzt kräftiger und gefestigter, als Oliver es sich vorgestellt hatte. So war es ihm möglich, etwas lauter zu sprechen. Der Ritter schaute kurz zu Oliver hinüber, zog fragend eine Augenbraue hoch und wandte sich von ihm ab. Dabei wirkte er sehr abwertend, was Oliver wütend machte. Er war zwar nur ein Bauer und hatte vielleicht kein Recht, von sich aus mit dem Ehrenmann zu reden, dennoch wollte er wissen, was hier los war.

„Könnt Ihr oder wollt Ihr nicht mit uns reden?“, fragte Oliver nochmals nach. Wie auf Kommando schnellte der Kopf des Ritters ein weiteres Mal zur Seite, der ihn schließlich grimmig anstierte.

„Schweigt!“, brummte er schließlich mit Akzent zurück. Oliver war erstaunt. Was hatte dieser Mann hier zu schaffen? Sie waren mit den Franken nicht im Krieg. Ganz im Gegenteil, der deutsche Kaiser einte immer noch die einzelnen deutschen Gebiete. Jedenfalls, soweit ihm das bekannt war. Er verstand nicht so viel von Politik, aber er wusste eigentlich immer, wer Freund oder Feind war. Das Heilige Römische Reich war so groß und mächtig wie schon lange nicht mehr. Warum war er ein Gefangener der Franken? Was hatte sich in der Welt geändert? Für einen kurzen Augenblick schoss ihm ein Bild von seinem brennenden Dorf durch den Kopf. So schnell wie es gekommen war, so schnell war es wieder weg.

Dubois stand immer noch bei seinem Mitgefangenen und beäugte ihn misstrauisch. Dann ging er in die Hocke und streckte vorsichtig die Hand aus. Sein dunkler Wappenrock streifte über den schmutzigen Boden. Dabei ging er so vorsichtig und langsam wie nötig vor. Behutsam rüttelte er die Gefangenen am Arm. Aber auch hier passierte nichts. Langsam vermutete er, dass der Mann wirklich gestorben war. Argwöhnisch zog er die Hand wieder weg, um sie kurz darauf noch einmal auszustrecken und etwas fester zu stoßen. Der Ritter hörte ein leises Stöhnen, und dann sah er, wie der Gefangene seinen Kopf leicht anhob. Erschrocken schnellte Dubois ein Stück zurück.

Er war doch nicht tot, schallte es ihm durch den Kopf. Der Gefangene verzog sein Gesicht und blickte dann im Fieber, mit einem leeren und starren Blick in den Raum. Er schien im ersten Moment gar nicht zu registrieren, wo er sich befand oder was mit ihm geschehen war. Ratlos sah er den Ritter vor sich hocken. Er legte die Stirn in Falten und schien nachzudenken. Dann fing er an zu schnüffeln, so wie es ein Tier tat.

Der Ritter stutzte. Dubois war sich gerade nicht sicher, wie er sich verhalten sollte. Neugierig robbte er wieder ein Stück näher an den Gefangenen heran. Er konzentrierte sich jetzt ausschließlich auf ihn.

„Was ist mit Euch?" Doch er bekam keine Antwort. Ganz im Gegenteil. Er schwieg und verdrehte die Augen, sodass seine Pupillen in seiner Stirnhöhle verschwanden. Anscheinend hatte er immer noch starke Schmerzen.

Ohne irgendein Wort zu sagen, holte der Ritter aus und schlug ihm mit der flachen Hand in dessen Gesicht. Der Schlag hallte in dem alten Gemäuer wider. Sein Kopf flog zur Seite.

„Seid Ihr ein Schattenwesen?", fragte der Ritter wütend.

„Lasst uns in Ruhe", mischte Oliver sich jetzt ein. Der Ritter blickte zu ihm hinüber und funkelte ihn mit glühenden Augen an.

„Ihr seid nicht in der Position, mir Befehle zu erteilen!", bekam er zurückgeschmettert. Die Situation fing an, außer Kontrolle zu geraten. Der Ritter verharrte kurz in seiner Position. Als Oliver hinüberblickte, sah er, wie seinem Mitgefangenen das Blut das Kinn hinunterlief.

Dubois stierte Oliver an und konzentrierte sich völlig auf den jungen Bauern. In seinen Augen spiegelten sich Hass und Verachtung wider. Währenddessen fing der andere ohne erkennbaren Grund an, abermals zu japsen. Der Ritter bemerkte davon zunächst nichts, da er wütend auf Oliver einredete:

„Ich weiß um Euer Vorhaben", brüllte er ihm zu und zeigte drohend mit dem Finger auf ihn.

„Was meint Ihr?", fragte Oliver und schaute den Mann fragend an. Er hatte absolut keine Ahnung, was er meinte. Der

Ritter legte seinen Zeigefinger auf die Lippen und deutete Oliver an, still zu sein.

„Sagt kein Wort. Eure List ist mir wohl bekannt!" Oliver verstand immer noch nicht, worauf der Fremde hinauswollte. Ein weiteres Stöhnen lenkte ihn ab und er schaute zu seinem Mithäftling hinüber. Dieser schloss die Augen und hielt sich den Magen, der zu krampfen schien. Dann ging alles sehr schnell. Im Bruchteil einer Sekunde schoss der Leidende nach vorne, soweit es die Ketten zuließen. Dann übergab er sich. Eine stinkende, rotbraune Flüssigkeit klatschte Dubois entgegen, besudelte seinen schwarzen Wappenrock und fiel schließlich auf den steinigen Boden.

„Verdammte Teufelsbrut", fluchte Dubois, als er auf die feuchte, warme Masse blickte.

Keuchend rang er weiter nach Luft und hechelte dabei wie ein gestresster Wolf auf der Jagd. Seine Poren öffneten sich schlagartig und schon bald war seine Stirn von Schweißperlen übersät. Erbrochene Magenflüssigkeit tropfte ihm stinkend aus Mund und Nase. Für einen kurzen Augenblick schien er das Bewusstsein zu verlieren, fing sich aber sogleich wieder. Vornübergebeugt stützte er sich zittrig auf seinen Händen ab, den Kopf immer noch gesenkt. Unter Schmerzen öffnete er seine Augen erneut, die Iris gelb leuchtend verfärbt. Ein unmenschlicher Schrei entstieg seiner Kehle. Vor Schreck blieb dem Ritter fast das Herz stehen. Vor Schreck verlor er das Gleichgewicht und plumpste auf den Hintern.

„Was zum ...?" Der Franke blickte verwundert drein. Der Gequälte schrie jetzt noch lauter, die Augen voller Zorn. Mit einem kräftigen Ruck zerrte er an seiner Kette. Die Glieder spannten sich und protestierten knirschend. Nach dem zweiten Versuch gaben ein paar Glieder der Ketten nach und sprangen mit Wucht voneinander ab. Das abgerissene Ende schleuderte durch die Luft und traf Dubois an der Schläfe. Die Haut platzte auf und dunkelrotes Blut spritzte aus der Wunde. Langsam lief es die Wange hinunter. Noch während er sich fragte, wie das möglich war, kippte er durch den Schlag zur Seite und verlor für einen kurzen Moment die Orientierung. Mit voller Wucht klatschte er mit seinem ganzen Körpergewicht auf den verdreckten Boden. Unmittelbar vor dem Gefangenen. Dabei fiel ihm die Fackel aus der Hand. Oliver ließ einen Schrei los und schaute geschockt zu seinem Mithäftling hinüber. Er blickte direkt in die furchteinflößenden, bösen Augen von etwas, was ihm bekannt vorkam. Oliver hatte noch nie so eine Angst verspürt. *Oder doch?* Seine Nackenhaare stellten sich auf.

Diese Augen. Irgendetwas sagte ihm, dass er diese schon einmal gesehen hatte. Noch während Oliver darüber nachdachte, ging alles blitzschnell. Die Hand des Gefangenen schnellte grunzend nach vorne und packte den Ritter an der Schulter. Noch bevor Dubois realisieren konnte, dass er angegriffen wurde, war es auch schon zu spät. Fauchend und knurrend zog der Feind ihn zu sich und hielt ihn fest. Dubois griff nach der Hand des Feindes und wollte sich befreien. Doch der Griff war so stark, sodass er es nicht schaffte. Irgendwas in seiner Schulter knackte und er schrie auf. Mit einem Ruck wurde die zweite Kette aus der Verankerung gerissen. Die Kettenglieder wirbelten durch die Luft und landeten klirrend auf dem Boden. Oliver, starr vor Schreck, sah zu und konnte nicht das Geringste tun. Der Gefangene schrie auf. Dabei schien er zu grinsen. Jedenfalls sah es für Oliver so aus. Dann zog er Dubois mit beiden Händen zu sich rüber. Er wirbelte ihn auf dem Boden herum und zog ihn mit dem Kopf zuerst zu sich heran. Wie ein nasser Sack wurde Dubois auf dem Rücken liegend über den dreckigen Boden gezogen. Unter Schmerzen versuchte er jetzt, an sein Schwert zu kommen, was sich aber unter seinem Körper verkeilt hatte. In der Hektik kam er nicht an den Griff.

Ein wiederholter Schrei entstieg Dubois' Kehle. Er ließ vom Schwert ab und versuchte, sich mit beiden Händen verzweifelt gegen den Angreifer zu wehren. Doch leider ohne Erfolg. Das Blut lief Dubois in die Augen, sodass er kaum noch etwas sehen konnte. Der Angreifer schwang jetzt einmal um ihn herum und krabbelte auf Dubois drauf, um sich auf seinen Bauch zu setzen. Rücklings auf der Erde liegend, starrte der Ritter in das hasserfüllte Gesicht seines Feindes. Das Gewicht nahm ihm die Luft zum Atmen.

„Helft mir!", brüllte er so laut, wie es ihm möglich war. Verzweifelt versuchte sich der Franke auf die Seite zu rollen. Ohne den geringsten Erfolg. Die Kraft, die auf ihn einwirkte, war enorm und schien nicht menschlichen Ursprungs. Dann spürte er den ersten Faustschlag in seinem Gesicht. Irgendwas im Oberkiefer knackte und danach pulsierte ein unsagbarer Schmerz in seinem Kiefer. Zwei Zähne lockerten sich im Unterkiefer und Dubois stöhnte auf. Er war nicht mehr Herr seiner Sinne. Kleine Lichtpunkte tanzten vor seinen Augen und die Kraft ließ nach. Dann trafen ihn weitere Schläge im Gesicht. Noch einer und noch einer. Die Haut am Wangenknochen platzte auf und fing ebenfalls an zu bluten. Dubois wusste in diesem Moment nicht mehr, wie ihm geschah. Sein Kopf flog durch die Wucht immer wieder zur Seite. Mal nach rechts, mal nach links. Mit beiden Händen schlug der Angreifer auf ihn ein und mit jedem Schlag wurde der Schmerz in seinem Kopf größer. Die Nase brach, als ihn ein Faustschlag mitten im Gesicht traf. Sofort spritzte Blut über seine Haut. Er versuchte zu atmen, aber sein Blut lief ihm die Kehle hinunter und er drohte zu ersticken.

„Hört auf!", brüllte Oliver ihnen entgegen. Doch der Angreifer dachte nicht daran, aufzuhören. Oliver sah, wie sein Mitgefangener weiter wie wild auf den Ritter einprügelte und sich dann unter unvorstellbaren Lauten zu ihm hinunterbeugte. Speichelfäden spannten sich zwischen den Zähnen, als er den Mund aufriss. Dann schnellte der Kopf hinunter zu Dubois und sein Angreifer biss zu. Olivers Sinne vernahmen ein jämmerliches Schluchzen und Würgen. Er verzog angeekelt das Gesicht. Der Ritter zuckte wie ein Fisch, den man gerade aus dem Wasser genommen hatte, bis der Körper von jetzt auf gleich erschlaffte und ruhig liegen blieb. Oliver sah, wie sich eine kleine Pfütze zwischen dessen Beinen bildete. Seine Hände zuckten noch ab und zu unkontrolliert, als das Leben seinen Körper verließ. Alles wirkte in diesem Moment so surreal, dass er an seinem Verstand zweifelte. Oliver wusste nicht, was er machen sollte. Hilflos blickte er auf den Täter, der von seinem Opfer nicht ablassen konnte oder wollte. Die Fackel, die der Ritter verloren hatte, lag unmittelbar vor ihm auf dem Boden und brannte noch. Zielstrebig robbte er, so leise wie es ihm möglich war, hinüber und griff danach. Gerade als seine Hand die schmale Fackel umschlossen hatte, ließ der Sünder von seinem Opfer ab.

Blitzartig wandte der Angreifer seinen Kopf zur Seite und blickte ihn mit einer blutverschmierten Grimasse an. Rotes Blut tropfte ihm vom Kinn, während er ihn gehässig anlächelte. Auf dem Boden sah er eine große Blutlache und eine große Wunde am Hals des Opfers. Oliver schnellte entsetzt zurück. Blut sickerte aus der Wunde und ergoss sich strömend über den Lehmboden.

„W-w-w-was seid Ihr?", stammelte Oliver. Dieser antwortete ihm mit einem wütenden Fauchen. Der Angreifer riss den Mund auf und Oliver konnte die blutverschmierten Zähne gut erkennen. Die Schneidezähne sahen etwas vergrößert aus, wie bei einem Tier. Er hatte sich eben doch nicht getäuscht. Dann lachte der Angreifer bösartig.

Der Mithäftling zeigte mit dem Zeigefinger auf ihn, als wolle er sagen, dass er jetzt an der Reihe war. In diesem Moment standen auf einmal zwei weitere Ritter im Verlies. In der ganzen Aufregung hatte Oliver ihr Kommen gar nicht bemerkt. In Sekundenschnelle hatten sie die Geschehnisse erfasst und eilten zur Hilfe. Der Kleinere von den beiden lief, ohne groß zu überlegen, auf den toten Mann am Boden zu.

„Dubois!", schrie er mit Entsetzen. Mit einem gezielten Fußtritt, mitten in das Gesicht des Monsters, streckte er den Feind nieder, packte den Leblosen Körper an beiden Armen und zog den Ritter von ihm weg. Unter einem dumpfen Stöhnen landete der Lustmörder rücklings auf dem Boden. Immer noch sickerte Blut aus der Wunde des Opfers und ergoss sich auf den Boden und hinterließ eine blutige Spur. Sofort kniete sein Helfer sich zu ihm nach unten und versuchte vergeblich, die Blutung mit den bloßen Händen zu stoppen. Die rote Flüssigkeit sickerte durch seine Finger hindurch und schon bald waren seine Hände völlig beschmiert. Oliver verkroch sich unterdessen wieder in die andere Ecke des Verlieses, sodass er so weit wie möglich vom Geschehen entfernt war.

„Ist er tot, Johannes?", fragte der schwarzhaarige Kerl. Johannes sah auf den leblosen Körper und wandte dann seinen Blick ab. Ohne ein Wort zu sagen, nickte er und seine betroffene Miene drückte sein unendliches Mitleid aus. Dubois war tot.

„Verdammt", sagte Amar und wandte sich kurz betroffen von den beiden ab. Amar hatte etwas übersehen. Der eine Gefangene war doch infiziert. Johannes stand augenblicklich auf und blickte fassungslos auf seine blutverschmierten Pranken. Der Mörder schien durch den Tritt ein wenig verängstigt. Schließlich zog er sich zurück und beobachtete die Umgebung aus der gegenüberliegenden dunklen Ecke heraus. Seine Gesichtszüge entspannten sich etwas und seine Atmung verlangsamte sich abermals. Wütend und wild entschlossen zugleich, neigte Johannes seinen Kopf und schaute auf den Mithäftling, auf die Kreatur, die einst ein Mensch gewesen war. Wie in Zeitlupe zog er sein Schwert aus der Scheide und hielt es mit beiden Händen fest. Die Klinge waagerecht nach oben gerichtet, ging er einen Schritt auf ihn zu.

„Dafür wirst du sterben!", rief er ihm verächtlich zu. Dann stürmte er auf den Gefangenen zu. Dieser wiederum erkannte die Lage augenblicklich und sprang mit einem Satz aus der Hocke in den Stand. Johannes ließ sich davon nicht beeindrucken. Blitzschnell versuchte er mit seiner Klinge, dem Feind den Schädel einzuschlagen. Mit einer geschickten Drehung wich der Feind der Klinge aus und verpasste dem Ritter einen Fußtritt in die Seite, unterhalb der Rippen. Schmerzvoll stöhnte Johannes auf und stolperte zu Boden. Amar nahm fassungslos diese unsagbare Kraft zur Kenntnis. Jetzt griff auch er nach seinem Schwert. Johannes richtete sich blitzschnell wieder auf und fühlte mit seiner Hand, ob er verletzt war.

„Vorsicht, Johannes!", rief er ihm zu. Dieser stand immer noch mit dem Rücken zum Angreifer und sah nicht, dass er ihm entgegensprang. Im letzten Moment konnte er zur Seite schnellen, sodass der Angreifer ins Leere sprang und dann auf den Boden krachte.

Mit einem schnellen, bejahenden Nicken bedankte er sich für die Warnung und wirbelte erneut herum. Johannes sah, wie die Kreatur auf dem Boden lag. Ohne zu zögern, raste er auf ihn zu und rammte sein Schwert in den Rücken, sodass dieser unmenschlich aufheulte. Die Klinge bohrte sich genau zwischen die beiden obersten Rippen und durchstach den rechten Lungenflügel. Blut spritzte aus der Wunde und sickerte über die Kleidung des Mörders. Johannes drehte die Klinge im Körper einmal herum, dann zog er sie pfeilschnell wieder heraus. Verzweifelt versuchte der Verletzte, sich aufzurichten, sackte aber sogleich erneut unter Schmerzen zusammen. Ein entsetzliches Keuchen erfüllte das Gemäuer.

„Wartet", rief Amar und hob die Hand. Erneut hob Johannes sein Schwert und trennte dem am Boden Liegenden mit hasserfüllten Augen den Kopf von den Schultern. Er meinte noch, ein leises Stöhnen gehört zu haben, dann sackte der Körper des Mannes schlaff zusammen. Jede Menge Blut strömte aus dem Torso und ergoss sich auf dem kalten Boden. Johannes schaute mit Genugtuung auf den enthaupteten Körper und spuckte auf den Leichnam.

„Ausgeburt der Hölle!", fügte er abwertend hinzu. Rotes Blut tropfte von der Klinge auf den Boden. Johannes atmete einmal tief ein und blickte zu Amar hinüber.

„Ihr hättet noch warten sollen. Er hätte uns zu den anderen führen können", sprach er. Es klang ein wenig enttäuscht. Johannes schüttelte verneinend den Kopf. Das war für ihn keine Option. Dann schaute er zu Oliver hinüber. Olivers Augen weiteten sich vor Furcht. Noch ehe er überhaupt richtig begreifen konnte, was passiert war, kam Johannes auf ihn zu und verpasste ihm einen Faustschlag mitten ins Gesicht. Das laute Donnern in seinem Kopf nahm er nur kurz wahr, dann tauchte er ein weiteres Mal in die dunkle Finsternis ein. Eine kalte, dunkle Umgebung, in der er nichts fühlte. In der er sich nicht mal seiner selbst bewusst war.

WIR SIND NOCH NICHT FERTIG

Die Luft roch faulig und hinterließ einen seltsam anmutenden Geschmack auf der Zunge. Der Ort, welchen sie jetzt aufgesucht hatten, strahlte eine Kälte aus, welche die Nacht selbst im tiefsten Winter nicht hervorbringen konnte. Die Gegend war bekannt durch ihre düsteren Legenden und hatte dadurch den Namen *Wald ohne Wiederkehr*. So erzählte man sich die Geschichten von Reisenden, welche dieses Gebiet durchquert hatten, die für immer verschwunden und nie wieder gesehen worden waren. Wie viel Wahrheit in diesen Geschichten steckte, konnten die beiden Mönche nicht beurteilen. Aber das ungute Gefühl hatte sie beide dennoch eingenommen. Diese gottverlassene Gegend war beklemmend und unter anderen Umständen würden sie diese meiden. Aber sie hatten ein Geschäft abgeschlossen und nun wollten sie für die getane Arbeit auch entsprechend entlohnt werden.

Mittlerweile hatte der Niederschlag aufgehört und die Wolkendecke gab den Sternenhimmel zögernd preis. Die Tannen waren in diesem Bereich so dicht gewachsen, dass nicht mal das fahle Mondlicht hindurchblicken konnte. Es war im wahrsten Sinne des Wortes finster, wie in der schwärzesten Stunde. Einzig und allein die Fackel verhalf, ein wenig Licht in die Dunkelheit zu bringen. Es war beunruhigend, aber so war es nun mal ausgemacht.

„Warum wollte man sich gerade hier treffen?", fragte sich Giso. Die Antwort darauf war relativ einfach. Wenn etwas im Geheimen stattfinden sollte, dann suchte man sich den gottverlassensten Ort, den es gab. Das machte durchaus Sinn, ob ihm das gefiel oder nicht. Es würde nicht mehr lange dauern, und sie waren am Ziel. Für den Bruchteil eines Augenblicks dachte er darüber nach, einfach umzukehren, diesen Wald zu verlassen und auf alles zu verzichten, was sie sich in dieser Nacht erarbeitet hatten – ohne den versprochenen Sold zu bekommen. Aber wollte er das? Bei dem Gedanken schüttelte er kurz den Kopf. Das war keine Option! Hier siegte, wie so oft bei vielen Menschen, die Gier über die drohende Gefahr. Der Mensch neigte schon immer dazu, nach Macht und Geld zu streben, und dabei war es nicht wichtig, ob er sich möglichen Gefahren aussetzte. Dies war nun mal das Risiko, das man einging bei solchen Aufgaben. Die Gier war eine gewaltige Macht, die jene Menschen erblinden ließ, die danach strebten. Auf den Sack voller Münzen würde er nicht verzichten. Nicht nach dem, was sie heute alles geleistet hatten.

Die Fahrt war zuweilen recht schweigsam. Jeder der beiden Mönche war in seiner Gedankenwelt gefangen und überlegte, was er mit dem Sold anfangen würde, dabei den Blick immer auf die Umgebung gerichtet. Sie waren gierig, aber nicht blöde. Auch Ripertus dachte viel über die Bezahlung nach. Es war ein Betrag, der weit über dem lag, was man als achtbar betrachten konnte. Jeder von ihnen musste auf seine Weise überleben. Und ein guter Sold war für die beiden Mönche sehr verlockend. Mit dem Geld würden sie eine Weile überleben können. Der Dicke zählte immer und immer wieder in Gedanken die Geldmünzen, und dabei stellte er fest, dass er trotz der Sorge, die er verspürte, leicht grinsen musste. Der Wagen preschte um eine schmale Kurve, und er musste sich am Holzrand des Wagens festhalten.

Die Nacht neigte sich dem Ende zu, und die Dämmerung im Osten hatte gerade so eben erst begonnen. Die beiden Mönche waren sichtlich erleichtert über das aufgehende Tageslicht. Denn bei Tage wirkte der *Wald ohne Wiederkehr* weniger bedrohlich. Aber dennoch war er immer noch gefährlich. Giso schaute nach links, über seine Schulter, und war sichtlich erleichtert, den See zwischen den dicht stehenden Tannen sehen zu können. Es war der Treffpunkt, den sie vereinbart hatten. Das Pferd bog in einen kleinen Seitenweg ab und folgte dem schmalen Pfad, direkt an das Seeufer.

Immer wieder blickte sich Giso um. Irgendwo hier wollten sie ihren Auftraggeber treffen. So war es abgemacht. Unmittelbar vor dem Wasser blieb das Tier stehen und schüttelte erschöpft den Kopf. Dabei wieherte es einmal triumphierend auf. Nicht nur die beiden Mönche waren froh, am Ziel zu sein. Giso stieg vom Karren herunter und sprang fast synchron mit beiden Beinen auf den weichen Waldboden, der mit unzähligen braunen Tannennadeln übersät war. Ohne ein weiteres Wort zu verlieren, ging er in die Richtung des Ufers, blieb dort einfach stehen und blickte auf das sich kräuselnde Wasser.

„Was macht Ihr da?", fragte Ripertus, der immer noch auf dem Holzkarren kauerte und ihm nachschaute.

„Ich warte", bekam er als Antwort. Ripertus schaute in die Richtung des Ufers und versuchte, dort jemanden zu erkennen. Einen Schatten oder eine Gestalt. Aber außer dem großen Kerl, der am Wasser stand, sah er niemanden. Sie waren völlig allein in der wilden Natur. Etwas unbeholfen kletterte nun auch er vom Wagen und schloss zu seinem Begleiter auf.

„Wer ist er auf den wir warten?", fragte dieser und starrte dabei auf das tänzelnde Wasser, das in kleinen Wellen an das Ufer schwappte.

„Er hat seinen Namen nie genannt", schüttelte Giso den Kopf. Sie stellten sich beide am Ufer auf und blickten geduldig in die Natur. Etwa in der Mitte des Sees erkannte man eine kleine Insel, die in leichten Nebel getaucht war. Das Ufer konnte man gerade so erkennen. Ebenso ein paar knochige Äste von Bäumen, die dort wuchsen. Wenn man nicht genau wusste, dass sie dort war, hätte man sie bei dem schummrigen Licht auch leicht übersehen können. Es war noch zu dunkel. Ripertus schaute hinauf in den verblassenden Sternenhimmel und erfreute sich an dem funkelnden Anblick.

„Seid Ihr sicher, dass er noch kommt?", fragte der Dicke, während er weiter nach oben in den Himmel starrte. Ein paar Wolken zogen über ihren Köpfen hinweg, als das Mondlicht mehr und mehr verblasste. Als er wieder nach unten schaute, um noch einmal auf das Wasser zu blicken, zuckte er erschrocken zusammen. Etwa einen Meter entfernt, direkt am Wasser, stand ein Mann, ohne dass er ihn bemerkt hatte.

„Herr Gott", stieß Giso aus und fasste sich an die Brust. Sein Herz hatte einen Aussetzer gemacht. Auch der andere hatte ihn nicht bemerkt und war genauso erschrocken. Vor ihnen stand eine dunkle Gestalt mit einem weiten schwarzen Mantel. Die Kapuze war weit in das Gesicht gezogen, sodass man das Gesicht kaum erkennen konnte.

„Wie ist es möglich...?", stammelte Giso vor sich hin, der sich immer noch an die Brust fasste und beruhigend mit seinen Fingern über den Stoff rieb. Noch bevor er die Frage komplett ausgesprochen hatte, fiel ihm die dunkle Gestalt mit einer tiefen, rauen Stimme in sein Wort.

„Ist alles zu meiner Zufriedenheit?", fragte er. Es war tatsächlich ihr Auftraggeber. Giso hatte ihn zwar nur einmal gesehen, aber es reichte aus, seine markante Stimme wiederzuerkennen.

Der Glatzkopf nickte ihm zuversichtlich zu. Der Auftraggeber hob den Kopf und schaute die beiden Männer an. Seine goldgelben Augen funkelten wie Feuer, als er anfing zu grinsen. Ripertus gefielen diese Augen nicht. Die Haut seines Gesichtes war blass, ja beinahe weiß. Dunkelblaue und violette Adern durchzogen seine Wangen und die Stirn.

„Gut ... dann bin ich zufrieden mit euch", betonte ihr Auftraggeber. Jedenfalls strahlte dies seine Stimme aus. Für einen kurzen Moment durchzog ein unangenehmes Schweigen den Morgen. Dann holte der Fremde einen Geldbeutel aus weichem Leder hervor und wollte ihn gerade überreichen, als er in der Bewegung stoppte.

„Ich verdopple euren Sold, wenn ihr noch einmal zum Haus zurückkehrt und noch etwas für mich erledigt. Die Zeit drängt und ihr seid wie geschaffen für diese Aufgabe. Ich kann keine Männer dafür entbehren", sagte er. Die kahle, weiße Hand umklammerte den Geldbeutel fest und sicher. Giso zog die Augenbraue verwundert hoch. Man konnte richtig sehen, wie sich seine Gehirnwindungen anstrengten, die Botschaft zu verstehen. *Doppelter Sold?* Das hörte sich doch gut an. Sie brauchten jede Münze, die sie bekommen konnten. Die Gier war ein Fass ohne Boden, und genau das wusste ein jeder. Ohne es mit seinem Begleiter abzustimmen, stellte er eine Frage.

„Was sollen wir tun, Herr?"

„Das werde ich Euch sagen. Macht Ihr es oder nicht?" Der Große war sich einfach sicher. Ohne zu zögern, stimmte er zu.

„Ja, Herr.“ Die Mundwinkel ihres Auftraggebers gingen nach oben, und er fing erneut an, zufrieden zu grinsen. Schwarze, lange Haare fielen ihm ins Gesicht.

* * *

Die drei bemerkten nicht, dass sie aus sicherer Entfernung beobachtet wurden. Zwischen den dunklen Tannen versteckt, schaute eine junge Frau ihnen interessiert zu. Auch der Wolf, der sie begleitete, schaute teilnehmend zu, wenngleich er wohl nicht verstand, was da vor sich ging. *Wie sollte er das auch?* Das Tier lag mit den Vorderpfoten nach vorne gestreckt auf dem Waldboden, während die Frau mit ihrem schönen blauen Gewand aus Samt hinter einem Baum stand. Nur ihren Kopf streckte sie am runden Stamm der Tanne vorbei. Sie konnte nicht hören, was die Männer sprachen, sah aber den Lederbeutel, den der Mann am Ufer mitgebracht hatte und den Mönchen überreichen wollte. Sie musste sehr vorsichtig sein. Man durfte sie nicht entdecken, denn sie hatte kein Recht, hier zu sein. Die Vereinbarung mit Graf Adalar war hier sehr eindeutig und ließ keine Grauzone zu. Würde sie entdeckt werden, könnte es Krieg zwischen den Gilden bedeuten, und das konnten sie zurzeit nicht gebrauchen. Nicht in einer Welt, in der im Moment alles den Bach runterging.

„Was geht da vor?“, fragte sie sich, als sie von einem Geräusch abgelenkt wurde. Sie schaute nach links, wo die Tannen noch dichter beieinanderstanden. Auch das Tier schien etwas zu wittern und spitzte die Ohren. Irgendjemand kraxelte durch den Tannenwald und kam auf sie zu. Sie schaute den Wolf an und gab ihm das Zeichen, umzukehren und in die entgegengesetzte Richtung zu gehen. Das Tier stemmte sich auf die Pfoten und gleichzeitig machte auch die Frau sich in geduckter Haltung auf den Weg. Sie schaute noch einmal hinter sich und meinte, eine Gestalt in schwarzer Rüstung und einem Helm erkannt zu haben, als sie dann schließlich schnell hinter einem Busch verschwand. Gerade noch rechtzeitig, bevor sie entdeckt wurde.

DIE BEILEIDSBEKUNDUNGEN

Oliver spürte die starke Mattheit seines Körpers und fiel dadurch immer wieder in eine kleine Ohnmacht, die ihn völlig schutzlos machte, in dieser kalten und dunklen Umgebung. Sein Gesicht schmerzte, ohne wirklich zu sagen, wo genau die Ursache für den Schmerz lag. Schemenhaft vernahm er hin und wieder Geräusche, welche ihn an gesprochene Worte erinnerten. Dann und wann kam er zu Bewusstsein, erhaschte einen kurzen Blick auf sein Umfeld und fiel dann abermals in den Dämmerschlaf. Alles wirkte wie ein verschwommener Traum. Zeit- und orientierungslos. Jeder Versuch, wach zu werden, scheiterte kläglich. Bis jetzt jedenfalls. Sein Körper sehnte sich nach Ruhe. Und genau hier, in der Zwischenwelt, in der man weder wach war noch geschlafen hatte, stellte er sich vor, was er sich jetzt am meisten wünschte.

Sein Leib wurde von einer angenehmen Wärme umhüllt, welche sich wie ein dicker Mantel um ihn legte. Es war ein gutes Gefühl, welches sein Herz mit Sicherheit umschloss. Er sah den blauen Himmel, Wald und Wiesen, welche sich über die sanfte, hügelige Landschaft legten. Warmer Wind wehte ihm um die Nase, als er in die Sonne zu blicken versuchte. Es war eindeutig Sommer und er spürte die warmen Sonnenstrahlen auf seiner Haut. Es roch nach Heu und nach

Wiesenkräutern. Oliver atmete einmal tief ein und genoss den Moment mit allen Sinnen. Der junge Bauer war in eine Ebene katapultiert worden, die man als absolute Glückseligkeit bezeichnen konnte, bis plötzlich und völlig unerwartet eine noch nie dagewesene Kältewelle über ihm zusammenschlug. Seine Nackenhaare stellten sich auf und er fror augenblicklich. Laute Geräusche rissen ihn aus seiner Lethargie und sein ganzer Körper bebte.

Blinzeln ...

Einem Impuls folgend, gleich der Gewissheit, welche ein verletztes Tier verspürt, wenn ein Jäger im Unterholz lauert, riss er ruckartig die Augen auf und kam zu sich. Das Bewusstsein war so schnell und unerwartet wieder da, dass er regelrecht geschockt war. Die Szene war völlig irreal und zugleich voller drohender Gefahr. Ein schwarzhaariger Mann, kräftig gebaut mit dichtem schwarzem Bartwuchs und scharfen Gesichtszügen, blickte ihn misstrauisch an. Sein Gesicht war ihm so nah, dass er dessen Atem riechen konnte, der seltsam süßlich war. Diese Nähe war ihm unangenehm und Oliver wollte ein Stück zurückweichen. Gerade aus dem Schlaf erwacht, reagierte er erneut blitzschnell, zog seinen Oberkörper bis an die Mauer zurück und winkelte schließlich die Beine an. Zusammengekauert blieb er dort hocken und starrte dabei auf die Person. Es dauerte einen Moment, aber dann erkannte er den Mann auf einmal wieder und mit ihm kamen weitere Erinnerungen zurück. Er hatte ihn nicht zum ersten Mal gesehen.

Obwohl er von Angst gefesselt war, so war Oliver doch erleichtert, noch am Leben zu sein. Es vergingen ein paar Augenblicke, in denen nichts geschah. Die beiden schauten sich zunächst wortlos an. Es war eine unangenehme Stille und Oliver wollte sich der Situation eigentlich entziehen. Aber genau das konnte er nicht. Der Mann leuchtete mit seiner Fackel Olivers Körper ab und schien irgendwie erleichtert, als er damit fertig war. Der Fremde schien irgendwas zu suchen. Er war immer noch gefangen an diesem dreckigen Ort. Den Blick immer noch auf den bärtigen Mann gerichtet, stellte er schließlich schüchtern eine Frage.

„Was wollt ihr von mir?" Oliver hatte Angst, aber er versuchte sich dagegen zu wehren. Furcht brachte einen im Leben nicht weiter. Diese Lektion hatte er schon gelernt. Jetzt war es an der Zeit, die Angst abzulegen. *Nur wie?*

Der Ritter, welcher immer noch unmittelbar vor ihm kniete, wirkte von der Frage etwas überrascht. Er zog verwundert die Augenbrauen hoch. Dabei konnte er die Nervosität seines Gegenübers zügig erfassen. Schnell zog er sich ein Stück zurück und entfernte sich aus dem direkten Blickfeld, um den jungen Bauern nicht unnütz aufzuregen. Er gab dem Gefangenen den Freiraum, den er gerade benötigte. Erst jetzt nahm Oliver den zweiten Mann wahr, der ihn gerade noch geschlagen hatte. Auch hier kam die Erinnerung zurück.

Der kleine Ritter stand schweigend an der Seite, unmittelbar vor der offenen Zellentür. Er schien sehr wütend zu sein. Der Mann lehnte mit verschränkten Armen an der Wand und ließ ihn nicht aus den Augen. Oliver rieb sich derweil über die Stelle, wo ihn der Schlag getroffen hatte. Den Blick abwendend, starrte er nur wieder den schwarzhaarigen Ritter an. Oliver musste all seine Sinne sammeln, um zu verstehen, dass der Fremde mit ihm sprach. Sein Gehirn brauchte einen Moment, um die Laute zu deuten. Er fixierte die Lippen und begann langsam zu verstehen.

„Beruhigt euch. Ihr seid in Sicherheit. Versteht ihr, was ich sage?" Oliver nickte.

„Gut, ... sehr gut, ich bin Amar und der etwas wilde Kerl von vorhin wird Johannes genannt." Er zeigte mit dem Daumen hinter sich und versuchte, die Situation mit einem Lächeln etwas aufzulockern. Dann machte er eine kleine Pause und richtete sich wieder auf.

„Seid ihr unversehrt?“, fragte der Ritter. Jetzt blickte Oliver verwundert zurück. Irgendwie war die Frage reinster Hohn, oder wie sollte er sie sonst verstehen? Nein, er war alles andere als unversehrt. Sah der Alte das verdammt noch mal nicht? Oliver schüttelte den Kopf, aber eher aus Verständnislosigkeit statt als eine Antwort auf seine Frage.

„Lasst mich eure Augen sehen“, befahl er ihm. Der Ritter konnte sehen, dass Oliver nichts von dem verstand, was hier gerade vor sich ging.

„Es ist zu eurer Sicherheit. Darf ich?“, fragte er noch einmal. Jetzt etwas schärfer im Ton. Oliver schaute ihm direkt in die Augen. Nach kurzer Überlegung meinte er schließlich:

„Ja.“ Amar kam ein Stück näher, hielt das Feuer an sein Gesicht und schaute sich seine Augen genauer an. Im Schein der Fackel begann Oliver im Gesicht des Fremden so etwas wie Erleichterung zu lesen. Oliver ahnte langsam, wonach er geschaut hatte.

„Gut, ... alles sieht sehr gut aus!“, sagte Amar erneut. Oliver versuchte, diese Aussage zu glauben, aber sein Inneres ließ sich nicht so leicht beruhigen. Der andere Ritter räusperte sich kurz.

„Das sagtet Ihr auch bei dem anderen Jungen, erinnert Ihr Euch, Amar?“ Amar drehte sich nach hinten um, sodass Oliver sein Gesicht nicht sehen konnte.

„Das ist mir bewusst“, brummte er. In seiner Stimme klang ein wenig Traurigkeit mit. Amar drehte sich wieder zu Oliver um.

„Was ist vorhin passiert?“, fragte Oliver und schaute auf die Pfütze aus Blut.

„Das werde ich Euch gerne erklären. Aber erst müsst Ihr Euch stärken. Habt Ihr Hunger?", fragte Amar. Diese Frage kam etwas überraschend. Oliver schaute Amar misstrauisch an. Dieser drehte sich noch einmal nach hinten um und meinte:

„Bringt was zu essen." Dann drehte sich Amar wieder zu Oliver um.

„Sicher", warf Johannes zurück. Ohne eine weitere Reaktion abzuwarten, drehte dieser sich um und ging hinaus. Oliver konnte die Spannung der beiden Männer regelrecht spüren. Wenige Augenblicke später vernahm Oliver Stimmen, die leise miteinander flüsterten. Doch es war so dumpf, dass er kaum etwas hören konnte. Er versuchte sich zu konzentrieren, verstand aber absolut kein Wort. Es dauerte nur einen kurzen Moment, dann schallten die Schritte erneut hörbar durch das Verlies und gleich darauf sah Oliver Johannes zurückkehren.

„Christoph wird gleich hier sein", sagte Johannes. Amar nickte zufrieden, dann zog er einen Schlüssel hervor und löste nacheinander die Eisenfesseln. Dankbar und erleichtert nickte Oliver dem bärtigen Ritter zu. Seine Handgelenke schmerzten und er versuchte vergeblich, den Druck an den Gelenken wegzumassieren. Darauffolgend vernahm man erneut Schritte und schon kurz danach sah Oliver einen weiteren Ritter, der sich zu ihnen gesellte. Er war recht groß und hatte ein richtig freundliches Gesicht. *Das muss Christoph sein,* dachte er sich. Ohne Umwege kam er direkt auf ihn zu und überreichte ihm eine Schüssel mit Kohl, mit dem dazugehörigen Brot.

„Hier, nehmt das, es wird euch guttun", sagte er. Seine Stimme klang freundlich und hell. Etwas zögerlich griff Oliver nach der Schüssel aus Holz und sog die Wärme mit seinen Händen auf. Ohne ein weiteres Wort machte der Mann auf dem Absatz kehrt und ging wieder hinaus.

Oliver hielt die Schüssel fest in seiner Hand, so als ob er Angst hätte, man würde sie ihm wieder wegnehmen, und roch an dem Inhalt. Das Gemüse roch würzig gut. Irgendwie anders, als ihn seine Mutter immer zubereitet hatte. Sein Magen zog sich schmerzlich zusammen und begann zu gurgeln. Amar lächelte, als er das hörte.

„Allem Anschein nach ist es schon etwas her seit der letzten Mahlzeit, junger Freund?"

Amar nahm das von Christoph mitgebrachte Brot in die Hand und brach es in zwei Hälften. Gierig nahm Oliver es entgegen, stellte die Schüssel ab und brach es in mehrere Teile auf, die er dann gleichzeitig genüsslich in die Kohlpampe fallen ließ.

„Ihr kommt zurecht?", fragte Johannes, der immer noch angespannt wirkte.

„Ja, ihr könnt gehen", sagte Amar, ohne sich umzudrehen. Johannes ließ die beiden allein und ging, ohne ein Wort zu sagen, abermals hinaus. Währenddessen setzte sich Amar zu dem jungen Bauern auf den Boden. Gierig fing Oliver an zu essen und schmeckte schmatzend den wärmenden Kohl, der sich in seinem Mund verbreitete.

Nach einer Weile nahm der Ritter das Gespräch wieder auf, nachdem er von seinem Gegenüber eine Weile ausreichend mit Skepsis beobachtet worden war. Während Oliver sich ein Stück Brot in den Mund stopfte, fragte Amar ihn nach seinem Namen. Oliver, der gerade kaute und dann das Brot hinunterschluckte, antwortete ihm nur zögerlich, während er sich den Mund am Ärmel abwischte.

„Man nennt mich Oliver."

„Oliver! Ein starker Name!", betonte Amar lächelnd. Oliver nahm die Schüssel ein letztes Mal in die Hand und trank den Rest einfach aus.

„Was ist das hier für ein Ort und warum habt Ihr Eure Heimat, das Frankenland, verlassen?", fragte Oliver neugierig.

„Wie kommt Ihr darauf, dass ich Franke bin?", fragte Amar.

„Ich habe es einfach vermutet, da Euer Freund auch ein Franke war", antwortete Oliver. Amar stutzte. Der Junge hatte eine gute Beobachtungsgabe.

„Nein, ich bin kein Franke, wie Ihr an meinem Akzent hören könnt. Ich komme aus Kastilien."

„Also gehört Ihr keinem König oder Orden an?"

„Nein, keinem König. Wir dienen der Kirche. Einzig und allein."

„Der Kirche? Dann seid Ihr ein Kreuzritter, wie eure Kleidung vermuten lässt?"

„Ja, das war ich einmal. Jetzt widme ich mich vollkommen dieser Aufgabe!", Amar nickte. Oliver blickte auf das Kreuz, welches den Bauch des Ritters überdeckte.

„Aber die Gemeinschaft trägt unterschiedliche Wappen und Symbole?", stellte er fragend fest.

„In der Tat. Dennoch sind wir eine Gemeinschaft", betonte der Ritter.

„Und wo befinden wir uns hier?" Amar gefiel diese Art von Neugierde. Der junge Mann war aufgeweckt und konnte einen klaren Gedanken fassen.

„Dieser Ort, an dem wir uns im Moment befinden, ist nur eine vorübergehende Bleibe. Diese alten Gemäuer waren unbewohnt und reichen uns für unsere momentanen Zwecke aus. Wir befinden uns im Krieg und sind ständig auf Wanderschaft.

„Im Krieg? Mit wem?" Oliver stellte die Schüssel ab.

„Ich denke, das wisst Ihr genau!" Oliver überlegte kurz und sogleich kamen ihm die schrecklichen Bilder wieder in den Kopf.

„Ich verstehe. Wer sind diese ...?“ Oliver zögerte.

„Menschen ...?“ Amar räusperte sich. „Wolltet Ihr das sagen?“, fragte er zynisch. Oliver bestätigte ihm die Frage mit einem Kopfnicken.

„Ich weiß nicht genau, was sie sind. Zum ersten Mal sah ich sie, als sie mir das Liebste genommen haben, was ich auf der Welt besaß. Seitdem jage ich sie. Und wenn ich kann, töte ich sie. Diese Wesen scheinen direkt aus der Hölle zu kommen. Und es werden mehr. Ich beobachte Adalar schon eine Weile und seine Armee wird immer größer. Was ich mit Besorgnis festgestellt habe, ist, dass auch Söldner, also Menschen wie du und ich, sich ihm angeschlossen haben. Ich habe sie gesehen. Irgendwie stehen sie mit dem Grafen im Bunde. Aber ich verstehe die Hintergründe nicht. Das macht es uns nicht leichter, sie zu töten. Der Graf hat unzählige Soldaten. Dazu gehören auch diese Wesen. Dagegen können wir aktuell nicht viel ausrichten. Aber dennoch müssen wir versuchen, sie zu vernichten. Sie töten unschuldige Menschen. Einfach so zum Spaß. Ihr selbst habt gesehen, wozu sie fähig sind. Selbst die menschlichen schwarzen Soldaten machen vor diesen Gräueltaten nicht halt.“ Oliver blickte auf den leeren Platz neben sich.

„Also war er auch ...“

„... einer von ihnen? Ja, das war er. Wir verstehen noch nicht, wie es passiert. Wie die Magie übertragen wird. Was ich aber festgestellt habe, ist, dass sie alle Bisswunden hatten. Somit glaube ich, dass es dadurch geschieht. Wir versuchen das alles noch zu verstehen“, fiel Amar ihm ins Wort. Sein Blick war ernst.

„Wie kann Gott so etwas zulassen?“, fragte Oliver ungläubig.

„Ich denke, dass es eine Art Prüfung ist“, sagte Amar und überlegte. „Schon seit ewigen Zeiten ist ihre Anwesenheit in der Geschichte belegt. Es gibt viele überlieferte Schriften und Mythen, die von ihnen berichten. Die Bezeichnung ist zwar teilweise unterschiedlich, aber es handelt sich immer um diese Kreaturen. Schon die römischen Gelehrten sprachen in einer Prophezeiung von der Ankunft des Bösen. Von bluttrinkenden Ungeheuern, welche die Menschen versklaven wollen." Oliver schaute ihn sprachlos an. Er schüttelte ungläubig den Kopf. Wie konnte es sein, dass so etwas auf der Welt existierte?

„Ihr sagtet vorhin, dass Ihr kämpft, seitdem sie euch das Liebste auf der Welt genommen haben. Wie lange führt Ihr schon Krieg gegen diese Wesen?", fragte Oliver.

„Sehr lange. Ich vermag gar nicht zu sagen, wie unendlich lang der Kampf schon geht!" Amar senkte den Kopf und kratzte sich nachdenklich an der Stirn. Just in diesem Moment kam Oliver sein Bruder Wilhelm in den Sinn. Und von jetzt auf gleich waren seine Gedanken bei seiner Familie.

„Wisst ihr, wo meine Familie ist?" In Olivers Gedächtnis klaffte eine große Wunde, die eine große Leere der letzten Zeit hinterließ. Amar schaute den Bauern bemitleidenswert an.

„Ihr könnt euch nicht mehr an alles erinnern, nicht wahr?" Amar schluckte das zerkaute Stück Brot hinunter. Oliver versuchte, sein Erinnerungsvermögen abzurufen. Doch sein Verstand war wie blockiert.

„Nicht an alles. Ich erinnere mich an Euch und an die Kirche, aber ansonsten fehlt mir ein Stück. Ich muss zurück in mein Dorf!", stellte er fest. Der Ritter wollte gerade antworten, ließ aber davon ab und schüttelte dann den Kopf. Er überlegte kurz und meinte dann schließlich:

„Es ist besser, wenn Ihr hierbleibt!", entgegnete er ihm selbstsicher. In seiner Stimme lag eine vertrauenserweckende Ruhe, die ihm eigentlich jegliche Sorge nehmen sollte. Aber das tat es nicht. Ganz im Gegenteil. Oliver wurde unruhiger.

„Warum?", fragte er.

„Ihr habt gesehen, was passiert ist. Ich kann Euch nicht beschützen, wenn Ihr fortgeht. Fernab von diesen Mauern ist es nicht mehr sicher für Euch. Jedenfalls nicht ohne uns. So wie es den Anschein macht, habt Ihr noch einmal Glück gehabt, und diese Kreatur hat Euch nicht infiziert. Belasst es dabei und Ihr werdet alt werden. Oder wollt Ihr auch so enden wie er?" Er zeigte mit dem Daumen hinter sich auf die organische Pfütze im Dreck.

„Wollt Ihr mir damit sagen, ich werde meine Familie nicht mehr wiedersehen?"

„Das wird schwer möglich sein!"

„Wie meint ihr das?"

„Ich will damit sagen, dass Ihr der einzige Überlebende seid", sagte er kurz heraus. Das traf Oliver wie ein fester Schlag. Seine Augen weiteten sich und er holte tief Luft.

„Das ist eine verdammte Lüge!", brüllte er. Oliver schnellte entsetzt nach oben und baute sich vor Amar auf. Seine Knie zitterten und er schwankte ein wenig. Amar schaute zu ihm auf und blieb dabei völlig ruhig. Es dauerte einen kurzen Moment, dann stand Amar ruhig auf und stellte sich vor dem jungen Mann hin. Er legte beruhigend seine Hand auf die Schulter von Oliver.

„Es liegt mir fern, euch anzulügen!" Der Ritter blickte ihn aus vertrauensvollen Augen an. Seine Worte sprach er ruhig und besonnen aus und Oliver spürte instinktiv, dass der Mann ihn nicht anlog. Die Wahrheit war schmerzhaft und nahm ihm die Luft zum Atmen. Geschockt sackte er wieder in sich zusammen und hockte sich auf den Boden. Die Gewissheit über den Tod seiner geliebten Familie nahm ihm sämtliche Kraft. Nach und nach kamen ihm ein paar Bilder wieder in den Kopf. Wie er aus dem Haus flüchtete und die vielen Toten sah. Er ließ die Schultern hängen und suchte nach einem Gedanken, der zuließ, dass es ihm bald besser gehen würde. Doch da war nichts. Seine Augen füllten sich mit Tränen.

„Es ist wahr?", hauchte er und starrte dabei in die Dunkelheit. Oliver wurde bei dieser Erkenntnis schlecht vor Wut und Trauer. Er spürte die brennenden Tränen auf seiner Haut und mit ihnen kam das Gefühl der Erinnerung zurück.

„Es tut mir leid." Es waren die Worte, welche direkt aus Amars Herzen kamen.

* * *

Johannes betrat die dunkle Kammer mit einem sehr schweren, traurigen Gefühl. Das Licht der fünf Fackeln an den Wänden beleuchtete die Leiche von Dubois mit zuckendem Licht. Es war still. Ja, sozusagen totenstill. Sein Herz war schwer und seine Gedanken an den alten Freund waren getrübt. Johannes ging schweigend auf den Leichnam zu und blickte auf den toten Körper, welcher aufgebahrt auf einem Steinsockel lag. Das weiße Kreuz auf seiner Brust war mit Blut verschmiert. Seine Hände waren zum Gebet gefaltet und seine Augen geschlossen. Die große Wunde am Hals war mit einem blutgetränkten Tuch abgedeckt worden. Wenn man es nicht besser wusste, würde man sagen, dass Dubois einfach nur schlief. Aber Johannes wusste es besser. Dubois war im Kampf gefallen. Er hatte sein Leben für die gute Sache geopfert und es war nicht mal seine Schuld. Johannes dachte kurz darüber nach, dass Amar im Unrecht war. Er hatte leichtsinnig gehandelt, aber auch Amar tat nur sein Bestes. Er war, so wie alle hier, nicht frei von Fehlern.

Traurig stand Johannes am Kopfende der Leiche und blickte in das friedlich schlafende Gesicht. Sein Freund war für immer fort und er hoffte, dass er jetzt den Frieden gefunden hatte, den er auf Erden niemals erlangen konnte. Johannes biss sich auf die Unterlippe. Es war ungerecht, ihn so zu sehen. Es war nicht fair, dass Gott ihn zu sich geholt hatte. Gerade jetzt, und er fragte sich, was der Tod für einen Sinn machte. Wahrscheinlich keinen. Sie hatten ihn aus dem Verlies hierhergebracht, um die Totenwache durchzuführen, bevor er verbrannt wurde. Das war das Mindeste, was sie für Dubois tun konnten.

„Mach es gut, alter Freund. Es tut mir so leid. Wir sehen uns wieder", flüsterte er. Dann sprach er ein kleines Gebet, bevor Johannes den Raum am späten Nachmittag wieder verließ und die Stille jegliches Geräusch verstummen ließ.

IN GEFANGENSCHAFT

Seine Sinne erwachten langsam zum Leben und mahnten ihn unbewusst vor einer möglichen drohenden Gefahr, welche unweigerlich auf ihn zusteuerte. Ein unsäglicher Gestank umgab ihn, wie eine unsichtbare Wolke aus nicht direkt identifizierbaren Gerüchen, vor der er nicht flüchten konnte. Der erste bewusste Luftzug war eine Qual. Es roch nach Ammoniak mit einer leichten Note von verwesendem Fleisch. Der beißende Gestank löste in ihm beinahe körperliche Schmerzen aus. Er belegte die Nasenschleimhaut und drang schließlich in seinen Rachen vor. Sein Mund war trocken und er musste unweigerlich husten. Gabriels Augen waren noch geschlossen und sein Geruchssinn war das Einzige, was er in diesem Moment bewusst wahrnahm. Schnell beleckte er sich die trockenen Lippen und versuchte, den Würgereiz zu ignorieren, welcher immer wieder auftrat. Wieder atmete der junge Bauer ein und das schreckliche, fiese Aroma verstärkte sich mit jedem weiteren Atemzug. Instinktiv sog Gabriel ab jetzt die Luft nur noch durch den Mund ein. Es war immer noch unangenehm, aber wesentlich besser, als die Luft durch die Nase einzuatmen. Die Trockenheit in seinem Rachen verschwand allmählich und er kam immer mehr zu Bewusstsein.

Der junge Bauer blinzelte kurz und schloss die Augen danach wieder. Irgendwas brannte auf seiner Netzhaut und füllte sie dadurch mit Tränenflüssigkeit.

Wo bin ich?, schoss es ihm durch den Kopf. Der junge Mann hielt die Augen erst mal geschlossen. Ein Teil von ihm wollte eigentlich gar nicht wissen, wo er sich gerade befand. Jedenfalls jetzt noch nicht. Dieser Gestank von Krankheit und Tod konnte nichts Gutes bedeuten. Zumindest nicht für ihn. Der nächste tiefe Luftzug durch den Mund kratzte in seiner Lunge und löste erneut einen Hustenreiz aus. Genau in diesem Moment bedauerte er es, wach geworden zu sein. Der junge Bauer riss schließlich doch die Augen abrupt auf und versuchte, seine Sinne zu schärfen. Vor Schmerzen leicht stöhnend blickte er in eine absolute Dunkelheit, die ihn umgab wie eine dunkle Decke, welche man über ihn gelegt hatte. Auf Anhieb sah er nichts.

blinzeln

Seine Pupillen erfassten nichts als Schwärze. Nicht mal Schattierungen waren zu erkennen. Gabriel war irritiert.

Wo war er und was hatte das alles zu bedeuten? Er presste die Augen noch einmal fest zusammen und überlegte gleichzeitig, wie er in diese Situation gekommen war. Das Letzte, woran er sich erinnern konnte, war die schmale Kuhle, in die er sich gelegt hatte. Aber darin befand er sich nicht mehr. Der Untergrund, auf dem er jetzt lag, war viel weicher. So viel konnte er schon mal sagen. Zudem fiel ihm auf, dass er nicht mehr auf dem Rücken lag, sondern seitlich auf dem Bauch. Seine Hände waren hinter dem Rücken an beiden Handgelenken zusammengebunden und sein rechter Arm war von der unnatürlichen Haltung beinahe taub.

blinzeln

Mit jedem Wimpernschlag wurde der junge Mann aufnahmefähiger und es gelang ihm, sein Bewusstsein immer weiter in den Vordergrund zu drängen.

Ist es Tag oder Nacht? fragte er sich. Aber selbst auf diese Frage hatte er im Moment keine Antwort. Dieser Ort, an dem er sich befand, gab diese Information einfach nicht preis. Mit jedem weiteren Atemzug wurde sein Verstand klarer und somit spürte er auch die Schmerzen, die er zuvor nicht so deutlich empfunden hatte. Die Quelle des stechenden Hauptschmerzes lag direkt hinter seinen Augen und der Stirn. Direkt da, wo das Nasenbein aufhörte und die Augenbrauen anfingen. Er war aktuell kaum auszuhalten und Gabriel versuchte, ihn krampfhaft zu ignorieren. Sein Gesicht war zur Hälfte in den matschigen Untergrund gedrückt worden. Sein Mund stand immer noch etwas offen und er schmeckte etwas Bitteres. Teilweise pikste ihn etwas trockenes Stroh oder Holz in seine Wange. Mit Sicherheit konnte er nicht sagen, was es war.

blinzeln

Unter Schmerzen versuchte er stöhnend, die Fesseln zu lösen, indem er seine Handgelenke zu drehen versuchte. Doch die Schnüre ließen keinen Spielraum für große Bewegungen. So war es ihm unmöglich, die Befestigung etwas zu lockern, geschweige denn seine Hände komplett zu befreien. Nach nur wenigen Versuchen gab er verzweifelt auf und ließ von der Idee erst mal ab. Obwohl er gerade erst wiedererwacht war, fühlte er sich erschöpft und alles andere als ausgeruht. Für einen kurzen Moment blieb er einfach so liegen. Die Augen geöffnet und die Dunkelheit betrachtend. Es war so still, dass er nur das Pfeifen in seinen Ohren hören konnte.

Bin ich in der Hölle angekommen? Sein erster Gedanke schockierte ihn. Sollte er für alle Ewigkeit in diesem Nichts verweilen? Gabriel schauderte bei diesem Gedanken. Dann riss er sich wieder aus der Lethargie und versuchte, sich erneut zu befreien. Er atmete noch einmal tief ein und füllte seine Lunge mit der schlecht schmeckenden Luft. Noch mal drehte er die Handgelenke hin und her, doch die Fesseln waren einfach zu fest. Er konnte sie nicht lösen.

Seine Augen wanderten hin und her und die Pupillen weiteten sich ein weiteres Mal. Verzweifelt versuchte er, irgendwo eine Lichtquelle auszumachen. Doch außer Schwarz gab es hier nichts zu sehen. Mit einem leichten Stöhnen hob er seinen Kopf an, um mehr zu sehen. Der Schmerz im Nacken war stechend und nahm ihm die Luft zum Atmen.

Ich muss mich einmal umdrehen, befahl er sich selbst. Mit einem kräftigen Ruck und unter Qualen schaffte er es, sich irgendwie auf den Rücken zu drehen. Dabei landete er auf seinen Armen. Durch die Bewegung gelangte wieder Blut in seinen rechten Arm, der sofort zu kribbeln begann und die Taubheit verbannte. Es tat gut. Gabriel blickte nach oben und meinte, so etwas wie Schattierungen zu erkennen. Sie waren aber so schwach, dass es ihm schwerfiel zu verstehen, was er da eigentlich sah. Gabriel blickte etwas genauer hin und meinte schließlich, so etwas wie Stroh zu erkennen. Er kam zum Schluss, dass es sich hier um ein Dach handeln musste. Je länger er die Schattierungen begutachtete, umso sicherer wurde er, dass es sich tatsächlich um ein Strohdach handelte, das auf einer engmaschigen Holzkonstruktion auflag. Wenn dem so war, befand er sich womöglich in einem Haus. In einem sehr verschmutzten Haus. Die Erkenntnis half ihm, etwas Klarheit in den Verstand zu bekommen.

Er blieb einen Moment so liegen und dachte über die nächsten Schritte nach. Dann setzte er sich erneut in Bewegung, richtete sich ächzend auf und blieb unter Schmerzen auf seinem Hintern sitzen. Die Arme waren hinter seinem Rücken verdreht und machten es ihm schwer, sich frei zu bewegen. Er blickte kurz nach rechts und dann nach links. Ohne dass er es richtig verstand, konnte er immer mehr erkennen, da sich seine Augen an die Dunkelheit anpassten. Sofern es dem menschlichen Auge möglich war. Die kleinen Umrisse wurden immer deutlicher und heller, je mehr Zeit verging. Die Vermutung lag nahe, dass es draußen heller wurde und langsam Tag wurde. Ein Umstand, der ihm zugutekam. Gabriel bewegte erneut die Hände, um sich von den Fesseln zu lösen, aber sie waren so festgezurrt, dass dies absolut nicht möglich war. Einmal tief seufzend blickte er sich neugierig um, während es im Haus immer heller wurde und seine Vermutung bestätigt wurde. Der junge Bauer befand sich in einem kleinen Haus, das aus Stein und Holz gebaut war. Der massive Bau bestand aus nur einem Raum und war nicht mehr als vier Meter lang und drei Meter breit. Jedenfalls schätzte er das bei den schwachen Lichtverhältnissen. Es war unmöbliert und schon lange nicht mehr gereinigt worden. Die Wände waren mit Blut und Exkrementen beschmiert. Düstere Zeichnungen befanden sich im hinteren Teil des Hauses. Irgendjemand hatte dort Worte hinterlassen, die er selbst nicht lesen konnte. Der Ort war trostlos und einsam. Nicht gerade ein Platz, der einladend war und an dem man länger als nötig bleiben wollte.

Irgendetwas kitzelte ihn am Nacken und er versuchte, indem er seinen Kopf nach hinten legte und die Schultern anzog, dem Juckreiz entgegenzuwirken. Zunächst funktionierte es, doch dann verlagerte sich das Kribbeln weiter nach unten. Es wanderte die Wirbelsäule hinunter. Gabriel schaute auf seinen nackten Oberkörper und meinte, kleine schwarze Punkte zu erkennen. Obwohl seine Jacke fehlte, war ihm nicht kalt. Gabriel schaute etwas genauer hin und erkannte schließlich viele kleine Insekten, die auf seiner Haut herumkrabbelten.

Ohne zu zögern warf er sich auf den Bauch und rollte sich dann schwerfällig über den Boden. Dabei fiel er so unglücklich auf seinen Arm, dass er schmerzhaft aufschrie.

„Verflucht!", brüllte er. Der Schmerz ließ nach und er ging wieder in die Hocke. Ein Blick auf seine Haut verriet ihm, dass dort immer noch diese Viecher auf ihm herumkrabbelten. Es waren Ameisen, Spinnen und andere Insekten, die sich seinen Körper zu eigen machten. Noch mal schüttelte er seinen Oberkörper und sah, wie ein Teil der Tiere von ihm abfiel. Für einen kurzen Moment hatte der junge Mann das Gefühl, es geschafft zu haben. So schnell es ihm möglich war, richtete er sich unter stöhnendem Protest auf, damit das Ungeziefer keine Möglichkeit mehr hatte, abermals an seinem Körper hinaufzukrabbeln. Schwankend stellte er sich auf die Füße. Beinahe hatte er das Gleichgewicht verloren, doch im letzten Moment fing er sich. Das Jucken hörte erst mal auf.

Egal wie, aber er musste diesen Ort verlassen, und zwar sehr schnell. Die Stadt wartete auf ihn und vielleicht auch seine Brüder. Hin und her schwankend ging er ein paar Schritte nach vorne, zur Steinmauer hinüber. Gabriel suchte die Mauer nach einer Tür oder einem Fenster ab. Zunächst sah es so aus, als ob das Gebäude weder das eine noch das andere aufzuweisen hatte. Doch dann spürte er einen schwachen Luftzug auf der Haut. Die Nackenhaare stellten sich auf und er schaute genauer hin. Seine Augen suchten die Stelle ab und schließlich erkannte er eine Öffnung, die augenscheinlich nach draußen führte. Sie war nicht groß und mit Brettern verschalt, aber es war ein Weg in die Freiheit. Mit seinen Augen folgte er dem Spalt längs und schätzte, dass die Öffnung einen Meter breit war.

Er duckte sich ein Stück nach unten und entdeckte jetzt einen breiteren Schlitz. Hier konnte man nach draußen schauen. In der Morgendämmerung erkannte er noch nicht so viel von der Umgebung. Der junge Bauer sah ein paar Tannen, die sich langsam im Wind wiegten, und einen schmalen Weg, der mitten in den Wald führte. Die Bäume waren von leichtem Dunst umschlossen, aber der Himmel war klar und er konnte die verblassenden Sterne gerade noch so erkennen. Gabriel fragte sich, wie er von der kleinen Nische hierhergekommen war. Mit seinen Augen suchte er die Umgebung ab, in der Hoffnung, irgendjemanden zu entdecken. Aber er sah niemanden. Er war allein im Wald.

„Hallo, ist da wer? Hilfe?", rief er so laut er konnte. Er wartete einen Moment und lauschte in die Umgebung hinein. Doch er bekam keine Antwort. Jedenfalls nicht von einem menschlichen Wesen. In der Ferne hörte er abermals ein paar Rabenvögel krächzen, die auf sein Rufen zu antworten schienen.

Schon wieder diese Vögel, dachte er. Ein weiteres Mal blickte er durch die Schlitze, aber es war einfach niemand zu sehen. So wie es aussah, war er hier tatsächlich völlig allein. Ein weiteres Mal zerrte er an den Fesseln, die sich aber immer noch nicht lockern ließen. Das Seil rieb seine Haut auf und das Brennen ließ nicht lange auf sich warten. Sein Verstand suchte verzweifelt nach einer Möglichkeit zur Flucht. Aber wie sollte das gehen? Mit seinem Kopf tippte er behutsam gegen das Holz.

„Es muss doch möglich sein, dieses verdammte Holz mit Wucht zu zerbrechen", dachte er sich. Ohne weiter zu überle-

gen, ging er kurzerhand ein Stück weit zurück, nahm Anlauf und stürmte mit der Schulter voran auf die Bretter zu, prallte dort aber ab, fiel rücklings zu Boden und blieb auf dem Hintern sitzen. Erneut jaulte er vor Schmerz auf. Zu seiner Verwunderung blieben die Bretter heil.

„Verfluchter ...", er sprach den Fluch nicht zu Ende. Seine Schulter fing an zu pochen und er schüttelte sich kurz. Dies wiederum ließ die Wut in ihm aufsteigen. Ein weiteres Mal rappelte er sich mühselig auf die Beine, nahm Anlauf und lief wutentbrannt gegen das Brennmaterial. Auch dieses Mal hatte er keinen Erfolg. Zwar blieb er dieses Mal auf den Beinen stehen, aber das Holz blieb ganz.

„Das kann nicht wahr sein", meckerte er vor sich hin. Sein Blick fiel auf das dunkle Holz. Er schüttelte den Kopf. Resignierend hockte er sich unter die Öffnung und blieb dort im Schneidersitz sitzen. Erschöpft schloss er die Augen und holte tief Luft. Es war zum Auswachsen. Egal, was jetzt passierte, er musste einen kühlen Kopf bewahren und durfte auf keinen Fall panisch werden. Um sich zu konzentrieren, ließ er die Augen geschlossen. Er dachte angestrengt nach, als ihn wie aus dem Nichts abermals diese Fratze vor seinem geistigen Auge auftauchte. Die gelben, eindringlichen Augen starrten ihn an und ließen ihn nicht mehr los. Die blasse Haut leuchtete geradezu auf und bildete einen mächtigen Kontrast zu den schwarzen Haaren. Gabriel hatte das Gefühl, mit jedem Mal mehr von dem Gesicht zu erkennen.

„Habt Geduld. Ihr müsst noch eine Prüfung bestehen. Ihr müsst mir beweisen, dass Ihr unsereins würdig seid", hört er in seinem Kopf.

„Was soll das?", fragte er. „Mein ganzes Leben verändert sich und ich kann nichts dagegen tun", sagte er verzweifelt.

„Das ist richtig. Ein neues Leben beginnt nicht, wenn das Alte endet, sondern wenn du es wagst, das Alte zu zerstören", hörte er in seinem Kopf.

Was für ein neues Leben war gemeint? Diese Frage war berechtigt. Man ließ ihn bewusst unwissend zurück und das machte ihn verrückt.

„Verflucht", jauchzte er erschrocken auf. Ruckartig öffnete Gabriel die Augen. *„Weicht von mir!"*, brüllte er angsterfüllt und schüttelte abermals den Kopf. Was auch immer da vor sich ging, er verstand es nicht. Wieder schloss er die Augen, um sich zu konzentrieren.

„Seid geduldig", mahnte die Stimme in seinem Kopf. Gabriel zuckte erneut zusammen.

Werde ich langsam verrückt? Ein unnatürliches Rumoren lenkte ihn ab. Es war eine merkwürdige Mischung aus unbändigem Hunger gepaart mit Magenknurren. Wobei in diesem Moment Hunger auch Durst bedeuten konnte. Gabriel war sich da nicht ganz sicher. Seine Kehle wurde immer trockener und sein Magen verkrampfte sich. Ja, er hatte mehr Durst als Hunger. Ohne Frage. Aber es war irgendwie anders als sonst. Gabriel verspürte nach und nach einen unmenschlichen Drang, zu trinken, der so unerträglich wurde, dass er fast seinen Verstand verlor. Er verlangte nach Flüssigkeit. Die Forderung galt aber nicht dem Wasser oder gar dem Wein. Nein, es war ein anderes Begehren, das ihn quälte. Er war erregt und angewidert zugleich, denn sein Körper verlangte nach Blut, und das war ein merkwürdiges Gefühl, das ihm zu gleichen Teilen Angst und Freude bereitete. Er malte sich bildlich aus, wie er den roten Saft zu sich nahm, gleich einem leckeren Stück Hühnchen oder einem guten Kelch Wein. Das war irgendwie verstörend und er wusste nicht so recht, damit umzugehen. Das war kein normales menschliches Verhalten.

Wieso um Himmels willen verlange ich nach Blut? Auf diese Frage hatte er keine Antwort. Und irgendwie hatte er vor der Antwort auch Angst. Er wollte das nicht. *Oder doch?*

Gabriel spürte eine Veränderung in sich. Schleichend kam sie über ihn, wie die Nacht über den Tag. Ohne es wirklich aufhalten zu können, schritt es immer weiter voran und er ging in eine Richtung, die er nicht kannte.

„Nein, nein", stammelte er und überlegte. Er musste hier raus, musste zu einem Mediziner, um sich helfen zu lassen. Die Haare auf seiner Haut richteten sich auf und er musste sich kurz schütteln. Verwirrt und verängstigt überlegte er weiter, wie er aus diesem Gefängnis fliehen konnte. Gabriel stellte sich wieder auf die Füße und ging abermals einen Schritt zurück. Dann blieb er kurz stehen, sammelte sich und nahm erneut Anlauf. Er spannte seinen Oberkörper an, beugte sich nach vorne und versuchte, mit Kopf und Rücken eine gerade Linie zu bilden. Dann rannte er los. So schnell, wie er nur konnte. Mit all seiner Kraft prallte Gabriel mit seinem Kopf gegen die Bretterwand. Diese gab jetzt unter Protest ein lautes Krachen von sich und brach in der Mitte durch. Aber die beiden Enden waren immer noch so fest mit dem Mauerwerk verbunden, dass er nur eine Lücke in der Mitte aus dem Holz herausbrach. Es rutschte nach unten und blieb am unteren Ende der Öffnung sitzen. Seine Schädeldecke schmerzte und er keuchte auf. Kleine Lichtpunkte tanzten vor seinen Augen und er musste einen Moment warten, bis er wieder klar sehen konnte. Erst jetzt erblickte er die Gitterstäbe, die ihm ein Weiterkommen unmöglich machten.

„Verdammt", fluchte er. Verzweifelt taumelte er unter einem lauten Aufschrei zurück. Sein Kopf pochte noch mehr als vorher. Dann blieb er erschöpft stehen und schloss die Augen. Das konnte alles einfach nicht wahr sein.

Meine Zeit ist gekommen, hier komme ich nicht mehr lebend raus, dachte sich der junge Bauer. Diese entmutigenden Worte brannten sich in sein Gedächtnis ein. Sein Blick verdüsterte sich und das letzte Fünkchen Hoffnung, welches er noch besaß, erstarb augenblicklich.

ZUM KAMPF BEREIT

Die alten ehrwürdigen Mauern waren feucht und kalt. Hier und da tropfte Wasser von der seelenlosen, steilen Wand hinunter und klatschte ohne erkennbares Muster auf den weichen Lehmboden. Seine Finger spürten das weiche Moos, welches sich zwischen den großen Mauersteinen ausgebreitet hatte und immer mehr Besitz von dem alten Gemäuer nahm. Große Lücken im oberen Teil des Mauerwerks ließen genug Licht hinein, damit es wachsen konnte. Die Natur holte sich zurück, was ihr einst genommen wurde, und nichts vermochte diesen Prozess aufzuhalten. Seine Knie zitterten ein wenig bei jedem Schritt und gaben ihm nicht den nötigen Halt, den er im Moment eigentlich benötigte. Immer wieder sackte Oliver kurz zur Seite und musste sich am Mauerwerk abstützen. Die letzten Ereignisse hatten sehr viel Kraft gefordert. Das spürte der junge Mann mit jedem Schritt. Zum Glück stand Amar ihm helfend zur Seite und stützte ihn ein wenig, damit er nicht gänzlich nach links kippte. Sie gingen ein Stück weiter und kamen an einer kleinen Kammer vorbei, die in den Felsen geschlagen wurde. In der Mitte der Kammer befand sich ein Sockel aus grauem Stein, auf dem eine Leiche aufgebahrt war. Oliver blieb kurz stehen und erkannte den Mann, welcher dort aufgebahrt war.

„Das ist Dubois!“, sagte Amar traurig. Sein Blick fiel nach unten auf den Boden. Oliver schaute den Ritter an und rang nach den richtigen Worten. Aber auf Anhieb fielen ihm keine ein. Jedes Wort wirkte in diesem Moment wie fehl am Platz. Oliver wollte irgendetwas tun, aber er wusste nicht was. Diese Situation war mehr als nur traurig. Amar hatte aufgrund einer Fehleinschätzung seinen Freund in den Tod geschickt. Und niemand außer er selbst konnte ermessen, wie furchtbar sich das anfühlte. Oliver mochte es vielleicht erahnen, aber wissen konnte er es nicht. Es gab keine Worte, die das ausdrücken konnten, was Amar jetzt fühlte. So blieben seine Lippen stumm und die Augen des Ritters füllten sich mit schuldgefüllten Tränen. Schließlich nickte er seinem toten Freund anerkennend zu und ging ohne ein weiteres Wort den schmalen unterirdischen Gang weiter, bis zum Treppenaufgang. Oliver blieb noch kurz stehen und schaute auf die Leiche. Dann schüttelte er, diese Ungerechtigkeit beklagend, ebenfalls den Kopf. Auch er nickte dem toten Ritter respektvoll zu und ging dann schließlich hinter Amar her. Behäbig schritten die beiden Männer die schmalen und feuchten Steinstufen hinauf, bis sie auf der ersten Ebene des alten Gemäuers angekommen waren.

Die Luft hier oben war deutlich besser als unten im Verlies. Kräftig saugte Oliver den Sauerstoff durch den Mund ein wie gut schmeckenden Wein, um ihn letztendlich über die Nase wieder auszupusten. Seine Augen nahmen jedes Detail der Umgebung auf, und er freute sich darüber, das grausige Verlies verlassen zu haben. Ein paar Fackeln, die ausreichend im schmalen Gang oberhalb des Verlieses platziert waren, loderten knisternd vor sich hin. Sie spendeten den wenigen Soldaten, die sich im Gang aufhielten, genügend Licht, um sich wohlzufühlen.

Ohne die Fackeln wäre es im Gang mit Sicherheit stockfinster, dachte Oliver. Doch durch das Feuer wirkte die Umgebung lebendiger, als sie in Wirklichkeit war. Die Soldaten, die die beiden Männer raufkommen sahen, sagten kein Wort. Sie starrten den Fremden nur an, mit einer Mischung aus Verwunderung und ja, vielleicht auch ein wenig Furcht. Keiner von ihnen wusste, ob nicht auch er infiziert war. Amar hatte sich schon einmal getäuscht, und das bestärkte die Männer nicht in dem Glauben an seine Fähigkeiten. *Aber derjenige, der ohne Schuld ist, werfe den ersten Stein. Ist es nicht so?* Oliver dachte über die Worte nach, die er gepredigt bekommen hatte. Niemand war frei von Fehlern oder falschen Entscheidungen. Das war der Lauf der Dinge, und Oliver empfand es als Ungerechtigkeit, Amar dahin gehend zu misstrauen. Bei allen Dingen, die Amar in seinem Leben wohl schon getan hatte, waren auch mit Sicherheit viele gute und richtige Entscheidungen dabei. Da war sich Oliver sicher, obwohl er ihn eigentlich nicht kannte.

Der Bauer senkte den Kopf nach unten und schaute bedächtig auf den Boden, als er an den Männern vorbeischritt. *Bloß nicht weiter auffallen.* In diesem Moment war er froh, dass sein Begleiter bei ihm war. Die Männer hatten großen Respekt vor Amar, trotz der Vorkommnisse um Dubios. Das spürte Oliver instinktiv. Sein Retter war derjenige, der hier das Sagen hatte, und keiner der Männer würde sein Tun oder Handeln infrage stellen. Noch nicht jedenfalls, da war sich Oliver sicher. Nachdem sie die Hälfte des Weges hinter sich gebracht und die Gruppe von Soldaten passiert hatten, hörte Oliver, wie die Männer anfingen zu flüstern. Er verstand kein Wort, aber er war sich sicher, dass man über ihn sprach. Für einen kurzen Moment drehte er seinen Kopf neugierig nach hinten und blickte die Männer fragend an. Die Soldaten in ihrer dunkelgrauen

Kleidung starrten zurück, und es fühlte sich irgendwie nicht gut an. Amar entging die Besorgnis des jungen Mannes nicht.

„Seid ohne Sorge. Fremden gegenüber sind sie für gewöhnlich immer misstrauisch. Das bringt die Mission mit sich." Er nahm ihn bei der Schulter und schob ihn vorneweg. Liebevoll, so wie ein Vater es machen würde. An einem kleinen Vorsprung machte Oliver kurz Halt und setzte sich schnaufend auf einen massiv wirkenden Stein. Es kam ihm so vor, als ob er den höchsten Berg der Welt bestiegen hätte. Der Ritter setzte sich spontan zu ihm und klopfte ihm aufmunternd auf die Schulter.

„Seid unbesorgt. Morgen seid Ihr wieder bei Kräften. Das geht sehr schnell", sagte er in einem mitfühlenden Ton. Oliver wusste diese beruhigenden Worte zu schätzen, sie änderten aber nichts an der Tatsache, dass er sich hier wie ein Fremder fühlte.

„In der Tat. Ich habe viel Kraft im Wald gelassen. Die Geschehnisse haben mir mehr zugesetzt, als ich mir eingestehen mag." Er machte eine kleine Pause und blickte auf die gegenüberliegende Mauer, die zum Teil eingestürzt war. Dann schaute er wieder zu Amar hinüber.

„Sie werden euch vergeben", sagte Oliver und blickte auf die kleine Gruppe. Amar schaute ebenfalls dorthin.

„Ich bin dazu da, Entscheidungen zu treffen. Diese war falsch. Das war großes Unglück, und dennoch werde ich von meinem Weg nicht weichen. Ich werde die Männer weiterführen und ihnen die Überzeugung bieten, das Richtige zu tun. Ja, sie werden mir vergeben. Gewiss, und Ihr werdet mir dabei helfen", sagte Amar.

„Ich?", fragte Oliver verwundert.

„Ja, Ihr werdet ihnen zeigen, dass ich mich in Euch nicht getäuscht habe." Er grinste gequält.

„Wird Johannes Euch auch vergeben?", fragte Oliver.

„Das wird er. Er weiß, dass auch ich ein gläubiger Mensch bin. Um Entscheidungen zu treffen, benötigt man sehr viel Mut. Und manchmal sind es die falschen, die getroffen werden. Auch ich bin nicht frei von Fehlern. So ist der Lauf der Welt. Aber sich dafür zu entschuldigen, fordert noch mehr Mut, und den besitze ich. Wir stehen auf derselben Seite, auch wenn wir manchmal unterschiedlicher Meinung sind." Er presste zustimmend die Lippen zusammen. Oliver wusste, was Amar meinte, und er war sich sicher, dass der Ritter mit seinen schwarzen Haaren in Zukunft vorsichtiger sein würde mit seinen Entscheidungen.

„Ihr sagtet, dass es besser wäre, wenn ich bei Euch bleibe. Ich habe kein Zuhause mehr. Alles, was ich einst besaß, ist fort. Diese in den Schatten hausenden Kreaturen haben sich alles genommen, was mir eigen war. Sie haben mir meine Familie genommen." Er machte eine kurze Pause. „Diese Kreaturen, wie Ihr es nennt, haben mein Leben zerstört."

„Ja, das haben sie", pflichtete Amar ihm bei. „Aber nur für diesen einen Moment. Ihr werdet erstarkt aus der Trauer hervorgehen. Und Ihr werdet dem Licht näher sein, als ihr es jetzt glauben wollt. Dieses Ereignis macht euch stärker, als Ihr Euch vorstellen könnt. Licht kann ohne Schatten nicht existieren." Amar war so leise beim Sprechen, dass Oliver ihn beinahe kaum hören konnte. Dann schaute Amar zu ihm hinüber. In seinen Augen erkannte er Mitgefühl und Trauer.

„Ihr habt mich gerettet, mein Herr. Somit stehe ich in eurer Schuld", sagte Oliver. Amar schaute etwas überrascht.

„Ich möchte bei Euch bleiben, und ich biete Euch hiermit meine Dienste an, bis Ihr mich wieder freigebt." Er machte erneut eine kurze Pause und schaute Amar dann tief in die Augen.

„Könnt Ihr mich das Kämpfen lehren?", fragte er schließlich. Amar beugte sich nach unten, hob einen kleinen Stein vom Boden auf und hielt ihn zwischen seinen Fingern fest.

„Kennt Ihr denn den Umgang mit einer Waffe?", stellte er eine Gegenfrage.

„Sicher, ich habe schon sehr oft mit meinen Brüdern gekämpft!", bestätigte Oliver.

„Mit einer echten Waffe?", fragte Amar, der an dieser Aussage zweifelte. Oliver senkte verlegen den Kopf.

„Nein, mit einem Schwert aus Holz!" Der Ritter musste kurz grinsen.

„Und Ihr meint, das reicht aus, um zu kämpfen?

„Ja, soll ich es Euch beweisen?" Olivers Augen funkelten von jetzt auf gleich auf.

„Ihr habt Mut. Das muss ich Euch lassen. Aber ob Ihr wirklich bereit seid, bezweifle ich", sagte er und ließ den Stein wieder zu Boden fallen. Er fiel auf den Lehmboden und rollte ein paar Zentimeter weiter, bis er schließlich fast in der Mitte des Weges liegen blieb.

„Das bin ich, mein Herr", sagte Oliver. Seine Stimme klang sicher und entschlossen.

„Oh, da habe ich Euch wohl unterschätzt. Meint Ihr nicht, dass Ihr im Moment noch zu schwach seid, um zu kämpfen?" Olivers Gesichtszüge verfinsterten sich ein wenig. Dann schüttelte er, ohne ein Wort zu sagen, den Kopf. Von jetzt auf gleich stand er auf und stemmte die Hände in die Hüften.

„Ich beweise es Euch!", meinte er selbstbewusst. Amar grinste und blickte zu Oliver hinauf. Von seinem geschwächten Zustand war jetzt nichts mehr zu sehen. Dann erhob sich auch Amar und baute sich selbstbewusst vor dem jungen Bauern auf. Er war beinahe einen Kopf größer als Oliver, sodass dieser hinaufschauen musste.

„Wie gesagt, ich bewundere Euren Mut, junger Oliver. Aber seid Ihr wirklich in der Lage, eine Kreatur wie diese im Wald zu töten? Schnell und ohne zu zögern? Seid Ihr bereit, Adalars Soldaten zu vernichten? Sie sind stark und sehr geschickt im Umgang mit der Waffe."

„Das bin ich, und ich werde es Euch beweisen." Amar presste seine Lippen aneinander und überlegte einen kurzen Moment.

„Nun gut, kommt und lasst euren Worten Taten folgen!" Er drehte sich wortlos um und ging den schmalen Gang in Richtung Burgtor weiter. Ohne zu zögern folgte Oliver ihm. Er würde es ihm schon noch beweisen, wie schnell er töten konnte.

Der Weg führte durch eine große Halle, die zum Teil eingestürzt war. Im hinteren Teil lagen große Brocken aus Stein verstreut über dem Boden. In der Mitte wuchs eine große Eiche empor, die sich bis zum offenen Dach erstreckte, sodass man den morgendlichen Himmel sah. Dieser Ort musste schon sehr lange unbewohnt sein. Ein paar der Steinsäulen stachen wie kaputte Stacheln in den Himmel und zeugten von einer prunkvolleren Zeit, welche diese Burg einst erlebt hatte. Das Tor war noch intakt und die Türen standen weit offen, sodass sie direkt hinausgehen konnten. Draußen wehte Oliver ein kalter Wind um die Nase und zerzauste ihm das Haar. Die Sonne war gerade im Begriff aufzugehen und färbte den Himmel in ein wunderschönes Orangerot. Vor dem Eingang zur Burg standen zwei Wachen. Amar sprach mit einem der beiden Männer, ohne dass Oliver ein Wort verstand. Schließlich kam einer von ihnen, ein etwa gleich großer Kerl mit blondem Bart, zu ihm und übergab ihm, ohne ein Wort zu sagen, seine Waffe. Irgendwie erinnerte ihn dieser Soldat an seinen Bruder Wilhelm. Oliver schaute auf das Schwert und packte, ohne zu zögern, nach dem Griff der schweren Waffe. Seine Finger umklammerten das kalte Metall und irgendwie fühlte es sich wunderbar an. Es war das erste Mal, dass Oliver ein echtes Schwert in der Hand hielt.

Amar hatte sein Schwert mittlerweile in der Hand und stellte sich gegenüber von ihm auf. Es dauerte einen Moment, dann freundete sich Oliver mit der Waffe an. Zu Amars Überraschung sah er, wie gut der Bauer das Schwert führte. Es war nicht perfekt, aber die Bewegungen waren gekonnt und ausbaufähig. Damit hatte er tatsächlich nicht gerechnet. Man erkannte einen Laien sehr schnell daran, wie er das Schwert hielt und es dabei führte. Beide stellten sich gegenüber auf, zum Kampf bereit. Amar hob sein Schwert an und schaute konzentriert zu seinem Kontrahenten hinüber.

„Kommt und zeigt mir, wie gut Ihr seid!“, bellte er ihm entgegen. Oliver hielt das Schwert mit beiden Händen übereinander greifend fest und streckte die Klinge in den Himmel. Sein Blick fiel auf Amar und er wirkte sehr konzentriert. Jetzt würde er ihm zeigen, was er konnte. Blitzschnell löste er die Spannung in seinen Beinen und stürmte auf Amar zu. Dieser wich, wohl ahnend, was sein Gegner vorhatte, beiseite und ließ ihn ins Leere laufen. Noch während Oliver an ihm vorbeistolperte, gab er ihm einen Fußtritt in den Hintern. Nach gut zwei Schritten verlor Oliver das Gleichgewicht und stolperte mit den Händen voran in den Matsch. Das Schwert flog dem jungen Bauern aus den Händen und blieb ein paar Meter weiter von ihm entfernt in einer Pfütze liegen.

Er ist wohl doch nicht so gut, dachte Amar sich.

So hatte Oliver sich das nicht vorgestellt. Er war wütend und rappelte sich sogleich wieder auf. Tastete nach seiner Waffe, schnellte seinen Körper wieder herum und raste ein zweites Mal, beinahe blind vor Wut, mit lautem Gebrüll auf seinen Gegner zu. Mit voller Wucht zielte der Bauer auf den Kopf und war sich auch sicher, ihn zu treffen. Amar blieb in Verteidigungsposition stehen und wehrte den ersten Schlag von Oliver gekonnt ab. Das klirrende Metall war bis weit in die alten Gemäuer zu hören. Die beiden Männer kreuzten ihre Schwerter und standen sich jetzt direkt gegenüber.

„Ihr dürft Euch nicht von Eurem Zorn leiten lassen, aber trotzdem solltet Ihr fester zuschlagen!", sagte Amar und stieß Oliver mit einem kräftigen Schubser von sich weg. Oliver ließ sich davon überhaupt nicht beeindrucken. Nachdem er ein paar Schritte nach hinten gestolpert war, hob er ein weiteres Mal seine Klinge an und stürmte erneut auf Amar zu. Wieder konnte der Ritter den Schlag ganz einfach abwehren. Oliver ignorierte die guten Ratschläge von Amar und setzte zum nächsten Angriff an, den der Ritter erneut vorausschauend abwehren konnte. Es dauerte nicht lange und schon bald war Oliver aus der Puste, während der Ritter nicht mal schwitzte.

„Ihr habt Potenzial, aber für einen Kampf ist es noch zu früh!", sagte er schließlich.

„Dann lehrt mich das Kämpfen!", erwiderte Oliver keuchend. Amar hob die Hand und bat um eine Pause. Sofort hielten beide inne.

„Das werde ich gerne tun!", bekam Oliver als Antwort. Genau das wollte er hören. Oliver hielt inne, blickte über Amars Kopf hinweg und starrte in den orangeroten Himmel. Noch war die Sonne nicht aufgegangen, aber bald würde es so weit sein.

„Wenn die Zeit reif ist, werde ich meine Schuld begleichen", sagte der junge Bauer sehr selbstbewusst.

„Gewiss werdet Ihr das", sagte Amar und reichte ihm die Hand.

„Mit Besonnenheit und Übung werdet Ihr ein guter Kämpfer. Doch Ihr müsst Euch gedulden. Wenn Ihr bereit seid, diese Beherrschung auf Euch zu nehmen, dann werdet Ihr bald an meiner Seite kämpfen“, sagte Amar und grinste. Es war richtig gewesen, dass er diesen jungen Mann im Wald nicht getötet, sondern gerettet hatte. Amar hatte ein Näschen für gute Krieger.

„Kommt, lasst uns reingehen und was trinken.“ Oliver nickte ihm stumm zu und lächelte. Es war nicht selbstverständlich, dass man von einem Bauern zum Soldaten werden konnte. Oder gar noch mehr. Aber so wie es aussah, war genau das sein Weg.

ZUFLUCHT FÜR EINEN TAG

Die Zeit drängte. Ihr Auftraggeber blickte sich um und schaute sorgenvoll in den Himmel. Das war den beiden Mönchen nicht entgangen, sie sagten aber nichts dazu. Die Sonne war schon aufgegangen und versteckte sich aber noch hinter den hohen Bäumen. Genau in diesem Moment kamen die zwei komplett in Schwarz gekleideten Soldaten mit aufgeribbelten Lederwesten und schwarzen Hosen aus den dichten Büschen hervorgelaufen. Sie trugen beide einen Schulterschutz und einen Helm, welcher den Kopf vollständig verdeckte. Es gab lediglich einen schmalen Schlitz auf Augenhöhe, damit die Männer etwas sehen konnten. Oben auf dem Helm hatten sie eine Art Kamm aus schwarzem Stahl, der den Helm aggressiv aussehen ließ. Vor der Brust hatten sie eine Art Schutzschild, welches mit zwei Schnüren befestigt war und ihnen über die Schultern hing. Die Soldaten sahen furchteinflößend und mächtig aus. Giso zuckte kurz zusammen, als er sie erblickte. Irgendetwas Beunruhigendes schien hier vorzugehen, denn sie schienen sichtlich in Aufruhr zu sein. Schnellen Schrittes liefen sie über den mit Tannennadeln bedeckten Waldboden und blieben kurz vor ihnen stehen, ohne dabei auch nur annähernd auf die beiden Mönche zu achten.

Der größere der beiden Soldaten begrüßte sie, indem er die Hand zum Gruß anhob, aber dabei nicht sprach. So wie man es bei einem Edelmann zu tun pflegte, um darum zu bitten, das Wort zu führen. Mit einem Kopfnicken willigte dieser gnädig ein.

„Was habt ihr für mich?", fragte er. Den Kopf immer noch nach unten gerichtet, antwortete er ihm, ohne weiter zu zögern. Die Stimme des Soldaten klang rau, so als sei er heiser, was auch damit zu tun hatte, dass er durch den Helm sprechen musste. In vorgebeugter Haltung krächzte er seine Antwort hinaus.

„Herr, es ist der Feind. Er ist ganz in der Nähe. Wir haben einen Späher gesehen. Unweit vom Ufer stand er da. Wir haben die Verfolgung aufgenommen, aber er war zu schnell. Er ist wieder im Wald verschwunden, ohne dass wir ihn verfolgen konnten", sagte er schuldbewusst. Der große Soldat blickte immer noch auf den Boden, während der andere etwas hinter ihm stand und die Szenerie schweigend beobachtete. Die Miene des Edelmannes verfinsterte sich. Augenscheinlich missfiel ihm, was ihm der Soldat zu berichten hatte. Kurz blickte er nach oben in den Himmel. Seine Unruhe steigerte sich um ein Vielfaches.

Was sieht er da oben immer? fragte sich der dicke Mönch. Seine Gedanken wurden jedoch unterbrochen, als er hörte, wie dem Soldaten eine Frage gestellt wurde.

„Wie konnte er entkommen?" Der Soldat blieb immer noch in der verneigenden Position stehen und sprach dann kleinlaut weiter.

„Herr, wir haben getan, was wir konnten. Als wir ihn bemerkt hatten, haben wir sofort die Verfolgung aufgenommen. Aber er hat uns bemerkt und er verschwand im dichten Nebel." Als der dicke Mönch Nebel hörte, zuckte er zusammen.

„Im Nebel?", fragte der Edelmann, „ich sehe hier keinen Nebel." Der dicke Mönch räusperte sich.

„Mein Herr, verzeiht, dass ich mich einmische. Aber dieser Nebel. Auch wir haben ihn gesehen. Und mit ihm kam etwas Unheimliches auf uns zu", sagte Ripertus. Der Auftraggeber blickte jetzt den Mönch fragend an.

„Was habt ihr mit der Sache zu tun? Dann habt ihr den Späher hierhergebracht?" Der dicke Mönch schaute ihn nervös an. Sein Begleiter blickte ebenfalls nervös um sich.

„Seid still", flüsterte Giso. Doch der Dicke ignorierte die Äußerung.

„Nein, mein Herr. Was ich damit sagen wollte, ist, dass in diesem Wald etwas lauert. Wir hatten ebenfalls eine Begegnung im Nebel. Da draußen ist irgendwas." Jetzt blickte der Mönch auch verlegen nach unten.

„Mmh", stieß der Edelmann hervor. Dann überlegte er einen Moment.

„Die Zeit ist zu knapp, um ihm zu folgen. Haltet aber weiterhin die Augen offen. Jetzt geht und sucht euch Schutz!" Die beiden Soldaten nickten ihm stumm und ergeben zu. Dann drehten sie sich wortlos um und verließen das Seeufer in die entgegengesetzte Richtung zu einem großen Steinplateau. Leise wie zwei Katzen verschwanden sie wieder, so schnell, wie sie gekommen waren. Wieder blickte der Auftraggeber zum Himmel. Es war noch mal heller geworden.

„Es wird Zeit", sagte er schließlich. Dann drehte er sich zum Seeufer um. Erst jetzt sahen die beiden Mönche das kleine Boot, das zügig herangefahren kam. In dem Boot saß ein weiterer Soldat in schwarzer Kleidung. Er war fast genauso gekleidet wie die schwarzen Soldaten, nur dass er keinen Helm trug und keinen Schulterschutz. Das Boot lenkte zielstrebig auf sie zu. Nach wenigen Momenten kam es mit schleifenden Geräuschen am Ufer zum Stehen und der Edelmann stieg, ohne zu zögern, ein.

„Kommt“, befahl er den beiden Mönchen, die ihm daraufhin folgten. Dabei stieß der schlaksige Mönch, kurz bevor er in das Boot hüpfte, dieses zurück in das Wasser, sodass es vom Ufer wegtrieb. Die Fahrt führte sie über das spiegelglatte Wasser genau in die Mitte des Sees, zu der Insel, die man vom Ufer nur erahnen konnte. Leichter Dunst stieg vom wärmeren Wasser in die kalte Luft empor. Es war merkwürdig still. Nur das Paddeln des Bootsführers war zu hören und aus dem Wald drang ab und zu der Singsang der Amseln an ihre Ohren. Giso blickte den Bootsführer an. Er trug eine schwarze Kapuze über sein Gesicht, sodass er nur den grauen Bart sehen konnte. Seine Haut war blass und seine Hände knochig. *Ein merkwürdiger Geselle.*

Hinter der sanften Hügelkette im Osten des Landes konnte man die ersten Sonnenstrahlen erahnen, die den Horizont mit seinen leichten Wolkenfeldern orangerot einfärbten. Schließlich, nach wenigen Minuten, landete das Boot am Grasufer der Insel. Mit einem gekonnten Satz sprang der fahrende Soldat aus dem Boot und hielt es am Ufer fest. Erst jetzt erhob sich der Edelmann, zog seine Kapuze in sein Gesicht und sprang schnell und zielstrebig an das Ufer. Dann blickte er zu seinen beiden Begleitern zurück.

„Folgt mir“, befahl er. Ohne weitere Zeit zu verlieren, drehte er sich wieder um und ging schnell auf den Wald zu, der mitten auf der Insel gewachsen war.

War das schwarzer Rauch, der da vom Umhang des Edelmannes aufstieg? Ripertus schaute ungläubig auf den Mann, der vorneweg ging.

* * *

Die junge Frau hechtete zwischen den Baumstämmen hindurch auf der Suche nach Schutz vor dem Sonnenlicht. Der Weg führte sie durch einen schmalen Pfad, der rechts und links mit meterhohen Felswänden gesäumt war. Ihr Begleiter rannte vorneweg, wissend, wohin sie rennen mussten. Nach einer kleinen Biegung blieb das Tier augenblicklich stehen und schaute sich nach hinten um. Er wartete, bis er seine Begleiterin sah. Dann schaute er nach links in eine Nische und verschwand darin. Sie folgte dem Tier gleichauf, noch bevor die Sonne die schmale Gasse erstrahlen ließ.

DAS KÄMPFERHERZ

Die Sonne war mittlerweile aufgegangen und stand knapp über den sanften Hügeln am Horizont. Der junge Bauer hatte mit Amar etwas Wasser getrunken und war dann wieder hinausgegangen, da Amar einigen Pflichten nachgehen musste. Oliver kauerte auf einem kleinen, kalten Felsvorsprung am Rande der großen Empfangshalle der alten Burgruine. Gedankenverloren kaute er auf einem Stück harten Brot herum und starrte in die Gegend. Sein Herz war schwer.

Die Trauer belegte es mit einem Schmerz, den er eigentlich nicht fühlen sollte. Ja, eigentlich auch gar nicht wollte, und dennoch war er da. Sie waren alle tot. Ermordet von dunklen Kreaturen aus einer längst vergangenen Zeit. Wie war das möglich, dass Gott so etwas zuließ?

Abermals biss er ein Teil vom Brot ab und kaute angestrengt darauf herum. Ein Teil von ihm fragte sich, wie seine Brüder gestorben waren. Hatten Wilhelm und Gabriel noch gekämpft, so wie er es versucht hatte? Oder waren sie im Schlaf überrascht und getötet worden? Sein Herz krampfte bei dem Gedanken. Warum war er nicht früher aufgewacht? Vielleicht hätte er ihnen helfen können. Ein Teil von ihm schämte sich dafür.

„Warum nur?“, stammelte er vor sich hin, als er auf einmal neben sich eine Stimme hörte.

„Warum was?" Irritiert blickte er auf, hörte auf zu kauen und sah, dass Christoph unmittelbar neben ihm stand. Er hatte ihn nicht bemerkt. Der Mann war so leise unterwegs, dass es schon beinahe unheimlich war. Für einen Moment blickte Oliver ihn an und hatte keine Antwort auf seine Frage. Dann fragte Christoph schließlich:

„Darf ich?" Er deutete auf den Platz neben ihm. Stumm nickend lud Oliver ihn zu sich ein. Christoph grinste und setzte sich neben ihn. Auch dabei war er so leise, dass man kaum einen Mucks von ihm hörte.

„Also?", fragte Christoph erneut. Oliver steckte sich das letzte Stück Brot in den Mund. Während er darauf herumkaute, antwortete er ihm mit einer Gegenfrage.

„Warum all der Schmerz? Warum all das Leid?" Der Vogelmann blickte zu ihm hinüber, holte tief Luft, um eine Antwort darauf zu finden. Er räusperte sich kurz und glaubte, eine gute Antwort gefunden zu haben.

„Ich glaube, Gott will uns prüfen", sagte er schließlich und zupfte nachdenklich an seinem dunklen Bart. Sein Blick war traurig und irgendwas in seiner Stimme ließ erkennen, dass er zweifelte, das Richtige gesagt zu haben. Oliver schaute ihn erneut an, während er das letzte zerkaute Brot runterschluckte. Er sah, dass ihm Ähnliches widerfahren war.

„Eine sehr schwere Prüfung, möchte ich meinen", sagte Oliver. Christoph legte seine Hand auf die linke Schulter des jungen Bauern und nickte ihm stumm zu. Er teilte offensichtlich seinen Schmerz. Die Prüfung war in der Tat sehr groß und nicht jeder bestand sie. Die Ungerechtigkeit, die ihnen allen im Kampf widerfahren war, war groß. Jeder von ihnen, der hier war, hatte sein Päckchen zu tragen, und das machte es im Kampf gegen diese Kreaturen nicht leichter. Für einen Moment herrschte Stille. Dann fiel irgendwo in der Burg etwas zu Boden und schallte in dem Gemäuer wider. Das Geräusch verstummte alsbald und niemand schenkte dem Geschehen Aufmerksamkeit.

„Amar schickt mich", sagte Christoph schließlich. Oliver blickte Christoph an und nickte.

„Er sagte mir, dass Ihr kommen werdet, Christoph. Ihr werdet mich also das Lesen und das Kämpfen lehren?", fragte er ihn. Christoph klopfte ihm auf die Schulter und lächelte.

„So ist es. Ich werde Euch ausbilden, damit Ihr im Kampf bestehen werdet." Oliver lächelte zurück. Konnte es doch kaum erwarten, sich ausbilden zu lassen. Was auch immer passieren würde, er würde den Feind dahin zurückschicken, woher er gekommen war. Das schwor er sich und seiner Familie.

* * *

Feuchte Kälte kroch ihm in die Glieder, während das Tropfen von Wasser in der Dunkelheit widerhallte. Der Mann mit den blonden Haaren saß auf dem nackten Felsboden, den Rücken an die rauen Wände gelehnt, die Hände blass und zitternd. Ein dumpfer Schmerz pochte in seinem Schädel. Die Wunde am Hinterkopf war groß und blutend. Sein Herzschlag verlangsamte sich von Atemzug zu Atemzug. Erinnerungen flackerten auf und verloschen wie Rauch. Er wusste nicht, wer er war. Wusste nicht, warum seine Kleider nach Erde und Blut rochen. Nur ein Gefühl blieb zurück. Etwas war geschehen. Etwas sehr Schreckliches. Die Luft schmeckte nach Rauch und tief in seinem Inneren nagte die Angst, dass das, was er vergessen hatte, besser vergessen blieb.

DIE INSEL

Das alte ehrwürdige Gebäude mitten auf der Insel bestand aus drei Einheiten und der dicke Mönch hatte nicht schlecht gestaunt, als er es zwischen den großen Eichen zu Gesicht bekommen hatte. Das erste Haus, vom Wäldchen aus gesehen, war das kleinste von allen und diente als Eingang zu den beiden Haupthäusern. Es bestand aus einem Stockwerk und hatte ein sehr spitzes Dach. Das Gebäude dahinter war dem ersten sehr ähnlich, nur etwa dreimal so groß. Zudem war es um etwa zwei Meter nach rechts versetzt. Das dritte Haus stand senkrecht zu den anderen beiden und war um mehr als doppelt so lang wie die ersten beiden Gebäude zusammen. Es war so gebaut, dass es ungefähr mittig an das zweite Gebäude angelehnt war, sodass es von oben aussah wie ein großes T. An das dritte Haus grenzte ein hoher Turm aus Stein, welcher alle Bauten überragte. Er war aber nicht so groß, dass er die Baumgrenze übertraf, sodass er vom Ufer aus nicht gesehen werden konnte. Selbst im Herbst oder Winter nicht.

Ohne zu zögern wurden die beiden Besucher von ihrem Auftraggeber in das aus hellem Stein gebaute Gebäude geführt. Er öffnete die Tür, bevor die ersten Sonnenstrahlen durch die Bäume das Gebäude erreicht hatten. Im Inneren war der Raum bis unter das Dach mit Brennholz gefüllt und man hatte Mühe, den schmalen Weg zu gehen, welcher sie in das nächste Gebäude führte. Es roch sehr stark nach altem Holz. Der dahinterliegende Raum war etwas größer als der Lagerraum, aus dem sie gerade gekommen waren. Hier standen ein paar kleine Tische in Zweierreihen angeordnet, die zu dieser Zeit aber allesamt leer waren. Sie waren so angeordnet, dass sie zu dem schmalen Fenster ausgerichtet waren. Es roch nach Blüten und irgendwo wurde etwas geräuchert. Die Fenster auf der linken Seite des Gebäudes waren alle mit dickem Stoff verhangen, sodass kein Tageslicht hereinkam. Im Inneren des Raumes brannten an jeder Seite des Raumes zwei Fackeln. Hinter den Fackeln war die weiße Wand schwarz vom Feuer. Auf der gegenüberliegenden Seite der Fenster war die Wand mit einer großen Malerei verziert. Sie zeigte eine Person aus einer längst vergangenen Zeit. Die beiden Mönche blieben neben der ersten Tischreihe stehen und schauten sich um, während ihr Begleiter die Tür zum Vorratsraum schloss. Auch der Soldat, welcher sie mit dem Boot abgeholt hatte, schlich noch schnell durch die Öffnung, bevor sie geschlossen wurde.

Jetzt zog ihr Auftraggeber endlich die Kapuze hinunter, sodass die Mönche zum ersten Mal sein komplettes Gesicht sehen konnten. Sie schauten in ein sehr blasshäutiges Gesicht. Der Mann mit langen schwarzen Haaren und langgezogenen Wangenknochen wirkte ein wenig müde auf sie. Seine gelben Augen wirkten angsteinflößend, obwohl er sie in diesem Moment anlächelte. Die dunklen Adern in seinem Gesicht wirkten in dem Schatten noch kontrastreicher. Dann streifte er seinen schwarzen Mantel aus Wolle ab und legte ihn auf den Tisch. Darunter trug der Mann ein Hemd aus edlem schwarzem Stoff sowie eine feine Hose.

Der Stoff war bestimmt teuer, dachte Giso.

„Setzt euch“, befahl er ihnen. Der Soldat blieb stumm an der Eingangstür stehen und rührte sich nicht mehr. Die beiden

Männer setzten sich zügig auf die schmalen Holzstühle und sagten keinen Ton. Ripertus fühlte sich sichtlich unwohl und fing leicht an zu schwitzen. Auch Giso fühlte sich unbehaglich.

„Wartet hier", sagte ihr Auftraggeber und verschwand beinahe geräuschlos in das Hauptgebäude des Klosters. Der Bootsfahrer blieb mit ihnen im Raum allein zurück. Die Schritte verstummten auf dem Holzdielenboden. Dann hörten sie im Nebenraum Gemurmel, verstanden aber kein Wort. Kurz darauf wurde es wieder still, bevor die Schritte wiederkehrten und ihr Auftraggeber wieder zu ihnen zurückkehrte. Seine langen Haare wiegten bei jedem Schritt hin und her.

„Ihr seid heute meine Gäste. Ruht euch aus. Ich werde euch im Laufe des Abends berichten lassen, was hier zu tun gedenkt, sodass ihr heute Abend wieder aufbrechen könnt. Ihr werdet sicherlich hungrig sein? Man wird euch gleich abholen und in die Küche führen. Ich verabschiede mich bis auf Weiteres." Dann nickte er dem Bootsführer zu, dieser folgte ihm und beide verließen den Raum. Zurück blieben zwei ratlose Mönche, die nicht so recht wussten, wie sie mit dieser Situation umgehen sollten. Warum mussten sie bis zum Abend warten? Warum sollten sie die Gefahr auf sich nehmen und in der Nacht reisen? Das machte doch keinen Sinn.

Es verging ein Augenblick, in dem rein gar nichts passierte. Der dicke Mönch betrachtete das Wandgemälde genauer und blickte auf den Mann, der dort abgebildet war. Seine Haut war ebenfalls blass und seine düsteren gelben Augen schienen ihn zu beobachten. Ein Schauer lief Ripertus über den Rücken, sodass er den Blick abwenden musste. *Warum sind hier alle so blass? Sind diese Männer allesamt krank?*

Nach ein paar weiteren Augenblicken bemerkten sie eine weitere Person im Raum. Sie blickten beide zur Tür, die zum Hauptgebäude führte, und starrten in die Öffnung. Ein kleiner Mönch mit einer Fackel schlich behutsam auf sie zu. Seine Haut war faltig und seine grauen Augenbrauen waren sehr buschig. Er ging leicht nach vorne gebeugt auf sie zu.

„Gott zum Gruße", begrüßte Giso ihn. Der Alte veränderte seinen Gesichtsausdruck kein bisschen und starrte die Fremden misstrauisch an. Er schien nicht wirklich erfreut über Besuch zu sein. Direkt vor ihnen blieb der alte Mönch stehen und beäugte die sitzenden Männer kurz. Seine Haut war nicht so blass. Nein, sie wirkte eher gräulich. Dann sprach er zu ihnen:

„Ich bin Bruder Venatius. Ich werde Euch hier alles zeigen." Der Alte blickte sie an.

„Wie versprochen gewähren wir von der Familie des Grafen Adalar euch Schutz und eine Unterkunft für einen Tag." Seine Stimme klang recht dünn. *Adalar*. Bei Giso flammte etwas Besorgnis auf, als er diesen Namen hörte. Adalar galt als skrupelloser Geschäftsmann. *Was hatte der Ordensbruder mit dem Grafen zu schaffen?* Das Kloster unterstand der Kirche und nicht irgendeinem Grafen. Was ging hier vor sich? Die beiden Besucher verzogen jetzt ebenfalls keine Miene und blickten in das faltige alte Gesicht, welches mit einer großen Narbe verziert war. Der Alte schien zu überlegen und nach den richtigen Worten zu suchen.

„Danach müsst ihr, wie euch befohlen wurde, wieder aufbrechen. Es ist nicht gut für Euch, über Nacht hierzubleiben." Die beiden schauten sich irritiert an. *Was hatte das nun wieder zu bedeuten?* Ripertus war ebenfalls besorgt, ließ es sich aber nicht anmerken.

„Wir danken euch", antwortete Giso ihm schließlich. Venatius nickte zufrieden.

„Kommt mit in die Küche", befahl er ihnen. Dann ging der kleine Mönch an ihnen vorbei in den Vorratsraum voller Holz. Sein Habit war verdreckt und roch ein wenig streng, sodass Giso die Nase rümpfte. Venatius verließ das Gebäude und die beiden Gäste folgten ihm. Die Sonne hatte die Baumgrenze mittlerweile erreicht und strahlte ihre Wärme ab. Dankend sogen die beiden Männer das Licht auf. Ihr Begleiter ging humpelnd nach links und steuerte auf ein kleines Gebäude zu, das sich direkt an der Waldgrenze befand. Die Männer hatten es bei ihrer Ankunft gar nicht bemerkt. Während Venatius sie durch einen kleinen Kräutergarten führte, fiel beiden Mönchen auf, dass es auch hier sehr still war.

Das Gebäude war einfacher gebaut als der Rest des Klosters. Es war zum Teil aus Lehm gefertigt und deutlich windschiefer als der Rest. Es war der Raum, in dem die Mönche jeden Tag kochten und ihre Mahlzeiten zu sich nahmen. Jedenfalls sah es hier so aus. Es roch nach Gewürzen und Ölen, und im Gegensatz zum Haupthaus waren hier alle Fenster frei und lichtdurchflutet. Das Gebäude bestand nur aus einem Raum und war wie ein langer Schlauch gebaut. Am Ende, genau gegenüber vom Eingang, war die Feuerstelle mit einem Rauchloch im Dach. Über dem Feuer hing ein Topf an einer Kette, in dem etwas kochte. Die Bauart wirkte sehr zweckmäßig. In der Mitte stand ein langer Holztisch. An den jeweiligen langen Enden befand sich jeweils eine Bank.

„Wie viele Brüder leben hier?“, fragte Ripertus, der von Natur aus sehr neugierig war. Ohne dass der alte Mann sich umdrehte, antwortete er ihm.

„Wir leben hier zu vierzehn Personen. Durch Besucher wie Euch leben hier hin und wieder auch mehr.“

„Setzt Euch“, befahl Venatius, dann schlich er hinüber zur Kochstelle. Schließlich nahm er ein Stück Brot aus einem Regal links neben der Kochstelle und klemmte es sich unter seinen Arm. Zudem nahm er noch schnell einen Krug mit Wasser zur Hand und griff nach zwei Holzbechern. So langsam, wie er zur

Feuerstelle gegangen war, kam er auch wieder zurück. Die beiden Besucher hatten mittlerweile schon am Tisch Platz genommen. Ihr Gastgeber stellte jedem von ihnen einen Becher hin, füllte etwas Wasser hinein und gab ihnen das Brot. Dankend nahm Giso es an, brach es in zwei Hälften und gab seinem Begleiter das andere Stück. Es roch sehr würzig und war augenscheinlich mit Kräutern gebacken worden. Beherzt biss er in das Brot und bedankte sich bei Venatius. Dieser nickte ihnen stumm zu, verabschiedete sich kurz und ging hinaus.

„Ich sage Euch, irgendwas ist merkwürdig an diesem Ort", sprach Ripertus schmatzend zu dem anderen.

„Was meint Ihr?", fragte der Glatzkopf und tat so, als ob er keine Bedenken hatte. Er wollte Ripertus nicht noch unnötig verunsichern. Giso merkte spätestens jetzt, dass sie mit dem Feuer spielten. Ein Geschäft mit dem Grafen Adalar war immer mit einem gewissen Risiko behaftet.

„Habt Ihr die Augen des Schwarzhaarigen gesehen? Sie sehen finster und böse aus. Habt ihr schon mal einen Menschen mit gelben Augen gesehen? Ich nicht!" Der Große wollte gerade ein Stück Brot in den Mund stecken, als er davon abließ und seinen Begleiter anguckte.

„Ihr seid so voller Furcht. An diesen Männern ist nichts Furchteinflößendes", versuchte er ihn zu beruhigen. Giso verstand, worauf Ripertus hinauswollte. Der Mann hatte schon etwas Geheimnisvolles an sich und sicherlich war es mit gewissen Gefahren verbunden, wenn man für den Grafen arbeitet, aber sie sollten sich jetzt nicht verrückt machen. Sie würden diesen einen Auftrag erledigen und dann weiterziehen. Dann würden sie diesen Ort nicht mehr wiedersehen.

„Ich bin da anderer Meinung, ich ..."

„Schweigt endlich. Wir haben einen Auftrag und den werden wir weiter erfüllen. Wir benötigen den Sold. Das wisst Ihr ebenso gut wie ich. Der Winter wird kommen. Wir brauchen Nahrung und müssen uns eine Bleibe suchen. Niemand weiß, dass wir keine echten Mönche sind. Wenn wir die Kutten nicht mehr brauchen, legen wir sie wieder ab, und sobald wir den Sold haben, suchen wir uns ein schönes Winterquartier. Oder wollt Ihr wieder draußen bei den Schweinen schlafen?", fragte er und wurde dabei etwas lauter. Ripertus zuckte kurz zusammen, sagte danach aber nichts mehr zu diesem Thema. Vielleicht war er voller Furcht, aber es war nicht verkehrt, in dieser Zeit vorsichtig zu sein. Er war kein Mensch, der anderen blindlings vertraute, und damit war er bis heute gut zurechtgekommen. Schließlich lenkte er auf ein anderes Thema um, obwohl sein Unbehagen blieb.

„Ist ja gut, Ihr habt ja Recht. Was glaubt Ihr, alter Freund? Was hat der Sünder getan, dass man ihn so bestraft?", fragte der Dicke. Wieder schaute Giso zu ihm hinüber und kaute angestrengt auf der Brotkrume herum und zuckte mit den Schultern. Während sein Gefährte sich darüber den Kopf zerbrach, war es ihm eigentlich egal. Der Mann hatte gesündigt, und es war völlig gleich, was die Sünde war. Wichtig war ihm nur, dass sie das Geld für ihre Arbeit bekamen. Nochmals führte er das Brot zum Mund und stopfte es hinein. Venatius kam schließlich mit ein paar Kräutern wieder zu ihnen zurück.

„Zu welchem Orden gehört Ihr?", fragte Ripertus, der immer redete, wenn er nervös war. Der Alte schaute ihn wütend an und zeigte mit dem knochigen Finger auf ihn.

„Ihr stellt zu viele Fragen, Fremder! Wir mögen es nicht, wenn die Besucher viele Fragen stellen." Das war mehr als deutlich. Der Alte ging zurück zum Kochtopf und warf die gepflückten Kräuter in den Topf. Die beiden Männer schwiegen lieber. Sie wollten die Gastfreundschaft nicht überstrapazieren.

DIE ENTSCHEIDUNG

Der Tag war schnell vorübergegangen und graue Wolken zogen über den kommenden Abendhimmel auf und verschluckten das untergehende Sonnenlicht fast vollständig. Wind erhob sich und ein drohender Sturm zog von Osten her über das Land. Die nahende Dunkelheit war im Begriff, jegliches Licht zu verschlucken. Die Regenwolken türmten sich auf und wurden durch den Wind angepeitscht, in Richtung Westen getrieben. Das Wetter wurde seiner Jahreszeit absolut gerecht. Wenn man eine perfekte Szenerie für den Herbst beschreiben wollte, dann war es genau diese Situation. Die in der Dämmerung pechschwarzen Tannen verschmolzen mit den tief hängenden Wolken zu einer grauschwarzen Wand. Ohne jede Kontur, mit fast unsichtbaren Details. Es war ein trostloser Anblick, der unweigerlich den kommenden Winter ankündigte.

Jede einzelne Körperstelle schmerzte ihn mittlerweile, und die Ungewissheit, ob er aus diesem Gefängnis je wieder rauskommen würde, machte ihn beinahe wahnsinnig. Es zermürbte ihn nicht nur körperlich. Nein, auch sein Verstand büßte an Klarheit ein, was ihn immer wieder zum gleichen Entschluss kommen ließ. Er würde hier zugrunde gehen. Die Einsamkeit war und ist des Menschen größter Feind.

Immer wieder stand er auf und lief umher wie ein verängstigtes Reh und suchte nach einem Ausweg, darum bemüht, diesen schrecklichen Ort für immer zu verlassen. Von Zeit zu Zeit war ein verdächtiges Geräusch von außerhalb des Gebäudes zu hören, was ihn immer wieder dazu verleitete, durch die schmale Öffnung zu blicken, ob er irgendjemanden sehen konnte, der ihn aus dieser misslichen Lage befreien konnte. Mit Verzweiflung stellte er aber immer wieder fest, dass es höchstens irgendein Wildtier war, das ihm einen kurzen Besuch abstattete. Es war sonst niemand zu sehen in dieser gottverlassenen Gegend.

Der Himmel öffnete seine Schleusen und überdeckte das Land mit einem kräftigen Graupelschauer. Das Prasseln des Eises auf dem Boden war allzu deutlich zu hören. In nur einem kurzen Moment wurde die Landschaft in ein dünnes weißes Kleid getaucht. Der Winter kam immer näher. Ausgemergelt und frustriert ließ er sich wieder in die Hocke sinken und lehnte sich mit dem Rücken gegen die kalte Hauswand. Für einen kurzen Moment schloss er die Augen und sog die übelschmeckende Luft ein, um sie kurz darauf wieder über den Mund auszupusten. Eine kleine Dampfwolke verließ seinen Körper. Es war noch einmal kälter geworden, aber er fror nicht. Und das, obwohl er keine Jacke anhatte.

Sein Blick wanderte unzählige Male durch die kleine Hütte. Doch es gab keine Möglichkeit zur Flucht. Es war gerade mal genug Licht, dass er noch das Ende des Raumes erahnen konnte. Etwa in der Mitte des Raumes sah er ein Teil von einem Menschenschädel. Der Kieferknochen ragte aus dem dreckigen Morast empor, wie ein spitzer Dorn. Beim Anblick der Knochen sank seine Hoffnung noch ein Stück weiter hinunter.

„Ich werde hier sterben", flüsterte er sich selbst zu. Dabei lag in seiner Stimme die Gewissheit eines Mannes, der genau wusste, wovon er sprach. Für einen kurzen Moment dachte er an sein früheres Leben, das ihm im Moment einfach und unbeschwert vorkam. Die schwere körperliche Arbeit war mit dem, was er gerade durchmachte, nicht zu vergleichen, und er wünschte sich dahin zurück. Erschöpft ließ er den Kopf nach unten sinken und atmete noch einmal schwer ein. Ihm war ein wenig übel geworden. Normalerweise würde er sagen, dass er Hunger hatte. Und in gewisser Weise stimmte es ja auch. Es war das Verlangen, etwas zu sich zu nehmen. Aber er würde es nicht als Hunger, sondern eher als Durst bezeichnen. Als Durst nach einer gewissen Flüssigkeit, nach der er niemals verlangen durfte. Der Gedanke daran war falsch und krank. Instinktiv schüttelte er sich. Je mehr er darüber nachdachte, umso stärker wurde das Verlangen danach.

Warum ist das so?, fragte er sich. Noch vor zwei Tagen wäre es für ihn undenkbar gewesen, danach zu verlangen. Da hätte er einen guten Wein jederzeit vorgezogen. Ja, selbst Wasser wäre ihm deutlich lieber gewesen. Es war nicht so, dass er nicht schon mal von gekochtem Schweineblut gekostet hatte. Aber das war gekocht und nicht roh gewesen. Jetzt aber verlangte er nach rohem Blut. Jedenfalls glaubte er das. Diese Gedanken vergifteten seinen Verstand und führten dazu, dass er sich unwohl fühlte. Ja, es war eine gewisse innere Unruhe, die in ihm aufstieg und gleich wie bei einem Vulkan auszubrechen drohte. Irgendetwas wuchs da in ihm heran. Etwas Neues und Fremdartiges, und es versuchte immer mehr, Besitz von ihm zu nehmen. Je länger er dieser Situation ausgesetzt war, desto weniger konnte er sich gegen dieses starke Gefühl wehren.

Er verharrte weiter in der Hocke, bis es schließlich draußen vollends dunkel war. Ein Kauz hatte sich auf dem Dach des Gebäudes niedergelassen und begrüßte die Nacht mit leisen Rufen. Er lauschte und fühlte sich, so komisch es auch klingen mag, nicht mehr so allein. Es fühlte sich in diesem Moment gut an, während er weiter in die Dunkelheit hineinhörte, als er plötzlich etwas anderes hörte als das Tier auf dem Dach. Gabriel öffnete die Augen und horchte konzentriert in die Nacht hinein. Auch das Tier drehte seinen Kopf in die Richtung des Waldes, woher das Geräusch kam. Ohne abzuwarten, ob Gefahr drohte, erhob es sich in die Lüfte und flog protestierend davon.

Es war tatsächlich keine Einbildung, dachte er sich. Der Klang aus dem Wald war eindeutig zu hören und wurde immer lauter. Und schließlich erkannte er das Geräusch. Es hörte sich an wie Donner von Pferdehufen, der immer lauter wurde. Unter Qualen stemmte er sich mit dem Rücken fest gegen die Wand und stand langsam auf. Schnell blickte er wieder durch die kleine Öffnung in den dunklen Wald. Erst hörte er nur die Pferdehufe, doch dann erkannte er einen Schatten, der sich durch den finsteren Wald bewegte. Und er kam direkt auf ihn zu. Gabriel weitete die Augen und grinste instinktiv. Hoffnung machte sich breit, und bevor das Pferd wieder außer Reichweite kommen würde, brüllte er aus Leibeskräften einen Hilferuf hinaus in die Nacht. Obwohl er den Waldweg nicht wirklich erkennen konnte, sah er jetzt zwischen den Bäumen einen Lichtschein, der sich zügig fortbewegte. Wer auch immer das war, er war in der Nähe und er konnte ihm bestimmt helfen. Das Donnern der Hufe wurde noch einmal lauter und er konnte es kaum glauben.

Sollte er doch erlöst werden? Gabriels Augen blickten weiter durch die schmale Öffnung. Jemand kam, um ihn zu erlösen. Schließlich spuckte der Wald die Reisenden aus und er erkannte auf der kleinen Lichtung vor dem Gebäude ein stolzes schwarzes Pferd mit einem Holzwagen, auf dem sich zwei Gestalten in langen Gewändern niederkauerten. Das Pferd steuerte direkt auf die Hütte zu und hinterließ Spuren im weißen Eis. Dabei war es so schnell, dass Gabriel im ersten Moment dachte, es würde gegen die Hauswand knallen. Im letzten Moment bremste das Tier ab und kam direkt vor der Eingangstür zum Stehen. Das Pferd schnaubte auf und wackelte mit dem Kopf, sodass seine Mähne wild hin und her flog. Das Licht der Fackel war vorne am Wagen befestigt und brannte hell vor sich hin. Hell genug, dass Gabriel die zwei Gestalten erkennen konnte. Mittlerweile hatte der Graupelschauer aufgehört und leichte Schneeflocken fielen vom Himmel. Leise und sanft.

„Mönche?", flüsterte er fragend. Der Mönch, der vorne auf dem Holzwagen gesessen hatte, griff nach der Fackel und sprang dann schließlich mit einiger Kraft auf den eisigen Boden. Die Kutte wehte im Wind, als er einmal um den Wagen herumging. Er konnte die Gesichter der Mönche nicht erkennen, da sie ihre Kapuzen weit über ihren Kopf gezogen hatten. Die zweite Gestalt, ein etwas dickerer Mönch, stand ebenfalls vom Gefährt auf und blickte auf das, was dort auf dem Karren lag. Der junge Bauer konnte von seinem Standpunkt auch nicht sehen, was es war.

„Hallo, wer ist da? Ich bitte Euch, helft mir!", rief er lauthals. Der Dicke hob den Kopf und schaute in seine Richtung. Er konnte das Gesicht immer noch nicht erkennen. Dann wirkten beide irgendwie hektisch. Der größere der beiden Mönche ging nach hinten zum Holzwagen und half dem Dicken hinunter. Gabriel kniff die Augen zusammen und versuchte, die Personen besser zu erkennen.

„Bitte lass es kein Traum sein", stammelte er. Der Dicke griff nach etwas, was auf dem Boden des Karrens lag. Mit einem starken Seufzen zog er schließlich daran. Gabriel konnte noch immer nicht erkennen, was es war. Das Pferd wieherte kurz und schnaubte erneut nach Luft. Dann sah er, wie der Dicke einen leblosen Körper vom Karren zog. Er packte die Person unter den Armen, zog sie unsanft vom Karren und ließ sie auf den Waldboden plumpsen. Sie schien bewusstlos oder tot zu sein.

Was hat es damit auf sich? dachte Gabriel verwundert. Sollte es doch keine Rettung sein? Jetzt beugte sich der Dicke nach unten und zog schließlich die leblose Person an beiden Armen in die Richtung der Hütte, während der andere mit dem offenen Licht den Weg ausleuchtete. Dabei wurden die Beine der Person über den Waldboden gezogen.

„Hilfe!", brüllte er ein weiteres Mal. Doch die Männer ignorierten ihn. Langsam kamen die Schatten näher und verschwanden für einen kurzen Moment aus seinem Blickfeld. Gleich darauf hörte Gabriel Gepolter. Er hörte, wie ein Schlüssel verwendet wurde, und als das Schloss schließlich aufgeschlossen war, wurde die Tür knallend aufgestoßen. Jene Tür, die er ohne Erfolg zu öffnen versucht hatte. Sofort lief der Gefangene, immer noch an beiden Händen gefesselt, hinüber zum Eingang und blieb, mit vielen Fragen behaftet, vor der Tür stehen. Der Mönch mit der Fackel trat als Erster hinein. Ein verdammt großer Kerl streckte ihm das offene Feuer entgegen, sodass er ein paar Schritte zurückweichen musste. Es war verdammt heiß. Noch bevor er die zweite Person sehen konnte, hörte er sie schon. Er sah den Dicken schließlich, wie dieser an den Händen, unter Seufzen, eine leblose Frau in das kleine Haus zog. Während der Mönch mit dem Feuer ihn auf Abstand hielt, schleppte der andere den Körper in die Mitte des Raumes und ließ die Frau einfach im Dreck liegen. Gabriel schaute abwechselnd auf die Mönche und dann auf den schlafenden Körper.

„Was soll das?“, fragte er mit gerunzelter Stirn.

Gabriel war sichtlich abgelenkt und merkte zu spät, wie der große Kerl auf ihn zustürmte und ihm die Fackel einmal vor die Stirn schlug. Helle Lichtpunkte leuchteten vor seinem Auge auf und dann fiel er unsanft rücklings zu Boden. Kurz darauf verpasste ihm der Mönch einen Tritt gegen den Unterkiefer. Der Kopf flog zur Seite und Gabriel stöhnte unter Schmerzen auf. Sein Mund füllte sich mit Blut. Instinktiv rollte er sich zur Seite ab und rappelte sich, so schnell wie er nur konnte, wieder auf die Knie. Schnell spuckte er Blut aus.

„Verdammte Bastarde!“, fluchte er. Der kleinere Mönch folgte ihm. Kurz darauf wurden ihm die Fesseln mit einer scharfen Klinge an den Handgelenken durchtrennt. Er war frei. Der Schmerz in seinen Armen ließ augenblicklich nach. Ohne ein Wort zu sagen, entfernten sich seine Peiniger wieder von ihm, so schnell wie sie gekommen waren. Das Zuschlagen der Tür nahm er augenblicklich zur Kenntnis. Gabriel stützte sich auf seine Hände, sammelte seine Kraft und stand sogleich auf. Verwundert, wie schnell er das machen konnte. Mit einem großen Satz hechtete er auf die Holztür zu. Doch das mechanische Klacken der Bolzen verriet ihm, dass die Tür abermals verriegelt wurde. Mit aller Macht stemmte er sich brüllend gegen die Tür. Er holte aus und hämmerte mit aller Kraft gegen das Holz.

„Neeeiiiiiinnnnn, so helft mir doch. Ich bitte Euch!“, schrie er. Dabei legte er seine ganze Verzweiflung in seine Stimme. Alles ging so schnell, dass er gar nicht so recht begreifen konnte, was eigentlich passiert war. Seine Unterlippe war durch den Tritt aufgeplatzt, und das Blut lief ihm immer noch das Kinn hinunter.

Die Hufe des Pferdes waren abermals zu hören, und Gabriel rannte zu der kleinen Luke und blickte hinaus. Die beiden Gestalten entfernten sich wieder und waren bald darauf in der Dunkelheit des Waldes verschwunden. Mit großem Unverständnis schaute er den Mönchen nach. Sein Verstand fing ein weiteres Mal an zu arbeiten.

Seine Hände, sie waren frei. Das bedeutete doch, dass er mehr Möglichkeiten hatte, hier rauszukommen. Sofort packte er sich ein Brett und zog daran. Zunächst konnte er das Brett nicht bewegen, aber nach mehrmaligem Hin- und Herschwingen löste es sich etwas, und schließlich konnte er ein weiteres Stück herausbrechen. Das Holz fiel zu Boden, und er war froh, die Lücke vergrößert zu haben. Frische Luft strömte in den Raum, und er atmete die kalte Waldluft ein. Er schloss die Augen, um sie kurz darauf wieder zu öffnen. Als er die Eisenstangen sah, überlegte er verzweifelt, wie er diese lösen konnte.

„Eins nach dem anderen!", sagte er sich. Gabriel neigte den Kopf, dann blickte er zur Tür hinüber.

Oder fange ich dort an? Mit drei Schritten war er bereits da. Mit der flachen Hand berührte er das Holz und spürte die Kälte, die von draußen an ihr nagte. Von innen war kein Knauf oder gar eine Klinke auszumachen. Er musste versuchen, das Holz ein weiteres Mal zu durchbrechen. Er ging ein paar Schritte zurück und lief mit der Schulter voran gegen die Tür. So wie er es vorhin schon mal versucht hatte. Es gab einen lauten Knall. Mehr aber auch nicht. Das Holz war richtig fest, und die Tür schien sehr stabil zu sein. Noch während er überlegte, einen weiteren Versuch zu starten, wurde er von etwas abgelenkt. Seine feine Nase nahm einen Geruch wahr.

Ein lieblicher Duft, der den Gestank des Todes überragte. Gabriel drehte den Kopf zur Seite und schaute auf die Frau auf dem Boden. Er schloss die Augen und holte erneut tief

Luft. Das Aroma war atemberaubend schön. Auf einen Schlag tauchte das Gesicht wieder auf. In seinem Kopf hörte er eine Stimme.

„Könnt Ihr ein unschuldiges Wesen töten, um Euer eigenes Leben zu retten?" Ruckartig riss er die Augen auf.

„Was?", stammelte er verwirrt. Jetzt, obwohl er die Augen nicht schloss, hörte er abermals diese Stimme in seinem Kopf.

„Das ist Eure Prüfung. Nehmt, wonach ihr verlangt. Sie gehört euch!"

„Nein", stammelte er. Gebannt blickte er auf den Körper, der vor ihm lag. Gabriel schüttelte sich.

„Ihr braucht es!" Sein Verstand verweigerte diesen Befehl. Er wollte und konnte das nicht tun. Ihm war immer noch nicht ganz klar, wer diese Stimme in seinem Kopf war. Und zu wem gehörte dieses Gesicht? War es sein zweites Ich, das mit ihm redete? Sein Gewissen? Er wusste es nicht.

„Kostet von ihr!", hörte er den Befehl der Stimme in seinem Kopf. Gabriel wehrte sich gegen diesen Gedanken. Nachdenklich schaute er auf den schlafenden Körper vor sich. Schließlich ging er auf die Knie, und seine Augen erfassten in der Dunkelheit ihren Brustkorb, der sich langsam hob und wieder senkte. Sie war noch am Leben. Mit jedem Atemzug füllten sich ihre Lungen mit Leben. Obwohl es stockfinster war, konnte er sehr gut sehen, viel besser als die Nacht zuvor. Dies war ihm gar nicht so bewusst gewesen. Bis jetzt.

DER VERSPROCHENE SOLD

Die Holzräder des Wagens krächzten laut auf, als sie über die teilweise steinige Waldstraße hinweg holperten. Sie waren jetzt auf einem anderen Weg zum Seeufer als gestern noch, und der Fahrer musste höllisch aufpassen, dass er nicht vom Weg abkam. Es schneite leicht, und an manchen Stellen bildeten sich kleine weiße Inseln aus Eiskristallen.

Die breite Straße machte nach einer kleinen Anhöhe eine fünfundvierzig-Grad-Kurve, sodass der Fahrer die Geschwindigkeit etwas drosseln musste. Wenn er hier vom Weg abkommen würde, dann würden die Räder mit Sicherheit im weichen Boden versinken. Die mit Gras bewachsenen Ränder des Weges waren noch weich wie Brei. Der Boden konnte die Feuchtigkeit der letzten Tage an manchen Stellen nicht mehr aufnehmen. Hinter der Kurve war endlich die Abzweigung zum See. Wieder verlangsamte er das Tempo und bog in den schmalen Seitenweg ab, welcher die beiden Mönche direkt zu ihrem Ziel führen sollte. So war es angedacht.

Hier wurde der Weg deutlich schmaler, sodass der Lenker des Gefährts so seine Mühe hatte, das Tier durch die Dunkelheit zu führen. Der Wind heulte vom See her etwas auf und verwirbelte die Schneeflocken vor seinen Augen. Das Pferd ging bedächtig voran und zog den Wagen behutsam über den unebenen Waldweg. Zum Glück war der Boden hier genauso fest wie auf der Straße.

Ripertus, welcher hinten auf dem Holzwagen saß, hielt die Fackeln fest in seinen Händen und achtete darauf, dass die vorbeiziehenden Äste ihm diese nicht aus der Hand schlugen. Als die Räder über eine große Wurzel fuhren, wurde der Wagen für einen kurzen Moment in die Höhe gedrückt und sackte dann sehr schnell wieder ab. Der Schlag fuhr Ripertus so heftig in den Rücken, dass er kurz aufstöhnte. Der Schmerz zog sich vom unteren Steiß bis hoch zur Schulter. Innerlich fluchte er, doch äußerlich ließ er sich kaum etwas anmerken. Das Pferd trabte weiter durch den dunklen Wald. Nach einer weiteren kleinen Biegung kamen sie vom Laubwald in den dichten Tannenwald, umgeben von riesigen Bäumen, die dicht beieinanderstanden. Die Gegend kam beiden sehr bekannt vor. Das Licht der Fackel beleuchtete die nadellosen Äste, die wie abgestorben wirkten.

Hier unten am Stamm, dort, wo das Sonnenlicht kaum hinkam, hatten die großen Fichten die Nadeln abgeworfen. Die Bäume konzentrierten sich darauf, das satte Grün nur oben im Baum zu entfalten. Dort, wo das Sonnenlicht hinkam. Es sah gespenstisch aus, und Ripertus fühlte sich wiederholt unwohl. Seine Augen versuchten, die Umgebung komplett zu erfassen, aber die Dunkelheit ließ nicht wirklich viele Einzelheiten zu. Das Feuer tanzte wie wild hin und her und warf bizarre Schatten in die nähere Landschaft.

Er war froh, bald weiterziehen zu können. In eine schönere Gegend mit viel Licht und weniger Schatten. Vielleicht würden sie in den Süden gehen. Da, wo es um diese Jahreszeit immer noch schön warm war. Mit einem Lächeln dachte er an die schöne kleine Stadt, die direkt am Meer lag. Ein Ort, an dem man sich einfach nur wohlfühlte. Fernab von all dem hier. Eine dicke Schneeflocke landete sanft auf seiner Stirn und taute schnell zu einem Tropfen ab, um dann die Stirn und den Nasenrücken hinunterzulaufen. Er blickte nach oben und wurde so aus seinen Gedanken gerissen. Ihm war schon kalt genug, und die Nässe war da jetzt keine wirkliche Hilfe.

Ripertus hoffte, dass sie noch einmal für einen kurzen Moment in der warmen Stube aufgenommen werden würden, bevor sie dann weiter durch das Land ziehen würden. Eine warme Speise würde ihm sicherlich auch guttun. Venatius würde ihnen bestimmt wieder etwas Leckeres zu essen zubereiten. Das hoffte er jedenfalls. Das Essen war sehr schmackhaft. Es gab allerlei Gemüse und sogar Fleisch. Ripertus konnte sich nicht mehr daran erinnern, wann er das letzte Mal so lecker gegessen hatte. Er wusste nicht, was für ein Fleisch es war, aber es war zart und saftig. Giso bemerkte, dass es auf der Insel keine Nutztiere gab. Was auch immer es war, es war köstlich.

Nachdem sie die würzige Speise von Venatius zu sich genommen hatten, waren sie in ein kleines Zimmer gebracht worden, wo sich zwei Betten befanden. Beide waren zügig eingeschlafen und hatten bis zum Abend geruht. In dieser Zeit hatten sie vom Treiben im Kloster nichts mitbekommen. Ripertus erinnerte sich, dass sie durch ein aggressives Klopfen an der Tür geweckt worden waren. Der alte Mönch, der sich Venatius nannte, kam zu ihnen rein und erklärte ihnen, was ihr Auftraggeber für den zusätzlichen Sold verlangte.

Auf dem Wagen, mit dem sie gekommen waren, lag eine bewusstlose Frau. Ihre Aufgabe bestand darin, auch diese Person in das Haus zu bringen. Wieso, weshalb und warum, wurde ihnen nicht erklärt. Aber das ging sie auch nichts an. Ein Auftrag war nun mal ein Auftrag, alles andere interessierte Giso nicht. Ihnen wurden noch ein paar Instruktionen gegeben. Dabei riet Venatius ausdrücklich, dass sie vorsichtig sein sollten. Egal, was auch passierte, sie durften sich nicht von der Gefangenen im Haus angreifen oder verletzen lassen. Sollte dies passieren, könnte ihnen keiner mehr helfen. Was er damit genau gemeint hatte, blieb den beiden Mönchen verborgen. Sie fragten aber auch nicht weiter nach. Sie wollten nur noch eins: den Auftrag erledigen und das Geld erhalten. Und das hatte doch sehr gut funktioniert, wie er fand. Ripertus grinste in sich hinein und dachte darüber nach, wie gut sie alles erledigt hatten. Jetzt mussten sie nur noch den Sold erhalten, dann würden sie all das hier vergessen können.

Stumm hockte er weiter auf dem Karren und hatte seine Kapuze bis weit über sein Gesicht gezogen. Sein Magen knurrte bei dem Gedanken an Essen. Plötzlich stoppte der Karren ohne jede Vorwarnung. Er musste sein Gleichgewicht halten und stützte sich abrupt mit der linken Hand am Wagen fest. Etwas ratlos erhob er sich und schaute nach vorne über den Fahrer hinweg.

„Was ist los?", fragte er flüsternd. Ripertus zog die Kapuze etwas zurück und schaute mit seinem dicken Gesicht seinen Begleiter fragend an. Giso blickte einfach nur nach vorne auf den Weg. Schnell ging der Dicke mit dem Feuer ein Stück weit nach vorne, um die Gegend auszuleuchten.

„Warum halten wir?", fragte Ripertus erneut. Der Fahrer drehte sich schließlich zu ihm um.

„Da stehen zwei Soldaten auf der Straße und blockieren den Weg", sagte Giso. Den Kopf seitlich haltend, blinzelte er auf die beiden finster dreinblickenden Soldaten, die komplett in Schwarz gehüllt waren. Sie sahen komplett gleich aus wie die Soldaten, die gestern am Ufer standen. Ob es dieselben Männer waren, konnten sie nicht erkennen.

„Warum blockieren sie den Weg?", fragte Ripertus. Ohne ein Wort zu sagen, schüttelte der Glatzkopf unwissend den

Kopf. Der Dicke ging noch weiter zu seinem Begleiter nach vorne. Auch er konnte sie jetzt richtig sehen. Der dichte Nadelwald hatte die beiden Reisenden völlig in sich aufgenommen und keiner von beiden hatte erwartet, genau hier jemanden anzutreffen. Bis zum See war es nicht mehr weit, aber dies sollte sich wohl noch ein wenig hinauszögern.

Die beiden Soldaten rührten sich erst mal nicht. Zögerlich gab er dem Pferd zu verstehen, langsam vorwärts zu reiten. Kurz bevor sie die beiden erreicht hatten, hob einer der schwarzen Soldaten die Hand und sprach zu ihnen.

„Halt, wohin wollt ihr?", fragte er.

„Wir sind auf dem Weg zur Insel. Man erwartet uns bereits", sagte Giso. Es gab keine Reaktion. Die Soldaten blieben bewegungslos an Ort und Stelle stehen. Man konnte durch die Schlitze in ihren Helmen nicht mal erkennen, ob die Mönche angeguckt wurden oder nicht. Aber davon war auszugehen.

„Wir haben die Anweisung, niemanden zur Insel zu lassen! Kehrt um, wenn ihr Leben wollt." Der Fahrer war kurz irritiert, was sich in seinem Gesichtsausdruck widerspiegelte. So war das nicht vereinbart. Ripertus blickte zu Giso hinüber.

„Das sind doch die beiden von gestern, oder nicht? Erkennen sie uns nicht?", flüsterte er.

„Entschuldigt, ehrenwerter Herr, aber wir müssen dorthin. Man erwartet uns. Ihr wisst doch, wer wir sind? Wir sind uns gestern schon einmal begegnet." Der Mönch versuchte, so freundlich wie möglich zu sein.

„Das glaube ich nicht. Ich wiederhole mich nicht noch einmal. Ihr habt keinen Zutritt zum See. Geht jetzt." Mit einer abwertenden Handbewegung befahl der Soldat ihnen, umzukehren.

„Verzeiht, aber wir müssen dorthin", betonte der Fahrer noch einmal. Der schwarze Soldat senkte die Hand, zog sein

Schwert aus der Scheide und streckte es ihnen drohend entgegen. Der andere stand breitbeinig einfach nur daneben und hörte zu, wie der Soldat mit dem Schwert bedrohlich sagte:

„Nein, das müsst ihr nicht." Die beiden Mönche wurden unruhig. Es verging ein Moment, dann flüsterte der kleinere der beiden Soldaten dem mit der Waffe kurz etwas zu. Dieser nickte darauf verständnisvoll mit dem Kopf und schaute die beiden Reisenden an. Anscheinend war ihm jetzt eingefallen, wer sie waren.

„Ihr verlangt nach dem Sold?" Giso schaute den Soldaten fragend an. Ja, sicher waren sie deswegen hier. Sonst würden sie diesen Ort nicht aufsuchen. Jedenfalls nicht in der Nacht. Was war das für eine blöde Frage?

„Ja, wir hatten uns gestern schon gesehen. Erinnert ihr euch?", wiederholte Giso die Frage von eben. Anscheinend hatten die Soldaten sie nicht gleich erkannt. Wie auf Befehl hin steckte er seine Waffe wieder weg.

„Sicher doch. Eure Bezahlung sollt ihr bekommen", hörten sie eine Stimme aus der Umgebung sagen. Fast im gleichen Moment trat eine dunkle Gestalt aus dem Dickicht hervor und gesellte sich zu den Soldaten. Es war ihr Auftraggeber. Zügig zog er seine schwarze Kapuze ab und trat vor die Soldaten, die indes einen Schritt zurückwichen. Die Augen des schwarzhaarigen Mannes leuchteten goldgelb, als er zu grinsen anfing. Dann schaute er kurz nach links. Giso war froh, ihn zu sehen. Jetzt würde sich alles aufklären. Es verging ein Moment. Kurz darauf zischte etwas durch die Luft. Ohne wirklich zu verstehen, was passiert war, spürte Ripertus einen stechenden Schmerz an der Schläfe. Er stöhnte kurz auf. Ein Pfeil hatte seinen Schädel durchbohrt, wie ein Messer weichen Käse durchschnitt. Kurz darauf sackte er zusammen, fiel nach hinten auf den Holzwagen und blieb blutend auf dem Karren liegen. Die Fackel fiel ihm aus der Hand und klatschte auf den nassen Waldboden. Kurz darauf erlosch das Feuer zischend. Der Fahrer drehte sich erschrocken nach hinten um und stieß einen lauten Schrei aus. In diesem Moment ließ der schwarzhaarige Mann seinen Mantel fallen, machte einen Satz nach vorne und segelte ein paar Meter durch die Luft. Und das alles aus dem Stand. Ungläubig schaute Giso wieder nach vorne. Er riss die Augen erschrocken auf und sah, wie die drohende Gefahr auf ihn zugeflogen kam.

Wie ist das möglich?, fragte er sich noch, bevor er den harten Aufprall spürte. Dann ging alles absurd schnell. Der Mann packte den Mönch und stieß ihn nach hinten um. Er fiel rücklings auf das Holz des Wagens. Beim Aufprall knackte etwas bedrohlich an seinem Halswirbel. Mit dem Kopf landete Giso auf dem Bauch seines dicken Begleiters. Der schwarzhaarige Mann stellte sich vor ihm auf und grinste. Dann packte er ihn an den Füßen und zog ihn ein Stück zu sich. Gisos Kopf klatschte unsanft auf das Holz. Sein Gesicht, starr vor Schreck, blickte er dem Angreifer in dessen funkelnde gelbe Augen.

„Was seid ihr?“, stammelte er aufgeregt vor sich hin.

„Eure Belohnung“, sagte der schwarzhaarige Mann, fiel auf die Knie und setzte sich auf Gisos Bauch. Noch ehe er begreifen konnte, wie ihm geschah, packte der Angreifer ihn mit seinen kalten Händen am Kopf. Er spürte die kalten Finger um seine Wangen und Ohren. Giso wollte sich wehren, war aber starr vor Angst. Dann packte der Angreifer zu, hob den Kopf an und donnerte ihn immer wieder mit Wucht auf das Holz des Wagens. Der Hinterkopf platzte auf und Blut spritzte aus der Wunde. Schließlich packte er sein Opfer am Hals, die Finger krallten sich in die Kleidung, während der andere Arm den Körper an den Boden presste. Ein kurzer, verzweifelter Ruck durchfuhr Gisos Körper, dann bohrten sich die kalten Fangzähne in seine Haut am Hals. Giso keuchte, die Welt zog sich zusammen und das Monster über ihm saugte hastig, hungrig, ohne zu zögern, mit harter animalischer Gier. Kein Mitleid und keine Gnade. Ein scharfer, metallischer Geschmack füllte den Mund des Angreifers, seine Augen verengten sich vor Genuss, während Giso langsam schwächer wurde und die Kontrolle über seinen Körper verlor. Der Griff seines Angreifers blieb unerbittlich, bis nur noch die Stille blieb.

Mit einem leisen Knurren ließ er von ihm ab. Das Blut klebte warm und dick an seinem Kinn, tropfte beinahe auf den Körper von Giso, doch er zeigte keine Hast. In einer langsamen, fast andächtigen Bewegung wischte er sich über das Kinn, der weiche Stoff seines schwarzen Leinenhemdes glitt über die Haut und nahm das frische Rot mit sich. Zurück blieben eine verwischte Spur, ein matter Glanz und ein kaltes Lächeln eines zufriedenen Geschäftsmannes. Dann erhob er sich, blickte auf den toten Körper und grinste noch etwas breiter. Der Körper hatte noch reichlich Blut zur Verfügung und sickerte langsam aus der Wunde am Hals hinaus.

„Genießt das Mahl." Er sprang vom Wagen und ging zu seinem Mantel zurück. Die beiden Soldaten nahmen ihre Helme ab und bewegten sich zu den beiden Mönchen mit einem Grinsen im Gesicht. Ripertus lag weiter blutend auf dem Wagen. Seine Augen waren vor Schreck weit geöffnet. Er würde das Meer nie wieder sehen.

* * *

Leiser Schnee fiel aus dem dunklen Himmel, tanzte wie Asche in der kalten Nachtluft und blieb auf dem samtblauen Stoff ihres Gewandes, das sich bei jedem Schritt lautlos um ihre Beine legte. Der Wald war still, nur das Rascheln des Laubes unter den Pfoten des Wolfs begleitete sie. Treu und wachsam, als wüsste er, dass diese Nacht mehr barg als nur die Kälte. Ihr Atem war nicht zu sehen, obwohl leichter Frost in der Luft hing. Schatten glitten zwischen den Bäumen, kaum mehr als ein Flimmern im Augenwinkel, und doch wich sie ihnen aus. Ihre Schritte kannten den Weg, getragen von einer Dringlichkeit, die erzählt werden musste. Und ihre Mutter wartete sehnsüchtig auf das, was sie zu sagen hatte. Es musste eindeutig gehandelt werden.

BEFEHLE IM KOPF

Die Dunkelheit des Raumes lag wie ein schweres schwarzes Tuch über ihm und bedrückte sein sonst so fröhliches Gemüt. Es ging beinahe so weit, dass ihm die Atmung schwerfiel und er sich immer wieder an die Brust fasste. Irgendetwas stimmte mit seinem Herzen nicht. Die Panik überkam den jungen Bauern wellenartig und er kämpfte jeden Anflug mit aller Kraft nieder. Die Furcht war nie ein guter Ratgeber und half niemals, rationale Entscheidungen zu treffen. Das war ihm bewusst und dennoch konnte er gegen diese Attacken nichts ausrichten. Ganz im Gegenteil, sie ließ zu, dass man zu Übersprungshandlungen neigte, und das war in den meisten Fällen die falsche Entscheidung. Aber wie konnte man gegen etwas ankämpfen, was so übermächtig erschien?

Die Finsternis lähmte seine hellen Gedanken und bewirkte, dass er von diesem Ort einfach genug hatte. Und damit war nicht nur die optische Finsternis gemeint, sondern auch die, welche sich in seinem Herzen ausbreitete. Er wollte weg davon. Zurück in das Licht, voller Freude und Gesang. Denn da, wo er sich jetzt befand, war es dunkler als jemals zuvor. Gabriel atmete tief ein, versuchte sich zu besinnen und kämpfte die nächste Welle der Panik nieder. Er beruhigte sich etwas und kam für einen kurzen Moment zur Ruhe. Die Beklemmung wich für einen Moment und er versuchte, wieder etwas rationaler zu sein. Das panische Gefühl ebbte ab und er fühlte sich besser. Die innere Unruhe ließ nach und sein Verstand suchte abermals nach einer Lösung, um diesen Ort zu verlassen. Jede Faser seines Körpers wollte es, bis auf einen ganz kleinen Teil. In ihm schlummerte etwas Fremdes. Etwas noch nie Dagewesenes, das er deutlich spüren konnte, wenn die Panik aus seinem Körper wich. Ganz tief in seinem Inneren fühlte er es, wie einen fremdartigen Geist, der sich trotz der Beklemmungen in der Dunkelheit kurioserweise wohlfühlte.

War es wirklich eine Empfindung von ihm, oder waren es die Gefühle eines Fieberkranken? Gabriel wusste es nicht und so kämpfte sein Verstand gegen seine Empfindungen und seine Empfindungen gegen seinen Verstand. Ein schier endloser Kreislauf der Verzweiflung, der nie enden wollte.

Der Gedanke, zurück in das Licht zu gehen, war noch stärker als der Wunsch, im Schatten zu verweilen. Aber ihm war auch bewusst, dass dieser Kampf in seinem Inneren noch lange nicht ausgestanden war. Die Gedanken daran ließen ihn wiederholt erschaudern und an einen guten Umgang mit dieser dunklen Gefühlsregung war aktuell gar nicht zu denken. Der rationale Teil seines Verstandes wollte dies nicht gutheißen. Die Dunkelheit durfte sich nicht in seinem Herz ausbreiten. Wieder rollte eine Welle der Panik an und er zwang sich zur Ruhe. Das konnte und wollte er nicht zulassen. Gabriel atmete tief ein und wieder aus.

Und genau so würde er auch handeln. Sein Wille war frei, oder nicht? Und seine Entscheidung stand fest.

„Alles wird wieder ins Reine kommen!“, sagte er sich. Er würde in Zukunft die Stimme in seinem Kopf einfach ignorieren. *Allerdings* zweifelte er im nächsten Moment, ob das gerade jetzt so einfach werden würde. Der Kampf in seinem

Inneren wurde immer stärker. Still hockte er in der dunklen Ecke und wippte in der Hocke immer wieder nach vorne und nach hinten.

„Sie gehört Euch. Nehmt Euch, was Ihr verlangt, wenn ihr leben wollt!“, dröhnte es durch seinen Kopf. Da war sie wieder, diese eine Stimme, die immer wieder durch seinen Kopf hallte und nicht schweigen wollte. Sie war einfach da und er konnte sie nicht aus seinem Inneren verbannen. Es war beängstigend. Denn sie sprach zu ihm und drängte ihn, etwas zu tun, was anscheinend gut für ihn war, es aber sich nicht so anfühlte. Sie befahl es ihm, so wie ein Vater sein Kind zur Gehorsamkeit zwingt.

Immer noch hockte er in der Ecke und starrte in die Dunkelheit. Dabei fiel sein Blick immer wieder auf die wunderschöne Fremde, wie bei einem schüchternen Jüngling, der seine Liebste anschaut. Ihr betörender Geruch strömte in seine Nase und mit jedem Atemzug wollte er sie mehr. Aber auf eine Art, die ihm nicht gefiel. Der Gedanke, der sich in seinem Inneren manifestierte, war kein guter Gedanke. Jedenfalls nicht für die Frau. Er kniff die Augen zusammen.

„Oh Gott“, stieß er verzweifelt aus.

Dann überlegte er kurz, krabbelte zu ihr hinüber und blieb an ihrem Fußende hocken. Nackt und schmutzig lag sie vor ihm. Sein Blick wanderte über den Fußrücken. Behutsam, ja überaus vorsichtig, beugte er sich nach vorne zu ihr. Stockte in seiner Bewegung und betrachtete den Körper vor sich. Dann robbte er weiter zu ihrem Kopf hinüber und legte sich parallel zu ihr auf die Seite. Es fiel ihm schwer, seinen Blick von ihr abzuwenden. Sehr langsam streckte er seine Hand nach der Frau aus und legte seine flachen, kalten Finger auf ihre Stirn. Sie spürten die warme und schwitzige Haut. Die Frau schien regelrecht zu glühen.

„Was ist mit Euch?“, fragte er flüsternd. Er sprach sehr liebevoll, beinahe sorgenvoll mit ihr, obwohl sie ihn nicht hören konnte. Jedenfalls glaubte er das. Gabriel wartete auf irgendeine Reaktion von ihr. Doch sie rührte sich nicht. Gleichmäßig atmete sie ein und wieder aus. Sonst passierte nichts. Eine lange rote Locke, die ihr über die Schulter fiel, bewegte sich dabei leicht mit.

Sie war eine Gefangene, so wie er. Oder nicht? Gabriel schaute sie weiter an. Blickte in ihr blasses Gesicht und musterte ihre Konturen. Er wollte sie wecken, wollte mit ihr reden. Also packte er sie an der Schulter und rüttelte sie sanft.

„Ihr müsst aufwachen!“, sagte er leise. Doch es gab keine bewusste Reaktion von ihr. Er schaute weiter in ihr hübsches Gesicht. Die junge Frau war beneidenswert schön. Sie hatte eine kleine Stupsnase. Das mochte er an Frauen besonders gerne. Ihre Wangenknochen waren leicht rot und stachen etwas hervor. Am Kinn hatte sie ein kleines Grübchen und ihre Lippen waren wohlgeformt und luden zum Küssen ein. Auf ihrer kleinen Nase befanden sich ein paar Sommersprossen, das konnte er durch ihre helle Haut gut erkennen. In der leichten Falte unter ihren Augen lag etwas Unergründliches. Sie strahlte eine Anziehung aus, die still und ursprünglich war. Verführung lag nicht in ihrer Absicht, sondern in ihrer Echtheit. Diese Frau war nicht typisch germanisch. Nein, sie musste aus dem Norden kommen. Das war jedenfalls sein Gedanke, als er sie genauer betrachtete. Ihre langen roten Haare wellten sich über ihre Schulter. Alles in allem war sie äußerst ansehnlich und das gefiel ihm sehr gut.

„Sie gehört Euch“, hörte er abermals die Stimme in seinem Kopf. Kurz danach gab es ein schallendes Gelächter. Es war ein aufmunterndes Lachen. Im Versuch, dem Spuk

ein Ende zu setzen, kniff er die Augen fest zusammen und schüttelte verneinend den Kopf.

Die Frau schlief immer noch und machte nicht die geringste Anstalt, aufzuwachen. Ihre Haut war weich wie Samt und fühlte sich wunderbar an. Sein Blick wanderte weiter hinunter. Sie war nicht groß und recht schlank und schien in seinem Alter zu sein. Ihre Kleidung war verdreckt und wies sie als Bäuerin aus. Ihr langes, wollendes Kleid in erdigen Tönen war zum Teil zerrissen. Ihre Schürze aus grobem Leinen war von der täglichen Arbeit gezeichnet.

Ihr muss doch kalt sein?, schoss es ihm durch den Kopf. Dieser eine Gedanke. Er war sein eigener Gedanke und nicht die andere Stimme in seinem Kopf. Wieder schloss er die Augen und versuchte, sich auf das zu konzentrieren, was sein Eigen war. Er wollte wieder die Oberhand über sich erlangen. Er wollte zurück in das Licht und das dunkle Fremde in sich verbannen. Doch wie erwartet tauchte das bleiche Gesicht vor seinem geistigen Auge auf. Erschrocken riss er die Augen wieder auf. Es war nichts zu machen. Dieses neue Ich schien ein Teil von ihm zu sein und er würde es nicht mehr loswerden. Jedenfalls nicht so schnell. Gabriel war, was das betraf, in Sorge. Mit einem Satz sprang er auf alle Viere, krabbelte hektisch von der Frau weg und lehnte sich mit dem Rücken an die Wand. Mit seiner Faust hämmerte er immer wieder gegen seine Stirn und sagte:

Nein..., nein..., nein. Er spürte diesen einen Gedanken in sich aufkeimen, den er nicht zulassen wollte. Das, was sein Inneres von ihm verlangte, das konnte er nicht tun. Das war nicht richtig. Dieser Gedanke, der dort in ihm reifte, war falsch. Aber es war wie eine Endlosschleife in seinem Kopf und jeder Gedanke, den er anführte, kam immer zum selben Schluss.

Er musste sich nehmen, wonach er verlangte. Wonach sein Körper verlangte. Er musste seinen Durst stillen, bevor er dem Wahnsinn verfallen würde.

Erneut schwangen seine Gedanken um, wie bei einem Pendel. Er musste hier raus. Weg von der Versuchung. Schnell stand er auf. Instinktiv drehte er sich um und versuchte, mit den bloßen Fingern die Steine von der Wand zu zerbröseln. Ohne jede Wirkung. Es gelang ihm zwar, kleinere Stücke aus der Mauer zu brechen, aber das bewirkte nicht den erwünschten Erfolg. Schließlich lief er ein weiteres Mal zu der Tür hinüber und versuchte, sie mit den bloßen Händen zu öffnen. Wie wild hämmerte er auf dem Holz herum und probierte, dieses zu zerschlagen, aber er war einfach zu schwach. Entkräftet ließ er sich erneut auf den Boden sinken.

„Nehmt, was euch gehört. Es wird euch guttun, vertraut mir“, sagte die Stimme in seinem Kopf abermals und das machte ihn wütend. Diese Stimme gehörte nicht zu ihm. Es war etwas Fremdes, was da in seinen Geist gedrungen war.

Mit einer gewissen Distanz betrachtete er die junge Frau weiter und spürte plötzlich eine Veränderung in seinem Bewusstsein. Das Verlangen stieg in Wellen weiter an. Vorsichtig krabbelte er nochmals zu der Schlafenden hinüber. Sein Verlangen hatte mittlerweile seinen Zenit erreicht. Die Begierde, sich der Frau hinzugeben, stieg ins Unermessliche. All seine Gedanken drehten sich von nun an nur darum, seinen Durst zu stillen. Es war so einfach und doch konnte er es nicht wagen. Irgendwas passierte mit ihm. Er wurde nur noch von einem noch nie gekannten Instinkt geleitet. Sein altes *Ich* war praktisch gar nicht mehr vorhanden. Es war eine Mischung aus sexueller Erregung und unbändigem Durst. Langsam streckte er die Hand aus und versuchte, die Frau zu berühren, zog sie aber erschrocken über sich selbst sofort wieder zurück.

Das kann ich doch nicht tun, schallte es in seinem Kopf. Schließlich hielt er es nicht mehr aus. Langsam, beinahe schüchtern, robbte er wieder ein kleines Stück näher zu ihr hinüber, beugte sich über sie und strich ihr mit seiner Hand über ihr helles Gesicht. Seine Hände zitterten vor Aufregung. Wie ein vorsichtiger Wolf schnüffelte er an ihr und nahm mit seiner feinen Nase den betörenden Duft auf, der ihn so stark erregte. Ihr Eigengeruch war unwiderstehlich für ihn und ihr Körper spornte ihn an, weiterzumachen. Seine Fingerkuppen glitten langsam den Hals hinunter. Er spürte ihre pulsierende Ader, die das Blut in regelmäßigen, ruhigen Abständen durch ihren Körper pumpte. Er konnte es regelrecht hören. Jeden einzelnen Herzschlag. Sehr sanft, wie ein Geliebter seine Geliebte streichelt, fuhren seine Finger weiter hinunter. Berührten ihre festen Brüste, die sich wunderbar anfühlten. Der Speichelfluss in seinem Mund nahm deutlich zu und er beleckte sich ganz unbewusst die Zähne. Die junge Frau bemerkte von all dem nichts und schlief weiter, fast wie eine Tote. Gabriel schaute sie an.

„Vergebt mir."

TOTE REDEN NICHT

Der Soldat aus Adalars Armee blickte ehrfürchtig und stumm auf die Leiche des kahlköpfigen Mönches. Er wischte sich die blutigen Lippen mit dem schwarzen Stoff seines Ärmels ab und musste kurz aufstoßen. Dass ihr Herr ihnen von seiner Beute etwas übrig ließ, war selten und ein Zeichen des Wohlwollens. Sie nahmen das, was er ihnen zugestand, mit stiller Dankbarkeit an. Jeder Tropfen Blut war ein Geschenk. Er stand an den Füßen des toten Mönches und kratzte sich am Kopf, dabei wuschelte er über seine kurzen braunen Haare. Die Körper waren leer und man bat sie darum, die Leichen zügig zu entsorgen. Aus ihnen sollten keine Ghule entstehen und sie sollten nicht mal Aas für die Tiere werden.

„Eigentlich ist das eine Verschwendung“, sagte er leise. Es war nicht mehr als ein Flüstern. Er war der Meinung, dass diese beiden Mönche für etwas anderes als den Tod bestimmt waren. Beide waren gesund und hatten viel Potenzial. Seines Erachtens hätten sie noch genug Geld eingebracht oder wären als Ghul-Krieger zu gebrauchen gewesen.

Was soll's? Er zuckte ratlos mit den Schultern und blickte auf den Pfeil, der dem Dicken noch im Schädel steckte. Abgefeuert durch die vielleicht effektivste Schusswaffe, die es zurzeit für den Nahkampf gab. Es war die perfekte Waffe, die selbst die Ritter hassten, weil sie sich kaum dagegen wehren konnten. Es war schwer, an so etwas ranzukommen, aber nicht für Adalar. Der Schütze war blitzschnell aus der Deckung gekommen und hatte den dicken Mönch mit einem Pfeil durchbohrt. Das Bogengeschoss hatte sein Ziel getroffen. Schnell und tödlich, sodass der Mönch nicht einmal gemerkt hatte, dass es vorbei war.

Ein Befehl war nun mal ein Befehl. Nun waren die beiden Soldaten damit beauftragt worden, hier alles aufzuräumen. Auch der größere Soldat blickte auf den Wagen und schüttelte ebenfalls unverständlich den Kopf. Er hatte im Gegensatz zu ihm einen dunklen grauen Bart und wirkte dadurch viel älter als der andere. Der Bärtige stand hinter ihm und klopfte ihm anerkennend auf die Schulter.

„Meint ihr, es wird Primus gefallen, was sein Bruder hier angerichtet hat?", fragte er. Der Kleinere drehte sich zu ihm um und zog die Schultern unwissend an.

„Um diese Fragen zu beantworten, werde ich nicht bezahlt. Ich führe Befehle aus. Und egal, wer von beiden uns Befehle erteilt: Ich erledige sie. Alles andere liegt nicht in meiner Hand", betonte er. Der Bärtige schaute ihn an und zuckte dann ebenfalls mit den Schultern. Er hatte recht. Es würde schon seinen Sinn haben. Für einen kurzen Moment herrschte Stille. Bis sich auf einmal ein weiterer Mann zu ihnen gesellte. Auch er kam wie aus dem Nichts auf den Weg und stand nur wenige Meter hinter den beiden Soldaten. Schweigend blickte er sich für einen Moment um. Dann grinste er stillvergnügt.

„Wie ich sehe, hat mein Bruder zu Abend gegessen", räusperte er sich. Die beiden Soldaten drehten sich erschrocken um und nahmen Haltung an. Steif wie verwurzelte Bäume standen sie vor ihm und rührten sich nicht. Der Bärtige nickte ihm schließlich zu.

„Ja, Herr, das hat er“, meinte er dann ergeben. Vor ihnen stand Primus, Leviathans Bruder. Er war ein großgewachsener Mann mit kurzen schwarzen Haaren und sehr großen Ohren. Sein Gesicht wirkte recht finster durch seine eingefallenen Augen. Und man mochte meinen, dass dieser Mann etwas Schlaf nachzuholen hatte. Seine Haut war blass und Teile waren mit blau-violetten Adern durchzogen. Auch er trug einen schwarzen Mantel, wie es sein Bruder tat. Unter dem Mantel trug er eine braune Lederweste, die eigens für ihn angefertigt wurde.

Er war es, der die Geschicke und Anforderungen der Gilde Somschor von Graf Adalar in der Schlacht umsetzte. Primus war ein geschickter Feldherr. Erfahrung aus einigen Jahrhunderten des Krieges. Sein muskulöser Körper spannte sich für einen Moment an.

„Was geschieht mit den Körpern?“, fragte Primus. Der Bärtige rührte sich und sagte schließlich:

„Euer Bruder befahl, sie zu verbrennen, mein Herr.“

„Gut, ... bringt das Pferd und den Wagen zum Kloster. Die Leichen verbrennt wie befohlen“, sagte er. Die beiden Soldaten nickten ihm stumm zu. Primus hielt kurz inne. Dann kam er ein Stück näher.

„Wo ist mein Bruder jetzt?“

„Er wollte in die Höhlen“, gab ihm der Bärtige als Antwort, als er den Leichnam des kahlköpfigen kümmerte.

„Gut, ich gehe zu meinem Vater.“ Er grinste, dann drehte Primus sich sichtlich zufrieden um, ohne die Reaktion der Männer abzuwarten.

Der bärtige Mann blickte Primus nach, bis dieser im Wald verschwunden war. Dann ging er zum Pferd hinüber und gab dem anderen ein Zeichen, dass er ihm mit dem Tier helfen sollte. Dieser nickte ihm stumm zu und tänzelte leichtfüßig um die Leiche herum und stand schon bald neben dem schwarzen Pferd. Es schien geduldig auf sie zu warten. Als er neben dem großen Geschöpf stand, griff er behutsam nach den Zügeln. Dann streichelte er dem Tier sanft über die Nüstern und versuchte, eine vertraute Beziehung zum Tier aufzubauen. Dies gelang ihm auch sehr schnell. Er konnte sehr gut mit Tieren umgehen. Das Pferd blieb völlig ruhig, vertraute ihm und ließ den Kopf etwas sinken. Sanft streichelte er dem stolzen Tier weiter über das schwarze Fell.

Währenddessen ging der Bärtige nach hinten auf den Wagen, zog mit Leibeskräften den dicken toten Mönch vom Wagen und ließ ihn unsanft auf den nassen Waldboden fallen. Der Pfeil steckte dem Dicken immer noch in seinem Kopf. Er blickte nach unten und schüttelte den Kopf. Mit einem Ruck zog er ihn schließlich heraus. An der Pfeilspitze klebte noch Blut und etwas Hirngewebe. Angewidert wischte er die Körperflüssigkeiten an seinem Hosenbein ab, während weiter Körperflüssigkeit aus der Öffnung im Kopf hinaussickerte. Er ging ein Stück beiseite und blieb hinter dem Wagen stehen.

„Es ist ein gutes Pferd, nicht wahr?", meinte er dann. Der kleine Soldat schaute an dem Tier vorbei und nickte ihm zu. Kurzerhand legte der Bärtige den Pfeil auf den Wagen. Dann schaute er auf die beiden Leichen. *Wie mach ich das jetzt am besten?* Er zog den schweren Leib über den Boden und legte beide Körper übereinander.

„Ihr könnt den Wagen schon mal wegbringen. Ich erledige hier den Rest!", rief er dem anderen zu, den er gerade nicht sehen konnte, da er immer noch direkt hinter dem Pferd stand.

„Ist gut", erwiderte dieser. Kurz darauf setzte sich das Tier in Bewegung. Er nahm denselben Weg, den Primus eben noch gegangen war, und schon bald war er in der Dunkelheit des Waldes verschwunden.

Kurz danach huschte der Bärtige zu der Lagerstätte hinüber, die unweit, abseits vom Weg, mitten im Wald lag. Keine zehn Meter vom Tatort entfernt. Es war eine kleine Lichtung, wo sie sich niedergelassen hatten, um die Umgebung im Auge zu behalten. In einer kleinen Nische, direkt an einer steilen Steinwand, hatten sie sich vor Wind und Wetter geschützt ausgeruht. Dort lagen ihre Sachen und dort brannte auch ein kleines Feuer, das durch die Steinwand geschützt und vom Wald nicht direkt einsehbar war.

Er sah den Bogenschützen auf dem steinigen Boden kauern, der auf den Namen Bruno hörte. Er hatte die Arme verschränkt und war dabei, sich etwas auszuruhen. Er ignorierte ihn und ging gezielt auf das Feuer zu. Direkt neben dem offenen Licht lag ein Lederbeutel, gefüllt mit allerlei Kram. Mit seinen kalten Händen fummelte er darin herum und holte schließlich eine kleine Flasche mit einer stark brennbaren Flüssigkeit heraus. Der Verschluss war mit einem Stopfen versehen. Dann ging er zu einer Fackel, die auf dem Boden lag. Er hob sie zügig auf und zündete sie über dem Feuer an.

Schnell ging er, ohne ein Wort zu verlieren, wieder zurück zu den beiden Mönchen, die immer noch auf dem Trampelpfad lagen. Die Besucher mussten verbrannt werden, bevor sie wilde Tiere anzogen. So machten sie es eigentlich immer, wenn Körper nicht für ihre Zwecke geeignet waren. Gedankenverloren ging er auf die Leiber zu. Dann zog er den Stopfen mit seinen Zähnen aus der Flasche und spuckte ihn auf das hohe Gras am Wegesrand. Zügig schüttete er dann den Inhalt des Gefäßes gleichmäßig über die Mönche aus, bis die kleine Flasche leer war. Der Bärtige rümpfte die Nase, als ihm der beißende Geruch in die Nase stieg.

„Gott verdammt", fluchte er und ließ die Flasche zu Boden fallen. Es roch schlimm und er fragte sich kurz, aus was die Mönche dieses Zeug zusammengebraut hatten. Der Stoff ihrer Kutten saugte die Flüssigkeit auf und verteilte sich auf beide Körper.

Gleich darauf bewegte er die mitgebrachte Fackel nach unten und zündete die Körper der Mönche an, die unmittelbar danach in Flammen aufgingen. Es war ein Zischen zu hören und schon wurde es taghell. Das Feuer wurde groß und der Soldat war sich sicher, dass man es weit in den Wald sehen konnte. Er blieb erst mal beim Feuer stehen und wartete, bis die Körper vollständig in Flammen standen. Dann grinste er wieder.

„Tote reden nicht", sagte er sich, während er auf das Feuer blickte und zusah, wie die Körper verbrannten.

* * *

Der bärtige Soldat blieb abrupt in seiner Bewegung stehen, als er zwischen den Bäumen, durch das Feuer, eine Bewegung wahrnahm. Der Rauch der Körper hing tief, doch da, nur wenige Schritte von ihm entfernt, stand ein Mann. Kräftig gebaut, mit breiten Schultern und vom Leben unter freiem Himmel gezeichnet. Das blonde Haar war zerzaust, sein Gesicht verschmutzt, sein rotblonder Bart mit Blut besudelt. Der Fremde blickte ihn orientierungslos an. Die Kleidung schlicht, aber zerrissen vom Gestrüpp des Waldes. Es war ein Bauer, zweifellos, doch etwas stimmte mit ihm nicht. Sein Blick irrte, als suchten die Augen einen Weg, den sein Verstand längst verloren hatte. Der Soldat kniff die Augen zusammen, hielt die Hand nahe am Griff seines Schwertes.

„Ein Streuner?", fragte er sich. „Hier im Wald ohne Wiederkehr?"

DIE VERÄNDERUNGEN

Gabriel wischte sich befriedigt mit der rechten Hand das Blut vom Mund ab. Seine Hand zitterte leicht, aber es ging ihm gut. Besser als gedacht. Es war eher die Aufregung, die ihn zum Beben brachte. Die Stimme hatte recht – es ging ihm jetzt wirklich gut. Er krabbelte von der jungen Schönheit runter und kniete sich vor ihr hin. Sein Blick fiel bewusst nach unten und betrachtete den wunderschönen Körper, der sich vor ihm darbot. Bewegungslos und still lag die junge Frau da, welche eben noch gelebt hatte. Er hatte ihr etwas Endgültiges angetan und seine Gefühlswelt wusste diesen Zustand im Moment nicht richtig einzuordnen. Die eben noch stattgefundene Betriebsamkeit war durch absolute Ruhe eingetauscht worden und alles wirkte auf einmal friedlich. So, als ob nie etwas passiert wäre. Er senkte zufrieden den Kopf, um den wunderschönen Körper weiter zu betrachten. Ihre roten Haare waren verklebt und zum Teil blutverschmiert. Ihre Kleidung hing in Fetzen herab und gab Körperstellen frei, die besser bedeckt bleiben sollten. Aus ihrer Wunde am Hals ergoss sich noch immer restliches Blut und floss wie bei einem kleinen Rinnsal langsam zum Boden, um schließlich darin zu versickern. Ihre Augen waren immer noch weit aufgerissen und zeugten von ihrer Furcht, welche sie im Todeskampf erlebt hatte, nachdem sie kurz vor ihrem Tod erwachte. Ihr Mund weilte geöffnet und ihr Gesichtsausdruck spiegelte die Qualen wider, die sie kurz zuvor erlebt hatte. Nun, nach all dem Leid, war sie augenblicklich von diesem erlöst worden und sie konnte in Frieden ruhen. Ein wenig fühlte er sich als ihr Erlöser von ihrem täglichen Leid. Ohne es eigentlich zu wissen. Er redete sich kurz ein, dass ihr Leben beschwert und alles andere als einfach gewesen war. Und er hatte sie von diesen Qualen für immer erlöst. Gabriel lächelte ein wenig. Sie war jetzt frei.

Die Stille übertrug sich auf ihn und er fühlte sich auf einmal – ja, zufrieden, so konnte man es am besten bezeichnen. Die Stille tat gut und die Stimme in seinem Kopf war vorerst verstummt. Es war ein Segen. Er war wieder er selbst. Jedenfalls glaubte er das. Es hätte nicht mehr lange gedauert und er hätte mit Sicherheit den Verstand verloren, doch die Mahlzeit hatte ihn wieder normal werden lassen. So fühlte es sich jedenfalls an.

Gedanklich beleckte er seine Vorderzähne, um das restliche Blut in sich aufzunehmen. Der Geschmack des roten Saftes war noch allzu deutlich zu spüren. Es tat ihm sehr gut und er fühlte sich stärker als noch zuvor. Noch während er darüber nachdachte, stoppte er auf einmal in seiner Bewegung mit seiner Zunge im Mund. Fragend riss er die Augenbrauen hoch.

Was war das? Er fühlte eine Veränderung in seinem Mund. Er stieß mit der Zungenspitze gegen seinen linken vorderen Schneidezahn. Erschrocken riss er die Augen auf und schüttelte den Kopf. Der Zahn hatte sich vergrößert. Im Affekt hatte er das gar nicht bemerkt, aber jetzt war es eindeutig zu spüren.

Wie ist das möglich?, fragte er sich. Gleich darauf fühlte er mit der Zunge den rechten vorderen Schneidezahn. Auch er schien verlängert zu sein. Nicht so wie der linke, aber er war definitiv anders als vorher. Dies war vor wenigen Stunden noch nicht der Fall gewesen. *Ganz sicher nicht.* Sein Körper machte wohl nicht nur geistig eine Veränderung durch. Die Angst, nicht zu verstehen, was gerade mit ihm passierte, wuchs.

Oh Herr, was passiert mit mir?, fragte er sich. Auf seinem Körper breitete sich zum wiederholten Male eine Welle von Gänsehaut aus und er fing an zu frieren. Jedenfalls glaubte er das. Es wirkte beinahe so, als ob in diesem Moment alles Mögliche zusammenkam und über ihn einschlug wie ein gnadenloses Gewitter. Draußen heulte der eiskalte Wind wie eine gepeinigte Bestie gegen die Hauswand und pfiff unbändig durch die kleine Öffnung im Fenster, die er freigelegt hatte.

„Was sind hier nur für Mächte am Werk?", flüsterte er weiter. Behutsam krabbelte er zurück zum Ende des Raumes und lehnte sich mit dem Rücken an die kalte Hauswand. Er zog die Beine an und ließ die tote Frau dabei nicht aus den Augen. Gabriel hatte sich seitlich zur Tür hingesetzt und starrte unaufhörlich auf den toten Körper. Und während er sie so anstarrte, hörte er draußen einen dumpfen Knall. Plötzlich flog die Tür polternd auf, ohne dass er bemerkt hatte, dass jemand aus dem Wald zu ihm gekommen war. Gabriel zuckte erschrocken zusammen und drehte den Kopf geschwind zur Seite. Die Tür schwenkte einmal auf, knallte gegen die Hauswand und kam ein kleines Stück zurückgeflogen, bis sie schließlich stehen blieb. Gabriel erblickte eine Person im Türrahmen, die er bis jetzt noch nicht gesehen hatte.

Ein alter Mann, was machte er hier?, schoss es ihm durch den Kopf. Die knochigen Hände des Mannes hielten eine Fackel und erleuchteten den Raum so, als würde er nach etwas suchen. Die Mütze seines Habits hatte er weit in sein Gesicht gezogen, sodass er deren Augen nicht erkennen konnte. Langsam trat der Alte leicht humpelnd in das kleine Haus und hielt das Licht in seine Richtung.

„Ah“, stieß er kurz aus. Er schien gefunden zu haben, wonach er suchte. Behutsam kam der Fremde ein paar Schritte näher und hielt das Licht weiter in seine Richtung. Gabriel konnte die Wärme der Flammen in seinem Gesicht deutlich spüren. Für den einen Moment tat es richtig gut und er sog sie auf wie ein Schwamm. Der Alte zog seine Kapuze zurück, sodass Gabriel mehr von seinem Gesicht sehen konnte. Er neigte den Kopf etwas zur Seite, an den Flammen vorbei, und schaute dem alten Mann in sein faltiges Gesicht.

Er könnte mein Großvater sein, dachte er sich weiter. Der Alte trug die gleiche braune Mönchskutte wie die beiden, die die junge Frau zu ihm gebracht hatten. Die buschigen Augenbrauen waren überdimensional groß und wirkten beinahe so, als ob sie zu einer verschmolzen wären.

Ohne ein Wort zu verlieren, kam er noch weiter auf ihn zu, blieb dann stehen, starrte Gabriel mit ausdrucksstarken Augen an und schien ihn ausführlich zu mustern. Dann nickte er schließlich zufrieden. Unerwartet streckte der Alte die Hand aus und berührte damit Gabriels Kopf, zog ihn abrupt an den Haaren und drückte somit seinen Kopf nach hinten in den Nacken. Gabriel stöhnte kurz auf, als er den Schmerz spürte. Er ließ es über sich ergehen, ohne genau zu wissen, warum.

Der Alte schaute ihm tief in die Augen. Es dauerte einen Moment, in dem nichts geschah, und Gabriel fragte sich ernsthaft, was das Ganze sollte. Der rechte Mundwinkel des alten Mannes zog sich leicht nach oben und er fing an, mit seinen schmalen Lippen zu grinsen. Nun hatte Gabriel aber genug davon. Der junge Bauer packte die Hand des alten Mönches und zog daran. Er wollte, dass er ihn losließ, doch der Alte hatte mehr Kraft, als er vermutet hatte.

„Lasst mich los!“, brüllte er den Mönch an. Doch dieser ließ nicht von ihm ab.

„Ihr seid bereit!“, sagte er schließlich zu Gabriel. Dann ließ er von seinen Locken ab und streckte ihm die Hand entgegen. Immer noch am Lächeln. Gabriel war verwirrt. War das die Hilfe, die er sich erhofft hatte? Warum jetzt? Er verstand es nicht.

„Steht auf und folgt mir“, befahl der Mönch. Er zog die Hand wieder zurück, ohne dass Gabriel die Hilfe angenommen hatte. Dann drehte er sich unvermindert um und verließ das Gefängnis so schnell, wie er gekommen war. Durcheinander blickte Gabriel der hinkenden Gestalt nach, die schnell verschwand.

„Was zum ...?“, fragte er sich, als er auf die offene Tür starrte. Kam er jetzt wirklich frei? Gabriel sprang auf und stellte sich auf seine beiden Füße. Sein Blick fiel noch einmal auf die tote Frau. Diese schaute ihn immer noch klagend an. Schnell wandte er den Blick von ihr ab. Mit einer Mischung aus Schuld und Erlösung. Dann folgte er dem Mönch hinaus in die kalte Nacht. Die frische Waldluft wehte ihm um die Nase und tat sichtlich gut.

„So riecht also die Freiheit!“, grinste er. Direkt vor der Tür wartete der Fremde mit einem stolzen braunen Pferd. Er hielt es an den Zügeln fest und winkte ihn herbei. Anscheinend hatte es der Alte sehr eilig. Leichte Schneeflocken fielen auf seine Locken und legten sich nieder. Für einen kurzen Moment dachte Gabriel darüber nach, zu fliehen. Aber wenn er das tun würde, dann würde er vermutlich niemals Antworten auf seine Fragen bekommen.

„Beeilt Euch. Wir haben nicht viel Zeit“, mahnte der Mönch schließlich. Er deutete mit dem Daumen nach hinten, während Gabriel auf den alten Mann zuging. Gabriel nickte ihm stumm zu. Es war an der Zeit, Antworten zu verlangen.

„Was ist mit dem Weib?" Er wollte sie eigentlich nicht zurücklassen.

„Sie kommt zurecht", gab der Mönch emotionslos als Antwort zurück, während er sich zum Pferd umdrehte und aus einem Beutel an der Seite des Pferdes ein Leinenhemd herausholte.

„Zieht das an", sagte er und drückte Gabriel den Stoff in die Hand. Gabriel nahm das Oberteil und zog es schnell über. Dann kletterte der alte Mann auf das Pferd und zeigte, dass Gabriel ihm folgen sollte.

Wie kann der Alte so schnell auf den Rücken des Pferdes gelangen? Gabriel schüttelte ungläubig den Kopf. Der kalte Wind nahm zu, wehte ihm um die Nase und zerzauste ihm die Locken. Dann sprang er ebenfalls auf den Rücken des Pferdes und nahm die helfende Hand des Mönches dankend an. Die Tür des kleinen Gefängnisses blieb tatsächlich offen, als die beiden Männer davonritten. Irgendwie fand Gabriel das nicht richtig. Aber so war es jetzt nun mal.

Der junge Bauer klammerte sich wie ein kleines Äffchen an dem Fremden fest. Das Tier lief so schnell, wie es konnte, durch den Wald. Dabei hielt der Alte die Zügel des Pferdes in der einen Hand sowie die Fackel in der anderen Hand. Er schien wirklich stärker zu sein, als es den Eindruck machte.

„Wohin bringt Ihr mich?", fragte Gabriel, ohne das Gesicht des Reiters zu sehen.

„Schweigt", wurde er unfreundlich abgemahnt. Sehr gesprächig war sein Begleiter nicht und Gabriel hütete sich im Moment, weitere Fragen zu stellen. Dies konnte er später auch noch tun.

* * *

Bis auf den Wind war nichts zu hören. Die Schneeflocken tanzten wild und unbändig zu Boden und hüllten den Wald in ein zartes weißes Kleid. Die Dunkelheit hatte sich über das ganze Land gelegt und die Kälte machte diesen einsamen Ort zu einem Platz, an dem man um diese Zeit nicht verweilen mochte. Die Tür des kleinen Hauses stand weiterhin offen und die kalte Luft drang unerbittlich in das kleine Gefängnis aus Stein. Der tote Körper der Frau lag friedlich da. Blass wie Elfenbein und auf eine gewisse Art unschuldig wirkend, nahm sie den Raum des Augenblicks ein. Während ihr Blick immer noch mahnend in die Umgebung gerichtet war, zerzauste eine kleine Windböe ihr Haar an der Stirn. Es verging eine Weile, in der sie einfach nur dalag. Einsam und allein, von Gott und ihrer Familie verlassen. Ihre Augen wurden langsam gelblich trüb und es würde nicht mehr lange dauern, bis ihr Körper die ersten wilden Tiere anlockte.

Nichts deutete darauf hin, dass sich an dieser Szenerie etwas ändern würde, bis sie auf einmal anfing, ihre Finger zu bewegen. Ihre Fingernägel gruben sich vorsichtig in den verdreckten Untergrund. Ihre Augen fingen an, sich zu bewegen, und es wirkte so, als ob sie die Umgebung absuchte. Sie wirkte sichtlich verwirrt und verängstigt, als sie blitzschnell ihren Oberkörper nach vorne schwang. Sie atmete tief ein und sog die kalte, ekelig schmeckende Luft in ihre Lungen. Aufrecht sitzend starrte sie in die Dunkelheit und verstand nicht, was mit ihr passiert war. Ihre Kehle war trocken und sie musste kurz schlucken. Sie knurrte wie ein Tier. Ängstlich und doch bestimmend blickte sie zur Tür und wie auf Befehl stand sie auf und ging hinaus in den kalten Wald. Sie hatte ein Ziel, ohne zu wissen, dass sie ein Ziel hatte.

DER BERICHT DES PRIMUS

Primus lief durch die absolute Dunkelheit des Waldes und dennoch konnte er gut sehen. Der direkte Weg zur Insel war ihm allzu gut bekannt. Unzählige Male war er die vielen Wege zum Ufer schon gegangen, um den Ort zu erreichen, wo er und seine engsten Vertrauten Schutz finden konnten. Genau dort, wo sein Vater die Familie mächtig gemacht hat. Der schmale Pfad, direkt durch den dicht bewachsenen Nadelwald, ließ ihn beinahe unsichtbar werden. Ein gutes Gefühl für sich und seine Familie. Die Tannen waren zum Teil noch recht jung und meist nicht höher als ein ausgewachsener Mann. Nach oben hin offen, aber zu den Seiten hin dicht wie eine warme Decke, die jeden Reisenden umhüllte wie eine liebende Mutter.

Ein Geräusch ließ ihn kurz innehalten. Primus schaute nach links und versuchte, zwischen den Tannen etwas zu erkennen. Doch außer Nadelhölzern konnte er nichts erspähen. Dennoch war er sich sicher, etwas gehört zu haben. Für einen kurzen Moment überlegte er, nachzusehen, verwarf den Gedanken aber wieder und folgte dem schmalen Pfad weiter zum See.

Vermutlich war es nur ein Wildschwein oder etwas Ähnliches, dachte er. Primus kannte die Geräusche aus dem Wald.

Direkt am Ufer wartete der Bootsmann, ein Soldat, der wichtige Reisende der Gilde über das Wasser brachte, wenn man nicht durch die Höhlen gehen wollte. Und Primus vermied es so oft es ging, durch die Höhlen zu gehen. Dieser stinkende, dunkle Ort war nicht seine erste Wahl, wenn es darum ging, die Insel zu verlassen.

Ohne zu zögern, schubste Primus das Boot vom Ufer in das Wasser und sprang dann, ohne nasse Füße zu bekommen, in die kleine Barkasse. Dabei wackelte es ein wenig hin und her, sodass Primus etwas Mühe hatte, sein Gleichgewicht zu halten. Er schaffte dies aber relativ zügig, indem er seine Arme kurz ausbreitete und die Schwingungen somit ausglich. Der schwarz gekleidete Soldat im Boot nahm sogleich das Paddel in die Hand und steuerte das kleine Seegefährt in Richtung der kleinen Insel.

Leichter Schnee fiel vom Himmel auf sie herab und füllte den See mit stummen Tränen. Es wirkte beinahe so, als ob sie von den Sternen zu Boden glitten, um vom Leid dieser Welt zu berichten.

Primus seufzte bei diesem Gedanken kurz auf. Die Zeiten waren schwierig und verlangten nach schnellen Entscheidungen. Das wusste er so gut wie sein Vater. Das Aufbegehren im Süden des Landes gegen ihn und seine Familie verstärkte sich. Hinzu kam, dass die Kirche nicht mehr hinter ihnen stand. Jedenfalls ein Teil von ihnen. Man berichtete seinem Vater von Kriegern, welche in Gottes Namen gegen sie aufbegehrten. Was sein Bruder vor zwei Nächten deutlich zu spüren bekommen hatte. Ihm gefiel die gesamte Situation im Moment nicht. Die Menschen wurden aufmüpfig und seine Feinde waren ihnen dicht auf den Fersen. Andere Familien oder besser gesagt Gilden seiner Art strebten ebenfalls nach der Macht, die ihnen allen so wichtig war. Die Familie von Adalar lebte wohlbehütet in der Gilde der Somschor, einem Zusammenschluss aus verschiedenen mächtigen Personen. Es gab viele Fronten, an denen sie kämpfen mussten. Mit Macht ging nun mal auch viel Verantwortung einher. Und das bedeutete, dass sie sich in einer dunklen Welt behaupten mussten, um frei zu sein. Sein Vater war das Oberhaupt. Das Oberhaupt von allen, und das mussten die Verbündeten und die Feinde endlich akzeptieren. Denn keiner hatte mehr Macht als sein Vater, Graf Adalar.

Die wahre Identität seiner Familie war nur einem kleinen Teil der Menschen bekannt. Verbreitet durch einen abtrünnigen Teil der Kirche, die seine Gilde als feindlich betrachtete. Es war an der Zeit, dem Einhalt zu gebieten und diesen Zweig der Verunglimpfung abzuschlagen. Die Maskerade, die sein Vater aufgebaut hatte, musste bestehen bleiben und durfte nicht durch ein paar Krieger in Gefahr gebracht werden. Jahrhundertelang hat die Gilde ihr wahres Wesen vor den Menschen verstecken können. Dies musste so bleiben, da sonst der große Krieg drohen würde. Das konnte keiner von ihnen wollen. Es würde die Welt in ein noch nie dagewesenes Chaos stürzen. Die Identität musste um jeden Preis geschützt und jeder Angriff musste zurückgedrängt werden. So lange, bis die Gilde groß genug war, um gegen alle äußeren Einflüsse zu bestehen.

Ein kurzer Wackler auf dem Boot riss Primus aus seinen Gedanken an die Zukunft. Der Bootsführer korrigierte seinen kleinen Fehler und steuerte das Wasserfahrzeug wieder in die vorgesehene Richtung. Die Nachtdunkelheit hüllte sich wie ein Mantel um die beiden Männer und verschluckte somit fast jede Lichtquelle auf dem Wasser. Hin und wieder landete eine weiße Schneeflocke auf Primus' Haut, um dort zu verweilen.

Er verglich die Überfahrt sehr oft mit einer alten griechischen Sage. Immer wenn er auf dem Weg über das Wasser fuhr, stellte er sich vor, dass er auf dem Fluss Acheron war, dem Fluss des Grauens, den Homer in der alten griechischen Mythologie beschrieben hatte. Primus war belesen in verschiedenen Themen der alten Geschichte und kannte sich damit gut aus. Er lauschte dem leichten Plätschern der sanften Wellen, die durch das Boot verursacht wurden. Es war zum Teil wirklich so, wie er sich den Fluss des Grauens vorgestellt hatte. Dunkel und still. Voll mit verlorenen Seelen, die das Licht nicht mehr erblicken würden. Für einen kurzen Moment fragte er sich, ob es ihm irgendwann auch so ergehen würde.

Mitnichten, dachte er sich. Darauf würde er schon achten, dass es nie dazu kommen würde. Er würde ewig auf dieser Welt wandeln, genauso wie sein Vater.

Ein harter Ruck ging durch das Boot, als es schließlich am Ufer der Insel anlandete. Es blieb abrupt mit einem schleifenden Geräusch am steinigen Strand der Insel stecken und die Fahrt war beendet.

„Wir sind da", sagte der Soldat beinahe zeitgleich mit der Landung. Danach sprang dieser schnell aus dem Boot und hielt es vorne am Bug fest, damit Primus sicher aussteigen konnte. Nach ein paar Schritten landete er auf dem nassen Gras des Ufers und ging, ohne sich zu bedanken, in Richtung des Klosters. Der Soldat nahm davon keine wirkliche Notiz, machte in der Zeit das Boot fest und verschwand einen kurzen Moment danach ebenso in der Dunkelheit des kleinen Waldes wie sein Begleiter.

Nachdem Primus durch den kleinen dunklen Wald gegangen war, stand er alsbald vor dem ehrwürdigen Kloster, welches im Inneren durch Fackeln und ein paar Öllampen erleuchtet war. Es herrschte reger Betrieb im Inneren des Gebäudes, obwohl es mitten in der Nacht war. Aus zwei Rauchlöchern stieg Rauch empor, den man in der Dunkelheit gerade so noch erahnen konnte. Vor dem Eingang zum Holzlager standen zwei Soldaten in der Kälte. Sie wirkten angespannt und konzentriert. Direkt hinter ihnen brannten zwei Fackeln, welche an einer kleinen Eisenhalterung an der Wand angebracht waren. Sie waren etwas nach vorne abgewickelt, damit die Hauswand nicht in Mitleidenschaft gezogen wurde.

Somit war es ein Leichtes, die beiden Männer vor dem Eingang zu erkennen. Sie waren hellwach und erkannten ihn sofort, als er aus der Dunkelheit in den Lichtkegel des Feuers trat. Die Wachen standen steif wie Steinfiguren an beiden Seiten der Eingangstür und nickten ihm stumm zu, als er den Eingang passierte. Zügig schloss er die Tür hinter sich und sorgte dafür, dass die kalte und feuchte Luft draußen blieb. Es war wichtig, dass das Feuerholz, welches hier lagerte, trocken blieb. Er ging zügig durch die zweite Tür und stand schon bald im kleinen Skriptorium des Klosters. An ein paar Tischen saßen gelehrte Mönche und übersetzten alte Schriften aus einer längst vergangenen Zeit. Hier drinnen war es wesentlich wärmer und die Luft roch ölig, aber auf eine sehr angenehme Art und Weise. Sie war vermischt mit den Düften von Blumen und Kräutern. Er mochte diese sinnlichen Düfte. Adalars Sohn lief den Weg zwischen den Holztischen entlang an den Mönchen vorbei, die hier gerade konzentriert Pergament beschrifteten. Hinter ihm sprach ein Mönch irgendwas Belangloses in den Raum. Er fuhr kurz herum, um sicherzugehen, ob nicht er gemeint war, und blickte auf den Mönch zurück. Doch dieser blickte weiter auf das Pergament und schrieb mit einer Feder Buchstabe für Buchstabe auf das wertvolle Papier. Die kleine Öllampe am Tisch warf genug Licht ab, um zu sehen, was er da gerade aus dem Lateinischen übersetzte. Schnell blickte er wieder nach vorne, verschwand aus dem Raum der vielen Tische und trat in den Korridor dahinter hinaus.

Im hinteren Teil des Klosters ging Primus nach rechts, bis zu einem weiteren Nebenraum, der ganz am Ende eines langen Korridors lag. Vor der Tür standen wieder zwei schwarz gekleidete Soldaten, die hier ebenso Wache hielten wie die beiden Männer draußen vor der Eingangstür. Er blickte sie kurz an und nickte ihnen ebenso stumm zu. Die Männer blickten starr geradeaus und nickten zurück. Primus griff nach dem Knauf und trat in die warme Stube ein.

Der Raum hinter der Tür war recht groß. Die Fenster waren mit roten Samttüchern zugehängt und an der Decke hing ein Kerzenleuchter, der den Raum angenehm erhellte. Genau gegenüber vom Eingang befand sich ein thronähnlicher Stuhl aus Holz, der an einem Tisch stand. Dort saß ein Mann und schaute zu ihm auf, als er den Raum betrat. In seinen Händen hielt er eine Pergamentrolle, in der er gerade noch einen langen Text gelesen hatte.

Die Wände des Raumes waren weiß und der Boden bestand hier aus einem hochwertigen Mosaik aus einer längst vergangenen Zeit. Es war ein Bild von zwei Männern darauf zu erkennen, die miteinander kämpften. Nachdem er die Tür wieder geschlossen hatte, ging er langsam auf den Mann zu, welcher jetzt genüsslich an einem goldfarbenen Kelch nippte. Die Schriftrolle legte er zuvor sanft auf dem vor ihm stehenden Holztisch ab. Nachdem er einen Schluck genommen hatte, stellte er das Gefäß wieder auf den Tisch.

„Nun, mein Sohn, was habt Ihr für eine Botschaft für mich?" Seine roten Locken hingen ihm teilweise ins Gesicht, die er geschickt mit seiner rechten Hand beiseiteschob. Primus blieb vor dem Tisch stehen, verneigte sich kurz und lächelte leicht.

„Die Mönche werden keinen Sold mehr verlangen, Vater. Leviathans kleines Experiment scheint aufgegangen zu sein. Ich denke, dass sein Zögling bald hier sein wird. Und die Mönche werden niemandem berichten können, was sie gesehen haben."

„Sehr gut. Dein Bruder hatte schon immer eine gewisse Neugierde, was die Welpen anging. Ich hoffe, dass dieser ihn dieses Mal nicht enttäuschen wird. Setzt Euch", befahl er ihm. Primus nickte achtungsvoll, rückte den Stuhl vorsichtig nach hinten und setzte sich genau gegenüber von seinem Vater an den Tisch.

* * *

Amar hockte gedankenverloren auf einem kleinen Vorsprung, mit dem Rücken an der Mauer angelehnt. Er hatte die Augen geschlossen und schien zu schlafen. Aber er schlief nicht. Amar schlief niemals, sondern er ruhte sich aus. Den Luxus, schlafen zu können, hatte er schon lange nicht mehr. Er musste ständig auf Bereitschaft sein, und mit den Jahren hatte er sich das gut antrainiert. Die Arme lagen verschränkt über seinem Bauch, als sich Schritte näherten.

Der Soldat Roland machte sich auf den Weg zu ihm und trug dabei eine Fackel, damit er in der Dunkelheit sehen konnte, wohin er trat. Kurz bevor er Amar erreichte, hörte er ihn schon sprechen.

„Was habt Ihr für mich?" Roland war überrascht, dass Amar ihn direkt ansprach, da er dachte, dass dieser schlafen würde. Er war sichtlich erleichtert, dass er ihn nicht wecken musste. Amar ließ die Augen geschlossen. Sein Bauch war das Einzige, das sich mit jedem Atemzug bewegte.

Roland blieb direkt vor ihm stehen.

„Herr, wir haben sie gefunden. Wir wissen jetzt, wo sie sich aufhalten", sagte Roland kurz und knapp.

„Unsere Späher konnten die Fährte eines dieser Kreaturen aufnehmen und sie bis in den Wald ohne Rückkehr verfolgen. Ihr wisst schon, jenem Gebiet, wo sich die Sagen und Mythen häufen. Die Kreatur war verletzt und irrte eine Zeit umher, bis sie schließlich das Nest gefunden hat. Dort wimmelt es auch von Adalars Soldaten. Ich denke, dass wir dort genau richtig sind."

Amar ließ die Augen immer noch geschlossen, doch fing schelmisch an zu grinsen.

„Das ist gut. Das ist sehr gut!"

LEBENDIG TOT

Gabriel hielt sich mit beiden Händen an dem dicken Bauch des Reiters fest, um bei der Geschwindigkeit nicht vom Pferd zu stürzen. Seine ohnehin schon eisigen Hände waren mittlerweile durch die Nachtkälte völlig gefühlstaub. Der alte Mönch führte sein Pferd sicher durch den dunklen Wald. Jeder einzelne Muskel in seinem Körper schmerzte, und er hoffte, endlich den Bestimmungsort zu erreichen. Immer wieder durchzuckte ihn ein schlagender Schmerz vom Steiß bis zum Nacken hinauf, wenn das Pferd mit den Hufen auf den Boden trat. Nach den ganzen Strapazen sehnten sich sein Körper und vor allem sein Geist nach Ruhe. Die Geschehnisse der letzten Zeit waren mehr, als er verkraften konnte. Das wusste er nur zu gut. Dennoch würde er auch diese Tortur aushalten. So wie er bis jetzt alles andere ausgehalten hatte.

Plötzlich und unerwartet stoppte der Reiter sein Pferd, und Gabriel wurde mit großer Kraft gegen seinen Begleiter gedrückt. Mit seinem Kinn knallte er gegen den Rücken des Mönches und stöhnte kurz auf.

„Verdammt", fluchte er, als er wieder ein kleines Stück zurückgeworfen wurde. Das Pferd blieb scheinbar mitten im Nirgendwo stehen. Der junge Bauer löste die Umklammerung und schaute sich verwundert um. Dabei rieb er seine

Finger, um ihnen wieder Leben einzuhauchen. Außer dem Dickicht konnte er nichts erkennen. Es war eine menschenleere Gegend. Hier gab es keine Siedlung, geschweige denn ein Haus. Er sah nur wilde, unbezähmbare Natur.

„Absteigen", befahl ihm der Mönch in einem Ton, der ihm nicht gefiel. Etwas steif kletterte er vom Rücken des Tieres herunter und landete mit beiden Füßen auf dem weichen Waldboden. Mitten in einem kleinen Haufen von gelbem Laub, das zum Teil mit Schnee bedeckt war.

„Was machen wir hier?", fragte er irritiert. Der Mönch stieg jetzt ebenfalls vom Pferd. Dabei rutschte seine Kapuze vom Kopf. Jetzt sah er zum ersten Mal das vollständige Gesicht des Mannes, der sehr mürrisch wirkte. Seine Haut war sehr blass. Seine Augen waren eingefallen und schwarz unterlaufen. Über seiner rechten Braue erkannte er eine große Narbe, welche diese in zwei Hälften teilte. Für einen kurzen Moment schaute er dem Mönch tief in die Augen und erkannte etwas Fremdes, das gleichzeitig vertraut war. Die Iriden waren braun verfärbt wie der Waldboden, der sie umgab. Der Mönch zog seine Kapuze wieder über seinen Kopf und drehte sich um. Seine Frage blieb erst mal unbeantwortet. Nachdem er das Pferd an einem Baum befestigt hatte, befahl er seinem Begleiter, mitzukommen.

„Wohin gehen wir?", wollte Gabriel *weiter wissen.*

„An einen sicheren Ort", warf der Mönch kurz zurück. Nicht richtig vorausschauend setzte Gabriel einen Fuß vor den anderen und stolperte hinter dem Mönch durch den dunklen Wald. Er atmete die kühle Nachtluft ein und roch den feuchten Waldboden. Er mochte diesen Geruch. Es war für ihn ein Stück Heimat. Ganz anders, als es in einer Stadt roch. Die Bäume wiegten sich sanft im Wind und ein paar Blätter tänzelten leise mit ein paar Schneeflocken zu Boden.

Der Mönch ging schnellen Schrittes voran. So, als ob er es sehr eilig hatte. Gabriel hatte sichtlich Mühe, ihm zu folgen.

„Ihr sagtet, Ihr bringt mich in Sicherheit. Warum und vor wem?", fragte er ihn. Sein Wissensdurst nahm kein Ende. Gabriel war weit davon entfernt, alles zu verstehen. Aber genau das wollte er. Er wollte alles begreifen.

„Vor Euch selbst, und jetzt seid still!", brummte der kleine Mönch abermals.

„Vor mir selbst? Das verstehe ich nicht!" Gabriel hatte keine Ahnung, wie das gemeint war. *Oder vielleicht doch?* Der schmale Pfad, auf dem sie entlanggingen, machte auf einmal einen leichten Knick nach links. Der Mönch stoppte. Es wirkte so, als ob er kurz überlegen musste, wo lang sie jetzt gehen mussten. Dann bog er schließlich nach rechts ab. In der Ferne hörte der junge Bauer das Plätschern von Wasser. Sie waren in der Nähe eines Bachs oder Flusslaufs. Die Schrittfolge des alten Mannes nahm noch mal zu, sodass auch Gabriel das Tempo erhöhen musste. Sein Habit wehte wie ein Geist durch die Nacht. Schließlich erkannte er in der Dunkelheit auf der linken Seite einen See.

Nachdem der Weg sich noch zweimal gabelte und sie sich immer in der Nähe des Ufers aufhielten, gelangten sie schließlich zu einer hohen Steinwand. In einer winzigen Nische brannte ein kleines Feuer, an dem ein Mann saß. Gabriel schaute genauer hin und erkannte einen Soldaten in einer schwarzen Kluft. Der Mann schnitzte mit einem Messer an einem Stück Holz herum. Irgendwie sah er gelangweilt aus. Der Mönch drehte sich zu ihm um.

„Habt ihr euch den Weg gemerkt?", meinte er. Gabriel schaute ihn verwundert an und war sich nicht sicher, ob er diese Frage mit einem *Ja* beantworten konnte. Ausdruckslos starrte er dem Mönch in die Augen. Es vergingen ein paar

Sekunden, dann drehte sich der Alte um und ging zum Soldaten hinüber. Gabriel blieb erst mal stehen und beobachtete das Ganze aus sicherer Entfernung. Der Mönch grüßte den Soldaten, der am Feuer saß und zu ihm aufschaute. Nachdem sie ein paar Worte gewechselt hatten, überreichte der Soldat dem Mönch eine Fackel, die er am Feuer kurz zuvor entzündet hatte, und nickte ihm schließlich stumm zu. Was die beiden gerade besprochen hatten, konnte Gabriel nicht verstehen. Dann ging der Mönch zur Steinwand und blieb kurz stehen. Er drehte sich zu Gabriel um und winkte ihn zu sich. Der Soldat widmete sich wieder dem Stück Holz. Als der junge Bauer vor seinem Begleiter stand, sprach der alte Mann zu ihm.

„Dieser Weg führt Euch in die Sicherheit. So gelangt Ihr ab jetzt in Eure Zuflucht, ohne über das Wasser zu gehen. Prägt Euch diesen Weg gut ein", mahnte er. Gabriel nickte ihm stumm zu. Dann drehte er sich erneut zur Steinwand um und ging los. In etwa der Mitte befand sich ein kleiner Eingang zu einer Höhle, der mit grünbraunem Efeu zugewachsen war. Wenn man nicht wusste, dass der Eingang dort war, nahm man ihn nicht zur Kenntnis. Und in der Dunkelheit erst recht nicht. Der Mönch drückte die Pflanzen sanft mit der Rückhand zur Seite. Dann leuchtete er in die Öffnung und drehte sich zu ihm um.

„Folgt mir!", sagte er, und kaum hatte der alte Mönch zu ihm gesprochen, verschwand er auch schon im Höhleneingang. Für einen kurzen Moment stand Gabriel völlig verunsichert auf einem schmalen Steinplateau mitten im Nirgendwo. Er schüttelte ungläubig den Kopf. Ohne eigentlich zu wissen, was ihn erwartete, folgte er seinem Begleiter in die Dunkelheit. Das Rascheln des Laubes verstummte und wich einem staubigen und steinigen Kratzen. Der Boden war hier deutlich härter als der Waldboden. In der Ferne hörte er, wie ohne erkennbares Muster Wasser auf Stein oder auf eine Wasseroberfläche tropfte. Die Luft in der Höhle war warm und feucht. Ohne dass er es gemerkt hatte, war der Mönch aus seinem Sichtfeld verschwunden. Für einen Moment war es stockfinster und er sah die Hand vor Augen nicht. Es roch etwas moderig. Irgendwie nach nassen Steinen. Er beschleunigte seine Schritte und kam schließlich um eine kleine Biegung herum. Nach wenigen Metern erkannte er endlich das Licht der Fackel. Der Mönch wartete auf ihn. Jetzt sah er, dass die Höhlendecke zum Teil mit schwarzem Ruß bedeckt war.

Der Alte ist hier nicht das erste Mal mit der Fackel langgelaufen, dachte er sich. Gabriel schloss so schnell wie möglich auf. Der Mönch mit der Narbe schien jetzt noch ungeduldiger zu sein als zuvor.

„Wo sind wir hier?“, fragte Gabriel ihn. Er platzte vor Neugierde.

„Alles zu seiner Zeit. Kommt und folgt mir!“, der Mönch drehte sich abermals um und ging den schmalen Tunnel weiter. Der Weg führte sie tief in das Erdreich hinein. Einmal ging es rechts herum, dann nochmals links. Hin und wieder musste er den Kopf senken, um nicht gegen den Felsen zu stoßen. Wunderschöne Stalaktiten hingen von der Decke herab und tropften auf die vom Feuer angestrahlten feuchten Steine. Gabriel hatte so etwas noch nie gesehen. Es war wunderschön. Doch so schnell, wie die Höhle einen Teil von sich preisgegeben hatte, so schnell lag sie hinter ihnen wieder in der Dunkelheit.

Hier würde ich von allein nie wieder rausfinden!, dachte er sich, als er über einen kleinen Felsen kletterte, der mitten auf dem Weg lag. So sehr er sich auch anstrengte, um sich den Weg zu merken, er schaffte es nicht. Noch nicht jedenfalls. Eine Bewegung unweit von ihm ließ seinen Kopf herumwirbeln. Irgendetwas kauerte dort in der Dunkelheit, oder etwa nicht? Das Licht beleuchtete einen kleinen Nebeneingang zu einem anderen Teil der Höhle nur kurz, aber Gabriel war sich sicher, dort etwas gesehen zu haben, was auf dem Boden in der Dunkelheit hockte. Für einen kurzen Moment sträubten sich seine Nackenhaare und ein Schauer überkam ihn. Sie waren hier nicht allein. Auf gar keinen Fall waren sie das. Schnell schloss er zum Mönch auf und folgte ihm weiter.

Schließlich gelangten die beiden Männer in eine etwas größere Höhle. Sie war beinahe kreisrund, wie bei einer Kapelle. Die Deckenhöhe betrug etwa vier Meter und der Durchmesser der Höhle war ähnlich breit. Der junge Bauer erkannte, dass dieser Teil der Höhle von Menschenhand geschaffen worden war. Es war kein natürlich entstandener Bereich. Die Wände waren aus hellem Stein und es roch hier völlig anders als im hinteren Teil der Höhle. Irgendwie nach Tod und Exkrementen, und es war alles andere als angenehm. Er kannte den Geruch zu gut. Instinktiv hielt er sich seinen Handrücken vor die Nase. An den Wänden waren in gleichmäßigen Abständen Leuchtfackeln an der Wand befestigt. Der Stein dahinter war schwarz vom Ruß. Genau gegenüber sah er etwas, was einem Verließ gleichkam. Ein Ort, an dem man sich buchstäblich verlieren konnte. Zwei Tunnel führten aus diesem Raum hinaus. Der eine war hell beleuchtet und Gabriel erkannte einzelne Zellen, die vergittert waren. Der andere Tunnel war dunkel und gab nicht preis, was sich dahinter versteckte. Er führte scheinbar ins Nichts. Neben dem Tunnel mit den Zellen war eine Treppe aus Stein, die hinaufführte.

Der Mönch hielt sich nicht lange auf. Ohne weiter zu zögern, ging er auf die schwarze Öffnung zu und der Tunnel verschluckte ihn und das Licht abermals. *Was ist das hier für ein merkwürdiger Ort?*, fragte er sich.

„Kommt Ihr?", hörte er ihn noch sagen, bevor er in dem dunklen Tunnel verschwand. Er folgte ihm weiter in die Dunkelheit und hatte ihn schon bald wieder eingeholt. Nachdem der Weg einen Knick nach rechts gemacht hatte, blieben sie vor einer schmalen Tür stehen. Sie war mitten in den Felsen montiert worden und war verschlossen. Schöne Ornamente verzierten die Vorderseite und wirkten irgendwie fehl am Platz.

„Wir sind da", betonte der Mönch. Schnell griff er nach dem Knauf und öffnete die Tür. Dahinter kam eine kleine Kammer zum Vorschein, die ebenfalls in den Felsen geschlagen worden war. Auch dieser Teil der Höhle war von Menschenhand geschaffen. Der Raum war nicht sehr groß und ohne Fenster oder eine weitere Tür. Es war eine kleine Kammer mit schmalen Nischen an den jeweiligen Seitenrändern. Gabriel trat in den Raum und blieb direkt hinter seinem Begleiter stehen.

Er betrachtete die Kammer etwas genauer. Der Raum war wie ein langer Schlauch angelegt und führte weiter nach links, sodass er mit dem Tunnel davor eine L-Form bildete. Die Decke war so hoch, dass er angenehm aufrecht stehen konnte. Gabriel drehte sich nach links um, sodass er an das Ende des Raumes blicken konnte. Dort befanden sich zwei Fackeln, welche die Kammer mit ausreichend Licht versorgten. In der Decke befand sich ein Schacht, der nach oben führte. Er war so schmal, dass maximal eine Hand durchpasste.

Am Ende der Kammer, direkt unter den Fackeln, befand sich eine weitere Nische, wo man sich bequem reinlegen konnte. Es roch hier nach Kalkstein und Öl.

„Das ist jetzt meine Zuflucht?", fragte er.

„Nein", hörte er jetzt eine andere Stimme. Gabriel schaute um die Ecke. An der Wand, direkt neben der Eingangstür, saß ein weiterer Mönch auf einem Stuhl und schien auf die beiden gewartet zu haben. Der Mann saß direkt hinter der Öffnung, deshalb hatte er ihn nicht bemerkt. Sein Begleiter schloss die Tür hinter sich und begrüßte den wartenden Mönch.

„Willkommen, Bruder", sagte er.

„Ihr kommt spät, Venatius. Die Zeit drängt", antwortete der Mönch auf dem Stuhl. Gabriel merkte sich den Namen seines Begleiters. Er hatte sich bis jetzt nicht namentlich vorgestellt.

„In der Tat, mein Freund. Aber nun sind wir da und können vollenden, was nötig ist", sprach er zufrieden. Venatius drehte sich zu Gabriel um und legte ihm behutsam seine rechte Hand auf die nackte Schulter. Dann blickte er ihm tief in die Augen.

„Es wird Zeit, mein Sohn. Die Wiedergeburt steht kurz bevor", sagte er und schubste Gabriel etwas unsanft in die Richtung der Nische am Ende des Raumes. Während der junge Bauer nach vorne stolperte, drehte er sich um und sah Venatius giftig an. Er hatte immer noch nicht verstanden, worum es den Mönchen genau ging. Nach nur wenigen Schritten hatte er die Kuhle in der Wand erreicht. Genau über der Nische erkannte er jetzt große Zeichen, die in den Stein gehauen worden waren. Es handelte sich um lateinische Buchstaben, die er schon tausendmal gesehen hatte, aber deren Bedeutung er nicht kannte. Zum ersten Mal in seinem Leben ärgerte er sich, dass er nicht lesen konnte.

Währenddessen stand der andere Mönch vom Stuhl auf und gesellte sich zu ihnen. Er war viel kleiner als Gabriel und hatte einen kahl geschorenen Kopf. Seine Kopfhaut glänzte wie bei einer Speckschwarte und er roch nach Rosenöl. Sein Bauch war übermäßig dick und man hätte meinen können, dass er bei jedem Schritt vornüberkippen würde. Sein Gesichtsausdruck war konzentriert und markant. Die Umrandung seiner Augen war tiefschwarz und es sah aus, als ob er schon lange nicht mehr geschlafen hätte. Auf dem linken Auge schien der Mann blind zu sein. Gabriel sah keine Pupille, sondern nur eine weißgelbliche Fläche.

„Wer seid Ihr?“, fragte der junge Bauer. Auf eine Antwort wartete er allerdings vergebens. Der fremde Mönch ignorierte diese Frage, packte Gabriel grob am Arm und zog ihn schließlich zügig zur Nische hinüber.

„Ihr müsst Euch jetzt hinlegen, damit Ihr zu Kräften kommt“, sagte Venatius. Dann deutete er mit einem Handzeichen an, dass er sich dort reinlegen möge. Die Nische war so tief unten, dass Gabriel sich hinunterbücken musste. Gerade als er sich darüber Gedanken machte, welchen Zweck diese Nische wirklich hatte, wurde er durch eine Bewegung hinter ihm abgelenkt.

„Wir haben nicht ewig Zeit“, hörte er noch, dann wurde er von hinten unsanft in die Nische geschubst. Beinahe hätte er sich den Kopf gestoßen. Im letzten Moment konnte er sich mit seinen Händen an der Wand abstützen.

„Was soll das?“, brüllte er. Etwas unbeholfen krabbelte er in die Kuhle hinein und legte sich schließlich, ohne ein weiteres Wort zu sagen, auf den kalten weißen Stein. Der Boden war steinhart und drückte ihn an manchen Stellen. Teilweise fühlte er sich etwas nass und schlüpfrig an. Die beiden Mönche knieten sich unmittelbar danach zu ihm hinunter.

„Habt keine Angst“, beruhigte der Mönch. Langsam wurde Gabriel etwas nervös. Das schien man ihm anzumerken. Aber das war nicht verwunderlich. Jeder würde nervös werden, wenn er nicht wusste, was auf ihn zukommen würde.

Der Glatzkopf holte eine Vitae hervor und überreichte sie Venatius. Der Blick des jungen Bauern ließ die beiden nicht aus den Augen.

„Nun ist es an der Zeit“, sagte der Mönch mit den blinden Augen.

„Was meint ihr?“, fragte Gabriel beunruhigt.

„Ihr empfangt nun das ewige Leben. Das Blut Leviathans macht euch zu einem starken Geschöpf. Ihr werdet jetzt ein neues Wesen werden. Ihr dürft euch glücklich schätzen, denn ihr wurdet von ihm auserwählt. Es gibt nicht viele Geschöpfe auf dieser Erde, die Teil der Gilde werden dürfen. Nehmt das Geschenk an und werdet ein Teil von ihr“, sagte er. Dabei klang seine Stimme sehr sanft und vertrauenswürdig. Ganz anders als noch vor ein paar Momenten.

„Was?“, fragte Gabriel wiederholt. Er verstand immer noch nicht, was hier passierte. Venatius beugte sich zu ihm hinunter. Gabriels Augen weiteten sich und irgendetwas drückte ihn im Rücken. Dann öffnete der Mönch den Verschluss des Gefäßes.

„Öffnet euren Mund und empfangt das ewige Leben“, befahl der Mönch. Etwas zögerlich öffnete er den Mund. Gabriel zitterte am ganzen Körper. Die Aufregung stieg in ihm an. Dann träufelte Venatius eine rote Flüssigkeit in seinen Mund. Gabriel schmeckte Blut auf seiner Zunge. Die Augen weit aufgerissen, starrte er die beiden an und versuchte zu begreifen, was hier geschah. Er verschluckte sich kurz vor Aufregung und musste kräftig husten.

„Wehrt euch nicht dagegen! Es dauert sonst nur länger!“, sprach der Mönch sanftmütig. Der rote Saft passierte seine Kehle und war mittlerweile in seinem Magen angekommen. Ein stechender Schmerz strahlte vom Magen aus, glitt über seine Brust und wurde beinahe unerträglich. Gabriel brüllte, flehte, dass die Schmerzen aufhörten. Sein ganzer Körper verkrampfte sich und er zitterte wie ein Aal, den man aus dem Wasser geholt hatte. Tausend Trommeln hörte er in seinem

Ohr. Als es schon fast nicht mehr auszuhalten war, spürte er eine Art Schlag in seinem Körper. Ein Blitz erhellte seine Augen. Sein Kopf dröhnte wie nach einem Donnerschlag. Er brüllte aus Leibeskräften, um den Schmerz aus seinem Körper zu verbannen. Er presste die Augen zusammen und dann war wieder Stille. Die Trommeln verstummten. Von jetzt auf gleich entspannte sein Körper sich. Der Schmerz ebbte zügig ab und verflog. Irgendetwas in ihm erstarb. Sein Herz hörte auf zu schlagen, ohne dass er es bewusst wahrgenommen hatte. Jedenfalls fühlte es sich so an. Er schloss die Augen und öffnete sie gleich wieder. Irgendwas war jetzt anders.

„Was habt ihr mit mir gemacht?", fragte er flüsternd. Das Atmen fiel ihm vor Anstrengung schwer.

„Wir haben euch die Kraft des einzigen und wahren Vaters gegeben. Mit seinem Blut seid ihr von einem Ghul zu einem seiner Kinder geworden", sagte der Mönch mit der Narbe. Gabriel hörte die Worte, verstand sie aber nicht. Schließlich entspannte er sich weiter und wurde müde. Die Prozedur hatte ihn viel Kraft gekostet. Venatius legte seine Hand auf seine Brust.

„Ihr seid jetzt ein Kind von Leviathan. Ein Mitglied der Gilde Somschor." Er grinste zufrieden.

„Schlaft jetzt. Ihr braucht viel Kraft für die erste Zeit." Der andere Mönch nickte ihm stumm zu. Kurzerhand standen beide auf.

„Wir werden auf euch Acht geben. Seid ohne Sorge", sagte Venatius. Dann verschwanden beide aus seinem Sichtfeld. Gabriel fühlte sich erleichtert, ohne eigentlich zu wissen, warum. Aber alles in allem fühlte es sich gut an. So, wie wenn man endlich nach Hause kommt. Einen kurzen Moment später wurde ihm ein wenig komisch. Sein Kopf fing an zu summen und seine Wahrnehmung wurde erheblich beeinträchtigt. Seine Augen fielen immer wieder zu und ihm war, als ob er Wein getrunken hätte. Wie ein Betrunkener verlangsamte sich seine Reaktion und er wurde immer müder, bis er schließlich das Bewusstsein verlor und einschlief.

DIE ERINNERUNGEN

In der Nacht ließ der leichte Schneefall nach. Die Luft war kalt, aber noch nicht so kalt, dass die Eiskristalle überall ihren Halt fanden. So entstanden einzelne Inseln der Wärme, wo das Braun der matschigen Erde zum Vorschein kam und ein unsortiertes Muster in die Landschaft malte.

Obwohl die Flocken immer weniger und dünner wurden, fühlte sich die Luft immer noch klamm und feucht an und selbst der aufkommende Wind vermochte dies nicht zu ändern. Es war ungemütlich und der Herbst neigte sich langsam dem Ende zu, um dem Winter Platz zu machen.

Seine dunkle Wolljacke, die ihm Amar den Abend zuvor geschenkt hatte, war nass geworden, sowie seine übrige Kleidung, die er trug. Über seinen Kopf hatte er ein Leinentuch gespannt, um sein Gesicht vor dem Wetter zu schützen. Er sah aus wie eine alte Magd, die allein draußen in der Dunkelheit kauerte. Ihm fröstelte ein wenig und er verschränkte die Arme, um sich ein wenig vor der Kälte zu schützen. Aber trotzdem genoss er für einen Moment die Stille und beobachtete die Natur, die sich vor ihm darbot. Für ihn bedeutete das Alleinsein Frieden und Ruhe.

Die Wolkendecke riss an ein paar Stellen auf und der untergehende Mond kam leuchtend zum Vorschein. Seine

Strahlkraft hüllte die Umgebung in ein silbriges Licht. Es war schön anzusehen und gab ihm das Gefühl von Sicherheit. Er war sein Begleiter und Oliver fühlte sich in diesem Moment nicht so allein. Immer wenn es ihm schlecht ging und der Mond am Himmel schien, ging es ihm etwas besser, so als würde die Leuchtkraft ihn innerlich stärken. Es dauerte noch bestimmt zwei Stunden, bis sich der nächste Herbsttag zeigen würde, und so genoss er die verbleibende Zeit bis zum Morgengrauen noch ein wenig. Schon als Kind hatte er diese Zeit gemocht, wo sich die Grenze zwischen dem Tag und der Nacht befand.

Seine Augen hatten sich gut an die Dunkelheit gewöhnt. Der junge Bauersohn kauerte hoch oben auf dem Turm der Burgruine in einer kleinen überdachten Nische und konnte einen großen Teil der Landschaft überblicken. Die einzelnen Inseln von Schnee und Matsch waren unzählig und er erkannte, dass der Boden an manchen Stellen kaum noch in der Lage war, die Feuchtigkeit aufzunehmen und an einigen Stellen riesige Lachen voll mit Wasser hinterließ, die an schneebedeckte Wiesenflächen grenzten.

Ein schöner Anblick, wie er meinte. Die Mondsichel spiegelte sich zum Teil in den vielen Pfützen wider. Feuchter Dunst schwebte von dem nassen Gras empor und hüllte, angestrahlt durch das durchdringende Mondlicht, die Umgebung in ein geheimnisvolles Leuchten. Olivers Blick huschte durch die Landschaft mit ihren wunderschönen Auen und Wäldern. Es war seine Heimat, die er da sah und die er so sehr liebte. Friedlich, unberührt und schön, so schön, wie nur die Natur selbst sein konnte. Aber dennoch wusste er, dass der Schein trog. Dieser Ort war keineswegs friedvoll. In den dunklen Ecken, verborgen vor dem Blick der Menschen, lauerte etwas, das hier nicht hingehörte. Ein Schatten, der diesen wundervollen Anblick zerstörte und ihn unheimlich machte. Sonst spülte der Niederschlag allen Schmutz, alle Last des vergangenen Tages hinfort und hinterließ wohltuende Frische, doch in dieser Nacht war alles anders und bedrückte seinen Seelenfrieden.

Dies war mitunter auch ein Grund, warum er weit nach oben, auf die Außenmauer der Ruine geklettert war. Er konnte einfach nicht mehr schlafen. Seine Träume waren einfach zu schrecklich. Er wollte nicht mehr fantasieren im Schlaf. Wollte nicht mehr in dieser Nacht des Schreckens zurückkehren und versuchte hier oben, sein Gemüt zu kühlen.

„Ich war der Einzige, der die Nacht des Angriffs überlebte, und bis heute frage ich mich, ob das wirklich Gnade war", flüsterte er leise vor sich hin. Dieser Gedanke quälte ihn, denn die Zukunft lag in völliger Dunkelheit vor ihm, oder nicht?

Sein Ziel war es, hier oben auf andere Gedanken zu kommen. Allein mit sich und seinen Erinnerungen blickte er hinauf in den Horizont. So wie die Wolken das Licht des Mondes abwechselnd veränderten, so änderte sich bei den vielen Gedanken seine Gefühlswelt. Mal war er optimistisch und im nächsten Moment zu Tode betrübt. Bestimmte Gedanken konnte er willkommen heißen, behielt sie kurz, um sie dann wieder schweifen zu lassen. Andere Gedanken wiederum blockierte er. Es war eine Last, immer und ständig nachdenken zu müssen. Eigentlich wollte er das nicht und er wünschte sich, dass er diesen Kreis einfach verlassen könnte. Aber so ein Mensch war er nicht. Er machte sich über alles und jeden Gedanken. Ein Fluch, wie er meinte.

Langsam kam sein Körper wieder zu Kräften und sein Geist wurde weiter mit zaghafter Zuversicht angereichert. Dieser Optimismus, oder nennen wir es ruhig Hoffnung, keimte in ihm auf wie eine kleine zarte Blume, die sich dem

Sonnenlicht entgegenstreckte und versuchte, zu wachsen. Egal, was noch passieren würde, er war sich sicher, dass es besser werden würde, als es jetzt der Fall war. Der Zukunftsglaube ging sogar so weit, dass er für einen kurzen Moment darüber nachdachte, dass seine Brüder vielleicht noch am Leben waren. Vielleicht waren sie dem Gemetzel entkommen und suchten ihn bereits? Wer konnte das schon so genau sagen? Zwar hatte ihm Amar mitgeteilt, dass alle bis auf ihn bei dem Angriff ums Leben gekommen waren. Aber der Glaube daran fehlte ihm. Er konnte und wollte diese Tatsache nicht akzeptieren. Er würde sich selbst davon überzeugen. Und er würde nach seinen Brüdern Ausschau halten. Vielleicht hatte Gott sie doch beschützen können? Er biss sich auf die Unterlippe, als eine stumme Träne seine linke Wange hinunterlief.

DER TREFFPUNKT DER FRAUEN

Die junge blonde Frau blieb mitten im Wald stehen, um sich kurz zu orientieren. Sie wurde das Gefühl nicht los, irgendwo die falsche Richtung eingeschlagen zu haben. Auch wenn das eigentlich unmöglich war. Sie hatte einen unverwechselbaren Orientierungssinn. Selbst in der Dunkelheit. Sie schaute kurz zu den Baumkronen hinauf und blickte in den Nachthimmel. Die Zeit drängte. Das wusste sie nur zu gut und sie musste schauen, dass sie langsam ihr Ziel erreichte. Es war elementar wichtig, noch vor Sonnenaufgang dort zu sein. Ihr treuer Begleiter war für einen kurzen Moment aus ihrem Sichtfeld verschwunden und sie suchte die Umgebung nach ihm ab. Der dunkle Wollmantel war völlig durchnässt und der untere Saum war durch den Waldboden mit Schlamm verschmiert. Schwer lag er auf ihren leicht verschneiten Schultern und dennoch war sie froh, ihn zu haben.

Ein paar Blätter vom heruntergefallenen Laub klebten an dem nassen Stoff, wie lästige Flecken, die man nicht mehr loswerden konnte. Langsam zog sie ihre durchnässte Kapuze nach hinten und spürte vereinzelte kalte Tropfen auf ihrer Kopfhaut, die von den knochigen Ästen zu Boden fielen. Konzentriert schaute sie sich zwischen den großen Laubbäumen um. Eine blonde Haarsträhne hing ihr über die Nase und kitzelte sie für einen kurzen Moment. Sanft wischte sie das feuchte Haar aus ihrem Gesicht. Dann drehte sie sich einmal im Kreis. Die junge Frau musste wieder auf den richtigen Weg kommen. Und zwar zügig. Sie presste die Lippen zusammen und schaute auf das dunkle Labyrinth aus Bäumen und Sträuchern.

Etwas verloren stand sie zwischen zwei jungen Tannen, die ihr gerade mal bis zur Hüfte gingen und im Begriff waren, weiter zu wachsen. Sie hatten sich einen Platz zwischen den vielen großen Laubbäumen gesucht. Dort, wo etwas Licht auf den Waldboden fiel. Der Untergrund war hier sehr glitschig und teilweise mit Moos bedeckt. Sie ging behutsam einen Schritt nach vorne und stellte sich auf einen umgestürzten Baumstamm, der noch frei von Moos war. Unweit von ihr erkannte sie eine kleine Felsformation.

„Das ist es!", flüsterte sie. Sie hatte sich doch nicht verlaufen. Sie hob die Mundwinkel lächelnd an, sodass man ihre Grübchen deutlich erkennen konnte. Behutsam zog sie die Wollkapuze wieder über ihren Kopf, hob ihr blaues Kleid mit beiden Händen vorne an und rannte wieder los. Die Bewegungen waren so schnell, dass man ihnen beinahe kaum folgen konnte. In der Dunkelheit war es ohnehin annähernd unmöglich, schnelle Bewegungen auszumachen. *Ein großer Vorteil für alle schnellen Jäger in der Nacht.* Den großen Stämmen ausweichend, lief sie Richtung Südosten, dort, wo sie den Treffpunkt ausgemacht hatten. Sie sprang über Wurzeln und kleine Senken hinweg und flog dabei zum Teil mehrere Meter durch den Wald. Bei jedem Sprung wedelte ihre Kleidung durch die Luft und man konnte den Eindruck gewinnen, dass ein Gespenst durch die Nacht huschte. Im Zickzack sprang sie vom rechten auf den linken und dann wieder auf den rechten Fuß. Es sah so leicht und unbeschwert aus, wie ein Reh, das hastig durch die Natur rannte und genau wusste, wo es hintrat. Nach ungefähr zweihundert Metern, direkt hinter der Felsformation, endete der Laubwald.

Nachdem sie der dichte Wald ausgespuckt hatte, kam sie auf die Waldstraße, die sie direkt zur Stadt führen sollte. Sie war durch die vielen Reisenden recht breit und der Boden war mitsamt Schotter und Lehm ziemlich festgetreten. Der Schotter bestand aus weißem Kalkstein, der selbst in der Nacht zu leuchten schien und einen hellen, steinigen Fluss durch die Landschaft schnitt.

Für einen kurzen Moment blieb sie am Wegesrand stehen und schaute Richtung Süden. Bevor die Straße eine Biegung nach links machte, erkannte sie eine dunkle Gestalt in der Ferne. Bewacht von einem Wolf, der neben ihr auf dem Boden lag und in ihre Richtung schaute.

Da ist er ja, mein treuer Freund. Er kennt sich im Wald einfach besser aus als ich, dachte sie sich und grinste erneut.

Die Gestalt war, ebenso wie sie, komplett mit dunkler Kleidung verhüllt und die Kapuze hing ihr tief im Gesicht, sodass man dieses nicht hätte erkennen können, selbst wenn es taghell gewesen wäre.

„Endlich", flüsterte sie sich zu und rannte, ohne zu zögern, auf die beiden zu. Nach nur wenigen Metern hatte sie die Person und ihren treuen Begleiter erreicht und blieb unmittelbar vor ihnen stehen. Sie zog die Kapuze erneut hinunter und lächelte.

„Es erfüllt mein Herz mit Freude, Euch zu sehen", sagte die junge Waldläuferin. Die andere Person hob den Kopf und lächelte mit ihren goldgelben Augen zurück.

„Ihr kommt spät, Maria."

„Verzeiht, ehrwürdige Katharina", antwortete sie. Dann umarmten sich die Frauen kurz zur Begrüßung. Das Tier neben ihnen beobachtete die beiden ganz genau und gab ein kleines Fiepen von sich.

„Ist euch jemand gefolgt?“, fragte Katharina, als sie Maria wieder losgelassen hatte. Sie zog ihre Kapuze wieder etwas nach vorne, sodass man in der Dunkelheit nur ihre Augen erkennen konnte.

„Nein, ich habe keine Verfolger bemerkt. Allerdings ...“, Maria machte eine kurze Pause, „allerdings war der Welpe nicht mehr zu retten.“ Maria wirkte bestürzt.

„Ich habe versucht, in seinen Geist einzudringen. Ich habe versucht, ihn zu lenken, aber es war mir nicht möglich. Die Verbindung von Leviathan zu ihm war schon zu stark. Selbst wenn ich ihn aus seinen Händen entrissen hätte, er wäre seiner Stimme gefolgt“, sagte sie und schaute etwas nachdenklich. Katharina nickte ihr stumm zu. Sie wusste, wie stark Leviathan ist. Welche Macht die Gilde Somschor hatte.

„Hätte ich mehr riskiert, hätte er mich bemerkt. Mir blieb keine Wahl, außer zu beobachten. Sie haben ihn fortgebracht an den Ort, wo wir keineswegs willkommen sind. Dort wimmelt es von den schwarzen Soldaten. Beinahe bin ich entdeckt worden. Und da ich unser angespanntes Verhältnis nicht weiter belasten wollte, bin ich ohne den Welpen zu euch zurückgekehrt.“ Sie schaute Katharina enttäuscht an und ließ die Schultern kurz hängen. Manche Seelen konnte man einfach nicht mehr retten. Das wusste Maria ebenso gut wie Katharina.

„Bestand die Möglichkeit, irgendeine andere Seele vom Dorf zu retten?“, fragte Katharina. Maria schaute sie an.

„Der Ritterorden hat alle Dorfbewohner getötet. Ausnahmslos. Sie gingen kein Risiko ein und ließen keinen am Leben. Diejenigen, die Adalars Ghule fortgeschafft haben, werden gut in den Höhlen bewacht. Ihre Rettung war verloren, ehe meine Hände sie erreichen konnten. Mir blieb nichts anderes übrig als zuzusehen, während das Schicksal gnadenlos zuschlug." Maria schaute kurz den liegenden Wolf an.

„Dafür habe ich aber was anderes herausfinden können. Anders als vermutet, gehen Graf Adalars Geschäfte weiter. Er hält sich keineswegs an unsere Abmachung. Das erklärt auch, warum die kleine Gruppe von Menschen gegen ihn aufbegehrt. Wenn ganze Dörfer angegriffen werden, stellt irgendjemand Fragen. Das bleibt nicht unentdeckt. Adalar will zu viel auf einmal und das lenkt die Menschen nicht nur auf ihn, sondern auch auf uns. Das kann nicht in unserem Interesse sein. Ebenso liegt die Vermutung nahe, dass sich Adalar weiter mit der Drachengilde vereinen will, um seine Macht zu stärken. Ich sah einen Boten, der Richtung Westen aufgebrochen war." Erneut machte sie eine Pause. Sie schien ihre Gedanken zu ordnen.

„Und es ist sogar noch etwas schlimmer, als ich es vermutet hatte. Er benutzt menschliche Söldner für seine Geschäfte. Ich habe zwei Menschen gesehen, zwei Mönche, die für Adalar die Drecksarbeit gemacht haben. Und ich bin sicher, es gibt noch wesentlich mehr, die für ihn arbeiten, ohne dass wir davon etwas mitbekommen." Maria blickte etwas bestürzt.

„Diese Menschen haben keine Ahnung, was hier eigentlich vor sich geht. Ich bezweifle, dass sie wissen, wer oder was Adalar eigentlich ist. Er arbeitet nicht mit den Menschen zusammen, so wie wir es tun. Er benutzt sie für seine Zwecke. Einer seiner Söhne begleitete seine Geschäfte. Der andere hält die Truppen zusammen. So meine Vermutung. Adalar hat genug Geld, um sich so viele Söldner zu kaufen, wie es ihm beliebt. Wir müssen dem Treiben Einhalt gebieten, ohne in einen Krieg mit ihm zu gelangen. Denn den können wir nicht gewinnen", betonte sie sorgenvoll. Katharina nickte ihr stumm zu und schien dabei nicht wirklich überrascht. Sie unterstützte sein Handeln keineswegs. Aktuell herrschte eine Art Waffenstillstand zwischen ihnen, gebunden an bestimmte Abmachungen. Aber diese schien er wohl nicht einzuhalten. Er war nun ein großer Kriegsherr, ja vielleicht so einer, wie Guillaume le Maréchal es war. Und sein Durst nach Macht konnte nicht gestillt werden. Dennoch hatte Katharina die vage Hoffnung gehabt, dass Adalar ihren Vertrag einhalten würde. Aber das tat er augenscheinlich nicht. Sie legte die Stirn in Falten.

„Das Land ist in Aufruhr. Von Osten zieht ein Sturm auf und breitet sich gegen Westen aus. Wir müssen den Grafen von Adalar im Auge behalten. Doch bevor wir aber unsere Anschuldigungen an ihn heranbringen, müssen wir Beweise für den Vertragsbruch finden. Wir müssen uns beraten und das Unausweichliche vermeiden. Einen Krieg können wir, wie ihr schon betont habt, zurzeit nicht bestehen“, meinte sie. Dann schaute sie sorgenvoll in den wolkenverhangenen Himmel.

„Wir müssen Schutz suchen. Es wird bald hell.“

* * *

Primus saß immer noch auf dem leicht unbequemen Stuhl. Die Rückenlehne drückte ihm ins Kreuz, während er genau zuhörte, was sein Vater ihm zu sagen hatte. Der mächtige Mann mit seinen roten Haaren drehte spielerisch an seinem goldenen Ring herum, sodass der Rubin, der im Ring eingefasst war, immer wieder blutrot aufleuchtete, wenn er sichtbar wurde. Er war beinahe daumendick und wunderschön. Primus wusste, dass etwas Großes im Gange war. Sein Vater hatte eine Vorstellung von einer bestimmten Weltordnung, die es galt, umzusetzen. Dabei war es wenig hilfreich, dass es eine kleine Gruppe von Menschen gab, die sich gegen ihn auflehnte. Aber so war das bei den Spielchen um Macht und

Geld. Wo es Licht gibt, gibt es auch immer Schatten. Das wusste er nur zu gut. Seit er denken konnte, gab es immer irgendjemanden, der sich gegen sie und ihre Pläne stellte.

Graf Adalar hatte großes Vertrauen zu seinen Söhnen. Das konnte man in jeder Minute spüren. Sie waren die einzigen, denen er bedingungslos vertraute, und er würde ihnen sogar seine Macht vollständig anvertrauen, wenn es notwendig werden würde. Er beugte sich ein Stück weit nach vorne und stützte sich auf seine Ellenbogen ab.

„Es zieht ein Sturm auf. Ich spüre es und ihr wisst so gut wie ich, dass ich damit nicht nur die kommende Jahreszeit meine. Die Dinge entwickeln sich nicht so, wie ich mir das gewünscht habe, Sohn. Der Feind ist uns auf den Fersen und er versucht, uns zu schwächen. Wir müssen vorsichtig sein. Die Menschen sollten von unserem Vorhaben nicht so viel mitbekommen. Noch nicht. Ein Teil der Kirche hat sich gegen uns gestellt und diese Menschen auf unsere Spur gelockt. Das ist ärgerlich, aber ich denke, ihr bekommt das schnell in den Griff", betonte er und grinste hämisch.

„Gewiss, Vater", antwortete Primus.

„Dieses kleine Übel sollte bald Geschichte sein. Danach kümmern wir uns um die Geschehnisse in Passavia. Irgendwas sagt mir, dass Katharina uns nicht mehr traut. Ich spüre es. Aktuell habe ich kein Interesse daran, mit ihr unser Bündnis zu brechen. Der Vertrag hat offiziell Bestand, solange, bis wir hier so weit sind. Eine Diskussion mit ihr verzögert nur unser Vorhaben. Danach ist es mir egal, was mit den Travianern geschieht", sagte er und blickte auf seinen Ring. Dann schaute er wieder auf und blickte Primus in die Augen.

„Wir müssen diese kleine Gruppe von Kriegern loswerden. Sie erregen im Moment zu viel Aufmerksamkeit und ich befürchte, dass Katharina davon Wind bekommen wird, je länger es dauert. Ihr werdet euch mit Leviathan darum kümmern, nicht wahr?" Sein Sohn nickte ihm stumm zu.

„Unsere Geschäfte in Cöln sind in Gefahr. Durch die Querelen hier vor Ort droht der Handel mit Vlad zu platzen. Das dulde ich nicht. Es ist wichtig, dass wir ein Bündnis mit ihm eingehen, um unsere Gilde zu stärken. Dafür braucht es Vertrauen und ein gut funktionierendes Geschäft." Adalar spielte weiter an seinem Ring und machte eine weitere Pause.

„Es gibt Dinge, denen ich im Westen unseres Landes nachgehen muss. Ich werde daher nach Cöln gehen und dort unser Quartier beziehen. Mein Verhandlungsgeschick ist gefragt. Wie mir berichtet wurde, verlangen die Cölner mehr Zoll als vereinbart. Von Gefahrenzulage ist die Rede. Mir kommt es so vor, als ob unsere Mittelsmänner in der Stadt am Rhein sich gegen uns stellen. Dies kann ich nicht akzeptieren. Vlad wird mich bei meinem Vorhaben unterstützen. Deswegen werdet ihr und euer Bruder den Kampf vor Ort weiterführen. Ihr seid meine Söhne und werdet das tun, was nötig ist, um unser Vorhaben umzusetzen. Stoppt diese kleine Gruppe von Widersachern. Nehmt sie gefangen. Ich bin sicher, dass wir hier noch zusätzlich Gewinn erzielen können. Sobald ich meine Aufgaben hier erledigt habe, werde ich aufbrechen." Er beugte sich nach vorne.

„Ich vertraue keinem so wie euch beiden", sprach er mit ernster Stimme. Primus nickte ihm weiter stumm zu. Sein Vater nahm noch einmal den Kelch in die Hand und blickte auf die verzierten Gesichter, die auf dem Becher zu sehen waren. Es waren die Gesichter von Frauen und Männern, die verschiedene Emotionen preisgaben. Das eine Gesicht drückte Furcht aus, das andere Freude und wieder ein anderes, Wut. Er nippte an dem Kelch und nahm einen Schluck von der dunkelroten Flüssigkeit. Dann stellte er den Kelch wieder auf das Holz.

„Bis ich zurück bin, werdet ihr und Leviathan meine Ziele in dieser Provinz verfolgen. Schickt weiter die Ware in den Westen, ich werde die Regelung mit den Zollbeamten vor Ort klären.

„Und ...“, er machte eine kurze Pause, „... schickt einen Boten nach Passavia. De Kerk soll herausfinden, was Katharina weiß, ohne dass sie etwas mitbekommt. Ich möchte auf unangenehme Fragen vorbereitet sein.“ Seine Stimme klang selbstbewusst und zielorientiert.

„Geht jetzt. Lasst mich allein. Ich habe noch einiges vorzubereiten“, winkte sein Vater ihn hinaus. Wieder nickte sein Sohn ihm stumm zu, stand sogleich auf und verneigte sich vor seinem Vater. Seine Rolle innerhalb der Familie war ihm völlig klar und er würde sie erfüllen, so wie es sein Vater von ihm verlangte.

ANGRIFF AUF DEN FEIND

Oliver blieb bis zum Sonnenaufgang auf der Turmmauer in seiner kleinen windgeschützten Nische sitzen und beobachtete, wie der neue Tag zum Leben erweckt wurde. Bedächtig, aber unaufhaltsam wurde die Umgebung vom Sonnenlicht erhellt. Dort, wo sich Wiesenlandschaften zwischen den einzelnen Waldgebieten ausgebreitet hatten, stiegen leichte Dunstschwaden empor und bedeckten die gesamte Fläche mit einem milchigen weißen Nebel. Dieser umhüllte die Bäume, welche vereinzelt ohne jegliche Anordnung auf der Wiese wuchsen und die bunten Baumkronen wabernd freigaben. Selbst im dichten Nadelwald am Ende des Horizontes hatte der Dunst die Landschaft fest im Griff und durchzog den Wald mit mehreren schmalen weißen Flüssen aus Wolken.

Zwei kleine Hasen hoppelten auf der Suche nach Futter in der Nähe des Burgturms vorbei. Sein Blick erhaschte kurz ihre Bewegungen, bevor sie im hohen Gras verschwanden und sich darin aufzulösen schienen. Es war friedlich und ruhig. Langsam, aber unaufhaltsam stieg die helle Scheibe hinter dem kleinen Kahlberg empor und tauchte die Umgebung in ein warmes rotes Licht. Dabei setzten die Sonnenstrahlen den Dunst in Bewegung und lösten ihn behutsam auf. Es war der Moment am Tag, den Oliver am schönsten fand. Es war nur ein kurzer Augenblick am frühen Morgen und er war gerade jetzt froh, diesem friedlichen Moment beiwohnen zu können. Für einige Sekunden schloss er die Augen und sog die kalte, feuchte Luft ein, um sie kurz darauf mit einer Dunstwolke wieder auszustoßen. Es tat gut, die belebte Luft des Morgens einzuatmen. Sie schmeckte herrlich frisch. Ganz anders als unten in dem alten Gemäuer.

Die Sonne stieg immer weiter empor und das Leben in der Burg erwachte auf ein Neues. Er hörte ein paar Soldaten miteinander reden. Irgendwo innerhalb der Burg wurde Metall auf Metall geschlagen.

Würziger Geruch stieg ihm in die Nase. Irgendwer kochte Kohl. Es war an der Zeit, dem Moment den Rücken zu kehren und nach unten zu Amar zu gehen. Er fragte sich mit Sicherheit schon, wo er steckte. Er blickte noch einmal auf die helle Scheibe am Horizont. Mit zusammengekniffenen Augen sog er diesen Anblick in sich auf und musste dabei lächeln. Er würde ihn für immer in Erinnerung behalten.

Dann stand er schließlich auf und ließ den Sonnenaufgang hinter sich. Vorsichtig stieg Oliver die steinigen Stufen des kreisrunden Treppengangs hinunter in den Bauch der Burgruine. Dabei dachte er an Amar und die Männer, die in der kommenden Nacht erneut in den Krieg ziehen würden. Die genau das beenden wollten, was sie im Dorf nicht vollenden konnten. Der Kampf gegen diese Kreaturen und die schwarzen Soldaten. Christoph berichtete ihm, dass nicht nur die Monster das Dorf verwüsteten, auch einige Soldaten von Adalar wurden gesehen. Einige von ihnen konnte er sogar selbst töten. Das war der eindeutige Beweis dafür, dass Adalar hinter all dem steckte. Einen Verdacht, den sie bereits vermutet hatten und der sich da bestätigt hatte.

Oliver verstand noch nicht so viel vom Krieg. Er hatte noch nie gekämpft. Was ihm aber völlig klar war, war, dass die Taten aus jener Nacht nicht ungesühnt bleiben sollten. Der junge Bauer hatte sich lange mit Christoph darüber unterhalten. Der Vogelmann ist so etwas wie eine Bezugsperson für ihn geworden – ein Mann, der sein Vertrauen geweckt hatte. Oliver konnte sich gut vorstellen, dass er ihn irgendwann wie einen Bruder sehen konnte. In den langen Gesprächen erklärte er ihm den Sinn dieser Gemeinschaft. Ein inoffizieller Ritterorden, der für die gute Sache kämpfte.

Amar und die anderen verfolgten die Geschehnisse von Adalar schon eine Weile. Er tauchte wie aus dem Nichts auf und überrannte die Ländereien nach und nach. Viel ist über ihn nicht bekannt, aber dass er irgendwas mit dunkler Magie zu tun hatte, war zweifellos wahr. Amar hatte nur keine genaue Ahnung, worum es sich handelt. Lediglich konnte er mittlerweile erkennen, dass sich Menschen damit infizieren konnten. Und wenn dem so war, war alles zu spät und ihnen blieb nur noch der Tod als Ausweg.

Immer dort, wo die schwarzen Soldaten und diese Kreaturen auftauchten, verschwanden Menschen spurlos. Erst nur wenige, sodass es nicht weiter auffiel, dann wurden es mehr und jetzt waren es ganze Dörfer, die angegriffen wurden. Das Ausmaß nahm Formen an, die sie nicht mehr gutheißen konnten. Ja, auch nicht wollten. Jetzt war die Zeit gekommen, sich dagegen aufzulehnen. Und den Feind zurückzuschlagen, bevor er sich noch mehr Opfer holen würde.

Eigentlich war es angedacht, dass Theotmar sie bei diesem Vorhaben unterstützen würde. Das erklärte ihm Christoph, doch der hat auf Amars Bitte noch nicht reagiert. Das konnte viele Ursachen haben, auf die Christoph aktuell noch keine Antwort hatte. Was aber gewiss ist, ist, dass Theotmar einen Eid geschworen hat. Den Eid zu helfen. Er gehört zu den wenigen Menschen, deren Existenz der Schatten oder besser gesagt dieser wilden Kreaturen bekannt ist. Er musste am eigenen Leibe erfahren, wozu sie fähig sind. Nur einem Zufall und dank Amars Hilfe hat er überlebt. So ähnlich wie es bei Oliver war. Ihm ist daran gelegen, dass diese Kreaturen Passavia niemals erreichen. Die Stadt, die er beschützte und die er so sehr liebte. Es wurde sogar mit dem Bau einer Mauer begonnen, so wie Christoph erzählte, um sich vor dem zu schützen, was in der Dunkelheit lauert. Theotmar wusste um die Bedeutung und würde sie früher oder später unterstützen.

Auf Olivers Frage hin, warum sie gerade jetzt versuchen, diese Schatten anzugreifen, hatte Christoph eine ganz einfache Antwort.

„Wir wissen, wo sie sich aufhalten, und jeder von ihnen ist bereit, in die Schlacht zu ziehen, auch ohne die Hilfe aus Passavia. Der Feind soll sich nicht neu formieren können. Nein, er soll überrascht und von uns überrannt werden." Das war seine Aussage. Und irgendwie klang das für Oliver sinnvoll. Warum warten, wenn man gleich zuschlagen konnte. Weiter erklärte er ihm auch, warum sie in der Nacht angreifen würden. Sie in der Dunkelheit anzugreifen, war sowohl praktisch als auch unheimlich sinnvoll, da diese Kreaturen nachtaktiv sind. Sie verlassen ihre geschützten Höhlen, um zu jagen, laufen dann vorhersehbare Wege im Schutz der Nacht und sind durch Fackellicht blendbar oder gar verängstigt. Das hatten sie schon das ein oder andere Mal beobachten können. Bei Tage dagegen kriechen sie in den tiefen Gängen, wo Sicht und Fluchtmöglichkeiten eingeschränkt sind, sodass eine Verfolgung dort gefährlich und oft tödlich endet. Die Gefahr, sich in den Höhlen zu verirren, war ebenso groß wie, von Verschüttungen begraben zu werden. Wer diese Schwelle überschreitet, riskiert sein Leben, und es besteht die Gefahr, nie mehr ins Freie zurückzukehren. Darum jagt man sie in der Nacht, weil man sie im freien Gelände besser fassen und töten konnte, statt sich blindlings in ein dunkles, verhextes Loch zu begeben. Außerdem war die Gefahr viel zu groß, von den schwarzen Soldaten entdeckt zu werden. Nein, sie mussten sich nachts auf das Schlachtfeld begeben. Und außerdem war Amar nicht so dumm, in die Höhlen selbst hineinzugehen. Bring den Feind dazu, auf einem Gebiet zu kämpfen, wo du dich auskennst. Das hatte Amar zu Christoph und Johannes gesagt. Oliver hatte wie gesagt keine Ahnung vom Krieg. Aber der Gedanke, diese Kreaturen auszulöschen, gefiel ihm sehr gut. Es war an der Zeit.

Obwohl nur ein paar Tage vergangen waren, fühlte er sich schon wie einer von ihnen. Auch ohne Kampferfahrung. Und das lag zum größten Teil an Christoph. Oliver war sich sicher, dass er einer von ihnen werden würde. Er hatte seine Familie im Dorf verloren, um hier eine neue zu finden.

Es hatte eine Weile gedauert, bis sie die Kreaturen ausfindig gemacht hatten. Doch die Späher waren erfolgreich gewesen und hatten letztendlich ihr Versteck finden können. Es würde ein Leichtes werden, sie aus ihren Löchern zu treiben und zu töten. Vorsichtig ging er die schmale Wendeltreppe weiter hinunter und achtete darauf, wo er hintrat. Ein falscher Tritt konnte hier leicht das Ende bedeuten. Und dafür fühlte er sich noch nicht bereit. Zum Glück waren in dem schmalen Turm kleine Luftlöcher eingelassen. Sie spendeten genügend Licht in der schmalen Umgebung. Bevor er unten ankam, hörte er zwei Soldaten miteinander flüstern. Sie standen unmittelbar vor dem Aufgang und Oliver blieb für einen Moment stehen, um zu lauschen.

„... ich sage Euch, etwas Merkwürdiges ist hier im Gange. Ich lüge Euch nicht an. Der Feind ist mächtiger, als Amar uns weismachen möchte“, hörte er jemanden sagen.

„Meint Ihr?“, erklang die Stimme einer Frau.

„Ja ... Ich befürchte, dass die Armee größer ist, als wir vermuten.“

„Ihr seid besorgt. Das müsst Ihr aber nicht sein. Wir werden den Feind besiegen“, sagte die Frau.

„Wie könnt Ihr Euch da so sicher sein? Ihr wart im Dorf nicht dabei“, sprach der Mann.

„Nein, das war ich nicht, aber lasst Euch nicht von der Anzahl des Feindes beeinflussen. Ihr habt viele dieser Kreaturen im Dorf getötet. Ich denke, dass sie nicht mehr in der Überzahl sind. Und von Adalars Soldaten waren auch nicht so viele da. Er wird nicht so viele haben, wie ihr denkt.“

„Ich bin mir da nicht so sicher“, antwortete der Mann. Oliver blieb auf der Treppe stehen und lauschte. Furcht unter den Soldaten war nicht gut, bevor man in den Krieg zog.

„Ihr habt das Dorf gereinigt, oder etwa nicht? Und Ihr seid auch lebend zurückgekommen. Also werdet Ihr es auch diese Nacht tun. Ihr müsst nur eins befolgen. Das Gleiche, was ihr im Dorf gemacht habt. Schlagt den Monstern den Kopf von den Schultern. Und alles wird gut“, jetzt hörte Oliver die Frau lachen.

„Ich hoffe, ihr habt recht.“ Oliver hörte gespannt weiter.“

„So oder so, wir werden den Feind vernichten.“ Die Stimme klang hoffnungsvoll. Oliver ging einen weiteren Schritt nach vorne. Dabei stieß er einen Stein, der auf der Treppe lag, hinunter. Er hatte ihn nicht gesehen. Polternd krachte dieser ein paar Stufen hinab und blieb dann schließlich auf der vorletzten Stufe liegen. Oliver ging die Stufen weiter hinunter. Jetzt sah er, wie einer der beiden Soldaten verwundert um die Ecke schaute und ihn anstarrte. Der Mann hatte lockiges schwarzes Haar, dunkle Haut und trug einen zerzausten langen Bart. Durch seine dunkelbraunen Augen blickte er ihn verwundert an und schien etwas nervös zu sein. Als er ihn erkannte, wirkte er erleichtert.

„Ach, Ihr seid es nur." Sein Lächeln wirkte aufgesetzt. Dann trat er aus dem schmalen Gang hinaus und sah jetzt auch die Frau. Sie war kräftiger als er und hatte Haare, so kurz wie ein Junge. Ihr Gesicht war freundlich, aber bestimmt. Die beiden versuchten, entspannt zu wirken, schienen aber sehr nervös und unsicher zu sein. Das konnte hier jeder spüren. Oliver nickte freundlich zurück und huschte schließlich zügig, ohne ein Wort zu sagen, an den beiden Soldaten vorbei. Er nickte ihnen kurz zu und ging einfach weiter in Richtung der großen Halle.

* * *

Die kleine Zuflucht, die die beiden reisenden Frauen für einen Tag mieten konnten, war eine einfache Bleibe, mitten in der Stadt. In der kleinen Herberge verweilte sie nicht das erste Mal. Es war ein einfaches Zimmer mit einem Bett, einem Tisch, zwei Stühlen und einem Napf, gefüllt mit Wasser. Ein anonymer Unterschlupf, wo niemand Fragen stellte.

Es roch nach Urin, so wie es in der Stadt schon öfter mal gerochen hatte. Geschuldet war der Gestank der Gerberei in der unmittelbaren Nähe. Die Fenster waren mit Brettern vernagelt, sodass kein Licht in den Raum kam. Und das war für die beiden Frauen unabdingbar. Beide hatten sich gemeinsam in das schmale Bett gelegt, um sich auszuruhen. Richtig tief geschlafen hatten sie aber nicht. Dafür war die Umgebung zu unsicher. Aber ausruhen konnten sie allemal. Ihr Begleiter, der Wolf, lag neben ihrem Bett auf dem Boden und ruhte sich ebenfalls aus, war dabei aber ebenfalls auf der Hut.

Es war die Ruhe, welche die drei nach der anstrengenden Nacht dringend benötigten, um am Abend wieder weiterzuziehen. Die Heimreise würde lang und beschwerlich werden. Sie mussten schnell wieder zurück, um sich zu beraten. Um darüber zu sprechen, wie sie in Zukunft mit der Situation umgehen wollten. Eine direkte Konfrontation war nicht angedacht. Das würde nur zu viel Aufmerksamkeit erregen.

* * *

Der Tagesablauf in der Burg verging ohne besondere Vorkommnisse. Die Männer und Frauen waren größtenteils damit beschäftigt, sich mental und physisch auf den bevorstehenden Kampf vorzubereiten. Jedenfalls ein Teil von ihnen. Denn Amar war nicht so dumm, alle in den Kampf zu schicken. Ein Teil blieb zurück und versorgte die Verletzten. Sie würden alsbald aufbrechen und zum Michaelskloster gehen. Dort wurden sie erwartet und gepflegt. Die Mediziner im Kloster waren sehr gut und hatten schon so manche Seele gerettet. *Heilung für Körper und Seele*. Es sollte kein weiteres Leben unnötig in Gefahr gebracht werden. Das war nicht das Ziel von Amar und so hatte er diese Entscheidung getroffen.

Der Anführer der Bruderschaft suchte viele Gespräche mit seinen Soldaten. Er war bemüht, sie zu motivieren und ihnen die Angst zu nehmen. Denn nur ein furchtloser Krieger war ein gnadenloser Soldat und hatte bessere Chancen zu überleben. Dass die Soldaten beunruhigt waren, konnte er instinktiv spüren, wenngleich auch niemand etwas sagte. Er war kein Mensch, der das ignorierte. Nein, er sprach es an und versuchte, seine Soldaten zu motivieren. Sie auf den bevorstehenden Kampf einzuschwören, um diejenigen zu rächen, die ihr Leben lassen mussten. Es war an der Zeit, einen Sieg davonzutragen und diese Brut ein für alle Mal zurück in die Hölle zu schicken. Und Amar war gut darin, die Soldaten zu motivieren. Er brachte das Positive aus jedem hervor, sodass dieser an sich glauben konnte. Nur so, mit viel positiver Energie, konnte man eine bevorstehende Schlacht gewinnen. Vieles geschieht in den Gedanken, und wenn diese zu dunkel sind, wird ein Kampf erst recht aussichtslos.

Johannes hatte sich den ganzen Tag ausgeruht. Hatte sich zurückgezogen, um Kraft zu sammeln, die er in der Nacht mit Sicherheit brauchen würde. In Gedanken kam ihm immer wieder Dubois in den Sinn. Eine Ungerechtigkeit, die gesühnt werden musste. So viel stand für ihn fest. Und er konnte es kaum erwarten, bis die Dämmerung hereinbrach, damit sie endlich Rache üben konnten.

Oliver hatte sich den ganzen Tag unten in der Burg aufgehalten, genau bis zu jenem Zeitpunkt, als die Männer aufbrachen. Er gehörte zu denjenigen, die in der Burg zurückblieben. Auf der einen Seite war er erleichtert. Denn mental war er einfach noch nicht so weit. Aber auf der anderen Seite wäre er gerne mit in die Schlacht gezogen. Hätte diese Kreatur am liebsten mit seinem eigenen Schwert getötet. Aber etwas in ihm sagte ihm, dass es noch zu früh dafür war. Sollte es ein nächstes Mal geben, dann würde er mitgehen und an Amars und Christophs Seite kämpfen.

Die Truppe versammelte sich vor dem Tor der Burg. Auch Oliver gesellte sich zu ihnen, obwohl er nicht am Kampf teilnahm. Vor ihnen saß Amar auf seinem Schimmel und blickte die Männer ernst an. Er hielt die Zügel in einer Hand und sein Schwert in der anderen Hand. Voller Kraft und Zuversicht sprach er zu ihnen.

„Soldaten, hört mich an. Kinder des Lichts und Schilde des Glaubens! Ich bin Amar, euer Anführer, euer Schwur in dunkler Stunde. Vor uns liegt die Schlacht, nicht um Ruhm zu horten, sondern um das Leben der Alten, der Frauen, der

Kinder zu schützen, um Recht zu wahren, wo Unrecht wütet. Gott selbst hat uns keine leichte Bürde gegeben, sondern die Aufgabe, Licht in die Nacht zu tragen. Jedes Schwert, ... jeder Pfeil, ... jeder Schild, ... ist ein Fingerzeig seiner Gnade, jede Tat ein Gebet in Stahl und Herz. Für die Dörfer, die unsere Namen flüstern, für die Äcker, die unsere Väter bestellten, und vor allem für den Willen des Himmels. Ich bitte euch, steht fest wie ein Felsen, lauft mutig wie der Sturm und kämpft mit der Heiligkeit in der Brust. Wenn wir heute fallen, fallen wir nicht vergebens. Wenn wir bestehen, so ist es, weil wir zusammenstanden. Also erhebt euch, schärft eure Sinne, schärft eure Klingen. Zieht hinaus in die Nacht und lasst die Welt wissen, dass hier Menschen kämpfen, geführt von Gott, geeint durch Treue! Lasst uns die Dunkelheit erhellen." Es waren starke Worte, die Oliver hörte. Dann ließ Amar einen Kampfschrei los und die Männer und Frauen jubelten ihm zu. Amar war im wahrsten Sinne ein Anführer gewesen. Dann setzte sich Amar in Bewegung und die Truppe folgte ihm in die Schlacht.

Der junge Bauer war noch einmal auf die Burgmauern hinaufgekraxelt und blickte in die Landschaft. Die Sonne war schon lange untergegangen und er konnte nur anhand der Fackeln erahnen, wo die Truppe entlangmarschierte. Die Gruppe von Soldaten bahnte sich zögerlich und fast lautlos einen Weg durch die Auenlandschaft und verschwand alsbald zwischen den hohen Fichten im Wald.

Vornean gingen die Schwertkämpfer und die Bogenschützen zu Fuß, gefolgt von ein paar wenigen Reitern. Die Späher hatten den Standort der Kreaturen seit der letzten Schlacht nicht aus den Augen gelassen. Sie waren in eine kleine Höhle verschwunden und hatten sich bis jetzt nicht mehr von da wegbewegt. Was aber Amar etwas Sorge bereitete, waren die schwarzen Soldaten, die ebenfalls in dieser Region patrouillierten. Er hoffte, dass ihnen keiner über den Weg lief und Alarm schlug. Amars Strategie beruhte darauf, dass Adalars Soldaten in diesem Gebiet nicht so zahlreich vorhanden waren. Und so wie seine Späher es tagsüber erkennen konnten, war das auch nicht der Fall. Diese Kreaturen waren allein in den Höhlen, ohne Adalars Schutz, und das galt es jetzt auszunutzen.

Zügig kämpften sich die Männer und Frauen, bestehend aus Rittern und Soldaten, durch das unwegsame Gelände, abseits der Straße, bis sie endlich den Zielort in der Nähe des Gewässers erreicht hatten. Vor ihnen lag eine kleine Lichtung, welche von großen Nadelbäumen und Laubbäumen umschlossen mitten in dem großen Waldgebiet lag. Leichter Wind wiegte die Äste sanft hin und her und hier und da knarzte das Gehölz. Aber außer dem Wind war nichts zu hören. Selbst Amars Männer waren so leise, dass man nicht vermuten würde, dass der Wald voll von ihnen war. Tief über dem Horizont ging langsam der Mond auf, ein Vorteil, der ihnen noch von Nutzen sein würde. So dachte jedenfalls Johannes. Nach und nach erkannte er durch das fahle Mondlicht ein paar Felsformationen, die unkoordiniert auf der Ebene verteilt lagen.

Er blickte zu Amar hinüber, der etwa zwei Meter von ihm entfernt auf seinem Pferd saß. Dieser deutete stumm auf eine kleine Felswand auf der gegenüberliegenden Seite. Dort war der Eingang zur Nebelhöhle, wo sich die Kreaturen tagsüber versteckt hielten. So berichteten es jedenfalls seine Späher. Johannes nickte ihm zu und gab ihm ein Zeichen, dass er verstanden hatte. Einstudiert bildeten die Soldaten einen Ringwall um den Eingang der Höhle, welcher sich vom Ufer des

Sees bis zur gegenüberliegenden Seite erstreckte. Im Abstand von etwa zwei Metern gingen sie nebeneinander her und kesselten das Gebiet ein. Amar und Johannes konnten die dunkle Öffnung gerade noch so erkennen. Wenn man nicht wusste, wo sie genau war, würde man unachtsam daran vorbeilaufen. Etwas Gestrüpp und Efeu wuchs langsam von oben herab und verdeckte den Eingang noch zusätzlich. Ein kleines Lagerfeuer brannte in der Nähe vom Eingang der Höhle. Nachdem sich die Soldaten positioniert hatten, warteten sie erst einmal ab und beobachteten die Umgebung. In der ersten Reihe hockten die Bogenschützen, dahinter die Soldaten mit ihren Schwertern.

Die berittenen Soldaten verteilten sich noch weiter hinten und sollten sich um die kümmern, die zu fliehen versuchten. Keiner dieser Kreaturen sollte entkommen. So war es angedacht. Sie bildeten aber auch die Nachhut, den Blick auch immer nach hinten gerichtet. Nicht, dass sie von den schwarz gekleideten Soldaten überrascht wurden. An zwei Fronten zu kämpfen war nicht angedacht. Dieses Risiko wollte Amar auf keinen Fall eingehen. Von ziemlich weit hinten kam Christoph mit einer Fackel herbeigeeilt. Vorsichtig schlängelte er sich an den Männern vorbei, bis er schließlich ganz nach vorn zu Johannes und Amar vordrang.

„Wo wart Ihr so lange?“, fragte Johannes leise. Christoph ignorierte die Frage und reichte dem Sachsen das Feuer, der es erleichtert annahm. Im Feuerschein blickte er ihn siegessicher an und bedankte sich knapp bei ihm. Dann drehte Johannes sich um und reichte das Feuer einem der Bogenschützen, der die Spitze seines Pfeiles mit einem in Öl getränkten Lappen gewickelt hatte. Zügig griff dieser nach dem offenen Licht, während sich Johannes zu ihm hinunterbeugte.

* * *

Bruno saß am Feuer und schnitzte an einem Stück Holz herum. Er war neu in der Gilde. Mit seinem Messer befreite er eine kleine Figur aus einem dicken Ast und war mit seiner Schnitzarbeit fast fertig. Immer wieder ließ er die Klinge über das Holz streifen und formte einen kleinen Krieger. Einen, so wie er einer war. Stolz und furchtlos. Sein Magen knurrte und er hatte Hunger. Seine dünnen schwarzen Haare am Kopf waren von dem warmen Feuer schweißnass. Für einen Menschen aß er viel und verstand nicht, warum ein paar seiner Mitstreiter gar nichts aßen. Ab und zu tranken sie mal was, das war es aber auch. Ein recht merkwürdiges Verhalten, wie er meinte. Er schob den Gedanken beiseite und musste sich langsam was zu essen besorgen. Egal was, Hauptsache Fleisch. Er blickte auf das kleine Stück Hase vor sich und freute sich schon darauf. Dann legte er die kleine Figur neben sich auf den Holzstamm, auf dem er saß, und stand auf. Bruno blickte nach vorne in den Wald, eher unbewusst als bewusst, und erschrak. Er hatte die ganze Zeit nicht bemerkt, wie sich mehrere Soldaten um den Eingang zur Höhle formierten.

Das wird Ärger geben, dachte er. Bruno wollte gerade Alarm auslösen, da traf ihn ein Nachtpfeil direkt im linken Auge. Die Spitze bohrte sich durch den Augapfel und trat durch die enorme Wucht am Hinterkopf wieder aus. Der Augapfel platzte wie eine überreife Frucht und sein Kopf wurde nach hinten geschleudert. Blut spritzte auf den hinter ihm liegenden Felsen. Er selbst hörte von sich noch ein „uff“, dann sank er auf die Knie und kippte tot zur Seite. Das Kammerwasser floss aus dem Auge auf den Waldboden. Das mit der Mahlzeit hatte sich jetzt erledigt.

* * *

„Auf Amars Zeichen hin lasst ihr die Hölle los!", flüsterte Johannes. Die Soldatin zu seiner Linken nickte ihm konzentriert zu. Dann richtete der Ritter sich wieder auf und schaute zum Eingang der Höhle. Es war nichts zu sehen. Die Frau zündete den umwickelten Lappen ihres Pfeils an und reichte das Feuer schnell zum nächsten Schützen weiter. Wie aus dem Nichts entstanden in der Nacht viele kleine Lichtquellen. Die Feuerpracht ging immer weiter, bis schließlich ein halbkreisrundes Feuerband um den Eingang entstand. Amar blickte noch einmal zu Johannes hinüber. Dann nickte er ihm stumm zu. Johannes wiederum schaute die Bogenschützin links von ihm an.

„Dann wollen wir sie mal aufscheuchen. Schießt den ersten Pfeil ab!", befahl er. Die Schützin spannte das Seil und zielte auf die schmale Öffnung. Ihr Bizeps spannte sich, dann ließ sie das dünne Seil über ihre Zeigefinger flitschen und der brennende Pfeil schoss unaufhaltsam in den Eingang der Nebelhöhle. Durch den Efeu hindurch verschwand er schließlich in der Dunkelheit.

Stille.

Die Soldaten warteten gespannt. Es dauerte eine gefühlte Ewigkeit, aber dann tat sich plötzlich etwas. Eine Gestalt huschte aus der Öffnung. Die Haare brannten und der Pfeil steckte in ihrem Kopf. Warum auch immer, brannten diese Kreaturen leichter und besser als ein Mensch selbst.

„Wohl getroffen", lobte Johannes und klopfte der Soldatin anerkennend auf die Schulter. Das Licht blieb nicht unentdeckt, so wie Amar und Johannes es vermutet hatten. Kleine Schatten traten aus der Höhle hinaus und bewegten sich über die Lichtung. Die Ghule kamen immer weiter hervor und blickten auf die brennende Kreatur, die mittlerweile auf dem Boden zusammengebrochen war und immer noch brannte.

Die Neugierde scheint sie anzuziehen, stellte Amar fest. Sie schienen die Gefahr nicht zu begreifen, in der sie gerade steckten. Johannes blickte die Kreaturen an, dann schaute er zu Amar hinüber. Der Zeitpunkt war endlich gekommen.

„Angriff!", schrie Amar aus Leibeskräften und mit lautem Getöse pflichteten die Soldaten ihm bei. Die Schatten, aufgescheucht durch den Lärm, wurden sichtlich hektisch. Die Bogenschützen warteten noch einen Augenblick und dann zielten sie ganz genau. Die ersten Pfeile flogen brennend durch die Luft und trafen genau das gewünschte Ziel. Den ersten Gestalten bohrten sich die Geschosse in ihre schwammigen Körper. Johannes sah, wie ein Pfeil die Brust einer dieser Kreaturen durchstieß und deren zerfetzte Kleider gleich Feuer fingen. Es dauerte nur wenige Herzschläge und schon kamen die nächsten Kreaturen, aufgeschreckt durch den Lärm, wie kampfwillige Bienen aus der Höhle gestürmt. Die Schützen spannten ihren Bogen ein weiteres Mal und feuerten eine zweite Salve ab. Dieses Mal waren es Nachtpfeile. Erneut wurden einige der Monster getroffen und fielen reihenweise zu Boden. Jetzt war es endlich an der Zeit, den Verwundeten die Köpfe abzutrennen. Das Einzige, was sie sicher töten konnte. Die Schwerter zum Himmel gestreckt, rannte die zweite Schlachtreihe auf die Höhle zu und war mehr als bereit, den Feind zu vernichten. Kaum dass sie die ersten Kreaturen erreicht hatten, schlugen sie den Bestien den Kopf ab. Mit einem dumpfen Schlag polterten einige Schädel auf den steinigen Boden. Körperflüssigkeiten spritzten wie Fontänen aus den Körpern. Alles ging so schnell, dass diese gar nicht bemerkten, was eigentlich passiert war. Von jetzt auf gleich entstand ein lauter Tumult, der weit bis in das Hinterland zu hören war.

DUNKLE BÜNDNISSE

Der schwarz gekleidete Soldat mit dem Bart bewegte sich lautlos durch das dichte, herbstliche Geäst des nächtlichen Waldes. Begleitet wurde er durch drei weitere Männer, die auf Patrouille waren. Ihre langen Umhänge flatterten kaum hörbar im kalten Wind, der den Modergeruch feuchter Blätter und den fahlen Hauch des nahenden Frosts mit sich trug. Über ihnen war der Mond aufgegangen. Eine bleiche Sichel, halb verhüllt von zerrissenen Wolkenfetzen, die wie Geister über den Himmel zogen. Der Wald war still, etwas Bedrohliches lag in der Luft, als hielte er selbst den Atem an. Dann, wie aus dem Nichts, hörten sie einen Schrei. Kurz danach schien der Wald in Bewegung. Ein Keuchen war zu hören, dann weitere unterdrückte Schreie. Die Soldaten blieben sofort stehen, die Hände an den Griffen ihrer Schwerter. Die Schatten ihrer Körper verschmolzen mit der Dunkelheit der Bäume. Kein Wort wurde gesprochen. Der Bärtige kniff die Augen zusammen und lauschte in die Nacht hinein.

„Folgt mir“, sagte er leise. Nur der kalte Glanz des Mondlichts tanzte auf ihren Helmen, während sie sich in die Richtung der Geräusche bewegten. Langsam, lauschend und bereit, dem Unbekannten entgegenzutreten, das sich jenseits der Finsternis befand.

„Hört ihr das?“ fragte der Bärtige die anderen Soldaten noch einmal. Diese schauten etwas verdutzt auf. Aber nicht, weil die Frage ungewöhnlich war, sondern weil sie ebenfalls etwas gehört hatten. Von jetzt auf gleich wurde die stille Nacht durch entsetzliche Schreie zerrissen. Irgendjemand musste unbemerkt an ihnen vorbeigekommen sein und hatte die Zugänge zur Höhle gefunden.

„Wie ist das möglich?“, stammelte ein anderer Soldat.

Ohne weiter zu zögern, setzten sie sich zügig in Bewegung. Die Männer tauchten in das dunkle Dickicht ein und rannten einen schmalen Pfad, den sie gut kannten, dem Getöse entgegen. Dabei bewegten sie sich so unsagbar schnell, dass ihre Gestalten in der Dunkelheit nicht auszumachen waren. Einzig allein durch die wackelnden Äste und Gebüsche konnte man die Richtung erahnen, wohin sie liefen. Das fahle Mondlicht beleuchtete die Umgebung nur spärlich, aber die Soldaten wussten ganz genau, wo sie hinrennen mussten. Der Tumult wurde lauter, je näher sie dem See und der Nebelhöhle kamen.

Der Bärtige hatte seine Waffe immer noch fest im Griff und war bereit, alles niederzustrecken, was sich ihm in den Weg stellte, als er plötzlich einen Hieb von der Seite bekam. Mit voller Wucht knallte er gegen einen nahestehenden Baumstamm und blieb stöhnend im Laub liegen.

Während die anderen Soldaten weiterliefen, blieb er allein zurück. Seine Schulter schmerzte. Binnen kürzester Zeit hatte er sich wieder gesammelt und richtete sich unter Stöhnen auf, als er das Schnauben eines Pferdes vernahm. Bei dem Zusammenstoß hatte er seine Waffe verloren. Völlig blank stand er in der Dunkelheit, als er kurz nach oben blickte, um den Feind zu orten. Genau in diesem Moment sauste eine Klinge herab und durchtrennte seinen vorderen Halsbereich.

Dabei wurde der Kehlkopf zertrennt und sämtliches Gewebe, das sich drum herum befand. Geschockt griff er an die klaffende Wunde, sein Kopf klappte nach hinten weg und der rote Saft ergoss sich aus dem Körper. Erneut holte sein Feind aus und trennte ihm letztendlich den Kopf von den Schultern. Der Helm mit seinem Kopf drinnen klatschte gegen die Baumrinde und fiel dann in das Laub. Die Augen waren vor Schreck weit geöffnet. Noch bevor er verstand, dass dies sein endgültiges Ende war, kippte sein Torso nach vorne weg und fiel in das Laub. Amar auf dem weißen Pferd grinste und setzte die Verfolgung an, um die anderen Soldaten zu erreichen. Der zurückgelassene Körper fiel langsam in sich zusammen.

DER KAMPF UM DIE NEBELHÖHLE

Johannes stand immer noch bei den Bogenschützen und schaute genau auf die erste Angriffswelle, die gerade erfolgt war. Die ersten Kreaturen, die aus der Höhle stürmten, fielen wie reife Früchte zu Boden. Sie wirkten orientierungslos und Johannes meinte, so etwas wie überraschte Gesichtsausdrücke beim Feind erkannt zu haben. Wenn dies überhaupt möglich war. Er war in diesem Moment zufrieden und er konnte sich ein leichtes Grinsen nicht verkneifen. Die Schützen spannten ihren Bogen ein weiteres Mal und schossen ihre Nachtpfeile erneut ab. Es war an der Zeit, die nächste Welle loszuschicken. Johannes schaute nach hinten. Amar war zu diesem Zeitpunkt mit seinem Pferd nicht in der Nähe.

„Schicken wir sie in die Hölle zurück!" brüllte Johannes. Er gab der hinteren Linie ein Zeichen und dann rannten sie der Höhle entgegen. Die Krieger liefen an den Bogenschützen vorbei und folgten ihm auf das Plateau. Christoph indes blieb zunächst zurück und beobachtete die nächste Angriffswelle mit Genugtuung. Mit der Gewissheit des sicheren Sieges töteten die Kämpfer einen Feind nach dem anderen und schickten die verlorenen Seelen dahin zurück, woher sie gekommen waren. Es dauerte nicht lange, und das Plateau vor dem Eingang der Höhle war mit Blut und abgetrennten Körperteilen übersät, die zum Teil zu verfaulen begannen. Aber trotz der Vielzahl an toten Monstern entging es ihm nicht, dass auch schon ein paar seiner Brüder und Schwestern ihr Leben lassen mussten. Die Schreie klangen ihm unerträglich in den Ohren und er versuchte, sie verzweifelt auszublenden. Ein paar der leichenfressenden Wesen machten sich über die gefallenen Soldaten her. Es war widerlich anzuschauen.

* * *

Im gestreckten Galopp folgte Amar einem schwarzen Soldaten durch den dunklen Wald. Sein Ziel war das Plateau. Amar versuchte, ihn einzuholen, bevor er dieses erreichen konnte. Er ritt noch schneller und erreichte schließlich die Kampfstätte. Doch in dem ganzen Tumult verlor er ihn aus den Augen. Er war verschwunden.

„Verdammt", polterte er los und ballte die Faust. Die Sorge stieg, dass er Alarm schlagen könnte und noch mehr von Adalars Soldaten hier auftauchen würden. Amar ahnte, dass die Verfolger bald nicht mehr allein ihren Kampf antreten würden. Kurzerhand ritt er zu Christoph hinüber und sprang vom Pferd.

* * *

Die Bogenschützen hockten immer noch in Stellung und zielten auf die einzelnen Kreaturen vor ihnen. Fast jeder ihrer Schüsse traf sein Ziel. Jetzt war auch seine Zeit gekommen. Christoph griff nach seinem Schwert und setzte seinen Körper in Bewegung. Beim Laufen hatte er gar nicht bemerkt, dass Amar ihm zur Seite geeilt war. Eilig rannten beide zum Kriegsschauplatz und es dauerte nur einen Augenblick, bis sie ihr erstes Opfer ausmachten. Mit lautem Wutgeschrei zogen beide in die Schlacht. Seite an Seite fixierten sie eine dieser Kreaturen und waren mehr als bereit, dieses Wesen zu töten. Christoph machte eine Drehung nach links und schwang dabei das Schwert leicht nach rechts. Dabei durchstieß er dem Monster die Schläfe und die Klinge glitt butterweich in den Schädel. Gleichzeitig trennte Amar dem Wesen den Kopf vom Rumpf. Christoph zog sein Schwert wieder heraus und der Schädel plumpste wie ein fauler Apfel zu Boden und zerplatzte auf dem steinigen Boden.

Dann wurde Amar von der rechten Seite von einer Gestalt attackiert. Er hatte die Kreatur nicht gesehen, wie es mit ausgestreckten Armen auf ihn zustürmte. Doch er machte reaktionsschnell einen Schritt zur Seite und wich ihr gerade noch so aus. Dann drehte er sich geschwind um hundertachtzig Grad. Mit einem Schritt nach vorne kam er dem Feind näher, hob seine Klinge erneut an und schlug so fest er konnte zu. Die Kreatur hob instinktiv schützend einen Arm nach oben und versuchte vergeblich, den Schlag abzuwehren. Die scharfe Klinge durchtrennte den Knochen der Kreatur. Ein unmenschlicher Schrei entstieg der Kehle des Opfers, während das verletzte Wesen entsetzt nach unten starrte. Sein Unterarm war ihm direkt vor die nackten Füße gefallen. Blut spritzte Amar entgegen und besudelte seine helle Kleidung. Erneut schwang der Ritter blitzschnell sein blutiges Schwert nach vorne, als über seinem Kopf ein Pfeil zischte und das Geschoss auf den stinkenden Körper traf. Die Metallspitze blieb in der Stirn stecken und der Getroffene taumelte verwundert zurück. Zu Amars Verwunderung hielt er sich aber auf den Beinen. Sein Körper reagierte, eher als sein Verstand es tat. Er packte die Kreatur, riss sie an sich und sein Schwert fuhr von unten durch ihren Kiefer bis in die Stirnhöhle. Ein gurgelndes Stöhnen erklang. Die Augen des Ghuls verdrehten sich weiß. Amar zog das Schwert wieder heraus, stieß den Ghul etwas von sich weg. Erneut reagierte er, hielt sein Schwert waagerecht nach vorne und drückte seine Waffe so kraftvoll durch den Brustkorb des Monsters, dass kurz darauf die Spitze am Schulterblatt wieder austrat.

Die Kreatur starrte ihn fassungslos und wütend zugleich an. Amar vernahm ein kurzes Grunzen, das sich eher nach einem Tier anhörte als nach einem Menschen. Dann umklammerte er mit seinen Lederhandschuhen den Griff seines Schwertes und zog die Waffe zügig wieder aus dem sterbenden Körper. Schließlich fiel die Kreatur auf die Knie und grunzte immer noch schwer atmend vor sich hin. Ein letztes Mal hob er seine Waffe und schlug dem Monster den Kopf von den Schultern. Er meinte noch, ein allerletztes Seufzen wahrgenommen zu haben, dann fiel ihm der Kopf mit einem dumpfen Geräusch vor seine Füße. Wieder spritzte etwas Blut und Gewebe in seine Richtung. Kurz darauf fiel der Torso nach vorne und prallte ebenfalls auf den Boden. Anschließend zerfiel das Fleisch des Toten rasend schnell. Angewidert und schwer atmend spuckte er auf den verfallenden Leib und war froh, wieder eine dieser Kreaturen in die Hölle geschickt zu haben. Amar biss die Zähne zusammen und schnaubte. Er schwitzte stark unter seinem Helm. Kurzerhand zog er ihn aus und warf ihn auf den Boden. Seine langen schwarzen Haare waren klatschnass. Der Kampf war anstrengend.

* * *

Die drei Soldaten hatten es geschafft, durch einen Nebeneingang in das Höhlensystem zu kommen. Schnell wie sie waren, durchquerten sie die Gänge an den aufgescheuchten Kreaturen vorbei und liefen in Richtung der Insel unter dem See entlang. Sie wurden angegriffen. Wieder einmal. Die Soldaten hatten den Feind im Wald nicht bemerkt und Primus würde nicht besonders erfreut darüber sein. Sie kannten den Weg durch die Dunkelheit sehr genau. Ihre Augen passten sich der kompletten Dunkelheit an und sie waren in der Lage, den Weg zu sehen und ihr Ziel zu erreichen. Nach wenigen Minuten spuckte sie das Höhlensystem aus und sie erreichten die große Halle. Einer von ihnen rannte sofort die Steintreppe hinauf, um Alarm zu schlagen. Die anderen beiden liefen zu den Zellen, um weitere Kreaturen freizulassen.

* * *

Ein merkwürdiges Geräusch lenkte Amar ab und ließ ihn herumwirbeln. Irgendetwas zischte oder flatterte durch die Luft und hörte sich so an, als ob ein ganzes Bündel Geschosse durch die kühle Nachtluft flöge. Wild um sich schauend, blickte er in den Sternenhimmel, fand dort aber nichts, was diesen Laut hätte erklären können. Seine Augen wanderten weiter, blickten auf die vom Mond angestrahlten Baumkronen, doch zunächst sah er nichts. Für einen Augenblick dachte er darüber nach, dass es doch Nachtpfeile gewesen waren, obwohl diese sich definitiv anders angehört hätten. Gerade als er den Blick ein weiteres Mal abwenden wollte, sah er etwas hoch oben in den Bäumen, das ihn für einen Moment erschaudern ließ.

Dort erblickte er im silbrigen Licht eine formlose Kontur, ähnlich einem Geist, die sich von Ast zu Ast schwang. Das unnatürliche Wackeln einiger Äste war unverkennbar. Seine Augen versuchten, die Kontur zu erfassen, aber es war eher wie eine dunkle Wolke, die sich schnell, ungeachtet der Windrichtung, fortbewegte.

Was ist das wieder für eine Teufelei?, fragte er sich. Seine Augen verfolgten diesen Schatten weiter. Von jetzt auf gleich änderte das Wesen seine Richtung und sank hinab in die Dunkelheit, sodass er es aus den Augen verlor. So etwas hatte er zuvor noch nie gesehen.

Ein Schrei direkt neben ihm ließ ihn zusammenzucken. Zwischen den Felsen und den knochigen Ästen des nächtlichen Waldes materialisierte sich die dunkle Wolke des Geistes. Nicht geboren aus Nebel oder Rauch, sondern aus etwas Tieferem und Älterem. Älter, als die Menschheit vermuten würde. Eine Schwärze, die das Licht verschluckte, statt es zu dämpfen. Lautlos wölbte sie sich empor, wirbelte lebendig durch die Luft und aus ihrer Mitte trat ein Wesen hervor. Es war ein Mann, schlank, hochgewachsen und bleich wie gefrorenes Mondlicht, mit Augen so gelb wie der Schwefel des Bösen. Die Haare schwarz und schulterlang. Die Soldatin, die aussah wie ein Jüngling, wich zurück, hob zitternd ihren Bogen an und versuchte zu zielen. Doch diese Kreatur lächelte nur. Ein kaltes, zeitloses Lächeln. Dann verschwand es im nächsten Augenblick in einer Bewegung, so schnell, dass selbst der Wind nicht folgen konnte. Wie auch immer er das angestellt hatte, der Geist stand nun direkt hinter ihr. Er packte sie mit seinem langen, klauenartigen Finger am Kopf und an der Brust. Dunkle Schatten umgarnten ihren Körper, schlossen sie fest in ihre unbarmherzigen Arme. Mit einem Ruck zerteilte der Schatten den Körper und zerriss ihn im wahrsten Sinn des Wortes. Organe klatschten zu Boden, Blut spritzte unter enormem Druck über das Schlachtfeld. Knochen brachen und die Frau sank zweigeteilt, mit aufgerissenen Augen, zu Boden. Sie war auf der Stelle tot. Amar blickte wie versteinert auf den schwarzen Geist. Den Mund weit geöffnet. Ihm wurde kurz schlecht. Helfen konnte er ihr jetzt nicht mehr.

Dann eilten ein paar dieser Ghule herbei. Einer sprang auf den toten Körper drauf und biss ihr in die Brust. Amar überließ die Frau den Ghulen. Der Geist war mittlerweile wieder verschwunden. Seine Augen suchten das Areal weiter ab und schließlich sah er diesen Schatten abermals. Unbemerkt und für die anderen so gut wie nicht sichtbar, huschte die Kontur über das Schlachtfeld, bis es schließlich vor dem Höhleneingang stehen blieb. Die kleinen Feuer, die überall unkontrolliert loderten, halfen Amar, das Wesen im Auge zu behalten. Jetzt stand es einfach nur da und schien die Umgebung zu beobachten. Der Tumult um ihn herum schien lauter zu werden.

Was seid ihr für ein ...? Amar konnte diesen Gedanken nicht ganz zu Ende führen, als er sah, wie die dunkle Wolke ganz plötzlich einen Haken schlug, wie ein Hase auf der Flucht, und ungefähr zwei Meter nach vorn sprang und danach wieder genauso schnell zurück. Alles ging so schnell, dass Amar der Bewegung mit den bloßen Augen kaum folgen konnte. Kurz danach bekam er erst bewusst mit, wie einer seiner Soldaten in der unmittelbaren Nähe des Schattens ohne erkennbaren Grund in sich zusammengesackt war, den Kopf abnormal verdreht. Amar ließ erstaunt seine Waffe sinken.

„Das war Hexerei", stammelte er vor sich hin.

Amar weitete geschockt die Augen. Er hatte so eine Teufelei noch nie in seinem Leben gesehen. In diesem Moment hörte er Kampfgeschrei aus dem Wald. Er blickte sich um und sah ein paar schwarz gekleidete Soldaten auf seine Männer zustürmen. Es war wie befürchtet. Adalars Soldaten eilten den Kreaturen zur Hilfe. Und es waren verdammt viele. Er hatte gehofft, dass dies nicht passieren würde. Wütend ballte er die Faust und stieß einen Fluch aus. Er musste sofort was dagegen unternehmen.

„Hinterhalt!“, brüllte er so laut er konnte, in der Hoffnung, dass seine Männer verstanden und den Rückzug antreten würden. Doch irgendwie geschah nichts. Die schwarzen Soldaten liefen auf das Plateau und griffen seine Soldaten an, die schnell merkten, dass sich die Anzahl der Feinde erhöht hatte. Indes machte der Geist ebenfalls weiter. Amar fokussierte ihn. Dann rannte er zielstrebig auf die formlosen Umrisslinien zu. Den kämpfenden Kreaturen ausweichend, sah er, wie die Gestalt erneut Formen annahm. Amar erkannte, wie der Schatten sich wieder zu einer Figur verformte und schlussendlich der gleiche Kerl vor ihm stand. Der Ritter versuchte, sich dadurch nicht irritieren zu lassen, war aber mehr als verwundert über diese Hexerei. Der Mann hatte in etwa seine Größe und schien nicht wirklich kräftig zu sein. Die Figur schien beinahe zu leuchten, wie ein fluoreszierender Pilz. Er war zum Teil gekleidet wie die schwarzen Soldaten, nur in edleren Stoff gehüllt und ohne die ganze Rüstung. Ein schwarzer, langer Umhang mit Kapuze umgab ihn. Seinen Sinnen nicht wirklich trauend, umklammerte er den Griff seines Schwertes noch fester und rannte weiter auf den Schattenmann zu. Was auch immer dieses Ding war, es musste vernichtet werden.

Christoph war einer der ersten, der bemerkt hatte, dass sie jetzt nicht nur gegen die Kreaturen kämpften. Einer der schwarzen Soldaten flog ein paar Meter durch die Luft auf ihn zu. Es war beinahe unmenschlich weit. Christoph erkannte den Angriff noch rechtzeitig, sodass er sein Schwert anheben und es dem Angreifer direkt in die Kehle schieben konnte. Blut floss die Klinge entlang. Der Angreifer schrie kurz auf. Dann sackte er gurgelnd auf die Knie, während das Schwert immer noch in seinem Hals steckte. Christoph zog es raus und holte schließlich so aus, dass er die Klinge in die Brust rammen konnte. Oberhalb des Herzens. Blut sickerte aus der Wunde am Hals. Der Soldat blickte ihn aus finsteren Augen an und schien zu grinsen. *Er starb nicht.*

„Verdammter Bastard!", brüllte Christoph. Er zog das Schwert erneut aus dem Körper und rammte es dem Soldaten abermals hinein. Dieses Mal zwischen die Augen. Der Soldat sackte danach in sich zusammen. *Was war das nur für ein Mensch?* Christoph blickte auf den Boden und schaute den Soldaten an, der immer noch zu atmen schien. In diesem Moment lief Amar an ihm vorbei.

Ein lauter Schrei entstieg Amars Kehle, das Schwert hoch erhoben, war er nur noch wenige Meter vom Schatten entfernt, als er von der Seite umgerempelt wurde und zu Boden stürzte. Unsanft landete er auf der Seite auf dem harten Steinboden und verlor bei dem Aufprall sein Schwert. Ein großer Stein drückte sich in seine Rippen und nahm ihm die Luft zum Atmen. Der Schmerz war enorm.

„Elender...", fluchte er.

Geistesgegenwärtig drehte er sich auf den Rücken, sah den Feind auf ihn zustürzen und trat ihm noch rechtzeitig mit seinen Füßen mitten ins Gesicht. Die Abwehr gelang ihm sprichwörtlich im letzten Moment. Im gleichen Augenblick zischte ein Pfeil durch die kalte Nachtluft heran und traf den Widersacher in den Unterleib. Kurz darauf folgten auf das erste noch drei weitere Geschosse und trafen die Kreatur mitten in die Brust. Dieses Mal waren es wieder Feuerpfeile. Der Stoff seiner zerfetzten Kleidung fing sofort Feuer, als dieser einfach zur Seite kippte.

Das war denkbar knapp, schoss es ihm durch den Kopf. Amar schaute nach links und sah seine Waffe im Dreck liegen. Unter Schmerzen rollte er hinüber und fingerte mit seiner Hand nach dem Griff des Schwertes. Dann sprang er unverzüglich wieder auf die Beine. Vor ihm lag der verwundete Feind, der sich verzweifelt gegen die Flammen wehrte und dabei wie verrückt brüllte. Ohne zu zögern, hob Amar das Schwert an und spaltete ihm den Schädel und überließ die Kreatur dem Feuer. Der am Boden liegende Körper bäumte sich noch mal kurz auf, um direkt danach in sich zusammenzufallen.

Amar drehte sich um, schaute in die Richtung, wo eben noch der Schattenmann gestanden hatte, doch er war verschwunden. Abermals fluchte er vor Enttäuschung. Frustriert ließ er seine Waffe niedersinken. Eine kühle Brise trocknete seine verschwitzte Stirn.

Amar gab aber nicht auf. Seine Augen suchten diese Kreatur auf ein Neues. Aufgeregt blickte er sich um und erspähte ganz in der Nähe seinen Freund Johannes, der mit gezielten Bewegungen um sein Leben kämpfte. Mit seinem Schwert streckte er einen Gegner nach dem anderen mit gezielten Kampfeinheiten nieder. Amars Blick wanderte schnell weiter und schließlich sah er den Feind wieder. Unweit von Johannes umfassten seine knochigen, blutigen Hände den Kopf eines Bogenschützen, der ihn mit weit aufgerissenen Augen flehend um Gnade anstarrte. Mit einer ruckartigen Drehbewegung brach er dem Soldaten das Genick, der danach leblos zu Boden fiel. Der Hass erfüllte Amars Herz. Dieses Mal würde er ihn erwischen. Abermals setzte er sich in Bewegung. In diesem Moment verformte sich die Kontur des Mannes und er schien sich wieder in einen Schatten aufzulösen. Kurz darauf sah Amar ihn nicht mehr. Doch dann tauchte er direkt vor Johannes auf.

Jetzt sah Amar noch zwei weitere dunkle Geister, die in der Nacht auftauchten und von ähnlich blasser Haut waren. Auch sie waren dunkel gekleidet und kämpften gegen ihn und seine Brüder. Adalars Soldaten schienen eine teuflische Waffe zu besitzen. Ohne zu wissen, wie diese Hexerei funktionierte, würden sie diese Schatten nicht besiegen können.

„Der Feind ist allmählich in der Überzahl", sagte Amar leise gegen das Getöse.

Johannes schaute mittlerweile zu ihm rüber, auch er hatte den Schattenmann bemerkt. Sein Gesichtsausdruck war finster, die Wut, die er in sich trug, spiegelte sich in seinem Blick wider. Johannes zeigte mit ausgestrecktem Finger auf das Böse.

„Jetzt seid ihr an der Reihe!"

Er hob sein Schwert und ging ein paar Schritte auf den Feind zu. Gerade als Johannes den Schatten erreicht hatte und sein Schwert in den Leib schlagen wollte, verwischten sich die Konturen ein weiteres Mal und Johannes verfehlte sein Ziel auf unerklärliche Weise. Es wirkte so, als ob das Schwert durch den Körper hindurchging, den Leib aber nicht berührte. Verwirrt zog Johannes sein Schwert erneut zurück. Amar verfolgte die Szene mit Unbehagen. Kurz darauf traf Johannes ein fester, unsichtbarer Schlag und er flog einen guten Meter nach hinten durch die Luft und landete auf dem Rücken. Der Blonde hustete und blickte verdutzt auf. Kurz bevor er wieder aufstehen wollte, sprang der Schatten ihn an und landete mit seinem Knie auf seiner Brust. Alles ging so schnell, dass Johannes keine Zeit zum Reagieren blieb. Der Druck auf seiner Brust war enorm groß und der Schmerz nahm ihm die Luft zum Atmen. Mehrere heftige Faustschläge trafen sein Gesicht, sodass der Kopf von Johannes zur Seite flog. Die Nase knackte einmal laut auf und wurde nach links verbogen. Der Sachse heulte auf. Dann packten die knochigen, blassen Hände seinen Freund am Hals und Amar sah, wie ihm die Kehle zugedrückt wurde. Der Schatten hatte jetzt wieder vollständig seine menschliche Form angenommen.

Augenblicklich erfasste Amar die bedrohliche Situation und setzte sich gleich in Bewegung, um ihm zu helfen. Er war noch gute zehn Meter von ihm entfernt. Mit dem Schwert in der rechten Hand stürmte er auf die Kämpfenden zu. Nur noch acht Meter. Er hob das Schwert, um dem Feind den Kopf abzuschlagen. Nur noch vier Meter. Die knochigen, blassen Hände drückten die Kehle immer weiter zu und Johannes verdrehte schon die Augen. Noch zwei Meter. Kurz bevor er ihn erreichte, verlor er den Boden unter den Füßen und krachte mit voller Wucht auf den Oberkörper. Dann wurde er an den Beinen gepackt und nach hinten weggezogen. Mitten auf dem Schlachtfeld zwischen den verfeindeten Truppen wurde er von einem Widersacher einfach so weggeschliffen.

„Neeeeeeein!“, brüllte Amar Johannes entgegen.

Er versuchte, sich mit der linken Hand auf dem Waldboden festzukrallen, doch ohne Erfolg. Mit der rechten Hand ließ er sein Schwert nicht los. Bis er schließlich über eine Felsplatte gezogen wurde. Er fühlte mit seinen Fingern eine Fuge unter sich. Blitzschnell griff er mit seiner freien Hand danach, hielt sich fest und taumelte gleichzeitig mit den Beinen. Der überraschte Feind ließ die Füße los und stolperte zu Boden. Sofort richtete Amar sich wieder auf, um seinem Freund zur Hilfe zu eilen. So schnell er nur konnte, lief er ihm entgegen. Doch es war zu spät. Aus einiger Entfernung sah er noch, wie der Schatten Johannes in den Hals biss, ohne dass er sich richtig wehren konnte. Johannes schlug mit den Armen um sich, versuchte, die Bestie von sich wegzustoßen, doch der Schatten ließ sich nicht vertreiben. Amar lief schneller. Johannes' Körper zuckte noch einmal kurz auf, dann erschlaffte er.

Amar brüllte laut auf. Der Schatten ließ von Johannes ab, richtete sich auf und stierte den Ritter mit einer blutverschmierten Fratze an. Blut sickerte immer noch aus Johannes' Hals wie aus einem kleinen Brunnen. Kurz bevor Amar den Schatten erreichte und sein Schwert in dessen Fleisch bohren wollte, löste sich der Körper auf und die Konturen verwischten. Von jetzt auf gleich war der Schatten verschwunden. Amar zweifelte an allem, was er zu wissen glaubte.

„Johannes!" Sein Ausruf klang verzweifelt, während er langsamer wurde. Das Unfassbare war geschehen. Amar knickten die Beine ein wenig weg. Nachdem der Feind sich von der Leiche entfernt hatte, stürmten mehrere Kreaturen auf Johannes zu, ignorierten den Ritter dabei völlig und zerfetzten den schon toten Körper wie ein Rudel wilder Wölfe. Der Ritter erkannte, dass er ihm nicht mehr helfen konnte. Schließlich blieb er mutlos stehen und blickte nach links. Dort kämpfte Christoph immer noch am Waldesrand mit einem schwarzen Soldaten, der augenscheinlich nicht totzukriegen war. Gegen diesen Feind konnten sie nicht gewinnen. Wollte er diese Männer nicht auch noch opfern, dann mussten sie sich zurückziehen. *Die zweite Fehlentscheidung in kurzer Zeit.* Sie hatten den Gegner eindeutig unterschätzt beziehungsweise nicht genug studiert. Noch einmal drehte er sich im Kreis und sah, wie ein paar seiner Soldaten tot auf dem Boden lagen. Dieser Schatten hatte ganze Arbeit geleistet. Er ließ kurz den Kopf sinken, dann ballte er vor Wut die Faust.

„Rückzug!"

Christoph und die anderen drehten sich sofort um. Dieses Mal hatten sie Amar gehört. Blitzschnell liefen sie an den Bergen aus Leichen vorbei und flüchteten durch den nahe gelegenen Wald. Sie waren keine Feiglinge, aber sie waren auch nicht so naiv zu glauben, dass sie allein mit noch einer Handvoll Männern etwas ausrichten konnten. Die Soldaten trennten sich und liefen wie die Rehe verschiedene Wege, um so die Verfolger zu verwirren. Amar rannte so schnell er konnte. In ein paar Metern Entfernung erkannte er Christoph, der schnell vor ihm herlief. Er versuchte aufzuschließen und bemerkte schnell, dass er mit ihm allein auf der Flucht war. Die anderen Soldaten waren irgendwo im Wald verstreut. Amar drehte sich beim Laufen um.

Er sah keinen der Kreaturen mehr, aber er wusste, dass sie hinter ihnen her waren. Plötzlich schlug Christoph einen Haken und Amar verlor ihn aus den Augen. Irritiert blieb er kurz stehen.

„Christoph“, hauchte er schwer atmend. Eine Antwort blieb ihm in der Dunkelheit verwehrt.

„Verflucht.“ Amar setzte sich in Bewegung und lief noch mehrere Meter weiter, dann blieb er erneut kurz stehen und lehnte sich keuchend mit dem Rücken gegen eine mächtige Eiche. Er hatte Seitenstiche und bekam kaum noch Luft. Zitternd blickte er auf seine blutverschmierte Hand. Da und dort musste er sich verletzt haben. In der Ferne hörte er ein paar Pferde im Galopp davonreiten. Irgendwo hier in der Nähe mussten die anderen noch sein. Er gab es ungern zu, aber er hatte sich verlaufen. Doch den Weg aus dem Wald würde er schon bald wiederfinden. Er hatte bis jetzt immer den richtigen Weg gefunden. Und dieses Mal würde es auch so sein. Aber erst musste er noch kurz zu Kräften kommen. Durch tiefes Ein- und Ausatmen versuchte er, seinen Puls zu drücken. Schweißtropfen rannen ihm die Stirn hinunter, um sich in seinem dunklen Bart zu verfangen.

Hier und da hörte er ein paar Schreie, die alsbald verstummten. Dann zog er in seiner Verzweiflung sein Kreuz hervor, das er um den Hals trug, und küsste es. In Gedanken war er bei seinen gefallenen Brüdern und Schwestern. Er hoffte inständig, dass sie einen schnellen Tod finden würden. Erneut küsste er das Kreuz, hoffte, dass er diese Nacht überleben würde und betete um die Gnade Gottes. Seine Zeit war noch nicht gekommen, ein Sterben war nicht angedacht. Sein Herzklopfen wurde deutlich weniger und langsam kam er noch einmal zu Kräften. Gerade als er wieder losziehen wollte, hörte er etwas. Ein bekanntes Geräusch, das von den Bäumen über ihm kam. Er stutzte, seine Poren öffneten sich und ein Schub Adrenalin schoss durch seine Venen.

Die Ortung fiel ihm schwer. Einmal war es direkt über ihm, dann vor ihm und zum Schluss war er sich sicher, dass es hinter ihm war. Amar ließ von seinem Kreuz ab und zog sein Schwert. Konzentriert lauschte er in die Nacht. Einer Vorahnung nachgehend, ging er zwei Schritte nach vorne, wirbelte herum und schlug die scharfe Klinge in den Baumstamm hinter sich, weil er dachte, dass sich dort der Feind befand. Das Holz splitterte ab und fiel zu Boden, aber mehr traf er leider nicht. Amar zog die Klinge aus der Rinde. Mit äußerster Vorsicht blickte er um den Stamm herum, konnte aber nichts Ungewöhnliches erkennen. Plötzlich wehte aus der Nähe ein helles Lachen zu ihm hinüber. Der Ritter riss die Augen weit auf und versuchte, durch die Nacht etwas zu erkennen. Dann erklang das Lachen von hinten, nein, von vorn. Amar zwang sich zur Ruhe und schloss kurz die Augen, beschränkte seine Atmung auf ein Minimum und hoffte, dass er nicht entdeckt wurde. Fast wie in Zeitlupe drehte er sich wieder um, das Schwert mit beiden Händen nach vorne führend. Seine Augen wanderten wie wild hin und her und versuchten, jede kleinste Bewegung in der Nacht auszumachen.

„Fürchtet Ihr Euch?" säuselte es in seinem Ohr. Erschrocken wirbelte er nach rechts herum und blickte in die vermeintliche Richtung, aus der die Stimme kam. Direkt vor ihm erkannte er etwas. Es sah so aus, als würde sich aus den Schatten der Bäume etwas zusammensetzen. Erst verschwommen schärften sich die Konturen und schließlich stand da der dunkle Geist vor ihm. Wie auch immer er das angestellt hatte, aber der Geist hatte ihn gefunden.

Geist... Schattenmann... ihm fielen so viele Namen ein. Ungläubig starrte er ihn an und konnte immer noch nicht glauben, was er dort gesehen hatte. Bei Gott, es war ein mächtiges Wesen, welches menschlich wirkte, es aber nicht war. Es unterschied sich stark von den anderen, diese Bestien mit wölfischen Zügen, die zu den schlimmsten Taten bereit waren, die man sich nur vorstellen konnte. Dieser war ein Künstler der Verführung und der Täuschung.

Amar war erstaunt und verängstigt zugleich, zu was das Böse fähig war. Sein Gegenüber wusste wohl um die Wirkung seines Auftritts und grinste den Ritter hämisch an. Kurz überlegte er, ob er erneut fliehen sollte, aber seine innere Stimme sagte ihm, dass er vermutlich nicht weit kommen würde. Er musste sich dem Geist stellen, wenngleich das seinen Tod bedeuten könnte. Amar dachte an Johannes, wie der Schattenmann ihn einfach so getötet hatte. Rachegelüste stiegen in ihm auf. Die anfängliche Angst wich dem enormen Zorn, der in ihm aufstieg und der ihn dazu brachte, es hier und jetzt zu Ende bringen zu wollen.

„Wer seid Ihr?", fragte Amar. Der Schatten stand einfach nur so da und schien über diese Frage etwas verwundert.

„Macht es einen Unterschied, wenn Ihr wisst, durch wen Ihr sterben werdet?", entgegnete er ihm.

„Ja, ich will meinen Mörder kennen", sagte der Ritter zornig.

„Nennt mich Leviathan! Ihr wirkt besonders mutig, aber das seid Ihr nicht! Ich kann nämlich Eure Angst riechen!" Leviathan machte einen Schritt nach vorn. Sofort zuckte Amar zusammen. Seine Faust schloss sich fester um das Schwert, das er immer noch in der Hand hielt. Der Mondschein brach durch die Baumkronen hinunter auf den Boden und beleuchtete Leviathan wie einen heiligen Engel. Amar empfand das als nicht richtig. Seine Haut blitzte auf und sein Gesicht schien geradezu zu leuchten.

„Seht Ihr. Ihr fürchtet Euch vor mir!" Wieder lächelte ihn das Böse an.

„Ihr seid falsch wie eine Schlange und sprecht mit gespaltener Zunge!"

„Eure Furcht spricht für Euch! Ihr wisst ganz genau, dass Ihr gegen mich nichts ausrichten könnt, und jetzt ist es an der Zeit, zu leiden." Für einen Moment geschah gar nichts. Doch dann, fast gleichzeitig, wie auf einen nicht ausgesprochenen Befehl, stürmten beide aufeinander zu, bereit, den Feind zu töten. Amar hob sein Schwert und hoffte, einen guten Treffer zu landen. Kurz bevor er ihn erreichte, holte er noch mal richtig Schwung, um das Schwert in den Leib von Leviathan zu stoßen. Siegessicher führte er die Waffe nach vorn und zielte auf das Herz des Feindes. Doch anstatt eines gezielten Treffers in den Körper, flog das Schwert ins Leere. Kurz bevor er zustach, löste sich die Kontur des Körpers erneut auf und wurde geisterhaft durchsichtig. Es war einfach unglaublich. Gerade als er sein Schwert zurückzog, wurde er am Brustkorb getroffen und fiel durch die Wucht des Schlages rücklings auf den Waldboden, wodurch das Laub kurz aufgewirbelt wurde. Amar keuchte vor lauter Schmerzen auf und ihm war völlig unklar, woher der Schlag gekommen war. Seine Rippen schmerzten abermals.

„Seid Ihr wirklich im Irrglauben, etwas gegen mich ausrichten zu können?", tönte es angeberisch aus dem Mund Leviathans. Amar musste husten und spuckte dabei Blut. Der Schlag schien wohl doch heftiger als gedacht gewesen zu sein. Sofort richtete er sich wieder auf und stolperte noch etwas benommen nach hinten, bis er schließlich an einem Baumstamm Halt fand. Er wollte nicht so enden wie Johannes.

Amar blickte auf und erschrak. Völlig lautlos war der Schatten wie aus dem Nichts vor ihm aufgetaucht und packte ihn so kräftig am Hals, dass es ihm schwerfiel zu atmen. Seine knochigen Finger waren kalt wie Eis.

Jetzt sah er die Person deutlich vor sich. Er war ihm näher gekommen, als es ihm lieb war. Seine Haut schimmerte jetzt noch weißer, von den Schläfen zogen sich dunkelblaue Äderchen bis zu den Augen. Tiefschwarzes Haar fiel seidig über die Schulter und die gelben Augen blickten ihn ein wenig amüsiert an. Plötzlich merkte er, wie er seinen Körper nicht mehr bewegen konnte. Ein Muskel nach dem anderen verweigerte seine Aufgabe, bis Amar fast völlig steif stehen blieb. War es die Angst, die ihn so lähmte? Er fühlte sich völlig ausgeliefert und hilflos. Den Druck der Angst kämpfte er mühevoll, aber mit wenig Erfolg, nieder. Leviathan packte zu und drückte mit seiner kräftigen, blutigen Hand die Kehle seines Opfers weiter zu. Dabei lächelte er und Amar sah die langgezogenen Schneidezähne, die aussahen wie die eines Raubtiers.

Sein Körper gehorchte ihm so gut wie gar nicht mehr und das Schwert glitt ihm aus den Händen. Das Luftholen fiel ihm immer schwerer, bis er schließlich nur noch am Jappen war. Der Ritter spürte deutlich den Atem des Angreifers. Gleich würde der Albtraum beginnen und dennoch verspürte er jetzt, ganz unerwartet, eine gewisse Gelassenheit. Jetzt hatte er alle Zeit der Welt. Mit der Gewissheit des kommenden Todes tat ihm auch nichts mehr weh. Seine Zeit war gekommen. Der Kampf war zu Ende.

Im Augenwinkel erkannte Amar eine Bewegung und er versuchte, dorthin zu schauen. Der Schatten war so auf sein Opfer konzentriert, dass er nicht merkte, wie Christoph sich von hinten näherte. Der Ritter erkannte die Silhouette in der Nacht und wunderte sich gleichzeitig darüber, dass Leviathan nichts davon erfasste. Amar gab sich alle Mühe, ihn nicht mit seinen Blicken zu verraten. Christoph hatte einen großen Ast in der Hand und war nur wenige Meter von ihnen entfernt.

Er muss seine Waffe verloren haben, dachte Amar. Plötzlich glomm die Hoffnung auf, dass er vielleicht doch überleben würde. Christoph hob den Ast und schlug so fest er konnte zu. Beim Aufprall auf dem Rücken brach der Ast in zwei Hälften. Leviathan stöhnte kurz auf und blickte sich wütend um. Das war die Gelegenheit. Auf einmal konnte er sich wieder bewegen. Leviathan wusste nicht, wie ihm geschah. Mit der Faust holte Amar aus und traf Leviathan direkt am Kinn. Es folgten ein Zischen und ein lauter Aufschrei und der Ritter war wieder frei, nachdem der Schattenmann den Griff an der Kehle gelöst hatte. Der Angreifer flog nach hinten weg. Amar kippte währenddessen ebenso ein Stück nach hinten und schlug unsanft neben dem Baumstamm auf dem Waldboden auf. Wie auf Befehl suchte seine Hand nach dem Schwert. Sein Verstand klarte augenblicklich auf, als er die modrige Waldluft einsog. Schließlich fand er die Klinge unter dem Laub und wirbelte herum. Plötzlich griff ihm eine Hand an die Schulter und als er aufschaute, erkannte er Christoph.

„Lauft!" schrie er ihn an. Gleichauf blickte sich Amar um und sah den Schattenmann auf dem Boden liegen. Wollten sie bei der Flucht erfolgreich sein, musste es jetzt schnell gehen. Sofort sprang er auf und rannte zusammen mit Christoph los.

Die beiden Männer liefen so schnell sie konnten durch die Dunkelheit, ohne wirklich darauf zu achten, wo sie eigentlich hintraten. Hin und wieder klatschte ein Ast den Männern ins Gesicht. Den kurz aufkommenden Schmerz ignorierend, liefen sie weiter. Schließlich gelangten sie erneut an die Straße, welche sie zur Waldgrenze führte. Amars Lunge schmerzte bei jedem Atemzug, doch die Angst ließ ihn immer weiterlaufen. An eine Pause war nicht zu denken. Auch Christoph war, wie er, schweißgebadet und schien sichtlich erschöpft zu sein. Doch auch er lief immer weiter. Schon bald hatten sie die Waldgrenze erreicht. Christoph führte ihn zu zwei Pferden, die an einem der letzten Bäume des Waldes festgebunden waren. Sich noch mal in den Wald umblickend, sah er nichts als Dunkelheit, was aber nicht bedeutete, dass dort niemand war. Sofort sprangen die Flüchtigen auf die Tiere und ritten im Galopp davon. Der Tod schien noch einmal von ihnen abgelassen zu haben.

NEU GEBOREN

Fortwährende imaginäre Szenen durchfluteten seinen Verstand. Und er war bemüht, das Durchlebte zu verarbeiten und zu verstehen. Versuchend, die ganze Konstellation zu erfassen, kam er anfangs auf den Gedanken, dass sein Verstand nicht mehr richtig funktionierte. Ja, dass er an einer geistigen Erkrankung litt und von nun an den Verstand verlieren würde. Aber wer genau bestimmte das? Wer hatte das Recht zu entscheiden, was Kranksein bedeutete? Die Kirche? Ein Mediziner? Vielleicht. Gabriel dachte im Traum darüber nach und kam zum wiederholten Male zum Entschluss, dass dies nicht der Fall war. Er war nicht krank.

Es fühlte sich merkwürdig an, ja. Aber sein Geist war völlig gesund und sein Bewusstsein völlig intakt, wenngleich auch in einer anderen Art und Weise. Noch war der Blick auf seine eigene Wahrheit durch eine schier unüberwindbare Mauer versperrt. Eine Wand, die ihn umschloss und ihn in seinen Gedanken festhielt. Die Schwierigkeit, wirklich alles zu begreifen, bestand eindeutig darin, dass er im Moment einfach nicht in der Lage war, auf sein neues Ich einzugehen, das tief in seinem Innersten geboren war. Immer wieder verzettelte sich sein Verstand auf der Suche nach der Wahrheit und endete in einer Sackgasse. Seine Gedanken stolperten unaufhörlich von einer Sphäre in die nächste, bis er schließlich ein letztes Mal an eine Mauer gelangte, wo es nicht mehr weiterzugehen schien. An einem Ort, wo er für den Moment gefangen war. Gabriel verweilte für einen Augenblick vor der kalten, grauen Steinwand und blickte sie neugierig an. Der Weg, sein Weg, musste hier irgendwo weitergehen. Es musste ein Ausweg geben. Die Zuversicht stieg in ihm auf und er trat noch ein Stück näher an die Wand heran. Stockend streckte er seine Hand aus und war kurz davor, den kalten Stein zu berühren. Doch dieser war nicht real. Er konnte ihn nicht berühren, seine Hand glitt durch ihn hindurch. Und so begriff er sehr schnell, dass diese Mauern nur in seinem Verstand existierten. Dass er gar nicht eingeschlossen war. Jetzt, ohne Gedanken an die Zukunft, fühlte er sich frei. Die Wahrheit lag hinter diesen Mauern und er würde einfach durch sie hindurchschreiten. Gabriel war von nun an kein Mensch mehr.

„Das muss es sein!", sagte er sich. Zügig ging er auf die Wand zu, drang in sie hinein und war von nun an von einer noch nie dagewesenen Dunkelheit umgeben. Die mystische Dunkelheit empfing ihn wie ein alter Freund. Und obwohl er absolut nichts sehen konnte, hatte er für einen Moment das Gefühl, geführt zu werden. Kurz darauf hörte er eine Kinderstimme in seinem Kopf, die zu ihm flüsterte. Sie beruhigte ihn und sprach immer wieder dasselbe.

„Vertraut mir. Ich bringe Euch nach Hause."

Bedachtsam, wie ein greller Lichtstrahl am Ende eines Tunnels, kam ihm schließlich die vollständige Erleuchtung. Zügig folgte er dem dunklen Pfad in ein neues Bewusstsein. Gabriel schloss seine Augen. Von neuem erhaschte er ein paar Bilder aus seiner Vergangenheit. Szenen aus seinem Leben, als er noch ein Bauer war. Dann trafen ihn Bilder von Tod und Leid, darauf folgten wieder welche von freudigen Ereignissen.

Aber all das, was er dort sah, ließ ihn auf eine fast schon groteske Art und Weise völlig kalt.

Sie bedeuteten ihm nicht mehr das Geringste. Warum das so war, verstand er in diesem Kontext nicht. Immer weiter tauchte er ein in die Dunkelheit und es ging ihm tatsächlich gut dabei. Sein Verstand arbeitete hart und man konnte meinen, dass er unter dem Maß an Mehrbelastung kollabieren würde, aber genau das Gegenteil war der Fall. Stück für Stück sortierte sein Intellekt die Geschehnisse weg. Schließlich konnte er die lästigen Erinnerungen verdrängen und vollständig beiseiteschieben. Jedes Ereignis, jedes Gesicht wurde nach und nach verdrängt. Gabriel spürte, dass sein Erinnerungsvermögen, das ihn bis jetzt zusammen mit seinem Körper als Mensch ausgemacht hatte, ebenso starb, wie es sein Körper tat. Auf einmal machte alles einen Sinn und er konnte fast alles verstehen. Er war zu einem vollkommen mentalen Wesen herangereift, das unbesiegbar schien. Er fühlte sich mächtiger und kräftiger als jemals zuvor. Gefühle wie Mitleid oder Trauer waren einfach nicht mehr vonnöten. Die großen Schwächen der Menschen schüttelte er einfach ab, wie ein Laubbaum seine Blätter im Herbst verliert. Er war jetzt ein neugeborener Jäger, der endlich seine wahre Bestimmung gefunden hatte. Es fühlte sich großartig an. Gabriel öffnete die Augen und erkannte schemenhaft ein Licht.

„Es ist vollbracht. Der Weg endet hier!", hörte er. Gabriel legte alles Menschliche ab.

Das Kratzen im Hals war beinahe unerträglich und Gabriel versuchte, durch ständiges Schlucken den Hustenreiz zu unterbinden. Die Trockenheit in seinem Mund schien unendlich und das redliche Bemühen, seine Mundhöhle zu befeuchten, schien ein aussichtsloses Unterfangen zu sein. Obwohl er sich eigentlich noch im Dämmerschlaf befand, war er ungewöhnlich gut bei Verstand. Das glaubte er jedenfalls. Angestrengt zuckten seine Augen unter den blinzelnden Lidern hin und her und versuchten, die aufkommenden Szenen, die sein Verstand abermals verarbeitete, zu erfassen.

Immer noch in der kleinen Nische liegend, riss Gabriel abrupt die Augen auf und blickte hektisch um sich. Sein Körper war total verspannt und er schmerzte. Ein unmenschlicher Schrei entstieg seiner Kehle, während er seinen Oberkörper aufrichtete. Die Spannung löste sich und der Schmerz ließ sofort nach. Völlig allein im Schacht blickte er sich um und krabbelte danach aus der kleinen Öffnung. Im Feuerschein der Fackeln betrachtete er seine Hände, die bleich wie Kalk waren. Gabriel sog die feuchte Luft des Raumes ein und atmete sie kraftvoll wieder aus. Seine Sinne hatten sich verändert und er nahm seine Umgebung anders wahr. Das Riechen, Schmecken und Hören hatten sich merklich verbessert. Es war wunderbar. Sein Herz pochte nicht mehr in seiner Brust, aber dennoch war er am Leben. Ein großartiges Gefühl der Freiheit durchflutete ihn.

Hallende Schritte schallten durch die Gänge und lenkten ihn ab. Jemand war auf dem Weg zu ihm. Gabriel hob den Kopf und blickte mit verengten Augen zur verschlossenen Tür. Es dauerte einen kurzen Moment, dann sah er den glatzköpfigen Mönch mit der Narbe in den Raum stolpern. Er blieb an der Eingangstür stehen und lächelte Gabriel zufrieden an.

„Seid gegrüßt, Welpe", hauchte er. Gabriel nickte indes stumm zurück und zog den rechten Mundwinkel ebenfalls lächelnd nach oben.

SCHNELLER AUFBRUCH

Kraftvoll rannten die Pferde über den schmalen Wiesenweg in Richtung der Burgruine, die wie ein großes schwarzes Ungetüm geradewegs vor ihnen lag. Die Burgmauern wurden vom silbrigen Mondlicht angestrahlt und standen wie ein drohendes Mahnmal in der dunklen Nacht. Sie zeugten von Tod und Leid, von der sie aktuell umgeben war. Mit einer gewissen Besorgnis spornten sie die Tiere weiter an, immer den Blick nach hinten gerichtet, um zu schauen, ob die Schatten sie nicht doch verfolgten oder gar einholten. Was bei dem Tempo schwer vorstellbar war, aber Amar hatte gesehen, wozu dieser Leviathan fähig war.

Nachdem die Pferde die Geschwindigkeit noch einmal erhöht hatten, erreichten Christoph und Amar endlich die Ruine. Während die Tiere noch im Galoppschritt waren, stieg Amar ab und stürmte im Laufschritt in die Vorhalle. Christoph blieb zunächst draußen und kümmerte sich um die Vierbeiner. Nachdem er das offene Tor durchschritten hatte und den schmalen Gang zu den bewohnten Räumlichkeiten gelangte, sah er weit und breit nur Elend und Tod.

Die Soldaten, die den Kampf überlebt hatten und sich in die Burg schleppen konnten, waren ausnahmslos verletzt. Es gab keinen, der nicht irgendwie oder irgendwo blutete.

Es war ein schrecklicher Anblick, den Amar nicht ignorieren konnte. Er hatte die Lage vollkommen unterschätzt. Die Soldaten versuchten, sich so gut es ging zu versorgen und gegenseitig zu helfen. Über ein paar verletzte und bewusstlose Körper hinwegsteigend, verschaffte er sich einen groben Überblick. Schweigend vor Entsetzen schüttelte er den Kopf.

„Wir haben diese Schlacht verloren!" Er hielt sich schockiert die Hand vor den Mund. Das Wimmern und Stöhnen der Verletzten war unerträglich und hallte durch die ganze Burg. Der Ritter blickte nach unten und sah einen jungen Mann, verwundet auf dem Boden liegen. Er war höchstens sechzehn Jahre alt. Seine weit aufgerissenen Augen verrieten ihm, dass er große Schmerzen hatte. Vorsichtig beugte er sich zu ihm nach unten und blickte auf sein Bein. Es war zum Teil mit einem Tuch abgedeckt, das mit seinem eigenen Blut durchtränkt war. Vorsichtig hob er das Tuch an und blickte auf die große Wunde, die mit Kräutern und Heilpflanzen belegt war. Die Pflanzen dienten zur Betäubung und zur Blutstillung, was bei ihm nur bedingt gelang.

Amar fasste dem Jungen an die heiße Stirn, wohl wissend, dass er diese Verletzung nicht überleben würde. Zwar sprach er ihm gut zu, aber beide wussten, dass dies nur nett gemeinte Worte waren. Schnell richtete er sich wieder auf. Er musste schnell handeln. Wenn sie hierbleiben würden, dann würde der Feind sie finden und das würde ihr Ende bedeuten. Eine Verteidigung der Anlage war nicht mehr möglich und einen zweiten Angriff würde keiner von ihnen überleben. Dafür war der Feind zu mächtig.

„Wir brechen auf zum Michaelskloster. Packt alles zusammen, was ihr braucht! Die Verletzten bleiben hier!", rief er entschlossen. Oliver stockte in seiner Bewegung, als er auf Amar zuging. Sein Entsetzen nahm noch mal zu, seit jenem Moment, als die ersten Verletzten in die Burgruine zurückkehrten. Zuerst waren es nur ein paar, die Oliver gesehen hatte, und dann wurden es nach und nach mehr. Das Elend nahm kein Ende und der junge Bauer fühlte sich machtlos. Ja, sogar schuldig, da er die Soldaten in der Schlacht nicht hatte unterstützen können. Er hatte seine Familie erneut im Stich gelassen. Oliver wusste, dass dies nicht der Wahrheit entsprach, aber es fühlte sich verdammt nochmal so an. Er tat schließlich das, was er tun konnte, und versorgte so gut es eben ging die Verwundeten, bis Amar wieder zurückgekehrt war. Nun stand er da und blickte auf den stolzen Ritter, als er die Worte von ihm vernahm.

„Was?“ ..., fragte er fassungslos, „... das könnt Ihr nicht tun!“ Amar blickte den jungen Bauern an. Sein Gesichtsausdruck war voller Trauer. Unerwartet ruhig sagte er schließlich zu ihm.

„Seht Euch die Wunden an. Sie sind bereits verloren.“ Oliver sah zu dem Jungen hinunter und begriff sofort. *Bisswunden.* Dann schaute er wieder zu Amar und sah die Traurigkeit in seinen Augen. So war das alles nicht angedacht. Amar kam ein Stück näher.

„Ich habe eine wichtige Aufgabe für Euch“, meinte er. Er legte seine Hand auf Olivers Schulter.

„Erlöst sie von ihrem Leid!“ Dann schloss er kurz die Augen. Schließlich drehte Amar sich um und ging den schmalen Gang weiter in den hinteren Teil der Burgruine. Oliver blickte den jungen Mann an und er wusste, was zu tun war. Die anderen Soldaten, die unversehrt waren, und das waren nicht viele, erkannten den Ernst der Lage und rafften in Windeseile das Nötigste zusammen. Oliver beugte sich hinunter und blickte dem Verletzten in seine ängstlichen Augen. Dann lächelte er ihn gezwungen an, doch auch sein Gesicht konnte das Entsetzen nicht vollständig verbergen. Oliver wurde schneller zum Krieger, als er sich das vorstellen konnte. In diesem Moment stand Christoph neben ihm.

„Lasst gut sein. Ich werde das übernehmen", sprach er zu Oliver. Seine Stimme klang tieftraurig. Irgendwie war Oliver froh, dass Christoph zu ihnen gekommen war.

Amar lief zu diesem Zeitpunkt zu der kleinen Feuerstelle hinüber, die sich in der Haupthalle mit dem eingestürzten Dach befand. Er hob eine erloschene Fackel vom Boden auf und zündete sie im Feuer an. Es war das Beste, hier alles niederzubrennen, damit nichts vom Bösen überleben konnte. Anfangen würde er bei Dubois. Die Leiche musste verbrannt werden. Das hätte er schon längst machen sollen, konnte es aber nicht. Kurzerhand verließ er die Halle wieder und trat in den schmalen Gang der Burg. Er blickte zu Oliver hinüber, der immer noch bei dem Jungen saß. Christoph hatte sich zu ihm gesellt. Amar ließ einen kurzen Pfiff ertönen und schon drehte sich Christoph zu ihm um.

„Folgt mir", befahl er kurz. Christoph erhob sich wieder. Alles schien in Hektik zu sein. Er schaute zu Oliver hinunter.

„Wir erledigen das gleich", sagte er und folgte Amar. Christoph ging in einen der anliegenden Räume zu seinem Falken hinüber und nahm das Tier auf den Arm. Dann verließ er den Gang wieder. Christoph bog gerade zur Treppe ab, als er Amars Gebrüll vernahm. Schnell ging er die Treppe hinunter und sah Amar vor dem Eingang der Nische stehen.

„Was ist passiert?", fragte Christoph.

„Wo ist Dubois?", stellte Amar eine Gegenfrage. Irritiert schauten die beiden auf den Steinsockel, wo man die Leiche abgelegt hatte. Der Mann mit dem schwarzen Wappenrock war nicht mehr da. Christoph zuckte mit den Schultern und war für den Moment sprachlos. Sie standen wortlos im leeren

Raum, ohne jede Ahnung, wo der tote Körper hin war. Wütend drehte sich Amar zu Christoph um.

„Diese Bestie hatte sein Werk doch noch vollbracht", murmelte Amar wütend. Bis jetzt war er davon ausgegangen, dass Tote nicht wieder aufstehen. Dass es nur die Lebenden betreffen würde, aber da hatte er sich wohl getäuscht.

„Verdammt", brüllte er. Er ging auf die Steinplatte zu und berührte diese mit seinen Fingerspitzen. Nach einem kurzen Moment meinte er.

„Dafür haben wir jetzt keine Zeit mehr. Wir müssen hier weg." Ohne ein weiteres Wort zu verlieren, rauschte er an Christoph vorbei und verließ die Kammer. Schnellen Schrittes rannte er nach oben. Mit einem weiteren Pfiff versammelte er alle Soldaten, die keine offensichtlichen Wunden hatten, um sich. Sein weißer Wappenrock war mit Blut und Matsch bedeckt, doch das rote Kreuz auf seiner Brust war klar zu erkennen. Die Männer und wenigen Frauen, erschöpft und verängstigt von der Situation, richteten ihren Blick auf den schwarzhaarigen Kämpfer. Amar hob die Hand zum Schweigen, sein Blick prüfend, ernst, wie es einem Anführer seines Ranges gebührte.

„Brüder und Schwestern im Glauben", begann er mit fester Stimme, die durch das steinerne Gewölbe hallte, „Gott hat uns geprüft und viele haben ihr Leben hingegeben in den Diensten des Glaubens. Nun steht uns der nächste Aufmarsch bevor, und es ist mein Amt zu entscheiden, wer ihn antreten kann. Dieser Schritt der Entscheidung ist kein leichter. Der Weg in das Michaelskloster ist entbehrungsreich und wir tragen die Verantwortung für das Leben der Mission, für die Heiligen Stätten und füreinander. Es ist unsere Pflicht, all dies zu schützen, wenngleich das auch bedeutet, unsere Brüder und Schwestern zurückzulassen." Er hielt inne, ließ die Stimme kurz sinken. Dann fuhr er fort:

„Die Regeln unserer Gemeinschaft und die Klugheit, die uns Gott verlieh, gebieten, dass nur jene weiterziehen, die unversehrt sind. Ihr habt gesehen, was passiert, wenn wir Verwundete in unserer Mitte aufnehmen. Die Magie verrät sie und sie bringen uns den Tod. Das können wir nicht zulassen. Jeder, der verwundet ist, wird zurückbleiben. Erlöst von der Klinge Gottes. Es ist kein Zeichen von Schwäche, zurückzubleiben. Im Gegenteil, es ist ein Akt des Mutes, zu erkennen, wenn der eigene Dienst in der Ruhe liegt und nicht im Schwert." Er trat einen Schritt vor, den Blick auf jeden Mann und jede Frau gerichtet. „Ich bitte keinen darum, sich zu melden. Ich befehle es: Wer verwundet ist, trete vor, damit wir euch von eurem Leid erlösen können. Hier unter dem Schutz Gottes und unserer Gemeinschaft."

Für einen Moment regte sich nichts. Die Soldaten schauten sich an. Dann, zögerlich, hob ein junger Soldat die Hand, seine Wunde am Arm war unter der Kleidung versteckt. Noch bevor er einen Schritt nach vorne aus der Gruppe trat, hatte Amar ihn bereits fixiert. „Das ist wahrer Mut. Ihr wollt euch nicht zurücknehmen, sondern euch selber erlösen. Ihr seid ein wahrer Krieger", Amars Stimme blieb ruhig, doch sie trug die Härte des Urteils mit sich. Er ging auf den Soldaten zu, der einen Kopf kleiner war als er. „Wo?", fragte Amar nur. Der Soldat hob zögernd den linken Arm an, zog den Ärmel hoch und zeigte die Bisswunde. Zwei Löcher direkt über der Ader. Amar nickte ihm zu. In seinem Blick schwang viel Mitgefühl und Amar erkannte die Bedeutung, was es bedeutete, nach vorne getreten zu sein.

„Gott wird euch in seine Mitte aufnehmen. Noch seid ihr ein Mensch und ihr werdet in das Himmelreich eintreten. Für eure Taten, für euer Leben", dann umklammerte Amar den Griff seines Schwertes, stieß den Soldaten ein Stück weit von sich weg, hob die Klinge an und bohrte sie direkt in das Herz des Soldaten. Dieser riss erschrocken die Augen auf, zog die Luft vor Schmerz und Verwunderung ein. Dann sank er auf die Knie, während Amar das Schwert wieder hinauszog. Das Letzte, was Amar in seinen Augen erkannte, war so etwas wie Dankbarkeit. Jedenfalls meinte er das. Die beistehenden Soldaten senkten alle fast synchron die Köpfe. Oliver schloss die Augen und wollte an dem Akt der Gnade nicht teilhaben. Es war furchtbar mit anzusehen, aber sie wussten, dass es notwendig war. Selbst Oliver sah es jetzt irgendwie ein. Der Soldat kippte zur Seite und war sofort tot.

„Wer von euch verwundet ist, wird geehrt in seiner Aufrichtigkeit. Gibt es noch weitere von euch? Wer sich versteckt, verliert nicht nur den Weg zu Gott, sondern auch die Ehre. Wählt nun selbst", sagte er und blickte in die Gesichter seiner Soldaten. Langsam traten noch einige vor. Leise und mit gesenktem Haupt. Amar blickte sie an. Tapfere Männer und Frauen, die den rechten Weg noch gefunden haben. Es gab keinen Spott oder Tadel mehr. Nur die klare Entscheidung, wie es dem Geist des Ordens entsprach. Sie mussten geopfert werden, um die Lebenden zu schützen. Es war ungerecht, aber unabdingbar. Amar kaute angestrengt auf seinem Kiefer herum. Dann nickte er und umklammerte den Griff seines blutigen Schwertes.

Nachdem alles getan war, blickte Amar die restlichen Überlebenden an.

„Setzt alles in Brand. Ich will, dass hier nichts mehr übrigbleibt. Und erlöst die restlichen Verwundeten", betonte er noch mal. Instinktiv griffen die Soldaten zu den Fackeln, die an den Wänden hingen, ohne auch nur einen Moment zu zögern. Ein paar der Soldaten töteten eine Handvoll Verwundete. Oliver erschauderte bei dem Anblick, wie leicht den

Männern das von der Hand ging. Aber er verstand es auch. Zum Wohle der Gemeinschaft.

Lieber so sterben als zu leiden, dachte er sich. Insgeheim war er froh, dass er es doch nicht tun musste. Danach zündeten die restlichen Soldaten alles an, was brennen konnte, während Oliver mit Amar und Christoph das Quartier durch das große Tor verließ. Noch bevor die letzten Krieger die Mauern verlassen konnten, durchzog dichter schwarzer Qualm die schmalen Gänge und ein paar von ihnen mussten krampfhaft husten.

Oliver war froh, als er hinaus in das Mondlicht trat. Er atmete tief ein und sog die kühle, saubere Luft ein, welche ihn umgab. Erst jetzt stellte er mit Schrecken fest, dass fast zwei Drittel der Soldaten fehlten und dass die Einheit empfindlich dezimiert worden war. *Der Kampf muss grausam gewesen sein.* Die Stimmung war sehr getrübt und es herrschte ein niedergeschmettertes Schweigen unter den Kriegern. Oliver blickte auf die Ruine, die mittlerweile lichterloh brannte. Ein unmenschlicher Schrei hinter ihm ließ ihn zusammenzucken. Sofort drehte er den Kopf zur Seite und blickte in den dunklen Wald. Es befanden sich noch immer ein paar von ihnen dort und kämpften gegen das drohende Unrecht.

„Beeilt euch!", schrie Amar den Soldaten zu.

„Was ist mit den Soldaten in den Wäldern?", rief Oliver ihm entgegen. Seine Stimme klang verzweifelt.

„Für die kommt jede Hilfe zu spät!", entgegnete ihm der schwarzhaarige Ritter, der mittlerweile auf seinem Pferd saß, das unruhig hin und her schritt.

„Ihr könnt sie doch nicht allein zurücklassen?" Oliver zeigte mit seiner Hand in die Richtung des Waldes. Die Ratlosigkeit spiegelte sich in seinem Gesichtsausdruck wider.

„Wenn Ihr der Meinung seid, ihnen noch helfen zu können, dann verweilt und kämpft!", meinte Amar mit ruhiger

Stimme und warf ihm einen traurigen Blick zu. Sie hatten dieses Gefecht verloren und jetzt ging es nur noch darum, Leben zu retten, und zwar ihr eigenes. Keiner von ihnen ging davon aus, dass Oliver dies verstehen würde. Wie auch, wusste er doch am wenigsten, wozu diese Wesen fähig waren.

Ohne ein weiteres Wort befahl das Oberhaupt der Truppe seinem Pferd, loszureiten, und gleich darauf setzte sich die ganze Gruppe in Bewegung. Ohne seine Entscheidung anzuzweifeln, folgten die restlichen Krieger ihm, die ab jetzt nur noch aus Männern bestand. Da nicht genügend Pferde vorhanden waren, mussten die meisten zu Fuß hinter den Berittenen hereilen. Diese Tatsache beunruhigte Amar noch weiter. So waren sie noch langsamer und leichte Beute.

Immer noch hörte sie den einen oder anderen Schrei durch die Bäume dringen. Mit Sorge blickte Oliver in den dunklen Wald vor ihm und bemerkte dabei nicht, wie Christoph auf einmal hinter ihm stand. Behutsam tippte er ihm auf die Schulter.

„Kommt, wir müssen gehen!"

„Das ist nicht gerecht!", sagte Oliver schmerzerfüllt.

„Nein, das ist es nicht. Aber wir haben keine Wahl!", fügte Christoph hinzu. Oliver drehte sich zu ihm um und sah in seine traurigen Augen. Selbst sein Falke, der auf seinem Arm Platz genommen hatte, war sehr verhalten und schien die Anspannung zu spüren. Schließlich ließen sie die Opfer hinter sich und schlossen sich der Gruppe an, um zu fliehen.

DIE VERFOLGUNG

Leviathan riss seine Augen ruckartig auf und starrte mit verschwommenem Blick auf das schwarze Tuch der Nacht, welches sich über den Himmel gelegt hatte. Nach und nach erkannte er ein paar funkelnde Sterne durch das Blätterdach. Mit dem klaren Sternenlicht kam auch die Erkenntnis zurück, dass er auf dem Waldboden lag. Zwischen den Schulterblättern pochte ein dumpfer Schmerz und erinnerte ihn zusätzlich daran, dass er hinterrücks überrascht worden war. Wie ein blutiger Anfänger war er überrumpelt worden und hatte sich von seinem Feind niederstrecken lassen. Dieser Umstand machte ihn wütend, und je mehr er über diese Nachlässigkeit nachdachte, desto mehr ärgerte er sich darüber.

„Verflucht ...!", stieß er hervor. Behutsam rollte er seinen kalten Körper zur Seite durch das feuchte Laub und stützte sich dann mit beiden Armen ab. Dann drückte er seinen Leib nach oben und stand in Sekundenschnelle auf. Für einen kurzen Augenblick verharrte er stehend und schaute geradeaus in die Finsternis. Seine langen schwarzen Haare wurden durch den Wind zerzaust. Weit und breit war niemand mehr zu sehen. Der Ritter, den er eben noch sprichwörtlich in den Fingern gehabt hatte, war ihm entwischt. An seiner Stirn klebte ein feuchtes Blatt, das er mit seiner knochigen, bleichen Hand abstreifte und zu Boden fallen ließ. Seine Kleidung hatte den feuchten Geruch des Waldbodens angenommen und er fühlte sich gerade so, als ob er ein Teil des Waldes geworden wäre. Leviathan drehte sich einmal um die eigene Achse, doch der von leichten Nebelschwaden durchzogene Wald gab nicht viel von der Umgebung preis. Er war offensichtlich allein. Kurz schloss er die Augen und atmete tief ein. Die Wut war kein guter Begleiter, wenn es darum ging, den nächsten Schritt bei einer Kriegshandlung zu überlegen.

Just in diesem Moment hörte er ein paar der Zwischenwesen, die wie aufgeregte Wölfe durch das Unterholz fegten. Sie waren die Sklaven seines Vaters. Die willenlosen Kreaturen waren immer noch auf der Suche nach Menschenfleisch. Behutsam schüttelte er die restlichen Laubblätter von seinem langen Mantel ab. Leviathan schärfte seine Sinne, blickte über den Waldboden und suchte nach Spuren des flüchtigen Feindes. Er musste die Antagonisten finden und töten. So war es von seinem Vater verlangt worden. Niemals hätte er gedacht, dass die Menschen so unverfroren waren, sie zuerst anzugreifen. Leviathan und sein Bruder Primus mussten sich eingestehen, dass sie die Gruppe unterschätzt hatten. Direkt vor ihm tat sich eine Spur auf. Er grinste. Seine Faust ballend, sprang er aus dem Stand gute vier Meter nach vorne durch die Luft und landete wieder auf beiden Füßen. Ein paar Blätter wirbelten von der Wucht des Aufpralls auf. Den Blick nach vorne gerichtet, lief er schnell zur Waldgrenze, dort, wo sich der erste Schnee auf der Straße niedergelassen hatte.

Einer Fledermaus gleichkommend, orientierte er sich durch die dunkle Nacht. Besser, als es die menschlichen Sinne jemals hätten erfassen können, nahm er seine Umgebung auf eine Weise wahr, die es ihm ermöglichte, sie perfekt zu erkennen. Selbst in finsterer Nacht. Er fühlte die Umgebung und in seinem Kopf entstand ein perfektes Bild von der Landschaft des Waldes, mit all seinen Bäumen und Unwegsamkeiten.

An einem kleinen Berghang verlangsamte er seine Geschwindigkeit und lief den Hügel hinauf. Oben angekommen, erkannte er ein paar feindliche Soldaten, die wenige Meter von ihm entfernt durch die Dunkelheit irrten und verzweifelt versuchten, zu fliehen. Sie waren blind und orientierungslos. Leichte Beute für einen Jäger, wie er einer war. Beide Mundwinkel leicht nach oben gezogen, fing er an zu lächeln.

„Frisches Blut!", sagte er sich. Er ging einen Schritt zurück, nahm Anlauf und sprang erneut ab. Durch seine immense Kraft in den Beinen glitt er mehrere Meter durch die Luft und holte auf. Fast vollkommen lautlos landete er mit beiden Beinen abermals auf dem Waldboden. Die Männer, die verzweifelt die Straße suchten, ahnten keineswegs, in welcher unmittelbaren Gefahr sie sich befanden.

Leviathan rannte weiter den Widersachern entgegen, und kurz bevor er den ersten von ihnen erreichte, wurde er von einem entgegenkommenden Soldaten umgelaufen, der ihn nicht gesehen hatte. Der Mann hatte beim Laufen nach hinten geschaut und den Schatten dabei völlig übersehen. Durch die Wucht des Aufpralls stürzten beide krachend zu Boden. Der feindliche Soldat schlug eine halbe Rolle vorwärts, landete halb auf dem Gesicht, halb auf der Seite und blieb im Laub liegen. Der Helm flog hoch durch die Luft und landete ebenfalls unweit von ihm im Dreck. Eine große Wurzel von der nebenstehenden Eiche bohrte sich in seine Rippen, und ihm blieb kurzfristig die Luft weg. Gerade als sein Verstand den Schmerz registriert hatte, stöhnte er leise auf und blieb erschöpft auf dem Waldboden liegen. Die Lederwesten, die er trug, dämpften den Aufprall nur geringfügig ab.

Leviathan war im Gegensatz zu ihm schnell wieder auf den Beinen. Er stand gute zwei Meter vom Feind entfernt und blickte auf den Mann, der sich vor Schmerzen im Laub krümmte. Dieser war so mit sich selbst und dem Schmerz beschäftigt, dass er nicht auf seine Umgebung achtete. Mit schmerzverzerrtem Gesicht rollte er auf den Bauch. Beide Arme waren unter seinem Magen verschränkt. Er stellte sich nicht die Frage, wen oder was er umgerannt hatte. Nein, in diesem einen Moment galt es für ihn, nach Luft zu schnappen und den Schmerz auszuatmen. Leviathan neigte den Kopf etwas zur Seite. Wieder grinste er. Dann riss er den Mund auf wie bei einem stummen Schrei und sprang abermals in die Luft auf den Rücken des Leidtragenden. Mit voller Wucht prallte Leviathan auf den Körper des Soldaten und blieb wie ein schwerer Fels auf ihm liegen.

Der Aufprall war so heftig, dass man das Brechen einiger Rippen deutlich hören konnte. Unter enormen Schmerzen schrie der feindliche Soldat auf, ohne wirklich zu begreifen, was eigentlich passiert war. Mit beiden Knien drückte der Angreifer in die Bauchseite, sodass das Opfer sich nicht mehr bewegen konnte. Zügig packte Leviathan mit seiner rechten Hand die Stirn des Mannes und riss den Kopf ein Stück weit nach hinten. Der Hals war jetzt durchgestreckt, und die Sehnen an diesem Körperteil waren bis zum Zerreißen gespannt. Verzweifelt versuchte der Soldat, sich zu befreien, doch Leviathan war einfach zu stark für ihn. Mit großer Furcht nahm er das Atmen seines Peinigers wahr, der ihm sprichwörtlich im Nacken saß. Verzweifelt versuchte er, seine Augen so zu verdrehen, um den Angreifer hinter sich zu erkennen. Er schrie, japste nach Luft und seine Augen schmerzten, aber er konnte seinen Angreifer nicht wirklich erkennen.

Der kalte Atem kam noch ein Stück näher, und der Soldat wurde panisch. Ein weiterer Versuch, sich zu befreien, misslang. Dann spürte er einen stechenden Schmerz am Hals. Ein Hilferuf hallte durch den nächtlichen Wald.

Sofort spritzte Leviathan das warme Blut wie bei einer kleinen Fontäne entgegen und füllte seinen Mund mit dem Lebenssaft, den er so sehr benötigte. Gierig schlang er die rote Flüssigkeit hinunter. Das Blut lief ihm das Kinn hinunter. Sein Opfer japste nach Sauerstoff und versuchte, sich aus den Fängen zu befreien. Ohne Erfolg. Die Angst, gepaart mit den Höllenqualen, die der Soldat gerade durchlitt, ließ seinen Körper zusammenbrechen, und er verlor schlagartig das Bewusstsein. Die Notfunktion, das Bewusstsein bei traumatischen Erlebnissen abzuschalten, funktionierte einwandfrei. Nicht in der Lage, seinem Schicksal zu entgehen, erschlaffte die Muskulatur und sein Überlebenswille war für immer gebrochen. Sein Körper wurde immer schwächer. Nur wenige Minuten später hörte sein Herz auf zu schlagen, und der Tod nahm ihn mit auf seine letzte Reise.

Sofort spürte Leviathan den nahenden Exitus, lockerte instinktiv den Griff und ließ den Kopf seines Opfers auf die Erde fallen. Das restliche Blut sickerte immer noch aus der Wunde und ergoss sich auf den Waldboden. Genüsslich wischte er sich das Blut von den Lippen und stieg langsam von dem Körper hinunter. Der Feind war tot. Als Ware zum Transport in den Westen war er nicht gut genug. Dann hätte er ihn einfach gefangen genommen. Leviathan erkannte, dass der Mann gesundheitlich nicht im besten Zustand war. Nein, er war nicht dafür vorgesehen, ein Sklave seines Vaters zu werden. Ein sogenannter Ghul, dessen Willen keine Bedeutung mehr hatte und der tat, was man ihm auftrug. Für den Augenblick fühlte er sich gestärkt und hatte das Gefühl, voller Energie zu sein, wie nach fast jedem Mahl, das er zu sich genommen hatte. Je gesünder und kräftiger sein Opfer war, umso besser war das Blut, das er sich schmecken ließ.

Ein vertrautes Rascheln aus einiger Entfernung lenkte ihn ab, und er wirbelte mit dem Kopf neugierig herum. Wie aus dem Nichts standen auf einmal zwei Ghule vor ihm und starrten ihn erwartungsvoll an. Sie waren beide vom Kampf gezeichnet und sahen etwas schwach aus. Beide hatten Brandverletzungen und offene Wunden am Körper. Ihre Augen waren ausdruckslos und sie schienen keine Schmerzen zu haben. Das war ein Vorteil dieser Kreaturen. Ihr Schmerzempfinden ließ mit der Zeit immer mehr nach. *Nicht die beste Ware, aber für den Kampf reicht es allemal*. Leviathan stand auf. Zügig trat er einen Schritt beiseite.

„Er findet allein zu den Höhlen zurück!", meinte er. Dann ging er auf die beiden zu.

„Folgt mir!", befahl er ihnen. Er ging an beiden vorbei, ohne weiter auf sie zu achten. Die beiden verstanden sofort und begleiteten ihn zügig zum Waldrand. Auf dem Weg dorthin traf die kleine Gruppe noch weitere Ghule, die sich der Suche nach dem Feind angeschlossen hatten. Doch zu Leviathans Leidwesen trafen sie auf keine weiteren Soldaten mehr. So wie es den Anschein hatte, war der Feind geflohen und hatte sich mittlerweile vollständig in Sicherheit gebracht. Nach mehreren kleinen Unwegsamkeiten erreichte die mittlerweile heranwachsende Gruppe endlich die angrenzende Straße mit der Graslandschaft.

Von hier aus erblickten sie die Ruine, die wie ein schwarzer Stachel im Fleisch des Mutterbodens steckte und die Landschaft verschandelte. Das Feuer umarmte mittlerweile sämtliche Mauern, und der Rauch stieg weit hinauf in den

Nachthimmel und verdeckte zum Teil den silbrig leuchtenden Mond, der langsam vom Horizont verschwand. Der Feind hatte seine Stellung aufgegeben und war geflüchtet. Das konnte er von dieser Entfernung schon erkennen. Aber es war noch gut möglich, dass sich die eine oder andere einsame Seele in der Nähe herumtrieb. *Genau das Richtige für Vaters Geschäfte.* Er streckte die Hand aus und befahl seinen Ghulen, alle gefangen zu nehmen, die sie noch finden konnten. Wie auf Befehl eines zornigen Feldherrn rannten sie in organisierten Gruppen los, um ihren Auftrag mit Würde und Erfolg zu erfüllen.

Getrieben von tierischen Instinkten waren sie sich lediglich ihrer Aufgabe bewusst und zum Erfolg verdammt. Sie taten das, was man von ihnen verlangte. Egal, wer ihnen die Befehle erteilte, ob es der Vater oder die Söhne waren. Keiner von ihnen war auch nur im Geringsten in der Lage, Widerstand zu leisten. Die geistige Manipulation ging so weit, dass jeglicher freie Wille erstarb und sie wie Marionetten benutzt werden konnten, wann immer es nötig war. Sie waren für diesen Moment seine Sklaven, die irgendwo zwischen der Verwandlung vom Menschen zu einem dunklen Wesen steckten. Dem Tod näher als dem Leben. Er allein konnte entscheiden, wie ihr Weg weitergehen würde. Sie konnten entweder ewig leben oder auf der Stelle zu Staub zerfallen.

Zufrieden blickte er auf die Truppen, wie sie zügig über die Graslandschaft rannten. Es würde nicht mehr lange dauern, und sie würden die Burgruine erreichen. Bei diesem Gedanken musste er erneut lächeln. Nachdem sie davongeeilt waren, setzte auch er sich langsam in Bewegung und schritt auf die Ruine zu.

Erst als er näherkam, sah er die wirklichen Ausmaße der Verwüstung. Das Flügeltor, mit starken Eisenbändern verstärkt, stand weit offen, und im Inneren der Burg loderte das

Feuer und leckte an den schwarz verrußten Steinwänden. Einige Mauerteile waren unter der Hitze eingestürzt, und die Steine verteilten sich quer über den Boden. Ein Baum in der Mitte der Vorhalle brannte lichterloh. Nirgendwo war auch nur eine Spur von Leben zu finden. Ratlos blieben die Wesen wie verängstigte kleine Kinder stehen und blickten auf die Flammen, ohne zu wissen, was jetzt zu tun war. Nach und nach wichen sie wieder einen Schritt zurück, um der starken Hitze zu entgehen. Mittlerweile hatte auch Leviathan die Burg erreicht und erblickte das gesamte Chaos mit Argwohn.

„Verflucht!", brüllte er. Überall roch es nach Feuer, und der Gestank des Qualms und der verbrannten Leichen nahm ihm teilweise die Luft zum Atmen. Die Hoffnung, noch jemanden lebend zu finden, verpuffte sofort wie heißer Wasserdampf, aber er gab die Hoffnung nicht auf.

„Macht Euch auf die Suche. Findet den Feind und bringt ihn mir!", befahl er noch einmal und klang dabei sehr fordernd.

Doch nach einiger Zeit musste Leviathan einsehen, dass die Suche vergeblich war. Der Feind hatte die Festung vollständig verlassen und nichts als Verwüstung und Tod hinterlassen. Die Soldaten waren so schnell aufgebrochen, dass nicht mal Zeit gewesen war, ihre Toten zu begraben.

Gerade als er sich mit seinen Ghulen in den Wald zurückziehen wollte, blickte er hinter sich und entdeckte fünf Soldaten, die auf der Flucht über die sanfte Graslandschaft zu flüchten versuchten. Sie mussten sich irgendwo hier versteckt gehalten haben. Zwei von ihnen humpelten und kamen nur langsam voran.

Das ist zu einfach!, dachte er sich.

„Bringt sie mir!", rief er zornig. Wie auf Befehl sahen fast alle gleichzeitig in Richtung der Waldgrenze und verstanden sofort, was man von ihnen verlangte. Auch wenn ihr Zustand nur eine gewisse Intelligenz zuließ, so taten sie doch immer, was man von ihnen verlangte. Ihm war bewusst, dass sie nur erlöst werden konnten, wenn sie gehorchten. Ohne zu zögern stürmten sie beinahe gleichzeitig los und es war nur eine Frage der Zeit, bis sie die Soldaten eingeholt hatten.

Leviathan blieb alleine vor der brennenden Ruine zurück und spürte etwas. Seine Sinne nahmen leichte Schwingungen wahr. Irgendjemand war hinter ihm und beobachtete ihn aus der Entfernung und es war kein Mensch. Nein, es war einer seinesgleichen. Langsam drehte er sich um und blickte an der Burg vorbei, in die naheliegende Umgebung. Seine Augen sahen nichts außer dunkle Schattierungen. Aber er spürte, dass er beobachtet wurde. Es war ein verlorenes Kind. Er spürte, dass es noch ein recht junger Welpe war. Orientierungslos und ohne Führung. Dennoch war sein Geist verschlossen. Dann riss die Verbindung ab. Irgendwas war passiert. Er kniff seine Augen zusammen und blickte in die Dunkelheit. Es war nichts zu sehen. Leviathan drehte sich wieder um und ging schließlich zurück zum Wald.

ZWEITE WELLE

Der Wind zerrte an dem kleinen gelben Blatt, das einsam und abgeschieden noch an einem dünnen Ast des riesigen Baumes hing. Zitternd hielt es an dem fest, wo es den ganzen Sommer lang sein Zuhause gehabt hatte. Eine letzte kleine Windböe sorgte dafür, dass sich das Blatt vom Ast löste und schließlich davongetrieben wurde. Es wirbelte trudelnd durch die kalte Luft und segelte langsam dem Waldboden entgegen, um endgültig zu sterben. Dabei verfehlte es nur knapp die Schulter des Schattens, der unter dem mächtigen Baum stand.

Primus war mit weiteren Soldaten hinaus in die Nacht gestürmt und Leviathan zu Hilfe geeilt. Mit seinen Soldaten war er auf das Plateau gekommen, aber da hatten sich die feindlichen Soldaten schon zurückgezogen. Nun streifte er durch den nächtlichen Laubwald und hielt Ausschau nach übrig gebliebenen Feinden. Bis auf ein paar vereinzelte verletzte Soldaten fand er aber niemanden mehr. Die Menschen waren in die Flucht geschlagen und der Angriff abgewehrt worden.

Wie leichtgläubig die Menschen doch sind, dachte er sich. Niemand konnte sie aufhalten. War ihnen das nicht klar? War ihnen nicht bewusst, dass die Zeit der Menschen vorbei war? Ihr Aufbegehren war zwecklos und dennoch versuchten sie es immer und immer wieder. Primus ging ein paar Schritte weiter durch das raschelnde Laub und schaute sich in der Dunkelheit um. Ein leichtes Stöhnen lenkte ihn ab und er blickte nach links. Auf dem Boden lag ein Bogenschütze. Er schien Schmerzen zu haben und hechelte nach Luft. Langsam ging er zu ihm hinüber, kniete sich zu ihm hinunter und drehte den, auf dem Bauch liegenden Mann einmal um. Willenlos ließ der Soldat, der einst an der Seite von Johannes gekämpft hatte, dies zu. Sein Gesicht war blutverschmiert und er zitterte am ganzen Körper. Seine Augen waren vor Angst weit geöffnet. Er blickte Primus direkt in sein Gesicht und schien ihn im Wahn nicht zu verstehen, wen er da genau vor sich hatte.

„Sie sind hier. Sie sind hier", stammelte er. Dabei bildete sich Schaum vor seinem Mund, der zum Teil mit Blut getränkt war. Er war schwer verletzt, aber sie würden ihn wieder hinbekommen. Wenn er sich dazu eignete, als ein Teil der Ware zu dienen, konnten sie ihn verkaufen. Wenn nicht, war er immer noch gut genug, um ein Ghul zu werden. *Mal sehen, wie er sich macht.*

„Ich weiß", sagte Primus in einem ruhigen Ton. In diesem Moment kamen zwei schwarz gekleidete Soldaten an seine Seite. Sie blickten auf ihn hinunter, ohne ein Wort zu sagen. Der Befehlshaber stand sogleich auf und drehte sich zu einem von ihnen um.

„Ihr wisst, was zu tun ist", befahl er. Dann drehte er sich in die andere Richtung um und ging ein kleines Stück tiefer in den Wald hinein. Vor ihm lag die Dunkelheit. Ruhig und still. Die beiden Soldaten packten den Mann, ohne ein weiteres Wort zu verlieren, und hoben ihn vom Waldboden auf.

„Sucht nach weiteren von ihnen. Wir brauchen frisches Blut", fügte Primus hinzu, ohne sich umzudrehen. Das Schicksal des Bogenschützen war besiegelt. Der Angriff der zweiten Welle wäre eigentlich gar nicht mehr vonnöten gewesen. Leviathan hatte seine Sache sehr gut gemacht. Wie immer eigentlich.

DAS MICHAELSKLOSTER

Weit am östlichen Horizont wurde die dunkle Nacht vom Glanz der aufgehenden Sonne zurückgedrängt und das funkelnde Licht der Sterne verblasste allmählich in der ankommenden Schönheit des Tageslichtes. Im Schutze der Morgendämmerung erreichten die ersten Soldaten sichtlich erschöpft ihren Zielort am Neckar. Als sie den Fluss erblickten, war ihnen bewusst, dass ihre Flucht bald ein Ende finden würde. Erleichtert nahmen sie den Blick des Wassers wahr und zogen ihr Lauftempo noch einmal an. Die Gruppe folgte dem schmalen Weg an der Siedlung Heidelberch vorbei und gelangte bald zum Aufstieg am Heiligenberg. Der Ort war geprägt von einfachen Fachwerkhäusern, schmalen Gassen und dem regen Treiben von Handwerkern und Händlern. Über dem Ort erhob sich eine kleine Burganlage, die diese Region militärisch und politisch sicherte. Umgeben war die kleine Siedlung von dichten Wäldern und kleinen Weinbergen am Heiligenberg. Es war ein aufstrebender Ort mit strategischer Bedeutung im Besitz des Bistums Wormatia.

An der Biegung blieb Amar kurz stehen und blickte hinauf in die wilde Natur. Unbezähmbar und an manchen Stellen schier undurchdringlich umhüllte sie die kleine Gruppe. Wie eine schützende Umarmung einer Mutter, die ihr Kind in ihren Armen hält. Etwas weiter von ihnen entfernt erkannte man die Weinberge. Das Sonnenlicht war weiter auf dem Vormarsch und gab immer mehr von der Umgebung preis. Vor Amar lag ein enger, farbiger Korridor, der mitten durch den dichten Wald in die Höhe führte. Zum Ziel ihrer Reise. Der Weg war schmal, sodass maximal zwei erwachsene Personen nebeneinander laufen konnten. Der Zeitpunkt für den Aufstieg war unfreiwillig gut gewählt. Wie Amar wusste, kamen diese Wesen meistens nachts, um sich das zu holen, wofür sie kämpften. Sie waren heimtückisch, versteckten sich in der Dunkelheit, sodass keiner sie sehen konnte. Tagsüber war man vor ihnen weitestgehend sicher. Trotzdem blieb er wachsam und ließ die Umgebung nicht aus den Augen. Es wäre töricht, dies zu tun.

Amar drehte sich kurz um und sah, dass die letzten Soldaten zur Gruppe aufgeschlossen hatten. Es war wichtig, dass sie zusammenblieben. Er befahl seinem Pferd, den schmalen Weg hinaufzugehen, während ihm die Soldaten mit großer Kraftanstrengung folgten. Das Tier war etwas nervös und zögerte kurz, bewegte sich dann aber doch langsam den Berg hinauf. An manchen Stellen war die Steigung extrem stark und die Männer mussten alle Kraft aufbringen, um hinaufzukommen. Etwa auf der Hälfte des Weges erblickten die ersten Soldaten endlich die beiden Treppentürme des Klosters. Amar spürte so etwas wie Erleichterung. Diese Nacht hatte er schon genug Menschen verloren.

Oliver fiel der Anstieg besonders schwer. Seine Füße schmerzten und bei jedem Schritt brannte seine Wadenmuskulatur. Seine Bundschuhe waren mittlerweile so sehr in Mitleidenschaft gezogen worden, dass sie nicht mehr lange halten würden. Mittlerweile war er etwas zurückgefallen und ging als Letzter den Weg hinauf. Erschöpft blickte er den Soldaten hinterher, als diese die letzte große Steigung hinaufgingen. Trotz der kühlen Luft war er schweißgebadet und immer wieder liefen ihm die salzigen Tropfen in die Augen. Der Kampf gegen den brennenden Schmerz des Schweißes war unerträglich. Immer wieder trocknete er seine Stirn mit einem kleinen Stück Stoff seines Ärmels, der mittlerweile komplett durchnässt war. An manchen Stellen lag etwas Schnee und leichter Dunst stieg vom Boden auf.

Erst jetzt bemerkte er das kleine Rinnsal auf der linken Seite und beobachtete, wie das kühle Nass zügig und ohne Unterlass in das Tal rauschte. Der Bach war an dieser Stelle nicht sehr breit und die Steigung besonders hoch, sodass das Wasser hier noch etwas beschleunigte. Nicht weit von ihm staute ein dicker Ast das kühle Nass. Ohne zu überlegen verließ er den Pfad und ging über die hohe Wiese zum Wasserlauf hinüber. Vorsichtig beugte er sich nach vorne in das feuchte Gras und nahm einen kräftigen Schluck. Es war eiskalt. Mit beiden Händen befeuchtete er sein heißes Gesicht und wischte sich den Schweiß von der Stirn. Dann drückte er seinen Kopf unter Wasser. Die Kälte nahm ihm fast den Atem. Doch nach einem kurzen Moment tat die feuchte Kühle richtig gut gegen die übermächtige Hitze auf seiner Haut. Nachdem er sich erfrischt hatte, blickte er den Pfad hinauf und stellte fest, dass die Männer, ohne zu warten, weitergezogen waren. Sofort sprang er zurück auf die Füße und rannte den kurvenreichen Weg weiter nach oben, bis er wieder zur Gruppe aufschließen konnte.

Eingebettet innerhalb einer doppelten Ringwallanlage aus einer längst vergessenen Epoche, war dieses Kloster von Abt Thiotroch von Lorsch vor mehr als zweihundert Jahren zum Filialkloster erweitert worden. Er hatte sich zu seiner Zeit das kleine kirchliche Gebäude übereignen und es mit Hilfe des Lorscher Mutterklosters umbauen lassen. Seit diesem Moment war es ein heiliger christlicher Ort, an dem sein Erbauer schließlich beigesetzt worden war. Mit großem Interesse hatte Amar die Entstehungsgeschichte des Gebäudes verfolgt, und es war bei Weitem kein Zufall, dass er sich die Hilfe der Mönche mit ihrem Wissen zu eigen machte. Es war ein gutes und starkes Bündnis zweier Partner, die voneinander profitierten. Durch diese Allianz mit Bartholmes war auch die Zusammenarbeit mit Theotmar von Passavia zustande gekommen, was das Bündnis noch einmal bestärkt hat.

Vor einiger Zeit wurde das Kloster vom jetzigen Abt Reginbald, nach einem Gesuch um die Genehmigung bei Kaiser Heinrich II., ein weiteres Mal umgebaut. Die Planung für die Neugestaltung lieferte er höchstpersönlich und war als Bauleiter immer direkt vor Ort gewesen. Die Erweiterung hatte einen guten Grund. Da das Kloster die immense Anzahl an Pilgern nicht mehr aufnehmen konnte und daher dringend Platz benötigt wurde, war dieser Schritt mehr als eine logische Konsequenz. So baute dieser, durch finanzielle Unterstützung der Kirche, die Anlage weiter aus. Auch Amar war einer der Geldgeber. Für ihn war es immer ein wenig so, als würde er nach Hause kommen. Reginbald war zurzeit auf Reisen zum Papst und hatte Bartholmes die vorübergehende Führung überlassen.

Glong!

Kurz bevor die Reisenden die Ebene zum Eingang des Klosters erreicht hatten, ertönte der gleichmäßige, dünne Klang der Glocke zur Mette, und forderte die Mönche auf, zum Lesegottesdienst zu erscheinen. Das letzte Stück mussten sie eine steile Steintreppe zum südlichen Eingang hinaufgehen. Vorsichtig befahl Amar seinem Tier, die Stufen raufzugehen, während die Männer ihm weiter folgten.

Glong!

Ein weiteres Mal ertönte der angenehme Klang der Glocke und gab den Soldaten das Gefühl von Sicherheit. Amar war der Erste, der den Eingang an der Vorhalle erreichte. Langsam stieg er von seinem Pferd und ging, ohne zu zögern, auf die beschlagene Tür zu. Mit geballter Faust hämmerte er kräftig gegen das Holz, während sich der Rest der Truppe langsam auf dem Südhang einfand.

Oliver kam als Letzter auf dem Hang an und blieb erstaunt stehen. Fasziniert blickte der junge Bauer auf das große Bauwerk und war davon überwältigt. Die Treppentürme waren riesig und ragten weit in den immer blauer werdenden Himmel.

Es dauerte eine geraume Weile, bis sich die Sichtluke in der Tür öffnete. Aus dem Halbdunkeln spähte Amar ein Gesicht an, das von einer braunen Kapuze halb verdeckt war.

„Gott gewähre euch Gesundheit", sagte der Mönch mit dunkler Stimme.

„Gott gewähre euch Weisheit!" erwiderte er und hob die Hand zum Gruße.

„Was ist euer Begehr?"

„Ich bin Amar", sprach er mit ruhiger Stimme. „Barholmes rief nach Schutz und wir sind seinem Ruf gefolgt."

Erst jetzt hatte der Mönch ihn erkannt und nickte ihm erleichtert zu. Er schloss die Luke blitzschnell, um gleich darauf die schwere Holztür einen Spalt zu öffnen.

„Ihr werdet erwartet, tretet ein!", sagte er bedächtig mit einer einladenden Geste. „Kommt, kommt", forderte der Mönch die Gruppe auf. Der Ritter bedankte sich. Dann drehte er sich zu den anderen um und gab ihnen den Befehl, zu folgen. Erleichtert blickten sie auf und setzten sich in Bewegung. Nachdem sie die Tür durchschritten hatten, befanden sie sich in einem steinernen Raum, der durch Fackeln hell erleuchtet war. Oliver bemerkte den angenehmen Duft von Rosen und er hörte aus dem Inneren des Klosters leise Gesänge.

„Bitte legt Eure Waffen hier ab!“, sagte der Mönch und deutete auf eine Ecke im Raum, direkt neben einer Sitzbank an der Wand. Dort stand eine Kiste aus Holz, deren Deckel geöffnet war. Erst wollte Amar protestieren, doch bevor er einen Grund anbringen konnte, der dagegensprach, fiel ihm der Mönch ins Wort.

„Ihr habt hier nichts zu befürchten. Hinter diesen Mauern ist jeder sicher.“ Die Stimme klang sanft, aber bestimmend.

„Folgt mir, ich werde zu Bartholmes bringen. Der Rest wird hier warten. Ich werde jemanden kommen lassen, der sich um die Männer und die Tiere kümmern wird.“ Der Mönch winkte Amar zu sich und bat ihn, zu folgen. Erschöpft ließen sich die Soldaten auf den Boden fallen und waren froh, endlich eine verdiente Ruhepause zu bekommen. In diesem Moment huschten zwei weitere Mönche an der Gruppe vorbei und gingen, ohne ein Wort zu sagen, aus dem Kloster hinaus. Sie tauchten praktisch aus dem Nichts auf.

„Sie kümmern sich um Eure Pferde, so können auch die restlichen Soldaten einkehren“, sagte der Mönch, der schon fast um die Ecke gebogen war. Amar blickte Christoph an, der augenblicklich verstand. Er übergab seinen Falken an einen Soldaten, der neben ihm stand. Erst jetzt fiel ihm auf, dass Roland nicht bei ihnen war. Das Tier wechselte kurz den Besitzer. Danach eilte er nach vorne zu Amar und gemeinsam folgten sie dem kleinen Mönch mit der schlanken Figur. Oliver lehnte sich währenddessen an die Steinwand, atmete tief ein und ließ sich auch auf den kalten Lehmboden sinken. Dabei blickte er durch die schmale Eingangstür, die noch offen war, und sah, wie die Mönche die Pferde übernahmen und fortführten, während auch die restlichen Soldaten sich zu ihnen gesellten.

Langsam führte der kleine Glaubensbruder die beiden Männer durch einen stillen Gang, dessen Wände aus nacktem Stein behauen waren. Nach wenigen Metern bogen sie nach links um die Ecke und befanden sich schon bald im Westbau der Anlage. Die Größe des Benediktinerklosters war sehr beeindruckend und für Amar immer noch so unübersichtlich wie ein Labyrinth. Die vielen versteckten Gänge und Räume verwirrten ihn immer wieder aufs Neue. Die Zweckmäßigkeit dieser Räumlichkeiten war ihm völlig fremd. Vor allem jetzt, nach dem letzten Umbau, kannte er sich beinahe nicht mehr aus. Auf dem Weg kamen ihnen drei weitere Mönche entgegen. Die Hände zum Gebet gefaltet und den Blick nach unten gerichtet, gingen sie schweigend an den Besuchern vorbei. Sie trugen ebenfalls dunkle, braune Kutten aus schlichtem Tuch.

Christoph war auch nicht zum ersten Mal in diesem Kloster und er spürte erneut die strenge Disziplin, die unter den Benediktinern herrschte. Es war ein Leben nach der Ordensregel, eine Zusammenfassung der Ziele der Ordensgemeinschaft. Sie lebten hier in äußerster Enthaltsamkeit und durften nicht von ihrem Weg abweichen, da sonst Bestrafung drohte. Doch es war intern bekannt, dass gerade dieses Gebot immer wieder missachtet und Übertretungen zum Teil geduldet wurden.

Am Ende des ersten Gebäudes kamen sie zu einem Kreuzweg. Links ging es zur kleinen Kapelle, rechts in Unterkünfte und leicht versetzt befand sich das Skriptorium. Man kam nur von dieser Seite in das kleine Haus, was extra dafür gebaut worden war. Zum Klosterhof hin befanden sich die Fenster. Die schmale kleine Tür stand offen und die Männer erhaschten einen Blick in den Raum. Er war nicht groß und Amar erkannte die schmalen kleinen Pulte.

„Kommt weiter", sagte der Mönch und sie gingen am Gebäude vorbei. Nachdem sie das Skriptorium passiert hatten, wurde der Klosterhof sichtbar. In der Mitte befand sich eine junge Eiche, umfasst von einem kleinen Ringwall aus hellen Steinen, der nicht mal einen Meter hoch war. Der kleine Mann geleitete sie an dem Baum vorbei hin zu einer kleinen Tür am Ende des Hofs. Dann blieb er kurz stehen und blickte sich mit ernster Miene um.

„Wir sind da!"

Immer noch erfüllten die lateinischen Gesänge der Mönche die Luft, als der Benediktiner sich wieder umdrehte und bestimmend gegen die Holztür hämmerte. Es dauerte einen kurzen Moment, und die Tür wurde schließlich geöffnet. Die beiden Ritter sahen einen weiteren Mönch mit buschigen Augenbrauen und einem faltigen Gesicht. Amar erkannte den Mediziner des Klosters, der erleichtert aussah. Sofort öffnete er die Tür noch ein Stück und gab somit den dahinterliegenden Raum preis. Im Hintergrund sahen sie einen weiteren Mann auf einem schmalen Bett liegen. Amar starrte die Szene an und brauchte einen Augenblick, um zu realisieren, dass es sich um Bartholmes handelte. Er hatte ein weißes Schlafgewand an und war mit zwei dunklen Decken zugedeckt. Irgendwie sah er krank aus und schien zu schlafen. Die Reaktion des Ritters war verräterisch. Christoph erkannte anhand seines Gesichtsausdruckes sofort, dass er nicht gewusst hatte, dass Bartholmes so krank war. Stirnrunzelnd fasste Christoph seinen Freund am Arm und zog ihn zu sich.

„Was ist mit ihm?"

Dieser schüttelte ahnungslos den Kopf. Die Männer gingen still in die bescheidene Kammer und blieben vor dem Krankenbett stehen. Ihr Begleiter stellte sich wie ein stummer Schatten neben sie und blieb am Bettende stehen. Das letzte Mal, als er ihn gesehen hatte, war er noch bei Kräften gewesen. Selbst in der Nachricht, die durch den Falken übermittelt worden war, gab es keinen Hinweis darauf, dass dem nicht so war. Damit hatten sie nicht gerechnet.

„Unser Abt ist seit kurzer Zeit schwer erkrankt!", meinte der Mediziner.

„Woran?", fragte Amar und wechselte seinen Blick auf Bartholmes. Auch er trat ein Stück näher an das Bett heran. Der schlafende Körper von Bartholmes atmete schwer. Das Röcheln seiner Lunge war kaum zu überhören. Der Mediziner blickte Amar an.

„Er hat sich eine Seuche eingefangen. Täglich bekommt er die Dämpfe aus abgestandenem Bier, Senfkörnern und Muskatnuss über kochendem Wasser hinzugefügt. Das Fieber konnten wir schon senken. Aber ihr wisst auch, er ist sehr alt!" Die Aussage klang nicht sehr optimistisch. Amar wusste, worauf der Mönch hinauswollte, mochte es aber nicht wahrhaben. Das konnten sie jetzt nicht gebrauchen. Die Probleme schienen immer mehr zu werden.

„Ihr habt uns um Hilfe gebeten. Ist das der Grund? Oder gibt es noch einen weiteren?", fragte Amar besorgt. Noch bevor der Mönch antworten konnte, wurde das Gespräch durch ein Husten unterbrochen. Der Mönch schaute nach unten auf Bartholmes und sah, wie dieser sich bewegte.

„Ihr seid wiedererwacht", sagte der Mediziner erleichtert. Der Kranke öffnete seine feuchten Augen und brauchte einen Moment, um wieder bei Verstand zu sein.

„Wie ist euer Wohlbefinden?" Er kniete sich zu Bartholmes hinunter. Dieser öffnete die Augen noch etwas weiter und musterte zugleich seine Umgebung. Er richtete seinen Oberkörper kurz auf, hustete erneut und spuckte dabei etwas Sekret in seine Hand. Sofort gab ihm der Benediktiner ein kleines weißes Tuch, das er aus einer kleinen Tasche geholt hatte, um seine Hand damit zu säubern.

„Mir ist wohler …“ Bartholmes machte eine kurze Pause und holte tief Luft. Dabei röchelte er erneut sehr laut. Er ließ den Kopf auf das schmale Kissen sinken. Amar blieb nicht verborgen, dass der alte Mann sehr schwach war. Eine Entscheidung, ob der Mann weiterleben würde, war bei Weitem noch nicht getroffen worden.

„Ich bitte um einen Schluck Wasser!“, sagte Bartholmes. Er hatte den Satz noch nicht ganz zu Ende gesprochen, da sprang der Mediziner auf und war schon auf dem Weg. An einem kleinen Holztisch, der hinten in der Ecke stand, befand sich eine Karaffe mit Wasser. Christoph war erstaunt, wie flink er war. Währenddessen richtete sich Bartholmes erneut auf und blickte dabei zur Seite auf Amar und Christoph. Der Mönch, der sie hierher begleitet hatte, blieb weiter stumm am Bettende stehen. Sichtlich erleichtert grinste er sie an. Sein Gesicht war schweißnass und seine Augen waren feuerrot.

„Lasst uns allein!“, ertönte es aus dem kranken Leib. Der Mediziner reichte ihm das Wasser und nickte. Die beiden Mönche nickten ihrem Abt wortlos zu. Dann bewegten sie sich schweigend auf die Tür zu. Ohne ein weiteres Wort zu verlieren, verließen beide den Raum. Christoph gesellte sich neben Amar und starrte ebenfalls sehr besorgt auf Bartholmes. Die Augen waren eingefallen und die Stimme war krächzend heiser.

„Amar, ich freue mich, Euch zu sehen!“ Die Stimme von Bartholmes klang erleichtert. Er stützte sich zitternd auf seine Ellenbogen ab.

„Die Freude ist ganz auf unserer Seite.“ Amar kniete sich zu ihm hinunter.

„Schön, dass Ihr so schnell gekommen seid!", sagte er.

„Was ist mit Euch geschehen?"

„Ich fürchte, dass meine Zeit gekommen ist!"

„Sprecht das Unheil nicht aus!" Amar schaute verlegen zu Christoph hoch.

„Wir brauchen Eure Hilfe!"

„Was können wir für Euch tun, als Dank für Eure Gastfreundschaft?" Der Abt riss die Augen auf. Dass ihn etwas beschäftigte und er in Sorge war, konnte man regelrecht spüren. Sein altes, faltiges Gesicht war übersät mit Altersflecken.

„Vor dem Unheil in der Nacht. Dort draußen lauert das Böse und Ihr müsst uns beschützen! Ich werde es nicht mehr lange können." Amar blickte besorgt zu Christoph hinüber.

„Beschützen? Was meint Ihr genau?" Bartholmes rückte etwas näher und begann zu flüstern.

„Ghule", hauchte er kaum hörbar. Dieses Wort klingelte Amar in den Ohren. Schon wieder, und er fragte sich, was genau das ist?

„Verzeiht, was meint Ihr?", fragte er ahnungslos. Der Mönch wich wieder ein Stück zurück und blickte Amar mit entsetzten Augen an.

„Ich denke, das wisst ihr genau?" Wieder schaute Amar zu Christoph hoch. Amar fing an zu verstehen, was der alte Mann meinen könnte. *So nennt man sie also.* Er blickte zu Bartholmes und gab ihm mit einem Kopfnicken zu verstehen, dass er jetzt wusste, was er meinte.

„Es sind diese seelenlosen Wesen, die schon in alten Schriften beschrieben worden sind. Sie tauchen in der Nacht auf und folgen ihrem Trieb. Folgen dem, was man ihnen zugetragen hat. Lest es selber in den alten Schriften. Diese Ghule sind furchtbare Kinder der Dunkelheit." Er fing wieder an zu husten.

„Warum kommen sie ausgerechnet jetzt hierher? Bis jetzt waren sie nur weiter nördlich in kleinen Gruppen unterwegs", stellte Amar fest.

„Sie breiten sich aus wie eine Seuche. Ich glaube, dass da noch was Größeres dahintersteckt. Diese Ghule werden geleitet. Wie ich gelesen habe, haben sie keinen freien Willen und machen ausschließlich das, was man ihnen sagt", sagte Bartholmes mit ernster Miene.

„Ich verstehe", antwortete Amar. Dann fragte er Christoph, den er wieder anblickte.

„Denkt Ihr das Gleiche wie ich?" Christoph nickte ihm stumm zu. Er hatte da so eine Vermutung.

„Sie wurden in der letzten Zeit außerhalb der Mauern gesichtet", sagte Bartholmes.

„Seit wann?", fragte jetzt Christoph den Abt.

„Seit ein paar Zyklen. Sie wurden immer wieder mitten in der Nacht gesehen. Obwohl sie lautlos durch den Wald schlichen, haben wir sie entdeckt. Sie beobachten uns. Wir müssen was tun! Die Bürger der Siedlung und das Kloster müssen beschützt werden. Auch dort wurden sie außerhalb der Mauern gesichtet. In der Nähe des Wassers. Wir brauchen starke Krieger, so wie ihr es seid. Solange, bis Theotmar hier eintrifft." Amar schaute Bartholmes tief in die Augen. Er würde der Bitte Folge leisten. Keine Frage. *Aber mit welchen Männern?* Sie waren eindeutig zu wenige. Sie hatten in der letzten Nacht schon eine Niederlage erlitten. Einen weiteren Kampf würden sie wahrscheinlich nicht überstehen.

„Wenn Ihr nach Hilfe verlangt, werden wir sie Euch gewähren! Doch ich sage Euch, dass unsere Zahl stark minimiert wurde." Der alte Mann stutzte.

„Was ist geschehen?"

„Wir haben die Höhle dieser Ghule gefunden. Und obwohl wir noch keine Hilfe aus Passavia erhalten haben, haben wir uns dazu entschlossen, nicht zu warten und diese Kreaturen anzugreifen. Anfangs lief auch alles nach Plan, bis die schwarzen Soldaten von Adalar uns aus einem Rückhalt heraus angegriffen haben. Sie haben uns beinahe vernichtet." Amar senkte den Kopf.

„Das war töricht", sprach Bartholmes, während er sich wieder in sein Kissen fallen ließ. „Ihr hättet sterben können." Er machte eine Pause. „Wolltet Ihr mir gerade sagen, dass Adalar hinter all dem steckt?" Amar zuckte mit den Achseln."

„Die Vermutung liegt sehr nahe."

„Das würde vieles erklären. Er versucht schon seit Längerem, sich hier in der Umgebung niederzulassen. Selbst mit der Siedlung Heidelberch stand er schon in Verhandlungen, um Ländereien zu erwerben. Selbst dieses Kloster stand zur Debatte, doch Reginbald hatte abgelehnt. Er war sogar so töricht, das Konkordat von 1122 anzufechten, um Zwietracht zwischen der Kirche und dem Kaiser zu säen. Wir sind hier nicht mehr sicher." Amar schaute in die trüben Augen des alten Freundes. Er würde ihm helfen, wenngleich er auch ahnte, dass sie auf die Dauer nicht viel ausrichten konnten, wenn Adalar auf eine kriegerische Lösung aus war. Jedenfalls nicht, bis die Hilfe aus Passavia sie erreichte. Amar dachte an Leviathan, den schwarzen Schatten, welcher zu Taten fähig war, die selbst die Mauern des ehrwürdigen Klosters nicht lange aufhalten könnten. Wenn er kommen würde, dann würde es schwer werden, diesen Ort zu verteidigen. Da waren die Ghule in seinen Augen noch das kleinere Problem. Von Leviathan hatte er Bartholmes noch gar nichts gesagt. Und für den Moment behielt er es auch erst mal für sich. Sein alter Freund sollte nicht noch mehr beunruhigt werden.

„So soll es geschehen", sagte Amar, dann blickte er zu Christoph hinüber. Die Männer waren in Sorgen. Das konnten sie nicht verbergen. Amar überlegte einen Moment.

„Wenn wir den Druck von Adalar nicht bald brechen, wird das Kloster fallen. Und nicht nur das Kloster", sagte Amar mit ernster Miene. „Dem Bischof von Wormatia ist nicht bewusst, in welcher Lage wir uns befinden. Wir müssen einen Boten senden. Wir müssen ihn unterrichten und vielleicht gewährt uns die Kirche Schutz oder stellt Reiter für die Abwehr. In Zeiten wie diesen darf man das Band zwischen Lehnsherren und Verbündeten nicht brechen oder gar vergessen. Wir werden diesen Schutz brauchen, bis die Hilfe aus Passavia eintrifft", sagte Amar. Alle drei fühlten diese Schwere im Magen. Die Angst vor der Dunkelheit, die sich über das ganze Reich auszubreiten scheint, ohne dass sie gefühlt etwas dagegen machen konnten. Der Großteil der Kirche war noch nicht bereit, die Gefahr zu erkennen.

„Das Licht muss in die Welt getragen werden. Jeder muss wissen, welche Gefahr in den Schatten lauert", fügte Christoph hinzu. Amar nickte ihm zu.

„Geht und sagt den Männern Bescheid, dass wir hier erst mal verweilen werden. Und schickt Euren Falken ebenfalls los. Er soll erneut nach Passavia. Ebenso bereite ein Schriftstück vor, das wir einem Boten für den Bischof mitgeben können. Schreibt unseren Verbündeten, dass die Zeit drängt." Christoph nickte ihm stumm zu und ging, ohne ein weiteres Wort zu verlieren, zur Tür. Dann widmete sich Amar abermals seinem kranken Freund. Die beiden verband eine alte Freundschaft und Amar tat es im Herzen weh, ihn so zu sehen. Es war vor etlichen Monden, als Amar Bartholmes, der damals noch ein einfacher Mönch war, vor Räubern retten konnte. Er hatte ihm ein zweites Leben geschenkt und ihn sicher zum Michaelskloster begleitet. Seit jenem Tag verband die Männer eine respektvolle Freundschaft. Für einen Moment herrschte Stille.

„Wir werden kämpfen bis zum letzten Mann“, ergriff Amar erneut das Wort.

„Deswegen habe ich Euch gerufen. Euch kann ich vertrauen.“

„Das könnt Ihr“, antwortete Amar. Bartholmes drehte seinen Kopf zur Seite und fügte noch ein paar Worte hinzu, die ihm sehr wichtig waren.

„Wie Ihr wisst, suchen wir schon lange nach Beweisen, dass das Böse existiert. Es steht geschrieben in den vielen Schriften, die in unserem Besitz sind. Doch der Papst will uns einfach nicht zuhören. Noch nicht. Wir wollen die Kirche überzeugen, dass sie uns im Kampf gegen diese Ghule unterstützt. Reginbald ist gerade auf dem Weg in den Lateranpalast, mit vielen unwiderlegbaren Schriften. Bis jetzt fließen keine Gelder aus Rom. Das wisst Ihr ebenso gut wie ich, und der Krieg ist nun mal teuer. Papst Alexander III. befindet sich zurzeit im Streit mit dem englischen König Heinrich II. und hier ist scheinbar noch kein Ende in Sicht. Er hat sein Augenmerk auf seine Machtvorstellung gerichtet und hat wenig Belange für unsere Themen. Ebenso gibt es Unstimmigkeiten mit Kaiser Barbarossa. Aber das wird sich ändern, hoffe ich. Er muss uns zuhören. Der Feind ist so übermächtig, dass wir ohne Geld nicht gegen ihn gewinnen können. Diese Texte, die wir gefunden haben, sind sehr wichtig und dürfen niemals in Vergessenheit geraten.“ Amar stutzte und hörte genau zu, was der Alte zu sagen hatte.

„Wir haben dort eindeutige Beweise für die Existenz dieser Ghule gefunden, die der Papst nicht leugnen kann. In diesen Schriften ist von einer sehr alten Gilde die Rede. Die Somschor.

Dort steht geschrieben, dass ihre Nachkommen die Fähigkeit haben, andere mit ihrem Geist zu steuern und zu manipulieren.“ Er schaute Amar aufgeregt an.

„Was steht in den Schriften genau?“, wollte Amar wissen. Bartholmes richtete sich abermals auf und schaute ihn mit ernster Miene an.

„Es ist wichtig, dass Ihr mir jetzt genau zuhört. In diesen Texten steht genau beschrieben, wer sie sind und wie man sie töten kann. Die Texte beginnen, von einer Legende zu erzählen, in der ein Stammesfürst sich auf einen Pakt mit einem Dämon eingelassen hat, der, so sagt man, aus der Hölle fliehen konnte. Dieser Fürst befand sich im Krieg mit den übermächtigen Griechen. So suchte der Fürst nach einer Lösung und hörte von einem Wesen namens Kain, welches tief in den Wäldern hauste. Er ging und suchte ihn auf und fand ihn auch schließlich. Als verzweifelter Mensch bat er diesen um Hilfe, denn er wollte seine Untertanen und seine Familie vor den Griechen beschützen. Kain versprach dem Fürsten Unverwundbarkeit, unmenschliche Stärke sowie ausgeprägte Sinne. Stärker als die Euren oder meinen. Der Überlieferung nach hat sich dieser Fürst auf den Pakt eingelassen, nur um für einen gewissen Zeitraum dessen Kraft zu erhalten. Er trank sein Blut. Und er bekam tatsächlich diese Kräfte und konnte so den Krieg gegen die Griechen gewinnen. Doch Kain hat ihn getäuscht. Denn er versprach dem Fürsten, dass er nach fünf Tagen wieder zum Menschen werden würde, wenn er dem Drang widerstehen könnte. Dem Drang zu trinken.“ Amar ahnte, worauf er hinauswollte, und kaute auf seiner Unterlippe herum.

„Er konnte dem Drang, Blut zu trinken, nicht widerstehen. Die Verführung war zu groß und er wurde schließlich ein Kind Kains. Er hat ihn verführt und ihm den letzten Kuss gegeben.“ Amar hörte aufmerksam zu.

„Wie die Texte weiter berichten, gab es für ihn nach der Verwandlung kein Zurück mehr. Der Fürst verfiel dem Wahnsinn und ging für immer in die Dunkelheit. Wer einmal von seinem Blut gekostet hatte oder von ihm gebissen worden war, ist für immer einer der ihren. Die Texte besagen weiter, dass dieser Fürst Kain schließlich aus Rache besiegt hat, um die Macht für sich allein zu beanspruchen. Was wirklich aus Kain geworden ist, weiß man nicht. Aber seit diesem Tag befinden sich die Menschen im Krieg mit dem Fürsten und seinen Nachkommen. In den Texten wurden Namen genannt. Es zweigen sich mehrere Familienstämme ab und bei den Somschor wird von einem Adalher der Rote gesprochen. Ein Mann, der tief im Osten des Landes gelebt hat. Seine Familie ist groß und mächtig geworden." Amar schüttelte ungläubig den Kopf.

„Wolltet Ihr mir gerade sagen, dass Adalher Graf Adalar ist?", fragte Amar. *Wie sollte das möglich sein?*

„Möglich wäre es. Ich bezweifle, dass es noch viele weitere rothaarige Männer mit diesem Namen gibt.

„In den Texten steht weiter, dass er einen Sohn hatte mit Namen Leviathan. Der ihm zu noch mehr Ruhm und Macht verholfen hatte." Amar wich zurück. Leviathan. Das konnte kein Zufall sein, während er Bartholmes weiter zuhörte.

„Dem Text nach werden sie als Vampire bezeichnet."

„Vampire?", Amar hob seine Augenbrauen erstaunt an.

„Ja, so werden sie in den Texten genannt. Es ist wahr und Realität. Das, wovor wir uns fürchten, existiert", betonte Bartholmes. Es verging ein Moment der Stille. Amar biss sich abermals auf die Unterlippe.

„Ich bin ihm begegnet."

„Wem?", fragte Bartholmes erstaunt.

„Leviathan."

„Das ist nicht möglich."

„Wenn ich es euch sage."

„Dann haben wir den endgültigen Beweis, dass alles wahr ist. Wir müssen ihn zu Papst Alexander III. bringen. Lebend, um ihn für immer durch den Papst zu peinigen.", sagte der Abt und klang dabei fast euphorisch.

„Ich meine, der Tod wäre aber die bessere Wahl. Sagt, wie kann man sie einfach und schnell töten?", fragte Amar. Das Problem bestand darin, dass nicht viel von ihm übrig bliebe, wenn sie Leviathan töten würden. Jedenfalls vermutete Amar dies. Wenn, mussten sie ihn lebendig fangen. Dennoch wäre es gut zu wissen, wie man diese, in seinen Augen, neue Art töten konnte.

„Im Grunde wisst Ihr das schon. Ihr habt im Kampf schon vieles richtig gemacht. Feuer. Sie mögen kein Feuer. Auch der Anblick des Kreuzes ist ihnen zuwider. Ebenso ist ihr größter Feind das Sonnenlicht. Deswegen seht Ihr sie auch nur in der Dunkelheit. Das Abschlagen des Kopfes führt zu ihrer direkten Vernichtung."

„Und was noch?"

„Das waren fast alle Möglichkeiten." Bartholmes senkte den Kopf. „Wir bearbeiten die alten Texte noch, aber möglicherweise haben wir darin bereits eine weitere wichtige Information gefunden." Amar horchte auf.

„Und was?"

„Es handelt sich um ein Mineral. Es wird in den Texten als äußerst gefährlich beschrieben. Es soll ein blau schimmernder Kristall sein, der diese Kreaturen bei Berührung in Flammen aufgehen lässt. Laut dem Text sind sie sowohl für die Ghule als auch für die Vampire gefährlich. Wenn wir diesen Stein besitzen, haben wir eine Chance. Ihre Zusammensetzung ist uns noch nicht bekannt, auch nicht, wie wir sie genau als Waffe einsetzen könnten. Ich hoffe, wir finden da noch einen Hinweis drauf. Jetzt müssen diese Textzeilen nur wahr sein." Sein Interesse war geweckt.

„Wo finden wir diese Steine und wie gefährlich sind sie für uns Menschen?"

„Es ist von einer Höhle in der Nähe von Passavia die Rede. Eine verlassene Mine, die den Somschor gehört. Wenn wir sie finden, finden wir auch die Steine. Und das Gute ist, es gibt eine Karte."

„Eine Karte?", wiederholte Amar ungläubig.

„Ganz recht, ihr habt mich richtig verstanden. Ich habe schon Theotmar damit beauftragt, diese Höhle zu finden. Bis heute habe ich noch keine Antwort erhalten. Vielleicht bekommen wir sie, wenn er hier endlich eintrifft. Und vielleicht bringt er die Steine sogar mit", antwortete Bartholmes.

* * *

Wieder draußen auf dem Hof, strahlte Christoph die aufgehende Sonne in sein Gesicht. Merkwürdigerweise sah er niemanden auf dem Klosterhof. Die Eiche im Hof warf ihre Schatten voraus. Es sah gespenstisch aus. Im Geiste ging er den Weg, welchen er zuvor gekommen war, entlang, um sich in den ganzen Gängen nicht zu verlaufen. Ein paar Wege und Abbiegungen später erreichte er schließlich wieder den Nebeneingang des Klosters.

Verdutzt blieb er stehen. Auch hier war niemand mehr. Ungläubig drehte er sich einmal im Kreis. Wie aus dem Nichts stand auf einmal der braun gekleidete Mönch vor ihm. Genau jener, der die Pforten zum Kloster geöffnet hatte. Er blickte Christoph mit seinem schmalen, langen Gesicht an. Seine Augen zu schmalen Schlitzen verengt.

„Habt Ihr mich erschreckt", fluchte der Vogelmann. Der Mönch verzog keine Miene.

„Habt Ihr kein reines Gewissen?"

„Nein, ich, ja ...!" Christoph konnte den Satz nicht mal zu Ende sprechen, da fiel ihm der Glaubensbruder ins Wort.

„Folgt mir!" Der Mönch war völlig emotionslos. Christoph entwickelte langsam eine geringe Abneigung gegen diesen Bruder des Glaubens. Irgendwie steckte er voller Geheimnisse und mit solchen Menschen kam er nur schwerlich zurecht. Er war jemand, der immer geradeaus war und immer Ehrlichkeit von sich und anderen forderte. Doch dieser Mensch war undurchsichtig und glatt wie ein Aal. Christoph war sich sicher, dass die Abneigung auf Gegenseitigkeit beruhte. Diesmal gingen sie in die entgegengesetzte Richtung und standen schon bald erneut im großen Klosterhof. Jetzt waren sie einen anderen Weg gegangen und dies verwirrte Christoph ein weiteres Mal. Der Mönch ging den Klausurgang entlang und blieb in der hintersten Ecke stehen.

„Hier ist es!", brummte er vor sich hin. Langsam öffnete er die Tür und ging hinein. Christoph folgte ihm, ohne ein Wort zu sagen. Der Raum war recht groß und trotz der Fenster sehr dunkel. Zusätzliches künstliches Licht war vonnöten, um ausreichend zu sehen. Auf Strohballen verteilt lagen die erschöpften Männer und wurden von den Mönchen mit Wasser, Broten und Kräutern, welche aus dem eigenen Klostergarten stammten, versorgt.

Der Mönch nickte Christoph nur zu und verließ den Raum sehr schnell wieder.

Ein komischer Zeitgenosse. Christoph schob den Gedanken beiseite und widmete sich seinen Leuten. Schließlich hatte er eine kleine Gruppe aus Männern zusammen, die für die momentane Verteidigung in Frage kamen. Er teilte allen die Entscheidung mit, erstmal hier im Kloster zu bleiben. Ohne jeden Einwand nickten die Männer ihm zu. Dann ging er zum Soldaten hinüber, der seinen Vogel gut behütet an einer Vogelstange abgesetzt hatte.

„Ihr da? Geht in das Skriptorium und lasst eine Nachricht für die Verbündeten in Passavia verfassen. Ebenso ein Text an den Bischof in Wormatia gerichtet ist. Wir bitten um Schutz. Ihr Erscheinen wird dringlichst erwartet.", sagte Christoph mit ernster Miene. Ganz zum Schluss wandte er sich Oliver zu und hockte sich, ohne zu fragen, neben ihn.

„Woran denkt Ihr?" Oliver blickte gedankenverloren nach vorn.

An alles und irgendwie doch an nichts!", sagte er flüsternd, den Blick nicht abwendend.

„Ich weiß, wie Ihr Euch fühlt!"

„Woher?", brummte Oliver ihn an.

„Weil ich, genau wie es bei Euch war, meine Familie an den Feind verloren habe." Christoph schaute ebenfalls nach vorn, während er mit ihm sprach. Oliver ignorierte die Äußerung. Ihm war es eigentlich egal, ob Christoph dasselbe durchgemacht hatte oder nicht. Im Moment ging es nur um ihn und die Leere in ihm konnte einfach nicht gefüllt werden. So, wie es im Moment aussah, gab es nicht viel, was sie tun konnten, um gegen den Feind zu bestehen. Die beiden Männer saßen ein paar Minuten still nebeneinander.

„Ihr macht mich zu einem Krieger Gottes, nicht wahr?", fragte Oliver voller Hoffnung nach ein paar Minuten des Schweigens. Er wollte nicht mehr tatenlos zusehen, wie die Soldaten dezimiert wurden. Er wollte selbst mit dem Schwert kämpfen und sich für die Familie rächen, die ihm genommen wurde.

„Ja, das ist mein Versprechen an Euch", antwortete Christoph ihm. Oliver gefiel der Gedanke, immer besser mit dem Schwert umzugehen und für eine gute Sache zu kämpfen.

Rache an denjenigen zu nehmen, die ihm unsagbares Leid zugefügt hatten. Oliver schaute zur Seite und blickte Christoph tief in die Augen.

„Macht mich zu einem gnadenlosen Soldaten!"

Christoph lächelte ihn an und schlug ihm auf die Schulter. Dieser Enthusiasmus gefiel ihm. Sie brauchten jeden Mann, um das Kloster zu verteidigen. Sie brauchten jeden Mann, um den Feind zu besiegen. Oliver blickte nach vorne auf die kahle Steinwand. Wie es seinen Brüdern wohl ging? Er hoffte immer noch, dass sie am Leben waren. Und er hoffte, dass er sie eines Tages wiedersehen würde.

„Das werde ich!", sagte Christoph auf seine Aussage hin. Dabei klopfte er ihm anmerkend auf die Schulter. Amar und er würden ihm alles beibringen, was sie gelernt hatten. Der Soldat mit dem Falken war schon zum Skriptorium geeilt.

KEINE GUTEN AUSSICHTEN

Rolands Extremitäten schmerzten so stark, dass er die Fingerkuppen und die Zehen beinahe nicht mehr spüren konnte. Die Kälte hatte Besitz von seinem Körper ergriffen und er konnte sich kaum noch bewegen. Die Haut an den Händen war rissig und fühlte sich ledrig an. Er fror und beinahe jeder einzelne Muskel in seinem Körper schmerzte. Der gerade erst in Gefangenschaft genommene Soldat war völlig erschöpft und somit völlig widerstandslos.

Die gefühlte halbe Nacht war er durch die Dunkelheit geeilt, um seinen Häschern zu entkommen. Vergebens. Egal, wo er langgelaufen war, seine Verfolger hatten es bereits bemerkt und es war aussichtslos gewesen, zu flüchten. Er und ein paar seiner Mitstreiter waren als Letztes aus der brennenden Burg herausgekommen. Beinahe hätten sie es nicht mehr geschafft und wären dem Feuer zum Opfer gefallen. Nur durch einen glücklichen Zufall konnten sie dem Brand entkommen. Sie hatten den Abzug der Soldaten zu spät mitbekommen und die Gefahr erst bemerkt, als die Ruine schon in Flammen stand.

Wie durch ein Wunder hatten sie den Weg durch dichten Qualm und Feuer hinaus in die Freiheit geschafft, um dann festzustellen, dass der Feind direkt vor dem Eingang auf sie gewartet hatte. Roland war der Erste gewesen, der reagierte. Direkt als er diese Kreaturen erblickte, war er losgerannt, hatte einen Haken geschlagen und war nach links geflüchtet. Zwei seiner Kumpanen waren ihm gefolgt, zwei andere nach rechts weggelaufen.

Sie waren gerannt wie die Hasen, schnell weg von der Gefahr. Und waren doch von den Kreaturen der Nacht eingeholt und gefangen genommen worden. Wenngleich man ihnen auch nicht zutrauen würde, dass sie so verdammt schnell waren. Aber das waren sie. Als Erstes hatte es die beiden Verletzten getroffen, die nicht so schnell laufen konnten. Dann die anderen beiden, die eine ganz andere Richtung eingeschlagen hatten. Und kurz bevor er den sicheren Wald erreichen konnte, war er von einer dieser Kreaturen erwischt worden, die ihn einfach umgelaufen hatte. Er war fast zwei Meter groß und stank wie der Tod. Sie waren diesen Bestien körperlich einfach unterlegen. Das hatte er mit Besorgnis feststellen müssen.

Alles ging so furchtbar schnell, dass dies das Einzige war, woran Roland sich im Moment noch erinnern konnte. Dann hatte es einen dumpfen Schlag auf den Kopf gegeben, und als er wieder wach geworden war, hatte er gefesselt auf dem Boden gelegen, die Hände fest zusammengebunden und auf dem Rücken verschränkt. Das Gesicht hatte seitlich im verschneiten Gras gelegen. Seine Wange hatte wie Feuer gebrannt, durch den kalten Schnee. Nach einer gefühlten Ewigkeit war er schließlich hochgehoben und unsanft aufgefordert worden, loszugehen. Mit den Kräften völlig am Ende. Man hatte sie durch den Laubwald bis hin zu den Höhlen geführt. Begleitet durch eine Unzahl von diesen Unwesen. Eigentlich hatte er gedacht, sie hätten bei dem Angriff so gut wie alle erwischt. Aber enttäuscht musste er feststellen, dass es wohl mehr von ihnen gab, als gedacht.

Und nun befand er sich hier. Irgendwo unterirdisch in einem System aus Gängen, welches wie die Hölle selbst stank. Jedenfalls stellte er sich den Geruch dieses Ortes genauso vor. Vorsichtig stolperte er nach vorne, umgeben von der Dunkelheit, und bemerkte, dass sich im Hintergrund noch eine Person befand, die er aber nicht wirklich erkennen konnte. Sie war anders als diese Wesen, die wie von Hexen geschaffen. Diese eine Person schien sie zu beobachten und folgte ihnen stumm in einigem Abstand bis zum Eingang der Höhlen. Es war beängstigend.

Die rauen Schnüre an den Handgelenken hatten sich durch die laufenden Bewegungen mittlerweile tief in sein Fleisch gefressen. Für einen kurzen Moment wünschte er sich, tot zu sein. Aber er lebte und sein Körper musste jetzt erfahren, was wirkliches Leid bedeutete. Die feindlichen Wesen trieben die kleine Gruppe, geschützt vor dem morgendlichen Sonnenlicht, durch eine Höhle in eine ungewisse Zukunft. Die schmalen Gänge und das unwegsame Gelände machten den Männern zusätzlich zu schaffen. Hin und wieder fiel einer von ihnen zu Boden auf die Knie oder stieß sich den Kopf an der niedrigen Höhlendecke. Jede Verzögerung der Männer wurde durch die Kreaturen mit Schlägen und Tritten bestraft.

Es war bedenklich ruhig. Außer den staubigen Schritten und dem hilflosen Japsen hörte man nichts von den Gefangenen. Die Angst schwebte über ihnen wie ein riesiger Felsbrocken, der sie zu erdrücken drohte. Die Dunkelheit nahm ihnen fast jegliche Sicht. So stolperten die Männer eher auf Verdacht vorwärts, weniger, als dass sie etwas erkennen konnten.

„Roland!", flüsterte einer der Gefangenen, der direkt hinter ihm ging. Der schmächtige Soldat reagierte zunächst nicht und starrte weiter geradeaus in den schmalen Gang. Setzte dabei einen Fuß vor den anderen.

„Seht Ihr das auch?“, hauchte der Mann noch einmal. Erst jetzt reagierte Roland und blickte nach rechts. Unweit von ihnen sahen sie etwas glitzern. Es bewegte sich unregelmäßig hin und her. Man konnte es nur schwer in der Dunkelheit erkennen.

„Was ist das?“, fragte der kleine Soldat hinter ihm. Roland blickte wieder geradeaus.

„Das müsste ein Teil des unterirdischen Hörsteiner Sees sein“, meinte er, ohne sich umzuschauen. Dabei klang er so sicher, dass er an seiner Aussage keinen Zweifel ließ. Für einen Moment herrschte wieder Stille im Höhlengang.

„Woher wisst Ihr das?“, fragte der Mann schließlich verwundert. Roland kannte diese Gegend sehr gut. Daher war er sich sicher, dass es nur dieser Ort sein konnte.

„Schweigt!“, die Stimme hinter ihnen klang dunkel und furchteinflößend, und Roland hatte den Eindruck, mehr brauchte es aber auch nicht, um sie einzuschüchtern. Der Soldat hinter ihm zuckte zusammen und ließ einen angsterfüllten Laut ertönen. Roland blickte weiter nach vorne. Je weiter sie durch die Höhlen gingen, desto dunkler war seine Vorahnung, was bald passieren würde.

„Das wird hier kein gutes Ende nehmen“, murmelte er.

ZUFLUCHT DER FAMILIE

Noch bevor die Sonne zur Gänze aufgegangen war, hatte sich Adalars Sohn Leviathan von der Gruppe der Ghule getrennt und war einen anderen Weg gegangen als sie. Der Meister ging niemals den Weg durch die Höhlen in die Zuflucht. Es sei denn, es gab keine andere Möglichkeit mehr. Er war über das Wasser gekommen und hatte den direkten Weg vom Ufer aus zum Kloster genommen.

Kurz vor dem Eingang in die kleine Kapelle blieb er stehen. Die Tür war aus Sicherheitsgründen verschlossen. Leviathan hob die Hand und klopfte mehrfach gegen das Holz. Kaum hatte er die Hand wieder runtergenommen, sprang die Tür auf und ein Mönch mit einer schmutzigen, dunkelbraunen Kutte kam zum Vorschein. Es war Venatius. Ein leichtes Grinsen huschte ihm über das Gesicht.

„Ihr seid zurück, mein Herr." Leviathan trat durch die schmale Öffnung hinein. Kurz danach wurde die Tür wieder fest verschlossen. Leviathan ging durch den Vorratsraum direkt zum Skriptorium rüber. Irgendwie hatte er es eilig. Er nahm kaum wahr, dass an zwei Tischen Personen saßen, die auf vergilbtem Pergament Nachrichten entzifferten. Es waren zwei Mönche und eine Frau, um genau zu sein. Sehr konzentriert las sie die verblassten Buchstaben, um aus den Schriften Kains eine bestimmte Information zu erhalten. Zwei kleine Öllampen spendeten ihnen genug Licht, um zu schreiben.

Die übrigen leeren Tische waren unaufgeräumt, und es lagen diverse Utensilien sowie ein paar Schriftstücke verteilt auf der Holzplatte herum.

Kurz nachdem er den Eingang zum Querhaus passiert hatte, blieb Leviathan stehen und schaute nach rechts. Die zwei Beobachtungsposten direkt vor der Tür, hinter der er seinen Vater vermutete, rührten sich nicht. Es sei denn, man gab ihnen den Befehl dazu. Leviathan blickte die Männer an.

„Berichtet meinem Vater, dass ich wieder zurück bin. Die Angreifer wurden zurückgedrängt. Ich komme nachher zu ihm, um Bericht zu erstatten", meinte er kurz. Der linke Soldat nickte ihm zu. Er würde ihm Bericht erstatten, bevor er nach Cöln aufbrechen würde. Kopfnickend eilte Leviathan hinfort und ging links zügig den schmalen, fensterlosen Schlauch in die Richtung des Turms, dem letzten Gebäude dieser Anlage. Das Querhaus war L-förmig angelegt. Im hinteren Teil des Gebäudes, kurz bevor man zum Turm hinaufging, führte ein weiterer Gang hinab in das Verlies, aus dem ein ekliger, feuchter und modriger Geruch empordrang. Glücklicherweise war der Abstieg ebenfalls durch eine Tür verschlossen, sodass der Gestank zum größten Teil ferngehalten werden konnte. Doch jetzt gerade stand die Pforte offen. Gerade als er hinuntergehen wollte, hörte er, wie Primus nach ihm rief. Auch er war wieder zurückgekehrt. Leviathan drehte sich zu ihm um und grinste.

„Bruder, Ihr seid unversehrt", freute er sich. Sein Bruder nickte ihm erleichtert zu.

„Ja, wir konnten sie alle in die Flucht schlagen. Sie sind Richtung Süden aufgebrochen", fügte Primus hinzu. Leviathan wurde nachdenklich.

„Sie sind zum Michaelskloster geflohen. Ein paar meiner Kinder haben sie gesehen, bevor sie sich vor dem Tageslicht in Sicherheit gebracht haben. Sie konnten vor dem Sonnenaufgang beobachten, wie sie zum Heiligenberg aufgebrochen sind. Ich konnte ihre Gedanken vernehmen. Zu jenem Mann, der uns bestohlen hat. Ich denke, das ist kein Zufall", betonte er. Leviathan war gut darin, schnell Zusammenhänge zu verstehen. Bartholmes hatte ihnen etwas gestohlen, was ihnen gehörte. Er hatte sich *Wissen* angeeignet, welches er nicht haben durfte. Und jetzt in seiner Not versuchte er, all dieses weiterzugeben. Der Versuch der Menschen, die Wahrheit zu verbreiten, war erbärmlich und zugleich vorhersehbar. Es war alles so eindeutig. Der verzweifelte Versuch, dass dieser Abt die Wahrheit bekannt machte, um womöglich die Kirche auf den Plan zu rufen, würde misslingen. Dafür würden er und sein Bruder schon sorgen. Sie mussten jetzt nur zügig *handeln.* Das Problem war nur, dass sie nicht einfach so in das Kloster spazieren konnten. Die Schriften waren diesbezüglich ohne Zweifel. Orte wie dieser waren durch jahrhundertelanges Gebet geweihter Boden. Durch das Wirken der Kirche geformt und somit für sie eine undurchdringliche Wand. Jedenfalls stand es so geschrieben, und keiner der Gilde hatte es je versucht, auf geweihten Boden zu kommen. Die Somschor glaubten, was in den Schriften geschrieben stand.

In der Mythologie dieses Ortes gilt die geweihte Stätte als Bollwerk gegen das Unreine. Der Boden selbst, so sagte man, ist durch Segen durchdrungen, das Wasser im Brunnen geweiht, die Mauern durch das tägliche Läuten der Glocken und das murmelnde Gebet der Mönche mit heiliger Kraft durchtränkt. Ein Vampir, ein Wesen der Finsternis, kann solche Orte nicht betreten, ohne dass sein Fleisch sich gegen ihn selbst kehrt, als würde Licht durch jede Ader schneiden. Solange das Kloster in frommer Hand war, mussten die Schatten draußen bleiben. Es sei denn, man lud sie freiwillig ein. Doch dafür brauchte es eine List. Denn seine geistige Manipulation wirkte im heiligen Kloster nicht. Aber dafür hatte er schon eine Idee.

... UND ES IST DOCH VERRAT

Roland hatte immer noch so seine Schwierigkeiten, sich im Halbdunklen zurechtzufinden. Je tiefer sie in das Höhlensystem vorgedrungen waren, desto unwohler fühlte er sich. Die klaustrophobische Enge und diese angsteinflößenden Kreaturen, die sie durch die Gänge schubsten, ließen die Furcht nicht wirklich abklingen. Diese Krieger stanken fürchterlich, nach Tod und Verderben. Dies allein war schon angsteinflößend genug. Aber ihre Statur mit den offenen Wunden und dem verfaulten Fleisch an ihrem Körper trugen ebenfalls dazu bei, sich nicht unbedingt wohlzufühlen. Roland bemerkte schon recht früh, dass sie wie Menschen aussahen, aber irgendwie keine waren. Sie waren etwas anderes. Etwas, was sein Verstand nicht begreifen konnte.

Und wie kann man so furchtbar stinken? Immer wieder atmete Roland durch den Mund, um den vollen Schwall an schlecht schmeckender Luft nicht durch die Nase einzuatmen. Wenn er es nicht besser wüsste, dann würde er vermuten, dass er im Krieg gefallen war und schließlich in der Hölle gelandet war. Denn so, seiner Vorstellung nach, muss es sein an diesem Ort, wo keiner hinmöchte.

Und dieses ständige Rauschen des Wassers, welches sich unterirdisch durch den Kalkstein spülte, machte die Situation nicht besser. Es stresste ihn, und er wünschte sich an einen anderen Ort. Aber dieser Wunsch würde ihm erst mal nicht erfüllt werden. Der Weg führte sie durch einen schmalen Gang, an dem er den Kopf einziehen musste. Nach wenigen weiteren Biegungen durch das Höhlensystem erreichten sie schließlich einen größeren Teil. Ein schmales Loch im Felsen spuckte sie aus, und Roland erkannte einen größeren Raum, der mit ausreichend Fackeln beleuchtet war.

Endlich konnte er mehr sehen und sich aufrecht hinstellen. Eine Wohltat für seinen geschundenen Rücken, aber dafür wurde der Geruch nicht wirklich besser. Es roch auch hier nach vergammeltem Fleisch und Exkrementen. Wenn er gekonnt hätte, dann hätte er sich jetzt die Hand vor Mund und Nase gehalten. Das ging aber nicht. Das Rauschen des Wassers ließ hier deutlich nach, und die Luft war nicht so feucht wie im hinteren Teil des Höhlensystems. Das natürliche Gewölbe war zumeist aus hellem Stein, und man hätte nicht vermuten können, dass sich am See so ein Ort wie dieser befinden würde. Erstaunt blickte der Soldat sich um, und das, was er sah, stellte alles bis jetzt Gesehene in den Schatten. Die große Kreatur packte ihn an der Schulter und befahl ihm, stehen zu bleiben. Seine Hände, durch ein Seil am Rücken zusammengeknotet, schmerzten.

Roland blickte auf und schaute nach oben zur Decke. Sie waren nicht mehr unterhalb des Sees unterwegs. Ganz weit oben, geschätzt fünf bis sieben Meter, befand sich eine Art Luftschacht, durch den frische Luft in das Gewölbe hereinströmte. Doch die Öffnung war zu klein, um den Gestank aus der Höhle zu bekommen. Roland sah den Himmel, und er fragte sich für einen kurzen Moment, ob er ihn heute zum letzten Mal sehen würde. Die Wände waren naturbelassen, aber an der ein oder anderen Stelle behauen worden. Roland sah verschiedene Gesteinsarten, zum Teil aus hellem und dunklem Gestein. Der Raum war beinahe kreisrund. Genau gegenüber von ihm, etwas mehr rechts gelegen, befanden sich zwei tunnelförmige Schächte, die weiter in das Höhlensystem führten. Der linke lag in völliger Dunkelheit, sodass er nicht sehen konnte, was sich dahinter verbarg. Der andere hingegen war hell beleuchtet, und er konnte sofort erkennen, dass dieser Gang von Menschenhand gemacht war. Es war ein Gang aus kaltem Stein, wo das Licht der Fackeln flackerte und in dem die Zeit selbst zu verrotten schien. Die Zellen lagen wie stumme Zeugen eines uralten Fluchs gegenüber, ihre Türen aus schwerem Eisen, angefressen durch Rost und Leid. Hinter den Gittern kauerten Seelen, die die Welt längst vergessen hatte, so wie es ihm ergehen wird. Zusammengepfercht in feuchten Kammern, deren Wände das Stöhnen der Zeit in sich trugen. In den Zellen lag nichts außer etwas Heu. Die verschiedenen Zellen erstreckten sich mehrere Meter tief in das Erdreich hinein. Wie viele es davon gab, konnte er von seinem Standpunkt aus nicht erkennen. Aber er wusste genau, was dies zu bedeuten hatte. Roland dachte an die vielen Opfer, die hier unten schon ihr Leben lassen mussten. Das Leid, das sie hier unten wohl erfahren haben. Er blickte zu Boden, der von Blut und Schweiß getränkt war. Der faulige Hauch, wie aus dem Rachen eines aggressiven Dämons aus der Dunkelheit. Es war ein furchtbarer Ort, den er lieber niemals zu Gesicht bekommen hätte. Kein Gebet drang hier an das Ohr des einzig wahren Gottes. Es war nur das Echo gequälter Stimmen, das stille Flüstern, als würde die Dunkelheit selbst noch immer hungern und nach mehr Opfern verlangen.

Direkt links neben den beiden Tunneln befand sich eine beschlagene Felswand, an der Folterinstrumente angebracht waren. Er sah einige Ösen, die in den Felsen gehauen worden waren, sowie ein Teil eines Flaschenzuges.

Von jetzt auf gleich schubste sein Bewacher ihn und die anderen Gefangenen in die Richtung der Zellen. Dabei gingen sie nah an der Höhlenwand entlang. Immer wieder erspähte er kleine dunkle Öffnungen in den Felswänden, die ins Nichts zu führen schienen. Sie waren so klein, dass nicht mal ein Hase hindurchpassen würde. Ein Tropfen fiel von der Decke und klatschte ihm mit voller Wucht auf die Stirn. Das Wasser war eiskalt. Schnell lief ihm der Tropfen das Nasenbein hinab. Er schaute nach oben und sah große Stalaktiten, die etwa drei Meter hoch über ihm an der Decke hingen. Dann ging die dunkle Gestalt an ihm vorbei, die ihn die ganze Zeit fixiert hatte. Jedenfalls fühlte es sich für ihn so an. Es war ein Soldat, in schwarzer Kleidung mit Schulterschutz, Helm und einem Kettenhemd. Er sagte kein Wort, aber seine Augen waren furchteinflößend. Er blieb stumm in der Nähe stehen und schien nur zu beobachten.

Die Feuerkörper, die strategisch in der Höhle verteilt waren, warfen zuckende Schatten an die Wände, die sich unaufhörlich bewegten und ihrem Betrachter Unbehagen bereiteten. Für seinen Geschmack zu viel Licht, denn vieles von dem, was er hier unten sah, sollte lieber im Verborgenen bleiben. Gegenüber von dem Eingang, von dem sie gerade in das Gewölbe gekommen waren, erkannte er eine steile Steintreppe, die nach oben führte. Sie schlängelte sich parallel zur Steinwand abwechselnd nach rechts und dann wieder nach links in die Höhe. Je näher er der Steinwand kam, desto mehr erkannte er von den Folterinstrumenten.

Das ist gar nicht gut, dachte er sich.

Instinktiv wollte Roland den Weg in die Zelle gehen. Für ihn war es völlig klar. Da hielt ihn sein Begleiter mit seiner stinkenden Pranke an der Schulter fest und stoppte ihn.

Nicht gut. Roland riss die Augen auf. Dann packte ihn das Wesen am linken Unterarm und zog ihn an die Wand, wo die Folterwerkzeuge waren. *Gar nicht gut.*

Auch die anderen wurden dorthin verfrachtet. Dort angekommen, sollten sich die gefangenen Soldaten mit dem Rücken zu der Felswand aufstellen. Jeder von ihnen tat, was man ihnen befohlen hatte. Der Hüne, Roland schätzte, dass er an die zwei Meter groß war, trat beiseite und schien auf etwas zu warten. Es verging nur ein kurzer Moment, dann hörte Roland Schritte. Er blickte über seine Schulter nach oben und erkannte einen Lichtkegel, der immer heller wurde. Schließlich sah er einen Mönch, der die aus Stein behauene Treppe hinunterkam. Roland war irritiert. Was machte ein Mönch hier? Was hat er mit diesen finsteren Kreaturen zu schaffen?

Der Mönch war alt und von weißgrauer Haut. Sein Haarkranz war ebenfalls weiß, und seine Augen waren gefühlskalt. Schließlich kam der Alte auf sie zu und stellte sich drohend vor die Männer hin. Es vergingen ein paar Atemzüge, ehe er zu ihnen sprach.

„Ich bin Bruder Venatius“, sagte er. Um die Gefangenen besser betrachten zu können, hielt dieser die Flamme der Fackel in die Nähe der Gesichter. Roland war der Erste, der wie ein Stück Vieh begutachtet wurde. Die *Wärme* des Feuers spürte der Soldat auf seiner Haut und es tat für einen kurzen Moment sehr gut.

„Ab heute seid Ihr meine Gäste, und ich werde mich gut um euch kümmern. Wenn Ihr das tut, was der Meister von Euch verlangt“, betonte er. Dabei lachte er so fies, dass Roland ein Schauer über den Rücken lief.

Roland betrachtete den Mönch ebenso neugierig wie angeekelt. *Wie kann es sein, dass ein Mann Gottes sich mit die-*

sen Kreaturen einlässt? Das ist falsch. Der Alte starrte Roland aus seinen giftigen Augen an und schien in ihm etwas zu suchen. Dann nickte er kurz, ohne ein Wort zu sagen, und ging zum nächsten Soldaten hinüber. Nach und nach schritt er weiter, blieb bei jedem kurz stehen und betrachtete die Männer, ohne etwas zu sagen. Schließlich ging er abermals zurück, bis er wieder bei Roland stehen blieb. Zuerst verzog er keine Miene, doch dann fing er schließlich an, hämisch zu grinsen. Zum Vorschein kamen gelbe Zähne, die für das hohe Alter noch erstaunlich gut intakt waren.

„Ihr da!", sagte er abwertend und zeigte mit seinem knochigen Zeigefinger auf ihn, „Ihr scheint der Richtige für die Demonstration zu sein!"!"

Demonstration? Was für eine Demonstration?, fragte sich Roland.

Roland bewegte sich nicht und versuchte, den strengen Blick zu erwidern. Er wollte keine Angst zeigen. Der Mönch kam noch ein Stück näher, während die stinkende Kreatur immer noch regungslos an Rolands Seite stand. Dann blickte der Alte zum schwarz gekleideten Soldaten hinüber und nickte ihm zu.

„Beginnt, Darion", sagte er zu ihm. Roland schaute zu ihm hinüber. Der Soldat, der Darion genannt wurde, sagte immer noch kein Wort. Er schien nur zu beobachten und Befehle auszuführen. Unter seinem Nasenhelm konnte man nicht viel von seinem Gesicht erkennen. Sein langer grauer Bart war ungepflegt und doch wirkte er irgendwie elegant. Darion nickte dem Mönch zu und bewegte sich sofort. Er kam zu ihnen hinüber und zog Roland an der Schulter unsanft nach vorne. Beinahe hätte Roland das Gleichgewicht verloren und stolperte drei Schritte nach vorne weg, ehe er wieder zum Stehen kam. Wieder hielt der Mönch das Feuer in seine Richtung. Dann umkurvte er den Soldaten und blieb direkt hinter ihm stehen, sodass Roland nicht sehen konnte, was geschah.

Irgendwas passierte hinter ihm. Darion packte Roland am Oberarm und stieß ihn noch ein Stück weiter nach vorne. Dann verschwand er komplett aus seinem Sichtfeld. Kurz darauf hörte er das Rasseln einer Eisenkette. Der Mönch zog an einem Hebel eines geschickten Flaschenzuges, der oberhalb von Roland mit starken Ösen an der Felsendecke befestigt war. Mit einem lauten *Rums* sauste die Kette hinunter auf den Boden. Das Scheppern war ohrenbetäubend. Roland blickte nach oben und fragte sich ernsthaft, wie sie die Öse dort oben befestigt hatten.

„Was habt Ihr vor?", fragte Roland, als er wieder nach vorne blickte. Es war ihm anzumerken, dass er nervös wurde.

„Schweigt!", brüllte der Mönch hinter ihm. Am unteren Ende der Kette waren zwei Fußschnallen befestigt. Gezielt griff Darion nach unten zu den Eisenschellen und band die linke Schelle am Fuß von Roland fest. Das Eisen passte gerade so um seine kräftigen Knöchel. Mit einer dicken Schraube drehte sein Bewacher den Verschluss fest, bis dieser nicht mehr von allein aufgehen konnte. Dann ging er zum rechten Fuß. Blitzschnell hob Roland sein rechtes Knie an, soweit wie es ihm möglich war, und stieß den Soldaten dabei um. Dieser stolperte kurz zur Seite, ehe er sich wieder fing und seinen kräftigen Körper wieder aufrichten konnte. Das war keine gute Idee gewesen. Darion starrte Roland wütend an.

Wie kann sich ein so massiger Körper so schnell bewegen?, dachte Roland. Ohne ein Wort zu sagen, holte der Bewacher aus und schlug ihm mit der flachen Hand ins Gesicht. Sein Kopf flog zur Seite und der Knall dröhnte in seinen Ohren. Darion stellte sich vor ihm auf und fauchte ihn wütend an. Der faulige Atem stieß ihm entgegen und Roland sah die Fangzähne des Mannes. Erschrocken wich er ein Stück zurück.

„Was seid Ihr für ein Monster?“, fragte er ängstlich.

„Das reicht!“, schrie Venatius und ging dazwischen. Sogleich trat Darion einen Schritt zurück. Rolands Wange glühte. Der Bewacher wandte sich von ihm ab und zog die Schnalle am rechten Fuß fest. Roland war gefangen. Dann hörte er Schritte hinter sich. Der Soldat ging zurück zum Hebel, an dem der Mönch gerade noch gestanden hatte. Neben dem Hebel befand sich noch eine Kurbel. Roland blickte sich um und sah, wie Darion daran drehte. Die Kette hinter ihm schleifte klackernd über den steinigen Boden. Dann hörte Roland ein Klackern über seinem Kopf. Die anderen Gefangenen schwiegen und sahen zu, was gerade mit Roland passierte. Als er nach oben schaute, sah Roland eine weitere Konstruktion unweit von der Öse an der Höhlendecke, die jene Eisenkette auf eine kleine Spule aufrollte, an der er befestigt war.

„Oh Herr ...“, flüsterte er. Die Kette hinter ihm wurde auf einmal gespannt. Ohne dass er reagieren konnte, wurden ihm die Füße weggerissen, sodass er den Halt verlor und mit dem Gesicht auf den kalten Steinboden klatschte. Der linke Wangenknochen und die Nase knackten einmal verräterisch. Roland stöhnte schmerzvoll auf. Mit den Händen konnte er den Sturz nicht abfangen. Seine Füße wirbelten nach oben und schon bald hing er in der Luft wie eine Raupe an einem seidenen Faden. Der Schmerz war unglaublich stark und ihm wurde schlecht. Panik stieg in ihm auf und er wirbelte orientierungslos herum. Er schrie laut auf und schon bald floss das Blut in Strömen aus der Nase. Beim Aufprall hatte er sich das Nasenbein gebrochen. Er brauchte einen Moment, um zu begreifen, wo er sich befand und dass er jetzt kopfüber an einer Eisenkette hing. Irgendjemand kam auf ihn zu. Wie ein hilfloses Pendel schwang er hin und her. Sein Magen revoltierte ein wenig und ihm wurde noch mehr übel. Die Welt um ihn herum drehte sich und er hatte sichtlich Mühe, sich auf einen Punkt zu konzentrieren. Das Blut tropfte auf den Steinboden und bildete kreisrunde rote Flecken auf dem ohnehin verdreckten Boden. Die anderen Männer schauten ihn schockiert an, sagten aber kein Wort.

Wie aus dem Nichts gesellten sich auf einmal noch drei weitere Männer hinzu und standen schon bald direkt vor ihm. Den einen von ihnen kannte er bereits. Es war jener Mann, der ihn mit den Wesen eingefangen hatte. Der schwarzhaarige Kerl griff nach Roland, hielt ihn an der Schulter fest, sodass er aufhörte zu pendeln.

Roland pustete Luft aus seinen Lungen und versuchte somit, dem Schmerz entgegenzuwirken. Dann trat ein weiterer Mann in sein Sichtfeld. Ein rothaariger Kerl, der viel kleiner war als der andere. Er schien sichtlich erzürnt zu sein.

„Verdammte Brut, sagte ich nicht, Ihr solltet behutsam mit der Ware umgehen? Sie sollen so lange wie möglich frisch bleiben. Venatius, Ihr müsst vorsichtiger sein!“ Der Mönch nickte ihm verschämt zu. Dann packte der Rotschopf Roland am Kopf und schaute ihm in sein Gesicht. Der dritte Kerl in schwarzer Lederrüstung stand abseits und sagte kein Wort.

Der Rotschopf holte ein helles Tuch hervor und hielt es ihm unter die Nase, um so die Blutung ein wenig zu stoppen. Roland war ihm jetzt so nah, dass er die blasse, knochige Hand mit ihren langen Fingernägeln sehr gut sehen konnte.

„Wie ist Euer Name?“, wurde Roland gefragt. Seine Stimme klang jetzt sehr sanft, ja beinahe gutmütig. Nicht fähig, auch nur einen Laut vorzubringen, schwieg er und zitterte am ganzen Körper.

„Verzeiht, wo sind meine Manieren. Ich habe mich noch gar nicht vorgestellt. Ich bin Graf Adalar, und das sind meine Söhne Leviathan und Primus. Ihr seid jetzt mein Gefangener. Mein Eigentum.“, er machte eine Pause, entfernte das Tuch von seiner Nase. „Versteht ihr meine Worte, Fremder?“, fragte er. Roland blickte Adalar an. Ihm schossen so viele Fragen durch den Kopf, dass er nicht fähig war, nur eine zu stellen.

„Ihr redet wohl nicht viel?“ Der Graf ließ das weiße Tuch fallen, ging ein Stück zurück und starrte dem Gefangenen in die ängstlichen, weit aufgerissenen Augen.

„In Eurem Zustand werde ich wohl nicht viel an Euch verdienen. Vielleicht sollte ich Euch hierbehalten und Euch zu meinem Sklaven machen! Zu meinem persönlichen Ghul!“ Leviathan lächelte. Roland wiederum war immer noch nicht in der Lage zu reagieren.

„Ich frage euch noch einmal. Wie ist Euer Name?“ Roland blickte ihn an, unfähig, seine Situation zu begreifen.

„Roland!“, hauchte er dann flüsternd.

„Schaut an, er kann sprechen“, lachte Adalar laut auf.

„Ein starker Name! Sagt mir, seid Ihr so stark, wie es Euer Name verspricht?“ Roland fand auf Anhieb keine Antwort darauf.

„Gut, Roland. Ich möchte Euch ein Geschäft vorschlagen. Wenn Ihr uns helft, dann schenke ich Euch das ewige Leben. Andernfalls warten unendliche Qualen auf Euch. Wie entscheidet Ihr Euch?“ Roland verdrehte vor Schmerzen die Augen.

„Ich weiß es nicht!“, sagte er zögernd. In seinem Gesicht spiegelten sich die Qualen wider, von der unnatürlichen Haltung, der er jetzt ausgesetzt war.

„Ich glaube schon, dass Ihr es wisst! Also, wollt Ihr leben oder im Endeffekt sterben?" Seine Miene verfinsterte sich ein wenig. Roland schüttelte verzweifelt den Kopf.

„Was verlangt Ihr von mir? Ich kann nichts tun, was Euch helfen könnte!", beteuerte er. Blitzschnell sprang Adalar nach vorne, packte sein Opfer am Kinn und hielt den Kopf fest.

„Ihr solltet Euer Talent nicht unterschätzen, junger Soldat." Roland riss die blutunterlaufenen Augen auf. Der feste Griff schmerzte ihn.

„Redet, denn Euer Schweigen beginnt mich zu langweilen!", sprach sein Peiniger. Roland verzog sein Gesicht vor Schmerzen.

„Also, wie entscheidet Ihr Euch, Soldat?", Roland merkte, wie das Blut in seinem Kopf pulsierte und weiße Blitze durch seine Augen zuckten.

„Ich kann Euch nicht helfen!", flehte Roland. Adalar ließ kurz von ihm ab und verdrehte genervt die Augen. Dann holte er aus und schlug Roland heftig mit seiner Faust ins Gesicht. Irgendetwas knackte im Unterkiefer und Roland heulte auf.

„Es reicht!", brüllte einer der Gefangenen von hinten. Der Peiniger ließ von Roland ab, blickte an ihm vorbei und starrte auf die Soldaten.

„Oh, eine mutige Seele. Das gefällt mir! Tretet hervor, damit ich Euch besser sehen kann und sagt, was Ihr zu sagen habt." Ein junger Mann mit blonden, schulterlangen Haaren und einem blonden Bart trat hervor und blickte den Schattenmann wütend an. Adalar ließ den baumelnden und japsenden Roland zurück und ging auf ihn zu.

„Sprecht", befahl er dem Jüngling. Der junge Soldat versuchte, den stechenden Blick zu erwidern.

„Wer seid Ihr?", fragte der Edelmann.

„Ich bin Euer Richter!“, antwortete der Soldat. Adalar grinste vergnügt.

„Ihr seid lustig. Seid Ihr ein Narr?“ Sein Gesicht wurde wieder ernst. Mittlerweile war er dem Soldaten so nah gekommen, dass er nach ihm greifen konnte. Der junge Soldat, den alle Claus nannten, blickte ihn ebenso zornig an. Dann, ganz unerwartet, spuckte er Adalar an und traf ihn direkt auf dem Nasenrücken. Es herrschte beunruhigende Stille. Der Mann kramte erneut ein weißes Tuch hervor und wischte sich den Geifer aus dem Gesicht.

„Vater, soll ich…“, fragte Leviathan. Doch bevor er zu Ende sprechen konnte, hob sein Vater den Arm.

„Nicht, Leviathan“, sagte er. Roland konnte nicht sehen, was hinter ihm passierte. Aber es hörte sich nicht gut an.

„Das war nicht sehr klug!“

Claus, an den Händen gefesselt, blickte den Mann mit den roten Haaren ehrfürchtig an. Es wirkte so, als hätte ihm von jetzt auf gleich der Mut verflogen. Er wagte kaum zu atmen, gefangen im Bann dieses Mannes, dessen Gesicht zugleich das eines Königs und eines Dämons war. Ohne ein weiteres Wort neigte sich Adalar zu ihm, sein kalter Atem wie ein Hauch eines uralten Winters auf der Haut. Seine kalten, knochigen Finger packten das unschuldige Opfer am Hals und hielten es umklammert fest. Dann, in einer Bewegung, die schneller war als jeder Schatten, senkten sich die Zähne von Adalar in den Hals von Claus. Nicht mit Wut, sondern mit grausamer Ehrfurcht, als vollzöge er ein heiliges Ritual. Seine langen Fangzähne gruben sich in das willenlose Fleisch und verursachten bei dem Opfer eine noch nie gekannte Panik. Claus’ kurzer Aufschrei erstarb in seinem Hals, verschluckt von der Dunkelheit, die sich wie ein lebendiges Wesen um ihn legte. In diesem Moment war Adalar kein Mann, sondern ein uraltes

Grauen, der lebendige Durst, geboren aus Blut, Schatten und Gnadenlosigkeit. Roland versuchte zu erkennen, was da vor sich ging, doch er konnte es nicht richtig sehen.

Jede Möglichkeit, sich zu wehren, erlosch wie ein Feuer, welches man mit Wasser übergoss. Es war vergeblich. Mit Schrecken vernahmen die anderen das Geschehen und lauschten angewidert den schmatzenden und saugenden Geräuschen. Der Mann neben ihm blickte starr nach vorne und zitterte am ganzen Körper.

Der Todeskampf dauerte nur wenige Sekunden. Adalar ließ von ihm ab. Ein letztes Mal spritzte Blut aus der Wunde am Hals und besudelte das Gesicht mit unzähligen Blutstropfen seines Nachbarn, der entsetzt auf das Geschehen blickte. Claus pinkelte sich vor Angst in die Hose und kurz danach brach er zusammen. Blut und Urin strömten aus dem erschlafften Körper und der Soldat zuckte noch ein-, zweimal, bis sein Verstand ihm signalisierte, dass es zu Ende war. Mit weit aufgerissenem Mund blieb er liegen und starrte mit toten Augen an die Höhlendecke. Adalar wischte sich das restliche Blut vom Kinn und blickte hinunter.

„Noch jemand, der meine dunkle Armee bereichern will? Nein? Niemand?" Keiner der anderen Männer rührte sich. Der Graf blickte zu einem seiner Ghule.

„Bringt ihn weg. Wenn er wieder aufwacht, schickt ihn in die Höhlen", sagte er dann. Der haarlose Riese mit dem faulenden Fleisch am Körper packte Claus an den Schultern und zog den toten Körper weg. Währenddessen ging Adalar zurück zu Roland und wischte sich das restliche Blut vom Kinn.

„Nun, ich erwarte eine Entscheidung von Euch? Wenn Ihr es nicht macht, wird es vermutlich einer Eurer Freunde machen. Aber Ihr habt die erste Wahl, weil ich Gefallen an Euch gefunden habe. Was gut für Euch ist." Roland zappelte wie eine Fliege im Spinnennetz und versuchte, sich zu wehren.

„Was habt Ihr getan?“, brüllte er ihn an.

„Ihr seid nicht in der Position, Fragen zu stellen.“ Er packte mit seinem knochigen Finger wieder Rolands Kopf und hielt ihn fest. Seine langen Fingernägel gruben sich in seine Haut. Dann kam er mit seinem Gesicht ganz nah an ihn heran.

„Ich weiß, wer Ihr seid. Ihr standet Eurem Anführer recht nahe. Ich kann es in Euren Gedanken lesen“, sagte er. Irgendwas änderte sich in seinem Bewusstsein. Roland spürte es. Spürte es ganz deutlich, dass er nicht mehr allein war in seinem Körper. Was ging hier vor?

„Ich bin Graf Adalar. Und Ihr werdet mir helfen. Nicht wahr? Ihr seid jetzt mein Eigentum.“ Er kam mit seinem Kopf noch ein Stück näher.

„Das werde ich, Herr“, meinte Roland dann. Sein Blick war starr. Beinahe regungslos.

„So ist es gut.“ Adalar grinste. Dann öffnete er den Mund abermals und biss Roland in den Hals. Roland würde jetzt und hier sterben, so wie Claus.

NEUE HEIMAT

Es war kurz nach der Vesper, als ein Teil der Mönche versuchte, Amars Männer in die vielen Unterkünfte unterzubringen. Die leicht Verwundeten wurden als Erstes versorgt, wobei hier nur die körperlichen Blessuren behandelt werden konnten. Die mentalen Wunden waren weitaus schwieriger zu kurieren. Ein Krieger konnte nur einen gewissen Grad an Grausamkeit ertragen. Wobei es hier auch viele Unterschiede bei den Soldaten gab. Es gab diejenigen, die sich nie vom Gesehenen erholten, und andere, die das Gesehene so tief im Unterbewusstsein vergruben, dass sie nie wieder darüber nachdachten.

Es herrschte aktuell eine gewisse Betriebsamkeit, welche die Klostermauern eher selten heimsuchte. Christoph stand bei einem hageren Mönch, der ihm einen rostigen Schlüssel in die Hand drückte. Dann sprach er kurz mit ihm und zeigte auf einen bestimmten Punkt im offenen Klostergang. Oliver saß auf der kleinen Mauer, direkt bei der jungen Eiche. Er war hundemüde und freute sich darauf, sich endlich hinzulegen. Der Vogelmann umklammerte den Schlüssel und grinste, als er auf ihn zukam.

„Kommt, ich habe den Schlüssel", betonte er. Unter lautem Stöhnen stand Oliver auf, um ihm zu folgen.

„Ihr hört Euch an wie ein alter Mann“, lachte Christoph. Oliver war es egal, wie er sich anhörte. Er wollte nur noch schlafen. Der Vogelmann ging voran, zu jenem Zimmer, welches er mit Oliver teilen würde. Beide traten aus dem Schatten des Baumes hervor und sogleich strahlte die Sonne ihnen ins Gesicht. Oliver schloss kurz die Augen und genoss die wärmenden Strahlen auf seiner Haut. Er sog die Sonne auf wie ein Durstiger, der nach Wasser verlangte. Sie wärmte ihm nicht nur das Gesicht, sie gab ihm auch irgendwie ein wenig Hoffnung für die kommende Zukunft.

Die ersten paar Meter sprachen sie kein Wort, doch dann brach Christoph das Schweigen. Er drehte sich zu ihm um.

„Seid Ihr bereit für Euer neues Zuhause?“, meinte er mit einem breiten Lächeln. Ohne ein Wort zu sagen, nickte Oliver ihm zu. Was sollte er auch im Moment sagen? Er wollte nur noch schlafen. Ihm war es gerade egal und eigentlich war ihm alles recht, und alles, was recht war, war ihm eigentlich egal. Im Moment war es wichtig, ein Dach über dem Kopf zu haben und vor allem in Sicherheit zu sein. Und genau das war er hier – *in Sicherheit.* An einem Ort, wo er sich ausruhen konnte. Wo er alles andere für eine Weile vergessen konnte. Der Wunsch nach Einsamkeit war in diesem Moment tatsächlich sehr groß. Denn er war nicht nur müde. Er vermisste auch seine Familie. Das machte ihn traurig. Daher zog er die Einsamkeit für den Moment vor. Sie war der stille Begleiter, in der er versuchte, seine Trauer zu bewältigen. Er war kein Mensch, der seine Traurigkeit mit anderen ausmachte. Nein, er machte sie ganz allein mit sich selbst aus. Er war der Einzige, auf den er sich verlassen konnte. Er brauchte diesen Moment wie die Luft zum Atmen, um wieder Kraft zu tanken und sich auf die neuen Aufgaben zu konzentrieren, die auf ihn zukommen würden.

Vor einer kleinen, beschlagenen Tür blieben sie schließlich stehen. Oliver blickte auf die schöne Verzierung auf der Holztür und fühlte sich gleich wohl. Irgendwie fühlte es sich wirklich wie sein Zuhause an. Ein blaues Ornament schlängelte sich in Augenhöhe über das Holz und wirkte auf ihn sehr einladend. Christoph führte den Schlüssel in das Schloss und drehte ihn um. Ohne zu zögern, griff Christoph danach zur Klinke und drückte sie hinunter. Der Zylinder sprang ruckartig aus dem Schloss und die Pforte ging knarrend auf. Zum Vorschein kam eine kleine, spärlich eingerichtete Kammer, die Oliver ab heute sein Zuhause nennen konnte. Ihm kam ein leichter Rosenduft entgegen.

Das kleine Fenster ließ nicht viel Tageslicht herein, hatte aber den Vorteil, die kühle Luft nicht in Massen in den Raum strömen zu lassen. Aber trotz der schmalen Öffnung war es im Zimmer nicht wirklich warm. Als er hineintrat, spürte er direkt die Kälte, die ihn umgab, und er bekam eine leichte Gänsehaut. In Gedanken verschränkte er die Arme und musste sich schütteln.

„Gefällt es Euch?", fragte Christoph. Oliver blickte auf die kleine Öffnung vor ihm und hoffte inständig, dass sie so bald wie möglich abgedeckt werden würde. Der bevorstehende Winter würde mit Sicherheit noch viel kälter werden, als es der Herbst im Moment war.

„Es ist genau richtig!", antwortete er ihm. Sein neues Heim war nicht größer als vier Quadratmeter, mit ausreichend Platz zum Schlafen. Das Mobiliar beschränkte sich auf einen Tisch, auf dem eine kleine Kerze in einem schwarzen Eisenständer stand, die aber nicht brannte. Der dazugehörige Stuhl war schon recht abgenutzt und hatte schon reichlich Schrammen abbekommen. Der Tisch sah im Gegensatz zur Sitzgelegenheit richtig neu aus. Mit ein paar Schritten ging er am Stuhl vorbei, berührte das Holz mit seinen Fingerspitzen und ließ sich dann müde auf den Strohballen in der Ecke fallen. Es war so viel Platz, dass zwei ausgewachsene Personen auf dem Stroh schlafen konnten. Zwei Kissen und zwei Decken lagen zusammengefaltet auf dem Heu. Im Sitzen blickte er Christoph an.

„Ich bin froh, hier zu sein, und danke Euch dafür!", sagte Oliver erleichtert. Dann ließ er sich mit einem Seufzer auf den Rücken fallen und starrte an die Decke. Jetzt, wo er zur Ruhe kam, spürte er die gnadenlose Müdigkeit noch deutlicher als vorhin, die von den Beinen her in seinem Körper aufstieg. Er war schon oft nach der Feldarbeit entkräftet gewesen, aber diese Art von Erschöpfung hatte seinen Körper noch nie befallen. Es war die Kombination aus körperlicher und seelischer Anstrengung, die ihm alle Kraft raubte, die er besaß.

Auf dem Stroh liegend, streckte er seine schmerzenden Glieder aus und blickte zur schmalen Eingangstür. Über ihr prangte ein großes Holzkreuz, das für seinen Geschmack etwas zu groß wirkte. Traurig starrte er auf das Symbol, während er von draußen den angenehmen Mönchsgesang vernahm. Der Klang der Stimmen war wunderbar und wärmte sein in Trauer getränktes Herz. Er fragte sich, ob die Wunden, die das Böse in sein Herz gerissen hatte, jemals wieder heilen konnten. Konnte man das Geschehene vergessen? War das überhaupt möglich? Oliver schloss die Augen und schüttelte den Kopf. Nein, vergessen konnte er das nicht!

Er war mittlerweile so in seine Gedanken vertieft, dass er ganz vergessen hatte, dass Christoph noch immer im Türrahmen stand. Mit einem leisen Klopfen machte er sich erneut bemerkbar und holte Oliver wieder ins Hier und Jetzt zurück. Er öffnete die Augen, sagte aber zunächst kein Wort. Erst beim zweiten Klopfen richtete er sich wieder auf und grinste Christoph an. Erst jetzt bemerkte er, wie selbstbewusst der Kerl eigentlich war. Nichts schien ihn zu erschüttern.

„Ich sehe, Ihr seid zufrieden!“, sagte Christoph.

„Es ist sicher!“, antwortete sein Mitbewohner.

„Das ist es in der Tat. Und in diesen geschützten Mauern könnt Ihr alles lernen, was Ihr zum Kämpfen wissen müsst.“ Da hatte er recht, und das gab ihm ein gutes Gefühl. Zurzeit war er noch etwas unsicher und von Zweifeln belagert, aber es würde nicht mehr lange dauern, und er war bereit, zur Waffe zu greifen und den Dämonen den Kopf von den Schultern zu trennen. Bei seinen Rachegedanken fühlte er sich bestärkt und hoffte, er würde das Kämpfen sehr schnell lernen. Er hatte jetzt Verbündete gefunden, die ihn im Leben weiterbringen würden.

Christoph verabschiedete sich mit den Worten, dass er sich noch eine Weile ausruhen sollte. Die nächsten Tage würden sehr anstrengend werden. Nachdem der Vogelmann die Tür von außen geschlossen hatte, war Oliver endlich ganz allein. Erschöpft entspannte er seine Muskeln und schloss die Augen. Seine Gedanken kreisten wieder um die schrecklichen Erlebnisse, und vor seinem geistigen Auge blitzte erneut die mörderische Fratze auf, die ihn im verzweifelten Todeskampf angaffte. Diese Augen würde er im Leben nie mehr vergessen können. Ganz in Gedanken versunken, strich er sich mit seinen Fingerkuppen über die Narben am Oberarm, wo das Monster seine Krallen in sein Fleisch gebohrt hatte. Diese Wunden waren jetzt ein Teil von ihm und würden ihn immer daran erinnern, dass diese Begegnung wirklich passiert war. Er rollte sich auf die Seite, nahm die Decke, legte sie über seinen zerschundenen Körper und nach einem kurzen Augenblick schlief er tief und fest ein.

* * *

Gabriel blickte Venatius fragend an. Er war jetzt schon einige Zeit in dieser Zuflucht der Mönche mitten auf dem See. Die Verwandlung, die sein Körper komplett durchgemacht hatte, war vollständig abgeschlossen. Und das war gut so. Denn er fühlte sich besser denn je. Von dem einst kränklichen, schmerzenden Körper war fast nichts mehr übrig. Gabriel saß im sogenannten Speisezimmer am Tisch und war bis gerade eben noch allein. Der Mönch kam von unten aus dem Verlies und hatte sich zu ihm gesellt.

„Seid Ihr so weit, Eurem Vater zu begegnen?", Gabriel blickte ihn zunächst stumm an. Sicher war er das. Ihm kam die Vitae in den Sinn. Das Blut, welches ihn stärker gemacht und ihm dieses neue Leben geschenkt hatte. Es war schon recht ironisch, von Leben zu sprechen, denn sein Herz war stumm. Er blickte kurz nach unten, dann wieder direkt in das Gesicht des alten Mannes.

„Ja, das bin ich", sagte er. Dabei klang er sehr ruhig. Beinahe schon etwas schüchtern.

„Dann kommt. Leviathan erwartet Euch schon." Der Mönch erhob sich wieder vom Stuhl und schlenderte Richtung Ausgang. Gabriel nickte ihm zu. Es fühlte sich so an, als ob er wieder eine Familie hatte.

NEUES FAMILIENMITGLIED

Wie ein weit aufgerissenes Maul lag die schmale Öffnung zum Treppenturm vor ihm. Je näher er ihr kam, desto angenehmer roch es nach frischen Blumen. Dies lag aber nur daran, dass die Tür zum Verlies geschlossen war. Der Duft überlagerte den Gestank aus den Höhlen unter dem Gebäude. Zügig verschwand Leviathan durch den Eingang und löste sich in der lichtarmen Umgebung beinahe komplett auf. Sein schwarzer Mantel wehte beim schnellen Treppenaufstieg wie ein wildes Tier hin und her. Seine langen schwarzen Haare wehten leicht im Bewegungswind und wippten bei jeder Stufe leicht mit. Die kleinen Fackeln, die den schmalen Gang beleuchten, flackerten durch die Luftbewegung auf und zuckten nervös vor sich hin. Leichtfüßig glitt er die knarrenden Holzstufen den Turm hinauf. Seine Gedanken verschwendete Leviathan an die Kämpfe der letzten Nacht. Das Gefecht war erbittert gewesen und die Einbußen auf beiden Seiten sehr hoch. Zu seinem Leidwesen auch auf seiner Seite. Ein so großer Verlust war eigentlich nicht angedacht gewesen, und sein Zorn über diese Tatsache stieg in ihm auf wie ein brodelnder Vulkan, der kurz vor der Explosion stand. Es war für ihn auch kein Trost, dass sie siegreich gewesen waren und den Feind in die Flucht schlagen konnten. Denn der Preis für diesen Erfolg war einfach zu hoch. Aber noch viel schlimmer war, dass er es nicht geschafft hatte, den Feind komplett zu vernichten. Er konnte fliehen und sich zurückziehen.

Leviathan schritt weiter die Stufen hinauf und dachte jetzt an das Michaelskloster. An den Ort, wohin die Männer laut den Ghulen geflüchtet waren.

Diese verfluchten Mönche, dachte er kurz. Überall schnüffelten sie rum, und zu seinem Leidwesen waren sie auch fündig geworden. Sie hatten der Familie ein Geheimnis entlocken können, das über 100 Länder hin niemand wissen durfte. So oder so, sie mussten in das Kloster. Mussten sich zurückholen, was ihnen gehörte, um seine Familie und sein Vorhaben zu schützen, bevor die ganze Kirche ihre Wahrheit kannte. Diese Mönche waren seinem Vater schon lange ein Dorn im Auge. Von dort ging eine starke negative Propaganda aus, die ihnen das Leben sehr schwer machte. Niemand war auf sie aufmerksam geworden, bis zu jenem Fund, und nun waren sie dabei, es öffentlich zu machen. Ja, selbst den Papst und die Kirche versuchten sie zu informieren, wie er gehört hatte. Diese Mönche waren es, die Schuld daran hatten, dass einige der Verbündeten im Land sich von der Gilde abwendeten. Es war an der Zeit, diese Stätte zu vernichten und sie eigen zu machen. Es war an der Zeit, den Aufstand zu beenden und die Macht im Land zu festigen. Sie mussten hinter diese heiligen Mauern kommen, doch bis jetzt war es ihm nicht möglich gewesen. Die Mönche kannten seinesgleichen und waren immer auf der Hut. Aber er hatte schon einen Plan, wie der Angriff gelingen konnte.

Ich werde mir Euer Blut schmecken lassen, dachte er und hatte dabei den Abt Bartholmes im Kopf. Er konnte den Tag kaum noch erwarten, bis er seinen Plan in die Tat umsetzen würde. Keiner dieser jämmerlichen Menschen hatte das

Recht, gegen die Gilde aufzubegehren, und keiner von ihnen hatte Gnade verdient.

Rückwirkend gesehen war der Angriff auf das Dorf nicht ganz durchdacht gewesen. Strategisch gesehen war am Anfang alles nach Plan gelaufen, genauso wie er und sein Bruder Primus es vorausgesagt hatten. Lautlos waren die Ghule über das Dorf gekommen und hatten das Unheil über die Menschen gebracht. Einen Bewohner nach dem anderen konnten sie im Schlaf überwältigen. Diejenigen, die noch nicht geschlafen hatten, waren hinterrücks überrumpelt worden, ohne die geringste Möglichkeit, sich zu wehren. Die Jungen und Kräftigen unter ihnen waren gefangen genommen worden, während die Älteren und Kranken zu Ghulen gemacht wurden.

Schon zu diesem Zeitpunkt musste der Feind sie beobachtet haben, denn gerade als die Ghule die ersten Gefangenen in der Dorfmitte zusammengepfercht hatten, waren sie aus dem Wald gekommen und hatten ihre Feuerpfeile abgeschossen. Von jetzt auf gleich hatte sich das Blatt gewendet und sie waren in ein Hintertreffen geraten. Alles war so schnell gegangen, dass sie im wahrsten Sinne des Wortes in die offene Klinge der Soldaten gelaufen waren. Die meisten Gefangenen hatten die Verwirrung zur Flucht genutzt, in der Hoffnung, ihren Verfolgern zu entkommen. Doch das war allem Anschein nach ein Trugschluss gewesen. In der Dunkelheit hatte er gesehen, wie es den feindlichen Soldaten nicht mehr möglich gewesen war, zwischen Freund und Feind zu unterscheiden. Gnadenlos hatten sie mit ihren Waffen alles niedergestreckt, was auf der Flucht war. Einfach nur, um sicherzugehen, dass keiner seiner Kinder entkommen konnte. Somit wurden sowohl die Wahren als auch die Ghule gnadenlos vernichtet.

Seinem Bruder und ihm war kaum noch Zeit geblieben zu reagieren. Die einzig richtige Entscheidung, die sie in diesem

Moment treffen konnten, war der Rückzug in die nahegelegenen Wälder. Sie brachten sich und die Beute in Sicherheit. Der Verlust war hoch und dennoch schafften sie es, einen Teil vom Dorf mitzunehmen. Manchmal musste man das nehmen, was man bekommen konnte. Schließlich ging es hierbei auch um Geld. Die Handvoll Gefangener und die wenigen Ghule konnten in Sicherheit gebracht werden. Alles in allem war der Angriff jedoch kein gutes Geschäft gewesen. Im Schutz der Nacht war es ihnen gelungen, bis zur beschützenden Höhle vorzudringen, ohne dass die Verfolger davon etwas mitbekommen hatten. Jedenfalls hatte er das zu diesem Zeitpunkt geglaubt. Als sie die Kavernen erreicht hatten, dämmerte es bereits und von den Verfolgern war nichts zu sehen gewesen. Ein Trugschluss, den seine Familie bitter bezahlen musste. Denn irgendwie hatten die Späher sie gefunden. Leviathan wusste nicht genau, wann und wie, aber sie hatten den Eingang zur Höhle entdeckt. Dieser Angriff hatte mehr Aufsehen erregt, als er sollte. Das gefiel seinem Vater ebenso wenig wie ihm.

Hoch oben angekommen, befand sich ein großer Raum, der durch eine schwere Holztür mit Eisenbeschlägen verschlossen werden konnte. Das hinter der Tür gelegene Zimmer war rechteckig angelegt. Die Größe erstreckte sich fast über die ganze Breite des Turmes aus Stein. Auf beiden Seiten befanden sich jeweils zwei Fenster, die mit schweren roten Tüchern abgedeckt worden waren, um kein Sonnenlicht hereinzulassen. Genau gegenüber vom Eingang befand sich eine kleine Brandstätte, in der ein kleines Feuer loderte. Auf der linken Seite, direkt unter dem Fenster, befand sich ein großer Tisch mit Stühlen aus dunkelbraunem Eichenholz. Auf der rechten Seite befand sich sein Bett, aus dem gleichen Holz wie der Tisch und die Stühle. Das Bett war so groß, dass bequem zwei Personen darin Platz finden konnten, aber Leviathan bevorzugte es, immer allein zu schlafen. Direkt über der Feuerstelle, hoch oben an der Wand, befand sich ein Porträt einer jungen Frau mit dunklen Haaren und einer samtweichen Haut. Egal, wo man im Zimmer stand, man hatte das Gefühl, die Frau beobachtete einen. Es war ein Meisterwerk eines unbekannten Künstlers und wunderschön anzusehen. Es war das höchste Zimmer, das es im Kloster gab.

Mitten in seiner Bewegung stoppte er und schaute auf zwei Personen, die mitten im Raum standen und auf ihn warteten. Es waren Venatius und der Welpe.

„Ist er das?", fragte Leviathan.

„Ja, mein Herr", antwortete er und kratzte sich dabei nervös an der Stirn. Beobachtend ging Leviathan auf die beiden zu und nickte dem Mönch stumm zu. Dann blickte er dem Welpen in sein Gesicht und war erstaunt. Seine Aura war wahrhaftig außergewöhnlich.

„Lasst uns an den Tisch dort setzen!", sagte Leviathan schließlich. Die Männer gingen zur Tafel hinüber und setzten sich. Das Holz gab ein wenig nach und knarrte, als Leviathan sich setzte. Er verzog die Mundwinkel zu einem Lächeln, als er sich genau gegenüber dem Neuankömmling niederließ.

„Willkommen, Welpe. Ich hoffe, Ihr habt die Wiedergeburt gut überstanden? Sagt mir, wie ich Euch nennen soll." Leviathans Stimme klang ein wenig dünn, fast fürsorglich, als er den Neuling anblickte. Um sich schauend und nicht wirklich wissend, ob er gemeint war, zeigte der Neue mit dem Finger auf sich.

„Ihr meint mich?"

„Sehr wohl, ich sehe Euch doch direkt an, oder nicht?" Unruhig rutschte Gabriel auf seinem Sitz hin und her und versuchte, den unangenehmen Blicken zu entkommen. Seine gelben Augen wirkten geheimnisvoll und schienen in sein tiefstes Inneres zu blicken. Der alte Mönch beobachtete die Szenerie mit Spannung, wagte es aber nicht, etwas zu sagen.

„Gabriel", antwortete er schließlich. Er schaute ihm direkt in die leuchtenden Augen und erkannte das Gesicht gleich wieder. Das ganze schmale Gesicht mit seinen knochigen Gesichtszügen kam ihm mehr als vertraut vor.

„Seid gegrüßt. Willkommen in der Familie meines Vaters, dem Grafen Adalar. In der Gilde der Somschor. Mein Name ist Leviathan!"

Das war also jetzt seine neue Familie. Gabriel verstand sofort und nickte ihm stumm zu.

„Ihr seid jetzt ein Teil unserer Gemeinschaft! Wir haben Euch in unserer Mitte aufgenommen, mit allen Rechten und Pflichten." Leviathan sprach wie ein Vater zu seinem Sohn. Wieder nickte Gabriel stumm.

„Was ist das hier für ein Ort? Wie heißt das Kloster, wohin ihr mich gebracht habt?", fragte er nach einer kurzen Pause.

„Kloster?" Der Edelmann lachte laut auf.

„Nein, das hier ist kein wirkliches Kloster. Es ist Eure Zuflucht", sagte er.

„Zuflucht? Wieso Zuflucht? Und vor allem: vor was oder vor wem ...?"

Venatius drehte sich ruhig zu ihm um.

„Wie Ihr bemerkt haben dürftet, seid Ihr kein Mensch mehr. Wenngleich Ihr so ausseht. Ihr seid jetzt etwas Besonderes, was es zu beschützen gilt."

„Schweigt still", fuhr Leviathan dazwischen. Venatius zuckte zusammen und war augenblicklich still.

„Sicherlich habt Ihr Eure Verwandlung, was euren Körper und Geist angeht, bemerkt?"

„Ja, das habe ich", pflichtete Gabriel ihm bei.

„Beides hat sich gewandelt. Vom Menschen zu einem Kind Kains! Ihr seid jetzt ein vollkommenes reines Wesen. Wie Venatius mir vorweggenommen hat, seid Ihr meinem Ruf gefolgt und ich konnte Euch zu meinem Kinde machen." Gabriel schaute auf seine Hände, blickte auf die blasse Haut und begann immer mehr zu verstehen.

„Ihr seid verwirrt, das ist völlig normal. Der Körper, den Ihr habt, bleibt bestehen, aber etwas hat sich geändert. Ihr werdet noch feststellen, was alles möglich ist." Der Welpe schaute Leviathan mit Verwunderung an. Gleichzeitig erfüllte aber auch Stolz sein Gemüt.

„Wie seid Ihr in meinen Kopf gelangt?" Leviathan lächelte ihn an.

„Eine Gabe, die Ihr noch erlernen werdet. Wir nennen es Mentale Stärke. Auch Ihr könnt bald andere Wesen geistig beeinflussen!"

„Ihr meint, ich kann über den freien Willen eines jeden Menschen verfügen?"

„Es kommt darauf an, wie schwach er ist und wie leicht er sich beeinflussen lässt. Wenn Ihr schnell lernt, dann habt Ihr ungeheure Macht über andere. Noch seid Ihr nicht so weit, ein vollständiger Kainit zu sein." Leviathan machte eine kurze Pause.

„Ihr werdet schnell merken, dass es viele Vorteile hat, einer unserer Art zu sein. Aber Vorsicht! Es gibt auch viele Gefahren. Ihr dürft Euch nicht lange dem Sonnenlicht aussetzen. Wenn Ihr nicht schnell genug eine schützende Bleibe finden könnt, bedeutet das auf lange Sicht Euer Ende. Hier habt Ihr immer eine sichere Bleibe. Ebenso solltet Ihr auf Euren Kopf achten. Verliert ihn nicht!" Gabriel verstand. Dann blickte er zu dem Mönch hinüber.

„Was ist mit den Mönchen?", fragte er.

„Sie gehören zur Gilde!"

„Die Mönche sind auch Kainiten?", fragte Gabriel erstaunt. Irgendwie passte das nicht in sein altes Weltbild.

„Nicht alle. Aber Menschen wie Venatius arbeiten für uns. Auch unter unseren Soldaten sind menschliche Söldner. Sie erledigen das, was wir nicht können. Sie haben den Vorteil, am Tage wachsam sein zu können, während wir schlafen. Ihr könnt jedem in unserer Gilde vertrauen." Gabriel war erstaunt.

„Nicht viele wissen von unserer Existenz und diejenigen, die es doch ahnen und uns bekämpfen, werden wir vernichten. Dieser Ort wird von vielen Bewohnern aus der Umgebung gemieden. Der Name Wald ohne Wiederkehr ist nicht zufällig gewählt. Dunkle Mythen erzählt man sich, was unserem Schutz zugutekommt. Wir sind hier einfach sicher. Und wenn doch mal jemand fragen kommt, sind wir nur einfache Mönche, die hier leben und arbeiten." Leviathan lachte zufrieden auf und drehte dabei an seinem großen silbernen Ring an seinem Zeigefinger. Gabriel erkannte einen großen schwarzen Buchstaben auf dem Schmuckstück. Ein großes L.

„Was ist das Letzte, an das Ihr Euch erinnern könnt, als ihr noch ein Mensch wart?", fragte Leviathan.

„Ich bin mir nicht sicher. Immer wieder entstehen Bilder in meinem Kopf. Manche sind mir so vertraut, dass ich glaube, sie wirklich erlebt zu haben. Andere kommen mir vor wie im Traum."

„Das ist völlig normal", sprach Leviathan mit beruhigender Stimme, „Ihr seid verwirrt und ohne Führung. Ich werde Euch helfen, wieder Klarheit zu erfahren." Der Kainit lächelte.

„Was bedeutet das für mich?"

„Dass Ihr, wenn Ihr es geschickt anstellt, ewig leben werdet."

„Wie kann es sein, dass ich lebe, obwohl ich keinen Herzschlag mehr besitze?"

„Wie ich schon sagte, Ihr seid jetzt ein höheres und reineres Wesen. Ein Vampir. Einen Herzschlag benötigt Ihr nicht mehr. Das Einzige, was vonnöten ist, ist frisches Blut, um wach und kraftvoll zu sein!" Gabriel starrte Leviathan an.

„Ein Vampir? Blut?" Er sprach das letzte Wort ganz langsam und leise aus. Es war beinahe geflüstert.

„Ja, es ist die Energie, die euch vorantreibt und bei Bewusstsein hält."

„Ich werde also nichts anderes mehr zu mir nehmen als Blut?"

„Nein, es wird nur das sein, was Ihr zum Überleben braucht. Essen und Trinken könnt Ihr so, wie Ihr es gewohnt seid. Aber es ist nicht mehr vonnöten."

„Im Grunde brauche ich aber nur noch Menschenblut?", wollte Gabriel noch einmal bestätigt wissen.

„Nicht unbedingt. Es kann auch von einem Tier sein, aber wenn Ihr das Blut eines Menschen gekostet habt, wollt Ihr nie wieder etwas anderes haben." Gabriel erinnerte sich an den Geschmack des Blutes, welches er von der jungen Frau gekostet hatte. Es war wirklich betörend gut. Ein kurzes Lächeln huschte über seine Lippen.

„Warum habt Ihr mich auserwählt?", fragte er. Leviathan lehnte sich auf seinem Stuhl zurück, sein Blick auf Gabriel gerichtet, der nun zum ersten Mal die Kälte der Unsterblichkeit in sich trug.

„Das ist eine gute Frage...", murmelte er, seine Stimme kaum mehr als ein Flüstern zwischen den Steinen des Klosterturms. „Nicht aus Mitleid, nicht aus Zufall. Ich habe in jener Nacht viele sterbliche Seelen gesehen. Manche waren als Wahre gedacht. Andere als Krieger für unsere Zwecke.

Aber Ihr hattet etwas an Euch, was uns längst verloren ging. Ich sah in Euch den Willen, das Dunkel zu durchschreiten, ohne davor zu fliehen. Ich habe Gefallen an Euch gefunden und war mir sicher, dass Ihr den Mut besitzt, unsere Gilde zu bereichern." Er beugte sich wieder ein Stück nach vorne. Für einen Moment flackerte etwas wie Erinnerung in Leviathans uralten Augen. „Nach dem alten Gesetz unseres Blutes darf nur der verwandelt werden, der sich als würdig erweist. Ihr habt diesen Willen und diese Gnadenlosigkeit in den Augen. Ich sehe es in Eurer Aura." Dann senkte er den Blick, als spräche er mehr zu sich selbst als zu seinem Welpen. „Ich habe Euch nicht direkt gewählt, Gabriel. Die Dunkelheit hat dich gerufen. Und ich habe nur gehorcht. Das Schicksal hat uns zusammengeführt" Gabriel fühlte sich ein wenig geehrt, während er der sanften Stimme des Vampirs lauschte.

„Wenn wir Euch nicht in die Gilde aufgenommen hätten, dann wärt Ihr wohlmöglich nicht mehr hier."

„Das Dorf", stammelte Gabriel auf einmal, als er in seinen Gedanken weiter in der Vergangenheit zurückging. Schlagartig kam ihm wieder fast alles in den Sinn. Der Tod, das Leid. Er riss die Augen auf.

„Wie konnte es dazu kommen?"

„Wozu?", fragte Leviathan.

„Ich erinnere mich an Monster, die meine Eltern getötet haben."

„Sie waren es nicht, die sie getötet haben! Sie wollten sie retten.", fuhr Leviathan ihn erbost an. Gabriel zuckte im Stuhl etwas in sich zusammen und versuchte zeitgleich, seine Erinnerung zu vertiefen.

„Es waren diese, diese Menschen! Unser aller Feind! Sie haben alle getötet! Nicht wir!", Leviathan faltete seine Hände auf dem Tisch.

„Der Feind?", fragte Gabriel, der immer noch versuchte, die Geschehnisse in sein Gedächtnis zu rufen.

„Ja! Sie meinen, das Richtige zu tun, aber das tun sie nicht. Ohne Urteil haben sie alle durch die Klinge Gottes getötet. Jeden Einzelnen.", sagte Leviathan. Dieses Mal aber etwas ruhiger.

„Sie haben alle getötet?", hauchte Gabriel nachdenklich.

„Ja, jeden Einzelnen!" Leviathan blickte ihn an. Seine Augen spiegelten eine Mischung aus Zorn und Trauer wider.

„Wer ist der Feind?", fragte Gabriel

„Es sind ein paar abtrünnige Soldaten und Ritter, die glauben, im Namen ihres Gottes die Welt zu säubern."

„Wie kann ein Mord mit Säuberung gleichgesetzt werden? Sie haben unschuldige Familien getötet!", stellte Gabriel fest. Er dachte an seine Familie, an den Verlust und an den Schmerz. Seine Emotionen, die er vorübergehend verloren hatte, waren wieder da und er spürte den Hass in sich aufsteigen. Sein anfängliches Misstrauen wich, und er spürte erneut so etwas wie Leben in sich. Er war kein toter Geist mehr, der ratlos umherirrte.

„Ich werde sie alle töten und diese Ungerechtigkeit ungeschehen machen!"

„Geduld, Welpe, Ihr werdet die Gelegenheit dazu bekommen. Doch vorher müsst Ihr wissen, wie Ihr eure Kräfte am sinnvollsten nutzen könnt!" Leviathan blickte Venatius an und grinste still vergnügt. Ihm gefiel der Ehrgeiz, den Gabriel an den Tag legte.

„Ihr meint die mentalen Kräfte?", fragte er.

„Nicht nur das. Seid Ihr bereit, meinem Vater zu folgen und an seiner Seite gegen die Scharlatane zu kämpfen?"

„So wahr ich hier sitze!", entgegnete Gabriel entschlossen.

„Ich stelle mit Freuden fest, dass meine Entscheidung, auf die Dunkelheit zu hören, richtig war!" Der Kainit machte eine halbe Körperdrehung nach rechts und wandte sich dem Mönch zu.

„Bringt ihn in seine Behausung. Er braucht noch Ruhe! Die Verwandlung kostet viel Kraft."

Venatius nickte kurz, stand auf und forderte Gabriel auf, ihm zu folgen. Bevor er den Raum verlassen wollte, drehte er sich noch mal zu Leviathan um.

„Ich danke Euch, dass Ihr mich aufgenommen habt. Ich werde Euch nicht enttäuschen!"

„Gewiss, gewiss", winkte Leviathan ab. Kurz nachdem die Männer verschwunden waren, trat Primus in den Raum.

„Ich habe Euch schon erwartet", sagte Leviathan, ohne ihn anzuschauen.

„Gewiss, Bruder", sagte er und trat hinein. Ohne zu zögern, kam Primus in das Zimmer und setzte sich auf den Platz, wo eben Gabriel noch gesessen hatte.

„Glückwunsch zu Eurem Kind. Ihr habt hier womöglich eine gute Wahl getroffen. Seitdem unser Vater Euch erlaubt hat, neue Welpen zu erschaffen, seid Ihr recht fleißig, möchte ich meinen." Primus grinste.

„In der Tat", erwiderte Leviathan.

* * *

Nachdem Gabriel mit Venatius die Wendeltreppe hinuntergegangen und in den fensterlosen Gang getreten war, öffnete der Mönch die erste Tür auf der rechten Seite. Der Welpe blickte in den Raum, der dahinter lag, und erkannte eine Schlafstelle. Die Kammer war sehr spartanisch eingerichtet. Das Fenster war mit schweren Tüchern verdeckt, sodass es stockfinster war. Er sah ein Bett mit Kopfkissen und Decke sowie einen Tisch, auf dem eine kleine Öllampe brannte, um Licht zu spenden.

„Legt Euch hier zur Ruhe. Wir werden Euch wieder wecken. Verlasst den Raum nicht, bis wir Euch Bescheid geben", sagte Venatius.

„Ich verstehe. Wegen des Sonnenlichts", erwiderte Gabriel.

„Ihr lernt schnell. Das wird Euch helfen!"

Es war mit Sicherheit ein hoher Preis, den er zahlen musste. Nie wieder in die Sonne blicken zu dürfen. Aber das nahm er im Moment gerne in Kauf.

WICHTIGE ÜBERLEGUNG

Amar fand sich erneut in dem dunklen Krankenzimmer ein und dachte über das letzte Gespräch mit seinem Freund nach. Die Äußerung Bartholmes über Beobachtung in dieser Gegend durch die Ghule beunruhigte ihn zutiefst. Bis jetzt operierten diese Dämonen in einem Gebiet weiter nördlich von hier. Sie waren ihnen bis jetzt immer im selben Umkreis begegnet. Fortan bewegten sie sich weiter, vergrößerten ihren Radius, und das missfiel ihm.

Weitere Erkenntnisse verhalf ihm das Konstrukt der Dunkelheit besser zu verstehen. Aber jetzt ergab vieles einen Sinn. Dass diese Ghule bis jetzt so ortsgebunden waren, machte ebenso viel Sinn wie die Tatsache, dass sie es nicht schafften, die Anzahl des Feindes zu reduzieren. So wie es in den Texten geschrieben stand, hatte man die unerschöpfliche Möglichkeit, immer mehr von ihnen zu erschaffen, das hatte der Abt berichtet. Er musste sich die Texte zwingend selber anschauen. Musste mehr über den Feind und vor allem über die Steine in Erfahrung bringen. Wenn es eine Möglichkeit gab, diese Monster auf Dauer zu besiegen, dann nur mit Hilfe dieser Kristalle. Da war er sich sicher.

So langsam wurde ihm immer mehr bewusst, wie machtvoll Adalar eigentlich war. Er hatte eine geraume Zeit viel zu klein gedacht. Das Ganze war viel größer als ein örtliches Problem. Nicht nur beschränkt auf den Wald ohne Wiederkehr. Viele Bürger hatten keine Ahnung, was dort vor sich ging. Sie ahnten vielleicht etwas, aber er war sich sicher, dass sie nicht wussten, dass es das Böse in dieser Form und Macht wirklich gab.

Er blickte auf den altersschwachen Körper, der schlafend neben ihm lag und ruhig und schwer atmete. Die Zeit drängte. Kurz entschlossen legte er seine warme Hand auf die von Bartholmes und hielt sie fest. Der Schlafende bekam davon nichts mit. Wie lange er jetzt schon neben ihm verweilte, konnte er gar nicht sagen. Die Gedanken ließen die Zeit verfliegen. Er musste sich sehr schnell einen Überblick von der Situation verschaffen. Sie mussten sich neu formieren, um auf den bestehenden Angriff vorbereitet zu sein. Und der würde kommen. Da Bartholmes Wissen besaß, welches er nicht besitzen durfte, würde Adalar mit Sicherheit alles geben, um das rückgängig zu machen. Dass sie seit Kurzem ausgekundschaftet wurden, sprach eindeutig für einen kommenden Angriff. Zielbewusst presste er die Lippen zusammen und stand schließlich auf, um das Zimmer zu verlassen. Ein letzter Blick, und dann ging er durch die Tür.

Zielstrebig lief er über den Klosterhof auf der Suche nach Christoph. Nach wenigen Minuten fand er ihn im Speisesaal, mit einer kleinen Gruppe von Männern zusammensitzend. Im Türrahmen stehend, rief er ihn zu sich. Der Vogelmann blickte auf und entschuldigte sich kurz. Dann folgte er dem Ruf, stand auf und kam zu ihm hinübergeeilt.

„Sind die Botschaften schon versendet worden?“, fragte er und zupfte sich die Barthaare am Kinn.

„Ja“, antwortete Christoph knapp. Er hatte einen Holzbecher mit Wasser mitgenommen und nahm einen Schluck daraus.

„Gut. Gut", wiederholte er nachdenklich. Dann schaute er nach rechts oben und schien kurz zu überlegen.

„Ihr müsst etwas für mich tun. Geht mit Oliver in das Skriptorium und nehmt Euch die Texte vor, von denen Bartholmes gesprochen hat. Durchsucht die Texte nach allem Brauchbaren. Ich will alles dazu wissen. Nehmt die Karte und studiert sie gründlich. Wir werden diesen Ort selbst aufsuchen, wenn wir weiterhin von Theotmar nichts hören." Er machte eine Pause und schien nachzudenken.

„Wir sollten so gut wie es geht vorbereitet sein." Christoph nahm einen erneuten Schluck und nickte ihm zu. „Sprecht mit den Mönchen. Sie können Euch bei der Sichtung helfen. Ich bin mir sicher, dass es irgendwelche Hinweise gibt, die uns weiterhelfen können." Wieder nickte Christoph ihm zu.

DIE KOSTPROBE

Der pochende und anhaltende Schmerz hinter seinen Augen strahlte hinauf bis zu seinen Haarwurzeln und war beinahe unerträglich geworden. Wie viel Zeit vergangen war, seit er in Ohnmacht gefallen war, wusste er nicht. Der Druck war furchtbar und Roland war sich sicher, diesen Zustand nicht mehr lange zu ertragen. Sein Schädel fühlte sich an wie eine überreife Frucht, die drohte, aus dem Inneren heraus zu platzen. Was genau passiert war, konnte er nicht sagen. Aber irgendwas war anders. Er fühlte sich wie ein Fremder in seinem eigenen Körper. Er saß in der Zelle, mit dem Rücken zur Wand, und war an beiden Händen gefesselt. Sie waren hochgezogen und ließen keinen Spielraum für große Bewegungen. In seinem Mund hatte er einen Knebel, der so festgezurrt war, dass er nicht mal piep sagen konnte. Der Knebel in seinem Mund war mittlerweile von seinem Speichel völlig eingeweicht. Der Sabber lief ihm an beiden Mundwinkeln die Wange hinunter und tropfte auf seine dreckige Lederweste. Er war leicht in Panik und er versuchte, durch tiefes Einatmen dem entgegenzuwirken. Normalerweise müsste sein Herz jetzt wie verrückt pochen und das Blut durch seine Adern pressen. Aber er spürte hier nicht das Geringste. Ganz im Gegenteil. In seiner Brust herrschte Stille. Hilfesuchend blickte er sich um. Die Gefangenen im hinteren Teil der anderen Zellen konnte er nicht sehen, aber ihr Flüstern vernahm er allzu deutlich. Roland versuchte, etwas zu sagen, aber außer einem brummenden Gejammer brachte er nichts hervor. Der Knebel war einfach zu fest. Er wusste, dass sein Ende nah war und dass er mit Sicherheit bald sterben würde. Da machte er sich nichts vor. Doch das endlos lange Warten, bis ihn der Tod ereilte, machte die Situation einfach unerträglich. Dann doch lieber direkt ein Pfeil in die Brust und sein Leid würde alsbald ein Ende finden. Aber dieser Luxus wurde ihm nicht gegönnt. Erst nach diesem Gedanken fiel ihm der Schmerz am Hals auf. Und im gleichen Moment kam die Erinnerung zurück, dass Adalar ihn in den Hals gebissen hatte, wie ein reueloses Tier.

Was ist passiert? Er war irritiert. Er war bei dem Biss nicht mehr er selbst gewesen. Roland hatte da eine geistige Veränderung verspürt. Und wie war das noch: Er war jetzt Adalars Eigentum? Wie war das gemeint? Der junge Ghul blickte nach oben und rüttelte an der kurzen Kette. Er wollte schauen, ob er sich aus der misslichen Lage befreien konnte. Aber da sah er keine Möglichkeit. Die Kette war fest mit ihm und der Wand verbunden. Die unnatürliche Haltung war auf die Dauer ebenso schmerzhaft wie nicht wirklich hilfreich. So wie er in diesem Moment gefangen war, würde er sich ohne fremde Hilfe nicht mehr befreien können.

Roland beugte sich unter Schmerzen nach vorn und versuchte, in die Nachbarzelle zu schauen, die durch Eisengitter zu seiner Zelle getrennt war. Es war recht dunkel, aber man konnte Konturen erkennen. Seine Bauchmuskeln schmerzten und sein Rücken sandte stechende Schmerzen an sein Gehirn. Er drehte den Kopf weiter nach rechts und konnte schließlich zwei bemitleidenswerte Gestalten in der Nachbarszelle erkennen. Die beiden Männer lagen erschöpft auf dem Boden. Ihre

Gesichter spiegelten die Hoffnungslosigkeit ihrer Situation wider. Eine Zelle dahinter erkannte er einen weiteren vollbärtigen Mann, den er noch nie gesehen hatte, mit schmutzigem Gesicht, der hinter den Gitterstäben stand und wild gestikulierend in seine Richtung zeigte. Er hatte langes blondes Haar, war von relativ kräftiger Statur und hatte ärmliche Kleidung an. Seine Wangenknochen stachen etwas hervor und seine Nase war recht groß. Doch allzu viel konnte er in der Dunkelheit nicht erkennen. Er schien nicht angekettet zu sein und wollte ihm wohl was mitteilen.

Was will er?, fragte er sich und verstand nicht ganz. Rolands Kraft ließ nach und sein Oberkörper schnellte wie ein Katapult zurück. Die Erschöpfung erfüllte seinen ganzen Körper und er wünschte sich langsam, einfach nur zu sterben. Seinen Herzschlag spürte er in diesem Moment immer noch nicht. Er wollte vor Wut schreien, aber das Atmen fiel ihm schwer.

Erst jetzt vernahm er die Schritte, die von der linken Seite aus an sein Ohr drangen. Jetzt ahnte er, was der Fremde ihm mitteilen wollte. Es kam jemand zu ihm und er war sich sicher, dass er von ihm keine Hilfe erwarten konnte.

Von jetzt auf gleich traten zwei blasse Gestalten in das Verlies. Der eine war ihm allzu gut bekannt. Der andere war ihm völlig fremd. Der Mann, den er kannte, war Leviathan, Adalars Sohn. Der andere war beinahe genauso groß wie er. Seine Erscheinung war weitaus unauffälliger und er wirkte neben seinem Begleiter recht unscheinbar. Seine Haut war fast genauso fahl wie die von Leviathan und seine dunklen Augenränder ließen ihn wie den Tod persönlich aussehen. Sein schmales Gesicht war mit dunklen Adern übersät, die sichtbar über das ganze Gesicht verteilt waren. Die Lockenpracht wirkte ein wenig deplatziert. Der Fremde war wie ein Edelmann sehr fein gekleidet. Vermutlich ein Mann der Oberschicht.

Unbeirrt steuerten die beiden auf ihn zu und blieben direkt vor ihm stehen. Flehend blickte Roland den Fremden an, in der Hoffnung, er würde ihm helfen. Aber es zeigte nicht die geringste Wirkung. Der Fremde ignorierte sein Ersuchen völlig und schaute ihn an wie ein Stück Fleisch, das man zur Schau gestellt hatte. Dieser Blick gefiel ihm nicht. In seinen Ohren summte es und er hatte das Gefühl, sein Bewusstsein zu verlieren. Wie zwei Tiere um ihre Beute schlichen sie um ihn herum.

„Das ist er?", fragte der Lockenkopf. Roland schaute den Fremden irritiert an.

„Ja, das ist unser Türöffner", erwiderte Leviathan. Der Lockenmann beugte sich zu ihm hinunter und schaute ihm in sein Gesicht.

„Könnte tatsächlich funktionieren!", fügte er hinzu.

„Das wird es.", antwortete Leviathan.

„Ihr seid Euch wirklich sicher, dass er uns nicht den Rücken kehrt?" Rolands Blicke wanderten nervös zwischen den beiden Männern hin und her. Er folgte dem Dialog genau, konnte aber nicht wirklich verstehen, was er da hörte. Wie war das gerade gemeint? Schweißperlen bildeten sich auf seiner Stirn und er bekam es verstärkt mit der Angst zu tun.

„Er wird Eure erste Aufgabe sein. Es liegt an Euch, ob er Euren Befehlen gehorchen wird oder nicht. Ihr seid Bartholmes weitestgehend unbekannt. Das ist unser Vorteil. Ihr müsst die Manipulation nur durchhalten. Der Rest ist ein Kinderspiel.", sagte Leviathan.

„Ich werde Euch nicht enttäuschen." Sein Gesicht spiegelte die Begeisterung wider, die er gerade erfuhr. Dann hockte er sich zu ihm hinunter und schaute ihm direkt in die Augen.

„Diese Kreatur wird nach und nach das Menschsein verlieren. Ihr könnt förmlich dabei zusehen. Baut eine Verbindung zu ihm auf", sagte Leviathan. Roland blickte die beiden Gestalten an. Seine Verwandlung war kein plötzlicher Sturz, sondern ein schleichendes Verblassen. Wie eine Pergamentrolle, die langsam zerfällt, bis nur noch ein Haufen Papier übrigbleibt. Einst war er ein kluger Mann mit scharfem Verstand und ruhiger Stimme, begann sein Wortschatz langsam zu bröckeln, als hätte ihm Adalar die Sprache selbst aus dem Fleisch gerissen. Gedanken, die früher wie scharfe Klingen waren, kamen nur noch als dumpfe Fragmente zurück. Erinnerungen verblassten, Wissen fiel in die Dunkelheit, und wo einst Wille war, trat ein dumpfer Gehorsam ein. Das, was einst Roland war, spürte deutlich, wie Gabriel in seinen Verstand eingedrungen war. Er spürte Befehle, lange bevor sie ausgesprochen wurden. So wie ein Wolf das Zittern der Erde spürte, wenn Gefahr drohte. Gleichzeitig wuchs in ihm ein brodelnder Zorn an, aufbrausend und grundlos, als ob etwas in seinem Innersten brüllte, das nicht länger eingesperrt sein wollte. Sein Blick wurde glasig, seine Bewegungen zuckend, das Fleisch spannte sich grau über die Knochen. So wurde Roland kein Kind des Blutes, sondern ein stinkender Ghul. Ein willenloser Diener von Gabriel, gefesselt durch Hunger und Befehl, gefangen zwischen Leben und Tod. Sein Körper würde von jetzt an verrotten. Langsam, aber sicher.

„Die Verwandlung von Menschen zu Ghul ist tatsächlich von einem zum anderen unterschiedlich. Die einen werden direkt zu willenlosen Monstern. Die anderen brauchen ein wenig Zeit. So wie es bei ihm der Fall ist. Es kommt immer auf die Willenskraft des Menschen an.“, Leviathan trat dem Ghul an die Stiefel. Dabei fauchte Roland wütend auf.

„Bald ist er so weit. Kontrolliert ihn. Wenn die Zeit gekommen ist, werdet ihr aufbrechen“, sagte Leviathan. Dann drehte er sich um und wollte die Zelle wieder verlassen. Der Lockenkopf kniete immer noch vor Roland und packte ihn am Kinn.

„Wir werden viel Zeit miteinander verbringen", meinte Gabriel dann zu dem Ghul und grinste ihn an. Dann stellte Gabriel sich wieder hin, drehte sich um und wollte Leviathan gerade folgen, als er stehen blieb. Langsam blickte er nach rechts. Schaute in die Dunkelheit und verharrte. Das Gefühl, dass er beobachtet wurde, spürte er deutlich. Seine Sinne waren weiter geschärft.

„Was ist mit den Gefangenen dahinten?", fragte er in die Dunkelheit hinein. Leviathan stand immer noch an der Gittertür.

„Das sind Streuner, die wir dann einsetzen, wenn wir sie brauchen. Sie sind keine Ghule, sondern Vampire von niedrigem Stand. Ohne Führung und ohne Zugehörigkeit zu unserer Gilde. Ihre Bedeutung muss noch gefunden werden. Beachtet sie nicht weiter. Eure Aufgabe liegt ganz allein bei diesem Exemplar hier. Und jetzt kommt", sagte Leviathan. Gabriel verengte die Augen zu Schlitzen, konnte aber den Mann in der letzten Zelle nicht genau erkennen. An irgendwen erinnerte er ihn. Es fiel ihm aber nicht ein, an wen. Er ließ den Gedanken los und folgte Leviathan aus der Zelle hinaus. Er musste sich jetzt auf Roland konzentrieren. Eine Aufgabe, die viel von ihm abverlangte. So schnell wie sie gekommen waren, so schnell war Roland, der Ghul, auch wieder allein.

DER ERSTE SCHNEE

Es waren zwei Tage vergangen, in denen nicht wirklich etwas passiert war. Mittlerweile hatte der Winter im ganzen Land Einzug gehalten und auch das Michaelskloster fest im Griff. Über Nacht fiel so viel Schnee, dass die Mönche Mühe hatten, die Eingänge zum Kloster freizuräumen. Die Eiskristalle hüllten die Gebäude des Klosters hoch auf dem Berg in ein weißes Leuchten. Es wirkte beinahe friedlich. Die unsagbare Kälte drang durch jeden möglichen Spalt im Mauerwerk und schritt weit bis in das Innere der Räumlichkeiten vor. Überall, wo es möglich war, versiegelten die Bewohner jede Öffnung, um somit die frostigen Temperaturen draußen zu lassen. Unaufhörlich rieselte der weiße Schnee weiter vom verschlossenen Himmel und legte sich auf alle Flächen, wo er schließlich Halt fand.

Amar befahl seinen Soldaten, die ganze Nacht auf den dafür vorgesehenen Posten Wache zu halten. Es gab vier strategisch wichtige Punkte, von wo man die gesamte Umgebung im Auge behalten konnte. Die jeweiligen Standorte waren an allen Seiten des Klosters. Sie waren schmal, hoch oben direkt über den Außenmauern gelegen und gut versteckt. Gerade mal vier Männer hatten auf dem Ausguck Platz. Zum Leidwesen der Soldaten war der Ausguck nicht überdacht, sodass sie immer weiter eingeschneit wurden. Mit Decken schützten sie sich vor der Kälte und hielten die nächtliche Umgebung im Blick. Bis jetzt war alles ruhig und die Soldaten nahmen keinerlei Bewegungen in den Wäldern rund um das Kloster wahr. Das bedeutete aber nicht, dass nicht zwischen den dichten Bäumen irgendwo einer dieser Ghule lauerte. Sie mussten wachsam bleiben.

Die Anfrage nach mehr Soldaten aus Passavia und Wormatia war bis jetzt unbeantwortet geblieben und das bereitete Amar große Sorgen. Der Bote war noch nicht zurückgekehrt, was vermutlich der Witterung geschuldet war. Der Falke war ebenfalls bis jetzt noch nicht zurückgekehrt. Jede Stunde, die sie ohne Antwort warten mussten, ließ die Sorge größer werden. Allerdings waren die Texte aufschlussreich, wie Bartholmes es gesagt hatte.

Im Skriptorium brannte noch Licht. Der Raum war leer bis auf zwei Personen, die wissbegierig jedes Dokument sichteten, welches ihnen der Mönch zur Verfügung gestellt hatte. Oliver war müde und er rieb sich die Augen, während er seinen Kopf mit der anderen Hand abstützte. Christoph und er hatten Amars Befehl in die Tat umgesetzt und viel Wissenswertes über Vampire gelesen. Vieles war ihnen durch Bartholmes schon bekannt. Manches war neu.

Gerade studierte Christoph ein altes Manuskript aus einer längst vergangenen Zeit. Es handelte davon, dass manche Leute auf der Liste an einer Krankheit litten. Es beinhaltete daher ein Rezept von der Heilung der sogenannten Perlsucht. Daher war dieses Stück Papier nicht so interessant für ihn. Oliver konnte ihm noch nicht so gut helfen. Der Leseunterricht ging nur sehr langsam voran und der junge Bauer war noch sehr weit davon entfernt, richtig lesen zu können. Einzelne zusammengehörende Buchstaben konnte er erkennen. Vielleicht auch mal ein Wort bilden. Aber zusammenhängende Sätze oder Texte konnte er noch nicht verstehen. So widmete er sich der Karte aus Passavia. Studierte ihre Skizzen und merkte sich wichtige Punkte. Alleine für den Fall, dass Theotmar nichts von sich hören ließ, musste sich einer von ihnen auf den Weg machen. Viel Zeit würde ihnen nicht mehr bleiben.

„Habt Ihr Euch die Karte gut eingeprägt?", fragte Christoph. Oliver blickte gerade auf einen markanten Punkt. Auf eine eingezeichnete Felsenformation, die wichtig zu sein schien. Kurz blickte er hoch.

„In der Tat gibt es hier markante Punkte, die ich mir eingeprägt habe", antwortete Oliver. Der Vogelmann nickte ihm zufrieden zu. Oliver wandte sich vom Pergament ab und blickte erneut auf.

„Wir werden nichts Weiteres mehr finden, oder?", sagte er entmutigt.

„Vieles von dem, was Bartholmes berichtet hatte, haben wir gefunden. Das ein oder andere Wissen konnte ich dem Papier noch entlocken. Aber nichts, was uns auf Anhieb weiterbringen könnte. Wir brauchen diese Steine. So oder so ist dies das Einzige, was wirklich wichtig ist. In einem der Texte habe ich den Namen für diese blauen Kristalle gefunden. Man nennt sie Engelssteine. Ein hübscher Name für etwas, was so viel Kraft besitzen soll", sagte Christoph. Dann legte er das lateinische Pergament weg und nahm sich eine neue Schriftrolle. Oliver war müde, aber es half nichts, sie mussten weitermachen. Noch waren nicht alle Texte gesichtet worden.

„Wann lehrt Ihr mich das Kämpfen?", fragte der junge Bauer. Christoph schaute zu ihm auf. Dann lächelte er ihn an.

„Ihr habt recht. Es ist Zeit für eine kurze Pause. Wie wäre es mit jetzt?", fragte er ihn. Oliver blickte ihn verdutzt an. Damit hatte er nicht gerechnet. Aber das war eine gute Abwechslung. Warum eigentlich nicht? Christoph griff nach den Holzschwertern, die auf dem Tisch lagen. Für ein paar Minuten war Zeit, sich zu verausgaben. Sie gingen beide zur Tür, zum Klostergang hinaus.

* * *

Amar saß einsam in der kleinen Kapelle und starrte regungslos auf das große Kreuz vor ihm. Es stand mitten auf einer aus Marmor gehauenen Platte und funkelte, angestrahlt durch den Kerzenschein, in die Dunkelheit des kleinen Raumes hinein. Es war aus purem Gold und war somit einer der wertvollsten Gegenstände im ganzen Kloster. Amars Gedanken fielen auf die Ereignisse der letzten Tage zurück. Es ließ ihm keine Ruhe. Jeden Tag konnte es so weit sein, dass diese Vampire hier einfallen würden.

Er ließ seine Gedanken kommen und gehen. Die guten und sinnvollen hieß er willkommen und ließ sie in seinem Geist verweilen. Für die weniger sinnvollen bedankte er sich und ließ sie wieder los. Amar war sich sicher, dass die Ghule da draußen waren, auch wenn die Wachen sie nicht sehen konnten. Für einen Moment kam ihm der Gedanke, einfach zu fliehen. Aber das konnte und wollte er nicht tun. Er konnte nicht wie ein feiger Hund verschwinden. Er würde hier kämpfen, bis zum Tod. Er würde Bartholmes beistehen. Koste es, was es wolle. Abermals blickte er auf das Kreuz und fing an zu beten.

DER WEG NACH PASSAVIA

Der Schnee fiel lautlos. Feine, silberne Kristalle, die sich über die dunkle Welt legen wie das Tuch über ein Totenbett. Die beiden Frauen ritten Seite an Seite durch die weiße Wildnis, ihre Silhouetten kaum mehr als ein Schatten im Zwielicht der winterlichen Nacht. Die Pferde waren gut genährt, bäuerliche Tiere, vom letzten Gehöft mit mehr List als Gewalt genommen. Vor Kraft dampften sie schwer aus den Nüstern, der Frost sammelte sich in ihren Mähnen wie Asche. Marias Wolf trottete voran, lautlos und zielstrebig. Nur manchmal wandte er den Kopf zurück, als prüfe er, ob seine Herrin ihm noch folgte.

Maria zog den dunklen Umhang enger um ihre Schultern.

„Wie lange ist es noch?", fragte sie leise. Ihre Stimme war so klar wie das Klirren des brechenden Frostes unter den Hufen. Katharina antwortete nicht gleich. Ihre Augen ruhten auf dem Wolf, der wie ein Wesen aus alten Legenden durch die Nacht lief. Schließlich sagte sie:

„Wenn wir die Brücke über den Fluss überqueren, sind wir bald da."

Der Pfad, den sie nahmen, war kein offizieller Weg, sondern eine schmale Straße zwischen Bäumen, Felsen und der schweigenden Unendlichkeit des Schnees. Normalerweise reiste kaum jemand bei Nacht, schon gar nicht durch Wälder fernab der Handelsstraßen. Doch Katharina und Maria waren keine gewöhnlichen Reisenden. Sie waren die Gefahr selbst, wenn man es darauf anlegte. Der Schnee störte sie nicht. Die Kälte drang nicht zu ihnen durch. Hunger und Müdigkeit, diese sterblichen Ketten, hatten sie längst abgelegt.

„Was werden wir tun, wenn wir in Passavia angekommen sind?", fragte Maria. Sie sah Katharina an. Ihre Augen waren wie polierter Bernstein, uralt und wunderschön.

„Passavia ist alt. Älter, als die Menschen es glauben. Wir werden ihre Mauern schützen, vor dem, was kommen wird. Wir müssen uns beraten und wir werden eine Strategie entwickeln, damit wir unsere Ziele erreichen. Wir werden unser Wissen an die Menschen geben. Wir helfen ihnen, damit sie sich selber helfen können. Und ich weiß auch schon womit."

Der Wind erhob sich, trug das Flüstern des Waldes mit sich, als ob die Bäume sich neigten, um zu lauschen. Es war eine Nacht wie aus einem Traum. Sternenlos und zeitlos. Nur durchdrungen vom Schnauben der Pferde und dem rhythmischen Knirschen der Hufe auf dem kalten Boden. Katharina schwieg eine Weile, dann sprach sie leise. „Ich spüre ihn noch sehr deutlich. Und er ist mir noch fremder geworden, als er es früher war."

Maria schaute zu ihr hinüber. Verrat war ein schmerzendes Schwert. Der Wolf hielt inne, schnupperte in den Wind, als hätte er die Worte verstanden. Seine Augen glühten einen Moment lang auf wie Kohlen in der Asche, dann schritt er weiter, tief hinein in das namenlose Weiß der Umgebung. Und die beiden Frauen folgten ihm, stumm und unbeirrbar. Zwei Schatten aus einer dunklen Vergangenheit, unterwegs in eine Stadt, die ihr Zuhause war.

ZWISCHENWELT

Seit Gabriel denken konnte, war die Zeit eine ungleichmäßige Einheit gewesen, die nicht verschiedenartiger hätte sein können. Zögerlich kam die Zukunft näher, blitzschnell war die Gegenwart da, und fortwährend verankerte sich die Vergangenheit in seinem Bewusstsein. Ein Gesetz, das auf diese Weise immer Bestand hatte. Bis zu jenem Tag der Verwandlung, an dem die Zeit ihren größten Schrecken für immer verloren hatte. Er war ein Mann, der dem Pfad der ewigen Jugend folgte, und konnte ab jetzt, ohne Gedanken an die Zukunft, die Zeit getrost vergessen. Die Unsterblichkeit war ein Luxus, den er sich niemals hätte erträumen können. Auf eine gewisse Art war er jetzt frei. Durch die ständige Dunkelheit, von der er die letzte Zeit umgeben war, verlor er das Gefühl für die Zeit fast völlig. Im Laufe der letzten Tage lernte er immer weiter hinzu und war fleißig damit beschäftigt, sein eigenes wiedergeborenes *Ich* neu zu definieren. Die Rolle, in die man ihn sozusagen reingezwängt hatte, passte wie eine zweite Haut und er ging völlig in ihr auf. Seine mentale und körperliche Kraft nahm stündlich zu und er merkte bald, dass er ein junger, neugeborener Krieger war, der nur darauf wartete, dass man ihn von der Leine ließ. Der Welpe war neugierig darauf, seine neu erlernten Fähigkeiten auszuprobieren und endlich auf die Jagd zu gehen, wenngleich er noch völlig unerfahren war. Er verschränkte die Arme hinter seinem Kopf und dachte weiter darüber nach, welche Möglichkeiten ihm jetzt offenstanden.

Sein Schlafgemach war nicht wirklich groß, aber zum Schlafen reichte es völlig aus. Nachdem er sich zur Ruhe gelegt hatte, schlief er ein und bekam vom Wintereinbruch nichts mit. Der Schlaf eines Vampirs ist mit dem eines Menschen nicht zu vergleichen. Es ist eher ein Zustand der kompletten Ruhe. Ja, eine Starre, möchte man sagen. In dieser Zeit kommen der Verstand oder mehr der Geist zur Ruhe und lassen Zeit für Träume. Wenngleich man sich nicht vorstellen kann, dass Vampire träumen können. Sie können es. Seine Augenlider bewegten sich hin und her und zeugten davon, dass der einstige Bauer träumte.

Zeit und Raum schienen sich aufzulösen und setzten sich vor seinen Augen zu einem neuen, wunderschönen Bild zusammen. Vor ihm lag eine friedliche Welt, die in unsagbar viel Helligkeit getaucht war. Es war so grell, dass es schon fast in seinen Augen schmerzte. Er blickte sich zaghaft um und hielt die Hand vor sein Gesicht, um das Sonnenlicht ein wenig zu dämmen. Wie war das möglich? Der Blick in die Sonne war ihm doch wohl verwehrt, oder doch nicht?

Immer noch verwundert blickte er auf die helle Scheibe und sah, wie das strahlende Licht den Morgen begrüßte wie einen guten alten Freund, der täglich zu Besuch kam. Hinter ihm stand ein großer Baum, den er als Aussichtspunkt nutzen wollte.

Es war kühl. Der morgendliche Tau lag über den Wiesen und spendete die dringend benötigte Feuchtigkeit. Er blickte zurück auf sein Heimatdorf, das in friedliche Stille getaucht war, bis ein stolzer Hahn sich erhob und ebenso den Tag begrüßte.

Eine kleine schwarze Katze mit aufgestelltem Schwanz lief über lehmhaltigen Boden und schlüpfte in das Innere eines Wohnhauses, in der Hoffnung, etwas zu fressen zu finden. Kurz darauf kam eine junge Frau und schlich aus dem Haus. Gabriel, der inzwischen auf die Kronen eines Baums geklettert war, um besser sehen zu können, beobachtete alles äußerst genau, in unruhiger Erwartung. Die Szenerie war wunderbar.

Die junge Frau lief barfuß über den Lehmboden. Der dünne Unterrock reichte ihr gerade bis zum Knie und um die Schultern hatte sie sich einen groben Umhang geschlungen, der sie vor der morgendlichen Kühle schützen sollte. Sie kam genau zu jenem Baum gelaufen, in dessen Krone er sich wartend auf die Lauer gelegt hatte. Ohne Scheu und ohne sich umzudrehen, erreichte sie schließlich die Rinde des alten Laubbaumes, der bereits seine ersten hellgrünen Blätter ausbildete. Außer Atem lehnte sie sich gegen die Rinde und zwang sich zur Ruhe. Der Beobachter lächelte etwas und rutschte geräuschlos auf einen Ast weiter nach unten, um die morgendliche Besucherin genauer betrachten zu können. Ihr rotes, langes Haar fiel in unbändigen Wellen über die Schulter und rahmte das von Erschöpfung sanft gerötete Gesicht. Die weichen Züge waren nun ganz entspannt und die junge Frau hielt die Augen geschlossen und reckte den Kopf in die Höhe. Ihre schmalen Nasenflügel bebten leicht, als sie den süßen Frühlingsduft einsog. Würde sie jetzt die Lider heben, könnte sie dem Beobachter direkt in die Augen schauen, doch das tat sie nicht. Stattdessen formten sich die vollen Lippen zu einem süßen Lächeln. Gabriel glaubte bereits, ihren Duft zu riechen. Wie aus Versehen glitt der Umhang von den Schultern und der Zuschauer rutschte noch etwas nach vorne, um noch besser den sich hebenden und senkenden Busen zu erkennen.

In diesem Moment gab es ein verräterisches Knirschen, der Ast stöhnte unter dem Gewicht und brach schließlich mit lautem Getöse entzwei. Auf dem Weg zum Boden riss das Holz den verwirrt Schauenden mit sich. Noch im Herabstürzen begriffen, sah er die weit aufgerissenen Rehaugen, die ihn entsetzt ansahen und sich sofort darauf zu amüsierten Schlitzen verengten. Dann folgte der Aufprall, sehr unsanft und nicht ganz ohne Schmerzen. Für einen Moment blieb ihm die Luft weg und schwarze Schatten tanzten vor seinen Augen, doch ein helles Lachen führte ihn zurück. Er drehte sich auf den Rücken und blickte wieder in die großen braunen Augen. Ihr Haar fiel ihm in sein Gesicht, als sie sich zu ihm herunterbeugte.

„Habt Ihr Euch verletzt?" Sie lachte erneut.

„Gabriel, Gabriel, Ihr wisst doch, dass man ehrbaren Frauen nicht hinterhersteigen sollte." Mit diesen Worten richtete sie sich auf und nahm eine hochmütige Haltung an, dabei reckte sie ihre große Nase hoch und schob die Unterlippe nach vorn.

„Habt Ihr jetzt genug gelacht?" Gabriel war ein wenig verärgert.

„Was seid Ihr so grob zu mir?", schmollte sie.

„Verzeiht mir! Das war nicht so gemeint. Der Schock hat mich übermannt!" Ihn plagte das schlechte Gewissen. Obwohl er die Frau nicht gut kannte, spürte er eine gewisse Zuneigung zu ihr. Es war, als kenne er sie schon ewig und irgendwie doch nicht. Aber woher kannte er sie genau? Es fiel ihm nicht ein. Die wunderschöne rothaarige Frau.

Ein nicht definierbares Geräusch ließ ihn herumwirbeln. Er blickte an der Rinde vorbei, erkannte aber niemanden. Als er sich umdrehte, war die schöne Rothaarige aus dem Norden verschwunden. Abermals veränderte sich die Umgebung.

Aufkommender Wind ließ ihn frösteln. Von jetzt auf gleich wurde es dunkel und er schaute zum Himmel, der mit schwarzen Wolken verhangen war. Ein Unwetter zog auf. Eine ganze Armee von Raben flog über seinen Kopf hinweg und krächzte laut auf. Gabriel musste sich ducken, sonst wäre er mit den Tieren zusammengestoßen. Das eben noch grüne Gras wandelte sich zu einer braunen Wüste aus Lehm und Sand. Das Haus in der Ferne fiel in sich zusammen und der Baum trocknete einfach so aus und war völlig morsch. Alles ging so schnell, als ob die Zeit an diesem Ort keine Bedeutung hatte.

Ein anderes Geräusch lenkte ihn ab. Es war ein Stöhnen, unmenschliche Klagelaute, die an sein Ohr drangen. Er blickte sich um und sah überraschenderweise, ein paar Meter entfernt, seinen Bruder Wilhelm vor sich stehen. Sein Gesicht war blutverschmiert und er streckte die Hand helfend aus. Aus seinen Augen floss Blut die Wange hinunter. Wilhelm öffnete den Mund und sprach ein paar Worte, doch durch den tosenden Wind konnte er ihn nicht verstehen, erkannte aber zugleich, dass er Hilfe brauchte. Ohne zu zögern, setzten sich seine Füße in Bewegung. Zwei Schritte später blieben seine Füße im schlammigen Boden stecken. Eine Hand packte ihn am Knöchel. Gabriel blickte hinunter. Es war die schöne Rothaarige aus dem Norden. Ihr Gesicht war zu einer bösen Fratze entstellt. Die Haut hing in Fetzen und das Fleisch löste sich von ihrem Arm, sodass die Elle zum Vorschein kam. Es stank nach Tod. Ein weiteres Mal blickte er seinem Bruder in das hilfesuchende Gesicht, der unverändert an derselben Stelle verharrte. In Panik versuchte er, sich wieder freizukämpfen, sank dabei aber immer tiefer in den weichen Boden ein. Die Frau zog ihn mit in die Tiefe. Das Atmen fiel ihm schwer und er hielt inne, denn die hastigen Bewegungen bewirkten genau das Gegenteil von dem, was er eigentlich bezwecken wollte. Immer noch unerreichbar, hatte sich das Blatt auf einmal gewendet. Gabriel rief nach Wilhelm und bat ihn um Hilfe, doch dieser bewegte sich einfach nicht. Jetzt drohte er im Schlamm zu ertrinken.

Sah er denn die Not nicht, in der er sich befand? Ein paar Regentropfen lenkten ihn ab und Gabriel blickte in den Himmel. Die Wolken wurden immer dunkler und schon bald öffnete der Himmel seine Schleusen. Regen landete auf seiner Haut. Die Farbe war blutrot, wie die eines leuchtenden Rubins. Er landete auf seinem Gesicht und färbte es ein. Als er wieder nach vorne blickte, war Wilhelm verschwunden. Er hörte hinter sich ein leises Atmen. Dann umschlangen ihn zwei kalte Arme an der Schulter.

„Wo willst du hin, Liebster? Du gehörst jetzt zu mir“, hörte er die Frau sagen.

Was war hier nur los? Der Blutregen nahm deutlich zu und je stärker er wurde, desto weicher wurde der Untergrund. Mit einem plötzlichen Ruck gab der Boden unter ihm nach und er sank immer tiefer im Schlamm ein. Gabriel ruderte wie verrückt mit den Armen und versuchte, irgendwo Halt zu finden. Es war zwecklos. Sein Gewicht und das Gewicht der Frau aus dem Norden zogen ihn immer weiter in die Tiefe. Der kühle Schlamm bedeckte mittlerweile seinen Brustkorb und der Druck quetschte ihm die Lunge ein. Nur noch japsend bekam er Luft und ihm wurde schwindelig. Die Panik hatte ihren Zenit erreicht und gerade als er schreien wollte, war er so tief eingesunken, dass sich sein Mund mit dem braunen Matsch füllte. Er drohte zu ersticken. Er spürte die kalte Hand auf seinem Kopf und …

Mit einem Ruck öffnete er die Augen und starrte hektisch in den Raum. Seine Haut war schweißnass und er war immer noch geschockt. Langsam realisierte er, dass er nur geträumt hatte. Er holte tief Luft und setzte sich auf. Hektisch blickte er sich um. Er war in Sicherheit. Ihm war kein Leid geschehen. Kurz schloss er die Augen, um sie dann ruckartig wieder zu öffnen. Seine lockigen Haare klebten auf seiner Kopfhaut und an der Stirn fest.

„Puh ...", stieß er leise aus und war sichtlich erleichtert, dass er nur geträumt hatte. Er hatte immer mal wieder einen Traum, aber dieser war so realistisch gewesen, dass er geglaubt hatte, wirklich zu ersticken. Für einen Moment fragte er sich, ob dies überhaupt möglich war. Sein Bruder Wilhelm war mit Sicherheit tot. Von Amars Leuten feige umgebracht. Gabriel versuchte, den Traum zu deuten. Warum ihm aber die Frau in den Sinn gekommen war, ließ ihn fragend zurück. Hatte er etwa Schuldgefühle? Nein, die hatte er abgelegt, als er das Menschsein verlassen hatte.

Dem Traum irgendeinen Sinn gebend, war er der Meinung, dass sein Bruder ihm sagen wollte, dass er sich rächen sollte. An dem Mann, der ihn und seine Familie getötet hatte. Das musste es sein. Das war es, was man ihm im Traum mitteilen wollte. Für einen kurzen Moment dachte er auch an Oliver. Und er fragte sich, wie er wohl gestorben sei. Er holte noch einmal tief Luft. Die Vergangenheit war ein schreckliches Übel, an das er nicht mehr denken sollte.

ALTER BRIEF

Die wärmende Sonne wurde durch ein dickes Band an grauen Schneewolken ausnahmslos verhangen und zeigte sich an diesem Morgen gar nicht. Es war sehr kalt, die Temperaturen waren über Nacht noch weiter gefallen und die Bewohner des Klosters hatten so ihre Mühe, mit dem Frost klarzukommen. Angestrengt stapfte Oliver durch den tiefen Schnee, an der Eiche im Klosterhof vorbei und hinterließ seine Fußabdrücke bei jedem Schritt. Seine Bundschuhe waren nicht mehr dunkel, sondern weiß. Und obwohl er nur ein paar Schritte durch den Schnee ging, waren seine Füße eiskalt.

Christoph und er hatten diese Nacht nur sehr wenig geschlafen. Sie hatten sich sehr spät zur Ruhe gelegt und waren sehr früh wieder auf den Beinen gewesen. Bis spät in die Nacht hatte Christoph die Texte studiert, während Oliver sich die Karte eingeprägt hatte. In den Pausen hatten sie sich mit leichten Kampfübungen wachgehalten. Selbst die Leseübungen für Oliver kamen nicht zu kurz. Diese Strapazen waren mitunter der Grund, warum er seine Augen noch nicht richtig aufbekommen hatte. Er ging eher auf Verdacht den Weg zum Skriptorium hinüber, als dass er bewusst sehen konnte, wohin er trat. Dicke Schneeflocken wirbelten um sein Gesicht herum und landeten unkoordiniert auf seiner Kapuze. Die Flocken waren beinahe daumendick und es schneite so heftig, dass die Umgebung beinahe komplett in weißes Licht getaucht war. Für einen kurzen Moment überlegte er, wann es das letzte Mal so heftig geschneit hatte. Er konnte sich nicht daran erinnern. Er blickte kurz zu den kahlen Ästen des Baumes hoch, die selbst auch mit reichlich Schnee bedeckt waren.

Schweigend und den Kopf voller Gedankensprünge setzte der junge Mann einen Fuß nach dem anderen in den zum Teil gefrorenen Schnee, bis er schließlich den Klosterhof vollständig überquert hatte. Als er aufgewacht war, war Christoph schon weg gewesen und er wusste, wo er ihn finden würde.

Als er auf dem überdachten Klostergang war, klopfte er sich die Schuhe ab, ging ein Stück weiter, um dann kurz nach links abzubiegen. Oliver drückte den Knauf der schmalen Holztür und schob diese knarrend auf. Sofort verschwand er in der dunklen Stube, in der es deutlich wärmer war als draußen im Klosterhof. Er zog die Kapuze nach hinten, klopfte den Schnee von seinem Überwurf ab und sah den Vogelmann am Tisch sitzen, die Nase wieder einmal tief in den Texten verborgen. Ohne aufzuschauen, begrüßte er ihn knapp. Christoph wirkte sehr konzentriert. Oliver streifte indes seinen Überwurf ab und legte ihn auf einen der vielen Tische. Dankend rieb er sich die Hände. Die Wärme tat einfach gut. Zügig ging er an den anderen leeren Tischen vorbei, in die hinterste Ecke des Raumes. Dort, wo durch die Hauswand kein direktes Fenster war und es nicht so zog wie im vorderen Teil des Raumes. Es war außer ihnen niemand im Skriptorium.

Die Öllampen waren aus und an der Feuerstelle glomm noch ein wenig das Holz. Ohne zu zögern, machte Oliver kehrt und ging hinüber zur Feuerstelle. Er nahm sich ein Stück Holz und legte es auf die Feuerstelle. Viel von dem Brennmaterial war nicht mehr da, das neben der Feuerstelle gestapelt war.

Er würde bald neues holen müssen. Es dauerte einen kurzen Moment, dann wurde das Feuer durch die neue Lichtnahrung entfacht. Der Qualm des Feuers zog über einen Luftschacht nach oben hinweg und schon bald gab das Feuer mehr Wärme ab. Dann nahm er sich einen kleinen Holzstab und entzündete ihn über der Flamme. Sie glomm auf und er beeilte sich, zurück an den Tisch zu kommen, ohne dass sein Feuer wieder ausging. Zügig zündete er die zwei Öllampen auf dem Tisch an. Christoph schaute kurz auf.

„Ah, besser", meinte er. Nachdem er die Flamme ausgepustet hatte, gesellte er sich zu ihm und schaute über die Texte, die verbreitet über dem Holztisch lagen. Zögernd griff er nach einem und schaute auf die Buchstaben. Der Text war sehr unleserlich geschrieben, wie er fand, dennoch erkannte er ein paar Buchstaben. Christoph hatte die Texte schon durchgearbeitet, also sah er es jetzt eher als Übung an, hier noch mal drüberzuschauen. Es war für ihn sehr anstrengend und insofern keine große Hilfe, da er Christoph inhaltlich nicht richtig helfen konnte. Dennoch hatte er seine Aufgabe. Und zwar die Karte zu studieren, und das hatte er bis hierhin gut gemeistert. Mit den Texten war Christoph alsbald durch und sie konnten Amar bald Bericht erstatten.

„Ihr seid wie immer sehr tüchtig", sagte Oliver, als er sich gegenüber von ihm hinsetzte.

Mit einem Poltern schwang die Tür abermals auf und ein Mann in einer dunkelbraunen Mönchskutte trat in den Raum. Mit ihm hielt ein Schwung kalte Luft Einzug und die Papiere auf dem Tisch wurden kurz angehoben. Der Besucher blieb kurz im Türrahmen stehen und vereinzelte Schneeflocken tanzten in den Raum und fielen tauend zu Boden. In seiner Hand hielt er ein langes Schwert mit einem schwarzen Griff und einer leicht blau schimmernden Klinge. Sie blickten den Mann verdutzt an und Oliver fragte sich, was der Mönch mit dem Schwert vorhatte. *Recht ungewöhnlich, möchte man meinen.*

Die Augen des Mönches leuchteten auf und es wirkte so, als ob er genau sie gesucht hatte. Kurz darauf zog er seine Kapuze zurück und fing leicht an zu lächeln. Sein Gesicht war glatt wie poliertes Elfenbein. Der Mönch besaß keinen Bart und man mochte meinen, dass er niemals einen bekommen würde. Seine braunen Haare waren schulterlang und leicht gewellt. Der Mönch war recht groß und von einer sehr stabilen Statur. Er stand für einen kurzen Moment einfach nur da und schwieg die beiden an.

„Ihr seid früh dran", meinte er schließlich. Er sprach mit einem Dialekt aus dem südlichen Raum, was ihn entlarvte, da er nicht von hier stammte. Dann setzte er sich langsam in Bewegung und schloss die Tür hinter sich, sodass die Kälte draußen blieb. Langsam ging er auf Christoph und Oliver zu und hielt dabei sein Schwert mit der Klinge nach unten.

„Man bat mich, Euch zu helfen", sagte er und lächelte weiter dabei. Sein Gesicht wirkte sehr vertrauenserweckend und freundlich. Nicht so wie bei Christoph und Oliver. Die schauten gerade sehr finster drein.

„Amar schickt Euch?", fragte Christoph. Der Mann schien kurz zu überlegen.

„Ganz recht", meinte er schließlich, dann kam er zu ihnen an den Tisch und fragte höflich, ob er sich setzen durfte. Die beiden willigten ein. Der Fremde setzte sich neben Christoph an den Tisch und lehnte das Schwert neben sich an den Stuhl. Dann griff er unter seine Kutte und kramte eine schmale Schriftrolle hervor. Etwas unsanft schob er die vorhandenen Texte beiseite und breitete seine Schriftrolle auf dem Tisch aus.

„Seid Ihr bereit, mir zuzuhören?“, fragte der Fremde. Beide nickten ihm stumm zu. Der Mann hatte eine Aura, der man nicht zu entrinnen vermochte. Sie wirkte so positiv und beide fühlten sich jetzt irgendwie wohl in seiner Nähe. Ohne dass sie beschreiben konnten, warum.

„Was genau wisst Ihr über die Vampire und die Kristalle?“, fragte er die Männer.

„Wir haben schon sehr viel in Erfahrung bringen können. Dinge, die wir zunächst nicht vermutet hätten, die jetzt aber einen Sinn ergeben“, antwortete Christoph. Der Mönch pflichtete ihm nickend bei.

„Wie Ihr mittlerweile wisst, ist Adalar ein Kainit. Ein Vampir, nicht wahr?“ Wieder nickten sie dem Mönch zu.

„Ein Vampir, ein seelenloses Wesen, mit großer Macht und der Fähigkeit, die Menschen zu locken und zu täuschen. Nicht viele können seinem Charme oder seiner Macht widerstehen. Dieser Kainit ist durch und durch böse und hat die Macht, alles an sich zu reißen, was er will. Nichts kann sich wirklich gegen ihn stellen. Das macht Adalar und seine Kinder Leviathan und Primus zu gefährlichen Gegnern. Ein Kampf gegen sie wirkt recht aussichtslos, wenn man bedenkt, wie groß seine Armee aus Ghulen und schwarzen Soldaten ist. Euch kommen Zweifel, ob ihr den Kampf jemals gewinnen könnt, nicht wahr?“

„Ihr versteht es, einem Mut zuzusprechen“, betonte Oliver. Der Fremde schaute ihn an und grinste gezwungen.

„Ich bin nicht hier, um Euch nach dem Mund zu reden, sondern, um Euch die Wahrheit zu bringen. So wie Ihr jetzt kämpft, könnt Ihr nicht gewinnen. Ihr braucht Hilfe, um Euch zu verteidigen. Und damit meine ich nicht tausend weitere Männer. Ich meine damit eine Waffe. Eine Waffe, die so stark ist, dass Ihr eine Chance habt, Euch gegen diese Vampire zu wehren. Ihr wisst schon einiges über die Kristalle, nicht wahr?“

Der Mönch griff neben sich und legte das etwa ein Meter lange Schwert auf den Tisch. Es war wunderschön gearbeitet, die Klinge war scharf und der Griff mit schwarzem Leder verziert. Die Besonderheit bestand darin, dass sein Metall nicht die übliche Färbung hatte. Nein, es war leicht bläulich.

„Dieses Schwert ist die Antwort auf Eure Frage. Es ist aus dem Kristall geschmiedet, der diese Vampire und deren Ghule mit einem Schlag niederstreckt und in Flammen aufgehen lässt. Besitzt Ihr es, so beschützt es euch, wie es Gott selbst tun würde. Es ist nicht nur die Klinge, die tötet, nein, allein schon die Berührung tötet jeden Vampir auf der Stelle. Wenn Ihr schnell genug seid", betonte er.

„Die Waffe ist aus dem Engelskristall geschmiedet? Wie ist das möglich?", fragte Christoph. Der Mönch schaute zu ihm rüber.

„Wie das geht, steht in einer alten Schrift geschrieben, die ich Euch gerne übergeben möchte. Dies und diesen Text hier", er legte eine Schriftrolle auf den Tisch.

„Woher wisst Ihr so viel darüber?", fragte Christoph.

„Das ist nicht eure Angelegenheit", erwiderte der Mönch.

„Wie ist Euer Name?", fragte Christoph. Der Fremde schaute Christoph tief in die Augen. Für einen kurzen Moment schien er zu überlegen, ob er ihn verraten sollte.

„Man nennt mich Nuriel", meinte er schließlich. Ob das sein richtiger Name war, konnte Christoph nicht bestimmen. Aber welcher Mönch hatte den Namen eines Engels? Wer war so anmaßend? Nuriel sah, dass die Männer etwas irritiert waren.

„Kann ich fortfahren?", fragte er dann weiter.

„Gewiss doch", sagte Oliver. Die Aussage klang schon beinahe wie eine Entschuldigung. Nuriel legte das Schwert wieder beiseite und deutete auf die Textstelle auf dem Papier.

„Seht her! Diese Vampire sind seelenlos. Was sie zu schier unbesiegbaren Monstern macht."

„Sie haben keine Seele?", fragte Christoph und zog eine Augenbraue fragend nach oben. Bevor er noch eine Frage stellen konnte, schob der Mönch ihm den Text hinüber und befahl ihm, laut vorzulesen.

„Lest das." Christoph zog das Pergament zu sich hinüber, räusperte sich kurz und las die Zeilen laut vor.

Diese Worte sind für all die Ungläubigen verfasst, die glauben möchten. Für alle Brüder und Schwestern im Geiste, die ihren Weg mit Gott gehen wollen, aber noch immer dem Zweifel unterlegen sind. Ich möchte alle Menschen mit dem rechten und wahren Glauben vereint wissen und hoffe auf eine gemeinsame Zukunft, in welcher das Licht regiert. Mit unseren Herren als Anführer. Meine geschriebenen Worte sollen Euch den Herren näherbringen und ihn als einzig wahren Gott beschreiben. Daher wähle ich meine Worte in diesem Brief mit Bedacht und sage nichts als die Wahrheit. Denn nur der, der die Wahrheit kennt, wird glauben.

Als Erstes möchte ich bekunden, wer den Herrn kennt, kann ihn auch beschreiben und begreifen. Wer ihn aber nicht kennt, findet auch keine passenden Worte für ihn und kann auch nicht erfassen, was dieser eine Gott für uns tut. Deswegen ist es sehr wichtig, sich mit unserem Schöpfer zu befassen und an ihn zu glauben, um auch auf unsere innersten Fragen eine Antwort zu finden. Ich habe meine Antworten gefunden, da ich mich mit Gott befasst habe. Und aus diesem Grund kann ich sehen, was andere nicht sehen. Und ich kann kämpfen, weil ich weiß, wer mein Feind ist.

Viele von Euch fragen sich: Wer ist dieser Gott? Die Antwort, die ich Euch auf diese Frage geben kann, ist recht einfach. Der Herr ist unser Schöpfer. Der Erschaffer des Lebens, des Himmels und der Erde, des Wassers, des Feuers und der Luft. Er war es, der die Menschen auf dieser Welt erschuf und sie segnete. Wir haben ihm so viel zu verdanken. Verliert niemals den Glauben an den Herrn. Auch nicht in Eurer finstersten Stunde. Zweifelt niemals an seiner Kraft und an seiner Liebe für euch. Auch wenn ihr der Meinung seid, er existiere gar nicht. Glaubt mir, wenn ich Euch sage, dass es ihn sehr wohl gibt. Gott ist die Liebe und die Wahrheit. Nur wer Gutes tut, der glaubt an Gott und tut es ihm gleich. Daher sage ich Euch, glaubt an diesen einen Gott und Ihr erhaltet die ewige Erlösung.

Der Herr verändert Euer Leben, so wie er meins verändert hat. Ich habe den richtigen Weg gefunden und dies erfüllt mein Herz mit Freude. Ihr müsst es nur zulassen, denn seine Herrlichkeit ändert alles zum Positiven, das ist gewiss. Es war einmal anders, bevor ich Gott gefunden hatte. Schatten zogen mich in die Dunkelheit und zerrten an meiner Seele. Ich kämpfte dagegen an und widerstand dem Bösen. Und jetzt, so sage ich euch, geht es mir besser und ich bin zufrieden und glücklich.

Das irdische Leben, das von Gott gegeben ist, ist nicht von Dauer. Die Zeit ist begrenzt, aber nach dem Tod kommt die Ewigkeit und die Herrlichkeit. Aber nur dann, wenn Ihr an diesen Gott glaubt und ihm Eure Liebe schenkt. Wir haben hier auf Erden die Wahl zu entscheiden, ob wir ihm dieses Vertrauen entgegenbringen. Wir haben die Wahl zu entscheiden, wo wir die Ewigkeit verbringen möchten. Im Himmel zusammen mit Gott, im Fegefeuer, um uns von unseren Sünden reinzuwaschen, oder in der Hölle, wo wir nie wieder Gottes Herrlichkeit erfahren dürfen. Das allein liegt in unserer Hand, welchen Weg wir gehen. Also trefft Eure Entscheidungen mit Bedacht und nehmt von allen Wegen, die

Ihr beschreiten könntet, den richtigen. Lasst Euch vom Teufel nicht verführen und geht keinen Handel mit ihm ein. Vor allem warne ich Euch vor den teuflischen Zungen, die Euch das ewige Leben auf der Erde versprechen. Sie sind das Böse in Menschengestalt, die nachts umherstreifen, um jede Seele, die sie finden können, einzufangen.

Wenn Ihr sie nicht erkennt, könnt Ihr gegen diesen Feind nichts ausrichten. Doch ich kenne sie und weiß von ihrer Existenz. Daher bekämpfe ich sie, indem ich ihnen den Kopf vom Rumpf schlage oder sie mit Feuer beschieße. Aber es gibt noch eine andere effektive Waffe. Den Engelskristall. Nutzt diese Waffen im Kampf gegen die Schatten und ihr werdet siegreich sein. Das ist mein Geschenk an meine Nachkommen.

Diese Wesen sind direkt aus der Sünde Kains entsprungen. Sie ernähren sich vom Blut der Menschen und der Tiere. Ihre kalten, nichtmenschlichen Augen verraten sie, sodass Ihr alle gewarnt seid. Hiermit warne ich Euch vor diesen Geschöpfen ohne Seele, denn sie sind Euer Verderben. Sie kommen aus der Dunkelheit und verweilen darin. Sie haben viele Namen, hinter denen sie sich verstecken. Manche nennen sie Schatten oder Hexer. Aber man kennt sie auch unter dem Namen Upir oder Vampir. Diese Unholde streifen durch die Nacht wie die Untoten und holen sich die armen Seelen, welche den Glauben verloren haben. Der Ursprung dieser Kreaturen liegt weit, weit vor unserer Zeit.

Ohne geeignete Waffen könnt Ihr nicht viel ausrichten. So sage ich Euch, wie ihr diese Kristalle am besten einsetzen könnt. Verbindet diese Kristalle mit Euren Schwertern und Äxten, so wird es ein Leichtes sein, sie zu töten. Es gibt einen Ort, wo Ihr die Kristalle finden könnt. Findet den Weg auf der Karte, die ich Euch aufgezeigt habe, und nehmt so viele Kristalle, wie Ihr tragen könnt …

Das Pergament war an dieser Stelle abgerissen worden und der Text endete hier abrupt. Nirgendwo fand der Leser einen Hinweis auf den Verfasser. Christoph hob den Kopf und blickte Nuriel fragend an.

„Habt Ihr den Text verfasst?"

„Nein, der Text ist nicht aus meinen Gedanken entsprungen. Ich bin nur der Hüter dieser wichtigen Dokumente. Und nun ist es an der Zeit, Euch diese weiterzugeben. Ihr braucht sie jetzt mehr denn je. Dieser Brief gehört zu der Karte, die ihr bereits besitzt."

Für einen kurzen Moment herrschte Stille. Nuriel fing an zu lächeln, dann kramte er unter seiner Kutte ein weiteres Papier hervor, breitete es ebenfalls auf dem Tisch aus und sagte kein Wort. Christoph schaute auf das Pergament und erkannte eine Anleitung.

„Ist das ...?", fragte Christoph

„Deswegen bin ich hier."

„Woher habt Ihr sie?", fragte jetzt Oliver.

„Das ist nicht wichtig. Wichtig ist, dass Ihr sie habt und dass Ihr jetzt die perfekte Waffe schmieden könnt. Geht und vernichtet diese Vampire, bevor sie Euch vernichten." Er drehte die Anleitung um und zeigte mit dem Finger auf einen kleinen Text.

„Und hier steht genau, wie Ihr die Schwerter daraus schmieden könnt."

„Wer seid Ihr?", fragte Christoph.

„Ein Freund", antwortete Nuriel. Seine Stimme klang ruhig und besonnen. Christoph nahm das Papier in die Hand und las die genaue Beschreibung. Es war unglaublich, was für ein Glück sie gerade hatten.

„Einen Rat gebe ich Euch noch. Sie sind schnell und listig, wie Ihr wisst. Jeder Fehler bedeutet für Euch das Ende. Ghule sind langsamer, aber diese Vampire sind schnell und flink. Sie können Euch töten oder zu einem der Ihren machen. Egal, was mit Euch passiert. Glaubt mir, wenn ich Euch sage, dass Ihr beides nicht wollt. Nutzt diese Waffe und lernt den schnellen Umgang. Wenn Ihr schneller seid als die Vampire, könnt Ihr überleben." Seine Worte klangen bestimmend

„Woher wisst Ihr so viel darüber?", fragte Oliver.

„Ich weiß so einiges. Nun nehmt dieses Wissen und verteidigt diese Anlage. Ich werde mich jetzt zum Gebet zurückziehen", sagte er schließlich und stand überraschend auf. Eigentlich hatten die beiden Männer noch weitere Fragen, akzeptierten aber die Entscheidung des Mönches, sie zu verlassen. Nuriel stand auf.

„Dieses Schwert überlasse ich Euch. Fertigt weitere an und kämpft damit", meinte er dann. Es klang so hoffnungsvoll. Diese Worte von einem Mann, den sie gerade erst kennengelernt hatten, gaben ihnen so viel. So viel Mut und Hoffnung. Es war ein unbeschreiblicher Moment. Nuriel ging weiter zur Tür, blieb kurz davor nochmals stehen und blickte sich um.

„Ihr tut gut daran, euch nur bei Tageslicht draußen aufzuhalten. Sie mögen kein Sonnenlicht", sagte er. Nuriel lächelte kurz, drehte sich dann um und ging hinaus auf den Klostergang. Oliver blickte währenddessen auf die Anleitung und hatte eine leichte Gänsehaut.

„Wir brauchen dringend diese Kristalle", sagte Christoph. Etwas hektisch packte Christoph die wertvollen Papiere zusammen und stand sofort auf.

„Nehmt Euch das Schwert und folgt mir", sagte er zu Oliver, ohne ihn dabei anzuschauen. Oliver tat, wie ihm geheißen. Er griff sich die Waffe, ließ seinen Überwurf auf dem Tisch liegen und folgte dem Vogelmann hinaus auf den Gang.

Schon bald hatten sie das Skriptorium verlassen und standen im Klostergang. Im Schnee konnten sie die Spuren von Nuriel sehen, die vom Gang aus über den Hof zur großen Eiche führten und dort endeten.

„Wo ist er hin?", fragte Oliver verdutzt. Christoph drehte sich zu ihm um und zuckte ahnungslos mit den Achseln. Wie konnte er sich in Luft auflösen?

So schnell sie konnten, liefen sie hinüber zu Bartholmes' Zimmer und klopften an die kalte Holztür. Es dauerte einen kurzen Moment, da öffnete Amar ihnen die Tür und schaute sie besorgt an.

„Wir haben etwas, was euch gefallen wird", sagte Christoph und trat ein. Oliver folgte ihm zugleich. Amar schloss aufgeregt die Tür hinter sich und drehte sich zu den beiden Männern um. Bartholmes lag auf dem Bett und musste angestrengt husten. Ehrfürchtig ging Christoph an das Bett und sprach den Abt an.

„Verzeiht die Störung, aber wir haben wichtige Neuigkeiten." Dann drehte er sich zu Amar um.

„Danke, dass ihr uns Nuriel geschickt habt." Amar blickte ihn an und verstand nicht, wovon er sprach.

„Sein Wissen ist von unschätzbarem Wert", sagte er weiter und strahlte dabei über das ganze Gesicht. Bartholmes indes blickte ihn verdutzt an und sah so aus, als ob er auch nichts von dem verstanden hatte, was der Vogelmann gerade gesagt hatte. Fragend riss er die Augen auf.

„Von wem sprecht Ihr?"

„Nuriel", sagte Christoph zögerlich, der direkt neben Oliver stand.

„Der Mönch, der uns dieses Schwert gebracht hat", fügte Oliver hinzu. Wieder schaute Amar ratlos. Oliver reichte ihm die Waffe.

„Ist das ..."

„Ja, ganz recht."

„Wie ist das möglich? Wir kennen seine Zusammensetzung doch noch gar nicht", betonte Amar. Bartholmes blickte ebenfalls auf die Waffe.

„Ja, wie ist das möglich?"

„Hier steht, wie es gemacht wird. Alles ist da?" Amar war immer noch verdutzt. Christoph reichte indes Bartholmes das dünne Papier. Bartholmes nahm es vorsichtig mit seinen Fingern entgegen. Er schaute kurz auf die Karte und grunzte.

„Ich verstehe das alles nicht. Hier gibt es keinen Glaubensbruder mit diesem Namen", sagte Bartholmes. Jetzt schauten Christoph und Oliver sich fragend an.

„Er hat gerade mit uns gesprochen. Sein Wissen ist von unschätzbarem Wert. Er betonte, dass Ihr ihn geschickt habt, Amar", sagte Oliver. Bartholmes blickte auf das Pergament.

„Seid versichert, dass es hier niemanden mit diesem Namen gibt." Bartholmes überreichte Amar das Papier. Neugierig blickte er darauf.

„Auch ich kenne diesen Mann nicht. Ich habe nie mit ihm gesprochen." Amar blickte auf die Zeichnungen und dann auf die Beschreibung des Textes.

„Wie sah der Mönch aus?", fragte er dann. Oliver kramte in seinem Gedächtnis herum und versuchte, ihn so gut wie es ging zu beschreiben. Dabei ließ er kein Detail aus.

„Ich kenne ihn nicht. Und ihr seid euch sicher, er hat so ausgesehen?", der kranke Mann schaute ihm tief in die Augen und hoffte, dass Oliver kein Detail vergessen hatte.

„Ja, Eure Eminenz ...", bekräftigte Oliver, „... er wirkte auch so, als kenne er sich hier gut aus."

„Wo ist er jetzt hingegangen?", fragte Amar.

„Er wollte zum Gebet, schien es sich aber anders überlegt zu haben. Er ist in den Klosterhof, aber an der Eiche verliert sich seine Spur im Schnee“, antwortete Christoph.

„Wie ist das möglich? Kommt!“, befahl Amar und klopfte Christoph auf die Schulter. Amar gab Oliver die Anleitung und ging zur Tür.

„Passt gut auf sie auf.“

Er nahm das Papier in die Hand und hielt wohl im Moment das Wertvollste in seinen Händen seit dem heiligen Gral. Ein wenig überrascht von der neu gewonnenen Verantwortung, blickte er den beiden Freunden nach. Wer auch immer dieser Mönch gewesen war, er schien auf ihrer Seite zu stehen. Oder nicht?

„Jetzt brauchen wir nur diese Steine“, sagte er leise vor sich hin.

ZWISCHENWESEN

Worin genau besteht der Unterschied zwischen dem wirklich Erlebten und der nächtlichen Traumwelt, die uns abwechselnd umgibt? Wie kann der menschliche Verstand wirklich unterscheiden, was erlebte Erinnerung ist und was sich der Verstand zusammengereimt hat? Wo genau ist die Grenze zwischen den beiden Welten, wenn selbst der eigene Verstand dies nicht mehr zu unterscheiden vermag? Die Erinnerungen in seinem Kopf waren alle irgendwie wahr und doch falsch. Die Grenzen in seinem Verstand verwischten und alles wirkte verschwommen, wie ein undurchdringlicher Blick im Nebel.

Roland konnte nicht sagen, ob er noch er selbst war. Er wusste es nicht. Sein ganzes Sein hatte sich verändert und alles um ihn herum wirkte anders, als es noch vor Stunden gewesen war. Jetzt war alles so trostlos und von einer Leere gefüllt, die ihm Angst bereitete. Furcht dahin gehend, dass er diese Erinnerungen, die seinen Kopf befüllten, nie wieder bewusst erleben würde. Dass er seinem Ich keine weiteren Erinnerungen mehr schenken konnte. Er hatte sich verändert. Selbst die Empfindungen, wie er seine Umgebung wahrnahm, wirkten schwermütiger als sonst. Roland war nicht mehr er selbst, sondern fremd in seinem eigenen Körper.

Anfangs bemerkte der junge Soldat die Veränderung seines Verstandes. Er fühlte sich anders, irgendwie benommen, so wie es bei einem Fieberkranken geschehen würde. Doch dieser Zustand verstärkte sich immer weiter und sein eigentliches Ich wurde mehr und mehr in den Hintergrund gedrängt. Empfindungen wurden dumpf, die Sprache büßte weiter an Qualität ein, sowie der Gedanke. Alles ging so schnell, dass er innerhalb von ein paar Stunden drohte, den Verstand zu verlieren. Und es schließlich auch tat. Die Abänderung in seinem Inneren war schon so weit fortgeschritten, dass er nicht mehr erkennen konnte, was richtig oder falsch war. Er war willenlos geworden und sein Innerstes wurde von einem unendlichen Nichts beansprucht, was zu einer kompletten Antriebslosigkeit führte, was seine eigenen Bedürfnisse betraf. Seine Motivation schien ausgeschaltet und sein vor Stunden vorhandener Mut schien für immer verschwunden zu sein. Die Leere und die Einsamkeit hatten seinen Körper geistig und körperlich aufgefüllt und ließen ihn aus diesem Grund einsam und sabbernd zurück. Mit was auch immer er infiziert wurde, er hatte keine Möglichkeit, sich dagegen zu wehren. Es ließ ihn zu einer Abart dieser Kreaturen werden, die er einst bekämpft hatte. Nicht in der Lage, sich gegen die geistige und körperliche Folter, der er jetzt ausgesetzt war, zu wehren. Das Schlimme daran war, dass ihm diese Knechtschaft nicht einmal so richtig bewusst war. Jetzt jedenfalls nicht mehr. Seitdem Adalar ihn zu seinem Ghul gemacht hatte, war alles anders. Er war zu etwas Neuem geworden, ohne zu wissen, dass er die Seiten gewechselt hatte.

Er hockte mit dem Rücken angelehnt an der kalten Steinmauer auf verdrecktem Stroh und blickte wie ein gefangenes Tier in die halbdunkle Umgebung. Er war isoliert in seinem Gefängnis, was dazu führte, dass er in den letzten Stunden nicht mehr gesprochen hatte. Sein Gedankengut und die Anzahl an Wörtern, die in seinem Verstand hausten, nahmen gefühlt von Stunde zu Stunde ab. Er verkümmerte an dem mangelnden Angebot von geistiger Nahrung, welche ihn einst als Mensch ausgemacht hatte. Er wurde mehr zu einem Tier, das ausschließlich von Instinkten geleitet wurde. Der freie Wille wurde nicht mehr zugelassen. Ohne wirklich zu verstehen, was gerade passierte, schaute er auf seine Hand. Sie war knochig und das Fleisch und die Muskeln wirkten steifer als sonst. Die blasse Haut am Arm löste sich an einigen Stellen ab und gab die darunterliegende Muskelstruktur frei. Seine Fingernägel wurden blau und schmerzten ein wenig.

Er hatte sich eingenässt, warm und stinkend, doch was machte das jetzt noch aus? Der Tod kroch ohnehin schon unter seine Haut.

Roland atmete tief ein und geduldig wieder aus. Während er noch auf seine Hände starrte, bemerkte er nicht, wie plötzlich ein Mönch vor der Zelle stand und ihn anstarrte. Der Mann hatte eine Schüssel bei sich und Roland roch schon, was es war. Sein Geruchssinn hatte sich ebenso verändert.

„Hier ist was Leckeres!", sagte der Mönch und grinste dabei gezwungen. Er schloss die Gittertür auf und öffnete sie vorsichtig. Langsam kam der Mönch näher und beugte sich hinunter. Dann stellte er die Schüssel etwas unbeholfen ab. Dabei schwappte etwas von der Flüssigkeit auf den Boden. Der Besucher stand wieder auf.

„Schön aufessen", sagte er zu ihm. Dann drehte er sich um und verschwand so schnell, wie er gekommen war, im dahinterliegenden Gewölbegang. Roland klingelte noch das Klacken der Eisentür in den Ohren, als der Mönch sie zugeknallt hatte. Auch sein Gehör hatte sich verändert. Alles war lauter geworden. Roland erkannte den Mönch. Er hatte den Namen aber schon wieder vergessen. Erst jetzt merkte er, wie hungrig er eigentlich war. Wie durch einen Blitz getroffen, erwachte er zum Leben, schnellte nach vorne, krabbelte auf allen Vieren zur Schüssel und blickte hinein. Die Kette, die man ihm jetzt mit einer Schnalle um den Hals gelegt hatte, ließ zu, dass er sich etwa drei Meter in der Zelle frei bewegen konnte.

Seine Augen registrierten, dass es warmes Schweineblut mit Fettstückchen war. Eine kostbare Mahlzeit, wie er fand. Roland fing an, unkontrolliert zu sabbern. Mit beiden Händen nahm er die Schale auf, führte sie zum Mund und trank einen großen Schluck. Ein Teil des roten Blutes schoss an seinem Kinn hinunter und platschte auf den Boden. Roland trank schlürfend die ganze Schüssel leer. Er hatte Hunger, großen Hunger, und es tat einfach gut. Oder sollte er lieber sagen: Durst?

UNBEKANNTER VERBÜNDETER

Amar lief so schnell, wie es ihm möglich war, über den Klosterhof in die Richtung der Großen Eiche. Sie stand einsam und allein in der Mitte des Hofes. Schnee rieselte unaufhörlich auf ihn nieder, sodass sich die jungen Äste unter dem Gewicht etwas hinunterbogen. Direkt vor dem Kreisbogen blieb er stehen und sah die Fußspuren, die Nuriel hinterlassen hatte. Sie hörten tatsächlich etwa einen Meter vor der kleinen Mauer auf. Nichts deutete darauf hin, dass er irgendwo anders hingegangen war. Amar blieb ratlos stehen und schaute auf die Baumkrone. Da war niemand.

„Sagt mir, Christoph, wie ist das möglich?", fragte Amar, der sich zu ihm umgedreht hatte. Er stand nur etwa einen Meter hinter ihm und schaute Amar ebenso ratlos an.

„Nichts und niemand verschwindet spurlos", betonte Christoph.

„Ganz recht", pflichtete Amar ihm bei. Er drehte sich einmal um die eigene Achse, dann blieb er wieder mit dem Blick zur Eiche stehen. Dann schaute er ganz langsam nach oben in den Himmel. Christoph beobachtete seinen Freund. Dann schaute er ebenfalls in die Schneewolken. Der Himmel öffnete sich in schweigender Weite, und die Schneeflocken tanzten still herab wie flüchtige Träume aus Hoffnung, die den Atem der Welt für einen Moment anhielt.

„Wonach sucht Ihr?", fragte Christoph. Amar blickte zur Seite und schaute seinen Freund an.

„Ich bin mir nicht sicher", gab er zur Antwort.

„Wo sagtet Ihr, wollte er hin? Zum Gebet?"

„Ja, ganz recht."

„Kommt!", befahl Amar und spurtete durch den Schnee zum Klostergang. Die beiden Männer rannten weiter in die Richtung des Gebetsraums. Auf einer gefrorenen Regenpfütze wäre Amar beinahe ausgerutscht, konnte sich aber im letzten Moment auf den Beinen halten. Er taumelte ein wenig mit den Armen, bis er das Gleichgewicht wiedererlangt hatte, und rannte dann an zwei Glaubensbrüdern vorbei, die ihm entgegenkamen. Die beiden Mönche schauten Amar und Christoph nach, als sie wie wilde Hunde an ihnen vorbeigerannt kamen. Diese Hektik war im Kloster nicht gewünscht, und sie schüttelten verächtlich den Kopf. Hinter diesen heiligen Mauern herrschte Gelassenheit und Frieden. Hektik, Stress oder gar Streit waren hier nicht gern gesehen und kamen auch so gut wie nie vor. Nichts auf dieser Welt war es wert, in Hektik zu verfallen. Umso irritierter waren die beiden Mönche, als sie die beiden Läufer sahen. Die Glaubensbrüder drehten sich schließlich wieder schweigend um und gingen mit gefalteten Händen den Klostergang weiter.

Am Kreuzgang blieb Amar kurz stehen. Geradeaus ging es zum Ausgang des Klosters, etwas links versetzt zum Skriptorium, und rechts befand sich der kleine Gebetsraum. Amar und Christoph bogen nach rechts ab und hechteten den kurzen Gang weiter, bis dieser schließlich vor dem Gebetsraum endete. Die Tür zum fensterlosen Raum stand weit offen. Bedächtig trat Amar hinein und bekreuzigte sich.

Dann folgte Christoph in die Stille des Raumes. Sie waren völlig allein.

„Wo ist er nur hin?“, fragte Amar. Christoph kam neben ihm zum Stehen und schaute in den leeren Raum, der recht einfach ausgestattet war. Es gab vier Sitzbänke aus dunklem Holz an der Wand. Sie waren auf der linken sowie auf der rechten Seite hintereinander hingestellt worden. In der Mitte führte ein schmaler Gang zu einem kleinen Altar, auf dem ein großes Kreuz aus Gold stand. Das Kreuz wurde umfasst von fünf schmalen Kerzen. Amar ging ein Stück näher auf das Kreuz zu und sah hinter dem Altar ein langes Steingemälde, welches die Kreuzigung Christi zeigte, mit allen wichtigen Stationen des Glaubens.

„Vielleicht hat er sich in seine privaten Gemächer zurückgezogen?“ Der Satz klang eher wie eine Frage, als dass es eine Aussage von Christoph war. Seine Stimme hallte durch den kleinen Raum und durchbrach die Stille für einen kurzen Moment. Amar drehte sich zu ihm um und schaute ihn ungläubig an.

„Ich glaube, er hat das Kloster schon längst verlassen“, meinte er nach einer kurzen Pause des Überlegens zu ihm.

„Wie meint Ihr das?“

„Wie Bartholmes bemerkt hat, kennt er keinen Mönch mit diesem Namen. Und ich selbst habe so einen Mann, wie er beschrieben wurde, hier auch noch nicht gesehen. Er muss von außerhalb gekommen sein“, betonte er.

„Ja ... ja, aber wie ist er hier hineingekommen? Alle Besucher werden gemeldet?“

„Ich glaube nicht, dass er durch das Tor gekommen ist“, antwortete Amar. Sein Blick war ernst. Christoph schien nicht ganz zu verstehen. Er schüttelte den Kopf und gab so sein Unverständnis zum Ausdruck.

„Kommt mit." Amar drehte sich um und setzte wieder in Bewegung. Schnell rauschte er an Christoph vorbei und verließ den Gebetsraum. Der Vogelmann blickte verunsichert noch einmal auf das Kreuz. Dann bekreuzigte er sich, entschuldigte sich für die Störung und drehte sich ebenfalls um. Schnellen Schrittes folgte er Amar in den kleinen Klostergang hinaus.

Nach nicht mal einer Minute hatten sie ihr Ziel erreicht. Amar und er waren zur Eingangstür des Klosters gerannt und beide schnappten kurz nach Luft. Zu Amars Verwunderung war der kleine Vorraum zum Eingang unbewacht. Es war niemand an der Tür, der schaute, ob jemand das Kloster verlassen hatte. Amar blickte auf die leere, schmale Holzbank, die rechts vom Eingang hingestellt worden war. Dort konnte sich der wachhabende Mönch ab und zu niederlassen.

Vorsichtig griff Amar nach dem Hebel, der die Tür verschloss. Dann schob er ihn nach oben und öffnete die schwere Holztür. Amar trat hinaus in den Schnee. Flocken tanzten um sein Gesicht und ließen sich auf seinem schwarzen Haar nieder. Amar sondierte die Umgebung. Sie war menschenleer. Er blickte auf den schneebedeckten Boden. Zu seinem Leidwesen waren dort sehr viele Spuren von Menschen, Pferden und anderen Tieren, sodass es für ihn unmöglich festzustellen war, ob Nuriel wirklich hier gewesen war. Wie auch immer, er war verschwunden. Und er konnte ihm keine weiteren Fragen mehr stellen, von denen er noch einige hatte. Er schaute abermals hoch in den Himmel. Immer weiter fielen Schneeflocken aus den grauen Wolken und überdeckten nach und nach die Spuren im Schnee, sodass sie alsbald ganz verschwinden würden. Wer auch immer dieser Nuriel gewesen sein mochte: Sie hatten einen weiteren Verbündeten, und Amar hoffte, dass er ihm eines Tages seinen Dank aussprechen konnte.

„Kommt“, sagte er kurzerhand und drehte sich wieder um. Christoph schaute noch einmal in den Wald. Außer dem Schneetreiben und ein paar Bewegungen der Bäume, die durch den Wind verursacht wurden, sah er nichts Verdächtiges. Schließlich drehte auch er sich um, schloss die Tür hinter sich und folgte Amar.

SCHNELLE REAKTION

Es war mitten am Tag, als der Graf ungewöhnlicherweise nach seinem Sohn Primus verlangte. Er hatte sich, wie üblich, zur Ruhe gelegt und war unsanft von einem seiner Soldaten geweckt worden. Der Söldner, der noch zu der Gattung Mensch gehörte, hatte heftig gegen die Tür gehämmert. Langsam erhob Primus sich aus seinem Bett, lauschte dem kurzen Befehl, welcher ihm auferlegt worden war, und folgte dem verdunkelten Gang hinab in das Verlies, direkt unter dem Gebäude. Sein Körper hatte noch nicht die volle Leistung erreicht, sodass er sehr konzentriert die Stufen hinunterging. Unten angekommen, sah er seinen Vater, die Arme nach hinten verschränkt, mitten in der großen Höhle stehen und einen Punkt im Raum fixieren.

„Vater, Ihr habt nach mir verlangt", sagte er und blieb auf der letzten Stufe der Treppe stehen. Adalar drehte sich nicht zu ihm um. Primus erkannte, wie er im schwachen Licht der Fackeln mit dem Kopf nickte.

„In der Tat." Für einen Moment blieben beide stumm stehen.

„Ein Sturm zieht auf, mein Kind", betonte sein Vater. In seiner Stimme meinte Primus so etwas wie Sorge erkannt zu haben. Nach wenigen Sekunden drehte er sich zu seinem Sohn um. Die Augen seines Vaters waren zu schmalen Schlitzen verengt, und er schien angestrengt über etwas nachzudenken. Er kannte seinen Vater sehr gut und wusste, seinen Gesichtsausdruck zu deuten.

„Was meint Ihr, Vater?", fragte er genauer nach. Adalar ging einen Schritt auf ihn zu.

„Kommt her, mein Sohn", meinte er, öffnete die Arme und hieß ihn willkommen. Primus reagierte sofort und ging auf ihn zu. Adalar umarmte seinen Sohn und drückte ihn kurz, dann ließ er ihn wieder los und packte ihn sanft an den Schultern.

„Mein Sohn, wie Ihr wisst, werde ich bald Richtung Westen aufbrechen, um dort wieder alles ins Reine zu bringen. Eigentlich wäre ich schon auf dem Weg, aber dieser Schnee ließ mich zögern. Ihr wisst, eine Reise ist für uns gefährlich, und ich möchte nicht noch mehr Risiko eingehen. Also werde ich gehen, wenn der Schneefall aufgehört hat."

„Gewiss", antwortete Primus. Adalar stand im Schein der Fackel vor seinem Sohn und sprach mit jener kalten Dringlichkeit, die nur jene kennen, die Jahrhunderte voller Nächte durchlebt haben. Er legte seine rechte Hand auf die linke Schulter seines Sohnes und sagte:

„Diese Geistlichen, ... diese Menschen vom Michaelskloster haben sich verbotene Schriften und Rituale angeeignet, die nach den alten Legenden gegen unsere Gilde wirken. Und nicht nur gegen unsere, sondern gegen alle, die von unserem Stamme sind. Worte, die das Blut läutern und die, die Sonne schärfer machen, als sie ohnehin schon ist." Er blickte seinem Sohn tief in die Augen. „Dieser Fehler muss ungeschehen gemacht werden", flüsterte er. „Die Drachengilde im Westen wird schon unruhig, und ich muss darüber mit Vlad sprechen. Wir müssen in das Kloster und ihnen das Wissen entreißen. Weniger aus Rache, sondern mehr aus Selbsterhalt. Wobei die Rache bittersüß schmeckt. Uns bleibt nur eine Wahl, und die ist, alles dort zu vernichten. Und zwar bevor – und das betone ich hier noch einmal – bevor sie Hilfe aus Wormatia erhalten." Er machte eine Pause. Primus verstand die Dringlichkeit sehr gut. Viel stand auf dem Spiel.

„Ein Bote, der auf dem Weg nach Wormatia war, wurde von unseren Soldaten bereits abgefangen. Direkt hinter Heidelberch auf der verschneiten Waldstraße wurde die Nachricht gestoppt und der Bote verweilt jetzt als mein Ghul in den Höhlen." Adalars Augen glühten auf, dann senkte er seinen Blick. „Gut ... die Zeit drängt, denn Wissen, einmal verbreitet, ist wie ein Hauch der Seuche. Es ist kaum aufzuhalten und verbreitet sich wie ein Lauffeuer. Noch ist es eingedämmt und noch können wir was dagegen tun. Also handle, mein Sohn", sagte er.

„Ein Dritter, den ich gut kenne, sagte mir, dass Amar bewusst zum Michaelskloster gegangen ist. Es ist kein Zufall, genau dort, wo man die heiligen Schriften Kains aufbewahrt. Bartholmes hat ihn darum gebeten." Wieder holte er tief Luft und sprach dann weiter: „Mir ist zu Ohren gekommen, dass er zudem nach Unterstützung aus dem Süden verlangt hat. Jenen Ort, wo sich die Travianer aufhalten. Auch das müssen wir im Auge behalten. Wir haben schon einmal unseren Sitz verteidigen müssen. Ich möchte das nicht ein weiteres Mal machen müssen."

„Dazu wird es nicht kommen. Dafür werde ich persönlich sorgen", sagte Primus.

„Das ist gut. Es ist wichtig, dass die Bündnisse zwischen Heidelberch und Passavia zerschlagen werden, wenn sie tatsächlich bestehen sollten. Es ist an der Zeit, beide Orte für uns einzunehmen und diese Quälgeister zu einem der unseren zu machen." Adalar ballte seine Faust. Primus nickte ihm stumm zu.

„Wir sollten nicht zulassen, dass der Widerstand größer wird und womöglich noch die Kirche auf den Plan ruft. Wenn Wormatia ihnen zu Hilfe eilt, haben wir ein Problem. Es wird schon so schwer genug“, betonte Adalar.

„Primus, mein Sohn. So klug. Ihr habt recht. Leviathan wird, wie ich es befohlen habe, das Kloster einnehmen. Er wird uns das zurückholen, was unser ist, und es dieses Mal sicher verwahren. Er wird das Kloster einnehmen und verwalten. Und das Wissen, das sie besitzen, entreißen. Von unserem Boten haben wir noch keine Antwort erhalten. Sollte er nicht zurückkehren, bitte ich euch darum, selbst nach Passavia zu reisen. Tut Ihr das für mich?“

„Sicher, Vater.“ Adalar ging einen Schritt zurück und lächelte seinen Sohn an. Dass er stolz auf beide Kinder war, stand außer Frage. Sie waren seine ersten Kinder, die er geschaffen hatte. Sie waren der Anfang seiner Familie. Der so lang ersehnte Zusammenhalt.

„Handelt rasch, denn wenn das Licht wiederkehrt, soll kein Werk unvollendet bleiben und kein Blut unvergossen, bis mein Wille erfüllt ist.“

„Wir werden Euch nicht enttäuschen, Vater“, antwortete Primus.

DIE NÄCHSTEN SCHRITTE

Am Abend hatte der Schneefall aufgehört und die Mönche waren schwer damit beschäftigt, die Schneemassen ein wenig beiseitezuräumen, da er zum Teil den Weg zu wichtigen Einrichtungen versperrte. Die Stimmung im Kloster war etwas angespannt. Jeder diskutierte über die Begegnung mit Nuriel. Keiner kannte ihn und jeder fragte sich, wie es möglich war, in das Kloster zu kommen und es wieder zu verlassen, ohne dass er, dem Anschein nach, die Tür dazu benutzte. Wilde Gerüchte geisterten durch die Räumlichkeiten und Amar missfiel das ein wenig, konnte er doch nichts mit Gerüchten anfangen. Halbwahrheiten führten immer zu Problemen, daher hielt er sich lieber immer an Fakten.

Die Sonne war schon lange untergegangen und immer zum Anbruch der Nacht waren sie alle in höchster Alarmbereitschaft. Der Feind war außerhalb der Mauern und Amar war sich sicher, dass er einen Weg hineinfinden würde. Es war vermutlich nur eine Frage der Zeit. Die Türen und Außenmauern wurden auf seine Anweisung hin noch stärker bewacht. Dazu benötigte er jeden Mann. Jeder von ihnen, ob Soldat oder Mönch, leistete seinen Beitrag dazu, dass nichts und niemand hinter die Mauern des Klosters gelangen konnte. Selbst aus der Siedlung hatte er ein paar Männer bekommen. Gerade mal eine Handvoll, aber immerhin.

Amar, Christoph und Oliver saßen beisammen im Speisesaal am Tisch und tranken vom selbst gebrauten Bier der Mönche. Ein dunkles, würzig schmeckendes Getränk mit einem geringen Anteil an Alkohol. Christoph liebte das Gebräu.

Oliver saß gedankenverloren den beiden Rittern gegenüber und ließ seinen Blick durch den karg eingerichteten Raum schweifen, in dem die Mönche für gewöhnlich zu speisen pflegten. Abwesend knibbelte er an der Holzoberfläche herum und schien für den Moment ganz woanders zu sein.

Der Speisesaal war unter anderem der größte Raum in dieser Anlage. Die Anzahl der Sitzplätze ließ Platz für fast alle Bewohner des Klosters. Selbst für die Besucher. In der angrenzenden Küche bereitete ein Teil der Mönche das Abendessen zu. Es roch schon sehr gut.

„Habt Ihr verstanden, was ich gesagt habe?", hörte der junge Bauer Amar sagen und wurde aus seinen Gedanken gerissen. Oliver schaute Amar fragend an, während dieser noch einen Schluck von dem Mönchsbier zu sich nahm.

„Was meint Ihr?", fragte er verdutzt. Amar schüttelte den Kopf und schaute ihn irritiert an. Das gehörte sich nicht.

„Euch scheint es ja nicht wichtig zu sein, was ich sage!", brummte er ihn an. Oliver schämte sich. Das war respektlos.

„Doch, doch, verzeiht. Ich war in Gedanken. Was sagtet Ihr?", erneut nahm er einen Schluck. Das malzige Getränk schmeckte ihm auch wirklich gut.

„Ich sagte, wir werden Euch auch in unsere Mitte aufnehmen. Ihr wisst zwar immer noch nicht, wie man richtig kämpft, aber das werdet Ihr schnell lernen. Na ja, Ihr werdet es müssen, wenn Ihr überleben wollt. Aber je eher Ihr einer von uns seid, desto schneller werdet Ihr von allen akzeptiert und unterstützt. Aktuell sieht man Euch eher als Anhängsel. Und das gilt es zu vermeiden. Ihr werdet ein vollständiger

Teil der Gruppe!" Er hatte sich ausgiebig darüber mit Christoph unterhalten. Das Für und Wider abgewogen und sie waren zum Entschluss gekommen, ihn aufzunehmen. Dabei war einer der Hauptgründe jener, dass Amar sah, wie sich der junge Bauer gegen den Ghul gewehrt hatte. Wie er bis zum Schluss sich nicht aufgegeben hatte und um sein eigenes Überleben gekämpft hatte. Er war willensstark und trat für seine Sache ein. Amar sah in ihm einen Krieger und das war schon Grund genug. Oliver stellte den Becher auf den Tisch und sagte kein Wort. Damit hatte er nicht gerechnet. Jedenfalls nicht so zeitnah. Aber er empfand so etwas wie Stolz in seiner Brust.

„Seid Ihr Euch sicher?", fragte er. Amar nickte ihm stumm zu. Er würde ein Teil der Gruppe sein. Er hatte jetzt die Möglichkeit, ein Ritter zu werden. Wenngleich das von der Kirche nicht offiziell abgesegnet war, wurde er dennoch einer der Ihren. Er würde in die Familie mit aufgenommen werden. Diesen Werdegang hatte er nicht voraussehen können. Sein Leben als Bauer würde damit endgültig enden.

„Ihr habt gehört, was dieser Nuriel zu Euch gesagt hat. Bei diesem Kampf brauchen wir jeden Mann, der mit dem Schwert umzugehen vermag. Ihr seid eingeweiht, was den Engelskristall angeht. Und ich weiß, dass ein Feuer in Euch brennt, das diesen Kristall, diese einzigartige Waffe, gegen den Feind einsetzen will. Ihr seid dafür bereit!", sagte Amar. Oliver huschte ein kleines Lächeln über die Lippen. Es war soweit. Und er konnte es kaum erwarten. Er würde so schnell wie möglich alles von Christoph lernen und würde an der Seite von Amar und ihm kämpfen. Und es würde ihm eine Ehre sein. Oliver schaute kurz zu Christoph hinüber, der ihn auch kurz anlächelte. Die beiden Männer hatten diese Entscheidung getroffen. Eine gute, wie er fand.

„Ich werde nicht von Eurer Seite weichen", meinte Christoph dann zu ihm. Das sollte ihm wohl Sicherheit geben. Oliver pflichtete ihm stumm bei. Er konnte sich bald selbst schützen. Und genau dieser Gedanke war es, der ihn stolz machte und so etwas wie Selbstbewusstsein gab.

„Wir werden keine Zeit mehr verlieren. Und Ihr werdet noch heute Abend weiter von Christoph in die Kunst des Kampfes eingeweiht. Lernt schnell und werdet eine Waffe", befahl Amar ihm. Wieder nickte Oliver ihm, beinahe schüchtern, zu. In diesem Moment stand Christoph auf.

„Bis das Essen fertig ist, dauert es noch einen Moment. Eine Einheit lehre ich Euch jetzt schon", sagte Christoph zu Oliver und stand zügig auf. Amar blieb unterdessen sitzen. Er schaute zu Oliver hinüber.

„Geht", sagte er dann. Oliver nahm noch schnell einen Schluck aus seinem Becher und stand dann ebenfalls auf.

„Seid ohne Sorgen. Ihr werdet schnell lernen", sagte Amar dann mit einer sanften Stimme. Dann nippte er am Krug und nahm einen Schluck von dem Bier.

„Kommt ..., Bursche ..., ich werde Euch alles beibringen, was ich weiß." Amar schaute zu Christoph auf und nickte ihm verständnisvoll zu. Er wusste, dass er sein Bestes geben würde. Während Christoph und Oliver den Raum verließen, schaute er ihnen noch eine Weile gedankenschwer nach. Selbst als die beiden schon eine Weile fort waren, blickte er zum offenstehenden Eingang und hoffte auf das Beste.

DIE ERSTE JAGD

Das noch junge Reh suchte schnaubend und äußerst behutsam unter der hohen Schneedecke nach Futter. Immer wieder scharrte es mit den Hufen im Unterholz und hoffte, etwas Essbares zu finden. Die Abenddämmerung war keine wirkliche Hilfe für das Wild, denn die Sichtverhältnisse wurden von Minute zu Minute schlechter. Doch außergewöhnlicher Hunger trieb das junge Tier in eine gefährliche Gegend, nahe der Siedlung Heidelberch, in die es sich unter anderen Umständen nicht gewagt hätte. Auf jedes Geräusch achtend, pirschte es sich langsam durch den dunklen Wald und versuchte dabei, genau auf seine unmittelbare Umgebung zu achten. Das Tier war völlig allein, von der restlichen Herde getrennt und noch viel zu jung, um zu verstehen, dass es somit leichte Beute für seine Fressfeinde darstellte. Obwohl es mit spitzen Ohren ganz genau in die Landschaft hineinlauschte und auf jedes verdächtige Geräusch achtete, war es mittlerweile schon zu sehr abgelenkt, sodass es bei der Futtersuche nicht bemerkte, wie es von seinem größten Feind ins Visier genommen wurde. Ohne dass es das Wild wusste, war es schon so gut wie zum Tode verurteilt. Das junge Reh blieb an einer kleinen Lichtung stehen und fand ein kleines Gebüsch, an dem noch ein paar grüne Blätter zu finden waren. Gierig machte es sich ans Werk und knabberte das restliche Grün vom Strauch, den Kiefer ständig malmend in Bewegung haltend. Die großen dunklen Rehaugen hielten dabei unaufhörlich die Landschaft im Blick.

Keine zehn Meter von dem Reh entfernt, lauerte der gnadenlose Jäger ebenso hungrig wie konzentriert im Unterholz und beobachtete das Rotwild ganz genau. Der Familienvater hatte die Fährte schon seit einiger Zeit aufgenommen und endlich hatte er seine Beute ausfindig gemacht. Im Schnee war es ein Leichtes, die Spuren zu verfolgen. In der Hocke robbte er ein kleines Stück vorwärts und blickte zwischen zwei Büschen genau auf die Flanke des Tieres, das trotz des jungen Alters gut genährt schien. Äußerst vorsichtig und leise nahm er seinen Bogen, spannte den Pfeil ein und visierte sein Opfer an. Er versuchte trotz des Drucks, den Arm ruhig zu halten und wartete auf die richtige Gelegenheit, um den einen gezielten Schuss abzufeuern. Der mit Tierfell behangene Jäger hatte nur eins im Sinn, und zwar seine Familie zu ernähren. Sie hatten schon lange kein Fleisch mehr auf dem Teller gehabt und jetzt war es zum Greifen nahe. Der Jäger ließ das Wild nicht mehr aus den Augen und achtete nur noch auf die Beute. Er stützte sich mit seinem Knie auf dem verschneiten Boden ab, um einen besseren Halt zu bekommen, und machte dabei so gut wie kein Geräusch. Im Halbdunkel zielte er auf den Kopf des Rotwilds und war sich ziemlich sicher, diesen Abend erfolgreich zu sein. Genau in diesem Moment war er äußerst konzentriert. Es war von großer Bedeutung, dass der erste Schuss sitzen musste. Er bündelte seine ganze Kraft und zielte ganz genau auf den Kopf des Tieres. Er schloss sein rechtes Auge und spannte den Bogen mit der rechten Hand noch ein kleines Stück.

Bei diesem Vorgang bemerkte er aber nicht, dass er sich selbst gerade in unmittelbarer Gefahr befand. Sie lauerte hoch über ihm, in den Bäumen, und beobachtete ihn, seitdem er sich in den Büschen versteckt hatte. Es waren dunkle Schatten, die noch viel furchteinflößender waren, als er es jemals hätte sein können. Ohne Unterlass wurde er von den Augenpaaren beobachtet. Die Beobachter rochen die Nervosität des Bogenschützen, der das Reh immer noch anvisierte. Niemand würde vermuten, dass das Unheil über die Bäume kommen würde. So machte sich der Schütze keinerlei Gedanken darüber, in welcher Gefahr er sich befinden könnte. *Wozu auch?*

Das Wild knabberte immer noch an den vereinzelten Blättern und schlang die Nahrung gierig hinunter. Es war an der Zeit. Der Bogenschütze hielt das Seil auf Spannung und zielte ganz genau. Dann atmete er tief ein und hielt die Luft an. Der Mann löste seine Finger und ließ den Pfeil los, der blitzschnell durch das Unterholz zischte. Das Tier spitzte die Ohren, da es den herannahenden Pfeil hörte. Unfähig zu begreifen, was gerade passierte, durchbohrte die Spitze des Pfeils das Tier am Hals. Er hatte den Kopf knapp verfehlt. Blut spritzte aus der Wunde. Der Schütze hatte eine Ader erwischt. Das rote Blut ergoss sich über den Schnee und hinterließ einen gesprenkelten Fleck auf dem Boden und auf den noch vorhandenen Blättern des Busches. Das Wild machte einen Satz nach vorn und gerade als es sich entschloss, wegzulaufen, da traf ein zweiter Pfeil das Tier in die Seite. Wieder verfehlt. Das Wild wirbelte herum und wollte völlig verängstigt in die entgegengesetzte Richtung fliehen. Das war der letzte Fehler, den das Reh machte. Ein drittes Geschoss durchbohrte, gewollt vom Schützen, den Schädel des Tieres und blieb im Kopf stecken. Benommen knickten dem Rotwild die Beine weg und unter enormem Blutverlust brach es auf der Stelle zusammen und blieb schwer atmend im Schnee liegen. Verzweifelt kämpfte es weiter um sein Leben und zuckte mit den Beinen, obwohl der Kampf schon längst entschieden war. Der Mann sprang aus seinem Versteck und brüllte seine Freude über die erlegte Beute in die Wildnis hinaus. Dann stapfte er durch den knietiefen Schnee dem Tier schnell entgegen, um es von seinen Qualen zu erlösen.

Das Böse hoch oben in den Baumkronen beobachtete die Szenerie mit Freude. Jetzt war auch der Zeitpunkt für sie gekommen. Die Schatten, die sich in den großen Eichen versteckt hielten, warteten nicht mehr länger und machten sich auf den Weg hinunter.

Der Bogenschütze konnte sein Glück nicht fassen, zog einen Dolch aus seiner Tasche, die er am Gürtel trug, und war im Begriff, das Tier zu erlegen. Genau zu diesem Zeitpunkt glitt einer der Schatten von den letzten hohen Ästen hinunter und landete fast lautlos im Schnee neben ihm. Die dunkle Gestalt mit einem langen Mantel und einer Kapuze auf dem Kopf landete lautlos in der Hocke, verharrte einen Moment und richtete sich dann ganz langsam auf. Direkt hinter dem Bogenschützen.

„Ich danke dir, dass du dein Leben für uns opferst", sagte der Jäger, dann setzte er die Klinge am Hals des Tieres an, das ihn mit ängstlichen Rehaugen anstarrte.

„Heute gibt es wieder Fleisch!", freute sich der Mann von einfachem Stand, während er das Messer benutzte. Die Klinge durchschnitt die Kehle des Tieres, damit es hier auf der Stelle ausbluten konnte. Das Blut strömte auf den Schnee und hinterließ einen roten Fluss aus Leben. Das Tier schnaubte panisch auf und merkte, dass es zu Ende ging.

„Wie recht Ihr habt!", sagte Leviathan grinsend, beinahe nur hauchend. Der Mann erschrak und zuckte zusammen. Dann wirbelte er im Aufstehen zur Seite und stand direkt vor

Leviathan, nicht ahnend, wie dieser überhaupt dahin gekommen war. Sein Herz klopfte wie wild, und während er noch überlegte, was er jetzt machen sollte, spürte er schon den harten Faustschlag in seinem Gesicht. Wilde Lichtpunkte blitzten auf, und dann wurde ihm schwarz vor Augen. Der Schlag traf ihn an der Oberlippe, die sofort aufplatzte, wobei Blut aus der dünnen Haut quoll. Sein rechter vorderer Schneidezahn knackte und brach ab. Der Jäger flog mit einem Satz nach hinten und landete rücklings im Schnee.

„Wisst Ihr denn nicht, dass es für Euch verboten ist, Wild zu jagen?", sagte Leviathan. Im Fallen meinte der Jäger noch, ein weiteres Geräusch wahrgenommen zu haben. Sein Mund füllte sich mit Blut, und er spürte jetzt, dass ein Zahn abgebrochen war. Vor Schmerzen im Schnee liegend, spuckte er das Blut samt abgebrochenem Zahn in den Schnee. Vereinzelt landeten Schneeflocken, die vom Baum fielen, auf seinem Gesicht und tauten auf seiner warmen Haut. Der Mann fluchte etwas vor sich hin, was Leviathan aber nicht verstand. Da wollte ihm jemand das Wild streitig machen. Das konnte der Familienvater nicht zulassen, der in diesem Moment an seine Lieben dachte.

Der zweite Schatten landete jetzt direkt neben Leviathan. Gabriel war erstaunt, wie schnell sein Lehrer von der Baumkrone hinuntergestiegen war. Er selbst war zwar auch schnell, aber doch bei Weitem nicht so fix unterwegs wie er. Nachdem er mit beiden Füßen im Schnee gelandet war, hatte Leviathan den Mann schon niedergestreckt. Sein Schüler blickte auf die Beute, die blutend am Boden lag. Der Bogen war entzweigebrochen und als Waffe nicht mehr zu gebrauchen.

„Wie ihr seht, ist der richtige Zeitpunkt entscheidend!", sagte Leviathan. Der junge Krieger nickte ihm verständnisvoll zu. Dann blickte er wieder auf den Bogenschützen, der sich immer noch vor Schmerzen jammernd auf dem Boden krümmte und diverse Flüche aussprach. Er war fast komplett mit Schnee bedeckt. Dabei hielt er sich immer noch die Hand vor den Mund und fluchte.

„Ihr müsst erkennen, wann eure Beute abgelenkt ist. Dann ist es einfacher für euch!“ Wieder nickte Gabriel ihm zu. Langsam kam das Opfer wieder zu Kräften und fing an, das Fluchen einzustellen. Ohne dass die beiden gerade auf den Mann achteten, griff dieser nach seinem Dolch, den er beim Aufprall auf den Boden verloren hatte. Ein kurzer Blick nach rechts genügte, um zu erkennen, dass er in Reichweite neben ihm lag. Schnell griff er danach und umklammerte den Griff fest mit seinen kalten Fingern. Dann rollte er auf die Seite durch den Schnee und griff gezielt Gabriel an. Keiner machte ihm sein Abendessen streitig. Mit voller Wucht hob er seinen Dolch an und stach damit zu. Dabei streifte er das linke Schienbein von Gabriel, bohrte die Klinge in den Fußrücken und ließ den Dolch im Stiefel stecken.

Gabriel heulte kurz auf und blickte mit Entsetzen auf seinen linken Ballen. Der Schnee um seinen Fuß färbte sich rot. Der Familienvater hatte sich wieder vollständig aufgerappelt und war gerade im Begriff, Leviathan einen Faustschlag zu verpassen. Er holte aus und stürmte auf Leviathan zu. Dieser wirbelte herum, trat blitzschnell zur Seite, packte den Mann am Arm und wirbelte ihn so herum, dass er eine halbe Rolle nach vorne machte und mit dem Rücken auf den Boden knallte.

„Uff.“ Stöhnend blieb der Familienvater im Schnee liegen und hatte kurzfristig die Orientierung verloren. Kurz darauf reagierte Leviathan blitzschnell. Er holte aus und verpasste dem Opfer einen heftigen Tritt in dessen Gesicht. Dieser flog dann eine halbe Rolle seitwärts nach hinten weg und landete abermals stöhnend im Schnee. Dieses Mal aber auf dem

Bauch. Gabriel beugte sich währenddessen nach vorne und zog den Dolch fluchend aus seinem Fuß. Die Klinge war blutverschmiert und ein wenig von dem roten Saft tropfte nach unten.

„Bastard!“, jaulte er. Die Wunde brannte und es tat höllisch weh. Aber gleichzeitig merkte er, wie der Stich wieder verklebte und sein Körper versuchte, sich selbst zu heilen. Und das in einer Schnelligkeit, die immer noch beeindruckend war. Es war für ihn immer noch ein Wunder, dass sein Körper jetzt zu solchen Taten fähig war.

„Ihr müsst immer wachsam bleiben!“, mahnte ihn sein Lehrer. Gabriel war über diese kleine Unachtsamkeit verärgert. Er hatte nicht aufgepasst, und das durfte nicht sein. In Zukunft würde er mehr Acht geben müssen. Sonst würde das seine letzte Jagd werden.

„Geht, kostet von ihm. Er ist mit Sicherheit nicht von reinstem Blut, aber die Mahlzeit wird euch stärken“, sprach sein Lehrer und führte ihn wie ein besorgter Vater zum Opfer hin. Der Mann lag immer noch regungslos neben dem erlegten Reh und japste vor Schmerzen. So hatte er sich den Beutezug nicht vorgestellt. Gabriel humpelte noch ein Stück näher, dann beugte er sich hinunter, öffnete den Mund und seine mittlerweile verlängerten Schneidezähne kamen zum Vorschein. Dann drehte er den Kopf zur Seite, sodass der Hals frei lag, und grub seine Zähne gezielt in das zarte Fleisch seiner Beute. Auf Anhieb traf er die Hauptschlagader und das warme Blut spritzte ihm in den Rachen. Gierig schluckte er das warme Blut hinunter und trank von dem Saft, der ihm die Kraft gab, die er brauchte. Sein Durst wurde gestillt und es tat gut.

Der Jäger war selbst zum Gejagten geworden. Er spürte den Kuss, war aber zunächst unfähig, zu reagieren. Der stechende Schmerz am Hals war kaum auszuhalten. Der junge Krieger hielt sein Opfer am Boden und trank immer weiter.

Gierig und nicht mehr fähig, damit aufhören zu können. Sein Opfer merkte so langsam, dass er dem Tode nahe war. Sein Verstand meldete ihm, dass er sich wehren musste, wollte er hier und jetzt nicht sterben. Er hatte Frau und Kinder. Der Bogenschütze schloss kurz die Augen. Seinen Kopf hielt der Angreifer immer noch kräftig fest und drückte die linke Seite in den Schnee. Dann öffnete er sie wieder. Jetzt oder nie. Er hob seinen Arm an und versuchte, sich heftig zu wehren. Immer wieder versuchte er, mit den Händen nach hinten zu greifen. Er wollte seinen Angreifer abschütteln. Dies blieb jedoch ohne Erfolg.

„Wenn sie sich wehren, macht es mehr Spaß, nicht wahr?", bemerkte Leviathan und grinste in sich hinein. Gabriel trank den warmen Saft des Lebens und spülte ihn seine Kehle hinunter. Es tat gut und stillte seinen unbändigen Durst. Sein Opfer wurde immer schwächer und der Kainit spürte, wie das Leben aus diesem wich. Es würde nicht mehr lange dauern, bis der Tod ihn ereilte. Gabriel hob den Kopf an und ließ von seinem Opfer ab. Sein Kinn war blutverschmiert und seine gelben Augen leuchteten wie Sterne in der Dunkelheit. Blut tropfte ihm vom Kinn und er musste zufrieden grinsen. Mit seiner Hand hielt er immer noch den Kopf seines Opfers fest.

Der Bogenschütze blieb keuchend auf dem Boden liegen. Gabriel richtete sich auf und klopfte sich den Schnee von der Kleidung. Gabriel blickte auf sein Opfer im Schnee, das immer noch keuchte.

„Gleich ist es so weit und er wird sterben. Seht zu, welche Macht ihr habt." Der Jäger sank lautlos durch seine Körperwärme weiter in den Schnee. Sein Körper, schwer vom Blutverlust gezeichnet, seine Glieder taub von der Kälte und dem Schrecken. Der Biss des Vampirs brannte noch wie glühende Nadeln in seinem Hals, doch der eigentliche Schmerz war längst fortgespült. Über ihm türmten sich die schwarzen Silhouetten der Bäume wie stumme Richter, während der Schnee unbarmherzig weiterfiel. Flocke um Flocke, als wolle er die Tat bedecken, noch ehe sie verklungen war. Blut floss weiter aus seinem Hals. Dunkelrot und dick. Sein Atem kam stoßweise, jeder Zug flacher, rauer, wie ein letzter Protest gegen das Unvermeidliche. Ein Rasseln in der Brust, ein Hauch entwich über die blassen Lippen und dann war es nur noch still.

„Mmh, ... es ging schneller, als ich gedacht habe", sagte Leviathan. „Es wird nicht lange dauern und er wird sich erheben und von allein in die Höhlen zurückkehren. Wie ich euch gelehrt habe, ist die Erschaffung eines Ghuls relativ einfach. Wenn ihr ihn bei dem Biss tötet, kommt er als fleischfressender Dämon wieder, der euch gehorcht. Glückwunsch, euer erster Ghul. Welpen dürft ihr nicht so einfach erschaffen. Das bedarf der Erlaubnis der Gilde. Aber wenn ihr sie von mir oder meinem Vater erhalten solltet, dann ist es wichtig, den Menschen mit eurem Blut zu versorgen, bevor er stirbt. Der Zeitraum ist dabei unterschiedlich lang. Ihr habt auch mehrere Tage überleben können als Mensch, bevor ihr zu einem mächtigen Wesen wurdet. Aber bedenkt, dass der menschliche Körper nicht ewig in diesem Zustand verweilt. Wenn er stirbt, wird er zum Ghul, auch nach Tagen des Bisses", sagte er grinsend und klopfte Gabriel auf die Schulter. Er hoffte, dass er die Regeln verinnerlichte.

Gabriel schaute nach unten, hob sein rechtes Bein an und trat dem Mann gegen den Kopf. Gerade mal so fest, dass er sich leicht bewegte.

„Das ist für das Messer.", fluchte er. Leviathan schaute indes auf das Reh. Das würden sie mitnehmen. Wäre doch schade drum.

DAS RITUAL

Wieder waren zwei Tage verstrichen, in denen nichts Außergewöhnliches passiert war. Es gab immer noch keine Nachricht von Theotmar, geschweige denn war er mit seinen Männern hier aufgetaucht. Auch der Bote, den sie nach Wormatia geschickt hatten, war noch nicht zurückgekehrt. Das machte nicht nur Amar etwas unruhig. Die Schatten hatten sich nicht gezeigt, und das beunruhigte die Menschen im Kloster umso mehr. Ein Feind, den man nicht sehen konnte, war schwer einzuschätzen. In der Dunkelheit waren sie schwer auszumachen und die Sicht wurde auch bei Tag nicht besser. Es schneite ohne Unterlass weiter, und Amar musste tief in seinem Gedächtnis kramen, um zu überlegen, ob er so einen strengen Winter schon einmal erlebt hatte. Der Schneefall hüllte das Kloster in eine schwere, klamme Stille, als hätte die Kälte selbst die Mauern verflucht. Die Mönche, in ihren groben Kutten aus Wolle gehüllt, bewegten sich wie Schatten durch das labyrinthische Gemäuer. Schweigend, pflichtbewusst und angetrieben vom Glauben an den Herrn. Noch vor dem ersten Licht erhob sich das Chorgebet wie ein Flehen in der Dunkelheit, während der Atem der Brüder in kleinen, silbrigen Wolken über dem Psalm stand. Die Soldaten bewachten die Anlage, beteten mit und versuchten, den Glauben und die Hoffnung aufrechtzuerhalten.

Die Nächte waren lang, die Tage grau, das Feuer in der Küche zu schwach, um die Kälte aus den Knochen zu treiben. In der Skriptoriumskammer verweilten Oliver und Christoph, beinahe jede Stunde über die Pergamente. Zwischen Schweigen, Wachen und Gebet nagte die Furcht nicht nur am Leib, sondern auch an der Seele. Draußen knarrten die Bäume unter dem Gewicht des Schnees wie uralte Geister, die das Kloster belauerten, und manchmal, wenn der Wind aus dem Wald heulte, schien es so, als antwortete etwas aus der Tiefe der Landschaft. Doch niemand sah etwas.

Nachdem es jetzt fast zwei Tage komplett durchgeschneit hatte, ließ der Niederschlag an diesem Morgen endlich etwas nach. Tanzend fielen nur noch vereinzelt kleine Flocken nieder und gesellten sich zu den am Boden gefrorenen Kristallen. Die Mönche waren wiederholt damit beschäftigt, die Schneemassen nach der Vesper beiseitezuräumen. Die Männer beklagten sich nicht, dennoch konnte jeder sehen, dass sie mit den Kräften so langsam an Grenzen stießen.

Teilweise riss an manchen Stellen die graue Wolkendecke auf. Die Bewohner nahmen dies erleichtert zur Kenntnis. Hin und wieder schimmerte die Sonne durch und hüllte die Umgebung in ein orangerotes Leuchten. Die Klosterbewohner blickten in den letzten zwei Tagen immer wieder sorgenvoll in den Himmel, in der Hoffnung, der Schneefall möge eine Pause einlegen. Letztendlich wurden ihre Gebete erhört und der Himmel riss endlich auf. Die Schneedecke war mittlerweile so hoch, dass es für die Bewohner kaum noch möglich war, nach Heidelberch zu kommen. Die Wege den Berg hinunter waren mit so viel Schnee bedeckt, dass beim Abstieg Gefahr für Leib und Leben bestand. Trotzdem machten sich zwei Mönche auf den Weg in die Siedlung, um nach Proviant zu fragen. Das Brot ging langsam zur Neige und der Hunger war groß. Obwohl sie Selbstversorger waren, reichte die Menge an Nahrung einfach nicht mehr aus für die Anzahl der Einwohner. Darauf waren sie im Kloster nicht eingerichtet. Es stand ein Krieg bevor und dieser verlangte allen etwas ab. Nicht nur den Menschen im Kloster.

Mit einiger Kraftanstrengung stampfte der junge Christoph direkt über den Klosterhof und sackte bei jedem Schritt, immer wieder knirschend, bis zu den Knien im Schnee ein. Und er fragte sich ernsthaft, warum er nicht den Klostergang entlang gegangen war, anstatt quer über die verschneite Fläche. Ja, es war der kürzere Weg, aber nicht der bessere. Er schüttelte über sich selber den Kopf. Die Intelligenz ließ manchmal zu wünschen übrig. An vielen Stellen bemühten sich die Bewohner des Klosters, die weiße Pracht wegzuräumen und ein Labyrinth aus neugewonnenen Gängen zu schaffen.

„Ein Dach über dem Klosterhof wäre hier sehr hilfreich", murmelte er keuchend vor Anstrengung. Nach wenigen Metern hatte er den Klostergang auf der anderen Seite erreicht, bog zügig nach links ab und hatte endlich die warme Stube erreicht, befreite seine Stiefel von dem kalten weißen Pulver und blickte sich um. Nach nur ein paar Sekunden erspähte er Oliver in der hinteren Ecke des Raumes. Dort, wo sie immer saßen. Er hatte sich wieder der Karte gewidmet. Bald konnte er sie auswendig. Zügig, aber leise ging Christoph an den vielen leeren Tischen vorbei und erreichte ihn, ohne dass dieser ihn bemerkt hatte.

„Wusste ich es doch, dass ich Euch hier finde", grinste er. Er blieb am Tisch stehen und stützte sich mit beiden Händen auf der Platte ab. Dann beugte er sich ein Stück nach vorne.

„Bereit? Folgt mir, junger Oliver, ich möchte Euch etwas zeigen", sagte er, ohne eine Antwort abzuwarten. Oliver ließ von der Karte ab und blickte den Vogelmann fragend an.

Er legte die Stirn in Falten und hoffte auf eine schnelle Erklärung.

„Bereit? Wofür?", fragte er.

„Das werdet Ihr gleich erkennen!" Immer noch lächelte Christoph ihn an. Er hatte absolut keine Ahnung, was der Ritter ihm zeigen wollte. In diesem Moment drehte sich dieser auch schon wieder um und war auf dem Weg nach draußen. Der junge Bauersohn legte die Karte vorsichtig in einen Einband aus Leder und verstaute ihn auf dem Tisch. Danach griff er nach seinem Überwurf, zuckte fragend mit den Achseln und folgte Christoph schließlich ahnungslos nach draußen. Er schloss die Türe ab und verstaute den Schlüssel unter seinem Gewand. Kaum wehte ihm der kalte Wind um die Nase, da zog er seine Kapuze schnell über den Kopf, um sich zu schützen.

„Wohin gehen wir?", fragte Oliver seinen Begleiter und spurtete hinter dem Vogelmann her, welcher zügig voranschritt.

„In unser Quartier", antwortete Christoph, der jetzt den Weg über den Klostergang nahm. Ohne eine weitere Frage zu stellen, folgte Oliver ihm weiter. Was auch immer es war, wodurch er vom Studieren abgehalten wurde, es musste wichtig sein.

Dort angekommen, zog Oliver die Kapuze wieder ab, die am Kragen des Überwurfs angenäht war. Als Christoph die Tür aufmachte, war Oliver ein wenig aufgeregt, bedingt durch die Neugierde, die er fühlte. Schweigend und begleitet von einer leichten Gänsehaut blickte er in den Raum und sah sofort den roten Umhang, der an einem Haken aufgehängt war. Die Farbe des Stoffes erinnerte ihn stark an das vergossene Menschenblut, welches der Kampf mit diesen Kreaturen gefordert hatte. Es war die gleiche Farbe, welche Amar trug. Eine warnende Signalfarbe, die für jene Opfer stand, die sie auf ihrem Weg begleitet hatten und ihr Leben für den Herrn und die Sache gelassen hatten.

„Für mich?", flüsterte er und zeigte dabei auf den Stoff vor ihm.

„Ja", sagte Christoph und zeigte ihm mit einer kleinen Geste, dass er ihn umhängen sollte. Ehrfürchtig ging er auf den Stoff zu und berührte das edle Material mit seinen Fingerspitzen, wie ein Liebender, der den Körper seines Partners sanft berührt. Schließlich griff er nach dem Stoff und hielt ein Stück von ihm fest.

„Er ist wunderschön", sagte er leise.

„Das ist er in der Tat.", bekam er als Antwort. Danach zeigte Christoph noch auf weitere Kleidungsstücke, die auf dem Tisch lagen. Oliver drehte sich um und sah eine auf ihn zugeschnittene dunkelbraune Lederweste, ein weißes Hemd aus Leinen sowie schwarze Beinlinge und einen weißen Wappenrock. So einen, wie Amar ihn trug. Sofort griff er auch danach und hielt auch diese Kleidungsstücke in seinen Händen. Das Leder war sehr dick und war im kompletten Brustbereich nochmals zu seinem Schutz verstärkt worden. Ein paar Metallnieten hielten die Rüstung zusammen und boten an manchen verwundbaren Stellen noch zusätzlichen Schutz. Sie machte den Krieger beweglicher als das Kettenhemd.

Sofort zog er seine alten Kleider aus, streifte das weiße Oberkleid und die Lederweste über und zog beides, beinahe hektisch, mit der Hilfe von Christoph an. Die Kleidungsstücke passten wie angegossen und Oliver fühlte sich durch sie irgendwie stärker. Ja, beinahe selbstbewusster, als er es jemals zuvor gewesen war. Zu guter Letzt zog er den Wappenrock über, der vielleicht ein bisschen zu groß für ihn war. Er drehte sich zu seinem Freund um und präsentierte sich.

„Wie sehe ich aus?", sagte er lachend.

„Wie einer von uns!“ Christoph sah die strahlenden Augen und er freute sich mit ihm.

„Woher wusstet ihr, dass sie mir so gut passt?“

„Ihr seid ähnlich groß wie Bruder Frank“, zwinkerte er ihm zu. „Wie Amar verkündet hat, ist es nun an der Zeit, euch in unsere Mitte aufzunehmen. In dieser Kleidung erhaltet ihr den Respekt, den ihr verdient, junger Freund.“ Der Vogelmann schien sich ebenso zu freuen, wie Oliver es tat. Es war so weit, dass er vollständig in die Gemeinschaft aufgenommen wurde. Es ging schneller, als er es sich vorgestellt hatte. Vor wenigen Tagen, als der Schnee noch nicht über das Land gekommen war, war er noch ein Bauer. Und mit einem Schlag hatte sich nicht nur das Wetter rasant geändert. Nein, auch sein Leben hatte sich gewandelt. Sein Herz wurde durch diese Geste erwärmt und er fühlte sich glücklich und stolz. Sicher, er musste noch viel lernen. Vor allem im Kampf. Aber er war jetzt einer von ihnen. Oliver konnte nicht glauben, was für ein Glück er doch hatte. Glück, das aus einem Unglück entstanden war. Es gab nicht viele Menschen auf der Welt, die diesen Weg gehen konnten. Das war ihm durchaus bewusst. Und er war seinen Freunden dafür unendlich dankbar.

„Was passiert jetzt?“, fragte Oliver. Der Vogelmann schaute ihn mit Stolz an.

„Wartet hier, bis ich wiederkomme, um euch zu holen! Habt Geduld.“ Kurz darauf drehte sich sein Freund um und verschwand aus der Tür. Etwas verloren stand Oliver allein im Raum und blickte Christoph nach. Ein kleines Grinsen konnte er sich nicht verkneifen. Dann schaute er erneut zum Umhang. Er würde ihn jetzt anlegen und nie wieder ablegen. So viel stand für ihn schon mal fest. Dann griff er nach den schwarzen Beinlingen, die mit Nestelbändern am Obergewand befestigt wurden, und schlüpfte in sie hinein.

Es dauerte nicht lange, da kam der junge Krieger nochmals zurück und hatte ebenfalls einen roten Umhang angelegt. Sie sahen jetzt beinahe identisch aus.

„Auch ihr habt neue Kleider“, sagte Oliver, als er ihn sah. Christoph grinste ihn an. Er und Christoph sahen jetzt aus wie Amar. Ein sehr starkes Zeichen der Verbundenheit. Der Vogelmann ging zu Oliver hinüber und half ihm dabei, die Kleidung richtig festzuzurren. Christoph wirkte auf einmal etwas angespannt, als er ihm gegenübertrat. Er zupfte Olivers Umhang ein wenig zurecht und verzog dabei keine Miene. Sein Verhalten hatte sich mit dem Gewand vollkommen verändert. Sonst stets ein Grinsen auf den Lippen und ein verträumter Schleier über den Augen, zeigten sich jetzt tiefer verinnerlichter Ernst. Er nickte Oliver kurz zu und führte ihn gemessenen Schrittes und mit gefalteten Händen über den Klostergang auf die Sakristei zu, die Oliver bisher selten betreten hatte. Sie lag am Rande, direkt neben dem Hauptchor. An diesem Gebäude waren die letzten Umbauarbeiten am deutlichsten zu erkennen. Die Steine waren hier wesentlich heller als bei den alten Gebäuden des Klosters. Die Sakristei war von der Hofseite aus zugänglich und war mit zwei Fenstern bestückt, die das geringe Tageslicht des Winters durchließen. Sie lag fast genau gegenüber vom kleinen Gebetsraum, den sie noch vor Kurzem betreten hatten. Die Sonne zeigte sich jetzt sehr deutlich und versuchte, ihre wärmenden Strahlen durch die Wolken zu brennen. Dankbar sogen die beiden Männer das Sonnenlicht auf.

Christoph klopfte an die Tür, die sich kurz darauf öffnete. Wie zum Abschied blickte Oliver noch einmal in die hellen Sonnenstrahlen, spürte den alten Schmerz und die Unsicherheit noch einmal in sich aufwallen und folgte dann seinem Freund mit einem tiefen Atemzug in das Innere des Gebäudes. Er war überrascht, wie dunkel es trotz der Fenster war. Die Dunkelheit schlug direkt über ihm zusammen, wie ein bedrohliches schwarzes Tuch, und erfüllte sein Gemüt mit etwas Unbehagen. Oliver atmete sehr flach und versuchte, seine Sinne zu schärfen. Sofort spürte er, dass er nicht allein war und erkannte die Anwesenheit der anderen Ritter. Diejenigen, die mit Amar das Sagen hatten und die Gruppe zu leiten versuchten. Nach dem Tod von Dubois und Johannes waren zwei weitere Männer dazugekommen, die Oliver aber noch nicht so gut kannte. Sie waren einst Soldaten aus der Truppe, die sich den Aufstieg zum Ritter durch Leistung verdient hatten. In der Mitte blieb er stehen und fühlte die unerwartete Weite des Raumes, welche ihn überrascht hatte. Staub lag in der Luft und der rauchige Duft von Weihrauch umfing ihn. Durch das fahle Licht konzentrierte er sich mehr auf sein Gehör und hörte bald die anderen Männer atmen. Langsam gewöhnten sich die Augen an die Lichtverhältnisse und er konnte etwas mehr sehen. Christoph hatte sich zu Amar gesellt und stand ein wenig abseits von ihm. Dieser Ort hatte etwas Magisches und Oliver hatte das Gefühl, als würden die umstehenden Personen in das Innere seiner Seele schauen, so als ob er aus Luft bestehen würde. Dieses Gefühl war etwas beängstigend. Er stand zum ersten Mal im Mittelpunkt und es gefiel ihm irgendwie nicht so recht. Aber es musste jetzt so sein.

Die Männer verharrten einen Moment im Kreis, dann trat Amar aus der Formation und kam einen Schritt näher auf ihn zu. Schweigend befahl er ihm mit einer Handbewegung, sich niederzuknien. Wie auf ein Zeichen wurde eine Fackel entzündet. Die Flamme wurde von einer Hand zur nächsten gereicht und entfachte ein Licht nach dem anderen. Der Raum erhellte sich mit rot-gelbem Schimmer und zauberte flackernde Schatten auf die Gesichter der Fackelträger. Oliver blickte kurz auf und nahm die Umgebung auf ein Neues wahr. Eingefasst von Feuer bildete er nun das leuchtende Zentrum. Alle trugen sie die ähnlichen Gewänder wie er. Manch einer hatte einen roten Umhang, ein anderer hatte wiederum einen schwarzen Umhang an. Und obwohl sie ein zusammengewürfelter Haufen waren, so waren sie doch im Geiste vereint. Kämpfend für die gleiche Sache. Wie auf ein Zeichen wandten sie ihm gemeinsam den Rücken zu und entfernten sich um ein paar Schritte von Oliver, um die Fackeln in die Eisenhalterungen an der Wand zu befestigen. Der Bauersohn zählte insgesamt vier Männer. Dabei legte sich ein schweres Echo ihrer Schritte über den Raum. Oliver fühlte sich eingeschüchtert, wagte es nicht, weiter aufzublicken. Die Schritte näherten sich ihm erneut und zogen den Kreis nun enger um ihn. Plötzlich erhob sich direkt vor ihm die tiefe Stimme von Amar.

„Ihr kamt in unsere Mitte als ein Blinder und Ihr werdet diesen Raum als ein Sehender wieder verlassen.“ Amar lächelte gönnerhaft. Olivers Anspannung löste sich langsam auf. Noch immer auf den Knien, blickte er nun zu seinem Anführer auf wie zu einem Heiligen.

„Ihr wisst, warum ihr heute hier seid?“ Oliver nickte.

„Ja, um in die Bruderschaft aufgenommen zu werden.“ Seine Stimme klang dabei so kratzig und fremd, dass er sich darüber wunderte.

„Ganz recht, doch nicht nur das. Ihr werdet die Vergangenheit ablegen. Eure Kindheit und Eure Jugend werden mit diesem Schritt ausgelöscht. Die Unschuld opfert Ihr einem höheren Wesen und als Ritter werdet ihr diesen Raum verlassen. Seid ihr bereit dazu? Bereit, allem irdischen Verlangen zu entsagen und euer Handeln allein in Gottes Dienst und in den Dienst der Gemeinschaft zu stellen? Seid ihr bereit, den Kampf gegen seine Feinde aufzunehmen? Sagt mir, seid ihr das?“ Oliver zuckte unter der ungewohnten Schärfe zusammen.

„Ja, Herr, ich bin bereit. Ich bin bereit, ein Sehender zu werden und mich in die Dienste Gottes und der Bruderschaft zu stellen.“ Amar lächelte zufrieden.

„Erhebt euch“, sagte er. Sofort erhob sich Oliver und hatte dabei Mühe, seine Ehrfurcht zu verbergen. Zwei Männer kamen zu ihm und nahmen den Umhang von seinen Schultern. Amar ging währenddessen beiseite und Christoph stellte sich an seiner Stelle gegenüber auf. Er hielt ein Messer und eine kleine Schale in der Hand und blickte Oliver an.

„Legt eure Unschuld ab und tretet in unsere Mitte.“ Oliver streckte seine Hand aus und blickte ihm direkt in die Augen. Dann reichte Christoph ihm das Messer. Die Schale hielt er ihm unter die Hand und wartete.

„In dieser Schale ist das Leben unserer Gemeinschaft und unseres Glaubens, mehret es mit Eurem, und Ihr habt den nächsten Schritt getan“, sagte Amar. Oliver sah in die Schale. Im Licht der Fackeln schimmerte darin eine rötliche Flüssigkeit.

Blut? Nein, er täuschte sich, es war zu dünnflüssig. *Wein war darin, oder?* Man wollte ein Zeichen seines Glaubens und Vertrauens. Ohne zu zögern nahm er das Messer und schnitt sich in den Zeigefinger. Dunkle Tropfen quollen hervor, den Schmerz spürte er kaum. Christoph hielt die Schale immer noch schweigend darunter und fing ein paar wenige Tropfen auf. Danach schwenkte er die Schale, als würde er etwas vermischen. Oliver sah dem ganzen Szenario zu wie ein Fremder, als wäre es nicht sein Blut, das da soeben vergossen wurde.

„Nehmt Ihr die edlen Aufgaben, die Euch bevorstehen, an? Dann sagt: Ich gelobe!“, sprach Amar.

„Ich gelobe!“ Christoph überreichte ihm die Schale und deutete an, dass er daraus trinken sollte. Ohne zu zögern, führte er die Schale an seine Lippen und nahm einen kleinen Schluck. Es schmeckte wirklich nach Wein, aber der Nachgeschmack des Blutes ließ sich nicht leugnen. Dann gab er die Schale zurück an Christoph.

Die Schale gelangte von Christoph in die Hand von Amar und dieser setzte sie auch an die Lippen, um einen Schluck zu nehmen. Dann reichte er sie weiter und so ging es von einem zum anderen, bis die Schale fast leer wieder bei Christoph ankam, der sie schließlich vollkommen leerte.

„So haben wir Euch nun in unsere Mitte aufgenommen und Ihr sollt das Gewand der Unseren tragen." Wieder kamen die zwei Männer zu ihm und kleideten ihn mit geübten Griffen in sein neues rotes Gewand. Der Atlasstoff fühlte sich jetzt irgendwie schwerer an als vorhin. Oliver fühlte sich anders. Er verspürte genau die Euphorie und das Hochgefühl, das er erwartet hatte. Die Zeremonie war aber noch nicht ganz abgeschlossen. Jetzt folgte der letzte Schritt, in dem er eine neue Identität bekommen sollte. Amar trat zu ihm, während Christoph in den Hintergrund trat. Ihr Anführer hielt eine Phiole in der Hand, die von innen heraus zu leuchten schien.

„Legt ab all den Schmerz, legt ab all die düsteren Erinnerungen und begebt Euch in ein neues Leben. Oliver wird es mit diesem Augenblick nicht mehr geben." Amar benetzte seine Hand mit dem Inhalt der Phiole und spritzte ein paar Tropfen in Olivers Gesicht, sodass dieser die Augen schloss.

„Oliver ist tot." Christoph trat nun an die Seite von Amar, nahm sein Schwert und berührte die Schultern mit dessen Klinge.

„Willkommen in unserer Mitte, Tristan." Oliver spürte, wie eine kühle Flüssigkeit auf seinen Kopf tropfte und ihm über Stirn und Nacken rann und schließlich sogar einen Schauer auf dem Rücken zurückließ. Also war er neu getauft worden und folgte nun dem Namen Tristan. Ein gerechter Name für einen großen Krieger. Seine Mundwinkel wichen nach oben und er lächelte. Von einem Bauern zu einem Ritter. Wenn ihn jetzt sein Vater sehen könnte. Für einen kurzen Moment dachte er an sein altes Leben. An seine Familie, an seine Brüder. Sie wären sicherlich stolz. Tristan presste die Lippen zusammen. Ab heute begann eine neue Zeit für ihn.

DER PLAN

Im Westen verschwand die rote Sonne nach einem kurzen Wintertag, wie schon Tausende Jahre zuvor, vom Horizont und kündigte mit ihrem Verschwinden die kommende Nacht an. So, als hätte Gott selbst das Licht von jetzt auf gleich ausgelöscht, kam die Dunkelheit über das Land und hüllte es in eine unangenehme Kälte, gepaart mit einer furchterregenden Stille. Die Welt wurde dunkler und das konnte man regelrecht spüren. Es lag etwas Unheilvolles in der Luft. Nur ein paar helle Lichtpunkte am Himmel trotzten der Dunkelheit und leuchteten wie hoffnungsvolle Feuer in der Finsternis der Nacht.

Gabriel schob sanft den schweren roten Vorhang beiseite und blickte aus der schmalen Öffnung hinaus in die Nacht. Der gefallene Schnee reflektierte das abgezehrte Sternenlicht und hinterließ die Umgebung in einem schwachen silbrigen Glanz. Diese Nacht war wieder einmal wunderschön und er ergötzte sich an ihrem Anblick. Es hatte etwas von Frieden, nach dem er sich unbewusst gesehnt hatte. Er mochte es, aus dem Turmfenster zu blicken. Jedes Mal, wenn er hier hinausschaute, empfand er eine große Zufriedenheit, die ihn einfach erfüllte. Seit seiner Verwandlung war die Nacht sein ständiger Begleiter geworden. Ja, man konnte sagen, er hatte die Nacht zum Tag gemacht und das war auch gut so. Sein Körper verlangte keineswegs mehr nach den wärmenden Sonnenstrahlen und er fühlte sich sehr wohl damit. Das war jetzt seine Welt, in der er sich bewegte. Die Schattenwelt.

Vorsichtig schob er den dicken Stoff wieder vor die Öffnung und trat ein Stück zurück, vom Fenster weg. Seine neue Kleidung war von düsterer Eleganz. Tiefschwarzer Wollstoff, schwer und dicht gewoben, fiel in scharfen Falten bis über die Stiefel aus gegerbtem Rindsleder. Die Tunika, körpernah geschnitten, reichte bis knapp über das Knie und war mit feinen Stickereien aus dunklem Seidengarn gesäumt. Kaum sichtbar, wie dunkle Zeichen in der Nacht, die nur die erkennen konnten, die darauf achteten. Darüber trug er ein ärmelloses Übergewand, das sich mit seinem Schnitt an ritterliche Mode orientierte, jedoch keinerlei Wappen trug. Nur die leere schwarze Farbe. Um die Schultern lag ein Mantel aus schwarzem Wolltuch und war am Hals mit einer Spange aus Eisen geschlossen. Es war schlicht, aber unheilvoll schön. An seinem Gürtel hing kein Schwert, sondern ein Messer. Es war funktional, aber nicht auffällig. Es war die Kleidung, die Leviathan sehr ähnelte, und man erkannte in der Gilde den Rang des neugeborenen Welpen.

Die Hitze des Feuers hinter ihm strahlte noch immer reichlich Wärme in den Raum und sorgte für ein gewisses Wohlbehagen bei ihm, wenngleich er die Wärme nicht mehr benötigte. Mit der Kälte kam er mittlerweile besser zurecht. Sein neues Leben, wenn man es so nennen konnte, mochte er nicht mehr missen. Er war jetzt etwas Bedeutungsvolles in einer Zeit, in der die Bedeutungslosigkeit weit verbreitet war. Gabriel drehte sich vollständig um und blickte in den kleinen Kamin, in dem eine kleine Flamme am letzten Stück Holz loderte, das immer wieder knackend dagegen protestierte, dass die Hitze ihm die Feuchtigkeit entlockte. Stumm ging er hinüber, griff nach einem weiteren Stück Holz, das neben dem Kamin gestapelt war, und warf es beinahe liebevoll in das Feuer, damit die Flammen weitere Nahrung zum Brennen hatten.

Derweil saß sein Kainiten-Vater zufrieden am Tisch und starrte in die erneut stärker werdenden Zungen aus Feuer, die begierig das Holz umschlungen. Für seinen Geschmack war es im Raum schon etwas zu warm geworden und das mochte er nicht. Wärme sowie das in seinen Augen verhasste Sonnenlicht waren ihm ein Gräuel, führten sie doch bei zu langer Einwirkung zur Trägheit und schließlich zum Tode. Wobei der Tod für ihn nicht die richtige Bezeichnung war. Er bevorzugte, es als Staubwerdung zu betiteln. Aber eigentlich war es egal, wie man es nannte, es war schlecht für Seinesgleichen. Er blickte zu dem jungen Kainiten hinüber und grinste leicht. Gabriel genoss das Feuer wohl noch. So deutete er die Situation jedenfalls. Es schien immer noch etwas Menschliches in ihm zu stecken. Es brauchte einfach Zeit, bis er sein altes Leben komplett hinter sich lassen würde. Gewohnheiten ließen sich nicht so einfach austreiben. Es würde wohl noch ein wenig Zeit brauchen, bis er sich zu einem vollständigen Kainiten entwickelte. Aber er zweifelte keineswegs daran, dass dies bald eintreten würde. Gabriel war stark und er wusste jetzt schon, welchen Weg er gehen wollte. Den Weg der Dunkelheit und der Macht. Leviathan musste sich eingestehen, dass er Gefallen an dem Welpen gefunden hatte.

Der Kamin bot die einzige Lichtquelle im Raum und hüllte ihn in ein etwas düsteres Licht, was den beiden Vampiren aber völlig ausreichte. Sie brauchten eben nicht viel davon, um in der Dunkelheit zu sehen. Nach ein paar wenigen Augenblicken gesellte sich Gabriel zu Leviathan an den Tisch. Er schob den schmalen Stuhl zur Seite und setzte sich genau gegenüber von ihm hin. Leviathan lächelte ihn immer noch zufrieden an und griff dabei nach dem silbernen Kelch mit wunderschönen Ornamenten, gefüllt mit frischem Menschenblut, der direkt vor ihm auf dem Tisch stand. Genüsslich nippte er an der Flüssigkeit und hielt danach den Becher fest in seiner Hand. Dann schaute er Gabriel an.

„Wie zufrieden seid Ihr mit Eurer Entwicklung? Die Jagd in der Nacht war recht erfolgreich, möchte ich meinen." Gabriel legte den Kopf nachdenklich zur Seite. Er schien nach den richtigen Worten zu suchen.

„Das war es, aber ich muss noch viel von euch lernen. Diese Unachtsamkeit darf mir nicht noch einmal passieren", antwortete er bescheiden.

„Gewiss, gewiss, solche Dinge passieren nun mal und ich bin mir sicher, dass Ihr noch viel lernen werdet. Habt Geduld mit Euch. Erwartet nicht, dass Ihr von jetzt auf gleich all Eure Fähigkeiten erlernen könnt. Es braucht Zeit. Und Ihr habt jetzt jede Menge davon. Aber achtsam müsst ihr immer sein", erwiderte Leviathan und lehnte sich etwas zurück. „Ich vertraue auf euch und auf eure Stärke", fügte er dann noch hinzu.

In diesem Moment bemerkte Gabriel, dass jemand die Treppen hinaufgelaufen kam. Aufkommende Schritte ließen die beiden das Gespräch unterbrechen und zur Tür blicken. Gabriel kratzte sich am bartlosen Kinn, als die Pforte von außen aufgestoßen wurde und Venatius im Türrahmen stand. Er blieb kurz stehen und wartete, bis man ihm Einlass gewährte.

„Kommt näher!", winkte Leviathan ihn schließlich heran. Bedacht trat der Mönch in den Raum, schloss die Tür hinter sich und kam langsam auf ihn zu. Er begrüßte Gabriel mit einem kurzen respektvollen Kopfnicken und ging dann schnellen Schrittes auf Leviathan zu. Nachdem er stehen geblieben war, verneigte er sich so tief vor ihm, dass man fast nur noch seine Glatze sehen konnte.

„Ich grüße euch, Herr!“

„Venatius, was gibt es zu berichten?“ Der Mönch erhob sein Haupt wieder und blickte ihm direkt in die Augen.

„Wir haben, so wie Ihr es uns befohlen habt, das Michaelskloster und dessen Umgebung weiter ausgekundschaftet. Nacht für Nacht haben die Ghule und die Soldaten den Blick von den Mauern nicht abgewandt. Es gab wenig Bewegung außerhalb des Klosters. Wir haben herausgefunden, dass die Eingänge stark bewacht sind. Seit ein paar Tagen intensiver denn je. Die Vermutung liegt nahe, dass die Bewohner wissen, dass sie unter Beobachtung stehen. Wenngleich sie uns nicht gesehen haben, wissen sie sehr wohl, dass wir da sind“, er machte eine kurze Pause. „So vermute ich es. Um hineinzugelangen, müssen wir sehr vorsichtig sein. Sie werden auf alles und jeden achten, der an der Tür klopfen wird.“ Leviathan ließ die Worte kurz sacken.

„Darüber haben mein Vater und ich mir schon Gedanken gemacht. Und der Plan ist in meinem Kopf schon manifestiert“, betonte er und blickte kurz zu Gabriel hinüber. Dann winkte er den Mönch näher zu sich heran.

„Ich weiß, mein Herr. Aber wie genau soll es denn nun geschehen? Wie wollt ihr der Magie des geweihten Bodens treten?“, fragte der Mönch.

„Nun“ lächelte er. „Rolands Verwandlung ist noch nicht so weit fortgeschritten, als dass man ihn als Ghul erkennen wird. Wie ihr wisst, hat Gabriel schon eine Verbindung zu ihm aufgebaut und er wird ihm gehorchen. Also wird Roland uns verlassen und uns Einlass gewähren. Still und leise. Denn die Menschen werden ihn noch als eines ihresgleichen erkennen und in das Kloster lassen, ohne dass die Magie des geweihten Bodens uns vernichten wird. Und die unsichtbare Wand ist damit aufgehoben und wir können eintreten. Roland kommt als geflohener Soldat zurück zu seinen Menschen und wird uns somit Einlass gewähren. Ohne dass die Menschen es merken werden." Er machte eine kurze Pause.

„Sie werden noch nicht erkennen, dass er jetzt auf unserer Seite steht, und werden ihm Vertrauen schenken." Leviathan grinste. „Gabriel, Ihr, werdet ihn wie besprochen begleiten und uns die Tore in der kommenden Nacht öffnen. Euch kennen sie nicht und Ihr habt die Macht, die Geschicke zu unseren Gunsten zu lenken." Er schaute ihm tief in die Augen. Irgendwie ging jetzt alles ganz schnell. Beinahe wirkte es auf Gabriel etwas übereilt, aber wichtige Taten verlangten nach einer klugen und schnellen Handlung. Sie mussten die Menschen überraschen. Sie schnell angreifen, bevor sie Unterstützung bekommen konnten. Das war für ihn vollkommen logisch. Und es gab keinen anderen Weg, als dass man ihnen Einlass gewährte, damit der Bann der heiligen Magie gebrochen wurde. So stand es in den Schriften.

„So sei es!", stimmte Gabriel schließlich zu.

„Habt acht vor Amars Männern. Sie werden euch misstrauen. Haltet euch im Hintergrund. Vermeidet Augenkontakt mit den Bewohnern und achtet auf den Ghul. Möglich, dass noch ein Rest Menschlichkeit in ihm steckt. Ein Verrat ist unwahrscheinlich, aber dennoch möglich. Achtet ebenso darauf, dass er nicht wild wird. Wenn doch, müsst ihr ihn wieder einfangen."

„Ja, ich werde das tun, was Ihr verlangt. Seid unbesorgt", erwiderte Gabriel. Nach ein paar Momenten des Schweigens blickte Leviathan den Mönch abermals an.

„Geht und besorgt ein Mönchsgewand und holt für den Ghul ebenfalls die angemessene Kleidung. Wir werden noch heute Nacht damit beginnen."

„Dann werden wir die Beobachtungen heute Nacht stoppen?“, fragte der Mönch verwirrt.

„Was die Ghule betrifft, ja. Ich lasse sie zurückziehen. Ihr dagegen werdet die beiden begleiten. Macht einen Treffpunkt aus, damit Gabriel uns in der kommenden Nacht ein Zeichen senden kann.“

Venatius nickte und trat beiseite. Kurz darauf verschwand er wieder durch die Tür. Leviathan atmete einmal tief ein und pustete die Luft über seine Lippen pfeifend wieder aus. Dann schaute er abermals zu Gabriel hinüber, stellte sich hin und stützte sich auf dem Tisch ab. Seine langen Haare hingen über die Schultern hinunter.

„Hört mir gut zu. Man wird Euch Fragen stellen! Legt euch ein paar Antworten zurecht, sonst werdet Ihr leicht enttarnt!“ Bei Roland hatte er keine Sorge. Aber Gabriel konnte man als das erkennen, was er nun einmal war, wenn man genau hinschaute.

„Seid unbesorgt. Ich werde meinen Auftrag erfüllen! Meine Zunge ist trügerisch und sie wird die Mönche in die Irre führen. Bei Tage werde ich mich verstecken und jedem Kontakt aus dem Weg gehen“, sagte er zuversichtlich. Leviathan hatte keine Zweifel, dass Gabriel das wollte, aber er war sich nicht ganz sicher, ob er wusste, worauf sich das Kind da einlassen würde. Die Menschen, vor allem die Mönche, waren sehr misstrauisch. Der Welpe war noch jung und unerfahren. Die Gemeinschaft um Barholmes war geschickt und man konnte sie nicht so leicht täuschen. Sicherlich hatte der Bastard sein Wissen schon an Amar weitergetragen, was die Situation nicht einfacher machen würde. Aber sie hatten einen Trumpf in der Hand und der hieß nun einmal Roland.

Es dauerte nicht lange, da flog die Tür ein zweites Mal auf und Venatius stand erneut im Raum. Sofort ging er zu Gabriel hinüber und überreichte ihm die Kutte. Ohne zu zögern nahm er sie an sich und schlüpfte in den langen Habit. Die Kutte war etwas zu groß, aber das störte nicht weiter. Er zog die Kordel um den Bauch fest und ließ sich dabei von dem Mönch helfen.

„Wenn Ihr Euch jetzt wie ein Mönch verhaltet, wird die Täuschung erst mal vollkommen sein", sagte er ihm, während er die Kordel festzurrte.

„Ganz recht", antwortete Gabriel. Nachdem er angekleidet war, widmete er sich wieder Leviathan. Er las in seinem Gesicht Zweifel, ließ sich davon aber nicht verunsichern.

„Seid Ihr wirklich bereit?", fragte er.

„Ja, das bin ich!"

KREATUREN DER NACHT

Je näher die Tage an die Wintersonnenwende herantraten, desto länger wurden die Schatten innerhalb der Klostermauern und erfüllten die Mönche mit großer Sorge. Die verhasste Dunkelheit sollte dem Licht weichen, und so sehnten sie die Wintersonnenwende herbei, damit die Tage endlich wieder länger wurden.

Die vergangenen Stunden waren für die Soldaten aufregend gewesen. Ihre Gruppe war um ein weiteres Mitglied verstärkt worden. Es war aber nicht irgendein Gefährte, der die Soldaten unterstützte, nein, es war ein junger Mann, der in den oberen Kreis mit aufgenommen worden war. Ein junger Bauer, der den Verlust in der oberen Riege füllen sollte. So wurde es zumindest den Soldaten mitgeteilt. Was zum Teil nicht nur zur Freude beitrug. Manch ein Soldat hoffte auch, in den engeren Kreis der Anführer mit aufgenommen zu werden. Aber für sie war der Zeitpunkt wohl noch nicht gekommen. Der Neue schien etwas Besonderes zu sein. Jedenfalls sahen Amar und Christoph das so. Es war eine Entscheidung, die unumkehrbar war. Ob sie den Soldaten gefiel oder nicht. Das wiederum führte zu Gerede innerhalb der Truppe. Trotzdem kamen sie ihrer Arbeit weiter nach und erfüllten ihre Aufgaben, die man ihnen zugetragen hatte, bei Tag und in der Nacht. Denn trotz allem waren sie nun mal eine Einheit und kämpften gegen einen Feind, der sich außerhalb der Mauern aufhielt.

Den ganzen Tag war nichts Ungewöhnliches passiert. Der Feind hatte sich nicht gezeigt. Davon waren die Soldaten bei Tage auch nicht ausgegangen. Aber wer wusste denn schon, wer mittlerweile alles zu Graf Adalars Armee gehörte. So wurden die Wachen bei Nacht noch einmal verstärkt, um keine bösen Überraschungen außerhalb der Klostermauern zu erleben.

Die erhoffte Verstärkung aus Passavia und Wormatia blieb immer noch aus, was die Sorgenfalten in Amars Gesicht noch tiefer werden ließ. Langsam glaubte er nicht mehr daran, dass sie noch kommen würden. Aber das war eher ein Gefühl als Gewissheit. Diese Ruhe war nicht gut. Sie war trügerisch. Tristan, den man zuvor noch Oliver genannt hatte, hatte zum ersten Mal die Aufgabe, mit ein paar anderen Soldaten den Eingang an der nördlichen Pforte zu bewachen. Schnellen Schrittes eilte er über den sogenannten Paradieshof, um den Durchgang nach dem Sonnenuntergang zu erreichen. Die Sterne funkelten schon vom wolkenlosen Himmel, und die Kälte legte sich über das ganze Land wie ein feuchtes Tuch und ließ die Umgebung nicht mehr los. Bei jedem Atemzug begleitete ihn eine kleine Dunstwolke, welche in regelmäßigen Abständen auftauchte. Der gefrorene Schnee knirschte unter seinen Füßen, und er musste gehörig aufpassen, um nicht auszurutschen und zu stürzen. Die neuen Stiefel ließen sich besser tragen als seine alten Bundschuhe.

Von einiger Entfernung aus sah er die Männer schon in einer Gruppe zusammenstehen und miteinander flüstern. Sie versammelten sich direkt vor dem Durchgang, unterhalb des kleinen Ausgucks, von wo aus man über das Dach in den benachbarten Wald schauen konnte. Zwei der Soldaten befanden sich auf der Erhöhung und schauten angestrengt in die Nacht, während Christoph und noch zwei weitere Soldaten am Feuer standen. Tristan gesellte sich zu ihnen und wärmte sich ebenfalls die Hände, so, wie es die Männer am Feuer taten.

Sie wechselten sich die ganze Nacht über immer wieder mal ab, sodass sich jeder am Feuer aufwärmen konnte. Als Nächstes waren Tristan und Christoph an der Reihe. Der Neuling schaute seinem neugefundenen Freund in sein junges Gesicht und las aus ihm wie aus einem Buch. Mittlerweile kannten sie sich noch besser und verstanden einander.

„Warum seid Ihr so beunruhigt?", fragte Tristan. Langsam schaute Christoph auf und blickte in das fahle und müde Gesicht von Tristan.

„Mich beunruhigt, was jenseits dieser Mauern lauert!", sagte er. Tristan schaute sich um und blickte hoch zum Ausguck.

„Ihr meint diese Ghule? Adalars Armee?"

„Ganz recht. Man sieht sie nicht und doch weiß ich, dass sie da sind. Ein Angriff wird nicht mehr lange auf sich warten lassen. Die Frage ist hier nicht wann, sondern wie?"

„Wie könnt Ihr Euch da so sicher sein?"

„Sie verhalten sich immer gleich. Man sieht sie nicht und urplötzlich kommen sie aus dem Nichts und schlagen zu. Nur weil man sie nicht sieht, solltet Ihr nicht den Fehler machen, sie zu unterschätzen", sagte er und pustete dabei warme Luft in seine kalten Hände. Die beiden anderen Soldaten hörten interessiert zu, sagten aber kein Wort.

„Wenn wir doch wissen, wie sie vorgehen, dann können wir uns doch darauf vorbereiten." Christoph schaute Tristan an und lachte etwas hämisch.

„Genau das ist ja das Problem. Wir wissen nicht, wann es passiert. Sie gehen immer anders vor. Die Vorbereitung mag ähnlich sein, aber alles andere ist nicht voraussagbar. Daher müssen wir warten, was als Nächstes passiert. Das macht sie so unberechenbar." In seinem Blick steckte jetzt so etwas wie Verzweiflung.

„Euch macht aber noch was anderes Sorgen, nicht wahr?", fragte Tristan. Christoph schaute den jungen Mann an. Dann nickte er.

„Ja, es geht mir um die Hintermänner. Jene Schatten, die wir nicht ermessen können. Jene Kreaturen, die man als Vampire bezeichnet. Ich selber habe gesehen, wie sie durch die Luft fliegen können." Christoph blickte kurz zum Nachthimmel, wo die Wolken wie zerfetzte Leichentücher über den Mond zogen. Der Frost kroch ihm, trotz des Feuers, durch die Lederweste. Aber es war nicht diese Kälte, die ihn frösteln ließ. „Ich habe gesehen, wie diese verfluchten Wesen mit ihren Klauen Leiber zerrissen, als wären sie Pergament. Sie kamen über die Bäume, Tristan. Aber sie kommen nicht über diese Mauern. Warum? Sie hätten es längst tun können", er räusperte sich kurz. Tristan blickte ihm in sein Gesicht und verstand sehr gut, was ihn so beschäftigte.

„Sie haben dunkle, gottlose Kräfte. Die Mauern sind hoch, aber nicht unüberwindbar", Christoph rieb sich den Bart, der mit Reif gesprenkelt war.

„Ihr fragt euch, was sie zurückhält", Christoph blickte Tristan in das vom Feuer angestrahlte Gesicht.

„Ganz recht. Irgendwas hält sie ab. Vielleicht, weil dieser Ort ein geweihter Ort ist? Die Reliquien sind innerhalb der Mauern verborgen. Oder es ist etwas viel Älteres. Etwas, was sogar älter ist als der Glaube selbst. Ein uralter Schwur, eine

Grenze, die sie nicht überschreiten können, weil selbst sie an Gesetze gebunden sind. Entstanden vielleicht aus einer längst vergangenen Zeit." Christophs Faust ballte sich unwillkürlich. Er hasste die schwarze Magie. Hasste das Unerklärliche, was den Menschen Angst machte. Aber noch mehr hasste er es, blind zu sein für das Offensichtliche. Er sah es nicht, und das machte ihn verrückt.

„Wir müssen herausfinden, was sie davon abhält", sagte er zu Tristan.

„Vielleicht finden wir noch etwas in den alten Texten", antwortete er ihm. Christoph blickte erneut zum Mond. Diese Nacht fühlte er sich wie ein Mann, der eine Tür bewachte, ohne den Schlüssel der Wahrheit zu besitzen. Es wurmte ihn. Tristan schaute verloren in das Feuer. Der letzte Satz war beinahe geflüstert. Tristan blickte auf das Schwert, das Christoph bei sich trug. Es war jene Waffe mit der blauen Klinge. Keiner von ihnen wusste, ob sie wirklich funktionierte, aber dies würden sie bestimmt bald herausfinden. Christoph bemerkte die Blicke, griff danach und führte es mit seiner Hand Richtung Himmel. Dabei begutachtete er, wie die blaue Klinge im Mondlicht schimmerte.

„Wird nicht viel nützen", sagte er dann. „Wir brauchen mehr davon. Und zwar schnell. Dieser Gedanke war so allgegenwärtig, dass sowohl Christoph als auch Tristan das Warten auf eine Nachricht von Passavia oder Wormatia satthatten. Die Hoffnung, dass sie noch kommen würden, schrumpfte, aber sie war noch da. Nichtsdestotrotz mussten sie selber tätig werden, um sich zu schützen.

„Heute Nacht sind noch keine Ghule gesehen worden. Vielleicht haben sie ja aufgegeben?", fügte Tristan hinzu. Christoph schmunzelte über diese Leichtgläubigkeit.

„Glaubt mir, junger Freund. Sie sind da draußen."

„Was machen wir, wenn wir einen dieser Ghule sehen?", fragte Tristan.

„Wir töten ihn! Je mehr von diesen Bastarden in die Hölle zurückkehren, umso besser ist es für uns." Christoph wandte seinen Blick wieder ab und betrachtete das rot-gelbe Feuer vor sich, dessen Flammen unaufhörlich am Holz leckten, als er sein Schwert wieder wegsteckte. Christoph war von diesem Element fasziniert. Feuer hatte viele gute Eigenschaften, die das Leben leichter machten. Es spendete Licht in der Dunkelheit und Wärme, wenn es kalt war. Darüber hinaus konnte man durch die Flammen Essen und Getränke erwärmen, nicht zu vergessen, dass man es auch als Waffe nutzen konnte. Er liebte das Feuer.

„Woher wissen Sie eigentlich, dass wir hier sind?", fragte einer der Soldaten, die ihnen gegenüber am Feuer standen.

„Die Späher. Sie sind lautlos und leise und folgen uns schon seit Langem", antwortete Christoph, ohne den Soldaten anzuschauen. Die Antwort war sowohl simpel als auch logisch. Nichts konnten sie tun, ohne dass der Feind davon Wind bekam. Christoph blieb noch wenige Augenblicke am Feuer stehen, dann setzte sich in Bewegung und klopfte Tristan auf die Schulter.

„Kommt, wir sind dran!", sagte er bestimmend. Christoph griff auf dem am Boden liegenden Bogen und nahm die Pfeile mit. Tristan machte sich gleich auf den Weg und folgte ihm an die kleine Holzleiter, die auf den schmalen Vorsprung führte. Etwas besorgt schaute er hinauf, da die Bretterkonstruktion etwas wackelig aussah. Die Ebene war aus nur drei schlichten Hölzern zusammengebaut, und es war gerade mal so viel Platz, dass sich darauf zwei erwachsene Männer einigermaßen bequem niederlassen konnten. Für ihn wirkte das so, als ob der Ausguck provisorisch an die Mauer gebaut worden war.

Die beiden Soldaten, die zur Ablöse bereitstanden, waren sichtlich dankbar, wieder an das Feuer zu kommen. Mit ihren steifen Knochen kletterten sie die Leiter hinunter und machten Tristan und Christoph Platz für ihre Wache. Beide kauerten sich auf das kalte, verschneite Holz und blickten über die Mauer in das freie Gelände. Vor ihnen erkannte Tristan einen kleinen Weg, der von der Pforte aus den Hang hinunterführte. Nicht weit vom Kloster entfernt löste sich der Weg in einem dunklen Wald auf, sodass man nicht einsehen konnte, wohin er eigentlich führte. Es war ein anderer Weg, der hinunter in die Siedlung führte, als der, den sie gekommen waren, und daher wusste er auch nicht, wohin der Verlauf ging. Der Wald erhob sich wie eine dunkle Wand, vor der eine schneeweiße Fläche lag. Nicht überall auf den Bäumen blieb der Schnee liegen. Das war der Bereich, den sie gut einsehen konnten. Alles ab dieser Grenze nicht mehr. Der Schnee half ihnen zwar ein wenig, aber es war so gut wie unmöglich, zwischen den Bäumen etwas zu erkennen. Angestrengt blickte Tristan in die Nacht, aber er konnte nichts Ungewöhnliches entdecken. Über den beiden Männern funkelten die Sterne, als Tristan eine Frage stellte.

„Wie sollen wir den …"

„Psst!", unterbrach ihn Christoph, „sprecht leiser!" Dann zeigte er mit dem Finger auf einen bestimmten Punkt im Wald. Tristan versuchte, dem Verlauf des Fingers zu folgen und schaute angestrengt in die Dunkelheit. Zunächst erkannte er nicht das Geringste, doch dann hörte er etwas. Es hörte sich so an, als ob irgendwas knirschend durch den Schnee lief. Es war zwar sehr leise, aber man konnte es hören, und dann erst sah er etwas. Etwas leuchtete ganz schwach in der Dunkelheit. So wie kleine Sterne am Himmel. Tristan schaute genauer hin und meinte, eine bucklige Gestalt mit leuchtenden gelben Augen zu erkennen. Ein Schauer lief ihm über den Rücken.

„Da vorne ... da sind sie“, flüsterte Tristan. Christoph nickte ihm stumm zu und griff nach Pfeil und Bogen, die neben ihm lagen. Er spannte den Bogen und zielte.

„Ich sehe Euch!“, flüsterte er kaum hörbar. Tristan schaute weiter auf die Gestalt in der Dunkelheit. Direkt neben der Gestalt meinte er jetzt, eine zweite ausgemacht zu haben. Christoph zielte genau und schoss den Pfeil ab. Das Geschoss flog knapp über der Klostermauer hinweg durch die Nacht und suchte sein Ziel. Kurz bevor er dieses eigentlich hätte treffen sollen, verschwanden die Augen und es war wieder dunkel. Der Pfeil sauste in die Leere.

„Verdammt!“, fluchte Christoph und fragte sich gleich, warum er das Ziel verfehlt hatte. So schnell waren die Ghule nicht. Tristan schaute an die Stelle, wo er die Kreatur zuletzt gesehen zu haben glaubte. Aber außer Dunkelheit erkannte er nichts.

„Sie wissen genau, wo unsere Wachen stehen!“, sagte Christoph.

„Es wird nicht mehr lange dauern und sie werden kommen. Wir werden Verstärkung brauchen. Und zwar jetzt“, betonte er.

* * *

Wie auf Kommando drehten sich die Ghule um und liefen den Hang hinunter in die Richtung, wo ihr Unterschlupf war. Man hatte ihnen zu verstehen gegeben, dass die Observation vorübergehend zu Ende war. Keiner von ihnen war in der Lage, diesen Befehl zu hinterfragen. Er wurde ausgesprochen und nun wurde er befolgt. Ohne Wenn und Aber.

* * *

Tristan räusperte sich kurz. Den Blick in den Wald gerichtet, sprach er das aus, was er gerade dachte.

„Vielleicht macht es Sinn, selbst zu den Höhlen zu gehen. Holen wir uns das, was wir brauchen. Oder sollen wir noch länger warten?“ Christoph schaute ihn irritiert an.

„Das macht keinen Sinn. Wir brauchen hier jeden Mann“, sagte er.

„Ihr habt recht. Aber wir brauchen auch die Kristalle. Wer weiß, wann sie über die Mauern kommen. Es hat einen Grund, dass sie nicht angreifen, aber wir sollten nicht darauf hoffen, dass es ewig so bleibt. Ich habe mir den Ort gut eingeprägt, ich werde die Höhlen finden und werde die Kristalle hierherbringen.“ Christoph schaute langsam zu ihm hinüber. Er überlegte, wie sinnvoll dieses Unterfangen war. Sie brauchten jeden Mann, aber war Tristan schon so ein guter Kämpfer, dass er sie unterstützen konnte? Oder machte es mehr Sinn, ihn loszuschicken und die Kristalle zu holen? Wenn es gut lief, war er zügig wieder zurück. Solange mussten sie hier noch durchhalten. Und wer wusste denn, ob diese Vampire nicht wirklich noch mit ihrem Angriff warteten. Eigentlich war das eine gute Idee. Warum weiter warten, wenn man selber handeln konnte? Insgeheim ärgerte er sich, dass er nicht schon früher auf diese Idee gekommen war. Hatte er Tristan diese Aufgabe vielleicht nicht zugetraut? Wie dem auch sei.

„Ihr habt recht, wir brauchen die Waffen. Denn die Ankunft von Theotmar aus Passavia lässt auf sich warten. Ebenso ist nicht sicher, ob Wormatia antwortet. Und vielleicht habt Ihr recht und diese Aufgabe ist besser für Euch geeignet.“ Jetzt schaute Christoph wieder in den Wald.

„Gebt mir ein Pferd und ich werde morgen früh aufbrechen. Ich gehe in diese Mine und hole das, was uns zusteht. Dann komme ich zurück. Tagsüber ist der Weg sicher. Sie kommen nachts. Immer nachts und da werde ich Schutz suchen.“, betonte Tristan. Christoph überlegte für einen kurzen Moment. Sollten sie nicht jede Möglichkeit nutzen? Dann schaute der Vogelmann wieder zu Tristan hinüber und nickte.

„Ihr habt recht. Geht und ruht Euch aus. Ich halte nach zwei Begleitern Ausschau. Ich habe da auch schon jemanden im Sinn. Ich werde das Vorhaben mit Amar besprechen und ich sehe keinen Grund, warum ihr nicht losziehen solltet.“ Tristan war überrascht. Damit hätte er jetzt nicht gerechnet. Aber genau das hatte sein Freund gesagt. Tristan grinste.

„Ich werde bald mit den Kristallen zurück sein. Bis zum Neumond bin ich wieder da.“, dann klopfte er ihm dankend auf die Schulter.

INFILTRIERUNGEN

Die Hufschläge der Pferde donnerten durch die Stille der Nacht und kündigten ihre Reiter an, noch bevor man sie auf dem schmalen Weg erblicken konnte. Sie waren völlig abgeschieden in der Dunkelheit unterwegs und orientierten sich nach dem Licht der Sterne, um den richtigen Weg nach Heidelberch zu finden. Für Venatius war es keine Schwierigkeit, wusste er doch genau, wie er die Punkte am Himmel zu lesen hatte. Er hatte einen sehr guten Orientierungssinn. Wenn es darum ging, zu reisen, war er die erste Wahl.

Gabriel spornte seinen braunen Hengst weiter an und war die ganze Zeit darauf bedacht, seinen Begleitern zu folgen, die ein Stück vorweg ritten. Durch den tiefen Schnee war es für die Tiere noch anstrengender, das hohe Tempo zu halten, und sie schnaubten dementsprechend laut auf. Die Kälte fühlte sich durch die enorme Geschwindigkeit viel intensiver an, und jede Böe knallte den Reisenden wie ein harter Faustschlag mitten in ihre Gesichter. Gabriels Haut brannte und seine Augen tränten, während er sich angestrengt auf dem Rücken des Pferdes hielt. Seine Kleidung wirbelte im Wind hin und her und ließ seine Körperkontur mit der Finsternis eins werden. In Gedanken dichtete er sich schon eine Geschichte zusammen, um die Mönche im Kloster zu täuschen, damit sie ihm Einlass gewährten. Er baute sich eine wasserdichte Erzählung zusammen, die vorerst niemand hinterfragen würde. Bei dem Gedanken grinste er in sich hinein und war von seinem Erfolg weitestgehend überzeugt.

Roland ritt wie ferngesteuert neben Venatius her. Er konnte nicht mal sagen, wohin die Reise ging. In seinem Kopf war nur diese eine Stimme, die ihn leitete und der er folgte. Er machte das, was ihm befohlen wurde, und lenkte das Pferd in jede Richtung, die auch Venatius ansteuerte. Roland fühlte sich merkwürdig. Die kalte Luft schlug ihm ins Gesicht, aber er beklagte sich nicht darüber. Wozu auch? Er hatte kein Recht, sich zu beklagen. Er musste nur folgen. Der Stimme in seinem Kopf. Er brauchte sich eigentlich über nichts Gedanken zu machen.

Die drei Reiter waren schon eine Weile unterwegs und folgten dem Weg weiter Richtung Süden, durch die verschneite Berglandschaft. Immer wieder führte der Weg durch verschiedene Täler hindurch und an schneebedeckten Bergen vorbei, bis sie schließlich das Tal erreichten, welches sie zum Heiligenberg führte. Dieses Stück des Weges war sehr stark bewaldet und die Männer konnten nicht wirklich sehen, wohin die Straße sie führte. Der alte Mönch wusste aber, dass das Michaelskloster von ihnen aus gesehen auf der linken Seite lag, mitten auf dem Berg. Um hinauf zu gelangen, mussten sie erst zum Fluss, um von dort aus den Anstieg zu beginnen.

Der alte Mönch verlangsamte plötzlich das Tempo, als sie der Weg schließlich an das Flussufer lotste. Die dichte Waldgrenze reichte genau bis an das Ufer mit seiner schmalen Straße. Genau hier machte der Pfad einen Knick nach links und sie trafen auf den Verlauf des Neccarus, dessen Uferzonen zum Teil mit Eis bedeckt waren. Der Winter hatte auch hier die Landschaft fest im Griff und die andauernde Kälte nahm selbst dem großen Fluss seinen natürlichen Lebensraum weg und engte ihn spürbar ein. Nur in der Mitte rauschte das Wasser weiter. Nach ein paar Metern konnte Gabriel schließlich mehr sehen. Der Berg lag vor ihnen wie eine Wand, bestückt mit einer Armee aus schneebedeckten Bäumen, und wies ihnen den Weg hinauf. Das Kloster konnte man von hier aus nicht erkennen und wenn man es nicht genau wusste, würde man es dort auch nicht vermuten.

Venatius stoppte sein Pferd, welches sich schnaubend über die kleine Pause bedankte. Kurz darauf kamen seine Begleiter mit ihren Pferden neben ihm zum Stehen und blickten ihn dabei fragend an. Der Mönch zeigte mit angestrengtem Gesicht den schmalen Weg hinauf.

„Ab hier müsst Ihr allein weiter! Ich bringe die Pferde an einen sicheren Ort." Heißer Dampf quoll aus seinem Mund und hinterließ kurz eine weiße Wolke, die sich rasch in der Kälte auflöste. Gabriel schaute wieder den Weg hinauf.

„Wo sucht Ihr Zuflucht, bis die Schatten wiederkehren?", fragte er. In seinen Worten lag mehr Neugier als Sorge.

„Macht Euch um mich keine Gedanken. Ich habe ganz in der Nähe einen Unterschlupf, wo ich mich den Tag über vor Amars Leuten verstecken kann. Ich werde in der kommenden Nacht mit Leviathan vor dem Eingang auf Euch warten. Wir werden diesen Weg wählen, als lasst uns von dieser Seite her rein. Und jetzt beeilt Euch, mein Herr." Venatius nahm die Zügel der beiden anderen Pferde und wies den beiden Reitern an, abzusteigen. Sofort sprangen Gabriel und das, was einmal Roland gewesen war, vom Rücken der Tiere und landeten beinahe zeitgleich mit beiden Füßen im tiefen Schnee. Gabriel schaute den Ghul an.

„Zieht Euch die Kapuze über!", meinte er dann bestimmend. Der Ghul nickte ihm stumm zu und tat, wie ihm befohlen. Argwöhnisch blickte er den verschneiten Verlauf hinauf und stapfte gleich los, nachdem er sich von Venatius verabschiedet hatte. Die vielen Fußspuren im Schnee verrieten ihm, dass schon viele Pilger vor ihm diesen Weg zum Kloster gefunden hatten. Jetzt durften sie alle keine Zeit mehr verlieren, denn der Sonnenaufgang war nicht mehr weit. Das mahnte zur Eile an. Der Mönch stieg wieder auf sein Pferd, donnerte gleich mit den Pferden wieder nordwärts und war schon bald darauf nicht mehr zu hören.

Jetzt war er mit dem Ghul völlig allein und dieser Zustand gefiel ihm irgendwie. Ein einsamer Jäger mit seinem Untertanen, die gemeinsam einen Auftrag hatten. Die kühle Luft füllte seine Lungen, während er weiter den Weg hinauflief, und er merkte schnell, dass seine Kraft ein noch schnelleres Laufen zuließ. Roland folgte ihm auf dem Fuß. Sofort beschleunigte er die Schritte und hatte dabei nicht mal Atemnot. Dieser Zustand war berauschend. Die neuen Möglichkeiten, als ein Kind Kains zu erleben, waren wirklich betörend.

Der Pfad führte sie einmal um den Heiligen Berg herum, bis sie schließlich an eine Wegkreuzung kamen. Gabriel blieb kurz stehen und schaute den entgegengesetzten Fußweg hinunter, der in die Stadt führte. Von hier aus konnte er im Morgengrauen die kleinen Gebäude der Siedlung erkennen. Die Bewohner schliefen noch und hatten keine Ahnung. An verschiedenen Stellen sah man, wie der Qualm von den wärmenden Feuerstätten in die Luft emporstieg und sich langsam auflöste. Ab hier wurde der Weg noch etwas schmaler und Gabriel ahnte, dass er seinem Ziel sehr nah war. Ein kleiner Bach schlängelte sich den Berg hinunter und war auch zum größten Teil zugefroren. Das Plätschern war kaum noch zu hören. Die letzten paar Meter des Weges bestanden aus ein paar Treppenstufen, die sie gemeinsam langsam und behutsam hinaufgingen.

Vor ihnen befand sich endlich das Kloster mit seinen zwei hohen Türmen. Die Anlage war größer, als Gabriel es vermutet hatte, und er war sichtlich beeindruckt. Über ihm lag der Sternenhimmel, dessen Lichter langsam verblassten. Weit im Osten erkannte er langsam den Aufgang der Wintersonne, die die Nacht immer weiter zurückdrängte. Sie erwachte zu neuem Leben und es wurde Zeit, dass er in das Kloster gelangte.

Ein Geräusch ließ ihn aufhorchen. Instinktiv packte er den Ghul am Arm und zog ihn ein Stück weiter hinter einen kleinen Busch. Er legte seinen Zeigefinger auf seine Lippen und befahl ihm, still zu sein. In der Dämmerung sah er, wie die Tür des Klosters geöffnet wurde und drei dunkel gekleidete Männer mit ihren Pferden nach draußen traten. Einer von ihnen hatte einen blutroten Mantel mit Fell über den Schultern an. Die Männer stiegen auf ihre Pferde und ritten zügig davon. Zu seinem Glück in die entgegengesetzte Richtung, sodass er sein Vorhaben weiterverfolgen konnte. Jede Verzögerung war schlecht für ihn. Kurz danach wurde die Tür zum Kloster wieder geschlossen. Gabriel war überrascht, wie schnell das ging. Nachdem er die Szene betrachtet hatte, bewertete er sie so, dass die Menschen verzweifelt versuchten, noch Hilfe zu holen.

„Das wird Euch nichts nützen“, flüsterte er. Er trat hinter dem Busch hervor und zog den Ghul mit sich. Dann trat er wieder auf den Weg, um schließlich zum Kloster zu gelangen.

Etwas ehrfürchtig gelangte er zu den Außenmauern, am Eingang zum Kloster blieb er stehen und wartete noch einen kurzen Moment vor der Pforte. Er wollte sichergehen, dass die Reiter nicht kehrtmachten. Die Sterne am Himmel verblassten immer mehr und es wurde wirklich an der Zeit. Behutsam zog er jetzt auch seine Kapuze über den Kopf, um sein Gesicht so weit zu verdecken, dass man seine immer blasser werdende Haut nicht sofort entdecken möge. Auch seine Augen waren verräterisch. Er musste vorsichtig sein. Dann hob er die Hand und wollte gerade klopfen, als er nochmals zögerte.

„Hoffentlich sind die Herzen der Bewohner blind", sagte er zu sich. Dann klopfte er heftig auf das Holz und wartete ab. Nach einer kurzen Weile öffnete sich die kleine Luke und ein Mann mit dunklem Bart blickte ihn misstrauisch an. Seine Augen waren groß und suchten nervös die Umgebung ab.

„Was wollt Ihr?", fragte er und starrte die Fremden dabei an. Gabriel hatte mit diesem Misstrauen schon gerechnet, und erst recht zu so früher Stunde.

„Gott gewähre euch Weisheit und Kraft! Ich bin ein reisender Mönch. Auf meinem Weg fand ich diesen verletzten Krieger, welcher zu Amar gehört. Ich habe ihn gerettet und bringe ihn jetzt zu Euch."

„Ihr seid beide Mönche. Unsere Krieger sind nicht als Mönche gekleidet!"

„Ich gab ihm die Kleidung, da seine völlig zerrissen war", bekam er als direkte Antwort.

Gut gemacht, Gabriel.

„Wie ist sein Name?"

„Roland", sagte Gabriel.

„Warum spricht er nicht selbst?"

„Er ist erschöpft." Der Mann blickte ihn argwöhnisch an. Gabriel erkannte in seinem Gesicht, dass er angestrengt nachdachte. Noch bevor der Soldat etwas sagen konnte, ergriff er wieder das Wort.

„Eure Bedenken sind unberechtigt. Dieser Soldat ist müde und braucht Ruhe, um sich auszuruhen."

„Dann versucht es in der Siedlung!“, brummte der Mann ihn an.

„Von dort komme ich, und man sagte mir, dass ich hierbleiben könnte. Ich bitte Euch und ersuche um Einlass. Es ist wichtig, dass dieser Mann wieder zu Amars Männern kommt. Ich denke, er hat einiges zu berichten, wenn er wieder sprechen kann“, sagte Gabriel und blieb hartnäckig.

„Und er gehört wirklich zu Amars Männern? Ich kenne keinen Roland“, sagte der Mann. Gabriel überlegte kurz, ohne den Mann anzugucken.

„Amar und Christoph sind meine Freunde“, sagte Roland, ohne den Mönch anzuschauen. Sein Blick war nach unten geneigt, so wie es die Stimme in seinem Kopf verlangt hatte. Gabriel war erstaunt, dass der Ghul die Worte, die er ihm in Gedanken vorgegeben hatte, noch so gut artikulieren konnte.

„Zeigt mir Euer Gesicht.“ Der Ghul verharrte kurz. Dann hob er seinen Kopf an und zog seine Kapuze etwas nach hinten. Der Mann riss die Augen auf und schien Roland wiedererkannt zu haben.

„Ihr sprecht also wahr?“

„Ja, Herr!“ Gabriel blickte nach unten.

„Wie ist Euer Name?“

„Bruder Daniel.“ Gabriel hoffte inständig, dass der Mann nicht merkte, dass er gelogen hatte.

„Nun lasst den armen Kerl schon rein. Draußen ist es bitterkalt.“ Gabriel hörte die Stimme von einem anderen Mann, den er aber nicht sehen konnte. Der bärtige Mann schaute wütend nach links und schloss die Luke wieder. Kurz darauf wurde die Tür einen Spalt geöffnet.

„Tretet ein.“ Ohne zu zögern, schlüpften die beiden durch die Pforte. Als Gabriel seinen Fuß über die Schwelle trat, passierte nichts. Keine unsichtbare Wand, kein Schlag, der ihn zurückwarf, und seine Haut war auch nicht in Flammen aufgegangen. War der Bann gebrochen oder hatte es nie einen gegeben? Er betrat geweihten Boden, und nichts passierte. Danach schloss der bärtige Soldat die Tür wieder. Nun konnte Gabriel mehr sehen. Vor ihm standen zwei müde Soldaten mit einer braunen Lederrüstung. Der andere Mann, den Gabriel noch nicht hatte sehen können, war kleiner als der Bärtige und beinahe haarlos. Er schaute Roland an und schien sich zu freuen.

„Roland, ich habe nicht mehr damit gerechnet, Euch wiederzusehen." Er umarmte ihn, während Roland bewegungslos stehen blieb.

„Was ist mit Euch? Erkennt Ihr mich nicht mehr?"

„Doch", antwortete Roland, doch dieses eine Wort klang so fremd.

„Ihr seid müde. Das verstehe ich. Wir werden später reden", sagte der Mann. Roland nickte ihm zu und zog seine Kapuze wieder über die Stirn.

„Ihr habt Glück!", sagte der Bärtige dann zu Gabriel, der ihn nicht aus den Augen ließ. „Vor Sonnenaufgang lassen wir normalerweise niemanden herein!"

Aber anscheinend nahmen die Soldaten das nicht so genau. Jedenfalls die beiden nicht. Gabriel war froh, dass sie so entschieden hatten. Jetzt war der erste Schritt getan.

„Kommt, ich bringe Euch zu Bruder Michael. Er wird Euch in eine Liste aufnehmen. Wir führen Buch über jeden, der hierherkommt. Ich werde Amar von Eurer Ankunft berichten. Er wird sich freuen!"

„Das ist gut", sagte Gabriel.

Sie folgten dem haarlosen Mann, und Gabriel hoffte weiter, dass er sein wahres Ich hinter seiner Maske verstecken konnte. Der Bärtige blieb allein zurück und wunderte sich. Irgendwas stimmte hier nicht.

* * *

Der eisige Wind kam den Berg hinauf wie ein wildes Tier, während sich die schwarzen Silhouetten der Reiter gegen das fahle Licht des beginnenden Tages abzeichneten. Vier Männer als menschliche Söldner von Adalar, in schwarzen Kettenhemden, die Umhänge über den Schultern schwer von der Feuchtigkeit, duckten sich im Sattel, als wollten sie sich unsichtbar machen. Die Krieger waren mit Pfeil und Bogen sowie Schwertern ausgestattet. Hinter dem kahlen Wacholderbusch, am Rand des verschneiten Waldes, beobachteten sie stumm den Eingang des Klosters. Sie waren nicht entsandt worden aus Misstrauen. Leviathan vertraute Gabriel, aber er kannte die Welt der Menschen. Und er wusste, wie schnell selbst ein Kainit fallen konnte, wenn das Spiel der Sterblichen und der Vampire aus dem Ruder lief. Gabriel war noch etwas unvorsichtig, und er wollte diesen Akt als Schutz verstanden wissen. Also hatte er Männer geschickt. Schweigsame, gehärtete Krieger, ausgebildet im Kampf und nicht im Verrat. Menschen, die für Geld treu und ergeben waren.

Sie sahen, wie sich die Tür öffnete. Ein Ritter im weißen Wappenrock und mit einem dicken roten Mantel verließ das Kloster an der Spitze von zwei berittenen Begleitern. Einer von Leviathans Spähern kniff die Augen zusammen.

„Wer ist das?“, flüsterte er rau. Keiner von ihnen antwortete. Dann sahen sie, wie Gabriel mit dem Ghul an die Tür ging und ihnen Einlass gewährt worden war. Ab jetzt war er auf sich allein gestellt.

„Ich bin mir ziemlich sicher, dass Leviathan wissen will, wer das war und wohin er will“, sagte einer von ihnen. Kein weiterer Befehl war nötig. Er war eine Pflicht. Leise, aber entschlossen, nahmen sie die Verfolgung auf, die Hufeisen ihrer Tiere dumpf auf dem verschneiten Boden. Keine Hast und kein Lärm. Nur menschliche Schatten, die anderen Menschen folgten, in einer Welt, in der der Tod bereits unterwegs war.

ANGRIFF

Die kleine weiße Taube flatterte im Dunst unaufhörlich mit ihren Flügeln und wand ihren zerbrechlichen Körper im Todeskampf hin und her. Ein stattlicher Falke hatte sie im Flug angegriffen und schwer verletzt, sodass sie flugunfähig zu Boden taumelte und an Ort und Stelle liegen blieb. Ein Flügel war durch den Sturz gebrochen und stand unnatürlich ab. Nach dem Aufprall im Schnee versuchte das bemitleidenswerte Opfer, sich unter Schmerzen immer wieder aufzurichten und gurrend in das nächste Gebüsch zu retten. Das Federkleid am Bauch des Vogels, wo er ebenfalls verletzt war, färbte sich langsam blutrot.

Der Jäger, oben auf einem Ast kauernd, beobachtete die Szenerie mit Wohlwollen und wartete darauf, dass die Taube in ihrem Todeskampf immer schwächer wurde und er es schließlich zu Ende bringen konnte. Mit einem Satz glitt der stolze Vogel vom Ast des Baumes, segelte ganz vorsichtig nach unten und landete auf dem feuchten, schneebedeckten Boden. Mit ein paar schnellen Schritten stürmte der hungrige Vogel auf die Beute zu, packte sie mit seinen Krallen am Kopf, pickte die Taube schließlich zu Tode und erlöste sie endgültig von ihrem Leid.

Tristan, der auf einem großen Felsen sitzend die Geschehnisse aus einiger Entfernung beobachten konnte, bewunderte das Tier, das ein bisschen kleiner war als Christophs Falke. Diese Tiere waren für ihn faszinierend, und die Zielstrebigkeit in ihrer Ausführung war unerreicht. Sie leisteten sich so gut wie keine Fehler und waren bei der Jagd nach Beute fast immer erfolgreich. Dieses Tier war sozusagen sein Vorbild: zielsicher und ohne Mängel behaftet. So würde er den Vogel, wenn es so weit war, in seinem Wappen aufnehmen, den er dann auf seinem Schild führen würde. Tristan verfiel in eine kleine Träumerei und schmunzelte dabei. Die Mission, die er sich selbst aufgetragen hatte, nahm er sehr ernst und war sich der Bedeutung des Erfolges seines Auftrags bewusst. Er würde seine Aufgabe erfüllen und die Kristalle zum Kloster bringen. Und das würde schnellstmöglich passieren. Sie waren bis zum Nachmittag unterwegs gewesen und gönnten sich jetzt die erste kleine Pause. Es war an der Zeit, selbst etwas zu essen und sich ein wenig Ruhe zu gönnen, wenngleich das auch nicht lange sein würde.

Er dachte für einen Moment an all die verlorenen Seelen, an jene, die im Kampf gefallen waren, und versprach, den Krieg für sie zu gewinnen. Er würde seine Beutel füllen mit allen Kristallen, die er finden konnte, und würde rechtzeitig zurückkehren. Koste es, was es wolle. Er würde Amar und Christoph nicht enttäuschen.

So war diese Mission von elementarer Bedeutung. Sie waren sich alle drei nach einer kurzen Beratung darüber einig geworden, die bevorstehenden Angriffe der Schatten nicht zu überstehen, jedenfalls nicht lebendig, wenn sie nicht diese Kristalle bekommen würden. Tristan hob ein Stück Holz vom Boden auf und brach es in zwei Teile. Wenn er mit den Kristallen zurückgekehrt und in dieser Zeit auch die Unterstützung aus Passavia und Wormatia eingetroffen war, dann würden sie siegen. Da war er sich sicher.

Christoph hatte ihm schon vor einiger Zeit von Theotmar berichtet, einem einflussreichen Mann mit sehr viel Geld. Er war derjenige, der sie mit Waffen, Pfeilen und Soldaten beliefern konnte und somit den kleinen Ritterorden, so gut es eben ging, unterstützte. Tristan war sehr neugierig und wollte diesen Mann unbedingt kennenlernen. Zusammen würden sie eine übermächtige Allianz bilden, die diese Vampire für immer in die Flucht schlagen würde. Und wenn sie dann noch von der Kirche unterstützt wurden, konnte nichts mehr schiefgehen. So hatten es sich jedenfalls die drei im Kopf zurechtgelegt. Doch es war Eile geboten. Amar hatte ihnen berichtet, dass Theotmar in Sorge war, was gerade weit im Osten passierte. So war bekannt, dass Saladin die Macht in Damaskus übernommen hatte und er es sich zum Ziel gemacht hatte, Jerusalem für sich und die Muslime zu beanspruchen. Die christliche Verteidigung war geschwächt und man musste die Situation im Auge behalten.

Was gerade in Passavia passierte, konnte keiner von ihnen genau sagen. Daher war es angedacht, dass Tristan sich mit Theotmar treffen würde, um mit ihm persönlich über die Angelegenheit in Heidelberch zu sprechen. Dass sie bis jetzt noch keine Nachricht von seinem Falken erhalten hatten, beunruhigte die Männer sehr.

Es war sehr spät am Nachmittag, als der Nebel das Tageslicht immer weiter verdunkelte. Obwohl Tristan sehr erschöpft und müde war, kam er nicht wirklich zur Ruhe. Zu viele Gedanken schnellten durch seinen Kopf und machten ihn nur noch nervöser, als er es ohnehin schon war. Er ließ den zerbrochenen Stock auf den Boden fallen und stand schließlich auf. Sein Mantel wehte mit jeder Bewegung und das Fell an den Schultern wärmte zum Teil seinen Rücken. Er ging zu seinem Pferd hinüber und kramte ein Stück Brot aus einem Beutel. Beherzt biss er ein Stück davon ab und kaute angestrengt darauf herum. Der Falke hatte seine Beute mittlerweile außer Sichtweite gebracht und war nirgends mehr zu sehen. Tristan wollte nicht noch mehr Zeit verlieren, kletterte auf den Rücken und pfiff einmal laut auf. Seine beiden Gefährten blickten auf und waren wohl wie er bereit, weiterzureiten.

„Steht auf, wir müssen weiter. Ich erkunde das Umland und werde gleich zurück sein. Bis dahin seid ihr fertig mit Essen, damit wir aufbrechen können."

Das Pferd gehorchte sofort dem Befehl seines Reiters und galoppierte den Waldweg entlang. Die Männer schauten Tristan nach und fingen an, ihre müden und steifen Glieder zu strecken. Ihnen war sichtlich kalt.

Sein Hengst ritt beständig, aber vorsichtig bis zur Waldgrenze, wo Tristan schließlich stoppte. Durch den Nebel und den Schnee konnte er nicht wirklich viel erkennen. Die Grenze am Horizont war verschwommen und er konnte nicht wirklich sagen, wo der Himmel anfing und wo die Erde aufhörte. Vor ihm lag eine weißgraue Wand, die nur schemenhafte Konturen in der Ferne preisgab. Er kniff die Augen zu Schlitzen zusammen und meinte, in der Nähe ein paar Hügel zu erkennen. Auf einem stand ein einsamer Baum, dessen kahle Äste wie ein knochiges Untier stumm und leise im Nebel ausharrten. Es war beinahe windstill und man hörte keinen Laut. Nicht mal die Tiere, die im Wald lebten, konnte man akustisch wahrnehmen. Tristan gefiel diese Ruhe nicht und er fühlte sich durch den Nebel hindurch beobachtet. Es war merkwürdig. Sie mussten dringend weiter. Irgendetwas passte nicht in das Gesamtbild, aber er konnte nicht deuten, was es war. Auf dem Rücken des Pferdes sitzend schaute er den Weg zurück in den Wald hinein.

Zunächst sah er nichts Verdächtiges, doch dann fiel ihm auf dem Rückweg schlagartig etwas ins Auge. Die Spuren im Schnee, die das Pferd mit seinen Hufen hinterlassen hatte, waren überlagert von weiteren Abdrücken, die den Weg kreuzten. Tristan überlegte krampfhaft, ob diese Hufabdrücke schon da gewesen waren, als er an der Stelle das erste Mal vorbeigeritten war. Er konnte sich nicht mehr daran erinnern und ärgerte sich, dass er nicht darauf geachtet hatte.

Zwischen den einzelnen Baumstämmen hin- und herschauend, versuchte Tristan, in der dichten Wolkensuppe etwas zu erkennen. Ohne Erfolg. Aber irgendwer musste hier durch das Unterholz gehuscht sein. Die Frage war nur, wann die Spuren entstanden waren. Tristan war beunruhigt. Schließlich spornte er sein Pferd an, loszureiten. Schnaubend setzte sich das Tier in Bewegung und galoppierte zum Ruheplatz zurück. Dort angekommen, saßen die Männer schon auf ihren Pferden und warteten auf ihn.

„Ist das Umland sicher?", fragte einer der Männer. Tristan zögerte einen kurzen Moment.

„Dem Anschein nach, ja!" Tristan ließ sich nichts anmerken. Er musste die Männer nicht noch nervöser machen, als sie ohnehin schon waren.

Mit einer Handbewegung befahl er den beiden Soldaten, die sich Georg und Gottfried nannten, ihm zu folgen. Und langsam setzte sich der Trupp in Bewegung. Mit offenen Augen und Ohren schritten sie vorsichtig durch den Wald und achteten auf jede kleinste Bewegung und auf jedes Geräusch. Am Waldrand stoppte Tristan erneut und befahl den Männern, ebenfalls stehen zu bleiben. Die Aufregung der Soldaten schien sich auf die Tiere zu übertragen, denn auch die Pferde wurden immer unruhiger. Irgendwas stimmte hier einfach nicht. Tristan wurde durch eine vermeintlich flüchtige Bewegung abgelenkt. Sah er dort eine Gestalt mit dunkler Kleidung? Ihm war so, als ob er einen grauen Umhang zwischen den Bäumen gesehen hatte. Sein Kopf flog nach links. Sein Blick wanderte wild zwischen den Bäumen hin und her. *Nichts!* Nervös blickte er wieder nach vorne. Er hatte sich bestimmt getäuscht.

Als Erstes schritt Tristan mit seinem braunen Pferd voran und ließ den schützenden Wald hinter sich. Das offene Gelände barg viele Gefahren, da man sie viel leichter entdecken konnte. Langsam verschwand hinter ihnen der dunkle Wald im grauen Nebel. Plötzlich hielt Tristan ein weiteres Mal inne.

„Haltet ein", sagte er leise, aber bestimmend. Mit einer Handbewegung wies er die anderen zum Stillstand an. Unruhig folgten sie seinem Befehl und schauten sich um. Es herrschte immer noch diese unheimliche Stille. Langsam drehte sich Tristan mit seinem Oberkörper, soweit es seine Lederweste zuließ, nach hinten um. Angestrengt blickte er zurück und versuchte, durch den Nebel etwas zu erkennen. Doch je mehr er sich konzentrierte, desto weniger konnte er sehen. Sein Gefühl ließ ihn noch vorsichtiger werden und in Gedanken versuchte er, sich zur Ruhe zu zwingen. Immer noch war nichts zu sehen. Sein Herz pochte und seine Hände wurden in seinen Handschuhen, trotz der Kälte, feucht. Dann nahm sein Gehör etwas wahr.

Für einen Sekundenbruchteil erfassten seine Augen irgendetwas am Himmel. Und bevor er es richtig deutete und die anderen warnen konnte, traf schon der erste Pfeil den letzten Reiter in den Hinterkopf und durchbohrte ihn wie eine überreife Frucht. Die Spitze des Pfeils durchdrang den Nacken unterhalb des Schädels, durchbohrte den Hals und trat vorn am Kehlkopf wieder aus. Blut und Gewebe blieben an der Spitze hängen. Gottfried sackte sofort in sich zusammen und ohne, dass er überhaupt begriff, was geschehen war, fiel er tot vom Pferd. Der Hengst wieherte auf und rannte, nachdem er seinen Reiter abgeworfen hatte, davon. Weitere Geschosse kamen aus dem Wald und regneten über sie herab. Mit einem entsetzten Schrei zog Tristan sein Schwert aus der Scheide und wehrte die nächsten nahenden Pfeile noch rechtzeitig ab, bevor sie ihn treffen konnten. Gleichzeitig befahl er Georg, die Flucht zu ergreifen.

„Flieeeeht!", schrie er lauthals. Die Pferde setzten sich sofort in Bewegung. Doch es war schon zu spät, Georg wurde gleich mit drei Pfeilen an verschiedenen Stellen durchbohrt. Zwei Pfeile trafen ihn in den Rücken und durchbohrten die inneren Organe. Seine Lederweste konnte ihm wegen der Wucht der Pfeile keinen Schutz bieten. Die Spitzen waren unglaublich scharf. Der dritte Pfeil durchbohrte ebenfalls seinen Hals und traf die Hauptschlagader. Blut spritzte aus der Wunde und verteilte sich über sein hellbraunes Pferd. Tristan sah noch, wie er vom Pferd fiel und blutüberströmt auf dem Bauch liegen blieb. Sofort färbte sich der Schnee blutrot.

Tristan blickte nach unten. Die beiden Soldaten rührten sich nicht mehr. Wieder zischten ein paar Pfeile heran. Er packte die Zügel, und das nervöse Pferd setzte sich in Bewegung. Im Augenwinkel sah er ein paar Gestalten, welche durch den Nebel auf ihn zugeritten kamen.

Die Kleidung ist schwarz, nicht grau! dachte er sich. Als er sich mit dem Rücken zum Wald gewendet hatte, traf auch ihn ein Pfeil in den linken Oberschenkel. Tristan schrie vor Schmerzen auf und blickte auf das Geschoss. Das Tier schien die Gefahr zu spüren, und ohne dass Tristan die Kontrolle übernahm, lief es davon in die entgegengesetzte Richtung. Es schlug ein paar Haken, fast wie ein Hase, und rannte immer weiter durch den tiefen Schnee.

Nach einer Weile verlangsamte er die Geschwindigkeit und verschwand mit dem Pferd wieder in einem Waldgebiet. Das Blut tropfte aus der Wunde, hinterließ eine kleine rote Spur im Schnee, und Tristan wurde ein wenig flau im Magen. Unter starken Schmerzen riss er sich den Pfeil aus dem Muskelfleisch und verletzte dabei das umliegende Gewebe. Ein Stück vom Muskel blieb an der Pfeilspitze hängen. Entsetzt blickte er auf den Pfeil und warf ihn in ein Gebüsch. Jetzt, wo er ihn entfernt hatte, floss das Blut noch stärker aus der Wunde. Tristan griff sich ein Stück Stoff vom Ärmel seines Hemdes, riss es ab und verband die Wunde damit. Die Blutung konnte aber nicht ganz gestoppt werden. Es trat immer noch Flüssigkeit aus der Öffnung und färbte den Stoff rotbraun. Das Tier, wohl ahnend, wie es um seinen Reiter bestellt war, setzte sich wieder schneller in Bewegung. Tristan brauchte dringend Hilfe, und zwar schnell. Die Wunde musste versorgt werden, sonst würde sie sich entzünden.

DER TOD STECKT IM DETAIL

Der Alltag im Kloster nahm seinen gewohnten Gang, und nachdem Gabriel sich bei Bruder Michael gemeldet hatte, bekam er ein kleines Zimmer zugewiesen, in dem er sich mit Roland den ganzen Tag zurückziehen konnte. Er gab an, müde zu sein und dass sich beide ausruhen müssten. Komischerweise hatten das alle, ohne zu hinterfragen, akzeptiert. Selbst Amar war so beschäftigt, dass er das Treffen auf später verschoben hatte. Ab und zu kam ein Mönch zu ihnen, um nach dem Rechten zu sehen. Man erkundigte sich, ob es ihnen gut ging. Diese Fürsorge ging ihm etwas auf die Nerven, aber um nicht aufzufallen, spielte er mit und bedankte sich immer fleißig für die Erkundigungen. Immer wieder betonte Gabriel, dass Roland noch schlief und dass es ihm soweit gut ging. Der Mediziner nahm es wohlwollend zur Kenntnis und betonte bei seinem letzten Besuch, dass sie sich bei Amar melden sollten, wenn Roland wieder aufgewacht war. Er verlangte nach ihnen. Der Mann hatte wohl ein paar Fragen. Gabriel versicherte ihm, dies zu tun, sobald Roland wieder wach war. *Von wegen.*

Gegen Abend hin fing es wieder an, kräftig zu schneien, und es befand sich keiner mehr im Klostergang. Hinzu kam noch, dass die Mönche gerade die Vesper, den Abendgottesdienst, abhielten, als Gabriel einen Blick aus der kleinen lichtgeschützten Kammer wagte. Der Korridor lag frei vor ihm und wurde von beruhigendem Mönchsgesang erfüllt. Schon bald würden sich die Glaubensbrüder zur Ruhe begeben, und dann war seine Zeit gekommen. Leise schloss er die kleine Holztür wieder und ging zum anderen Ende der Kammer hinüber. Er nahm die Tierhaut beiseite und blinzelte aus der kleinen Öffnung. Es war schon fast völlig finster geworden, und man konnte durch die vielen tanzenden Schneeflocken kaum etwas erkennen. Der Aufforderung, zu Amar zu kommen, war er nicht mehr nachgegangen, und bis jetzt war auch niemand mehr zu ihm gekommen, um ihn darauf hinzuweisen.

Gabriel wartete, bis es völlig dunkel und der Mönchsgesang völlig verstummt war. Das war Teil des Plans. Vorsichtig schlich er zur Tür und öffnete sie erneut einen Spalt. Mit einem Auge blickte er wieder in den Gang und erkannte niemanden. Er war völlig isoliert, und die Stille, die jetzt über dem Kloster lag, war genau der richtige Zeitpunkt für ihn, loszuschlagen. Er drehte sich zum Ghul um und blickte ihn an.

„Ihr werdet hier auf mich warten, verstanden?“, befahl er. Roland schaute ihn an und nickte ihm zu. Zielsicher schlüpfte er durch die Öffnung und gelangte auf den Hof. Mit leisen Schritten lief er zum Korridor hinüber, der ihn zum Skriptorium führte. Neugierig blieb er davor stehen und horchte in die Dunkelheit hinein. Es war nichts Auffälliges zu hören. An der kleinen Tür blieb er stehen und drückte die Klinke hinunter. Mit Erleichterung stellte er fest, dass nicht abgeschlossen war. So leise, wie es nur möglich war, öffnete er die Tür, steckte seinen Kopf durch die Lücke und blickte sich um. Außer den vielen Kerzenleuchtern war keine Menschenseele zu sehen. Er schaute auf die vielen Schriften und grinste. Hier würde er später noch mal reinschauen.

Dann zog er seine Kapuze über und schritt, so wie er es gelernt hatte, geräuschlos über den steinigen Gang.

* * *

Einer der Soldaten lief in diesem Moment über den Klostergang und hatte es dabei sehr eilig. Sie verpasste den feindlichen Schatten um einen Augenblick. Vor der kleinen Tür blieb der Soldat stehen und klopfte gegen die Tür. Dann wartete er kurz. Es geschah rein gar nichts.

Waren sie noch am Schlafen? Er hatte die Aufgabe, Roland und seinen Begleiter zu Amar zu bringen. Dieser bat schon seit einiger Zeit darum, mit Roland zu sprechen, doch dieser war bis jetzt nicht erschienen. Amar ließ man nicht warten. Das wusste Roland, und umso merkwürdiger fand Amar es, dass er noch nicht erschienen war. Erschöpfung hin oder her. Nach dem ersten Klopfen tat sich nichts. Erneut hob der Soldat die Hand und klopfte wieder gegen das Holz. Dieses Mal ein bisschen energischer. Wieder nichts. Schließlich griff der Mann erbost nach der Klinke und öffnete die Tür. Sofort erkannte er, dass Roland allein war.

„Wo ist der andere?“, fragte der Soldat erstaunt. Roland kauerte leblos in der Ecke auf dem Stroh und sagte kein Wort.

„Was ist mit Euch?“ Wieder reagierte Roland nicht. Langsam, aber sicher verlor der Soldat die Geduld. Schnell ging er auf ihn zu und packte ihn an der Schulter, um zu schauen, ob Roland noch am Leben war. Noch während der Soldat die Hand auf die Schulter legte, zog Roland seine Kapuze zurück und fauchte den Soldaten wütend an. Dieser taumelte erschrocken zurück und schaute in ein graues und fahles Gesicht. Die Augen bösartig gelb verfärbt. Eine Wunde an der Wange war aufgerissen, und Roland knibbelte an dem blutigen Hautfetzen herum. Sein Blick war wütend und aggressiv. Der Soldat stolperte und fiel zu Boden. Mit seinem Helm klatschte er an die Zimmerwand.

„Was ist mit Euch?", fragte er erschrocken. Roland sah ihn wütend an. Er trat aus der Finsternis, so lautlos, als hätte Roland nie zu dieser Welt gehört. Der Soldat blickte ihn an und erkannte erst jetzt, was aus Roland geworden war. Ein Ghul. Halb Mensch, halb Verdammnis. Sein Leib war dürr wie ein vertrocknetes Tier, die Haut grau und rissig, gespannt über einem Skelett ohne Muskeln, das sich in grotesken Zuckungen bewegte.

„Was haben sie mit euch gemacht?", stammelte der Soldat.

* * *

Nachdem Gabriel kurz vor dem Ausgang angekommen war, blieb er an der Ecke zur kleinen südlichen Vorhalle stehen. Vorsichtig schaute er um die Ecke und erkannte zwei Wachen, die auf der Bank saßen und schliefen.

Das ist zu einfach, dachte er sich. Er drehte sich nochmals um und vergewisserte sich, ob mittlerweile nicht doch noch jemand dazugekommen war. Zu seiner Erleichterung war niemand zu sehen. Völlig lautlos bewegte er sich auf die beiden Schlafenden zu. Sie lagen mit dem Rücken an die Wand gelehnt und träumten wahrscheinlich von Weib und Gesang. Eine Decke aus Wolle schützte sie vor der Kälte.

Kurz vor ihnen blieb er stehen und betrachtete seine ersten Opfer. Einen kurzen Moment später, wie auf Befehl, ging alles ganz schnell. Gabriel packte den einen von ihnen am Kopf, und noch ehe er die Augen öffnen konnte, wurde sein Schädel mit enormer Kraft nach links gedreht. Das Knacken der Wirbelsäule war deutlich zu hören. Dann sackte das Opfer tot zusammen. Der Mann wurde im Schlaf überrascht und merkte nicht mal, dass er sein Leben verwirkt hatte.

Der andere schnellte vor Schreck hoch und war noch leicht benommen.

„Was zum ..." Er kam gar nicht mehr dazu, den Satz zu Ende zu sprechen, da verpasste der Feind ihm schon einen Tritt in sein Gesicht. Stöhnend fiel er auf die Seite, knallte mit dem Kopf gegen die Steinwand und blieb blutend auf dem Boden liegen. Er hielt sich die Schläfe und jammerte wie ein Weib. Sofort stürmte Gabriel wieder auf ihn zu, packte den Soldaten und wirbelte ihn hoch in die Luft. Mit enormer Kraft drückte er ihn gegen die Steinwand, die Füße frei baumelnd. Der Soldat stöhnte erneut auf und japste nach Luft.

„Ihr seid es nicht würdig zu leben!", sagte Gabriel angewidert. Der Zorn stand ihm ins Gesicht geschrieben. Die Wache versuchte sich zu wehren, doch vergeblich. Er hatte gegen den Angreifer nicht die geringste Chance. Das Blut lief dem Soldaten die Wange hinunter, verfing sich teilweise in seinem dunklen Bart und tropfte dann schließlich vom Kinn auf den Boden. Bei diesem Anblick des roten Safts spürte Gabriel seinen unerbittlichen Durst aufkommen. Hätte er noch einen Herzschlag, dann würde es jetzt wie verrückt vor Freude pochen. Da war er sich sicher. Erfreut blickte er in die angsterfüllten Augen und genoss es, ihn leiden zu sehen.

„Hilfe!", schrie der Soldat und hoffte, dass jemand kommen würde, um sein armseliges Leben zu retten. Doch die Hoffnung wurde enttäuscht. Gabriel drückte ihn noch etwas fester gegen die Wand, dann öffnete er seinen Mund und biss ihm in den Hals.

„Neeeiiin!", schrie der Mann ein letztes Mal, dann verstummte seine Stimme für immer. Langsam, ganz langsam trank er das Menschenblut, das verführerisch schmeckte, und er merkte schnell, wie das Leben, das er in seinen Händen hielt, immer schwächer wurde. Der Mann sackte immer weiter nach unten. Es fühlte sich gut an. Dann zuckte der Soldat noch ein-, zweimal, bis sein Körper auf den kalten Boden fiel und dort liegen blieb. Das Herz des Soldaten verstummte, er würde jetzt ein weiterer Ghul für Adalars Armee.

Es war wieder völlig ruhig und niemand hatte etwas von dem nächtlichen Angriff mitbekommen. Er stieg über die eine Leiche und ließ die Körper unbeachtet liegen. Dann drückte er den schweren Balken, der das kleine Tor versperrte, zur Seite, um die Pforte zu öffnen. Mit beiden Händen stemmte er die Tür auf, ließ die kalte Luft von draußen hineinströmen und wartete. Die Flocken tanzten wie wilde kleine Geister auf den Boden nieder. Er ging einen Schritt nach vorn in den Schnee und blieb stehen. Hin und wieder landete eine Flocke auf seiner kalten Haut und blieb liegen.

Gabriel wartete einen weiteren Moment und hoffte, dass es nicht mehr so lange dauern würde. Dann ging er zurück, griff nach der Fackel an der Wand und trat wieder vor die Tür. Danach streckte er das Licht in die Luft und schwang es hin und her. Im Augenwinkel erkannte er nun eine flüchtige Bewegung. Ein schneller Schatten, der sich durch die Nacht bewegte. Noch bevor er es richtig realisiert hatte, stand schon Leviathan vor ihm. Gabriel zuckte kurz zusammen, da er sich erschrocken hatte.

„Ich bin stolz auf Euch!“, sagte er und lächelte. „Wie ich sehe, habt ihr schon ohne uns angefangen.“, sagte er mit einem Blick auf Gabriels blutverschmierten Mund. Nachdem Gabriel sich von dem kurzen Schreck erholt hatte, nickte er ihm erfreut zu. Erst jetzt sah er hinter ihm die vielen weiteren Schatten, die in der Nacht standen und nur darauf warteten, loszuschlagen. Es war eine Riesenarmee von Ghulen, die ihrem Meister gefolgt waren. Wieder lächelte er. Etwas abseits stand Venatius und nickte ihm lobend zu.

„Im Wald warten noch viel mehr", sagte Leviathan. Dann gingen beide wieder zurück und passierten die offenstehende Pforte, um in das Kloster zu gelangen. Vorsichtig stellte Leviathan seinen Fuß auf den geweihten Boden. Dann stoppte er in seinem Bewegen. Nichts geschah. Dann blickte er Gabriel noch mal an.

„Der Zauber ist wohl verflogen.", dann grinste er breit. Gerade als sie die Vorhalle erreichten, staunten sie nicht schlecht. Die Wachen hatten den Überfall wohl doch bemerkt. Vor ihnen stand eine Handvoll Männer mit gezogenen Schwertern. Leviathan erkannte den schwarzhaarigen Mann sofort wieder, der ganz vorne in der Reihe stand. Sein Blick war voller Zorn.

„Wir haben schon auf euch gewartet!", sagte Amar. Auch Leviathans Gesicht verfinsterte sich. Der Kampf um das Kloster konnte beginnen. Jetzt würde er sich die Beute zurückholen, die ihm Amar abspenstig gemacht hatte.

* * *

Die Tür flog laut krachend auf und riss Christoph aus dem Schlaf. Er hatte sich zur Ruhe gelegt, bevor seine Wache anfing. Christoph schreckte hoch und blickte den Mönch verschlafen an. Erst verstand er nicht, was er von ihm wollte. Wild gestikulierend trat er in das Zimmer ein und brabbelte unaufhörlich weiter. Mit den Händen zeigte er immer wieder nach draußen. Es dauerte noch einen kurzen Augenblick, doch dann war Christoph klar bei Verstand und kapierte, was er von ihm wollte. Er blickte an ihm vorbei und sah eine große Gestalt an der Zimmertür vorbeihuschen. Der Mediziner drehte sich um, doch es war schon zu spät. Zwei riesige Klauen packten den Mann und zogen ihn nach hinten weg.

„Flieeeeeht!“, hörte er den Mönch rufen, ehe er in der Nacht verschwand. Kurz darauf erklang ein leidvoller Schrei.

Blitzschnell sprang der Vogelmann auf, zog seine Lederweste über und griff nach seiner Waffe, die unweit von seinem Schlafplatz lag. Von draußen drang Tumult an sein Ohr. Er trat schnell, gleichzeitig vorsichtig aus seinem Zimmer hinaus und blickte in die dunkle Nacht. Der Mediziner, der ihn geweckt hatte, war verschwunden, im Schnee sah er einzig und allein eine große Blutlache.

„Ihr verdammten Bestien“, stammelte er erschrocken. Er wusste nicht, wie sie es geschafft hatten, doch sie waren in das Kloster gelangt. Für den Bruchteil einer Sekunde überlegte er, wo die Sicherheitslücke war. Ihm fiel auf Anhieb keine ein. Etwa fünf Meter von ihm entfernt, auf der gegenüberliegenden Seite, sah er eine Bewegung in der Dunkelheit. Es war ein Ghul, der in der Dunkelheit lauerte. Ein Soldat rannte hilfesuchend an ihm vorbei, ohne ihn wahrzunehmen. Der Ghul setzte zur Verfolgung an und stellte ihm nach.

„Das Kloster wird tatsächlich überfallen“, stammelte Christoph vor sich hin und rannte schließlich in den Schnee, auf den Hof hinaus. Er hastete ein paar Meter dem kahlen Baum entgegen und sah dort etwas im Schnee liegen. Christoph stoppte kurz und schaute nach unten. Es war ein anderer Mönch, der vor Angst gebeugt am Baumstamm kauerte. Er schien soweit in Ordnung zu sein. Er blickte zu ihm hinunter.

„Kommt, wir müssen fliehen. Wir müssen zu den Tunneln“, sagte er ihm. Dann streckte er seine Hand aus, packte den Mann an der Schulter und zog ihn hoch. Ohne Gegenwehr ließ der Mann es zu und stolperte hinter ihm her. Er folgte ihm dicht auf den Fersen. Christoph und der Mönch rannten zum Kreuzgang hinüber, um nicht durch den Schnee laufen zu müssen. Die Kampfgeräusche wurden lauter und man hörte, wie Metall auf Metall geschlagen wurde. Die Männer wehrten sich, aber Christoph war sich im Klaren, dass sie in der Unterzahl waren. Die Hilfe war immer noch nicht eingetroffen und jetzt würden sie dem Feind unterliegen.

Im Augenwinkel erkannte Christoph, dass etwas sehr Schnelles von der Seite her auf den kleinen Mönch zugestürmt kam, und gerade als er reagieren wollte, war es auch schon zu spät. Im hohen Bogen flog der Mann hinter ihm durch die Luft und knallte heftig auf den schneebedeckten Boden. Sein rechtes Bein knickte weg und brach unterhalb des Knies durch. Der Ordensbruder schrie entsetzt auf und rollte sich wimmernd über den Boden. Christoph blieb stehen und schaute nach links, während der Mönch ihn mit weit aufgerissenen Augen anstarrte und vor entsetzlichen Schmerzen immer wieder die Worte „helft mir, helft mir" wiederholte. Der Ritter hatte nicht wirklich gesehen, was den Mann angegriffen hatte. Er blickte wild um sich, aber erkannte im dichten Schneetreiben niemanden. Der Verletzte hielt sich das Bein fest und wimmerte immer noch vor Schmerzen. Er musste ihm helfen, durfte jetzt aber nicht unvorsichtig sein. Der Feind war hier in der Nähe. Christoph eilte zum Mönch hinüber, packte ihn erneut an den Schultern und versuchte, ihm aufzuhelfen. Irgendwas zischte über seinem Kopf hinweg.

„Steht auf!", brüllte er ihn an. Der Verletzte versuchte, sich unter Schmerzen aufzurichten, und schrie dabei entsetzlich laut. Er legte seinen kurzen Arm um Christophs Schulter und stützte sich bei ihm ab. Das Bein stand immer noch unnatürlich ab, aber Christoph sah kein Blut, also zog er ihn weiter mit sich. Die ersten paar Schritte kamen sie zügig vorwärts, dann stolperten beide über eine Stufe, die sie nicht gesehen hatten, und fielen zu Boden. Panisch drehte Christoph sich um, griff nach seinem Schwert, das er beim Sturz verloren hatte, und rappelte sich zügig wieder auf. Der Mönch blieb auf dem Boden liegen. Gerade als er erneut auf beiden Füßen stand, spürte er den Atem von jemandem, der unmittelbar hinter ihm stand. Blitzschnell drehte er sich um und blickte in die goldgelben Augen seines Feindes, der ihn wütend angiftete. Christoph erkannte ihn. Es war Roland. Ihm entgleisten die Gesichtszüge. Schlagartig wurde ihm klar, wie die Schatten in das Kloster gekommen waren. Roland atmete schwer, seine Augen immer noch zu schmalen Schlitzen verengt. Er schien ihn nicht mehr zu erkennen.

„Roland, alter Freund. Ich bin es, Christoph", sprach er zu ihm. Seine Worte klangen ruhig und aufgeregt. Doch Roland zeigte keine Anstalt, seine feindliche Einstellung ihm gegenüber zu ändern.

„Ich bin es. Christoph", wiederholte er. Der Ghul, der einmal Roland gewesen war, schien vergessen zu haben, wer er einmal gewesen war. Christophs Herz füllte sich mit Trauer. Das durfte nicht sein. Dann ging alles ganz schnell. Wie auf ein Kommando holte der Ghul kräftig aus und verpasste ihm einen heftigen Schlag gegen das Kinn. Der überraschte Christoph flog mit Wucht nach hinten und blieb rücklings auf dem kalten Boden liegen. Der Ghul trat ihm entgegen und blieb vor ihm stehen. Dann zögerte er für einen Moment. Roland starrte Christoph an.

„Flieht", sagte er dann. Christoph riss überrascht die Augen auf. Er hatte ihn doch noch erkannt. Roland ließ von ihm ab und sprang zum verletzten Mönch hinüber, der ebenfalls noch wimmernd auf dem Boden lag. Christoph schaute nach rechts hinüber und sah, wie Roland über den Mönch herfiel. Zwei weitere Ghule eilten herbei und zerrissen den am Boden liegenden Mönch, dessen Schreie lauter waren als alles, was Christoph je gehört hatte. Einer der Ghule griff mit seiner Pranke auf die Bauchdecke des Mönches und riss den Stoff und die darunterliegende Haut auseinander wie nasses Papyrus. Die Eingeweide quollen heraus und der Mönch schrie so abartig laut, dass seine Ohren klingelten. Christoph wurde übel und er drehte sich weg. Für ihn konnte er nichts mehr tun. Sofort kam er wieder auf die Beine. Seine Finger umklammerten den Griff des Schwertes und er rannte schließlich keuchend weiter.

Überall gab es Tumult und er fragte sich, wo Amar war. Sich umblickend konnte er ihn aber nicht finden. Christoph hielt sich an die Absprache, wenn der Kampf als verloren galt. Und diese lautete: Flucht und das eigene Überleben sichern. Daher suchte er den Raum, wo sich einer der Fluchttunnel befand, in der Hoffnung, dass Amar schon in einem dieser Tunnel war.

* * *

Amar flüchtete durch einen dunklen Kreuzgang und versuchte, einen geeigneten Ort zu finden, um sich zu verschanzen und eine bessere Verteidigungsposition zu haben. Im offenen Gelände war dies kaum möglich. Schon gar nicht gegen Leviathan oder andere Vampire. Erst sah er nur die Ghule, danach folgten die Soldaten und schließlich sah er Leviathan. Sie kämpften immer nach dem gleichen Prinzip. Er war immer noch überrascht, wie mächtig sie alle waren, und sie überrannten das Kloster gerade. Er musste irgendwo hin, wo er sich im Vorteil sah.

Genau jetzt wäre die Hilfe von außen mehr als dringend notwendig gewesen. Doch so wie es aussah, bestand dieses Bündnis nicht mehr. Oder es gab einen anderen Grund, warum niemand nach Heidelberch gekommen war. So oder so, sie würden seine Truppen jetzt nicht mehr brauchen. Der

Ritter lief weiter, bis er in den hintersten Hof des Klosters gelangte. Hilfesuchend blickte er sich um. Dann sah er das Skriptorium.

„Nicht die beste Wahl, aber immerhin eine Möglichkeit", sagte er sich. Er lief hinüber, riss die Tür auf, ging hinein und schloss die Tür hinter sich. Ohne dass es ihm bewusst war, waren seine Verfolger dicht hinter ihm. Amar verschanzte sich im Skriptorium hinter einem Regal und wartete. Für einen kurzen Moment dachte er darüber nach, die Tunnel zu benutzen.

„Lieber sterbe ich, als mit der Schande zu leben, gegen diese Bastarde verloren zu haben", flüsterte er sich zu.

Schwer atmend blickte er zur Tür und lauschte. Seine Stirn war unter dem Helm schweißnass. Es dauerte nicht lange, da flog die Tür abermals auf und einer der Ghule trat in den Raum. Das Wesen kam langsam und vorsichtig hinein und blickte sich suchend um. Schnüffelnd, wie ein Tier, versuchte er, seinen Feind ausfindig zu machen.

Amar stellte zu seinem Erstaunen fest, dass der Ghul weiblich war. Das Weib huschte leichtfüßig um die Tische herum. Ihre Haut war entstellt, wie bei einem Leprakranken, und ihr modernder Geruch eilte ihr merklich voraus. Ihre roten Haare waren ungepflegt und sie wirkte schwach. Der weibliche Ghul stellte sich jetzt so hin, dass sie mit dem Rücken zu Amar stand. Sie suchte die Decke ab. *Als ob er sich dort verstecken* würde? Das war die Gelegenheit, auf die er gewartet hatte. Er hob sein Schwert und huschte leise hinter dem Regal hervor. Auf Zehenspitzen steuerte er auf das Weib zu. Die Luft anhaltend, holte er aus und wollte dem Weib gerade den Kopf von den Schultern trennen, als er von hinten gepackt wurde. Irgendjemand zog ihn zurück und drehte ihn unfreiwillig um. Der weibliche Ghul zuckte und drehte sich ebenfalls nach hinten um. Hinter dem Ritter stand ein Mann, der ihn aus gelben Augen wütend anfunkelte. Er war etwa so groß wie Amar und hatte lockiges braunes Haar. Er streckte blitzschnell seine Hand aus und die knochigen Finger des Fremden bohrten sich durch die Lederweste in seine linke Schulter. Amar schrie auf und ging auf die Knie. Der Schmerz war unerträglich. Amar blickte dem Fremden in sein Gesicht, der ihn weiter wütend anstarrte. *Wie war er hier hineingekommen?*

„Ihr werdet mein persönlicher Sklave sein!", brüllte der Vampir ihm entgegen. Dann ging alles sehr schnell. Noch ehe der Ritter reagieren konnte, umklammerten ihn die Klauen des Vampires. Amar hörte die Worte, aber der Schmerz betäubte seinen Verstand. Ein leidvoller Schrei hallte durch das Skriptorium. Er hatte verloren. Dieses Mal gab es keinen Ausweg mehr.

* * *

Der Schnee verschluckte beinahe jedes Geräusch, doch Tristan spürte die Anwesenheit der Verfolger wie eisige Nadeln im Genick. Der Schmerz in seinem Oberschenkel war wie ein brennender Dorn. Tief im Fleisch und unter dem Stoff. Jeder Hufschlag seines Pferdes trieb ihn weiter hinein, als würde das Tier nicht über den Schneeboden, sondern über blankes Feuer reiten. Er hatte das Bein provisorisch mit einem Stück Stoff verbunden und dennoch blutete die Wunde langsam weiter. Der Winter hatte die Welt in bleiches Schweigen gehüllt und dennoch war es unerträglich laut in seinem Innersten. Tristan keuchte, versuchte, nicht das Bewusstsein zu verlieren. Die Kälte war es nicht, die Tristan das Herz zuschnürte, sondern es war das Wissen, dass sie hinter ihm her waren. Die schwarzen Soldaten. Sie waren lautlos und sind ihnen irgendwie gefolgt. Es gab keine Banner der Somschor. Keine Rufe der Soldaten. Nur der dumpfe, gleichmäßige Donner der Reittiere, nah genug, um sie zu hören, zu fern und zu müde, um sich ihnen zu stellen. Tristan wagte es nicht, sich umzusehen. Er wusste, was er sehen würde. Schemenhafte Gestalten in der Nacht, verborgen hinter Helmen, aus denen kein Atem kam, nur das Flackern eines unheiligen Willens. Sie jagten ihn nicht wie einen Feind, sondern wie etwas, das nie hätte entkommen dürfen.

DIE FLUCHT

Christoph rannte um sein Leben den dunklen Klostergang entlang. Immer wieder musste er über Leichen springen, die auf dem kalten Boden lagen. Die Wände waren zum Teil mit Blut verschmiert, und hin und wieder erblickte er vereinzelt abgetrennte Gliedmaßen auf seinem Weg. Es war ein furchtbarer Anblick, dem er sich nicht entziehen konnte. Feuer und schwarzer Qualm begleiteten ihn. Der Feind hatte das Kloster teilweise in Brand gesteckt. Es war schrecklich mit anzusehen, wie dieser heilige Ort von diesen Vampiren entweiht und vernichtet wurde. Sich immer wieder umschauend, ob er nicht verfolgt wurde, lief er den Gang weiter. An einer kleinen Kreuzung hatte er sein Ziel schon beinahe erreicht. Er bog nach rechts ab und stand vor einer schmalen Holztür. Sie war völlig unscheinbar, und man konnte sie leicht übersehen. Und das war auch genauso gewollt. Ein Pfeil zischte an seinem Kopf vorbei und blieb im Holz der Tür stecken.

Das war verdammt knapp, dachte er sich. Er drehte sich um und sah gerade noch, wie der Schütze, welcher das Geschoss abgefeuert hatte, von einem Ghul niedergerissen wurde. Der Pfeil sollte eigentlich ganz woanders sein Ziel finden, doch der überraschende Angriff des Feindes ließ ihn zu einem Blindgänger werden. Der Schrei des Schützen war unüberhörbar laut, als er zu Boden ging. Christoph kannte den Mann. Es lief ihm eiskalt den Rücken hinunter. Blitzschnell, ohne weiter nachzudenken, öffnete er die Tür, trat in den dunklen Raum und schloss sie hinter sich wieder zu, bevor ihn ein weiteres Geschoss unabsichtlich treffen würde. Die Fackeln an der Wand loderten beim Windzug kurz auf. Dann lehnte er sich gegen die Tür und japste angestrengt nach Luft. Er schloss kurz die Augen und betete.

Irgendetwas flog gegen die Tür. Der Knall holte ihn aus seinen Gedanken zurück in die Gegenwart. Christoph öffnete die Augen, drehte sich um und verriegelte die Tür mit dem dafür vorgesehenen Balken, indem er ihn einmal quer zur Tür hinunterklappte. Der Holzbalken schnappte einmal in der Öse ein und blieb darauf liegen. Christoph atmete einmal angestrengt aus, dann ging er zügig in die hinterste Ecke des Raumes, wo ein Haufen Stroh auf dem Boden lag. Er legte sein Schwert auf den Boden und wischte dann hektisch das Stroh mit seinen Füßen beiseite. In diesem Moment ärgerte er sich darüber, dass er das Engelsschwert mit den Kristallen Tristan mitgegeben hatte. Wie gut hätte er das jetzt gebrauchen können. Er erkannte eine etwa einen Meter große Holzplatte, die zum Vorschein kam. Genau deswegen war er hierhergekommen. Die Holzplatte war massiv und wirkte sehr schwer. Einfach so konnte man sie nicht anheben. Es sei denn, man war wirklich sehr stark. Eine kleine Öse, die in die Platte eingelassen war, würde ihm helfen, sie anzuheben.

Wieder rumste etwas gegen die Tür. Dieses Mal war es aber kein Pfeil. Nein, es war viel lauter, und Christoph vermutete, dass jemand versuchte, hier hereinzukommen. Er drehte sich um und erkannte, dass die Tür zum Glück immer noch verschlossen blieb. Hektisch blickte er sich um und harrte für einen Moment aus. Dann herrschte kurz Stille, bis schließlich ein weiteres Mal etwas gegen das Holz geschlagen wurde. Ihm blieb nicht mehr viel Zeit. Christoph blickte wieder zu der Holzplatte.

Wie war das noch? Ein Seil, ein Seil. Nervös suchte er die gegenüberliegende Wand ab, die aus einfachen Steinen bestand. Es war die Außenmauer des Klosters. Seine Augen suchten den Bereich in Kopfhöhe ab. Und da war es, wonach er gesucht hatte. Der Ritter ging einen Schritt nach vorne und stellte sich auf die Zehenspitzen. Dann griff er in eine kleine Nische, die oberhalb der Platte in der Mauer eingelassen war. Blitzschnell holte er ein schmales Seil hervor, beugte sich rasch nach unten und zog es durch die Öse für Eisen. Dann stand er wieder auf und hatte jetzt beide Enden des Seils in seiner Hand.

Abermals knallte etwas Heftiges gegen die Tür, und das Holz gab an ein paar Stellen langsam nach. Flink drehte er sich um, spannte die beiden Enden des Seils über seine Schulter, beugte sich nach vorne und zog mit aller Kraft daran. Die einzelnen Muskeln im Körper spannten sich. Die Platte hob sich an, klappte mit einem Mal nach oben weg und gab die Öffnung im Boden frei.

Erneut knallte jemand wütend gegen die Tür. Er ließ das Seil wieder los und drehte sich zum Loch im Boden um. Mit seinem Ärmel wischte er sich den Schweiß von der Stirn. Vor ihm lag die schwarze Öffnung, welche auf den ersten Blick wenig einladend aussah. Es war aber im Moment die einzige Chance, die er hatte. Er ging hinüber zum Fackelhalter und entnahm eines der Feuerlichter. Dann ging er schnell zur Öffnung hinüber und setzte sich an den Rand. Seine Beine baumelten frei nach unten. Mit der Flamme leuchtete er in das Loch und sah, dass es hier ungefähr zwei Meter nach unten ging. Ohne weiter zu überlegen, nahm er sein Schwert und sprang in die Tiefe. Mit beiden Beinen landete er auf dem staubigen Boden. Der Gang verlief zum Berghang, vom Kloster weg, und Christoph wusste, dass es hier irgendwo nach draußen ging.

Ohne noch weiter Zeit zu verlieren, lief er in gebückter Haltung den Fluchttunnel entlang, ohne wirklich zu wissen, wo er genau rauskommen würde. Aber das war in diesem Moment nicht von Bedeutung. Wichtig war, dass er es hinausschaffte. Wieder hörte er das Poltern an der Tür, und dieses Mal kam es ihm so vor, als ob die Tür nachgegeben hatte. Christoph beschleunigte noch mal seine Geschwindigkeit und hoffte, bald das Ende des Schachts zu erreichen.

Nach wenigen Metern kam er an eine kleine Gabelung. Zwei Wege führten von hier aus weiter. Christoph hielt die Flamme kurz vor die Gangöffnung, um zu testen, welcher Weg offen war. Der Luftzug würde es ihm verraten. Der rechte Gang war die richtige Wahl. Schnellen Schrittes lief er weiter, bis der Tunnel einen weiteren Knick nach Norden machte. Hier wurde es merklich kühler, und Christoph war sich sicher, dem Ende nah zu sein. Hinter ihm hörte er auf einmal einen Tumult, der ihn erahnen ließ, dass der Feind bereits die Verfolgung aufgenommen hatte. Noch einmal beschleunigte er seine Schritte und stolperte dem Ausgang entgegen.

Nach etwa zwanzig Metern sah er etwas Schimmerndes vor sich und steuerte zielstrebig darauf zu. Es war etwas Schnee, welcher sich vor der Öffnung aufgetürmt hatte und zum Teil mit Gestrüpp verdeckt vor dem Ausgang lag. Mit einem Satz spuckte ihn das Erdreich aus, und er trat in die kalte Nacht. In der Dunkelheit erkannte er, dass sein Weg hier weiter nach unten führte und dass er von hier aus zum Fluss kommen würde. Christoph ließ die Fackel in den Schnee fallen, die mit einem lauten Zischen erlosch. Das Licht würde ihn nur noch mehr verraten. Mit einem Satz sprang er in den Schnee und rannte den Berg, mitten durch den Wald, hinunter. So schnell wie es ihm nur möglich war, hechtete er von Baum zu Baum und rannte durch das Unterholz. An manchen Stellen war die Schneedecke nicht so hoch, und dort konnte er wesentlich schneller laufen. Nichtsdestotrotz konnten die Schatten seine Spur im Schnee verfolgen. Das war nicht wirklich von Vorteil.

Als er den Berg fast ganz hinuntergelaufen war, ließ ihn ein Geräusch stoppen. Leicht rutschend hielt er sich an einem Baumstamm fest und atmete tief durch. Durch die Nase ein und den Mund wieder aus. Sein Blick fiel, von ihm aus gesehen, nach rechts. Es hörte sich nach einem Wiehern an. Schwer keuchend schaute er sich um und erkannte tatsächlich nur ein paar Meter von ihm entfernt ein paar Pferde, die an verschiedenen Baumstämmen gebunden waren.

„Welch ein Glück", sagte er leise. Sofort spurtete er hinüber, löste die Seile der Tiere, sodass sie frei waren, und scheuchte sie, bis auf das letzte Pferd, weg. Der braune Hengst, den er sich ausgesucht hatte, war der größte und stärkste, den er je gesehen hatte. Er löste das Seil und sprang auf den Rücken des Pferdes, dann blickte er noch einmal den Berg hinauf. Er hörte Geraschel, welches sich in seine Richtung bewegte. Es wurde Zeit, aufzubrechen. Er gab dem Pferd den Befehl, loszurennen, und sofort setzte sich das Tier in Bewegung und eilte davon. Christoph gelangte zur Uferstraße und konnte die Siedlung Heidelberch auf der rechten Seite erkennen. Er war frei.

ÜBERLEBENSKAMPF

Der fünfte Tag ohne richtigen Schlaf hatte Tristans Körper sichtlich ausgemergelt. Außer etwas Schnee und das restliche Brot konnte er nicht viel zu sich nehmen. Jeder Muskel in seinem Körper war eine Litanei aus Schmerzen, jeder Atemzug eine Qual. Die Wunde in seinem Oberschenkel, zugezogen vom Angriff durch die feindlichen Soldaten, hatte sich längst entzündet. Doch er wagte es nicht, anzuhalten. Nicht jetzt. Nicht, solange er eine Aufgabe hatte und die Soldaten noch hinter ihm her waren.

Die Landschaft lag unter einer dicken Schneeschicht, vom Wind bizarr geformt, als hätte die Natur selbst beschlossen, seine Narben zu verbergen. Die Wälder Baierns wirkten tot in diesem eisverkrusteten Winter. Kahle Eichen reckten ihre knorrigen Äste wie knochenweiße Finger in den bleichen Himmel, und keine Krähe wagte es mehr zu rufen. Der Winter kannte keine Gnade. Wer kein Dach über dem Kopf hatte, kein Feuer oder ein Pferd und sich länger draußen aufhielt, der starb. So einfach waren die Regeln des Winters. Und selbst wenn man alles besaß, konnten die Chancen manchmal schlecht stehen.

Tristan hatte aber wenigstens ein Pferd und er würde nicht aufgeben. Immer wieder fielen ihm die Augen zu und er bemühte sich redlich, wach zu bleiben. Gedanken kreisten in seinem Kopf. Mal ging es um ihn und ums Überleben. Dann dachte er an seine Verfolger. Niemand wusste so genau, wer sie wirklich waren und woher sie ursprünglich kamen. Er wusste nur eins: dass er sie bekämpfen musste. Nur nicht jetzt und nicht so.

Tristan hatte sie im Wald gespürt, noch bevor er sie gesehen hatte. Der Atem war in seinem Nacken und die Schatten, die nicht zum Tageslicht passten, verfolgten ihn. Er konnte es nicht beschreiben, wie er sie gespürt hatte, aber er fühlte ihre Anwesenheit, selbst wenn er sie nicht direkt gesehen hatte. Es war wie eine dunkle Bedrohung, die auf ihn gewartet hatte.

In der ersten Nacht konnte er seine Verfolger abhängen und hatte sich Schutz gesucht in einer winzigen Schmiede am Rand eines verlassenen Dorfes. Der Schmied war tot. Erhängt unter dem Dachstuhl, die Augen offen, als hätte er im Tod noch immer nicht begriffen, was ihn geholt hatte. Tristan hatte nicht geschlafen. Nur gelegen, das Schwert immer griffbereit. Die Tür verkeilt, während draußen weiter der Schnee fiel. Selbst sein Pferd hatte er in die Schmiede gebracht, um es zu schützen vor dem, was draußen lauerte.

Am zweiten Tag war er ohne Unterlass durch die Landschaft geritten. Immer weiter Richtung Süden, den Verfolgern immer ein Stück voraus. So, dass er weit genug weg war, um eine direkte Konfrontation zu vermeiden, aber nah genug dran, dass sie ihm weiter auf den Fersen waren.

Am dritten Tag ritt er durch einen alten Karolingerwald, der einst Teil einer königlichen Jagd gewesen war. Dort, zwischen halbverfallenen Grenzsteinen und überwucherten Pfaden, hatte er seine Chance gesehen. Er wusste, dass er immer noch verfolgt wurde. Ahnte sie nach Spuren suchten, nach Hufabdrücken, rauchenden Feuerstellen oder geknicktem

Gestrüpp. Tristan ritt daher durch einen zugefrorenen Bach, eine Weile flussaufwärts, dann wieder hinaus. Den Pferdehufen band er Tücher um. Ein Trick, den ihm sein Vater mal gelehrt hatte. Seine Verfolger waren verwirrt. Er spürte es. Einen halben Tag lang waren ihre Hufschläge verklungen. Es gab keinen Atem mehr im Nacken, der ihn verfolgte. Doch Tristan traute dem Frieden nicht. Das konnte er nicht.

Am Abend des vierten Tages war er tief im bairischen Hochland, dort fand er Unterschlupf in einer verlassenen kleinen Kapelle. Die Nacht war kalt und die Einsamkeit groß. Das Fell wärmte ihn ein wenig. Manchmal glaubte er vor Erschöpfung, dass er nicht verfolgt wurde, dass es nur eine Einbildung seines Verstands war. Aber das war es nicht und er war in Gefahr.

Früh, noch bevor das Tageslicht anbrach, machte er sich wieder auf den Weg. Er fühlte sich mehr tot als lebendig. Doch er lebte. Und solange er seine Finger noch um das Leder des Sattels klammern konnte, solange der Wind ihm ins Gesicht schnitt wie ein scharfes Messer, so lange gab es Hoffnung. Hoffnung, sein Ziel lebend zu erreichen. Hoffnung, seine Aufgabe zu vollenden und das Michaelskloster zu verteidigen. Jetzt ritt er weiter Richtung Passavia.

* * *

Passavia, die Bischofsstadt, war nicht mehr fern und die Verfolger ahnten bereits, wohin der Ritter fliehen wollte. Der Tag war noch jung und der Flüchtige sehr nah. Es gab Spuren, die er zwar gut verdeckte, aber dennoch eindeutig zu erkennen waren. Nichts bewegte sich nun mal unbemerkt durch die Landschaft. Jedenfalls kein Mensch. Der Anführer, ein massiger Reiter, dessen Schultern mit schwarzen Eisenkappen geschützt waren, zog kurz die Zügel an.

Zwei andere Reiter hielten ebenfalls an. Ohne ein Wort zu wechseln, deutete er gen Osten. Die beiden Männer blickten ihn an.

„Alarmiert De Kerk. Er wird uns bei der Suche helfen müssen“, sagte er. De Kerk war der Verwalter der Gilde der Somschor, der in der Burg residiert unter dem Deckmantel eines Edelmannes. Er verwaltete die Männer in dieser Umgebung, führte Buch über die Ghule und hatte die Aufgabe, die Minen zu beschützen. Vor dem, was drinnen lebte, und vor dem Geheimnis, welches sie in sich trug. De Kerk war der Mittelsmann und lenkte die Geschehnisse im Süden des Landes. Er war es, der über die Geschehnisse in Heidelberch und Passavia Bescheid wusste und den Grafen informierte, was im Süden des Landes vor sich ging. Er nahm die Befehle von Adalar und seinen Söhnen entgegen und war einer der wenigen in Passavia, der wusste, was sie eigentlich waren. Die anderen Soldaten hatten zumeist keine Ahnung. Die Menschen arbeitete für einen gehörigen Sold für den Grafen, ohne ihn eigentlich zu kennen. Aber das war auch nicht wichtig. Sie arbeiteten für ihn, kämpften für ihn und bekamen dafür einen hohen Sold. Das war alles, was sie wissen mussten, und es funktionierte eigentlich auch sehr gut. *Bis auf die Tatsache, dass man ihnen alles, wirklich alles vorkauen* musste.

De Kerk würde ihnen helfen können. Wenn der Flüchtige im Umland eine Zuflucht suchte, würde er ihn finden. Oder die Schatten, die er befehligte.

Ohne Gruß und ohne Zögern ritten die beiden ab, ihre Silhouetten verschwanden zwischen den Bäumen am Flussufer. Die Zurückgebliebenen lenkten ihre Pferde wieder Richtung Süden, tiefer in den Nebel hinein. Auf der Suche nach weiteren Spuren. De Kerk würde sie schon finden.

GEORGS KAPELLE

Christoph gönnte dem Tier keine Pause. Der Tag neigte sich bereits seinem Ende zu, als er am fünften Tag endlich die Mauern von Passavia in der Ferne auftragen sah. Er war die ganze Zeit ohne lange Pausen weitergeritten. Lange würde das sein Pferd nicht mehr mitmachen und er wohl auch nicht. Keinen seiner Gefolgsleute hatte er retten können, jedenfalls nicht aktiv, und er wusste nicht, wie viele von ihnen den Tod gefunden hatten. Oder vielleicht Schlimmeres als das.

Wie viele konnten aus dem Kloster flüchten?, ein wiederkehrender Gedanke, der schwer auf seinen Schultern lag. Diese Ungewissheit war einfach furchtbar und er zermarterte seinen Verstand mit diesen Fragen. Dass ein Krieg unausweichlich war, hatte er geahnt. Dass die Zeit knapp war, auch, damit hatten sie gerechnet, aber nicht, dass sie von ihren eigenen Leuten verraten würden. Christoph dachte darüber nach, ob Roland wirklich dafür verantwortlich war und ob er eine Wahl hatte. Vermutlich nicht. Dennoch war der Gedanke daran, dass er es gewesen sein könnte, der sie verraten hatte, unerträglich. Wie viel Leid musste er noch ertragen?

Die Handelsstraße war auf dem Abschnitt kurz vor der Stadt sehr breit und mittlerweile war er nicht mehr abgeschieden unterwegs. Unzählige Menschen gingen zur Stadt und fast genauso viele verließen sie wieder. Unter ihnen waren Händler, Soldaten und Pilger, die sich die Straße teilten. Manche waren, wie er, allein unterwegs, andere wiederum in Gruppen. Kurz bevor er die Stadtmauer erreichte, verließ er die Straße, bog auf einen schmalen Seitenweg nach links ab und folgte ihm. Er führte über eine kleine Holzbrücke und dann schließlich den Berg hinauf zur Georgskapelle. Hier fand seine Flucht ein Ende und er hoffte inständig, dort Theotmar anzutreffen. Die Frage, warum er nicht zur Hilfe geeilt war, brannte ihm unter den Nägeln. *Wie konnte das alles nur passieren?*

Die hoch auf dem Berg neuerbaute Anlage lag vor den beiden Flüssen und man hatte von dort aus eine komplette Sicht über die ganze Stadt. Nur ein Weg von der Flussseite her führte Christoph zum Castrum hinauf. Es gab keine andere Möglichkeit, dorthin zu gelangen. Es sei denn, man nahm einen großen Umweg in Kauf oder man konnte verdammt gut klettern. Für beides hatte er weder die Kraft noch die Zeit. Um die Kapelle herum wurden gerade weitere Gebäude errichtet. Sie dienten dem Bischof von Passavia sowie Theotmar und seinen Gefolgsleuten später als Schutz vor äußeren und inneren Feinden. Der Schutz war wichtig, da sie es nicht nur dem Feind erschwerten, an Theotmar oder an den Bischof heranzukommen, sondern unter anderem auch den Bürgern von Passavia erschwerten, gegen sie aufzubegehren.

Ihrer Meinung nach wurden sie nicht genügend geschützt. Immer wieder verschwanden Bürger aus der Stadt, ohne zu wissen, was mit ihnen passiert war. So war es nicht verwunderlich, dass sie wiederholt auf die Straße gingen, um ihren Unmut gegen die Obrigkeit zu erheben. Die Soldaten hatten immer wieder ihre Mühe, die aufgebrachten Bürger zurückzudrängen. Eine weitere Schwierigkeit, die den Kampf gegen die

Ungerechtigkeit erschwerte. *Wie soll man das Volk beschützen, wenn es sich gegen einen selbst stellt?*

Die Häuser der Anlage waren direkt an den Hang gebaut worden und waren von einer Mauer umschlossen, die nicht so einfach zu überwinden war. Zwei weitere Gebäude, welche direkt neben der Kapelle standen, waren schon fertig und wurden benutzt. Als er oben am neu erbauten Sicherheitstor angelangt war, blieb er endlich stehen und stieg unter leichten Schmerzen vom Pferd. Dieses ließ erschöpft den Kopf sinken, als er es dankend am Hals tätschelte. Dann ging er das letzte steile Stück zu Fuß hinauf und zog sein Pferd hinter sich her. Christoph achtete darauf, nicht auf der Eisfläche, die sich gebildet hatte, auszurutschen. Vor dem Tor war eine kleine Glocke angebracht. Er läutete einmal kräftig und wartete ab. Die Sonne war gerade dabei, hinter den Hügeln zu verschwinden, und mit dem Schatten kam auch die Nachtkälte zurück. Dazu stieg Nebel auf und hüllte die Landschaft in ein mattes, graues Licht, das jede Kontur verschluckte. Christoph war beruhigt, dass er noch rechtzeitig das Castrum erreicht hatte. Denn sobald es dunkel war, würde man auch ihm hier nicht mehr die Pforte öffnen, ob man ihn hier kannte oder nicht. Zu groß war die Furcht vor dem, was dort draußen in der Dunkelheit lauerte. Eine kleine Klappe, die in der Tür eingelassen war, wurde geöffnet. Durch ein Eisengitter blickte ihn ein Soldat fragend an. Sein Bart ging bis zur Brust und sein Schädel war völlig haarlos. Der Mann erblickte sein Gesicht und grinste. Auch Christoph erkannte den Mann sofort wieder.

„Jacob, alter Freund. Ich grüße Euch." Der Mann, der durch das Gitter starrte, lächelte zurück und zeigte seine gelbverfärbten Zähne. Jacob grunzte kurz auf und verlieh seiner Freude somit Ausdruck. Die Männer verband eine alte Freundschaft, da Christoph ihm damals das Leben gerettet hatte. Es war bei den Kreuzzügen, als man ihn gefangen genommen hatte. Der Sultan höchstpersönlich hatte ihn gefoltert, wollte wissen, wo sich die anderen Ritter aufhielten. Doch Jacob hatte kein Wort gesagt. Aus Wut über sein Schweigen schnitten die Bastarde seine Zunge heraus, sodass er für immer schweigen sollte.

Jacob öffnete ihm die Tür und begrüßte Christoph mit einer liebevollen Umarmung. Immer noch grinsend zog er ihn mitsamt dem Pferd hinter die sicheren Mauern. Christoph überließ ihm die Zügel und erkundigte sich gleich nach seinem Wohlergehen. Jacob nickte und stammelte etwas Unverständliches in die Luft, was bedeutete, dass es ihm gut ging. Der Vogelmann klopfte ihm anerkennend auf die Schulter.

„Das ist gut, mein Freund. Das ist sehr gut", gab er zum Besten. Es tat gut, ein bekanntes, freundliches Gesicht wiederzusehen. Nach all dem Leid. Sie gingen gemeinsam ein Stück den Weg hinauf, um das Tier in den Stall zu bringen. Dort, wo es Heu und Wasser gab.

„Sagt mir, alter Freund, wo ist Theotmar? Ich muss ihn dringend sprechen." Das Gesicht des alten Freundes verfinsterte sich ein wenig. Jacob schüttelte den Kopf, und Christoph meinte, so etwas wie ein Nein verstanden zu haben.

„Ist er fort?", fragte er weiter. Jacob nickte ihm zu und gab ihm damit zu verstehen, dass er nicht hier war.

„Verdammt. Wo ist der Bischof? Dann muss ich mit ihm sprechen, wenn Theotmar nicht zugegen ist." Wieder verneinte Jacob. Christoph konnte auch das jetzt nicht glauben. Waren alle wichtigen Entscheidungsträger nicht mehr da? Die beiden verließen den Stall wieder, nachdem sie das Pferd untergebracht hatten. Der Bärtige zeigte auf das erste Haus, das unmittelbar neben dem Stall stand. Jacob machte ihm deutlich, dass er dort mit ihm hingehen sollte.

Im Moment hatte sich wirklich alles gegen ihn und seine Gruppe verschworen. Das Michaelskloster war verloren, und ohne die Hilfe aus Passavia würden sie es nicht mehr zurückgewinnen können. So oder so, er musste zurückkehren und retten, was vom Kloster noch übrig war. Und dafür brauchte er Männer. Er war aber nicht in der Position, die Männer zu rekrutieren. Nein, er brauchte die Erlaubnis von Theotmar oder die des Bischofs. Und es musste gehandelt werden, und zwar schnell.

„Sagt, alter Freund, wo ist mein Falke? Ich hatte ihn vor Tagen zu euch geschickt", fragte Christoph weiter, kurz bevor sie das Gebäude erreichten. Das aus Stein erbaute Haus versprach Wärme und Ruhe, die er dringend benötigte. Dieses Mal blickte Jacob ihn irritiert an. Soweit er wusste, wurde das Tier schon lange von Bischof Konrad zurückgeschickt. Mit der Botschaft, dass Theotmar schon fort sei. So wurde es ihm jedenfalls zugetragen. Jacob gestikulierte mit seinen Händen, sodass Christoph verstand, was er meinte. Christoph schüttelte mit dem Kopf. Das konnte alles nicht wahr sein. Er machte sich Sorgen um seinen treuen Begleiter. Ihm mochte doch wohl nichts zugestoßen sein?

Jacob hielt ihm die schmale Holztüre offen und bat ihn in das Haus. Es roch nach Essen, doch Christoph konnte es nicht riechen und er bekam Halsschmerzen. Irgendwas stimmte nicht.

* * *

Noch im Laufe des Tages hatten die beiden schwarzen Soldaten die Burg erreicht und konnten De Kerk alarmieren. Sie berichteten von der möglichen Gefahr, die für die Gilde entstehen konnte, wenn dieser eine Ritter sein Ziel erreichen würde. Niemand wusste, welche Absichten er wirklich verfolgte, aber sie waren sich einig, dass es nicht gut für die Somschor war. Jede mögliche Gefahr galt es abzuwenden. De Kerk hatte eine Handvoll Männer versammelt, kampferprobte menschliche Seelen, deren Schwerter seit einiger Zeit nicht mehr geruht hatten.

Der Himmel war durch den Nebel verschleiert und der leichte Wind trug den Geruch von Rauch und Eisen aus der Stadt mit sich. Kurz vor Einbruch der Dunkelheit entdeckte De Kerk, eher zufällig, die zwei Reiter in Schwarz mitten im Wald. Jene, die Tristan weiter verfolgt hatten. Ohne viele Worte formten sie eine Schar, gebunden durch den Schwur, Pflicht und jenes dunkle Wissen, das man nicht mit dem Tageslicht teilt. Sie setzten gemeinsam die Verfolgung fort, in der Hoffnung, den Flüchtigen bald stellen und töten zu können. Die Jagd ging weiter, lautlos, unerbittlich, in einer Welt, in der Erlösung nur mit dem Schwert gefunden wurde. Doch schnell stellten sie fest, dass seine Spur im Nebel verloren ging. Sie hatten keine Ahnung, wo er sich befand. War er schon in der Stadt oder noch im Umland unterwegs? Sie wussten es nicht.

„Verflucht", brummte er und schaute die beiden Reiter ernst an. Alle waren so weit vermummt, dass man nur ihre Augen sehen konnte. Unter ihren Helmen trugen sie ein dichtes schwarzes Tuch, um sich vor der Kälte zu schützen. An ihren Händen trugen sie schwarze Lederhandschuhe. Die Soldaten schauten sich kurz ratlos an. Es gab keine Spuren im Schnee und vom Reiter war nichts zu sehen. Außer ihm und seinen Begleitern war niemand hier.

De Kerk saß hoch oben auf seinem Pferd und überblickte das komplette Gebiet. Die schlechte Sicht half ihm kein Stück weiter. Er biss sich auf die Unterlippe und versuchte, seinen Ärger darüber herunterzuschlucken. Sein Pferd schnaubte und stocherte aufgeregt mit den Vorderhufen im Schnee.

Das gefiel ihm alles ganz und gar nicht. Nach einer weiteren kurzen Überlegung schaute er nach links, zu seinen Soldaten hinüber.

„Wir reiten zurück. Leviathan und Primus müssen davon wissen – ohne Aufschub. Mir gefällt die Sache nicht. Morgen wird die Suche fortgesetzt. Er wird hier irgendwo in der Nähe sein."

Dann zog er die Zügel an, drehte um und ritt im Galopp Richtung Wald zurück. Die Soldaten folgten ihm.

* * *

Sein Pferd irrte durch den Nebel, und nach einer Weile hatte Tristan den Eindruck, seinen Verfolgern erneut entkommen zu sein. Schließlich zog er die Zügel etwas an, verlangsamte die Geschwindigkeit des Pferdes und klopfte dem Tier dankend auf den Hals. Das Pferd gehorchte und ging in ein lahmes Traben über. Seine Kräfte verließen ihn allmählich. Ihm wurde erneut schwindelig, und er kämpfte gegen die drohende Bewusstlosigkeit an. Er ritt vornübergebeugt immer weiter, ohne die genaue Richtung vorgeben zu können. Tristan fielen immer wieder die Augen zu, bis er tatsächlich das Bewusstsein verlor. Er hatte den Kampf am Ende doch verloren.

HEILIGER ORT

Grelles Licht umfing ihn und seine Augen schmerzten etwas. Der Sternenglanz hatte sich wieder in seinem Kopf festgesetzt und schien ihn leiten zu wollen. Es war ähnlich wie bei den Erlebnissen zuvor. Nur jetzt war es irgendwie nicht mehr so bedrohlich. Tristan befand sich in einer friedlichen, stillen Welt und er konnte nicht wirklich sagen, ob er träumte oder wach war. Seine Augen bewegten sich hin und her. Versuchten, die Umgebung zu erfassen. Doch er sah nichts außer grelles weißes Licht. Dann hörte er etwas. Eine Stimme, engelsgleich, drang sie an sein Ohr. Und obwohl sie weit weg schien, konnte er sie eindeutig vernehmen. Nicht die einzelnen Worte, aber ihren Klang. Die Stimme einer Frau schien ihn zu rufen, hier, im endlosen weißen Nichts. Er konzentrierte sich auf die Stimme. Ihr Klang war wunderschön.

Tristan blinzelte kurz. Eine verschwommene Silhouette formte sich allmählich zu einer Kontur, als er die Augen ganz langsam öffnete. Als Erstes erkannte er das Licht einer Kerze, dessen Schein die Dunkelheit von der Umgebung vertrieb. Sein Mund fühlte sich trocken an und in seinem Hals brannte es. Langsam kam die Sehfähigkeit zurück und er erkannte eine junge Nonne, die mit ihrem Gesicht langsam auf ihn zukam. Es dauerte noch einen kurzen Moment, bis seine Augen sich an die Lichtverhältnisse gewöhnten, und dann sah er ihr wunderschönes Gesicht. Ihre graugrünen Augen strahlten und lächelten ihn an. Tristan glaubte, so etwas wie Erleichterung in ihrem Blick erkannt zu haben. Ihre schmalen Lippen bewegten sich und sprachen ein paar Worte, doch konnte er sie anfangs nicht richtig hören, da er noch nicht ganz bei Bewusstsein war. Es war ein engelsgleiches Gesicht, von reiner Haut. Ein vollkommenes Lächeln, in das man sich leicht verlieben konnte, sofern man es zulassen würde. In seiner Verwirrung glaubte er kurzfristig, wieder zu Hause zu sein.

„Bist du es, ... Mutter?“

Die Nonne lächelte noch etwas breiter, dabei leuchteten ihre roten Wangen verlegen auf.

„Nein, mein Herr, ich bin Schwester Helena!“, antwortete sie verneinend. Die Nonne stellte die Kerze neben dem Bett auf einen kleinen Tisch und wandte sich Tristan wieder zu.

„Wo ... wo bin ich?“, fragte Tristan. Gleichzeitig wandte er den Kopf umher und schaute sich ein wenig um. Rechts von ihm aus gesehen erspähte er seine Lederrüstung, seinen roten Mantel und seinen Wappenrock, welche an einem Holzpflock aufgehängt waren, während sein leicht bläulich schimmerndes Schwert auf der anderen Seite in einer dafür vorgesehenen Halterung aufbewahrt wurde. Selbst das Fell wurde fein säuberlich aufgehängt. Direkt hinter der Nonne erkannte er einen Kamin, in dem wärmespendendes Feuer loderte. Sonst war der Raum in Dunkelheit getaucht, sodass er nicht wirklich viel erkennen konnte.

„Ihr befindet Euch in Thyrnau, im Konvent der Zisterzienserinnen. Ihr stellt viele Fragen, mein Herr. Schweigt jetzt lieber, Ihr seid schwer verwundet worden und müsst Euch ausruhen. Jede Art von Aufregung tut Euch nicht gut.“ Ihre linke schmale Augenbraue zog sie mahnend nach oben und ihr freundlicher Blick wurde etwas ernster. Erst jetzt begriff er, dass er auf einem Bett lag. Ein leinener Sack, mit Stroh gefüllt, wärmte ihn. Kurzerhand versuchte er, sich zu erheben. Er lehnte sich auf seine Unterarme und hob den Oberkörper an, doch ein starker Schmerz im Oberschenkel ließ ihn sofort wieder zurücksinken. Schwester Helena griff nach seiner Hand und sprach beruhigend auf Tristan ein.

„Mein Herr, haltet ein, es ist noch zu früh, Euch zu erheben. Ich bitte Euch, schont Euch."

Das vor Schmerzen angespannte Gesicht lockerte sich schlagartig, als Schwester Helena ihn sanft an der Schulter berührte und ihn hinunterdrückte. Tristan blickte direkt in ihre wunderschönen Augen, wobei das linke Auge etwas schmaler wirkte. Sie war so wunderschön und er fragte sich, was für eine Haarfarbe sie unter ihrem Stoffschleier trug. Vielleicht braun oder dunkelblond? Er versuchte, es sich vorzustellen, und erwiderte dabei das Lächeln, welches ihm entgegengebracht wurde. Der Stoffschleier war weiß und brachte ihre Reinheit sehr gut zur Geltung. Ihr Habit war in der gleichen Farbe und betonte ihre zierliche Figur. *Sie ist ein Engel.*

„Euer Name soll mir eingebrannt sein in mein Herz, denn ihr habt mich aus den schwarzen Händen des Todes gerettet." Tristan atmete tief durch und presste seine Lippen zusammen. Er blickte in ihr Gesicht und sah sie immer noch lächeln.

„Es war der Herr, der Euer Leben verschonte! Wir Schwestern pflegten Euch lediglich, soweit es uns möglich war. Alles andere war in Gottes Hand!"

Die Worte der Schwester wurden durch ein leises, hämisches Lachen unterbrochen. Tristan starrte an der Nonne vorbei, die rechts neben ihm am Bett stand. Der Eingang des Raumes lag dem Bett direkt gegenüber, im Halbdunkeln. Tristan erblickte unter dem Rundbogen eine massige Gestalt mit einem zerbrechlichen Stock in der Hand, auf dem er sich abstützte. Der Gang dahinter lag im Dämmerlicht, woraus er vermutete, dass es nachts oder zumindest abends war.

„Schwester Helena trägt Demut wie ein Gewand. Sie und die Schwestern pflegten Euren geschundenen Leib und reinigten die Wunde mit frommer Sorgfalt. Aber es war vor allem Helena, die Euch das Leben bewahrte. Durch ihre Hände, mit Gottes Gnade." Langsam kam die Gestalt etwas näher in den Raum und trat in den Kegelschein der Kerze. Tristan erkannte einen älteren Mann.

„Ich bin Bischof Konrad von Passavia. Und wie ist Euer Name?" Der Bischof schaute ihn fragend an.

„Man nennt mich Tristan, Eure Gnaden."

„Tristan? Ein starker Name. Sagt, Tristan, Ihr kommt aus Heidelberch. Nicht wahr? Und Ihr kämpft an der Seite von Amar?" Er kam ein Stück näher. Tristan schaute den fettleibigen Bischof an und war verwundert über die Feststellung.

„So ist es. Aber woher wisst Ihr davon?"

„Ich erkenne es an Eurer Kleidung, und dieses Schwert kommt mir auch sehr bekannt vor. Ich vermute, es ist jene Waffe, von der Amar in seiner Nachricht berichtet hat. Es ist unser aller Hoffnung, möchte ich meinen." Der Bischof lächelte ihn an. Dann begutachtete er die Waffe und schien beeindruckt.

„Ihr habt die Nachricht erhalten. Wann und warum blieb sie unbeantwortet?", Tristan stutze, denn das Schwert wurde in der Nachricht nicht erwähnt.

„Nun, wir haben sie beantwortet, junger Krieger. Habt Ihr unsere Nachricht nicht erhalten? Es ist erst ein paar Nächte her.", Tristan schaute den Gottesmann verwundert an und verneinte die Frage. *Vielleicht ist die Nachricht mittlerweile eingetroffen,* dachte Tristan. Noch bevor er eine Gegenfrage stellen konnte, fiel ihm der Gottesmann ins Wort.

„Dann seid Ihr also ein Mann Gottes und ein Kämpfer des rechten und wahren Glaubens. So habt Ihr der Christenheit einen beachtlichen Dienst durch Eure großartigen Taten erwiesen. Ihr und Amars Männer sind die Hoffnung von uns allen. Ich werde für Eure Gnade beten, dass Ihr auch weiterhin diese Schatten in die Dunkelheit zurückverbannt. Sagt, was führt Euch zu uns?", fuhr der Gottesmann fort. Tristan schaute ihn überrascht an. Er wusste tatsächlich über viele Dinge Bescheid. *Wie kann das sein?*

„Die Dunkelheit bedroht uns. Adalar ist mir dunklen Mächten verbündet und er fordert heiligen Boden ein. Ihr wisst, von wem ich spreche?", fragte Tristan. Der Bischof nickte ihm zu.

„Mir ist sein kriegstreiberisches Verhalten durchaus bewusst. Er ist uns schon lange ein Dorn im Auge der Kirche, und ich weiß darum. Sein Mittelsmann De Kerk betreibt seine Geschäfte nicht weit von hier in Passavia. Ich bin darum bemüht, ein Abkommen mit ihm zu treffen. Dies ist aber schwieriger als bis jetzt gedacht. Ist die Lage also ernst?"

„Ja, das ist sie. Ich habe eine Mission, die ich schnellstmöglich erfüllen muss." Tristan richtete sich wieder auf. Wieder griff Helena an seine Schulter.

„Nicht, mein Herr. Ich versichere Euch, dass Ihr noch nicht aufstehen könnt." Jetzt blickte er zu ihr. Der pochende Schmerz in seinem Bein war beinahe unerträglich.

„Schwester Helena hat recht. Egal, was Euer Begehr ist, es wird warten müssen." Der Bischof blickte auf das verletzte Bein. Tristan streckte es unter der Decke hervor und sah den mit Blut getränkten Verband.

„Ich versichere Euch meine tiefe Dankbarkeit und stehe in Eurer Schuld! Aber die Zeit drängt", erwiderte Tristan und betrachtete ebenfalls seine versorgte Wunde am Oberschenkel.

„Der lebendige Anblick Eures Antlitzes ist uns Lohn genug. Aber Ihr müsst jetzt erst mal wieder zu Kräften kommen. Ich bitte Euch, ruht euch zumindest bis morgen aus!“, erwiderte der Bischof.

„Wie lange bin ich schon hier in diesem Konvent?“, fragte Tristan Schwester Helena.

„Diese Nacht sind es schon zwei Tage her. Ihr kamt auf einem Karren zu uns und habt viel Blut verloren. Reisende Mönche haben Euch bewusstlos im Schnee gefunden. Mehr tot als lebendig. Sie konnten Euch im Fiebertraum befragen und Ihr spracht davon, nach Passavia zu wollen. Wie es das Schicksal wollte, waren sie auf dem gleichen Weg. Also brachten sie Euch hierher. Das Kloster liegt auf dem Weg zu jener Stadt.“ Die Nonne blickte auf das große, helle Holzkreuz, das an der Wand über dem Bett hing. Sie wusste, dass es ein von Gott gegebenes Schicksal war, dass Tristan jetzt hier war.

„Dann habe ich schon viel Zeit verloren“, flüsterte Tristan. Erneut versuchte er aufzustehen, merkte aber gleich, dass dies nicht ging. Schwester Helena schüttelte den Kopf.

„Ich bitte Euch erneut, seid vernünftig, bleibt liegen, Ihr braucht Euch nicht zu sorgen.“

„Doch, das muss ich. Ich habe eine Aufgabe, die ich noch vollenden muss!“

„Was ist das für eine Aufgabe, die euch nicht zur Ruhe kommen lässt?“, fragte der dicke Bischof.

„Ich suche einen Ort ... eine Höhle oder Mine, die nicht weit von hier ist. Dort gibt es etwas, was wir für den Kampf gegen diese Vampire brauchen.“

„Vampire?“, fragte der Bischof.

„Ja, die Kreaturen der Nacht. Die Schatten der Dunkelheit“, antwortete er ihm. Der Bischof blickte Tristan an und in seinen Augen sah er, dass der Gottesmann verstand, wovon er da sprach.

„Bitte verlasst das Gebäude nicht bei Dunkelheit. Der Ort, den ihr sucht, ist tatsächlich ganz in der Nähe. Doch geht nicht bei Nacht dorthin. Böse Zungen verweilen dort." Tristan schaute Schwester Helena besorgt an.

„Ich muss ..." Er versuchte noch mal aufzustehen. Aber es gelang ihm einfach nicht.

„Schwester Helena hat recht. Es ist nicht klug, bei Nacht aufzubrechen. Ruht euch aus und morgen werden wir alles Weitere besprechen. Ich ahne, was Ihr dort begehrt. Doch beinahe jeder, der versucht hat, es sich dort zu holen, ist nicht wiedergekehrt", betonte der Bischof. De Kerk lässt diesen Ort sehr gut bewachen, sodass ich befohlen habe, dass dieser Ort von keinem Menschen betreten werden darf. Es ist zu gefährlich." Diese Aussage verunsicherte Tristan. Dennoch würde er dort hingehen. Die Aussage des Kirchenoberhauptes war unwiderrufbar und sein Entschluss stand eindeutig fest. Auf Tristan wirkte der Bischof nicht so, als ob er seine Entscheidungen diskutierte. Dennoch widersprach er dem Gottesmann.

„Ihr versteht nicht", brummte Tristan. Erschöpft und frustriert ließ er sich zurück auf sein Kissen fallen und blickte Schwester Helena traurig an.

„Wenn ich nicht gehe, ist alles verloren!" Die Nonne lächelte ihn an und versuchte, ihn somit zu beruhigen. Indes verabschiedete sich Konrad und verließ den Raum, mit den Worten, dass er sich zur Ruhe begeben werde. Ein schneller Aufbruch wie Tristan fand.

„Seid unbesorgt, mein Herr. Ihr braucht jetzt Ruhe. Ich bin sicher, dass sich alles noch klären lässt. Das, was Ihr dort sucht, ist morgen, bei Tage, auch noch da." Sie nahm seine Hand und hielt sie behutsam fest. Sie war zart und weich. Derweil blickte ihn Helena abermals lächelnd an. Tristan konnte einfach nicht glauben, wie schön sie war. Beim Lächeln stachen ihre Wangen leicht hervor und sie strahlte etwas aus, was er zuvor noch nie bei einer Frau gesehen hatte. Es war eine Mischung aus positiver Energie und Optimismus. Sie hatte etwas an sich, was ihn absolut faszinierte und fesselte. *Eine wunderschöne Aura, voller Lebensfreude.*

Nach einer Weile verabschiedete sie sich von Tristan und ging ebenfalls leisen Schrittes hinaus. In diesem Moment erkannte sie nicht die Wichtigkeit dieser Mission und ließ Tristan allein zurück. *Aber woher sollte sie das auch?* Kurz bevor sie durch den Rundbogen verschwand, drehte sie sich noch einmal um und nickte dem Ritter zu. Tristan sah es zwar nicht, aber er wusste, dass sie ihn angelächelt hatte. Mit einem mulmigen Gefühl wurde er allein zurückgelassen. *Hatte er versagt?* Verzweifelt starrte er den Kamin an. Er musste so schnell wie möglich wieder gesund werden.

KEIN ENDE IN SICHT

Wie lange Tristan sich von der Realität ausgeschlossen hatte, vermochte er nicht zu sagen. Das Gefühl für die Zeit war ihm völlig verloren gegangen. Hin und wieder öffnete er die Augen, blinzelte in die Umgebung und verlor sogleich wieder das Bewusstsein. Sein Körper holte sich das, was er im Moment am dringendsten benötigte. *Ruhe*. Genau jenen Zustand, der sehr oft nur durch Einsamkeit vollkommen ausgeschöpft werden konnte. Und das war er im Moment: einsam. Nicht allein, nein, sondern in jener Phase, in der sich der Körper regeneriert und sich vollständig erholt. Tristan hatte nicht oft die Möglichkeit, einsam zu sein, und genau das nutzte er jetzt völlig aus. Wenn auch unbewusst. Er genoss den Zustand kurzfristiger Glückseligkeit und erholte sich von den Strapazen der letzten Zeit ohne Gedanken an die Zukunft.

Der entsetzliche Schrei drang tief bis in sein Unterbewusstsein hindurch und ließ ihn aufschrecken. Abrupt riss er die Augen auf und starrte an die Holzdecke. Die dunklen Holzbalken wirkten erdrückend auf ihn, und er hatte das Gefühl, sie kämen just in diesem Moment etwas näher. Was aber selbstredend nur eine Täuschung seines Verstandes war. Den flüchtigen Gedanken, den Schrei nur geträumt zu haben, schob er schnell beiseite und war sich sicher, ihn wirklich gehört zu haben. Sein Körper war in Schweiß gebadet, und seine Haare klebten an seiner Stirn fest. Kleine Perlen aus Schweiß sammelten sich auf seiner Haut und bahnten sich den Weg hinunter zum Laken.

Ein erneuter Schrei ließ ihn wiederum aufhorchen, und Tristan stemmte sich unter Schmerzen mit dem Oberkörper nach oben. Es war ein besorgniserregender Hilferuf einer Frau, ohne jeden Zweifel. Unter starken Schmerzen kroch er unter der Bettdecke hervor, krabbelte aus dem Bett und stellte sich auf seine wackeligen, nackten Füße. Der Holzboden unter ihm fühlte sich irgendwie feucht an. Sein Kopf begann an zu kribbeln, so, als ob eine ganze Armee von Ameisen über seine Haut lief, und ihm wurde kurz schwindelig. Schweiß benetzte seinen nackten Oberkörper. Ihm wurde schlecht, und er musste sich setzen. Seine Brustmuskeln spannte er an, und durch einen tiefen Atemzug versuchte er, sich zu konzentrieren, um die aufkommende Übelkeit niederzukämpfen. Gerade noch so konnte er die drohende Ohnmacht abwenden und hielt sich mit beiden Händen am Bett fest. *Noch mal ein tiefer Atemzug*. Beim zweiten Versuch, sich hinzustellen, wackelte er zwar noch etwas hin und her, konnte sich aber auf den Beinen halten. Das Kribbeln in seinem Kopf nahm spürbar ab, und langsam kam er wieder zu Kräften. Mit einem Schritt ging er zu seiner Waffe und nahm sie an sich. Langsam humpelte er unter Schmerzen aus dem Krankenzimmer hinaus und blieb an der Tür zum Flur stehen.

Seine Wunde pochte und er hatte das Gefühl, dass die Narbe unter seinem dünnen Beinkleid wieder angefangen hatte zu bluten. Zeit, um das zu prüfen, hatte er nicht. Jemand war in Not und er musste sich beeilen. Im Flur blickte er sich genauer um, konnte aber durch das schummrige Licht, welches von nur einer Handvoll Kerzen zustande kam, nicht allzu viel erkennen. Verteilt standen sie den ganzen Flur am Boden, direkt an der Außenmauer des Gebäudes. Im schwachen Schein sah er, dass der Gang weiter nach rechts führte. Zur linken Seite hin endete der schmale Flur schon nach wenigen Metern an einer Steinmauer. Die Außenwand des Konvents. Dort befand sich weder eine weitere Tür noch ein anderer Gang. Ein großes Kreuz aus Holz hing mahnend an der Wand. Es waren zwei alte Äste, die man über Kreuz dort hingehangen hatte. In die entgegengesetzte Richtung war der Flur menschenleer. Er führte ungefähr zehn Meter weiter und es grenzten noch zwei weitere Zimmer an diesen Gang. Die beiden Fensteröffnungen waren mit dicken Tüchern abgedeckt worden. Die Türen zu diesen Räumen waren verschlossen, sodass er nicht einsehen konnte, ob sich dort noch jemand befand.

Zielsicher bog er nach rechts ab, in die Richtung, aus der er den Schrei vernommen hatte. Langsam humpelnd folgte er dem Flur des Konvents bis zum Ende des Ganges. Hier hatte er wiederum nur die Möglichkeit, abermals nach rechts abzubiegen, da der Weg nach links ebenfalls mit einer Außenmauer versperrt war. Auch hier befand sich ein Kreuz aus schön geschwungenen Ästen an der Wand. Behutsam streckte er den Kopf um die Ecke und sah in den dahinterliegenden Flur. Es war niemand zu sehen. Der Flur war ebenso lang wie der, aus dem er gerade gekommen war. Am Ende befand sich eine Art Raum oder Vorhalle, wenn man es so bezeichnen wollte. Tristan schloss sich dem Verlauf sehr vorsichtig an und achtete auf jede kleinste Bewegung, bis er zur Vorhalle kam.

Dort roch es angenehm nach Weihrauch. Der Raum war vielleicht viermal so groß wie sein Zimmer, aus dem er gekommen war. Links von ihm fiel ihm ein kleiner Altar auf, der mit vielen Kerzen geschmückt war und die eine Ikone der Mutter Gottes anstrahlte. Er stand in der Ecke des Raumes und nahm so gut wie keinen Platz ein. Darüber hing abermals ein großes Holzkreuz, das an der dahinterliegenden Wand befestigt war. Dieses war aber nicht aus Ästen, sondern aus bearbeitetem Holz. Direkt gegenüber davon befand sich eine große Tür. Tristan war sich sicher, dass diese Tür nach draußen führte.

Nachdem er seinen Blick vom Altar abwenden konnte, sah er sich einmal um und erblickte in einer dunklen Ecke des Raumes eine kleine Gestalt auf dem Boden liegend. Sie lag auf der linken Seite, in der anderen Ecke des Raums, wo fast kein Licht hinkam. Beim Näherkommen erkannte er, dass es eine Nonne war, die dort in ihrem eigenen Blut lag. Der helle Stoff war mit der roten Flüssigkeit durchtränkt und tropfte unkontrolliert von ihrem Körper auf den Boden. Es bahnte sich seinen Weg über die Holzdielen und sickerte zwischen den Hölzern in den darunterliegenden Lehmboden. Sein erster Gedanke war, zu spät gekommen zu sein. Er konnte für die Nonne nichts mehr tun. Er ging in die Hocke und stupste sie an. Die Schwester hatte viel Blut verloren und ihre Haut war mittlerweile fast so weiß wie der Schnee. Sie atmete nicht mehr. Sie lag mit dem Rücken auf dem Holz und am Hals hatte sie einen großen Schnitt. Die Wunde klaffte auf und man sah ein Stück von der Wirbelsäule.

„Verflucht", stammelte er wütend. Er war tatsächlich zu spät. Erleichtert stellte er fest, dass es nicht Helena war, die dort lag.

Er ließ von der Nonne ab und schaute sich weiter um. Dann stand er auf und sah genau gegenüber einen weiteren Raum. Er lag in völliger Dunkelheit, sodass er nicht das Geringste sehen konnte. Tristan ging an der Eingangstür des Gebäudes vorbei und stellte sich in den Türrahmen des völlig verdunkelten Raums. Sein Herz pochte mit jedem Schlag und er versuchte, den Schmerz zu ignorieren. Er kniff die Augen zusammen und versuchte, etwas Genaueres zu sehen. Ohne Erfolg. Langsam humpelte er wieder zum Altar hinüber und griff sich eine Kerze. Dann steuerte er vorsichtig wieder zurück auf den Raum zu. Als er näherkam, fragte er sich, wo die anderen Bewohner eigentlich waren. Er war nur wenige Schritte von der Tür entfernt, als er ein leises Japsen wahrnahm. Einen kurzen Moment später hörte er einen Hilferuf, der nur geflüstert war. Dort war noch jemand und er brauchte Hilfe.

Tristan blieb im Türrahmen stehen und versuchte, etwas zu erkennen. Es war nicht möglich. Er schaute nach rechts oben und erkannte eine Fackel, die erloschen war. Er hielt die Kerze daran und sofort begann die Fackel zu brennen und er konnte mehr sehen. Das Feuer an der Wand erhellte den Raum, in dem sich nur ein Tisch und zwei lange Bänke befanden. Er sah keine Fenster, nur Steinwände. Einzig und allein ein Luftschacht in der Decke sorgte dafür, dass ihm Frischluft zugeführt wurde. Vermutlich diente er als Vorratskammer oder so was Ähnliches. Aber außer den Bänken und dem Tisch gab es nichts an Vorrat, was man hier finden konnte. Tristan ging einen Schritt weiter nach vorne. In diesem Moment sprang Helena vom Tisch hervor und gab sich zu erkennen.

„Vorsicht ...!", rief sie Tristan zu und zeigte an die Hauswand zu seiner rechten Seite. Blitzschnell wirbelte er nach rechts. Doch es war schon zu spät. Der Angreifer hatte ihn gepackt und wieder zurück in die Vorhalle gestoßen. Tristan flog zurück und verlor dabei sein Schwert. Der Angreifer stellte sich in den Türrahmen.

Ein wahrer Hüne, dachte Tristan. Der Soldat war beinahe so groß und so breit wie die Tür. Ein riesengroßer Typ, vor dem man echt Angst haben konnte. Seine Kleidung war komplett schwarz und er wusste in diesem Moment ganz genau, zu wem er gehörte. Sein Gesicht war vermummt, sodass nur die Augen frei waren. Tristan wollte sich gerade wieder aufrappeln, als er sah, wie Helena von hinten angelaufen kam und dem Soldaten mit einem Stock oder etwas Ähnlichem auf den Hinterkopf schlug.

„Neeeein!“, brüllte sie dabei. Ihre Stimme klang zittrig.

Der Soldat verzog keine Miene und drehte sich langsam um, dabei funkelte er Helena wütend an. Die riss sogleich verwundert und entsetzt die Augen auf, zog sich sofort wieder hinter den Tisch zurück und versuchte, Schutz zu suchen. *Er hat nicht mal gezuckt*, dachte sie. Der Hüne folgte ihr. Tristan rappelte sich unter Klagelauten wieder auf, schnappte sich sein Schwert und humpelte zurück zur Tür.

Auf der einen Seite des Tisches sah er Schwester Helena, die verzweifelt versuchte, sich den Soldaten vom Leib zu halten. Immer wieder versuchte der Angreifer, sie mit seinem Schwert zu attackieren. Sie hatte kaum noch Kraft zu schreien und konnte sich nicht mehr lange auf den Beinen halten. Immer wieder tänzelten die beiden um den Tisch, in der Hoffnung, der Angreifer würde das Opfer nicht erwischen.

Der Zorn stieg in ihm auf. Tristan reagierte und umklammerte den Griff seines Schwertes. Dann stürmte er, ohne zu zögern, los, um ihr zu helfen.

Sein Gestank eilte dem Hünen voraus. Am rechten Arm klaffte eine Wunde, die sehr stark blutete. Helena schien ihn irgendwie doch verletzt zu haben. Der Mann war so sehr mit seinem Opfer beschäftigt, dass er nicht zu merken schien, was hinter ihm passierte. Er tänzelte mal einen Schritt nach rechts, dann wieder nach links, und sein Opfer tat dies genau in entgegengesetzter Richtung, um somit zu vermeiden, dass sie von ihrem Täter gepackt wurde. Immer wieder fauchte er die junge Frau an. Ihr Retter hob sein Schwert an und wollte dem Feind gerade den Schädel spalten, als dieser sich unerwartet umdrehte.

Tristan war für einen Augenblick abgelenkt. Das war genau die Sekunde des Zögerns, die der Eindringling ausnutzte. Er holte aus und schlug dem Ritter mit seinem Ellenbogen ins Gesicht. Abermals hatte der Hüne ihn erwischt. Das kalte Metall der Schutzplatte traf ihn an der Augenbraue und hinterließ einen stechenden Schmerz. Völlig überrascht verlor er den Halt unter den Füßen und knallte erneut auf den harten Holzboden. *Es ist nicht zu glauben.* Der Schlag war so heftig, dass er für einen Moment benommen liegen blieb. Als er wieder zu sich kam, merkte er schon die Schwellung in seinem Gesicht. Er fasste sich an sein Auge. Es blutete nicht. Irgendwie war er erleichtert.

„Neeeein!", brüllte Helena erneut.

Einem Instinkt folgend, blickte er nach vorne und sah den Soldaten auf sich zustürmen. Auf den Ellenbogen krabbelte er ein Stück weit zurück, griff erneut nach seiner Waffe, die er nach dem Sturz wieder verloren hatte, und schaffte es im letzten Moment, sie noch so anzuheben, dass der Feind direkt in die offene Klinge sprang.

Der schwarze Soldat war schon zu schnell und konnte nicht mehr abbremsen. Das Schwert bohrte sich zielsicher in den Unterleib und blieb auf halber Strecke stecken. Tristan spürte regelrecht, wie die Klinge durch die Lederschutzweste glitt. Sein Gegner heulte kurz auf und blickte ihn wütend an. Tristan versuchte, das Gewicht zu halten und stützte den Feind mit einem Bein noch ab. Das Tuch, welches sein Gesicht vermummt hatte, rutschte nach unten und gab das Gesicht des Mannes frei. Es war ein Jüngling. Ein junger Mann. Tristan schaute ihn verwundert an. Sein Gesicht war vernarbt und zeugte schon von ein paar Kämpfen. Zwischen seiner

Nase und seinem Mund klaffte eine Wunde, sodass man seine gelben Zähne sehen konnte. Der Mann schien keine Schmerzen zu haben. Während Tristan sich noch über den schwarzen Soldaten wunderte, griff dieser unverständlicherweise mit den Händen nach der Klinge, öffnete schreiend seinen Mund und zog sich näher an Tristan heran. Sein Körper glitt etwas weiter nach unten und Tristan konnte ihn kaum noch halten. Der Gestank aus seinem Mund war entsetzlich. Kurz entschlossen streckte der Ritter sein gesundes Bein durch und stieß den Soldaten von sich weg.

Die Klinge wich wieder aus dem Körper und der Hüne stolperte zurück. Irritiert blieb dieser auf dem Boden liegen. Mit glühenden Augen fing er an, heftig zu atmen, und hielt seine Hände über seinen Bauch, da, wo die Klinge das Fleisch zerteilt hatte. Das Blut quoll zwischen den Fingern an den schwarzen Lederhandschuhen vorbei. Erst jetzt schien er zu begreifen, was passiert war. Er erhob sich ein Stück und robbte mit dem Oberkörper an die Wand, um besser atmen zu können. Schwester Helena verweilte immer noch hinter der Tischplatte und war starr vor Angst. Tristan hielt das Schwert senkrecht nach oben und wartete auf den nächsten Angriff. Eigentlich müsste der Soldat jetzt tot sein. *Eigentlich.*

Dann stand der Ritter langsam auf. Dabei atmete er sehr schwer und versuchte, seinen Puls zu beruhigen. Tristan ging ein Stück auf ihn zu. Der Soldat lag mit dem Oberkörper an die Wand gelehnt und zitterte leicht. Den Blick immer noch auf die blutenden Wunden gerichtet. Er hechelte immer schneller und Tristan war sich sicher, lange würde es nicht mehr dauern.

„Ich erlöse Euch von Eurem Leid, wenn Ihr mir sagt, wer Euch geschickt hat", sagte Tristan wütend. Der Soldat blickte ihn an und fing an zu grinsen. Ganz langsam nahm er die

Hand von seiner Wunde weg, griff an seinen Gürtel und holte einen kleinen Dolch hervor. Dann ging alles ganz schnell. Der Soldat rammte sich den Dolch in den Hals und traf dabei die Hauptschlagader. Blut spritzte gegen die Wand und Tristan konnte in seinen Augen sehen, wie ihn das Leben verließ.

„Verflucht", brüllte Tristan.

Völlig unerwartet machte ein zweiter Mann auf sich aufmerksam. Er kam just in diesem Moment aus einem der Gänge und rannte unerwartet an ihm vorbei. Tristan drehte sich um und war verdutzt. *Wie viele von ihnen gibt es denn hier noch?* Kurz darauf war er nicht mehr zu sehen. Die Tür nach draußen wurde aufgerissen und kalte Luft strömte in die Vorhalle. Tristan hatte nicht genügend Kraft, ihm zu folgen. Helena blickte ihn mit angsterfüllten Augen an.

„Wer war das?", fragte sie mit leicht zitternder Stimme. Tristan stützte sich auf die Knie und hielt sich am Griff seines Schwertes fest, indem er es mit beiden Händen umklammerte. Schwer atmend blickte er der Nonne in ihr hübsches Gesicht.

„So wie es aussieht, gehören sie zu Adalars Armee. Sie haben mich verfolgt und angegriffen. Ich konnte fliehen und ich dachte, ich bin ihnen entwischt, aber jetzt haben sie mich gefunden.", antwortete er leise.

„Wie kamen sie hier herein und was wollten sie?", fragte sie weiter, ihre Augen füllten sich mit seichten Tränen. Wieder atmete Tristan einmal schwer ein und dann wieder aus.

„Sie wollten mich. Wie ich schon sagte. Scheinbar sind sie mir gefolgt und wollten das zu Ende bringen, was sie in den letzten Tagen nicht geschafft haben. Wie sie hier reingekommen sind, weiß ich nicht."

„Warum?", fragte sie.

„Ich denke, man will verhindern, dass ich meine Mission erfülle. Sie werden wiederkommen", betonte er mit ernster

Miene und fragte sich, woher sie davon wussten. Dann sackte er ein Stück in sich zusammen. Der Schmerz in seinem Bein wurde stärker und er merkte, wie die Wunde pulsierte. Währenddessen blickte Schwester Helena auf ihren Beschützer und sah, wie er sich an sein verwundetes Bein fasste. Sie ging am Tisch vorbei und eilte zu ihm, wohl ahnend, was passieren würde.

„Mein Herr, Euer Bein. Ihr blutet!“, sagte sie. Bevor er ihr antworten konnte, verdrehte er die Augen und brach bewusstlos zusammen.

KEINE GUTEN NACHRICHTEN

Der Geruch von brennendem Öl hing noch in der Luft, als der Schwarze Soldat sich vom Konvent löste. Sein Gesicht war unter dem Schatten des Helms verborgen, die Klinge an seiner Seite trug noch das getrocknete Blut, womit er die Nonne getötet hatte. Sie hatten nach kurze Suche den Ritter gefunden. So wie es De Kerk verlangt hatte. Der Angriff war gescheitert, denn der Flüchtige hatte sich gewehrt. Doch sie hatten ihn gesehen und sie wussten jetzt, wo er sich aufhielt. Die Handschrift des Angriffs war klar und konnte eindeutig De Kerk zugeordnet werden, und Bischof Konrad von Passavia würde es hier nicht bei Gebeten belassen. Nicht, wenn eine seiner Nonnen getötet wurde. Eigentlich sollten sie nicht gesehen werden, um einen Konflikt mit ihm und der Kirche zu vermeiden, und außerdem sollte der Gesuchte getötet werden, aber dies hatte er nicht zu Ende bringen können. Das wusste der Soldat. Sie hatten zum Teil versagt. Die Probleme hatten sich mit einem Schlag vergrößert, und das war nicht gut. Sie mussten zurückkehren und die Sache korrigieren. De Kerk würde nicht zufrieden sein, allerdings konnte er ihm jetzt mit Sicherheit bestätigen, dass der Gesuchte sich hier aufhielt. Er verließ das Kloster über den südlichen Ausgang, dort, wo der alte Friedhof an das Waldstück grenzte. Keiner aus dem Konvent wagte sich bei Nacht dorthin. Zu viele Legenden über ruhelose Seelen, die dort verweilten, hielten sie in der Dunkelheit davon fern. Für ihn war das der sicherste Weg. Sein Pferd wartete angebunden an einer halbverfallenen Tanne. Er band auch das zweite Pferd los und ritt zurück zur Burg.

Die Straßen zu dieser Zeit waren kaum mehr als ausgetretene Spuren im Boden, durchzogen von Eis und Schlamm. Und jederzeit wartete das Risiko eines plötzlichen Hinterhalts. Kein Mensch ritt ohne Fackel bei Nacht, außer jene, die nicht gesehen werden wollten.

Der Soldat war ein Mensch, kein Dämon, wie man es ihm hätte ankreiden können. Aber seine Seele war schwer geworden unter der Last derer, denen er diente. Ohne dass er es bewusst mitbekommen hatte. Die Hufe schlugen dumpf über den gefrorenen Schnee, als er das letzte Stück durch das Tal nahm. Der Nebel lag immer noch leicht zwischen den Bäumen und es war gespenstisch ruhig. Der Soldat blickte sich beim Rennen nicht um, sondern steuerte die nächste Baumgrenze an. Die Information, welche er für De Kerk hatte, musste eilig zugestellt werden.

BÜNDNIS

Tristan hatte die kommende Nacht bis beinahe mittags geschlafen und war immer noch erschöpft. Wie er in sein Bett gekommen war, konnte er nur erahnen, nachdem er in der Vorhalle zusammengebrochen war. Nur zögerlich verdrängte er die Müdigkeit aus seinem Körper und kam langsam wieder zu sich. Der unerwartete Überfall durch Adalars Soldaten hatte viel Kraft gekostet. Die Ruhephase war aber trotzdem ausreichend. Ausreichend genug, um bald wieder aufzubrechen. Das Erste, was seine müden Augen sahen, war erneut Schwester Helena, die an seinem Bett Wache hielt. Sie war irgendwie immer da. Es gab ihm ein Gefühl von Sicherheit, sie in seiner Nähe zu wissen. Sie war für ihn die Liebe in einer der reinsten Formen, die es auf der Welt geben konnte. Denn in den tiefsten Schatten der Verzweiflung strahlte ihre Liebe wie ein strahlendes Licht, das selbst die dunkelsten Ecken erhellt. Ihre Liebe war der sanfte Funke, der in Momenten der Hoffnungslosigkeit aufblühte und ihn daran erinnerte, dass selbst die kleinste Geste des Mitgefühls die Kälte der Einsamkeit vertreiben konnte. Wenn wir uns verloren fühlen, ist es die Liebe, die uns aufrichtet und uns den Weg zurück ins Leben zeigt. Genau das alles tat Helena für ihn. So fühlte es sich jedenfalls an und er war froh, dass er sie getroffen hatte.

Jede Umarmung, jedes Lächeln und jedes Wort der Ermutigung von ihr waren wie leuchtende Sterne am nächtlichen Himmel, die ihn daran erinnerten, dass es immer einen Grund gab, weiterzukämpfen. In der Dunkelheit blüht die Hoffnung auf, genährt von der unerschütterlichen Kraft der Liebe. Sie gab ihm dieses Strahlen und vertrieb somit die Dunkelheit aus seinem Herzen – denn wo Liebe ist, da ist Licht.

Er freute sich über ihren Anblick und lächelte sie an, als er sie bewusst wahrnahm. Tristan hob den Oberkörper an und setzte sich langsam auf. Der Schmerz in seinem Oberschenkel hatte etwas nachgelassen. Was gut war. Sie reichte ihm etwas zu trinken, was er dankbar annahm. Vorsichtig schluckte er das warme Wasser, das mit Kräutern versehen war, hinunter. Das wohltuende Getränk füllte seinen Magen und wärmte ihn von innen heraus. Nachdem sie den Becher wieder entgegengenommen hatte, reichte sie ihm gleich darauf eine kleine Schale mit Brei. Es war an der Zeit, sich zu stärken. Obwohl er nicht wirklich hungrig war, nahm er auch die Schale an und versuchte zu identifizieren, was dort drin war. Zu seiner Überraschung sah er ein paar kleine Fleischstücke, die er nicht oft aufgetischt bekam.

„Ihr müsst Euch stärken, mein Herr!“ Ihr Zuspruch war sehr liebevoll, aber auch bestimmend zugleich. Fürsorglich, wie eine liebende Frau, streichelte sie ihm durch das Haar. Die Berührung tat gut und Tristan genoss sie in vollen Zügen. Vorsichtig nippte er an der Schüssel und schluckte ein wenig von dem salzig schmeckenden Brei hinunter.

„Ich will mich für Eure Hilfe bedanken!“, sagte sie bescheiden und schaute dabei etwas verschämt nach unten.

„Ihr braucht Euch nicht zu bedanken!“, erwiderte er. Er konnte seinen Blick von ihrem engelsgleichen Gesicht nicht abwenden. Sie ließ ihren Blick über die sanfte Schwellung über seinem Auge wandern, die sich allmählich zurückzog.

„Es ist kaum der Rede wert", murmelte sie mit einem Hauch von Besorgnis.

In diesem Moment trat Bischof Konrad in den Raum. Er schien nervös zu sein und Tristan merkte jetzt schon, dass er einen Hang dazu hatte, im falschen Moment zu stören.

„Lasst uns allein!", befahl er Helena in einem recht barschen Ton. Etwas erschrocken zog sie die Hand von seiner Stirn weg, stand blitzschnell auf, verabschiedete sich höflich und verließ das Krankenzimmer, ohne sich umzudrehen. Man konnte den Eindruck gewinnen, die Nonne fühle sich ertappt. Ihre Wangen begannen zu leuchten, als sie den Raum verließ. Tristan mochte Schwester Helena und irgendetwas sagte ihm, dass die junge Nonne genauso fühlte. Aber nicht so, wie eine Schwester ihren Bruder mochte. Nein, es war offensichtlich anders und das war ein Problem. Die Frage war nur, für wen es ein Problem war.

Konrad kam langsam näher und setzte sich auf einen kleinen, zerbrechlichen Stuhl, der direkt neben dem Bett stand. Der dicke Bischof hatte etwas Mühe, auf der kleinen Sitzfläche Platz zu finden. Er räusperte sich kurz und fing gleich an zu sprechen. Seine Stimme klang ein bisschen nasal und Tristan war der Meinung, dass er Probleme mit der Luft hatte. Jedenfalls atmete er schwer, wie ein kranker Bär.

„Ihr seid ein tapferer junger Mann, Tristan. Ich möchte Euch für die Hilfe danken!", sagte er, stellte seinen Stock in die Mitte zwischen seine Beine, und legte seine gefalteten Hände auf dem Knauf ab. Tristan fühlte sich in diesem Moment zwar ein wenig geehrt, aber es war für ihn selbstverständlich, einzugreifen. Daher musste sich keiner dafür bedanken.

„Es ist meine Pflicht, die Unschuldigen zu beschützen", sagte er. Sein Gesichtsausdruck strahlte ein bestimmtes Selbstbewusstsein aus.

„Fürwahr, ihr habt recht, so ist es. Trotzdem, ohne euch wäre es noch viel schlimmer gekommen und wir hätten noch viel mehr Leid zu beklagen. Für Schwester Letitia kam leider jede Hilfe zu spät, aber uns habt ihr gerettet." Konrad schien erleichtert über den gestrigen Ausgang.

„Ihr sprecht wahr. Aber ohne mich wären die Soldaten niemals hierhergekommen. Es ist meine Schuld. Sie haben mich gesucht und sie werden wiederkommen. Und ich versichere Euch, dass sie dann nicht so gnädig sein werden. Ich werde sie nicht aufhalten können." Tristan legte seine Stirn in Falten. Der Bischof nickte ihm verständnisvoll zu. So, als ob er wüsste, worauf Tristan hinauswollte. Aber in erster Linie war er einfach nur dankbar. Zwar hatte Tristan den einen Soldaten nicht töten, aber immerhin in die Flucht schlagen können. Das war für Konrad schon ein Erfolg. Den toten Soldaten hatten sie beseitigt und der Bischof fragte sich, warum De Kerks Männer hierhergekommen waren. Er ahnte ihre Beweggründe, aber sicher wusste er es nicht. Er fuhr sich etwas nervös mit seinen dicken, wurstigen Fingern durch seine grauen, lichten Haare, die total verklebt waren. Seine Mitra hatte er nicht auf.

„Warum suchen sie Euch?" wollte er wissen, um genau zu verstehen, worum es hier ging. Tristan setzte sich im Bett etwas auf, um seinen Rücken zu entlasten.

„Weil ich die Steine holen will. Damit wir Überleben können. Georg und Gottfried wurden von den Soldaten hingerichtet. Ich konnte fliehen, aber sie haben mich gefunden. Und jetzt wollen sie zu Ende bringen, was sie in der Wildnis nicht geschafft haben. Da wir keine Antwort von euch erhalten haben, bin ich hier." Tristan beobachtete den alten

Mann ganz genau. Dieser schaute nach unten und nickte ihm stumm zu.

„Das tut mir leid zu hören, wie ich schon mal betont habe, haben wir eure Nachricht erhalten. Und unsere Antwort ließ nicht lange auf sich warten."

„Wie lautete Eure Antwort?"

„Dass wir aktuell nicht helfen können."

„Was bedeutet das?", fragte Tristan verwundert.

„Theotmar ist dem Ruf des Papstes gefolgt und ist früher nach Rom aufgebrochen. Es gibt Spannungen in Damaskus, die auch die Stadt Jerusalem betreffen könnten. Ebenso gibt es Schwierigkeiten mit dem Kaiser. Bestimmt habt ihr davon gehört. Uns fehlen schlicht und einfach die Soldaten. Wenn wir Passavia verlassen, dann sind die Bürger dort schutzlos. Und wer verteidigt dann unsere Mauern?"

„Ihr habt einen Eid geschworen", sagte er aufgeregt.

„Gewiss, das haben wir. Und es liegt mir fern, dieses Bündnis aufzukündigen. Es braucht etwas Zeit. Ich habe nach Soldaten aus der näheren Umgebung ausrufen lassen. Alle kampffähigen Männer ab vierzehn Jahren wurden aufgrund der Notwendigkeit zum Schutze der Stadt eingezogen. Und wir sind bald so weit, dass wir ein paar der Soldaten entsenden können. Gewiss, sie sind noch unerfahren, aber sie werden schnell lernen." Tristan runzelte die Stirn. Was sollten sie mit Männern anfangen, die noch nie eine Waffe in den Händen gehalten haben? Oder die der Mut bei Anblick dieser Monster verlassen würde? Andererseits war er das beste Beispiel dafür, dass es funktionieren konnte.

„Dann schickt Ihr also bald Soldaten nach Heidelberch?"

„Gewiss, aber das braucht noch Zeit. Mich wundert allerdings, dass Ihr die Nachricht des Falken noch nicht erhalten habt." Auch Tristan wunderte es. Aber vielleicht war der

Vogel ja wirklich mittlerweile im Michaelskloster eingetroffen. Vermutlich hatte sich Christoph schon um ihn gekümmert. Er schmunzelte leicht bei dem Gedanken.

„Dann werde ich hier die Steine holen und mit den Soldaten zum Michaelskloster zurückkehren, in der Hoffnung, dass es nicht schon zu spät ist", betonte Tristan.

„Ihr seid jung und voller Ehrgeiz. Aber Euer Herz ist blind vor Wut. Lasst mich Euch sagen, dass dies nicht gut ist, um Entscheidungen unüberlegt zu treffen. Ihr seid verwundet und das birgt Risiken. Aber ich verstehe auch, dass die Zeit drängt." Der Bischof sprach dabei so besonnen und ruhig, wie er nur konnte.

„Worauf wollt Ihr hinaus?"

„Dass es klug wäre, nichts zu überstürzen. Aber ich sehe in Euren Augen dieses Feuer. Das Feuer, Euch nicht von Eurem Vorhaben abringen zu lassen. Nicht wahr?" Konrad rutschte ungeduldig auf seinem Stuhl hin und her. Tristan schaute auf das Kaminfeuer. In ihm brodelte es. Geduld war nicht seine Stärke und seine Emotionen zurückzuhalten, fiel ihm nicht wirklich leicht.

„Ihr habt recht. Wir haben keine Zeit mehr, um zu warten. Ihr als Gottesmann wisst sehr wohl, mit wem wir es hier zu tun haben. Wir haben jetzt die einmalige Möglichkeit, mit diesen Steinen einen Krieg zu beenden, der sich sonst wie ein Flächenbrand im ganzen Land verbreiten kann. Wollt Ihr das?" Die Augen von Bischof Konrad blitzten auf. Er beugte sich ein Stück weit nach vorne und hatte Tristans volle Aufmerksamkeit. Er blieb für einen Moment stumm und dachte nach.

„Ihr sprecht die Wahrheit", meinte er. „Das kann nicht unser Ziel sein. Wir sollten die Gelegenheit nutzen."

„Es ist an der Zeit zu handeln", antwortete Tristan. Dann griff er nach einem kleinen Lederbeutel neben seinem Bett, der auf dem Boden lag. Vorsichtig kramte er darin herum und holte die zusammengefaltete Karte heraus. Er übergab sie dem Bischof, der sie behutsam auseinanderfaltete. Er blickte auf die Zeichnung und nickte.

„Ich weiß genau, wo das ist. Das ist jene Mine, von der ich zuvor sprach“, sagte er.

„Ich weiß es auch. Ich habe mir den Weg gut eingeprägt“, antwortete Tristan.

„Das ist in den Steinbrüchen von Passavia. Ganz in der Nähe. Die Minen gehören De Kerk. Oder besser gesagt, er verwaltet sie im Namen von Graf Adalar. Doch die Steinbrüche sind leer. Da gibt es nichts zu holen, außer das, was ihr begehrt. Außerdem werden sie bewacht. Ich denke nicht, dass ihr so einfach hineingehen könnt“, antwortete er ihm.

„Ich kann“, sagte Tristan. Der Bischof faltete die Karte wieder zusammen und gab sie zurück. „Ihr kennt dieses Schwert. Das ist aus jenen Kristallen geschmiedet. Damit töte ich jeden Gegner“, sagte Tristan und zeigte darauf. Der Bischof nickte ihm stumm zu. Ja, er erkannte es. Wieder schien er zu überlegen.

„Es gibt Gerüchte darüber, dass tief in den Steinbrüchen ein Urwesen lebt“, sagte er dann. „Eine grausige Kreatur, welche die Höhle nie verlassen hat. Manchmal hören wir diese Klagelaute, und keiner, der dort hineingegangen ist, kam je wieder raus. Daher werden diese Steinbrüche gemieden, und der Eingang wurde verschlossen. Was auch immer da drinnen ist, es soll dortbleiben“, betonte der Bischof.

„Seht ihr es nicht? Man will euch fernhalten, und das scheint auch zu gelingen. Ich werde mich davon aber nicht abschrecken lassen.“ Der alte Mann schaute ihn fragend an und schien über die Worte nachzudenken.

„Ich werde in den Steinbruch gehen. Und ich werde diese Kristalle dort finden. Und dann werden wir uns endlich wehren“, betonte Tristan.

„Eure Entscheidung zeugt wahrhaftig von Heldenmut. Doch bevor Ihr loszieht, gehen wir zurück zum Kloster Niedernburg und werden uns da niederlassen. Wie Ihr betont habt, sind wir hier nicht mehr sicher. Von dort aus könnt Ihr den Weg in die Steinbrüche suchen. Es ist ein wesentlich kürzerer Marsch als von hier aus. Und in Passavia sind wir innerhalb der Mauern sicher.“ Tristan blickte dem Bischof direkt in die Augen. Und er sah das Feuer der Hoffnung, welches in ihnen aufloderte.

GEFANGEN

Amar öffnete, von Panik getrieben, seine Augen und schaute sich hektisch in einer fremden Umgebung um. Er atmete einmal tief ein und gleich darauf wieder aus, so wie ein Schlafender, der gerade aus einem schlechten Traum erwacht war und verzweifelt nach Luft rang. Doch in seinem Fall begann der Alptraum jetzt erst, nachdem er das Bewusstsein zurückerlangt hatte. Sein Kopf schmerzte, und er fühlte sich irgendwie krank. Darüber hinaus wurde das Gefühl durch eine unerträgliche Übelkeit verstärkt, gegen die er anzukämpfen versuchte. Der Druck, der ihm auf dem Magen lastete, ließ ihn kurz würgen. Schließlich konnte er durch weiteres tiefes Ein- und Ausatmen die Übelkeit niederkämpfen und musste sich somit nicht übergeben.

Nachdem er sich ein wenig beruhigt hatte und es ihm langsam etwas besser ging, brauchte er einen Moment, um zu begreifen, wo er sich eigentlich befand. Die Umgebung, angestrahlt durch das fahle Licht des Feuers einiger Fackeln, löste Beklemmungen in ihm aus, und er fühlte sich unwohl. Das war kein guter Ort, und er wünschte sich weit weg von hier. Die dunkle Stimmung umfing ihn und hielt ihn mit ihren gierigen Klauen fest. Selbst die kleinen Feuer in der Dunkelheit konnten die Aussichtslosigkeit der Situation nicht vertreiben.

Seine linke Schulter schmerzte, und er hatte das Gefühl, als ob tausend kleine Splitter in seiner Haut steckten. Kaum in der Lage, sie richtig zu bewegen, dachte er stark nach, woher diese Verletzung stammte. Auf Anhieb fiel es ihm aber nicht ein. Angelehnt an der kalten und nassen Höhlenwand, saß er weiter auf dem Boden und blickte konzentriert in das Feuer. Sämtliche Muskeln in seinem Körper schmerzten, und seine Beine fingen unkontrolliert an zu zittern, obwohl ihm nicht kalt war. Er blickte verwundert auf seine Beine, die seinem Verstand nicht gehorchten.

Der verzweifelte Versuch, sie ruhig zu halten, misslang, und er konnte nur warten, bis das Zucken aufhörte. Jetzt erst bemerkte Amar, dass der Stoff um seine Beine völlig durchnässt war und dass es eigentlich sehr stark nach Urin stank. Er musste sich im Schlaf selbst angepinkelt haben. So wie es den Anschein hatte, gehorchte sein Körper ihm nicht mehr. Seine Nase juckte, und er musste sich kratzen. Reflexartig bewegte er seine rechte Hand zur Nase. Auf halbem Weg wurde die Bewegung plötzlich gestoppt, und er merkte, dass er angekettet war. Die Kettenglieder spannten sich, und er schaffte es nicht, sein Riechorgan zu berühren.

„Verdammt“, sagte er leise fluchend. Er drehte seinen Kopf ein wenig nach hinten und sah die Eisenanker in der Wand, woran die Ketten befestigt waren. Frustriert zog er noch ein weiteres Mal an der Kette, um sich zu befreien, doch ohne den geringsten Erfolg. Amar war in einem stinkenden Verlies gefangen, ohne mögliche Aussicht auf Besserung. Rechts und links war der Kerker von einer hohen Natursteinwand eingefasst. Nur direkt vor ihm war die Zelle offen, versperrt durch ein großes Eisengitter, durch welches er geradeaus hinaus auf die gegenüberliegende Seite schauen konnte. Er erkannte eine weitere Felswand. Zwischen ihr und den Gitterstäben verlief waagerecht ein schmaler Gang, parallel entlang seiner Zelle. Es war ihm nicht möglich zu sehen, was sich außerhalb der Zelle noch befand.

Er war völlig allein in seinem Gefängnis und hatte nicht wirklich eine Möglichkeit, aufzustehen. Wieder überkam ihn ein Anfall von Wut, und er zog verzweifelt mit beiden Händen an den Ketten, die mit einer Eisenschnalle um seine Handgelenke befestigt waren. Nachdem er es noch ein paarmal probiert hatte, gab er verzweifelt auf und ließ die Arme zu Boden sinken. Er konnte sich nicht befreien. Klackend fiel die Kette nach unten, und das Geräusch durchriss die Stille.

„Verdammt!“, schallte es ein zweites Mal durch das Verlies. Vor Anstrengung schwer atmend, überlegte er krampfhaft, wie er hier rauskommen könnte. Wie lange er hier schon war, konnte er nicht sagen. Es konnte ein Tag oder auch ein Monat gewesen sein.

„Amar, seid Ihr es?“, hörte er jemanden flüstern. Er drehte verwundert den Kopf nach rechts zur Wand, hinter der er die Person vermutete, die gerade zu ihm sprach. An der Flüsterstimme konnte er den Mann aber nicht erkennen.

„Wer spricht da?“, fragte er.

„Ich bin es, Bartholmes“, antwortete die Stimme. Amar lief ein Schauer über den Rücken. Durch den Hall kam ihm die Stimme total fremd vor.

„Gott sei Dank, Ihr lebt“, sagte er.

„Ja, aber ich wäre lieber tot.“ Amar wusste ganz genau, was er meinte.

„Wer ist noch bei Euch?“, fragte Amar. Die Antwort ließ einen Augenblick auf sich warten.

„Niemand. Und bei Euch?“, fragte er zurück.

„Auch ich bin isoliert“, sagte Amar etwas niedergeschlagen. Ein leises Wimmern unterbrach das Gespräch.

„Wer ist da noch?“, rief Amar etwas lauter. Das Wimmern stieg etwas an und ebbte dann abrupt ab.

„Verdammt“, wiederholte Amar ein drittes Mal. Es verging ein Moment der Stille, dann fragte Bartholmes ebenfalls nach. „Was ist mit euch, Fremder?“ Doch nichts als die Stille antwortete den beiden.

„Wir müssen hier raus“, sagte Amar.

„Und wie, meint Ihr, soll das gehen?“

„Ich weiß es noch nicht, aber ich werde mir etwas einfallen lassen.“

„Unsere Seelen sind verloren, und wir können nur hoffen, dass wir schnell erlöst werden!“ Amar hörte genau, was Bartholmes sagte, wollte sich damit aber nicht abfinden. Wieder zog er an der Kette, doch auch dieses Mal gab sie nicht nach. Er fragte sich, wo Christoph war. Ob er überlebt hatte? Er hoffte es, und vielleicht war er ja schon dabei, sie hier rauszuholen. Sie waren gefangengenommen worden. Das war zwar schlimm, aber besser, als tot zu sein.

„Irgendwie wird es schon weitergehen“, sagte er sich.

AUF NACH PASSAVIA

Tristan zog so schnell, wie es ihm mit der Verletzung möglich war, sein Leinenhemd über, legte dann seine Lederrüstung um und griff nach dem Wappenrock und schließlich nach seinem roten Mantel mit dem Tierfell. Dann verharrte er kurz und blickte sich im Zimmer um. Irgendwas fühlte sich gerade merkwürdig an. Er konnte aber nicht genau ergründen, worum es sich bei dieser Empfindung handelte. Es fühlte sich beinahe so an, als ob er nicht allein im Raum war. Aber genau das war er, seine Augen täuschten ihn da nicht. Niemand war bei ihm, und dennoch fühlte er es. Den Gedanken beiseiteschiebend, schüttelte er den Kopf und sammelte dann schließlich seine restliche Habe zusammen. Dann humpelte er zur Tür und trat auf den kalten Flur hinaus. Als er nach rechts in den Gang sah, erkannte er Konrads Soldaten in kleinen Grüppchen zusammenstehen und miteinander reden. Worüber sie sich unterhielten, konnte er nicht verstehen. Und das wollte er eigentlich auch nicht. Dennoch dachte er darüber nach. Vielleicht sprachen sie gerade von ihrer bevorstehenden Aufgabe, nämlich diesen Ort vor nächtlichen Angriffen und Plünderungen zu schützen. Tristan hätte es lieber gesehen, wenn sie alle von hier fortgingen, aber irgendwie verstand er Bischof Konrad, dass es galt, diesen heiligen Ort zu verteidigen. Sie waren sieben Mann, mehr konnte Konrad nicht entbehren. Er schritt weiter voran und dachte über die Sinnhaftigkeit nach. *Egal, wie viele Soldaten der Bischof hier stationiert, die schwarzen Soldaten werden sie überrennen.*

Wieder schüttelte der junge Ritter den Kopf und musterte die jungen Männer genau beim Vorbeigehen. Sie waren allesamt noch nicht so alt. In seinem Alter, mochte man meinen. Einige trugen über ihren roten leinenen Hemden ein Kettenhemd, und Tristan erkannte, dass diese nicht mehr wirklich neu waren. Wahrscheinlich wurden sie den Soldaten, die im Kampf gefallen waren, entnommen und weitergetragen. Andere von ihnen hatten nur eine Lederweste an oder gar keinen Schutz. Hier und da sah er ein paar Löcher im Stoff, und teilweise waren die Hemden provisorisch geflickt worden. Wiederum andere trugen Helme, die total verbeult waren, während ein paar andere von ihnen keinen Kopfschutz trugen. Die Armee musste schon mal bessere Zeiten gesehen haben. Jetzt wirkte sie wie ein trostloser Haufen von Männern, denen der Tod bevorstand. Wenn sie klug genug waren, würden sie fliehen.

Die Soldaten begrüßten Tristan respektvoll, als sie ihn bemerkten, und unterhielten sich dann, nachdem sie sich wieder zueinander gewandt hatten, weiter. Tristan nahm ein paar Gesprächsfetzen auf und war erstaunt über den Inhalt des Dialoges. Es ging tatsächlich um ihren Auftrag. Sie unterhielten sich über den Feind. Über die schwarzen Soldaten, welche sich nachts wie Feiglinge in das Konvent geschlichen und die Nonne getötet hatten. Doch sie sprachen so, als ob sie sicher waren, den Feind auf leichte Art und Weise zu vernichten. Ja, sie witzelten teilweise. Er fragte sich, ob sie es überhaupt mitbekommen würden, wenn sie kommen würden. Beim ersten Angriff haben sie den Feind auch nicht bemerkt. Als Tristan an den Männern vorbeiging, erschauderte er ein wenig.

Sie nahmen den Feind nicht ernst. Er blieb kurz stehen und schaute die Männer direkt an.

„Wenn sie kommen, flieht.“ Dann drehte er sich um und ging wortlos weiter. Die Männer nickten stumm und schauten ihm nach. Die Ernsthaftigkeit seiner Aussage wog schwer, und die Männer spürten das instinktiv.

Zielstrebig schlich Tristan zum Ausgang und verließ das Haupthaus. Draußen trat er in den Schnee und blickte in die Nachmittagssonne, die über dem Gebäude thronte. Den anderen Teil seiner Soldaten hatte Konrad dazu verdonnert, sie nach Niederburg zu begleiten. Sie hatten die Aufgabe, die Reisenden zu beschützen. Egal, wer sich in ihren Weg stellen würde. So sah er draußen eine Reihe von Leuten, die betriebsam alles für die Reise in die Stadt vorbereiteten. Sie alle hatten den ganzen Tag damit verbracht, alles Wichtige zusammenzuraffen, was benötigt wurde. Und langsam wurde es Zeit, aufzubrechen, wenn sie noch im Hellen nach Passavia gelangen wollten. Die Kälte zog sofort unter die Kleidung, und er musste sich kurz schütteln. Er rieb sich die Hände, um sie gleich wieder aufzuwärmen.

Tristan schätzte die Reisegruppe auf etwa dreißig Männer und Frauen, die bereit waren, aufzubrechen. Die Soldaten, die sie begleiten und beschützen sollten, saßen schon auf ihren Pferden, ebenso wie alle Nonnen. Ein paar Bedienstete standen neben den Pferden und hielten die Tiere an einem Seil. Sie waren sehr einfach gekleidet, und Tristan sah den Knappen an, dass ihnen kalt war. Als der Bischof Tristan entdeckte, lächelte er.

„Es wird Zeit, wir brechen auf!“, rief er ihm zu. Dann bestieg auch er sein Pferd. Zwar sehr schwerfällig und mit fremder Hilfe, aber es dauerte nicht lange, und er saß auf dem braunen Hengst. Gleichzeitig kam ein anderer Knappe zu

Tristan und brachte auch ihm sein Pferd. Er hatte kurz geschorene Haare und trug einen langärmligen weißen Kittel, der ihm bis über die Knie ging und an der Hüfte zusammengegurtet worden war. Über die Schulter hatte er einen Rechteckmantel aus Wolle gelegt, um sich etwas vor der Kälte des Winters zu schützen. Er überreichte ihm demütig die Zügel des Tieres. Dann half auch er Tristan auf sein Pferd. Dieser bedankte sich bei dem Knaben, der kurz darauf, ohne ein Wort zu sagen, davoneilte. In vielen Gesichtern las er die Besorgnis ab und wusste, dass die Nonnen so schnell wie möglich in Sicherheit gebracht werden wollten. Tristan hielt sich mehr schlecht als recht auf seinem Pferd, da seine Wunde immer noch schmerzte.

„Ich bin bereit!", rief er Konrad zu.

„Gut, dann brechen wir auf", erwiderte dieser. Sein Gesichtsausdruck war jetzt streng, und seine Sorgenfalten, angestrahlt durch das Sonnenlicht, waren in diesem Moment sehr tief. Die Reiter stellten sich in Zweierreihen auf und wurden von ein paar Fußsoldaten rechts und links eingekesselt. Ihre Lanzen ragten weit in den Himmel. Die Soldaten waren bis unter die Zähne bewaffnet, und man erkannte sofort, dass der Bischof auf der Straße nach Passavia zum Kloster Niedernburg kein Risiko eingehen wollte. Vor ihnen und hinten befanden sich ein paar berittene Soldaten. Ganz zum Schluss folgten die Knappen.

Tristan ritt direkt hinter Schwester Helena her, die sich auf dem langen Weg nicht ein einziges Mal zu ihm umgedreht hatte. Er war sich sicher, sie würde sich das nicht trauen, da der Bischof direkt neben ihr her ritt. Der alte Mann beobachtete sehr genau, was sie sagte und was sie tat, und schien nicht wirklich glücklich darüber zu sein, wie sehr sich Helena für Tristan interessierte. Es wirkte so, als ob der Bischof sich darum sorgte, dass die junge Frau nicht nur ein göttliches Interesse an dem jungen Ritter hatte, sondern auch das Interesse einer jungen Frau. Wenn Tristan dies spürte, so spürte der Bischof das wohl auch. Und Schwester Helena war einzig und allein Gott versprochen und niemand anderem. Bei diesem flüchtigen Gedanken wurde Tristans Herz etwas schwer.

Die Handelsstraße führte die kleine Gruppe direkt vor die Tore Passavias. Die Sonne leuchtete noch blutrot am Horizont und war gerade im Begriff, unterzugehen, als sie die Mauern endlich erreichten. Am Ziel wurden sie von drei Stadtsoldaten empfangen, die hektisch mit dem Schließen des großen Tores beschäftigt waren. Während zwei der drei Soldaten ihrer Arbeit nachgingen, erstarrte der dritte fast vor Ehrfurcht, als er den Bischof erblickte. Er zuckte zusammen und bellte die Männer an, die sofort danach mit der Arbeit innehielten. Wie zur Salzsäule erstarrt blieben auch sie stehen und rührten keinen Finger mehr. Tristan empfand die Reaktion als ein wenig übertrieben, aber dieser Konrad hatte anscheinend wirklich eine Menge Macht und die Männer zollten ihm den Respekt, den er wohl verdient hatte. Voller Ehrfurcht blieben sie stehen und senkten demütig ihr Haupt. Nachdem die komplette Gruppe das Tor passiert hatte, machten sich die Soldaten weiter an ihr Werk und verschlossen die großen Holztore endgültig. Tristan hörte ein lautes Knallen, als der große Holzbalken hinuntergelassen wurde und der Durchgang von innen damit verriegelt wurde.

In den Straßen der Stadt herrschte noch reges Treiben, obwohl die Nacht langsam hereinbrach. Es roch nach Abfällen und Tristan rümpfte angewidert die Nase. Einige Ratten liefen die Straßen entlang und machten Tristans Pferd sichtlich nervös. Er konnte einen Reitunfall gerade noch so verhindern und ritt an den Ratten vorbei, als sie den Weg kreuzten.

Quiekend protestierten die kleinen Viecher gegen die Neuankömmlinge und liefen schnell in eine schmale Seitengasse. Beruhigend sprach er dem Pferd zu und bewirkte damit, dass es nicht zu scheuen begann. Konrad, der von dem Vorfall etwas mitbekommen hatte, drehte sich zu ihm um.

„Die Ratten sind eine Plage in der Stadt. Wir versuchen schon seit einiger Zeit, ihrer Herr zu werden!" Er grinste ihn dabei verlegen an.

* * *

Eine knappe Woche war vergangen, seit der kalte Wind aus dem Norden Christoph niedergerungen hatte, wie ein unsichtbarer Feind. So wie es die heilkundigen Brüder nannten, hatte ihn die Seuche befallen, ein schlechtes Übel, das Brust und Geist beeinträchtigte.

Doch nun, an diesem Tag, spürte Christoph zum ersten Mal wieder die Wärme in seinen Gliedern. Keine Hitze des Fiebers, sondern die stille Glut der Rückkehr in das Leben. Jacob hatte ihn gepflegt, schweigend, mit einer Geduld, die nicht gelehrt, sondern die von ihm gelebt wurde. Mit Händen, die nach Salbei und Theriak rochen, nach zerriebenem Ysop auf einem warmen Tuch. Tag für Tag hatte er Christoph den Sud aus Fenchel, Eibisch und getrocknetem Ehrenpreis eingeflößt, den er in der Kräuterküche über dem offenen Feuer zog. Bei Nacht legte er in Tücher gewickelte Zwiebelscheiben auf Brust und Rücken, ein altes Mittel gegen den kalten Husten.

Christoph erinnerte sich kaum an die schlimmsten Nächte, nur an das flackernde Licht und an eine Stimme, der für ihn gebetet hatte. Nun saß er am offenen Fenster der Kammer, einen groben Wollumhang über die Schultern geworfen, und atmete tief den Winter ein. Kalt, feucht und voller Magie.

Etwas in ihm war von der Krankheit geblieben, ein Echo, das ihn daran erinnerte, wie dünn die Schleier zwischen Leben und Tod wirklich waren. Doch er lebte. Und Jacob, still wie immer, bereitete bereits den nächsten Sud vor.

Sie hielten sich in der Küche des Castrums auf. Der taubstumme Mann hielt seinem Freund einen wichtigen Brief unter die Nase, den Christoph unbedingt lesen sollte. Jacob hatte ihn in einem Stapel von Papieren verzweifelt gesucht. Er dachte schon, dass er ihn verloren hatte.

„Ihr habt ihn endlich gefunden“, grinste Christoph ihn an. Jacob verdrehte die Augen und übergab ihm das Papier, danach ging er wieder zur Feuerstelle. Zügig nahm er den Brief in die Hand und las die krakelig geschriebenen Zeilen. Es war nicht viel Text, aber alle wichtigen Informationen, die er brauchte, konnte er aus ihm entnehmen. Er las, dass sich Theotmar auf den Weg nach Rom gemacht hatte und dass er seine Macht vertretungsweise an Bischof Konrad abtreten würde, solange er fort war. Behutsam legte er das Papier wieder auf den Tisch.

„Ich bin wirklich viel zu spät“, sprach er kleinlaut. Jacob nickte ihm stumm zu. Gedankenschwanger massierte er sein Kinn und überlegte.

„Wenn ich nur wüsste, wo Tristan ist? Er weiß, wo die Minen sind.“ Er hoffte inständig, er würde die Höhle finden. Nur wenn er dann in das Kloster zurückkehren würde, dann würde er eine Überraschung erleben. So oder so, er musste ihn finden, um nicht in eine Falle zu geraten. Zum ersten Mal ärgerte er sich, dass er sich die Karte nicht genauer angeschaut hatte.

„Ich bin zu spät!“, fluchte er ein weiteres Mal und schaute auf die gegenüberliegende Holzwand. Dabei hustete er trocken.

„Eh?“, fragte Jacob und versuchte, seine Laute wie eine Frage zu formulieren, da er Christophs Gedankengang gerade nicht folgen konnte. Obwohl Jacob keine Worte benutzte, wusste Christoph ganz genau, was er fragen wollte. Seine Augen wurden traurig und seine Stimmlage wurde trüb.

„Das Michaelskloster ist verloren und so, wie es aussieht, können wir es nicht zurückerobern. Ich befürchte, dass diese Schatten, diese Vampire, über das ganze Land kommen werden. Sie werden sich wie eine Krankheit verteilen. Sie werden sich verbreiten und die Menschen zu ihren Sklaven machen. Wir brauchen Theotmar und seine Männer mehr denn je. Und wir brauchen diese verdammten Kristalle.“ Wieder grunzte Jacob etwas vor sich hin und forderte weitere Erklärungen ein.

„Ihr könnt es ja nicht wissen. Es gibt eine Waffe. Eine Hoffnung, die uns im Kampf gegen die Vampire viel nutzen wird. Es gibt noch Hoffnung, mein Freund. Hier ganz in der Nähe muss es eine Höhle geben. Dort drin befindet sich ein Kristall, den wir als Waffe benutzen könnten. Dieses Geheimnis wurde von den Schatten beschützt, doch wir konnten es ihnen entlocken“, betonte er. Jacob horchte auf und grinste.

„Leider hat Tristan die Karte“, fügte er dann hinzu. Sofort verfinsterte sich Jacobs Gesicht wieder. Er machte eine kurze Pause.

In diesem Moment betrat ein weiterer Soldat den kleinen Raum, in dem sonst die Speisen gereicht wurden. Er begrüßte die beiden und setzte sich zu ihnen. Christoph kannte den Mann, den sie Otto nannten. Sein dunkler Pony fiel ihm in das Gesicht und die Narbe an seinem Auge zeugte von enormen Schmerzen, die er hatte erleiden müssen. Otto schien besorgt. Er blickte zu Christoph hinüber.

„Ihr seid wieder unter den Lebenden?“, fragte er und grinste.

„Ja, mir geht es wieder besser", entgegnete er ihm.

„Sprecht, ist es wahr? Das Michaelskloster ist verloren?"

„Ja, mein Freund, die Schatten haben ihre dunklen Krallen ausgefahren und sich das Kloster einverleibt." Otto schüttelte niedergeschlagen den Kopf. Sowohl Jacob als auch Otto wussten genau, wovon Christoph sprach. Sie kannten Amar, kannten das, wofür er kämpfte, und vor allem, gegen wen. Auch wenn sie nicht alles verstanden, so wussten sie, dass diese Schatten, diese Vampire, eine große Gefahr darstellten.

„Dann ist Heidelberch ebenfalls verloren?", fragte Otto.

„Ich denke, noch nicht. Leviathan und diese Ghule sind mächtig. Ja, das sind sie wirklich. Aber mit einer ganzen Siedlung können sie es nicht aufnehmen! Noch nicht jedenfalls."

„Was gedenkt Ihr jetzt zu tun?", fragte Otto, während er sich mit seiner stark behaarten Hand das rechte Auge rieb.

„Ich muss mit Theotmars Vertreter sprechen. Bischof Konrad. Ich brauche seine Soldaten und dann holen wir uns zurück, was uns die Vampire genommen haben. Ich muss zurück zum Kloster."

„Er wird euch nicht helfen können. Die Lage in Passavia ist ebenso unsicher wie in Heidelberch", sagte Otto. „Und außerdem seid ihr noch geschwächt."

„Ein Grund mehr, mit ihm das Gespräch zu suchen! Wo finde ich ihn?" Otto blickte ihn an. „Mir geht es wieder gut", fügte er hinzu.

„Er ist zurzeit in Thyrnau, im Konvent der Zisterzienserinnen."

„Ist es weit von hier?", fragte Christoph. Otto schaute zu ihm auf. Dann schüttelte er leicht den Kopf.

„Nein, ist es nicht. Sobald ihr wieder bei Kräften seid, werde ich Euch dorthin begleiten."

„Ich danke Euch!", sagte Christoph. Jacob zeigte wild gestikulierend auf sich und bekundete somit, sie morgen begleiten zu wollen.

„Seid unbesorgt, alter Freund, ihr werdet uns begleiten!", sagte Christoph und grinste ihn an.

* * *

Auf der kleinen Landzunge, umschlossen von den Flüssen Donau und Inn, befand sich ihr angestrebtes Ziel: das schöne Kloster Niedernburg in der Stadt Passavia. Sie mussten parallel zum Donauufer die kleinen Gassen entlangreiten, immer weiter Richtung Osten, bis die kleine Gruppe schließlich die hohen Mauern des Klosters in der Abenddämmerung erkennen konnte. Tristan erblickte die hohen Wände das allererste Mal in seinem Leben und war überaus beeindruckt von der Größe des Areals. Das Kloster konnte man ausschließlich durch zwei Eingänge erreichen, während das Überwinden der Mauern unmöglich war, es sei denn, man konnte fliegen. Zum einen konnte man die Anlage über die Westseite, den sogenannten Haupteingang der noch im Bau befindlichen Klosterkirche, erreichen, zum anderen über die Ostseite, den Eingang an der wesentlich kleineren Kirche *Zum Heiligen Kreuz*. Dies waren die beiden einzigen Möglichkeiten, in das Innere der Festungsmauern des Klosters zu gelangen. Bischof Konrad führte die Gruppe zur Ostseite des Klosters, sodass sie fast einmal um die Mauer herumspazieren mussten. Ein weiterer kleiner Eingang zum Klostergarten war verschlossen, aber auch unbewacht.

Er entschied sich ganz bewusst für den Nebeneingang, da man von hier aus schnell in die Unterkünfte kommen würde. Konrad verengte die Augen zu engen Schlitzen und erkannte vor der schmalen Eingangspforte zwei dunkel gekleidete Gestalten, die etwas zusammengekauert vor dem Eingang patrouillierten. Es waren seine Wachen, die darauf achteten, dass kein Bürger Passavias unerlaubt das Innere des Klosters betreten konnte. Sie waren, anders als in Thyrnau, einheitlich gekleidet. Sie trugen Metallkappen an Schultern und Unterarmen. Die Brust war ebenfalls mit einem silberwirkenden Kettenhemd verstärkt, und ihre Helme wirkten beinahe neu. Darunter trugen sie dunkle Kleidung. Selbst an Schienbein und Füßen hatten sie einen Schutz. Es musste anstrengend sein, dies den ganzen Tag zu tragen. Einer der Männer stand mit dem Rücken zu ihm, während der andere ihn direkt ansah. Im Halbdunkeln erkannte der Soldat Konrad nicht sofort, aber als er ihn erkannte, spannte der Mann seine Körperhaltung an, zog die Schultern nach hinten und stellte sich kerzengerade vor dem Eingang auf, seine Lanze neunzig Grad in den Abendhimmel gestreckt. Der andere Mann verstand augenblicklich, ohne sich umzudrehen, und tat es ihm gleich. Beide stellten sich so auf, dass sie mit dem Rücken zum Eingangstor standen und geradeaus auf die Straße blicken konnten. Konrad ritt ihnen entgegen und blieb kurz vor dem Tor stehen.

„Öffnet das Tor“, befahl er. Beide Männer traten beiseite.

„Öffnet das Tor!“, rief einer von innen lautstark zurück. Die beiden Männer standen sich jetzt gegenüber und blickten sich an, ohne eine Miene zu verziehen. Es dauerte nur einen Moment, dann hörte man, wie ein Bolzen verschoben wurde und kurz danach das zweiflügelige Tor krächzend geöffnet wurde. Eine der beiden Holztüren kratzte so laut über den Boden, dass es Tristan schon beinahe in den Ohren wehtat. Konrad lächelte und gab seinem Pferd den Befehl, langsam durch das Tor zu reiten.

„Schließt die Tore, wenn wir drinnen sind“, meinte er, als er an den beiden Soldaten vorbeiritt. Diese nickten ihm stumm zu. Es dauerte nicht lange, da war die gesamte Reisegruppe am Vorplatz zur kleinen Kirche *Zum Heiligen Kreuz* versammelt. Tristan ritt beinahe als Letzter durch das Tor, das etwa so breit war, dass zwei Pferde nebeneinander durchpassten. Sein Blick fiel als Erstes auf die kleine Kirche, die direkt vor ihm lag. Es war ein wunderschönes Gebäude aus weißem Stein. Die drei großen Fensteröffnungen in der Mitte der Wand waren beeindruckend. Direkt neben der Kirche befand sich ein weiteres Gebäude. Es war ein Wohnhaus, das genau zwischen der Kirche und der Klostermauer eingefasst war. Es war zweistöckig, hatte mehrere Fenster und war schlicht aus Fachwerk gebaut. Das Gebäude wirkte direkt neben der Kirche bei Weitem nicht so prunkvoll. Der Eingang zu dem Haus befand sich genau in der Mitte des Gebäudes. Tristan sah, wie sich Konrad genau dort hingestellt hatte und zu warten schien.

Tristan stieg mit viel Mühe von seinem Pferd, klopfte ihm anerkennend auf den Hals und schleppte sich langsam, unter leichten Schmerzen, zum Eingang, wo Konrad auf ihn wartete. Nördlich von der Kirche war ein schmaler, schlammiger Gang mit einem dunklen Gebäude davor. Drei Knappen kamen herbeigelaufen und sammelten die Pferde ein. Kurz darauf verschwanden die jungen Knaben wieder wortlos mit den Tieren. Seine Vermutung ließ ihn zum Schluss kommen, dass rechts neben der Kirche, verborgen hinter der schmalen, schlammigen Gasse, die Ställe waren. Zufrieden betrachtete er, dass alles automatisiert vonstattenging. Die Nonnen wussten ebenso, was zu tun war, wie die Soldaten aus dem Konvent, die sie begleitet hatten. Die Frauen verschwanden schweigend in dem Haus, vor dem Konrad wartete. Alles schien sich wie von selbst aufzulösen.

Direkt hinter Tristan, also genau gegenüber der kleinen Kirche, befand sich ein weiteres kleines, schmales Gebäude, dessen Außenwand eins mit der Schutzmauer war. Als der junge Tristan sich umdrehte, sah er die Soldaten, wie sie in die Richtung des Gebäudes gingen. Er schloss daraus, dass dies ihre Bleibe für die Nacht war. Alles war so strukturiert und organisiert. Ja, es war beinahe zu perfekt, wie sich alles ineinanderfügte. Nach kurzer Zeit waren die beiden Männer allein auf dem Klosterhof.

„Kommt, es wird Zeit, dass ich Euch meine Gastfreundschaft anbiete“, sagte der Bischof und führte Tristan in das Gebäude. Zwei der Soldaten blieben vor der Tür stehen, nachdem man diese geschlossen hatte.

KRÄFTE SAMMELN

Christoph hatte sich alsbald in sein Schlafgemach zurückgezogen und sich zur Ruhe gelegt. Er war noch etwas schwach und musste schnell wieder zu Kräften kommen. Es war nun komplette Nacht geworden, und mit der Dunkelheit kam auch die Stille zurück. Der Zeitpunkt, wo die Gedanken in den Vordergrund traten. Er dachte nach. Dachte an die gefallenen Männer im Michaelskloster. An Amar und an Tristan. Ja, vor allem an Tristan. Wenn er gescheitert war, so musste er die Höhlen selbst aufsuchen. Dann musste er nach den Kristallen suchen, wenn er den Weg dorthin finden würde. Aufgeben war keine Option.

Bis jetzt war kein weiterer Kämpfer aus dem Michaelskloster erschienen. Kein Laut, kein Zeichen, kein Atemzug, aus jenen heiligen Hallen, die einst vor Lebe und Glauben gebebt hatten. Es ließ ihn vermuten, dass niemand den Angriff überlebt hatte. Die Stille, die ihn umgab, schien es zu bestätigen. Es war eine tiefe Ruhe, die sich über alles gelegt hatte. Sie hatten eine bittere, schmerzvolle Niederlage gegen die Brut der Vampire erlitten, und der Gedanke daran fraß sich in seine Seele wie Höllenfeuer.

Was nun geschehen sollte, wusste er nicht. Der Weg lag in Finsternis gehüllt, die Zukunft so ungewiss wie der nächste

Atemzug. Nur eines stand fest: Sie mussten sich neu formieren, aus Asche und Blut etwas Neues schmieden. Würde er jetzt aufgeben, dann würde die Menschheit untergehen. Und so, wie es schien, war er gegenwärtig der Anführer dessen, was übriggeblieben war. Ein erbärmlicher, gebrochener Mann, zerrissen zwischen Angst und Pflicht.

Doch konnte er dieser Rolle gerecht werden? Er, der kaum noch an sich selbst glaubte? Der Zweifel nagte an ihm wie ein hungriger Schatten. Er wusste es nicht. Jedenfalls nicht so genau.

Christoph durfte nicht aufgeben. Nicht jetzt. Nicht, solange die Vampire noch atmeten. Solange die Dunkelheit ihn angrinste. Wenn der Glaube, der anderen schon zerfallen war, musste er selbst zum Träger der letzten Flamme werden.

Seine Gedanken kreisten, wild durch seinen Verstand. Mit zusammengebissenen Zähnen presste er sich auf die Unterlippe, bis er Blut schmeckte. Ein stilles Opfer in der Nacht. Sein Blick glitt durch die karge Schlafstube, über den groben Stein, den kalten Boden, die armseligen Reste seines Lebens, das einst Ordnung kannte. Alles in diesem Raum spiegelte seine eigene Trostlosigkeit wider. Die Wände, aus kaltem, grauem Stein errichtet, schienen immer näherzukommen, und die kleine Öllampe auf dem schmalen Holztisch an der Wand wurde gefühlt immer dunkler. Ihm fröstelte ein wenig. Es würde nicht mehr lange dauern, bis sie zum Konvent nach Thyrnau aufbrechen würden. Christoph hoffte, dass er dort die Hilfe bekommen würde, die er für sein Vorhaben benötigte. Im Moment meinte es das Schicksal nicht so gut mit ihm.

Und doch ... irgendwo, tief unter all dem Schmerz, regte sich etwas. Ein leises Pochen, kaum hörbar, kaum spürbar. Es war die Hoffnung, seine Hoffnung, die nicht sterben konnte.

Christoph wusste, dass es ein Luxus war, hier zu liegen, allein und am Leben zu sein, während andere längst tot waren, oder schlimmeres mit ihnen passiert war. Aber vielleicht war genau das der Grund. Vielleicht war sein Überleben kein Zufall. Er glaubt an die Macht der Prüfung. An seine Prüfung.

Er atmete tief ein, und in dieser Geste lag ein stummer Schwur: Er würde neue Bündnisse schmieden. Er würde Tristan finden und mit ihm zusammen gegen die Ungerechtigkeit in der Welt kämpfen. Gemeinsam würden sie den Grafen finden und ihn und seine verdammte Brut in die Finsternis zurückstoßen, aus der sie gekommen waren. Und zwar so heftig, dass sie nie wieder in die Welt der Menschen vordringen konnten. Denn solange noch ein Herz schlug, das sich weigerte, der Nacht zu gehören, war der Kampf nicht verloren.

Sein Körper war müde nach der Seuche, und er spürte jeden einzelnen Muskel, der wie Feuer brannte. Auf seinem Bett liegend, starrte er an die Decke und ließ seinen Gedanken weiter freien Lauf.

Ob mein Falke wohl noch lebt?, dieser Gedanke ließ ihn traurig zurück. Er wusste es nicht, aber er hoffte es. Er schloss voller Gedanken die Augen und betete dafür, etwas Schlaf zu finden.

* * *

Die Nacht war viel zu kurz gewesen, und dennoch war er spät dran. Christoph fühlte sich so, als ob er nicht eine Sekunde geschlafen hätte. Die nächtlichen Stunden hatte er beinahe durchgehend wach gelegen und sich von der einen Seite auf die andere gewälzt. Der Husten hatte ihn auf Trab gehalten und sein Hals brannte dadurch leicht. Der Tag war noch nicht angebrochen, aber Christoph hatte erkannt, dass es keinen Sinn mehr machte, liegen zu bleiben. So war er schließlich in der Früh aufgestanden, hatte sich angezogen und war hinaus zu einer kleinen Tränke gegangen, wo er sich das Gesicht waschen konnte. Die Nacht war kalt. Der Schnee lag auf dem gefrorenen Boden und die Sterne funkelten am Himmel wie strahlende Diamanten. Weit im Osten, direkt über den Baumkronen, hatte er den leicht orangeroten Farbton erkannt, der die Wintersonne langsam ankündigte. Die Silhouetten der Bäume aus dem umliegenden Wald ragten wie stumme Monumente in den immer heller werdenden Morgenhimmel. Es hatte beeindruckend ausgesehen, und Christoph hatte spürte die Hoffnung, die darin lag. Nachdem er sich das Gesicht gewaschen hatte, war er noch einen kurzen Moment in der Kälte stehen geblieben und hatte den Himmel fasziniert angeblickt. Er hatte kurz die Gedanken schweifen lassen, dann hatte ihn die Realität wieder eingeholt. Die anderen hatten noch geschlafen und Christoph war in die Küche hinübergegangen, um sich selbst einen Sud aus Kräutern zu machen. Irgendwie hatte er dort die Zeit vertrödelt und schon bald war der Morgen vorangeschritten. Die Reise musste vorbereitet werden, und das dauert seine Zeit, wie er feststellen musste.

DER SCHNELLE AUFBRUCH

Die Nacht dauerte gefühlt nur einen kurzen Wimpernschlag, und er öffnete am nächsten Morgen abrupt die Augen. Die Schwellung in seinem Gesicht war beinahe vollständig abgeklungen. Tristan hatte gar nicht bemerkt, wie müde er gestern Abend gewesen war. Der junge Mann hatte die Augen gerade geschlossen, da war er auch schon eingeschlafen. Die ganze Nacht hatte er durchgeschlafen, ohne auch nur einmal wach zu werden. Kleine Krümel Schlaf sammelten sich an den Augenrändern, die er mit seinen Zeigefingern aus den Augen rieb. Er gähnte einmal laut und streckte sich dabei. Die Wintersonne drang durch die Butzenscheiben und erhellte das karg eingerichtete Zimmer mit dem frühen orangeroten Morgenlicht. Diese Nacht schien es nicht noch weiter geschneit zu haben. Es reichte auch so langsam mit dem Schnee, wie Tristan fand. Sprunghaft schubste er die Decke zur Seite, hüpfte aus dem Bett wie ein kleines Mädchen und streckte sich ein weiteres Mal. Tristan spürte die zarten Sonnenstrahlen auf seiner Haut und sog die Wärme gierig auf. Er atmete tief durch die Nase ein und roch den in der Nähe gelegenen Stall. Langsam ging er zum Stuhl hinüber und zog sich sein Leinenhemd über, als ihm bewusst wurde, wie still es eigentlich war. Für ein Kloster war es eigentlich viel zu ruhig. Er hörte keinen Gesang, geschweige denn irgendwelche Schritte von den Bewohnern. Etwas verwundert streifte er die Lederweste über das Leinenhemd und griff nach seiner Waffe, die auf dem Holztisch lag. Den Wappenrock ließ er bewusst weg. Den Mantel mit dem Tierfell sowie sein Schwert nahm er aber mit. Dann machte er sich auf den Weg durch die schmale Holztür hinaus auf den Flur. Seine Wunde war über die Nacht weiter verheilt und tat bei Weitem nicht mehr so weh wie noch am Tag zuvor. Auch die Entzündung wich langsam zurück. Knarrend öffnete sich die Tür, und er trat hinaus in den hellen Korridor. Die kargen, hellen Wände schienen durch das morgendliche Sonnenlicht beinahe orange zu leuchten. Auch hier war niemand zu sehen. Er schaute in beide Richtungen des Gangs. Auf der linken Seite führte er nach mehreren Metern zum Ausgang des Gebäudes. Nach rechts endete der Gang an einer verschlossenen Tür. Kurz musste er überlegen, aus welcher Richtung er gestern gekommen war. Dann fiel es ihm wieder ein. Er musste nach links, wenn er raus wollte. Immer noch war nichts von den anderen Bewohnern zu hören. Vielleicht war Schwester Helena schon irgendwo zu finden. Er stiefelte den Flur entlang in Richtung Ausgang, als eine bekannte, zarte Frauenstimme an sein Ohr drang und er zusammenzuckte.

„Mein Herr, haltet ein für einen Moment!", hörte er.

„Oh", stammelte er und hielt sich die Brust. Geschwind drehte er sich um. Die Tür hinter ihm stand offen, und dort erblickte er Helena, die aus dem kleinen Verbindungsgang kam. Er hatte sie nicht bemerkt. Wie auch, wenn die Tür verschlossen war. Sein ernstes und konzentriertes Gesicht wich dem eines freundlichen, als sie auf ihn zukam. Ihre Blicke trafen sich, und Tristan schaute in ihre ängstlichen Augen und erkannte sofort ihre Besorgnis.

„Mein Herr, ich ... ich," sie fing an, ein wenig zu stottern und schaute verlegen zum Boden hinunter. Schließlich nahm sie all ihren Mut zusammen und blickte den Ritter wieder an.

„Es versetzt mein Herz in Angst und Sorge um Euch. Der Gedanke an die Möglichkeit, Euch nicht mehr lebendig wiederzusehen, erfüllt mich mit einer nie dagewesenen Trauer!"

„Wovon sprecht Ihr?", fragte Tristan und neigte seinen Kopf verwundert zur Seite.

„Von Eurem Vorhaben, in die Steinbrüche zu gehen. Dieser Ort ist verflucht. Er wurde vor Jahren von der Kirche verschlossen, und diejenigen, die ihn danach betreten haben, sind nicht wiedergekehrt." Ihr Gesicht war ängstlich. Er hielt kurz die Luft an, kam dann einen Schritt näher, griff nach ihren kalten Händen und blickte sie zuversichtlich an.

„Herr, ich bitte Euch, seid vorsichtig!", mahnte sie ihn dann. Sein Herz machte einen Satz. Es war schon einige Zeit her, dass sich jemand so um ihn gesorgt hatte. Vorsichtig kam er noch einen Schritt näher, immer darauf bedacht, die Grenze nicht zu überschreiten. Sie war eine Nonne, das war ihm bewusst. Freudig blickte er sie an und roch ihren wunderbaren Duft nach Rosenblüten.

„Seid unbesorgt, ich werde unversehrt bleiben. Das ist mein Versprechen an Euch!" Tristan ließ ihre Hände los und streichelte mit seiner linken Hand über ihre errötete Wange. Die Haut fühlte sich samtweich an. Zuerst wich sie erschrocken zurück, doch dann nahm sie seine warme Hand und drückte sie fest an ihr Gesicht. Sie lächelte ihn hoffnungsvoll an, als sie die Hand wieder losließ.

„Das wäre mein größter Wunsch", sagte sie.

Ohne dass beide ihn bemerkt hatten, kam hinter ihnen Bischof Konrad auf sie zu und beobachtete das Geschehen argwöhnisch. Immer tauchte er in solchen Momenten auf.

Wie war das möglich? Mit einem lauten Räuspern machte er sich bemerkbar und kam weiter auf sie zu. Sofort ließen beide voneinander ab und traten gemeinsam einen Schritt zurück. Tristan drehte sich um und schaute in das finstere runde Gesicht des Bischofs. Dieser wiederum blickte Helena zornig an.

„Lasst uns allein!" Helena schaute ehrfürchtig zu Boden, nickte dem Bischof, ohne ein Wort zu sagen, zu und ging wieder zurück zum Nonnenhaus.

„Ihr wollt jetzt aufbrechen? Ich dachte, wir sprechen noch über das Vorhaben? Oder täusche ich mich da?", fragte er den Ritter.

„Ihr habt recht. Ich war auf dem Weg, um mit Euch zu sprechen." Irgendwie hatte Tristan das Gefühl, dass Konrad ihm keinen Glauben schenkte. Für einen kurzen Moment herrschte Stille im Gang. Helena war schon durch die offene Holztür verschwunden.

„Ist dem so?", fragte er und sah den Ritter misstrauisch an. Tristan nickte ihm zu. „Gut. Zieht hinaus und kehrt zurück mit so vielen Kristallen, wie eure Schultern stemmen können. Hütet euer Vorhaben wie ein dunkles Geheimnis. De Kerk darf von eurem Vorhaben um keinen Preis erfahren", mahnte er.

Das wiederum konnte Tristan ihm nicht glauben. War der Bischof wirklich besorgt und war es ihm wirklich wichtig, dass er lebend zurückkam?

„Schwester Helena mahnte mich bereits", erwiderte Tristan. Der Bischof nickte ihm zu.

„Sie ist sehr besorgt um Euch. Ein wenig zu viel, wie ich meine." Der Bischof kam ein Stück näher.

„Sie ist nicht mehr besorgt, als Ihr es sein könntet." Tristan spürte regelrecht, wie es in dem Gottesmann brodelte. Wieder nickte der Bischof und stützte sich auf seinen Stock ab. Doch Tristan wusste, dass es ihm nicht gefiel. Ein Ritter sollte keine unehrenhaften Absichten haben. Schon gar nicht bei einer Nonne.

„Seid vorsichtig. Ich habe Euch im Blick. Auch wenn Ihr ein Ritter seid, so könnt Ihr Euch nicht alles nehmen, was Euch beliebt!", erinnerte er und zog eine Augenbraue nach oben. Tristan schaute ihm tief in die Augen und nickte ihm stumm zu.

„Ich bin hier, um die Steine zu finden. Und das werde ich tun. Das ist mein Teil unserer Abmachung. Eurer ist es, Soldaten zum Michaelskloster zu schicken. Alles andere geht mich nichts an", antwortete Tristan, etwas erzürnt.

„So ist es. Und genau so wird es geschehen. Nun gut. Ich sage Euch, wie Ihr direkt zu den Steinbrüchen von Haarschedl gelangt. Der Weg ist kürzer als der, der auf der Karte eingezeichnet ist. Ihr könnt es nicht verfehlen. Bringt die Kristalle zu mir, und wir werden sie zu Waffen jeglicher Art verarbeiten." Sein Blick war immer noch finster.

„Gewiss!", antwortete er ihm. In kurzen und knappen Worten beschrieb der alte Mann ihm den Weg.

„Geht zu den Ställen und nehmt euch ein Pferd. Und Tristan – kommt lebend zurück", sagte der Geistliche, nachdem er ihm alles erklärt hatte. Auch hier hatte Tristan irgendwie das Gefühl, dass diese Bitte nicht wirklich ernst gemeint war. Kurzerhand verabschiedete er sich von ihm. Der Bischof wartete, bis Tristan den Gang verlassen hatte, dann drehte er sich in die entgegengesetzte Richtung um und verließ den Gang ebenfalls wieder. Es herrschte wieder Stille im Gang.

Draußen angekommen, tat er, was der Bischof ihm befohlen hatte. Zügig eilte er zum Stall und ließ sich von einem der Knappen ein Pferd geben. Dieser überreichte ihm einen Beutel mit Proviant und Wasser, das am Sattel befestigt wurde. Der Himmel erstrahlte in sanften Pastelltönen, durchzogen von ein paar schmalen Wolkenfeldern. Er sog die kalte Morgenluft ein und hinterließ beim Ausatmen eine große Dampfwolke aus feuchtem Atem. Währenddessen öffneten zwei Soldaten des Klosters das Eingangstor, jenes, durch welches sie gestern Abend hereingekommen waren.

„Das Sonnenlicht verhöhnt mich.“, murmelte er. Alles wirkte so friedlich und passte nicht in sein Bild, das er im Moment von der Welt hatte. Die Bürger hatten keine Ahnung. Er ritt ein Stück weiter zur Hauptstraße, wo der Geräuschpegel wesentlich höher war als vor dem Kloster. Laut lachend liefen Kinder spielend zwischen den Erwachsenen hin und her. Hier und da sah man einen Hund die Wege entlanglaufen. Er hob seinen Kopf und schaute in den morgendlichen Himmel. Die Wintersonne war gerade aufgegangen. Die betriebsamen Menschen, die an ihm vorbeischlenderten, nahmen keine Notiz von ihm und waren mit sich selbst beschäftigt. Er holte erneut tief Luft und machte sich weiter auf den Weg, tauchte in die Menschenmenge ein, bis er völlig darin verschwand.

Erst als er den Marktplatz passiert hatte und in die Richtung des Stadttores ritt, wurden die Straßen wieder etwas leerer. Die großen Holztore waren weit geöffnet und rechts und links davon standen jeweils zwei Gruppen von Wachen. An diesem Morgen waren es andere Soldaten als am Abend zuvor. Tristan blickte direkt in eins der Gesichter, als er überraschend angesprochen wurde. Ein bulliger Typ mit ernstem Gesichtsausdruck kam auf ihn zu. Er war fast ein Kopf größer als er und sein Gesicht von reichlich Bart überdeckt. Er ging ihm fast bis unter die Augen. Der Fremde blieb direkt vor Tristan und seinem Pferd stehen.

„Ihr seid Tristan, nicht wahr?“, sagte er mit kräftiger Stimme. Tristan zog die Zügel, blieb stehen und blickte den Soldaten fragend an.

„Ja, so ist es. Warum wollt ihr das wissen?" Der Soldat ging noch einen Schritt weiter auf ihn zu und sprach dann mit leiser Stimme weiter, so als ob die Worte nur für ihn bestimmt waren und niemand anders sie hören sollte.

„Man erzählt sich so einiges über Euch, Ritter Tristan. Ihr habt reichlich Mut. Seid wachsam und achtet auf euch. Ich bete, dass Ihr heil nach Passavia zurückkehrt. Die Minen sind unheilig und niemand mag dort verweilen." Dann hielt er kurz inne und sein Gesichtsausdruck wurde noch ernster.

„Wir haben unsere Anweisungen. Kommt ihr nicht zurück, solange es hell ist, werden wir euch nicht mehr in die Stadt lassen. Bleibt draußen, solange es dunkel ist. Wir schließen die Tore, sobald die letzten Sonnenstrahlen hinter dem Horizont verschwunden sind, und öffnen sie erst wieder, sobald der Glanz der Sonne den Boden berührt." Dann holte der Soldat einen Dolch hervor und überreichte ihm eine Waffe.

„Vielleicht könnt Ihr diese Waffe noch gebrauchen?" Tristan blickte die Klinge an.

„Ich danke Euch!" Tristan beugte sich ein Stück nach unten und griff nach der Waffe. Dann lächelte er kurz und nickte dem Soldaten zu. Der Fremde hob die Hand und verabschiedete sich. Schließlich drehte er sich um und ging zurück zum Eingangstor der Stadt.

Tristan fragte sich, woher der Soldat von seinem Vorhaben wusste. Er hatte doch mit niemandem darüber gesprochen. Irgendwer redet hier wohl viel und gerne. Dann blickte er die Klinge an und steckte sie schließlich weg. Es war ein schöner Dolch. Die Klinge war neu und der Griff aus glattem Elfenbein. Sie war wertvoll, das konnte er feststellen, ohne direkt Ahnung davon zu haben. Dann befahl er seinem Pferd, durch das Tor zu gehen. Das Tier befolgte den Befehl augenblicklich und Tristan ritt zügig durch das große Tor der Stadt.

KURZES GEBET

Die Nonne eilte hinaus und ging direkt hinüber zur kleinen Kirche, die unmittelbar neben dem Nonnenhaus stand. Kleine Bäume säumten ihr den Weg und die knochigen Äste schützten sie ein wenig vor der Sonne. Helena hatte es eilig. Ihr Herz pochte vor Aufregung in ihrer Brust und sie hoffte, dass Jesus sie erhören würde. Mit beiden Händen stieß sie die Holztür auf und lief in das Innere des Gebäudes. Es roch angenehm nach Weihrauch und die vielen Kerzen zeugten von einer friedvollen Stimmung. Durch die schmalen Fenster gelangte das morgendliche Sonnenlicht und erhellte die Kirche zusätzlich. Zu diesem Zeitpunkt war niemand hier und Helena war völlig allein. Das war sehr gut, denn so konnte sie ihr Gebet ohne Reue vorsprechen. Sie huschte lautlos durch die Kirche und kniete sich unmittelbar vor den aus hellem Stein gehauenen Altar hin. Auf ihm thronte ein großes goldenes Kreuz, das von der Sonne angestrahlt, wie Feuer funkelte. Helena blickte es ehrfürchtig an, bekreuzigte sich demütig und fing an, flüsternd zu beten:

Herr, erbarme dich.
Ich knie in Deiner Gegenwart, so klein wie Staub,
und bitte dich nicht um Ruhm, nicht um Reichtum,

nur um das Leben eines Mannes,
eines Ritters, der Deinen Namen nicht laut ruft,
doch dessen Klinge für das Gute schlägt.
Er wird Tristan genannt,
und du kennst ihn.
Er ist auf dem Weg in die Dunkelheit der Minen,
dort, wo das Licht nicht wohnt und die Luft schwer ist vom Schweigen.
O Herr, sende deine Engel vor ihm her,
einen aus jenen, die einst Lot führten aus der Glut.
Schirme ihn mit dem Mantel Deiner Barmherzigkeit,
lass die Stollen nicht brechen,
lass das Gestein ihm nicht den Atem rauben.
Heilige Maria, Virgo gloriosa,
Du, die Du unter dem Kreuz standest,
versteh mein Flehen:
Wenn er fällt, so halte seine Seele fest.
Doch wenn es dir gefällt,
so gib ihn mir morgen wieder.
Ich gelobe, drei Wochen lang das Brot zu teilen mit den Armen,
bei Wasser und Wurzel zu fasten,
und jeden Morgen mit dem Sonnenaufgang zu singen für sein Heil.
O Christus, Licht der Welt, führe ihn heim.
Amen.

Sie öffnete die Augen, die glasig waren. Ihr Herz hoffte so sehr, dass ihr Gebet erhört wurde. Helena hoffte auf die Liebe und das Erbarmen.

DIE MINE VON HAARSCHEDL

Mit schnellen Schritten verließen Reiter und Pferd die Stadt Passavia und ritten die Straße entlang in Richtung Westen. Hin und wieder kamen ihnen ein paar Bauern auf der Handelsstraße entgegen. Welche Ironie des Schicksals. Vor Kurzem war Tristan selbst noch derjenige gewesen, der Lebensmittel verkauft hatte. Die Bauern sahen zerschunden aus und in ihrem Blick fehlte jegliche Art von Hoffnung. Ihnen ging es definitiv schlechter, als es ihm und seiner Familie gegangen war. Der Winter war besonders hart für sie, vor allem wenn die Ernte schlecht ausfiel. Diesen Zustand kannte er allzu gut. Es war ein hartes Leben. Schnell drückte er die traurigen Gedanken beiseite. Damit sollte er sich jetzt nicht belasten. Schließlich hatte er eine Aufgabe zu erledigen, die größer war als er, ja die größer war als alles, was ihn umgab. Er wusste nicht mehr genau, ob er sich das nur eingeredet hatte oder ob es wirklich so war, aber nach seinem Empfinden hing die Zukunft der Menschheitsgeschichte von seinem Erfolg ab. Er mochte sich gar nicht ausmalen, was passieren würde, wenn er scheitern würde.

Nach mehreren hundert Metern verließ der Reiter die Straße, bog auf einen kleinen Seitenweg ab und folgte dem schmalen Waldweg, so wie es ihm Konrad zugetragen hatte. Der Weg führte ihn durch eine verlassene Waldgegend, die durch die engen Bäume keine gute Weitsicht zuließ. Zudem erschwerte ihm die hügelige Landschaft die Sicht. Er musste sich mehr oder weniger blind darauf verlassen, dass er auf dem richtigen Weg war. Behutsam ritt der braune Hengst durch den Wald den schmalen Weg entlang. An einer Lichtung kam er an einer einsamen Kapelle vorbei, die verschneit und still im Wald stand. Nicht weit von seinem Weg entfernt. Tristan war sich sicher, dass diesen Weg schon lange keiner mehr benutzt hatte. Ein paar kleine Büsche und Bäume wuchsen auf dem Weg, sodass Pferd und Reiter die Gewächse umkurven mussten. Nach einer guten halben Stunde erreichte er endlich den Steinbruch von Haarschedl. Der Weg war hier noch mal etwas schmaler, sodass Reiter und Pferd sichtlich Mühe hatten, voranzukommen. An einer großen Eiche blieb Tristan schließlich stehen, stieg von seinem Pferd ab und band das Tier am Stamm fest.

„Du wartest hier", sagte er zu dem Pferd, das die Ohren spitzte. Kurz packte er in den Proviantbeutel, holte ein Stück Brot heraus und steckte es sich in den Mund. Dann holte er die Karte unter seiner Weste hervor und verglich die Zeichnungen mit der Umgebung. Seine Mantel stopfte er in einen Beutel. Ohne Zweifel, er war hier genau richtig. Genau gegenüber von der großen Eiche befand sich eine Felswand, die etwa zehn Meter in die Höhe ragte. Rechts und links verschwand die Felswand im hügeligen Waldboden, welcher sich hier um einige Meter erhob. Das ganze Areal war von dutzenden Bäumen eingefasst und verschluckte das Sonnenlicht sehr stark. Und dies, obwohl die Kronen kaum noch Blätter trugen. Nicht auszumalen, wie dunkel es hier im Sommer war, wenn die Baumkronen zugewachsen waren. Tristan steckte die Karte wieder ein und blickte auf die graue Felswand, die zum Teil mit Moos zugewachsen war. Dann griff er in einen weiteren Beutel, der dem Pferd ebenfalls umgehängt war, und holte eine Fackel hervor. Mit zwei Feuersteinen zündete er sie an und hielt sie dankbar in der Hand. Tristan blickte wieder zur Felswand. Ein direkter Eingang war von seinem Standpunkt aus nicht zu erkennen. Er musste näher ran, dabei achtete er sehr gut darauf, ob er allein war oder nicht.

Plötzlich vernahm er Klagelaute. Ein unheimliches Heulen erfüllte die Luft und Tristan stutzte. Das mussten jene Stimmen sein, die die Leute verschreckt hatten.

Tristan ließ sich davon nicht beeindrucken, setzte sich in Bewegung und steuerte auf die Felsformation zu. Jeder Schritt hinterließ einen tiefen Fußabdruck im Schnee. Außer ihm war hier in der letzten Zeit keiner lang gegangen. So viel konnte er schon mal sagen.

Kurz vor der Felswand musste er eine kleine Anhöhe hinauf und stand schon bald auf einem kleinen Vorsprung. Versteckt zwischen zwei großen Felsformationen befand sich endlich der Eingang zu den Steinbrüchen. Aus ihm kam das unheimliche Heulen.

Wie ein weit aufgerissenes Maul lag die Öffnung nun mahnend vor ihm, aus der nichts anderes als sämtliche lichtverschluckende Schwärze drang und in ihm großes Unbehagen auslöste. *Wenn man mal von diesem Geheule absieht.*

Sie war, im Gegensatz zu der Äußerung des Bischofs, nicht verschlossen.

Von wegen die Steinbrüche werden bewacht, dachte er. Kein Wächter weit und breit. Es gab nur Schatten und der Gestank von Verfall. Tristan griff mit der rechten Hand nach seinem blauen Schwert und zog es aus der Scheide. Für einen Moment blieb er vor der Öffnung stehen, lauschte in die Öffnung hinein und fragte sich sogleich, ob es nicht ein Fehler gewesen war, allein hierherzukommen. Er blickte kurz auf sein verletztes Bein. Dann holte er noch einmal tief Luft und schritt voran.

Langsam tauchte er in die Höhle ein, bis ihn die Dunkelheit wie ein kalter Hauch umhüllte. Das Erste, was ihm auffiel, war, dass die Klagelaute verstummten, sobald er die Höhle betrat. Das war äußerst merkwürdig. Der Geruch feuchter Erde wurde durch den fauligen Gestank des Todes überlagert. Tristan atmete durch den Mund, um den beißenden Gestank besser zu ertragen. Behäbig trat der Ritter in gebückter Haltung in den Stollen ein. Nach der ersten Biegung sah er ein kleines Licht vor sich. Tristan erkannte eine kleine Fackel, die an der Wand hing und deren Feuer loderte. Er war definitiv nicht alleine hier. In dem Moment fragte er sich ernsthaft, wer diese Fackeln angezündet hatte.

Wurden diese Gänge doch bewacht?, fragte er sich. Egal, er würde es mit Sicherheit herausfinden. Tristan war jedenfalls froh, sein eigenes Feuer zu haben.

Hier ist es so dunkel wie der Grund einer üblen Grube, dachte er sich. Ohne Licht wäre er keine fünf Meter weit in den Stollen gekommen. Er ging vorsichtig voran und blickte auf das Feuer, das durch eine Wandhalterung am Stein befestigt war. Die Fackel war frisch angezündet worden und deutete definitiv darauf hin, dass vor Kurzem jemand in diesen Gängen gewesen war.

Hinter ihm drang der Schein des Sonnenlichts nur wenige Meter in den Tunnel hinein und wurde schnell von der Dunkelheit verschluckt. In die andere Richtung war es stockfinster. Noch einmal tief Luft holend, setzte er sich in Bewegung und ging der Finsternis entgegen. In der linken Hand hielt er nun die Fackel und in der rechten sein Schwert. Es dauerte nicht lange, und er kam schon zum ersten Engpass. Der Stollen war hier so schmal, dass er Mühe hatte, seinen Körper durch die Öffnung zu zwängen. Fast seitlich gehend schlüpfte er durch die Verengung. Dabei kratzte er mit seiner braunen Lederweste an der Felswand entlang.

„Verflucht", stieß er leise aus. Nachdem er sich durchgeschlängelt hatte, wurde der Stollen wieder ein wenig breiter, aber dafür musste er sich jetzt etwas mehr bücken. Der Weg wurde nicht besser.

„Welche Geheimnisse verrotten in diesen Höhlen?", murmelte er den kalten Steinen entgegen. Langsam und immer auf der Hut ging er immer tiefer in das Höhlensystem hinein. Jeder einzelne Muskel war angespannt und er rechnete jeden Augenblick damit, von irgendjemandem oder irgendetwas angegriffen zu werden. Der Schein des Feuers eilte ihm voraus und ihm war bewusst, somit leichte Beute für seine Feinde zu sein. Aber er hatte keine andere Möglichkeit, um sich hier zurechtzufinden. Somit war das Licht Fluch und Segen zugleich. Tristan griff an einen Lederbeutel, den er an seinem Gürtel befestigt hatte, und holte einen spitzen Stein heraus. Mit diesem markierte er den Ausgang, damit er später wieder rausfinden würde. Dann nahm er wieder sein Schwert in die Hand, dass er vorher abgelegt hatte. Tristan achtete auf jedes Geräusch, doch alles, was er hörte, waren sein Atem und seine dumpfen Schritte über den staubigen Boden. Das Heulen war bis jetzt nicht mehr zurückgekehrt. Eine Biegung des Ganges unmittelbar vor ihm ließ ihn innehalten. Noch vorsichtiger, als er ohnehin schon war, tastete er sich an die Krümmung heran. Tristan stellte sich mit dem Rücken zur Höhlenwand und lugte mit seinem Kopf um die Ecke. Seine Augen suchten den dahinterliegenden Gang ab und plötzlich sah er eine Bewegung. Etwas Kleines huschte kaum sichtbar den Stollen entlang. Es hatte ihn wohl bemerkt und blitzschnell den Rückzug angetreten. Tristan erschrak und sein Herz fing wie wild an zu klopfen.

War das ein Kind? Er konnte es nicht glauben. Die Gestalt war so schnell wieder verschwunden, wie sie in der Dunkelheit aufgetaucht war. Tristan versuchte, sich zu beruhigen, wartete noch einen Augenblick ab und nahm dann die Verfolgung auf. Der Schacht verlief noch einige Meter geradeaus, bis er zu einer kleinen Lücke im Felsen kam. Der Gang hörte genau hier auf. Die Felsspalte war noch etwas schmaler als die, die er eben noch passiert hatte. Ein Kind hatte da weniger Probleme, durchzuhuschen. Er hielt das Feuer durch die Öffnung und versuchte, etwas zu erkennen. Viel konnte er aber nicht sehen. Wohl oder übel musste er sich durch die Öffnung zwängen, ohne zu wissen, was ihn dahinter erwartete. Und ohne zu wissen, ob er in der Öffnung stecken bleiben würde. Wenn ja, wäre das sein Ende. Der Ritter zog den Bauch ein wenig ein und quetschte sich erneut seitlich durch den Engpass.

Auf der anderen Seite war der Tunnel wesentlich größer. Die Decke ragte etwa zwei Meter über seinem Kopf empor und der Stollen war hier viel breiter. Jetzt fühlte er sich nicht mehr so eingeengt wie noch im Schacht zuvor. Von dem Kind, das er glaubte, gesehen zu haben, fehlte jede Spur. Der Boden war hier so steinig, dass er keine Fußabdrücke erkennen konnte. Somit war es ihm nicht möglich zu erkennen, wohin das Kind gelaufen war. Der Schacht setzte sich von hier aus nach links hinfort und er konnte sehen, dass er sich ein Stück weiter unten gabelte. Für einen kurzen Moment dachte er nach. Dann legte er das Schwert an die Felswand und kratzte mit dem Stein erneut an der Felswand. Er markierte auch hier den Weg hinaus. *Irgendwie habe ich zu wenig Hände.* Dann ging er den Weg bis zur Gabelung hinunter und überlegte, welchem Verlauf er jetzt folgen sollte. *Rechts oder links. Richtig oder falsch.*

Erneut suchte er den Boden ab und wurde dieses Mal tatsächlich fündig. Kurz vor der Gabelung befand sich eine kleine Pfütze aus Wasser, die sich von ein paar Tropfsteinen an der Decke gefüllt hatte. Direkt danach sah er ganz schwach auf dem steinigen Boden einen Fußabdruck. Einen sehr kleinen Abdruck, den man durchaus einem Kind zuordnen konnte.

Habe ich mich doch nicht getäuscht. Die Spuren führten in den linken Gang. Tristan lauschte in die Dunkelheit hinein und hörte einen unterirdischen Wasserverlauf, der unaufhörlich durch das Erdreich floss. Nichts Ungewöhnliches für eine Höhle in dieser Gegend. Zögernd, sich innerlich Mut zusprechend, ging er weiter den wieder enger werdenden Schacht entlang. Wieder machte er eine Markierung in die Wand. Die Feuchtigkeit nahm auf einmal spürbar zu und benetzte seine Haut. Von dem flüchtigen Kind war immer noch nichts zu sehen. Unweit von ihm erkannte er auf einmal ein paar fluoreszierende Lichter, die auf dem Boden am Rand des Weges lagen. Sein Herz pochte.

„Das müssen sie sein", sagte er sich. Tristan grinste leicht und schaute weiter konzentriert in den Gang. In so einer Vielzahl sahen die Gebilde echt seltsam aus. Von Weitem sahen sie aus wie ein Stück glühendes Holz, nur dass sie wesentlich heller waren und in einem grünblauen Licht erstrahlten. Dadurch konnte er recht weit in den Schacht hineinsehen. Es war unglaublich und niemals zuvor hatte er so etwas Ähnliches zu Gesicht bekommen. Vorsichtig ging er auf die merkwürdigen Lichter zu und hockte sich zu ihnen hinunter. Er hielt die Flamme direkt davor. Jetzt leuchteten sie nicht mehr und sahen aus wie gewöhnliche Steine, von denen es hier Tausende gab. Behutsam und mit ein wenig Furcht behaftet, streckte er den Finger aus und tippte einen von ihnen vorsichtig an. Er fühlte sich nasskalt an. Zudem war die Konsistenz sehr eigenartig. Irgendwie schwammig und weich und glich eher einem Stück Moos als einem Stein.

„Habe ich euch", sagte er und grinste. Sofort kramte er einen Beutel hervor und sammelte so viele Engelssteine, wie in den Beutel passten. Sein Glück kaum fassend, wie einfach das ging, raffte er alles zusammen. Dann schnürte er den Beutel zu und befestigte ihn wieder an seinem Gürtel. Sie waren überhaupt nicht schwer. Das war gut. Andererseits war sein Beutel viel zu klein. Er hätte viel mehr tragen können. Er würde wiederkommen und noch viel mehr von hier herausholen. Ein Poltern aus dem Gang vor ihm ließ ihn hochschrecken. Tristan leuchtete mit seiner Fackel in den Gang, konnte aber nichts sehen. Sollte er umkehren und zurückgehen? Er hatte, was er wollte. Andererseits war da dieses Kind. Vielleicht brauchte es ihn? *Verdammte Neugierde.* Tristan richtete sich wieder auf und ging den Stollen weiter. Die Steine am Rand mehrten sich und die Sicht wurde immer besser.

Nach ein paar weiteren Schritten trat er aus dem Schacht hinaus und gelangte in einen noch größeren Teil der Mine. Tristan schätzte, dass sie fünfmal höher war als der Gang, aus dem er gekommen war. Die Umgebung erinnerte ihn an eine Art Halle. Sie war nicht breit, aber dafür sehr lang. Tristan sah vier weitere Schächte, die noch weiter in die Dunkelheit führten. Er hielt seine Fackel etwas weiter von seinem Gesicht weg, um etwas mehr zu sehen. Über ihm wuchsen ein paar Tropfsteine von der Decke hinab und ab und zu fiel ein Tropfen auf seinen Kopf. Dann drehte er sich langsam einmal um die eigene Achse, schaute in alle Richtungen und suchte nach einem weiteren Hinweis, woher das Geräusch gekommen sein könnte. Doch zu seinem Leidwesen sah er nichts. Es sah so aus, als ob er wirklich wieder völlig allein war. Selbst das Kind war hier nicht zu finden. Trotzdem wurde er aber das Gefühl nicht los, schon längst beobachtet zu werden. Tristan machte mit der Fackel ein Rauchzeichen an den Ausgang des Tunnels. Je tiefer er in das Höhlensystem vordrang, desto größer war die Gefahr, sich zu verlaufen. Er machte mit dem Ruß ein Kreuz an die Steinwand. Das war deutlicher als die kleinen Steinkratzer an der Wand. *Hätte ich auch früher draufkommen können,* dachte er.

„Das Kreuz wird mir den Weg weisen!", versicherte er sich. Dann ging er weiter voran. Tristan schaute etwas ratlos in alle Richtungen und entschied sich schließlich dafür, den Weg auf der rechten Seite weiterzugehen. Er wusste nicht, wieso, aber dieser Gang sah am vielversprechendsten aus. Nachdem er ein paar Meter vorangekommen war, erkannte er am hinteren Teil des Ganges eine große Öffnung im Felsen. Neugierig ging er darauf zu. Als er näherkam, erkannte er einen weiteren schmalen Tunnel, der eindeutig von Menschenhand in den Felsen geschlagen worden war. *Ein Durchgang!* Zögernd blieb er vor der Öffnung stehen und lauschte in die Mine hinein. Die Stille war beinahe unerträglich. Für einen kurzen Moment hielt er den Atem an. Nichts. Tristan überlegte, ob dies ein gutes oder schlechtes Zeichen war. Er wusste es nicht so genau.

„Nun denn ...", flüsterte er, in der Hoffnung, das Kind zu finden. Mit der Fackel nach unten leuchtend, erkannte er im Lichtkegel ein paar Fußspuren auf dem hier teilweise sandigen Boden. Ein bestimmter Abdruck fiel ihm besonders ins Auge. Die kleinen Zehen hoben sich deutlich von den anderen ab. Er war hier definitiv auf dem richtigen Weg.

Ohne noch weiter zu zögern, verschwand er dann schließlich im Schacht, der etwa zwei Meter breit und ebenso hoch war. Die klaustrophobische Enge machte ihm zu schaffen und es war beinahe unerträglich für ihn. Seine Hände wurden schwitzig feucht und er musste sein Schwert deutlich fester packen, damit es ihm nicht aus der Hand glitt. Behutsam setzte er einen Fuß vor den anderen und machte dabei so wenig Geräusche, wie es ihm möglich war. Die Flamme der Fackel wurde ein wenig kleiner und zeugte davon, dass der Sauerstoffgehalt in dem Gang weniger wurde. Nach ein paar Metern drang ein furchtbarer Gestank in seine Nase und er blieb angeekelt stehen. Es war ein süßliches, beißendes Aroma, das er eindeutig als Verwesungsgeruch identifizierte. Ein tiefer Luftzug durch den Mund sollte den Gestank lindern, doch dies gelang nur zum Teil. Tristan spürte seinen Herzschlag deutlich unter der Lederrüstung und versuchte, sich krampfhaft zu beruhigen. Einem Instinkt folgend horchte er in die Dunkelheit hinein. Jetzt hörte er tatsächlich etwas. Er konzentrierte sich und versuchte, die Laute zu deuten. Sich weiter zur Ruhe zwingend, achtete er genauer darauf. Sie klangen deplatziert und passten absolut nicht hierher. Man konnte es am besten als ein Grunzen beschreiben. Tristans erster Gedanke fiel auf ein Tier. Vielleicht hatten sich ein paar Wildtiere hierher verirrt? *Doch was macht ein Wild so tief in den Minen?* Nach einer kurzen Überlegung schloss er diese Möglichkeit wieder aus.

Seine weiteren Überlegungen ließen dann nur noch einen Schluss zu. Diese Geräusche konnten nur von dem Kind stammen. Sein Herzschlag erhöhte sich noch mal. Das Hämmern donnerte in seinen Ohren und er hatte das Gefühl, es würde ihn verraten, so laut war es. Erneut senkte Tristan die Atmung, zwang sich wiederholt zur Ruhe und hoffte somit, nicht aufzufallen. Das Geräusch war eindeutig zu hören und war keine Einbildung, was unter diesen Umständen möglich gewesen wäre. Vor ihm war der Schacht ein wenig eingestürzt und Teile aus der Felswand lagen über den ganzen Boden verstreut. Über ein paar Steine kletternd, ging er vorsichtig weiter bis zur nächsten Biegung und stoppte dort. Vorsichtig legte er die Fackel ab und achtete dabei darauf, dass sie nicht ausging. Sehr leise schlich er weiter nach vorne und wagte sich an die Krümmung heran.

Mit seinem Oberkörper beugte er sich etwas nach vorne und blickte mit seinem Kopf um die Ecke. Hier schien der Gestank seinen Zenit zu erreichen und Tristan musste schon fast würgen. Instinktiv hielt er sich die Nase zu.

Verflucht, dachte er sich. Tristan atmete vor Aufregung sehr schnell, beinahe wie nach einem Sprint. Er hielt die Luft an und schaute um die Kurve. Er sah ein kleines Wesen, das in der Hocke saß und irgendetwas vom Boden klaubte. So genau konnte er es nicht erkennen. So wie es aussah, vermied das Wesen, mit den Kristallen in Berührung zu kommen. Er ging mit seinem Oberkörper noch ein Stück weiter nach vorne. Das kleine Wesen wandte ihm die Rückseite zu. Plötzlich verlor er ein wenig den Halt, hielt sich mit seiner Hand an der Felswand fest und löste dabei ein paar Steine ab, die zu Boden fielen. Blitzschnell drehte das kleine Wesen sich um und starrte aus bösen, goldgelben Augen in seine Richtung. Sofort zog er seinen Kopf zurück. Das Wesen schrie wütend auf.

Oh nein, dachte er sich. Wie konnte er nur so unvorsichtig sein. Tristan erstarrte zur Salzsäule und bewegte sich nicht mehr. Er kannte diese Wesen. Es war ein Ghul. *Ein Kind als Ghul?* Tristan schüttelte verneinend den Kopf. Wieder lauschte er. Dann meinte er, das schnelle Tippeln von Füßen zu hören, die wegrannten. Mutig blickte er wieder um die Ecke. Jetzt konnte er niemanden mehr sehen. Kurzerhand ging er zurück und griff nach der Fackel. *Diese Ghule sind echt überall, dort wo es dunkel ist.*

BEGRABEN

Am frühen Mittag war es endlich so weit. Sie zogen die Mäntel über und hüllten sich in Tierfelle ein, um sich vor der Kälte zu schützen. Wie am Abend zuvor besprochen, machten sich Otto, Jacob und Christoph auf den Weg nach Thyrnau. Zur Mittagssonne bestiegen die Männer endlich ihre Pferde und ritten los. Von Westen her zog der Himmel alsbald zu und verschluckte das helle Sonnenlicht. Christoph vermutete, dass es bald wieder zu schneien beginnen würde. Es war kalt und das spürten alle drei mit jedem Meter, den die Pferde voranritten. Ihre Gesichter waren mit Tüchern zugedeckt, sodass nur ihre Augen frei waren. Ihre Helme boten ebenfalls Schutz vor der bestialischen Kälte. Die Männer sprachen während der Reise kaum ein Wort miteinander. Ihnen war daran gelegen, schnell am Ziel anzukommen, und daher konzentrierten sie sich auf das Reiten. Der Wind, scharf wie die Klinge eines Dolches, wehte ihnen kalt in ihre Gesichter und schon bald gab es keine Körperstelle mehr, die sie richtig gut vor der Kälte schützen konnten. Die Pferde hatten ebenfalls ein wenig Mühe, sich auf dem teilweise vereisten Boden vorwärts zu bewegen.

Nachdem sie die Handelsstraße verlassen hatten und den schmalen Seitenweg nach Thyrnau beschritten, verlangsamten die Männer das Tempo. Zu ihrem Leidwesen bemerkten sie, dass es wieder anfing zu schneien. So, wie es Christoph vorher vermutet hatte. Das Wetter änderte sich blitzschnell, und das gefiel ihnen gar nicht. Der schmale Weg schlängelte sich durch ein kleines Waldstück, das sie mit leichtem Traben durchritten. Als sie der Wald wieder freigab, hatten sie endlich freie Sicht auf das Konvent, das etwa dreihundert Meter vor ihnen lag. Christoph stoppte sein Pferd und schaute Jacob fragend an.

„Was ist hier passiert?", fragte er. Sie war rein rhetorisch gestellt worden, denn keiner seiner Begleiter hatte eine Antwort darauf. Der Weg führte sie zum Haupteingang des Konvents, auf der rechten Seite waren die Ställe. Die Männer sahen mit Schrecken, dass das Hauptgebäude brannte und schwarzer Qualm in den grauen Himmel emporstieg. Der Stall war zerstört worden. Jedenfalls das Dach war nicht mehr vorhanden. Es war unvorstellbar, aber das Gebäude war dem Erdboden gleichgemacht worden.

„Bei Petrus", sagte Otto fassungslos und ritt wieder los. Seine Begleiter folgten ihm, ohne ein Wort zu sagen. Als er zum Vorhof gelangte, sprang er vom Pferd und rannte sofort in das zerstörte Hauptgebäude, um nach Überlebenden zu suchen.

„Haltet ein!", schrie Christoph ihm nach, der als Zweiter zum Konvent gelangte. Doch es war schon zu spät. Der Soldat war schon in der Ruine verschwunden. Jacob schaute Christoph stumm an und schüttelte entsetzt den Kopf. Jetzt stieg auch Christoph vom Pferd und reichte Jacob die Zügel.

„Ihr wartet hier", befahl er ihm. Jacob griff mit seinen kalten Fingern nach dem Seil und hielt es fest. Dann nickte er ihm zu und brummte ihn entsetzt an. Sofort griff Christoph nach dem Schwert und folgte Otto in die Ruine. Als er hinüberrannte, wehte sein Mantel, der an der Schulter jetzt zusätzlich mit Fell behangen war, durch die Bewegung hin und her.

Überall roch es verbrannt und die kleine Vorhalle des Hauptgebäudes war völlig verwüstet worden. Das Dach war teilweise eingestürzt und es schneite an den Stellen, wo es nicht brannte, in das Gebäude. Vor ihm lag ein toter Junge auf dem Bauch. Seine helle Kleidung war in Blut getränkt. Sein Kopf war so weit verdreht, dass er beinahe komplett in den Himmel zeigte. Seine Augen waren geöffnet, angefroren und der gefallene Schnee blieb auf seinem kalten, blassen Gesicht liegen. Seine Pupillen waren trüb. Daneben lag ein weiterer Soldat unter Trümmern begraben. Nur die Füße konnte er noch erkennen. Es musste ein höllischer Kampf gewesen sein.

„Otto!", rief er den Trümmern zu. Doch die Antwort ließ auf sich warten.

Vor ihm lag ein Gang, der in den hinteren Teil des Konvents führte. Durch die Biegung konnte er nicht einsehen, ob sein Freund diesen Weg entlanggelaufen war. Ihm blieb nichts anderes übrig, als nachzusehen. Über die Leiche des toten Soldaten hinwegsteigend, ging er in die Richtung des Flurs. Auf der rechten Seite war ein kleiner Altar. Er war völlig zerstört worden. Das Holzkreuz an der Wand hing noch, war aber völlig verkohlt. Suchend versuchte er, jeden einzelnen Winkel zu begutachten. Wie aus dem Nichts gab es auf einmal einen großen Knall. Irgendetwas rumpelte gewaltig, und Christoph musste kurz überlegen, woher das Getöse kam. Noch bevor er bemerkte, was eigentlich passierte, spürte er einen starken Schmerz auf den Schultern und kippte nach vorne weg.

* * *

Währenddessen suchte Otto jeden einzelnen Raum im hinteren Teil des Gebäudes nach eventuellen Überlebenden ab. Doch beim Anblick der zerstörten Grundmauern hatte er wenig Hoffnung, jemanden zu finden. Überall lagen tote Soldaten herum, über die er hinwegsteigen musste. Alle Körper waren blutverschmiert und schrecklich entstellt. Was ihn wunderte, war, dass es nur die Soldaten oder Bediensteten des Konvents waren. Vom Feind fehlte jede Spur. Verständnislos schüttelte er den Kopf und kletterte über die vielen Schuttberge hinüber, bis er schließlich das Schlafgemach von Bischof Konrad fand, auf das Schlimmste gefasst. Auch hier war alles zerstört worden. Da, wo einmal das Bett gestanden hatte, sah man nur noch ein verkohltes Holzgerippe, aber zu seiner Erleichterung keine Leiche.

„Vielleicht ist Bischof Konrad verschont geblieben", sagte er sich. Otto hoffte es. Plötzlich hörte auch er einen lauten Knall. Durch die umgestürzten Mauern, konnte er zur Vorhalle blicken und sah, dass die restliche stehende Dachkonstruktion unter ihrem Gewicht zusammengebrochen war. Die defekten Stützpfeiler konnten das Gewicht nicht mehr tragen und waren weggeknickt. Bevor das Dach zusammengebrochen war, meinte er noch, Christophs Stimme aus der Richtung gehört zu haben.

„Christoph!", rief er und hoffte, eine Antwort von ihm zu bekommen. Doch diese blieb aus. Kurzerhand lief er hinüber, wo einst das Fenster gewesen war, und blickte durch die eingestürzte Mauer hinaus. Er sah nur Jacob, der gerade von seinem Pferd gesprungen war und in die Richtung der Vorhalle lief.

„Bei Petrus." Seine Worte waren voller Sorge. So schnell er konnte, kletterte er in die Vorhalle zurück.

* * *

Erst war es sehr still und friedlich. Doch dann spürte er etwas, was er nicht ganz deuten konnte. Das Nächste, was er dann wahrnahm, war der gleichbleibende Schmerz.

Er wirkte dumpf und irgendwie etwas weiter weg, aber Christoph konnte nicht leugnen, dass er da war. Er stellte sich die Frage, wodurch die Qual verursacht wurde. Sein Verstand suchte nach einer Lösung, jedoch war er nicht fähig, eine zu finden. Der Pein war anhaltend gleich, und das Pochen, das gleichsam mit seinem Herzschlag einherging, beunruhigte ihn ein wenig. Es war dunkel, und er fragte sich, warum das so war. Er konnte nicht mal deuten, wo dieses Hier und Jetzt eigentlich war.

War er wach oder träumte er? Christoph überlegte. Es musste ein Traum sein, denn das Letzte, woran er sich erinnerte, war, dass er sich zur Ruhe gelegt hatte. *Oder doch nicht?* Ihm war kalt. Seine Haut versuchte, sich gegen die angreifende Kälte zu wehren, indem sie komplett von einer Gänsehaut übersät wurde.

Der Schmerz wurde nicht weniger und brannte sich in sein Gedächtnis ein, wie eine glühende Klinge, die auf nackte Haut schnitt. Es war unmöglich, ihn zu ignorieren. Christoph blinzelte, und die Helligkeit stach ihm in die Augen. Eine Träne rann die Wange hinunter. Je mehr er die Augen öffnete, desto größer wurde der Schmerz. Mittlerweile konnte er ihn besser lokalisieren. Es war sein rechter Oberschenkel, der wie Feuer brannte. Ein erneuter Versuch, die Augen zu öffnen, setzte eine erneute Welle des Schmerzes frei. Christoph merkte, dass er langsam wieder zu Bewusstsein kam.

Was ist hier los?, fragte er sich. Der Versuch, seine Lunge mit Luft zu füllen, gelang ihm nur bedingt, und es tat weh. Irgendetwas lag auf seinem Rücken. Schließlich gelang es ihm, die Augen ganz zu öffnen. Wundersamerweise lag er mit dem Kopf im Freien. Seine rechte Wange lag im Schnee, und er schmeckte das Eis auf seinen Lippen. Schneeflocken fielen vom weißgrauen Himmel und landeten auf seiner Wange. Die

Verwunderung, dass er sich nicht mehr in seiner Kammer befand, war riesengroß.

Wie bin ich hier hingekommen und warum bin ich nicht in meiner Unterkunft? Die Rätsel mehrten sich. Er hob seinen Kopf ein wenig an und schaute sich um, soweit es ihm möglich war. Viele Möglichkeiten hatte er aber nicht. Daher schaute er nach vorne. Er befand sich in einem Gebäude, das zerstört war. Er sah, wie schwarzer Rauch aufstieg und vor ihm lagen die verbrannten Überreste von einem Stützbalken.

Warum kann ich den Himmel sehen?, fragte er sich weiter. Und dann fiel es ihm blitzartig wieder ein. Er war im Konvent in Thyrnau.

„Hilfe." Kaum hörbar drang das Wort über seine Lippen. Christoph wusste, dass etwas Schlimmes mit dem Konvent passiert war. Er blickte ein Stück weit nach hinten, an seinem Körper entlang. Er war unter ein paar Steinen und verkohlten Holzbalken begraben. Sofort machte er sich ans Werk und versuchte, auf dem Bauch liegend, die Massen an Stein und Geröll irgendwie von seinem Körper zu räumen. Mit der linken Hand versuchte er, das Geröll zu verschieben. Der Druck auf seinem Rücken wurde dadurch immer geringer und das Atmen fiel ihm leichter. Ohne es gesehen zu haben, musste er etwas verschoben haben, was auf seinem Rücken lag. Schließlich war es ihm möglich, seinen Oberkörper aufzurichten und sich auf die Seite zu drehen. Seine Beine waren aber immer noch durch Schutt begraben. Gezielt machte er sich an die Arbeit, auch hier seinen Körper von den Steinen und dem Holz zu befreien. Nach einem kurzen Moment hatte er es geschafft und er drehte sich schließlich vollständig um. Christoph stützte sich auf seine Ellenbogen, den Oberkörper angehoben. Dann blickte er an seinem verdreckten Oberkörper hinunter, bis hin zu seinen Beinen. Beim Anblick seines linken Oberschenkels erschrak er und sämtlicher Schmerz schien sich jetzt genau an dieser Stelle zu bündeln. Sein Verstand hatte realisiert, was passiert war. Christoph fluchte und schrie lauthals auf. Ein etwa zwanzig Zentimeter langer Nagel war durch seinen Muskel gedrungen und die Spitze kam an der Oberseite wieder raus. Ein Stück Fleisch und Blut klebten an der Nagelspitze. Erneut schrie er auf, als sich der Muskel anspannte. Es war schier unmöglich, das Bein zu bewegen, ohne den Nagel herauszuziehen.

Christoph schrie ein weiteres Mal um Hilfe und brüllte dabei so laut, dass er die Hoffnung hatte, dass ihn jemand hören würde. Hilfesuchend blickte er wieder auf den offenen Gang vor sich. Die Vorhalle war fast komplett zerstört und in der Mauer klaffte eine riesige Öffnung. Doch der Blick nach draußen war ihm durch eingestürzte Mauerteile versperrt. Immer noch liegend brüllte er weiter um Hilfe, aber er sah weit und breit niemanden, der ihm helfen könnte. Wieder blickte er auf sein verletztes Bein. Der Nagel musste entfernt werden. Kurzerhand griff er nach unten und fühlte die breite Schlagfläche des Nagels. Seine Finger griffen zittrig nach dem Eisen und dann zog er unter enormen Schmerzen den kompletten Nagel aus seinem Fleisch. Der Schrei war übermächtig laut. Blut sickerte aus beiden Teilen der Wunde und er drückte seine Handflächen auf sein Bein. Schnell merkte er, dass er so die Blutung nicht stoppen konnte. Direkt neben ihm lag zufällig ein Stück Stoff. Instinktiv packte er das Tuch und wickelte dieses um sein Bein. Dann zog er den Stoff mit einem Knoten fest. Der Schmerz war immer noch riesengroß. Langsam robbte er mit aufrechtem Oberkörper in sitzender Haltung Richtung Ausgang und zog dabei eine rote Blutspur hinter sich her. Jede Bewegung war so schmerzhaft, dass es für ihn die größte Qual bedeutete. Mittlerweile war ihm nicht mehr kalt. Das Adrenalin hatte seinen Körper richtig aufgeheizt. In diesem Moment fiel ihm ein, dass er nicht allein hier war. Aber es gab keine Spur von Otto oder Jacob.

Wo stecken die beiden nur?

Nach ein paar Metern war er es leid, auf dem Boden zu kriechen. Kurz entschlossen packte er sich unter den Oberschenkel und richtete sich auf. Er bekam Schweißausbrüche und schnell merkte er, wie ihm wieder die Sinne schwanden. Ihm wurde schlecht, dann stürzte er wieder und knallte mit dem Kopf auf den Boden. Vergeblich war er darum bemüht, nicht das Bewusstsein zu verlieren, aber er hatte keine Chance. Im Augenwinkel erkannte er eine Gestalt, die auf ihn zukam. Wie ein verschwommener Geist stand er bald vor ihm.

„*Hilfe …*", faselte er die Hand ausstreckend, nicht in der Lage, die Gestalt zu identifizieren. Dann fiel er wieder in die Dunkelheit zurück, aus der er gerade gekommen war.

IN DER DUNKELHEIT DER HÖHLE

Tristan nahm all seinen Mut zusammen, atmete einmal tief ein und ging schließlich, leise wie eine Katze, weiter in den lichtlosen Gang hinein. Das Licht seiner Fackel reichte gerade mal ein paar Meter weit und half ihm nicht direkt dabei, seine Nervosität abzulegen. Schritt für Schritt tastete er sich vorwärts und achtete auf alles, was ihn umgab. Die Neugierde war größer als die Furcht. Was machten Ghule hier in diesen Minen? Zumal doch die Kristalle hier waren. *Sie waren doch tödlich für sie? Oder nicht? Wie konnten sie hier existieren?* Tristan hatte so viele Fragen in seinem Kopf, die er unbedingt beantwortet haben wollte.

Die Anspannung war groß, aber zugleich konzentrierte er sich mit all seinen Sinnen. Das Pochen seines Herzens in seiner Brust war verräterisch laut. Durch tiefes Einatmen versuchte er, die Anspannung etwas zu lösen. Der Weg schien endlos und Tristan glaubte nicht daran, jemals an ein Ende des Tunnels zu gelangen. Er schaute kurz nach unten an die Stelle, an dem der kleine Ghule gerade noch hockte. Er sah ein Stück rohe Leber auf dem Boden liegen. Blutig und noch frisch. Angeekelt, verzog er sein Gesicht. Es war die Ursache für den Gestank. Der kleine Kerl hatte sich an Innereien bedient.

Das Kind war wie vom Erdboden verschluckt, oder sollte er lieber sagen, die Kreatur. Es schien sich in Luft aufgelöst zu haben und nichts deutete darauf hin, dass hier noch jemand war. Behutsam tastete er sich weiter voran, ging um eine schmale Biegung und schließlich stoppte er erneut. Nach einer gefühlten Ewigkeit erkannte er etwas, was auf dem Boden lag. Im Schatten des diffusen Lichtes lag etwas im Gang. Aufgeregt und etwas neugierig trat er ein Stück näher und sah schließlich ein totes Pferd auf dem Boden liegen. Das Tier war schrecklich zugerichtet. Der Bauch war völlig aufgerissen und die Eingeweide lagen auf dem steinigen und staubigen Boden verteilt. Eine Pfütze aus Blut und Innereien verteilte sich vor dem bemitleidenswerten Tier. Er hielt die Fackel über den Kadaver, um besser sehen zu können. Der Gestank von Blut und Fleisch drang in die Nase und er hielt sich angeekelt die Hand davor. Stirnrunzelnd bückte er sich hinunter und erkannte an den Rändern der großen Wunde deutliche Bissspuren.

„Sie fressen alles, was lebt", stellte er fest. Diese Kreaturen machen vor nichts und niemandem halt.

Tristan nahm die Fackel wieder beiseite und leuchtete in den Gang. Dann sah er zwei Stiefel in unmittelbarer Entfernung auf dem Höhlenboden liegen. Er ging gebeugt und langsam darauf zu und erkannte schließlich im Schein des Lichtes, dass eine Leiche mit den Füßen noch in den Schuhen steckte. Mit dem Oberkörper lehnte sie an einem Felsen, der Kopf nach unten gesenkt.

Sein Hals war aufgerissen und das Blut hatte sich über seine Kleidung ergossen. Getrocknetes, altes Blut. Tristan ging auf die Knie, leuchtete auf den Oberkörper des Toten. Es war ein Soldat. Ein Mann, der hier aus Passavia stammte, wenn man nach der Kleidung urteilte. Tristan vermutete, dass der Mann hier schon etwas länger lag. Er war blass und die ledrige Haut überzog die knochigen Hände. Die Fingernägel blau und die Augen trüb, das konnte er erkennen, als er ihm in sein Gesicht schaute.

„Oh Herr", sagte er kaum hörbar und riss dabei die Augen erschrocken auf. Neugierig inspizierte er die direkte Umgebung vor dem Toten und sah mehrere blutige Fußabdrücke. Eigentlich wollte er es nicht wahrhaben, aber Tristan wusste genau, was hier unten in der Dunkelheit passiert war. Er schaute etwas weiter in den Gang hinein und sah zudem noch die Abdrücke von Kinderfüßen.

„Ein unschuldiges Kind." Er schüttelte wieder verständnislos den Kopf. Wie konnte sich das Böse nur so etwas Unschuldiges wie ein Kind einverleiben? Kannte das Böse keine Grenzen? Angewidert schaute er auf die Fußspuren, die von der Leiche weg in die Dunkelheit führten.

Ein lautes Grollen hinter ihm ließ ihn blitzschnell wieder in die Höhe schnellen. Sichtlich erschrocken blickte er in den Gang hinter sich. Nicht weit von seinem Standpunkt aus hatten sich ein paar Steine gelöst und waren in den Stollen gestürzt. Er hielt das Feuer von seinem Körper weg und sah noch ein paar kleinere Steine, die über den Boden rollten. Der Zugang war auf einmal versperrt.

„Verflucht", stieß er erschrocken aus. Die Augen angestrengt zu Schlitzen verengt, schaute er auf die Steine.

„Wer ist da? Zeigt euch, verdammte Kreaturen", flüsterte er stirnrunzelnd. Seine Stimme war kaum hörbar und der Hall wurde von der niedrigen Decke fast vollständig geschluckt. Das Gefühl von Unbehagen, ja von Angst, kroch von seinen Füßen langsam zu ihm hoch und über den Rücken und den Nacken weiter hinauf. Der Herzschlag erhöhte sich noch einmal und schien mittlerweile beinahe zu rasen. Das Gefühl, ständig beobachtet zu werden, machte ihn zunehmend kribbeliger. Immer wieder fuhren Wellen von Gänsehaut über seine Haut. Er gab sich Mühe, diese innerliche Unruhe nicht nach außen zu tragen und dadurch seine Konzentration zu verlieren. Seine Hände zitterten ein wenig. Schnell drückte er mit seiner Hand den Griff seines Schwertes etwas fester, um somit das Zittern zu unterbinden. Er musste konzentriert und wachsam bleiben. *Hatten diese Kreaturen ihn hier unten einsperren wollen? War das Zufall oder ein Plan, den sich das Böse ausgedacht hatte.*

„Wer Furcht zeigt, der ist schon so gut wie tot", sprach er sich Mut zu. Tristan blieb stehen und schwieg für einen Moment. Es war nichts zu hören, geschweige denn zu sehen. So wie es den Anschein hatte, war er gerade allein. Jedenfalls glaubte er das, wenngleich sein Gefühl ihm etwas anderes sagte. Er untersuchte die Steine und schaute, ob es irgendwie eine Möglichkeit gab, sie zu durchbrechen, um in den Gang dahinter zu gelangen. Doch die Felsen waren so groß und schwer, dass sie nur kleine Lücken hinterließen. Bewegen konnte er sie auch nicht. Sie schienen so ineinander verkeilt, dass es nicht mehr möglich war, den Gang freizuräumen. Er würde weitergehen müssen. Tiefer in den Berg hinein, in der Hoffnung, dass er dort irgendwo einen anderen Ausgang finden würde.

Warum habe ich mir nicht die Steine genommen und bin wieder gegangen, dachte er sich und schüttelte unverständlich mit dem Kopf. Er musste noch viel lernen.

Nach kurzem Zögern drehte er sich um und setzte sich wieder in Bewegung. Tristan ging den dunklen Stollen weiter, folgte den blutigen Fußspuren, bis diese schließlich an einer behauenen Felswand endeten. Dann blieb er stehen und stutzte.

„Wie kann das sein?", flüsterte er. Fragend drehte er sich einmal im Kreis und suchte nach einem weiteren Durchgang, den er vielleicht übersehen hatte. Doch da war nichts. Die Felsen waren dicht und nirgendwo gab es einen Spalt oder ein Loch.

„Das Kind, ... äh der Ghul war nicht an ihm vorbeigekommen. Wohin ist es dann verschwunden? Er musste etwas übersehen haben. Mit dem offenen Feuer suchte er die Felswand weiter ab. Nichts. Es gab keinen Durchgang. War er jetzt in diesem Stollen gefangen? Etwas Panik stieg in ihm auf. Tristan blickte nach oben, zur Seite und dann wieder nach unten. Er drehte sich um und blickte auf die Felswand, die den Gang hier enden ließ. Dann hielt er die Flamme nach unten und schließlich sah er etwas. In der Aufregung war es ihm nicht direkt aufgefallen. Wollte er überleben, musste er sich besser konzentrieren und die Furcht beiseiteschieben. Vor ihm befand sich auf Kniehöhe ein kleiner Durchgang, der von Menschenhand in den Felsen geschlagen worden war. Ein Felsen, der etwas hervorstand, hatte ihn verdeckt, sodass er ihn nicht sofort gesehen hatte. Wer auch immer hier war, konnte nur durch dieses Loch geflohen sein. So viel war sicher. Langsam ging er in die Hocke und inspizierte die kleine Öffnung, durch die gerade mal ein Erwachsener seiner Statur hindurchpasste. Das hoffte er jedenfalls. Aber welche Alternative hatte er denn jetzt? Richtig... keine. Den Hals etwas nach vorne gestreckt, versuchte er, in dem schwarzen Loch etwas zu erkennen. Aber da war nichts zu sehen. Er konnte weder erkennen, ob der kleine Tunnel irgendwo wieder endete oder in ein anderes Höhlensystem führte. Ebenso konnte er nicht sehen, ob in dem Loch jemand steckte. Sollte er wirklich da reinkriechen? Ihm blieb eigentlich keine Wahl. Zurück konnte er nicht. Noch einmal drehte er sich um und vergewisserte sich, dass er völlig allein war. Dass ihm niemand gefolgt war. Zu seiner Erleichterung sah er niemanden, aber das war

keine Garantie, dass er auch wirklich allein war. Dann steckte er sein Schwert wieder in die Scheide, sodass er nur die Fackel in der Hand hielt.

„Verflucht", sagte er sich, fiel auf die Knie, schließlich auf den Bauch und steckte dann seinen Oberkörper durch die schmale Öffnung. Das Feuer vertrieb die Dunkelheit aus dem Loch und gab rote und gelblich gefärbte Steinwände frei. Tristan blickte geradeaus und erkannte, dass der schmale Graben ein Stück weit nach unten ging und ein wenig breiter wurde. Es war aber immer noch schmal genug, um Beklemmungen in ihm auszulösen.

* * *

In der Dunkelheit der Höhle, wo selbst das Echo verstummt, hockte die Kreatur, reglos wie die Steine, die sie umgaben, und beobachtete. Die gelben Augen, an die Finsternis gewöhnt, folgten dem Ritter, der mit rasselndem Atem und mit schabender Lederrüstung durch die Enge kroch. Er hatte den schmalen Spalt in der Felswand übersehen, kaum breiter als ein Sargschlitz, in dem eine Person nur seitlich durchpasste, wenn sie dürr genug war. Die Kreatur lauerte, neugierig, geduldig und voller Hunger.

Sein flackerndes Licht tanzte über das feuchte Gestein, als er an der Kreatur vorbeischritt, warf mehrere Schatten an die Wand. Kein Wort entkam seinen Lippen. Kein Laut verriet die Gegenwart der Kreatur. Als der letzte Hauch des Menschen im Loch verschwand, kroch die Kreatur durch den schmalen Spalt hinaus in den Gang. So lautlos wie eine furchtbare Gewissheit in der Dunkelheit. Die Kreatur roch den Angstschweiß. Warm, intensiv und menschlich. Der Ritter wusste nicht, dass er nicht mehr allein war. Nicht mehr lange jedenfalls.

* * *

Das Feuer hielt er ein Stück weit von seinem Körper entfernt und robbte auf den Ellenbogen weiter in das Loch hinein. Das Metall seiner Klinge kratzte über den felsigen Boden. Nachdem er ein Stück weitergekommen war, sah er, dass der Graben einen kleinen Knick nach rechts machte und dann wieder nach oben führte. Auf dem Bauch kriechend kam er nur langsam vorwärts. Am untersten Stück angekommen, spürte er einen kleinen Luftzug. Soweit wie es ihm möglich war, blickte er nach oben und erkannte durch das Licht seines Feuers ein kleines Loch im Felsen.

Da war tatsächlich ein Durchgang. Tristan war sichtlich erleichtert. Der enge Stollen war eine harte Prüfung für sein Gemüt. Instinktiv versuchte er, nicht an die Enge zu denken, sondern malte sich eine Szenerie im Kopf aus, die ihn an eine weite Wiesenlandschaft führte. Ein Ort mit viel Platz und mit viel Luft. Frei und völlig ungezwungen. Tristan robbte auf den Ellenbogen weiter nach vorne und versuchte, die Öffnung schnell zu erreichen. Er legte die Fackel ein Stück weit vor ihm ab, um sich mit beiden Händen an ein paar abstehenden Felsen nach vorne zu ziehen. Dabei achtete er darauf, dass das Feuer nicht ausging. In dieser Dunkelheit ohne Licht würde das seinen garantierten Tod bedeuten. Mit seinen Händen packte er den Vorsprung, holte noch mal tief Luft und zog seinen Körper nach vorne.

Plötzlich packte ihn jemand am Knöchel und versuchte, ihn rückwärts wieder in den Schacht zu ziehen. Tristan fuhr der Schreck durch die Glieder und er brüllte auf. Wie wild fing er an, mit den Füßen zu strampeln und versuchte verzweifelt, sich zu befreien. Seine Hände ließen den Vorsprung nicht los und seine Finger klammerten sich an dem kalten

Stein fest. *Wie war es möglich, dass er hier verfolgt wurde? Da war doch niemand.* Hinter sich hörte er ein Fauchen und Knurren. Der Griff um sein Fußgelenk wurde fester. Er konnte es durch das Leder seiner Stiefel spüren. Tristan schrie und zappelte. Die Situation war von jetzt auf gleich voller Gefahr. Sein Gefühl, dass er hier nicht allein war, hatte sich auf eine Art und Weise bestätigt, die er sich nicht gewünscht hatte. Tristan holte mit seinem linken Bein aus und traf etwas hinter sich. Dann drehte er sich blitzschnell auf den Rücken, ließ den Vorsprung los und stieß dabei mit seinem Knie an die Höhlenecke. Der Schmerz war stechend und Tristan heulte auf. Wieder wurde er am Fuß gepackt und wieder trat er kräftig zu.

„Lasst mich!", brüllte er in die Dunkelheit. Er konnte nicht genau erkennen, was ihn da angegriffen hatte, aber er ahnte es bereits. Tristan schaute zu seinen Füßen, hob sein linkes Bein ein weiteres Mal und trat gezielt zu. Vor Anstrengung und Angst japste er nach Luft. Eine Welle von Gänsehaut überflutete seine Haut. Die Panik erfasste ihn und umklammerte seine Brust.

Tristan meinte, einen Druck unter seiner Sohle zu spüren. Gleich darauf ließ sein Angreifer ihn los. Er war wieder frei. Sofort drehte er sich wieder auf den Bauch, krabbelte, von seiner Angst getrieben, nach vorn und versuchte, aus dem engen Stollen hinauszukommen. Der Gang wurde kurz vor der Öffnung wieder etwas niedriger, sodass er kaum den Kopf anheben konnte. Tristan schwitzte. Ohne darauf zu achten, was hinter der Öffnung lauern könnte, zwängte er seinen schwitzenden Körper hindurch und krabbelte hinaus in einen größeren Stollen. Mit einiger Kraft zog er sich schließlich aus dem Loch, griff nach der Fackel und richtete sich danach sofort wieder auf. Er blickte in den hinter sich gelassenen Höhlenschacht hinein. Aus ihm hörte er ein schnelles Schleifen und Kratzen. Sein Verfolger war ihm weiter dicht auf den Fersen. Schnell griff er nach seinem Schwert und hielt es in der rechten Hand.

Kommt nur, dachte er sich voller Aufregung. Jetzt war er jedoch eindeutig im Vorteil. Ohne die Öffnung aus den Augen zu lassen, umklammerten seine Finger den Griff seines Schwertes. Schließlich ging er einen Schritt beiseite und stellte sich neben die Öffnung. Langsam hob er die Klinge an. Das Knurren wurde lauter und urplötzlich steckte das Wesen seinen Kopf mit einem wütenden Schrei aus dem Loch. Tristan reagierte blitzschnell. Die Klinge sauste nach unten und trennte dem Verfolger den Kopf von den Schultern. Flüssigkeit floss aus dem Körper. Das Monster, das mal eine Frau gewesen war, heulte auf, der Kopf plumpste auf den Steinboden und rollte mit weit aufgerissenen Augen ein Stück weit vor seine Füße.

„Ihr seid so abgrundtief widerlich", kam es ihm spontan über die Lippen, und er spuckte das Wesen danach verächtlich an. Da, wo die Klinge das Fleisch des Ghuls berührt hatte, entstand ein Zischen, und kurz darauf sah er, wie Rauch aufstieg. Das Fleisch begann zu kochen und ging dann schließlich in Flammen auf.

„Es funktioniert", stellte Tristan mit einer Mischung aus Begeisterung und Verwunderung fest. Er blickte auf den brennenden Körper und spürte schließlich so etwas wie Genugtuung. Müde sank er auf die Knie und für einen kurzen Moment schloss er die Augen. Schweiß rann ihm von der Stirn, während er versuchte, seine Atmung etwas zu verlangsamen.

Wie leichtsinnig, dachte er sich. Schließlich sammelte der junge Krieger sich wieder und richtete sich unter Stöhnen auf. Ohne auf den brennenden Körper zu achten, stieg er mit einem großen Schritt über die organische Feuerpfütze hinweg und machte sich weiter auf den Weg. Tristan wollte hier nur noch weg, und ihm war es egal, was mit dem Jungen war. Die Höhlen zu verlassen, war seine einzige Maxime.

Egal wie, ich muss den Ausgang finden, dachte er sich. Er hielt die Flamme seiner Fackel in die Luft und erkannte einen Luftzug. Es gab hier mehr als nur einen Ausgang, da war er sich ziemlich sicher. Diese Minen mussten gründlich gesäubert werden. Es war an der Zeit, die Ghule zu töten und die Steine für sich zu beanspruchen. Er musste sich dringend mal mit diesem De Kerk unterhalten. Tristan drehte sich einmal um die eigene Achse. Dabei fiel der Lichtkegel auf ein Symbol im Felsen, welches dort eingraviert worden war. Er hatte es zuvor nicht bemerkt. Er schaute es sich genauer an. Es sah aus wie ein Schwert oder ein Kreuz, das auf dem Kopf gestellt worden war. Die jeweiligen Enden waren mit einer Längslinie verlängert, die an den Enden spitz zusammenliefen, sodass sie wie Klingen aussahen. Am unteren Ende, da, wo eigentlich der Griff sein sollte, befand sich ein Kreis, in dem zwei Augen zu sehen waren. Oberhalb der Klinge befanden sich drei kurze waagerechte Linien. Tristan war sich sicher, dass es eine Bedeutung hatte, und prägte sich das Zeichen gut ein. So etwas hatte er noch nie gesehen. Sein Blick löste sich nur schwer von dieser Zeichnung, als plötzlich ein weiteres dunkles Grollen ertönte. Die Steine waren wieder in Bewegung. Hektisch riss er das Feuer herum und leuchtete in die Richtung, aus der das Gepolter kam. Doch er sah keine rollenden Steine im Höhlengang. Seine Augen folgten der Schwärze und versuchten, etwas zu erkennen. Diese Ghule schienen einem Plan oder Muster zu folgen. Dann sah er in der Ferne ein kleines Licht.

Das warme Licht war eindeutig da und kein Hirngespinst. Es befand sich etwas oberhalb von seinem Standpunkt aus und war definitiv anders als das mysteriöse Leuchten der Kristalle, die er eingesammelt hatte. Zielstrebig ging er darauf zu, und je näher er dem Schein kam, umso sicherer war er sich, dass es sich dabei um ein Feuer handelte.

„Ein Feuer mitten im Berg? Das kann nicht sein!", sagte er sich, aber seine Augen betrogen ihn nicht. Das, was er dort sah, war tatsächlich ein kleines Feuer. *Ist das eine Falle?* Neugierig steuerte er darauf zu. Für einen kurzen Moment hatte er wieder vergessen, dass er eigentlich hier raus wollte. Als er weiter darauf zusteuerte, erblickte Tristan im Augenwinkel eine kleine Treppe, die in den Felsen geschlagen worden war. Verwundert blieb er stehen und folgte dem Verlauf mit seinen Augen. Die Stufen führten den Felsen hinauf auf ein Plateau, das er von hier unten nicht einsehen konnte.

Nervös schaute er sich noch einmal um. Aber außer ihm war da nur Dunkelheit und beängstigende Stille. Nur das unruhige Röcheln des Feuers war zu vernehmen. Vorsichtig stieg er die Steintreppe hinauf, immer auf der Hut vor einem unerwarteten Angriff aus der Dunkelheit. Nach nur wenigen Stufen erreichte er das Plateau, das die Größe eines Klosterhofes hatte.

Dieses Gebilde war eindeutig von Menschenhand erschaffen worden und erstreckte sich fast kreisrund von der Höhlenwand bis zum Treppenaufgang. Genau gegenüber, zwischen zwei Felsspalten, lag ein weiterer stummer Gang, hell erleuchtet durch diverse Fackeln, die an den Felswänden befestigt waren. Das war jenes Feuer, das er von unten aus gesehen hatte.

Was hat das zu bedeuten?, dachte er sich. Die Neugierde trieb ihn voran. Langsam ging er auf den Gang zu. Er war so groß, dass drei Männer aufrecht nebeneinander hergehen konnten.

Kurzerhand stellte er seine Fackel an die Steinwand und schlich auf leisen Sohlen in die Öffnung des Ganges. Kurz bevor er darin verschwand, drehte er sich nochmals um und vergewisserte sich, dass ihm keiner folgte. Langsam litt er echt unter Verfolgungswahn. Aber wer konnte ihm das verdenken? Es war niemand zu sehen. Das lodernde Feuer der Fackeln irritierte ihn. Warum war der Gang hell beleuchtet? So waren diese Ghule doch viel zu leicht aufzuspüren! Tristan fand keine Antwort auf diese Frage. Er hielt sein Schwert sicher und fest in seiner rechten Hand. Bereit, sofort loszuschlagen.

Der Weg machte eine leichte S-Kurve und er konnte den weiteren Verlauf nach der letzten Biegung nicht wirklich einsehen. Daher schritt er mit einer gewissen Neugierde weiter voran. Sein Herz raste, als er die Kurven hinter sich ließ. Mit geschultem Blick starrte er auf das Ende des Ganges, der in eine Art Gewölbe mündete. Es war etwas höher als der Gang und endete auf der gegenüberliegenden Seite. Die Felswände waren behauen worden und an den Wänden befanden sich Zeichnungen und Texte, die Tristan nicht lesen konnte. Am Ende des Gewölbes erkannte er, dass ein Tunnel nach links weiterlief und auf der anderen Seite einer, der weiter nach rechts ging. Leise und Schritt für Schritt ging er weiter nach vorne. Der zunehmende Gestank ließ ihn nichts Gutes vermuten. Tristan war vorsichtig, blickte auf jeden Winkel, und seine Ohren hörten jedes Geräusch. Am Ende des Gewölbes schaute er zunächst nach links in den Gang. Der Tunnelverlauf war ebenfalls mit Fackeln beleuchtet und verlief mehrere Meter weiter in den Berg hinein. Ganz am Ende befand sich eine Tür. Tristan stutzte.

„Was ist das für ein geheimnisvoller Ort?“, flüsterte er. Dann drehte er sich auf die andere Seite und blickte in den rechten Gang. Er verlief ebenfalls mehrere Meter weiter und auf der jeweils rechten und linken Seite waren Kammern eingelassen. Tristan stutzte und runzelte die Stirn. Auf leisen Sohlen ging er auf die Kammern zu. Dann erreichte er die erste und blickte in sie hinein. Die Kammern waren künstlich in den Felsen geschlagen worden und ihre Öffnungen waren etwa zwei Meter hoch und einen Meter breit. Den Gang entlang schauend, zählte er acht Eingänge.

Kurz bevor er die erste Kammer auf der linken Seite betrat, stockte ihm der Atem. Hier fehlte eindeutig die Frischluftzufuhr. Irgendwas in dieser Kammer moderte vor sich hin und der beißende Gestank förderte gleich einen ekligen Belag auf seiner Zunge. Er konnte den Geruch schmecken. Eine höchst unangenehme Tatsache.

Irritiert blickte er in den Raum hinein und sah dort sechs Nischen, drei übereinander verteilt auf jeder Seite, die in den Stein geschlagen waren. Sie waren gerade mal so groß, dass ein ausgewachsener Mensch bequem darin Platz finden konnte. Vier dieser Nischen waren leer, doch erstaunlicherweise befanden sich in zwei Senken auf der rechten und linken Seite jeweils eine Person, die in seinen Augen ziemlich tot aussahen. Beide lagen auf der untersten Ebene. Der Lichtschein der zwei Fackeln in der Kammer reichte aus, die Person ausreichend zu erkennen. Vorsichtig trat er näher heran. Er musste gehörig aufpassen, dass er auf dem glitschigen Boden nicht ausrutschte. Jede Vorstellung, was sich da genau unter seinen Füßen befinden konnte, versuchte er zu verdrängen.

Tristan trat näher an die Nische heran, beugte sich etwas hinunter, und das, was er dort entdeckte, war an Grausamkeit kaum zu überbieten. Die Körper lagen in einer Lache aus Blut und Exkrementen, was einen fürchterlichen, säuerlichen Geruch ausstrahlte. Schützend hielt er die Hand vor Mund und Nase. Mit einem tiefen Luftzug durch den Mund kämpfte er die Übelkeit nieder. Langsam und äußerst vorsichtig beugte er seinen Oberkörper nach vorn und begutachtete die Person, die vor ihm lag. Sein mittlerweile geschulter Blick bestätigte ihm, was er bereits vermutet hatte. Direkt vor ihm lag ein Ghul. Eine stinkende Hülle, die direkt aus der Hölle zurückgekehrt war. Er sah dem Monster, das ihn in seinem Heimatdorf angegriffen hatte, sehr ähnlich. Sein halb zerfallenes Gesicht erzählte eine Geschichte von einem besseren Leben, bevor das Böse ihn zu sich genommen hatte. Der Mann war früher mal ein Bauer gewesen oder hatte einen vergleichbaren niedrigen Stand gehabt. Da war er sich sicher. Tristan erkannte seinesgleichen. Es war die Kleidung und die gezeichneten Hände des Mannes. Man sah dem Körper trotz des Verfalls die schwere körperliche Arbeit an. Tristan bemerkte in diesem Moment eine Auffälligkeit. Wie so oft waren die Ghule aus der Unterschicht. Menschen, deren Verschwinden niemanden kümmerte, außer der eigenen Familie vielleicht. Dasselbe Schicksal, das beinahe auch ihn ereilt hätte, wenn Amar ihn nicht gerettet hätte. Das wurde ganz bewusst so gemacht.

Verständnislos über diese Grausamkeit kam er dem Ghul noch etwas näher. Die Personen waren schätzungsweise um die zwanzig Jahre alt gewesen. Die genaue Bestimmung des Alters war durch die Entstellung am Körper fast unmöglich. Die Finger waren zerschunden und kaputt, teilweise fehlten ein paar Glieder. Der bleiche Knochen war an mehreren Stellen zu sehen. Das Gesicht des Mannes, das Tristan erblickte, war fürchterlich entstellt. Da, wo sich einmal Nase und die Lippen befunden hatten, klaffte ein riesiges Loch. Man konnte deutlich den Oberkiefer mit den restlichen vergilbten Zähnen erkennen. Am Unterkiefer fehlten fast alle Zähne. Dieser Ghul war in einem sehr schlechten Zustand.

Eine bösartig lachende Fratze, schoss es ihm durch den Kopf. Die Augen waren geschlossen und da, wo sich einmal die Ohren befunden hatten, erkannte er nur noch zwei große Löcher. Dieser Mann musste Höllenqualen durchlitten haben. Tristan wandte den Blick ab und ging hinüber auf die andere Seite, wo die andere Person in der untersten Nische lag. Dieser Mann sah wesentlich besser aus als der Bauer. Zwar war auch dieser voller Narben, aber nirgends waren tiefe Wunden zu sehen oder kamen Knochen zum Vorschein. Die Hand vorsichtig ausgestreckt, tippte er auf die kalte Wange. Gerade als sein Verstand zur Vorsicht mahnte, meinte er, eine Bewegung hinter sich ausgemacht zu haben. Tristan erhob sich, blickte nach hinten. Dann drehte er sich um.

„Arrgh!" Tristan erschrak und wich stolpernd nach hinten zurück. Reaktionsschnell hob er seine Waffe. Der entstellte Ghul öffnete seine Augen und starrte den Eindringling mit goldgelben Augen an. Langsam richtete sich der Schlafende auf, wenig begeistert von seinem Besucher.

Wie konnte ich nur so leichtsinnig sein. Noch in der Rückwärtsbewegung knallte er mit dem Kopf an die gegenüberliegende Felswand und fiel in die Nische auf den Körper des Ghuls. Sein Schwert fiel ihm aus der Hand und landete auf dem blutverschmierten Boden. Langsam richtete sich der Schlafende auf. Tristan war völlig überrascht worden und suchte hektisch nach seiner Waffe. Er krabbelte wieder aus der Nische, während seine Hände über den kalten und feuchten Boden glitten, bis sie schließlich den Griff des Schwertes erreichten und er kräftig zupacken konnte. Seine Wunde am Oberschenkel machte sich in diesem Moment wieder bemerkbar und schmerzte. Er verzog sein Gesicht und zischte dabei laut auf. Noch immer ungläubig wollte er gerade auf den Ghul zustürmen, als er überraschend von hinten gepackt wurde. Knochige Hände, die ihn mit immenser Kraft nach unten drückten. Von jetzt auf gleich hatte sich die Situation geändert und Tristan befand sich auf einmal in noch größerer Gefahr. Blitzartig hob er seinen Arm und versuchte, sich von deren festen Klauen zu befreien. Währenddessen stand der andere Ghul aus der Nische auf. Die Zeit drängte. Tristan musste sich befreien. Beim Aufrichten stieß Tristan mit seinem Ellenbogen den Angreifer hinter sich weg. Angestrengt versuchte er, auf die Füße zu kommen.

In diesem Moment stürmte der andere Ghul mit einem wütenden Knurren auf den Eindringling los. Tristan reagierte blitzschnell und wich nach rechts aus. Der Dämon stolperte ins Leere und prallte schließlich mit voller Wucht gegen die Höhlenwand zwischen den Nischen. Tristan musste so schnell wie möglich aus der engen Kammer raus. Hier drinnen hatte er wenig Chancen, sich zu wehren. Als er sich umdrehte, sah er, dass der andere Ghul ebenfalls aus seiner Nische gekrochen und bereits auf dem Weg in seine Richtung war. Reaktionsschnell, wie Tristan war, machte er einen Satz nach vorn und hechtete mit ein paar Schritten hinaus aus der Gruft.

Als er draußen war, zuckte er erneut zusammen. Die Situation hatte sich noch weiter verschlechtert. Von reichlich Tumult abgelenkt, schaute er nach rechts in den Tunnel. Ein Dutzend weitere Ghule, von dem Lärm aufgeschreckt, kamen laut fluchend aus der Richtung des Gewölbes auf ihn zu. Es war eine verdammte Falle. Sie hatten ihn gelockt. Ihn dorthin geführt, wo sie ihn haben wollten.

„Das ist doch ...", stammelte er leicht geschockt, ohne den Satz zu vollenden. Jetzt galt es, seine Sinne zu sammeln und sich zu konzentrieren, wenn er hier lebend wieder rauskommen wollte. Seine Augen weiteten sich und mit Schrecken stellte er fest, dass die Ghule mit ausgestreckten Armen immer näherkamen. In diesem Moment wurde er von hinten gepackt und zu Boden gestoßen. Tristan rollte sich über den Boden ab und konnte dabei sein Schwert festhalten. Er hatte in ein Wespennest gestochen und jetzt kamen sie aus ihren Löchern, um den Bau zu verteidigen. Schnell stand er wieder auf beiden Füßen und richtete seine Waffe auf die Angreifer. Der Bauer rannte mit weit aufgerissenem Maul auf Tristan zu. Nur wenige Meter von ihm entfernt streckte das Monster seine Arme aus und wollte den Ritter zu fassen bekommen. Doch der Ritter hob sein Schwert an und rammte es mit voller Wucht seinem Angreifer in den Unterleib.

Das Monster jaulte auf wie ein verletzter Wolf und versuchte, trotz der Klinge im Bauch, weiter nach ihm zu greifen. Dabei schnappte er immer wieder mit dem Maul und versuchte, ihn zu beißen. Tristan trat mit seinen Füßen nach dem Ghul und konnte ihn somit zurückstoßen. Mit den Armen wirbelnd fiel er auf den Rücken, stand aber sehr schnell wieder auf. Genau in diesem Moment taten die Kristalle ihre Arbeit. Der Ghul blieb stehen und schaute irritiert nach unten. Sein Fleisch und seine Kleidung fingen an zu qualmen und schließlich begann er gequält zu schreien. Tristan vernahm es mit einem hämischen Grinsen. Kurz danach ging das faule Fleisch des Ghuls in Flammen auf.

Ein weiterer Ghul griff ihn an, packte ihn mit ungeheurer Kraft von hinten am Kopf und versuchte, ihn mit seiner ganzen Körperkraft gegen die Wand zu drücken. Dabei griff der Ghul unbewusst den Lederbeutel mit den Kristallen und riss ihn ab, ohne dass Tristan das bemerkte. Er wehrte sich so gut er konnte. Mit einer geschickten Drehung drückte er den Ghul, der jetzt fast huckepack auf seinem Rücken klebte, gegen die Wand. Mit der Wucht des Aufpralles ließ das Monster von ihm ab und sackte an der Wand zusammen. Tristan drehte sich blitzschnell um. Sein Schwert schnellte nach vorn und die Klinge bohrte sich oberhalb der Nase in die Stirn. Die entsetzten gelben Augen blickten Tristan an, ohne zu begreifen, was gerade passiert war. Tristan zog die Klinge wieder raus und bald danach ging der Ghul in Flammen auf. Schon stand der nächste parat und wollte ihn angreifen. Er ging einen Schritt zurück in den Gang und sah, wie weitere Ghule aus dem Gewölbe auf ihn zukamen.

„Kommt nur her!", brüllte Tristan seine Angreifer an. Er war bereit, sie alle in die Hölle zu schicken. „Ich warte nur auf euch."

KEINE GUTEN AUSSICHTEN

Sein Mund war weitestgehend ausgetrocknet und er spürte kaum noch Speichel unter seiner Zunge. Der Flüssigkeitsverlust trieb seinen Kopfschmerz in die Höhe, sodass er die Augen geschlossen hielt. Die Unterlippe war mehrfach aufgeplatzt und das getrocknete Blut bildete mittlerweile eine dicke Kruste, die er immer wieder nervös abknabberte, und die Lippe begann erneut zu bluten. Amar hatte schrecklichen Durst. Der Gedanke an Wasser machte ihn fast wahnsinnig und mittlerweile würde er alles tun, nur um einen Schluck zu bekommen. Er war immer noch allein in seiner Zelle. Hin und wieder hörte er ein Wimmern oder Schluchzen, das durch das unterirdische Gewölbe schwang, wie das Gejammer einer gepeinigten Seele. Die Gefangenen sprachen nicht viel miteinander. Die trostlose Umgebung und die Aussichtslosigkeit der Situation ließen sie unmotiviert allein zurück, hüllten sie ein und gaben sie unter keinen Umständen frei. Amar hörte ab und zu einen Schrei von so manchem verängstigten Soldaten, der die Geschehnisse im Schlaf zu verarbeiten versuchte. Qualvolles Leid, das durch die natürlichen Hallen waberte und ihn immer wieder aufs Neue erschreckte. Ihm war nicht wohl. Ganz im Gegenteil. Amar fühlte sich richtig schlecht und er stellte sich die Frage, was sie hätten anders machen können, um das Kloster und vor allem sich selbst zu schützen. Er hatte die Situation eindeutig falsch eingeschätzt. Seine Hoffnung war vergebens, dass die Hilfe aus Passavia und Wormatia rechtzeitig eintraf.

Niemand ist gekommen, um sie zu retten, dachte er traurig. Dass diese Schatten, diese Vampire gerade jetzt das Kloster überfallen hatten, war für ihn ein schlecht gewählter Zeitpunkt. Was hatte sich geändert, dass sie gerade jetzt hinter die Mauern gekommen waren? Obwohl die Lage sehr bedrohlich aussah, hoffte er immer noch, dass sich noch alles zum Guten wenden würde. Allein der Glaube daran fehlte.

Er selbst schlief sehr wenig. Und selbst wenn er mal leicht eingedöst war, so war sein Unterbewusstsein immer hellwach. Das führte dazu, dass er nicht träumte, das Geschehen nicht wirklich verarbeiten konnte und dass dieser Zustand ihm jede Menge Kraft raubte. Sein Körper verlangte nach Ruhe, aber dies ließ die Situation einfach nicht zu. Obwohl er hundemüde war, blieb er wachsam und wehrte sich mit aller Macht gegen den süßen Schlaf des Vergessens. Amar wusste immer noch nicht, wie viele aus dem Kloster gestorben oder gefangen genommen worden waren. Ja, er wusste nicht mal, wie viele fliehen konnten. Aber er schätzte, dass es doch noch einige waren, die hier unten ihr Dasein fristeten. Sein Verstand arbeitete sehr hart daran, einen Weg zu finden, sich und die Männer aus der Gefangenschaft zu befreien.

Das Gefühl von Einsamkeit begleitete ihn, seitdem er hier unten eingesperrt war. Hin und wieder kamen ihn ein paar Ratten besuchen, auf der Suche nach etwas Essbarem. Sie waren ebenso ein weiterer guter Grund, nicht mehr einzuschlafen. Immer wieder liefen die kleinen Biester über seine Beine und wenn er sie nicht fortjagte, sahen sie ihn als Mahlzeit an. Schon ein paar Mal war er aus dem Dämmerschlaf hochgeschreckt, weil sie ihn gebissen hatten. Amar mochte diese Nager nicht. Sie waren aufdringlich und in seinen Augen immer ein Bote des Unheils.

Von Bartholmes hatte er jetzt schon seit einiger Zeit nichts mehr gehört. Vermutlich war er eingeschlafen und die Ratten versuchten gerade, bei ihm ein Stück Fleisch zu ergattern. Angeekelt schüttelte er den Kopf und schloss für einen kurzen Moment seine Augen.

Seine Handgelenke schmerzten von den ständigen, erfolglosen Versuchen, die Kette aus der Wand zu reißen. Immer wieder hatte er es versucht und nicht das Geringste damit erreicht. Obwohl er mittlerweile völlig entkräftet war und gerade darüber nachdachte, versuchte er abermals verzweifelt, seinen Oberkörper nach vorne zu strecken, um ein weiteres Mal die Kette zu spannen. Aber er schaffte es kaum. Immer wieder sackte er erschöpft zusammen und blieb schließlich vornübergebeugt in der Hocke auf beiden Knien sitzen. So wie dieses Mal. Das Martyrium nahm kein Ende und mit jedem Augenblick, der verstrich, wurde sein Zustand immer schlimmer. Amars Körper würde alsbald zusammenbrechen und dann würden sich die Ratten über ihn hermachen. Er musste wieder zu Kräften kommen. Aber wenn er nicht bald etwas zu essen und zu trinken bekommen würde, da war er sich sicher, dann würde der Tod ihn bald ereilen. Die Frage war nur, ob das nicht das bessere Schicksal war. Wer wusste, was ihn sonst noch erwarten würde. Er verharrte in der Hocke und blickte auf den dreckigen Boden, als er ein Geräusch vernahm. Sein Kopf schnellte nach oben und er blickte aus der Zelle hinaus nach vorne. Der Schall wurde lauter und er identifizierte die Laute als Schritte. Irgendjemand kam zu ihnen.

Vielleicht bekam er jetzt endlich was zu trinken? Amar wusste, es war ein törichter Gedanke, aber ihm blieb nur die Hoffnung. Die Schritte wurden lauter, bis er schließlich eine dunkle Gestalt erkannte, die sich vor seiner Zelle aufbaute. Im Halbdunkeln konnte er nicht so viel erkennen. Der Mann hatte lockiges Haar und seine Haut war sehr blass. Amar erkannte ihn wieder. Der Mann aus dem Skriptorium. Sein Gesichtsausdruck war böse und er schien wütend zu sein.

„Wasser, ... bitte!", flüsterte Amar ihm zu. Doch der Lockenkopf reagierte nicht. Er starrte ihn weiter aus goldgelben Augen an. Dann ging er ein Stückchen weiter bis zur Tür. Schließlich holte der Besucher einen Schlüssel hervor und steckte ihn in das Schloss. Mit einem metallischen Klacken öffnete er die Gittertür und trat dann zu Amar in die Zelle.

„Ich habe Durst, bitte", flehte Amar den Besucher an. Stumm ging er auf ihn zu und blieb dann vor ihm stehen.

„Ihr seid so erbärmlich", meinte er schließlich. Amar schaute ihm flehend in die Augen und hoffte auf das Mitleid des Mannes. Aber allem Anschein nach zeigte das keine Wirkung. Der Mann ging einen weiteren Schritt auf ihn zu. Amar nutzte die Gelegenheit und robbte mit seinem Oberkörper nach vorne. Die metallischen Glieder der Eisenkette spannten sich an der rechten Hand erneut und sein Handgelenk schmerzte. Der Besucher trug einen langen schwarzen Mantel aus feinem Stoff. Amar wollte nicht zu Kreuze kriechen, sah aber im Moment keine andere Möglichkeit, um zu überleben. Sein Kopf berührte das Gewand.

„Bitte, mein Herr", sagte er wieder.

Der Besucher war wenig begeistert, trat ihm sogleich mit seinem Knie mitten in Amars Gesicht und stieß ihn somit weg. Er fiel zurück auf den Rücken und blieb erschöpft liegen.

„Geht weg von mir!", brüllte der Mann ihn an. Amar schmeckte Blut von seiner wieder aufgeplatzten Lippe. Sein Kopf brummte und die Kopfschmerzen, welche ihn plagten, verstärkten sich ein weiteres Mal.

„Ihr habt Euch das nicht verdient. Das Einzige, was Ihr verdient habt, ist der Tod und das ist noch nicht mal eine gerechte Strafe für Euch." Mit seiner linken Hand säuberte er sein Gewand. Amar stöhnte und versuchte krampfhaft, nicht sein Bewusstsein zu verlieren.

„Ihr wart es, die meine Familie getötet habt. Ihr wart es, die gegen Leviathan aufbegehrt habt. Von mir könnt Ihr keine Hilfe erwarten. Wenn es nach mir ginge, würde ich Euch ungeahnte Schmerzen zufügen und Euch zu meinem Ghul machen. Aber mein Vater sagte mir, dass Ihr zu schade dafür seid. Nein, für Euch haben wir was anderes vor. Ihr werdet auf eine Reise gehen und werdet Qualen erleiden, die ihr Euch nicht vorstellen könnt. Der Herr der Drachengilde wird seine Freude mit euch haben." Er holte noch einmal aus und trat Amar mit voller Wucht in den Unterleib. Wieder heulte der Gefangene auf und krümmte sich vor Schmerzen. Der Besucher verließ augenblicklich die Zelle, schloss die Tür wieder ab und ging fort.

Amar blieb einsam zurück und japste nach Luft. Sofort wurde das unerträgliche Quieken der ungebetenen Gäste lauter und Amar sah, wie die Nager erneut auf ihn zustürmten. Das waren wahrlich keine guten Aussichten.

UNGEBETENER BESUCH

Tristan atmete schwer durch und versuchte, sich zu sammeln. Jetzt durfte er wirklich keinen Fehler machen, sonst würde er diesen Ort nicht mehr als Ritter verlassen. Seine Augen nahmen jede noch so kleine Bewegung wahr. Trotz der schwachen Beleuchtung. Hinter ihm brannte immer noch der Ghul. Das Ledersäckchen war nicht mehr an seinem Gürtel und lag unweit von Tristan auf dem Boden, ohne dass er es gemerkt hatte.

„Kommt nur her!", brüllte er den Ghulen entgegen und forderte somit seine Gegner zum Kampf auf. Ohne auch nur einen weiteren Moment abzuwarten, segelte schon der nächste von ihnen durch die Luft und versuchte, Tristan umzureißen. Doch der Ritter sah das Monster aus verfaultem Fleisch, hob blitzschnell seine Klinge an und traf den Feind zielgenau unterhalb der Kehle. Das Metall glitt durch das schwammige Gewebe wie durch weiche Butter. Noch im Flug drehte Tristan sich zur Seite nach rechts und nahm das Schwert mit Schwung mit sich. Der Kopf des Ghuls knickte zur Seite weg und sein Widersacher klatschte wie eine weiche Frucht rauchend auf dem Boden auf. Noch im Fallen fiel der Kopf komplett vom Rumpf und klatschte, wie der Rest des Ghuls, auf den kalten Höhlenboden. Wieder hatte er so einen Fiesling erledigen können. Ohne ihm auch nur die geringste Pause zu gönnen, kam schon der nächste Ghul auf ihn zu. Sie schienen, angestachelt durch das Feuer, noch wütender zu werden. Hatte Amar nicht erwähnt, dass sie Angst vor Feuer hatten? Oder irrte er sich da? Tristan sah die Bewegung im Augenwinkel, drehte sich zur linken Seite und trennte auch dem Monster den Kopf von den Schultern. Der junge Ritter befand sich wie im Rausch und streckte einen nach dem anderen nieder. Das Blut des Ghuls spritzte ihm in sein verschwitztes Gesicht und er spürte die kalten Tropfen auf der Haut. Er wischte sich das Blut ab, in der Hoffnung, dass es auf seinem Körper nicht in Flammen aufging. Zu seinem Glück musste er feststellen, dass es nicht so war. Warum, war ihm eigentlich egal.

Plötzlich spürte er einen harten Schlag im Nacken und er stolperte ein Stück weit nach vorne. Ohne dass er es bemerkt hatte, war einer dieser Höllenkinder hinter ihn gelangt. Tristan fiel nach vorne auf die Knie und verlor dabei sein Schwert. Noch leicht angeschlagen drehte er sich um und sah den Ghul unmittelbar vor sich stehen. Hämisch lachte dieser ihn an. Verzweifelt blickte er kurz nach links. Das Schwert war zu weit weggerutscht. Niemals würde er es erreichen können, bevor sein Feind bei ihm war. Tristan sprang wieder auf die Beine, den großen Ghul, der an die zwei Meter war, immer im Blick.

„Warum müssen die immer so groß sein?", fluchte er. Noch mal schaute er auf die Waffe. Der beinahe haarlose Ghul kombinierte in seinem Kopf den nächsten Zug und war darauf vorbereitet, dass Tristan versuchen würde, das Schwert zu erreichen. Wieder grinste das Böse ihn siegessicher an. Für einen kurzen Augenblick stand die Welt still. Tristan blickte in die wütenden gelben Augen. Und dann, völlig unerwartet, spurtete der Ritter los. Das Überraschungsmoment lag eindeutig auf seiner Seite. Noch während er lief, holte er den kleinen Dolch hervor, den er zuvor noch von dem Soldaten am Eingangstor überreicht bekommen hatte. Tristan sah, wie sein Gegenüber überrascht die Augen aufriss. Mit der linken Hand packte er brüllend seinen Gegner am Nacken und mit der rechten wirbelte er die Klinge in den nackten und muskelbespannten Unterleib. Der Angriff erfolgte so schnell, dass der Ghul nicht mehr reagieren konnte. Immer wieder, fast wie von Sinnen, stach er auf den Dämon ein und das Monster sackte ein Stück weit in sich zusammen. Tristan war sich sicher, dass der Ghul Schmerzen hatte, so wie er brüllte. Blitzschnell hechtete er dann um das Opfer herum, setzte die kleine Klinge an der Kehle an und schlitzte dem Dämon den Hals auf.

„Zur Hölle mit Euch!", brüllte Tristan ihn an. Eine rotbraune Suppe ergoss sich über den Boden. Der Ghul griff sich noch verzweifelt an den Hals, aber es war schon zu spät. Japsend kippte er nach vorn weg. Im Fallen hielt Tristan den Kopf an der Stirn fest und zog ihn noch einmal fest nach hinten. Irgendwo im Nackenbereich des Ghuls knackte es laut und er brach auf der Stelle zusammen. Der Kopf, nicht mehr wirklich fest, knickte bei dem Aufprall unnatürlich zur Seite. Tristan hörte noch ein letztes Wimmern, dann zerfiel der Körper vor ihm.

Das Böse gönnte ihm keine Pause. Er blickte kurz auf seine blutverschmierten Hände, die ein wenig zitterten. Schon standen wieder zwei Monster vor ihm. Langsam merkte er, wie seine Kraft zur Neige ging. Er musste sich etwas einfallen lassen und seine Kräfte besser einteilen. Kurzfristig kam ihm eine Idee. Er griff, ohne zu gucken, an seinen Gürtel, mit Schrecken stellte er fest, dass der Lederbeutel weg war.

„Verflucht", brüllte er. Er blickte sich um und suchte den Boden ab. Dann sah er den Lederbeutel auf dem Boden liegen. Vielleicht zwei Meter entfernt. Tristan ließ den Dolch fallen und hechtete nach vorne, machte eine Rolle vorwärts und sammelte geschickt den Sack mit den Kristallen auf. Dann nahm er den Schwung der Rolle mit und stellte sich wieder auf die Beine. Ungläubig, dass sein Vorhaben geklappt hatte, grinste er in sich hinein. Ohne zu zögern, rannte er an den Kreaturen vorbei, die ihn zu packen versuchten. Ohne Erfolg. In der absoluten Gewissheit, dass ihm die restlichen Bestien folgen würden, bog er nach links, lief durch das Gewölbe und dann den s-förmigen Tunnel wieder zurück zum Plateau. Das Knurren der Meute war direkt hinter ihm. Kurz bevor der Höhlengang ihn ausgespuckt hatte, lief er zur Seite, nahm eine der Fackeln aus dem Tunnel und lief hinaus auf das Plateau.

Die Ebene war nur von einer Seite her offen, während sie von den anderen drei Flanken von hohen Felswänden umschlossen war. Genau gegenüberliegend waren einige Vorsprünge und kleinere Nischen, hinter denen man sich gut verstecken konnte. Der Krach aus dem Tunnel wurde lauter und er wusste, dass die Ghule ihn bald erreichen würden. Ohne die geringste Ahnung, ob sein Plan gelingen würde, kramte er aus seinem Lederbeutel einen dieser Kristalle hervor und legte ihn mitten auf das Plateau. Dabei achtete er darauf, dass er den größten Stein nahm, der im Beutel war. Er war in etwa so groß wie ein großer Kieselstein. Dann schnürte er den Beutel wieder zu und befestigte ihn am Gürtel. Eilig lief er mit der Fackel zu dem Felsvorsprung neben dem Eingang und versteckte sich dort. Dann wartete er kurz und sprach ein leises Gebet. Nur wenige Augenblicke später stürmte der erste Ghul, gefolgt von zwei weiteren, aus der Öffnung und blickte sich suchend um. Das Überraschungsmoment lag wieder einmal auf seiner Seite. Kopflos blickten sie sich um und suchten ihn, ohne zu wissen, wohin er gerannt war. Weitere Ghule kamen aus dem Tunnel und versammelten sich in der

Mitte des Platzes. Ein weibliches Monster reckte den Kopf nach oben und schien zu schnüffeln. Wie ein Hund oder ein Wolf versuchte sie, seine Fährte aufzunehmen.

Tristan wartete einen Moment, dann war die Zeit gekommen. Er bekreuzigte sich in der Hoffnung, sein Plan würde aufgehen. Er packte dann das Feuer, kam aus seinem Versteck hervor und warf die Fackel genau auf die Mitte des Plateaus. Sie flog wirbelnd durch die Luft. Die Ghule bemerkten ihn zu seinem Glück erst mal nicht. Die Fackel fiel genau, wo er es beabsichtigt hatte. Genau auf den Kristall. Und das Feuer ging zu seinem Glück nicht aus. In diesem Moment drehten sich ein paar der Ghule zu ihm um. Andere wiederum blickten auf das Feuer. Ihnen stand die Ratlosigkeit dieser Aktion ins Gesicht geschrieben. Tristan schaute auf die Fackel und auf den Kristall. Es verging ein Moment, in dem rein gar nichts passierte. Tristan ließ enttäuscht die Schultern hängen. Er hatte so sehr auf eine Reaktion mit dem Kristall gehofft.

Einer der Ghule fauchte ihn an, ging in Kampfhaltung und wollte gerade losstürmen, als Tristan ein Zischen vernahm. Kurz darauf traf ihn ein Lichtblitz und er wurde von einer Druckwelle nach hinten geschleudert. Noch im Flug sah er, wie der Kristall explodierte und mit einem hellen Blitz alle Ghule umfing. Jene, die direkt am Kristall standen, wurden augenblicklich in Stücke gerissen. Jene, die weiter wegstanden, gingen in Flammen auf. Tristan landete unsanft auf dem Rücken und japste nach Luft. Durch den lauten Knall piepste es in seinen Ohren und er nahm Geräusche nur sehr dumpf wahr. Das war heftiger, als er es sich vorgestellt hatte.

Aufgeschreckt durch die Hitze liefen ein paar Ghule wild hin und her und versuchten, das Feuer auf ihrer Haut zu löschen. Entsetzliche, gequälte Schreie hallten durch die Höhlen. Zwei von ihnen griffen sich vor Schmerzen an den Kopf und versuchten, die Flammen auf ihrem Kopf auszuschlagen. Doch ohne Erfolg. Voller Panik rannten sie umher, ohne zu sehen, wohin sie liefen. Tristan sah nur noch, wie einer der beiden schreiend in die Schlucht stürzte.

„So habe ich mir das vorgestellt!“, sagte er auf dem Boden liegend. Der übrig gebliebene wälzte sich vor Schmerzen auf dem Boden hin und her, in der Hoffnung, das Feuer dadurch auszubekommen. Aber es war schon zu spät. Die Flammen hatten schon vollständig Besitz von seinem Körper genommen. Tristan war überrascht, wie leicht sie brannten. Die Haut kochte mittlerweile und man sah, wie sich große Brandblasen bildeten. Die Augen platzten und heißer Dampf trat ihm aus dem Mund. Immer noch zuckend versuchte das Böse, dem Feuer zu entkommen. Zufrieden blickte Tristan auf sein Werk. Der Todeskampf dauerte noch einen Moment und dann war auf einmal alles still. Die Flammen züngelten noch an den zerfallenden Körpern, als Tristan zufrieden auf sein Schlachtfeld blickte. Er grinste immer noch und stand langsam auf. Seine Hand zitterte vor Aufregung. Diese Kristalle waren in der Tat eine Waffe, die sie dringend benötigten. Und er verstand, warum Adalar nicht wollte, dass sie dieses Wissen erlangten. Er klopfte sich den Staub von seinen Ärmeln und wartete noch einen Moment. Zufrieden mit seinem Werk.

Schließlich ging er zurück in den Tunnel, um sein Schwert zu holen. So wie es aussah, hatte er alle zur Hölle geschickt. Und das war gut so. Zu seiner Erleichterung lag es noch immer da, wo er es verloren hatte. Mit zittriger Hand und weichen Knien hob er es auf, dann hockte er sich kurz auf den Boden. Mit dem Rücken lehnte er sich an die Tunnelwand und schaute, ob er den Lederbeutel ein weiteres Mal richtig am Gürtel befestigt hatte. Er war das Wertvollste, was er gerade besaß. Er brauchte dringend eine Pause. Sein Herz klopfte immer noch sehr stark in seiner Brust und der Schweiß rann ihm von der Stirn hinunter.

Erst jetzt spürte er die Kratzer auf seiner Haut, die diese Kreaturen ihm als Andenken hinterlassen hatten. Sie brannten wie Feuer, waren aber nicht lebensgefährlich, sodass er sich Sorgen machen musste. Erschöpft hielt er weiter inne, bekreuzigte sich und fing an, ein kleines Dankgebet in lateinischen Worten zu sprechen, so wie er es im Kloster gelernt hatte. Nachdem sich sein Atem wieder beruhigt hatte und er wieder bei Kräften war, richtete er sich auf. Einige Fackeln waren durch den Kampf erloschen, sodass ein Teil des Ganges in Dunkelheit getaucht war.

„Dort hinten war doch eine Tür, wenn ich mich recht erinnere", flüsterte er leise. Tristan fragte sich, welche Bedeutung diese Höhlen eigentlich hatten. Es war ein Ort, der von der Außenwelt verborgen blieb, das war ihm schon bewusst. Aber welches Geheimnis wurde hier noch gehütet? Wenn er schon mal hier war, konnte er dieses auch lüften. Es würde sicherlich hilfreich sein. Tristan rappelte sich unter Stöhnen wieder auf und nahm eine brennende Fackel aus der Halterung an der Wand. Er ging ein Stück weiter in den Tunnel hinein, bis dieser schließlich an der Tür endete. Sie war aus dunklem Holz und wirkte auf ihn recht neu, aber völlig deplatziert. Auf der Tür war dasselbe Kreuzsymbol eingraviert, wie er es schon vorher einmal in den Höhlen gesehen hatte. Ungläubig auf das dunkelbraune Holz starrend, blieb er wie angewurzelt stehen.

Was bedeutet dieses Zeichen? fragte er sich ein weiteres Mal. Dann drehte er sich noch einmal um, leuchtete mit seinem Licht in den Gang hinein. Es war niemand zu sehen. Die Angst, erneut überrascht zu werden, war einfach zu groß. Tristan steuerte auf die Tür zu und berührte mit seiner Handfläche das Holz. Sie war sehr fein gearbeitet und roch noch sehr frisch. Vorsichtig legte er sein Ohr an die Tür und lauschte.

Wie dumm von mir, wenn da jemand drinnen war, wäre er bestimmt schon rausgekommen. Die Explosion war ja nicht wirklich leise, dachte er sich über sich selbst wundern. Er hörte, wie vermutet, nicht das geringste Geräusch.

Tristan drückte die aus Gusseisen bestehende Klinke sanft hinunter, aber die Tür war verschlossen. Die Neugierde in ihm stieg an. Er wollte wissen, was sich hinter diesem Eingang befand. Es musste etwas Wichtiges sein, wenn der Bereich dahinter abgeschlossen war. Tristan ging ein paar Schritte zurück, legte die Fackel und sein Schwert auf den Boden und holte noch mal tief Luft. Dann rannte er los. Mit voller Wucht stemmte er sich gegen die Tür. Das Holz gab schon beim ersten Mal nach und zerbrach in mehrere Stücke. Durch die Kraft, mit der er auf die Tür einwirkte, konnte er sich nicht mehr halten und fiel mitsamt den kaputten Holzstücken vornüber in den dahinterliegenden Raum auf den Boden.

„Verflucht", brummte er, als er sich mit beiden Händen auf dem Steinboden abstützte. Tristan rappelte sich wieder auf und versuchte, etwas zu erkennen. Der Raum war in völlige Dunkelheit getaucht und er konnte nicht wirklich was sehen. Schnell ging er zurück und nahm die Fackel an sich. Auch sein Schwert nahm er mit sich. Zurück im Raum erkannte er schließlich, wo er sich gerade befand. Es war ein kleines Gewölbe, das dieselbe Größe wie die Kammern hatte, die im Tunnel verteilt waren. Nur dass es hier keine Nischen gab. Vor ihm, mitten im Raum, stand ein Tisch aus demselben dunklen Holz wie die Tür, auf dem diverse Schriftrollen und Papiere verteilt waren. Die Pergamente waren wild durcheinandergewürfelt und ließen jegliche Ordnung vermissen. An der hinteren Wand war ein helles Regal, in dem ebenfalls viele Schriftrollen und Pergamente eingelagert worden waren. Aber im Gegensatz zum Tisch waren diese geordnet worden. Jedenfalls hatte es den Anschein. Tristan ging einmal um die Tischplatte herum und beäugte die lieblos verstreuten Papiere. Es machte auf ihn den Eindruck, als ob vor Kurzem noch jemand hier gewesen wäre und an den Texten gearbeitet hätte. Dies ließ ihn zum Schluss kommen, dass außer den Ghulen noch andere hier gewesen waren. Vermutlich Vampire, die diesen Ort verwalteten. Irgendwie war er gerade froh, keinem von ihnen begegnet zu sein. Wahllos griff er nach einem Pergament und zog es hervor.

Neugierig blickte der junge Mann auf die Texte und versuchte, sie zu lesen. Doch vieles, was in den Texten stand, blieb ihm verborgen. Bei der weiteren Betrachtung fiel ihm aber ein weiteres Schriftstück in die Hand, das er interessiert musterte. Dadurch, dass er nicht so gut lesen konnte, verstand er nur ein paar Worte davon. Das Wichtigste, was er verstand, waren aber wohl die Namen Leviathan sowie De Kerk, Passavia und Heidelberch. Tristan schloss daraus, dass dieses Dokument für den Bischof wichtig sein könnte. Er wurde das Gefühl nicht los, dass alles irgendwie in Zusammenhang stand.

Der Ritter nahm das Schriftstück an sich. Eingerollt stopfte er es unter seine Lederweste. Tristan blickte sich noch ein weiteres Mal um, dann verließ er den Raum durch den kleinen Eingang wieder. Kurz darauf blieb er stehen und starrte in das dunkle Loch.

„Fahrt zur Hölle“, sagte er angewidert und warf die Fackel genau auf den Tisch. Kurz darauf fingen die teilweise in Öl getränkten Papiere Feuer und schon bald darauf loderten die ersten kleinen Flammen. Die Schriften waren Teufelswerk und er machte sie für immer unbrauchbar.

Als er um die Ecke bog, brannte mittlerweile der ganze Tisch, und der Tunnel lag schon leicht in einem rauchigen Nebel. Tristan verließ den Tunnel des Grauens und schaute sich auf der Ebene um. Irgendwie musste er hier wieder raus. Er nahm sich erneut eine Fackel aus der Halterung an der Höhlenwand und die kleinen Stufen hinunter. Unten angekommen, sah er einen dunklen Fleck auf dem Boden liegen, der immer noch leicht zündelte. Das war der Rest von dem, was einmal diese Kreatur gewesen war. Tristan schaute sich noch einmal um. Mittlerweile lag der ganze Tunnel in dicken Rauchschwaden.

Er rannte immer weiter und kam in ein völlig anderes Höhlensystem. Aber das war Glück im Unglück, denn von hier aus kam er zum kleinen unterirdischen Flusslauf, den er vorhin schon gehört hatte. Dieser führte ihn mehrere Meter Richtung Osten, wo er schließlich aus dem Erdreich trat und ihn wieder in die Freiheit entließ. Tristan zwängte sich durch eine kleine Spalte im Gestein, und schon bald stand er wieder mitten im Wald. Von draußen aus war der Eingang kaum zu erkennen. Als ihn das Erdreich wieder ausspuckte und er das sichere Tageslicht erblickte, war er stolz und erleichtert zugleich. Er hatte die Kristalle gefunden, und er würde wiederkommen, um noch mehr von ihnen zu holen. Und die Erkenntnis, was man mit ihnen anstellen konnte, war von unschätzbarem Wert. Tristan blickte in den dunklen Wald, der sich ihm darbot, und grinste stillvergnügt. Es hatte wieder angefangen, leicht zu schneien. Er war jetzt an einem Seitenarm der Höhlen rausgekommen. Kurz musste er sich orientieren, um zu schauen, wo sein Pferd stand. Instinktiv wählte er den richtigen Weg und fand sein Pferd schließlich wieder.

Tristan ging zu seinem Pferd, das er unbeschadet vorfand, genauso, wie er es verlassen hatte. Dann kramte er den Mantel aus Wolle aus seinem Beutel und zog ihn über. Es war verdammt kalt geworden. Mit einem beherzten Satz sprang er auf den Rücken seines Pferdes und ritt zufrieden davon, nachdem er das Tier vom Baum befreit hatte. Er hatte wieder einige dieser Ghule in die Hölle geschickt. Und mehr noch, er hatte eine weitere Methode gefunden, wie er die Kristalle richtig nutzen konnte. Diese Feuerkraft schien wahrhaftig unbegrenzt zu sein. Alle Ghule, die er in diesen Minen finden konnte, waren tot, bis auf das Kind. Es war wie vom Erdboden verschluckt. Aber das war vermutlich auch nicht wichtig. Wenn sie zurück zu den Minen kommen würden, um noch weitere Kristalle zu holen, dann würde er sich persönlich um es kümmern.

* * *

Nicht weit vom Reiter entfernt, hinter einem kleinen Felsvorsprung, hockte der kleine Ghul, geschützt vor Wind und Wetter, in der Hocke und knurrte den Ritter wütend an. Er brachte großes Unheil in die Mine, und dafür würde er bezahlen. Es wurde bald dunkel, und die Sonne war vom Himmel bedeckt, so entschloss er sich, dem Ritter zu folgen.

ERHOFFTE RÜCKKEHR

Schwester Helena kniete in der kleinen dunklen Kapelle und sang leise das Ave-Maria. Die beiden kleinen Fenster links und rechts von ihr ließen etwas Licht in den Raum, aber nicht genug, um das kleine Gebäude aus Stein völlig auszuleuchten. Die Kapelle war gerade mal zwanzig Quadratmeter groß und bot so viel Platz, dass sich vielleicht maximal fünf Leute darin bequem aufhalten konnten. Die einzelnen Kerzen, welche vor der Statue der Mutter Gottes aufgestellt waren, erfüllten ihren Geist mit Wärme. Schwester Helena war allein, und sie war so vertieft in ihre Andacht, dass sie nicht bemerkte, wie Bischof Konrad die Türe geöffnet hatte und leise nähergekommen war. Bedächtig schritt er voran und stand schon bald unmittelbar hinter ihr. Er schloss seine Augen und nahm ihren Duft in seiner Nase wahr. Kurz befeuchtete er seine Lippen, ehe er dann argwöhnisch zu ihr hinunterblickte und die junge Nonne von oben bis unten musterte. Geduldig wartete er ab, bis sie mit ihrem Gebet fertig war und hieß ein paar Gedanken in seinem Kopf willkommen, die eines Bischofs eigentlich nicht würdig waren.

Kurz nachdem sie ihren Monolog beendet, aufstand und sich bekreuzigt hatte, begann er zu sprechen und erschreckte die junge Frau damit beinahe zu Tode.

„Sagt mir, Schwester Helena: Eure Gedanken dem Ritter gegenüber. Sind sie rein?" Helena zuckte zusammen, und es wirkte beinahe so, als ob sie sich ertappt fühlte. Ruckartig drehte sie sich um und blickte in das runde Gesicht von Bischof Konrad. Ihre Augen waren immer noch geweitet, und sie schluckte kurz.

Ist meine Herzensangelegenheit so offensichtlich geworden? schoss es ihr durch den Kopf. Sie blickte starr, ohne sich zu bewegen, in die Augen des Gottesmannes. In ihren Gedanken suchte Schwester Helena nach einer guten Antwort.

„Welche Absichten habt Ihr?", fragte er ein weiteres Mal und kam der Nonne näher. Seine Anwesenheit war ihr spürbar unangenehm, und sie richtete sich zügig auf und trat einen Schritt zurück.

„Nein." Die Antwort galt der ersten Frage, die der Bischof ihr gestellt hatte. Sicher, sie hätte jetzt lügen können, um diesem Gespräch aus dem Weg zu gehen. Aber hatte Jesus gelogen? Nein, das tat er nicht, und sie würde, was ihre Herzensgelegenheit anging, auch nicht lügen. Ihr war bewusst, dass sie jetzt in Schwierigkeiten kommen würde, dennoch entschied sie, ihr Herz sprechen zu lassen.

„Wie könnt Ihr es wagen?", fauchte der dicke Mann sie an. Er war wütend. Der Vertreter Gottes hatte diese Antwort zwar geahnt, aber genau das wollte er eigentlich nicht hören. Erzürnt packte er die junge Frau am Arm und zog sie unsanft zu sich. Dabei donnerte Helena mit dem Fuß gegen den Sockel des kleinen Altars. Ihre Ferse schmerzte. Sie wusste im ersten Moment nicht, wie ihr geschah, und stand ängstlich, Angesicht zu Angesicht, direkt vor dem dicken Bischof. Furcht durchzuckte ihren zierlichen Körper. Ohne ein weiteres Wort zu sagen, holte er aus und schlug der Nonne mit seiner flachen Hand mitten in ihr hübsches Gesicht. Ihre Wange fing sofort an zu glühen, und sie schmeckte ein wenig Blut im Mund. Ihr Kopf flog zur Seite, und sie spürte nach dem Schock Wut in sich aufsteigen. Mit der rechten Hand streifte sie sich über ihre Haut. Einmal mehr musste sie feststellen, dass die Wahrheit sehr schmerzhaft war.

„Das ist unrein. Ich dulde so ein Verhalten nicht. Betet fünfzigmal das Vaterunser und bittet den Herrn um Vergebung!“, brüllte er sie an.

Wie ein kleines verängstigtes Mädchen blickte sie nach unten und nickte ihm stillschweigend zu. Sie wusste, dass es unrein war. Aber was sollte sie tun? War es wirklich so, dass die Liebe zu Gott durch die Liebe zu einem Mann beeinträchtigt werden konnte? Das glaubte sie eigentlich nicht. Und sie glaubte auch nicht, dass Jesus ihre Liebe in Zweifel stellte. In ihrem Herzen war Platz für beide, und das wusste eigentlich jeder hier. Nur der Kirche gefiel das ganz und gar nicht. Direkt danach drehte sie sich wieder um, blickte der Mutter Maria in das makellose Gesicht und fühlte sich traurig. Doch die kleine weiße Statue reichte ihr verständnisvoll die Hand, als ob sie sagen wollte: Ich verstehe Euch.

Nachdem sie sich wieder hingekniet hatte, senkte sie den Kopf, faltete die Hände zum Gebet und begann leise in lateinischen Versen zu beten. Während sie betete, bemerkte sie erleichtert, wie Konrad die kleine Kapelle schleichend verließ. Sie hielt kurz inne, und ihr Herz wurde schwer. Helena war hin- und hergerissen zwischen der Liebe zu Gott und der Liebe zu einem Mann. Einer Liebe, die sie völlig überwältigte und die sie so noch nie gefühlt hatte. Es war neu für sie, und trotz aller Schwierigkeiten fühlte es sich einfach richtig an.

Ist es denn wirklich ausgeschlossen, beide zu lieben? fragte sie sich. Ihre Augen füllten sich mit Tränen, sodass sie kaum noch etwas erkennen konnte. Keiner vermochte ihren

Schmerz zu lindern, außer jenem Mann, der ihr Herz erobert hatte. Verzweiflung stieg in ihr auf. Helena unterbrach die Gebete, stand auf, bekreuzigte sich und verließ die Kapelle.

Heulend lief die junge Frau die Gänge des Klosters entlang, um in ihr Quartier zu gelangen. Ihre weiße Nonnentracht wehte durch die schnellen Bewegungen hin und her. Den Blick nach unten auf den Boden gerichtet, damit die anderen Schwestern ihre Tränen nicht sahen. Sie rannte durch die große Empfangshalle in Richtung Flur, wo sich ihr Zimmer befand. Durch die Flüssigkeit in ihren Augen erkannte sie ihn nicht sofort, aber als sie näherkam, sah sie, wer unmittelbar vor ihr stand.

Er war zurück. Sofort wurde die Trauer aus ihrem Herzen verbannt, und eine Woge der Erleichterung überkam sie.

„Mein Herr ...", lächelte sie mit feuchten Augen, „Ihr bringt mein Herz zum Erblühen. Ihr seid zurück!" Langsam kam der Ritter auf sie zu und lächelte sie dabei ebenfalls an. Sein Körper war vom Kampf zerschunden, aber er lebte.

„Ich bin für Euch zurückgekehrt", entgegnete er ihr.

„Ihr beschämt mich, mein Herr." Ihre Wangen leuchteten jetzt ein weiteres Mal. Aber jetzt aus einem ganz anderen Grund. Als Tristan noch ein gutes Stück näherkam, erkannte er ihre fast getrockneten Tränen.

„Was ist geschehen?", fragte er und deutete auf ihre Augen. Helena trocknete ihre Tränen an ihren Ärmeln ab und begann zu lächeln.

„Erst war es die Verzweiflung, die mein Herz mit Trauer erfüllte, aber jetzt ist es die Freude, die mich zu Tränen rührt."

Er blickte sie an und versuchte, die richtigen Worte zu finden.

„Euer Herz mit Freude zu erfüllen, versetzt meines in den selbigen Zustand. Und so sehr ich mir wünsche, in Eurer

Nähe zu sein, ist mir bewusst, dass mir der Weg zu Eurem Herz versperrt ist." Zögerlich nahm er sie bei der Hand. Jetzt nahm sie all ihren Mut zusammen und blickte ihm direkt in die Augen.

„Ich versichere Euch, dass Ihr mit Eurem Schmerz nicht allein seid. Auch ich fühle es in meinem Herzen. Doch was nicht sein darf, darf nicht sein. Mein Herz zerspringt, wenn ich Euch sehe. Ich verzehre mich nach Euch, aber Ihr seid unerreichbar für mich!", erwiderte die Nonne ihm mit liebevollen Worten.

„Dann sind wir tatsächlich verdammt. Verdammt, um allein zu sein mit unserem Schmerz." Ohne dass beide es bemerkten, stand plötzlich Bischof Konrad abermals bei ihnen. Wie lange er schon dort war und das Gespräch belauscht hatte, vermochte Tristan nicht zu sagen. Schnaubend baute er sich vor ihnen auf. Den beiden war die Wut des Bischofs nicht entgangen, da er seinen Zorn kaum verbergen konnte. Als Helena ihn bemerkte, wandte sie sofort den Blick von Tristan ab, bat um Entschuldigung und verließ die Halle stillschweigend.

„Wisst Ihr, was Ihr da anrichtet?", polterte Konrad gleich los. Tristan blieb völlig unbeeindruckt vor ihm stehen.

„Das weiß ich sehr wohl!"

„Ihr könnt jedes Weib in Passavia zu Eurem machen, und Ihr sucht Euch Helena aus? Ich muss Euch nicht sagen, dass dies keine gute Idee ist, oder? Ihr müsst das sofort unterbinden!"

Jetzt schaute der Ritter weg und nickte stumm. Es war eher ein verzweifeltes Nicken. Denn es war nicht das, was er wollte. Er musste dringend eine Lösung finden, die für alle Beteiligten gut und richtig war. Tristan war wütend. Über sich, über den Bischof, über die ganze Situation, die irgendwie viel zu schwierig schien.

„Schwester Helena ist dem Herrn versprochen. Ihr habt kein Recht, Euch dazwischenzudrängen." Tristan ging einen Schritt zurück. Wieder einmal fühlte er die Ungerechtigkeit, die ihn wie ein schlechter Geruch verfolgte und immer wieder umhüllte, ohne dass er von ihm Abstand gewinnen konnte.

„Ich verstehe eure Bedenken", sagte Tristan und ballte dabei die Faust.

„Das hoffe ich sehr für euch. Ich sag es zum letzten Mal: Lasst von ihr ab." Sein Blick war bestechend streng. Tristan presste die Lippen zusammen und nickte dem Bischof erneut stumm zu. Fürs Erste würden sie es dabei belassen. Die Ansage war recht deutlich. Dann lenkte der Gottesmann ganz plötzlich vom Thema ab und sprach weiter.

„Wie ich sehe, seid ihr zurück. Das wiederum freut mich. Habt ihr die Kristalle gefunden?", seine Worte sprachen aus, was sein Gesicht leugnete.

„Ja, das habe ich und sie haben eine größere Macht, als mir bewusst war", entgegnete Tristan ihm kurz und knapp, ohne eine Gefühlsregung. Er fummelte an seinem Gürtel rum und überreichte ihm den Lederbeutel. Der Bischof nahm ihn dankend an und grinste. Dann griff Tristan unter seiner Lederweste und zog das Pergament hervor.

„Und ich fand das hier", meinte er. Er überreichte ihm den Brief. Der Bischof nahm ihn an sich und begann, ihn zu lesen. Besorgt runzelte der Bischof die Stirn.

„Was steht da drin?", fragte Tristan. Der Bischof schaute zu ihm auf.

„Ihr habt ihn nicht gelesen?" Tristan verneinte.

„Nun, Graf Adalars Macht ist größer, als es uns bewusst war. Es geht weit über unsere Landgrenzen hinaus. Und Adalar scheint nicht der einzige Machthaber seiner Art zu sein", sagte er, als er die Zeilen weiter las. Konrad sah besorgt aus. Aber es ist nichts, was ihr nicht schon wisst.

„Was habt ihr dort noch gefunden außer diesem Brief?" Tristan erzählte dem Bischof alles, was er erlebt hatte. Dabei fasste er die wichtigsten Punkte zusammen.

„Das ist wahrlich interessant", betonte Konrad.

„Ja, es verbreitet sich wie eine Krankheit. Es ist größer, als wir bis jetzt gedacht haben. Ob in Heidelberch oder hier in Passavia. Wir müssen vorsichtig sein. Wir werden nochmals in die Steinbrüche gehen und noch mehr Engelssteine holen. Die Kristalle sind sehr wertvoll für uns. Sie werden uns helfen", betonte Tristan.

„Gewiss, das werden wir. Dass ihr die Minen erst einmal gesäubert habt, ist gut für uns. Aber ich denke mal, es wird nicht lange dauern, bis De Kerk Wind von der Sache bekommen. Das die Mine nicht bewacht war, wird ihn vermutlich ärgern. Also seid ab jetzt noch vorsichtiger und dreht euch zweimal um. Prüft, wer hinter euch steht", mahnte er. Konrad hielt den Beutel in seiner rechten Hand und fühlte die Steine. „Wir sollten erst mal warten, was passiert. Es wäre jetzt unklug, übereilt zu handeln", fügte er hinzu. Tristan wunderte sich über diese Aussage. *Warum warten?*

„Ich werde mich an die Reichen der Stadt wenden und mich mit ihnen beraten.", betonte der Bischof. Seine Aussage klang hoffnungsschwanger, zugleich aber auch leicht niedergeschmettert. So, als ob er selbst nicht an den Erfolg glaubte. Wenngleich er das wollte. Tristan erkannte den Ernst der Lage. Und ihm war durchaus bewusst, was es auch von ihm abverlangte. Es standen schwere Zeiten bevor. Ein Krieg gegen die Dunkelheit, und die Vorzeichen für einen Sieg lagen denkbar schlecht.

„Seid gewiss, dass ich mein Leben für Gott geben werde", betonte Tristan. Der Bischof kam ihm ein Stück näher.

„Gut, mein Sohn, ich möchte, dass ihr heute Nacht draußen Wache haltet. Eure Säuberung wird nicht unbeachtet bleiben. Es wird De Kerk auf den Plan rufen. Ich glaube, es ist nicht klug, wenn er euch direkt bei uns findet. Somit bringt ihr uns alle in Gefahr. Er ist so schon hinter euch her und jetzt hat er einen Grund mehr euch zu töten. Ich möchte nicht das durch euch noch mehr unschuldige getötet werden.", betonte er. Tristan nickte ihm stumm zu. Er verstand, was der Bischof damit meinte. Jede Aktion verlangt nach einer Reaktion.

„Geht und erstattet mir morgen früh Bericht, was ihr in der Nacht gesehen habt. Horcht euch um, was in den Straßen gesprochen wird. Ich möchte vorbereitet sein, wenn De Kerk kommt." Dann drehte sich der Gottesmann dankend um und verließ Tristan wieder. Tristan verweilte noch einen Moment. Dachte an den bevorstehenden Krieg, dann an Helena. Es lief aktuell alles andere als positiv. Aber er würde alles geben, um sie zu beschützen. Ohne weiter zu zögern, ging er wieder hinaus und sah, wie die Sonne langsam am Horizont verschwand.

DIE KUNDE VON DEN ENGELSSTEINEN

Die Fackeln an den Wänden warfen unruhige Schatten auf das Mauerwerk. Die Burg oben auf dem Berg, über dem Wald gelegen, war in dieser Stunde schweigsam. Nur das dumpfe Donnern der Hufen und das Knacken des feuchten Holzes auf dem Burghof durchbrachen die Grabesstille.

De Kerk stand in der Vorhalle, vor dem alten Steinbecken, das einst das Blut von den Angreifern Passavias geschluckt hatte. Sein Blick ruhte auf dem dunklen Wasser, unbewegt, als könne er darin die Risse der zukünftigen Welt erkennen. Die Luft schmeckte nach kaltem Rauch. Während er in Gedanken versunken auf die Wasseroberfläche blickte, hörte er Schritte. Sie kamen hastig auf ihn zu und zeugten von einer gewissen Dringlichkeit.

Die Tür wurde aufgestoßen und ein Mann in schwarzer Kleidung trat ein. Das Fell über der Schulter mit Schnee bedeckt und das Gesicht gezeichnet von Schlaflosigkeit. Sein schwarzer Wappenrock war schmutzig.

„Herr De Kerk", keuchte er und verneigte sich knapp. „Es ist geschehen. Einer der ihren ... hat den Pfad gefunden. Leviathans Befürchtung ist wahr geworden und ich vermute, dass dieser Ritter, den wir zu verfolgen versuchten, sein Ziel erreicht hat." De Kerk wandte langsam den Kopf. Kein Zorn in seinem Gesicht, kein Entsetzen, nur ein leises, beinahe neugieriges Heben der Brauen.

„Wie hat er es geschafft?", fragte er.

„Ich weiß es nicht, Herr. Ich weiß nur, dass er die Höhlen durchschritt und vermutlich auch die Steine gefunden hat. Dabei hat er fast alle Ghule getötet. Die Höhlen wurden in Brand gesetzt. Wir wurden von unserem Mittelsmann darüber informiert."

„Warum hat er nicht eingegriffen?

„Das hätte ihn wohl verraten. Ihr wisst das er vorsichtig handeln muss. Er versuchte, uns zu erreichen, in der Hoffnung, wir könnten noch eingreifen. Doch sein Ruf verhallte – vergebens, Herr."

„Wer ist dieser Mann, der die Minen betreten hat?", fragte er.

„Sein Name ist uns nicht bekannt. Noch nicht, aber wir wissen, dass er zu Amars Leuten gehört." Für einen Moment herrschte Schweigen. Als würde selbst die Burg den Atem anhalten. De Kerk trat vom Becken zurück. Sein Mantel aus schwarzer Wolle strich lautlos über den kalten Boden.

„Er hat die Tunnel durchquert, ohne zu sterben?" Seine Stimme war leise, doch von einer gewissen Schärfe. Der Soldat nickte zögernd.

„So ist es, Herr."

De Kerk schloss kurz die Augen. Zupfte sich an seinem schwarzen Bart, den er nur um das Kinn trug.

„Dann hat er mehr gesehen, als er sehen durfte. Ihr hättet ihn im Konvent töten müssen. Euer Versagen, bringt mich in Schwierigkeiten." Ein kalter Windstoß fegte durch den Gang hinter ihnen. Irgendwo im Inneren der Burg krähte ein Rabe. „Das wird dem Meister nicht gefallen. Wisst ihr, wo sich der Ritter jetzt aufhält?"

„In Passavia. Irgendwo in der Stadt, aber wo genau, wissen wir nicht, Herr."

„Ist er mit Konrad in Kontakt?"

„Das war er wohl, aber jetzt nicht mehr. Aber wir denken, dass Konrad weiß, wo er ist."

„Dann fragt ihn und sucht diesen Ritter. Ich will sehen, wer es wagt, in die Höhlen zu gehen. Warum waren die Eingänge nicht bewacht?"

„Das waren sie, allerdings ... allerdings haben sich die Soldaten zu tief in die Minen gewagt, Herr." De Kerk blickte ihn fragend an.

„Sie sind tot, Herr." De Kerk schloss die Augen erneut, ein Schatten aus Zorn und Müdigkeit legte sich über sein Gesicht. Er schüttelte langsam den Kopf. Unglaublich, wie töricht Menschen sein konnten.

Die Sache war von ernster Natur und verlangte nun nach Aufklärung. Er beschloss, sich selbst ihrer anzunehmen. Doch war es weiser, einen Boten zu entsenden, der die Kunde unverzüglich überbringen sollte. Die Mächtigen mussten informiert werden.

„Bereitet zudem einen Rappen vor. Gebt ihm frisches Eisen unter die Hufe. Wählt einen Reiter mit schneller Zunge und treuem Herz." Der Soldat nickte

„Wohin, Herr?" De Kerk sah ihn an. Seine Augen waren grau wie kalte Asche.

„Nach Heidelberch. Berichtet Leviathan und Primus von den Gräueltaten. Ich denke, ihre Anwesenheit wird hier gewünscht."

Der Soldat verneigte sich tief und verschwand so schnell, wie er gekommen war. De Kerk blieb allein zurück. Seine Finger strichen über das kalte Steinbecken, während er nachdachte.

WICHTIGE ENTSCHEIDUNG

Die Nacht war sternenklar, der Mond schien über die ganze Stadt und tauchte sie in ein wunderschönes, friedliches, silbriges Licht. Tristan hatte sich extra den dicken Mantel aus Wolle übergestreift. Das warme Tierfell um seine Schultern führte dazu, dass ihm am Nacken nicht kalt war. Die halbe Nacht lief er durch die schmalen Gassen, um nach dem Rechten zu sehen. Er spähte nach den schwarzen Soldaten, nach allem, was auf De Kerk oder die Somschor hindeutete. Doch nichts regte sich.

Bin ich hier in Sicherheit? Ist Helena sicher vor der Dunkelheit?, fragen die ihn nicht losließen. Es gab keinen verräterischen Laut, kein Schatten. Nur das Gefühl, beobachtet zu werden. Die Tore waren geschlossen und nichts und niemand kam von außen in die Stadt. So war es gewollt. Es schien alles friedlich zu sein, aber davon ließ er sich nicht täuschen. Die Nacht war viel zu dunkel, als dass man sicher sein konnte, dass die lebendigen Schatten nicht vor den Toren Passavias waren. Er dachte über die vielen Bezeichnungen nach, die man ihnen gegeben hatte. Schatten, Vampire oder Kainskinder. Es waren alles verschiedene Bezeichnungen für ein und dasselbe Unheil. Und egal, wie man es nannte, er wollte es lieber heute als morgen von der Welt verbannen.

Mit diesen Gedanken lief er weiter durch die Nacht. Es tat gut, in Bewegung zu bleiben und sich dadurch etwas warm zu halten. Immer wieder kam er an einer kleinen Feuerstelle vorbei und wärmte sich dort kurz auf. Dabei sprach er hin und wieder mit einem der Soldaten, die wie er in der Nacht Wache hielten. Leider sah er nicht jenen, der ihm den Dolch geschenkt hatte. Bei ihm hätte er sich gerne nochmals bedankt. Sein Gesicht spannte sich von der Kälte und die Nase lief ein wenig. Alles war ruhig und friedlich und die Menschen der Stadt schienen diese Sicherheit zu genießen.

Gegen Mitternacht überkam ihn eine leichte Müdigkeit und er suchte sich einen Platz, wo er sich abermals am Feuer etwas ausruhen konnte. In einer kleinen Sackgasse, direkt an der Stadtmauer, die etwas windgeschützt war, hockte er sich unter ein kleines Dach, in eine trockene Ecke. Vor ihm befand sich eine Feuerschale, die noch ausreichend brannte. Zu seiner Verwunderung war außer ihm niemand dort. Er legte seine Fackel angelehnt an die Schale, sodass sie ihm zusätzlich etwas Wärme spendete. Um nicht auf dem kalten Boden sitzen zu müssen, nahm er sich eine Holzkiste, die an der Seite an einer Hauswand aufgestapelt war, und setzte sich darauf. Mit dem Rücken lehnte er sich an die Holzwand des Hauses und verschränkte die Arme.

Seine Gedanken kreisten und sprangen hin und her. Doch am längsten beschäftigte er sich mit einem bestimmten Gedanken – *Helena*. Sein Verstand suchte verzweifelt nach einer Lösung. Nach einer Möglichkeit, wie alle zufrieden und glücklich sein konnten. In diesem Moment stellte er sein persönliches Wohl vor das der Gesellschaft und er fand nichts Falsches daran. Morgen würde er nochmal mit ihr sprechen wollen. An einem Ort, wo Bischof Konrad sie nicht sehen konnte. Tristan schloss für einen Moment die Augen. Irgendwie würde er eine Lösung finden, ja finden müssen.

Für einen kurzen Augenblick musste er eingeschlafen sein. Ein leichtes Knirschen ließ ihn aus dem Schlaf hochschrecken. Die Kälte hatte jetzt voll Besitz von ihm ergriffen und seine Glieder waren völlig steif. Etwas schlaftrunken blickte er in die dunkle Nacht hinein und versuchte, etwas in der Gasse zu erkennen. Hatte er wirklich etwas gehört oder existierte das Geräusch abermals nur in seinem Kopf? Er war sich nicht sicher. Dank des weißen Schnees auf dem Boden konnte er verhältnismäßig gut sehen. Mit etwas Mühe richtete er sich auf und griff nach seiner Fackel. Das Feuer brannte immer noch.

Da war es wieder, dieses Geräusch. Es hörte sich so an, als ob jemand durch die Gassen lief. Er hatte sich also doch nicht getäuscht. Nachdem er aufgestanden war, ging er durch den gefrorenen Schnee auf die Hauptstraße, welche das Kloster mit dem Marktplatz verband. Mit scharfem Blick versuchte er, etwas zu erkennen. Vermutlich war es einer der Soldaten, der hier durch die Nacht streifte. Aber sicher war er da nicht. Langsam ging Tristan die Straße Richtung Süden, unweit des Flusses, entlang. An einer kleinen dunklen Kreuzung blieb er stehen und blickte in alle Himmelsrichtungen. Doch da war nichts. Aus reiner Vorsicht umklammerte er jetzt mit seiner noch freien Hand das Schwert. Die Worte von Bischof Konrad klingelten ihm jetzt in den Ohren. *Nicht, dass ein Soldat von De Kerk oder gar er selbst doch einen Weg hinter die Mauern gefunden* hatte?

„Verdammt", fluchte er leise. Wieder hörte er die Schritte. Das Trippeln kam von verschiedenen Seiten. Er versuchte, die Geräusche zu lokalisieren. Einmal schien es von vorne zu kommen, dann wieder von hinten. Es war wie verhext. Ihm war es sichtlich nicht möglich, die Geräusche zu lokalisieren. Und mittlerweile zweifelte er daran, dass es sich um andere Soldaten der Stadt handelte. Von jetzt auf gleich war Tristan hellwach. Langsam schritt er über die Kreuzung, zurück in die Gasse, aus der er vorhin gekommen war, um ein Nickerchen zu machen. Er ging weiter, bis er schließlich vor der Stadtmauer stehen blieb. Die Wachposten auf der Mauer waren nirgends zu erblicken. *Wo waren sie?* Tristan drehte sich einmal um die eigene Achse. Er war völlig allein.

Plötzlich hörte er das verführerische Lachen einer Frau. Schnell drehte er sich abermals um, doch er sah nichts. Langsam ging er wieder zurück und starrte angestrengt in die Dunkelheit. Da, wieder dieses Lachen. Tristan blickte erneut nach oben, an der Stadtmauer entlang zum Himmel hinauf. Die Sterne funkelten in dieser Nacht noch deutlicher als jemals zuvor. Von dort konnte das Lachen keineswegs kommen. Das war unmöglich. Dann schaute er wieder vor sich. Er war immer noch völlig allein hier.

Plötzlich bekam er einen heftigen Stoß in den Rücken und flog mit voller Wucht auf die Stadtmauer zu. Das Schwert und die Fackel fielen zu Boden und Tristan konnte sich nicht mehr rechtzeitig mit den Händen an dem kalten Stein abstützen. Er prallte gegen die Steinwand und ihm blieb kurz die Luft weg. Dann fiel er zu Boden und blieb auf dem Rücken liegen. Als das Feuer der Fackel in den Schnee fiel, ging es direkt aus und somit wurde es noch dunkler um ihn herum. Der ganze Rücken schmerzte, verursacht durch den Schlag, und es dauerte ein paar Sekunden, bis er wieder Luft in seine Lunge bekam. Langsam tastete er mit den Fingern über den verschneiten Boden und versuchte, nach seinem Schwert zu greifen. Seine Finger waren, trotz gepolsterter Stoffhandschuhe, steif vor Kälte. Nach einer kurzen Weile spürten seine Finger das Metall und er packte zu. Dann richtete er sich wieder auf und stand auf einmal vor einer Gestalt.

„Wer seid Ihr?", fragte er erschrocken. Zwischen zwei Häusern drang das Mondlicht durch und warf einen Strahl in die kleine Gasse. Die Gestalt kam ein paar Schritte auf ihn zu und blieb schließlich bewusst im Mondlicht stehen. Der Ritter war erstaunt. Vor ihm stand eine Frau. Wunderschön mit hellen, leuchtenden gelben Augen. Sie war direkt aus dem Nichts gekommen. So wirkte es jedenfalls. Die Fremde war komplett in Kleider verhüllt und nur ein Teil ihres Gesichtes war frei zu sehen. Ihre Haut, angestrahlt durch den Mond, war sehr hell und blass. Ihre langen schwarzen Haare wehten leicht verführerisch im Wind.

„Wer seid Ihr und was macht Ihr hier?", fragte er sie. Die Frau zögerte einen Moment. Dann lächelte sie.

„Mein Name ist Katharina und ich biete Euch zwei Möglichkeiten an", sprach sie sanft zu ihm. Sie wirkte sehr entschlossen und zielstrebig. So etwas war er von einer Frau nicht gewohnt. Ihre Augen waren dabei klar wie die Sterne am Himmel. Über Nase und Mund trug sie ein dunkles Tuch, sodass er nicht ihr ganzes Gesicht erkennen konnte. Ihr Gewand war aus dunklem Wollstoff und sie wirkte wie eine edle Frau, welche zu dieser späten Stunde nicht hier draußen sein sollte. Sie kam noch ein Stück näher und blickte ihm tief in die Augen.

„Seid Ihr der Ritter, der die Minen gesäubert und die Steine dem Bischof überreicht hat?", Tristan schaute erstaunt.

„Woher wisst Ihr davon?", fragte er. Sie lächelte.

„Ich weiß so einiges. Eure Taten bleiben nicht im Verborgenen. Es gibt verschiedene Gruppierungen, die euer Handeln mit Interesse beobachten."

„Was bedeutet das?"

„Dass ihr heute Nacht eine Entscheidung treffen müsst. Entweder Ihr wählt den Weg des Todes, oder aber Ihr wählt den Weg des ewigen Lebens! Es ist an Euch, zu entscheiden!“, flüsterte sie ihm zu. Tristan blickte in ihre glühenden Augen und war jetzt völlig irritiert.

„Was meint Ihr damit?“, fragte er verwirrt. Sie duftete nach Rosenwasser.

„Lasst mich ein wenig deutlicher werden. Diese Nacht wird eine Entscheidung über Euch gefällt und ich lasse Euch die Wahl, welchen Weg Ihr gehen wollt.“

Tristan schmunzelte ein wenig. Was wollte so eine zarte Person wie sie, die vor ihm stand, ihm so eine Entscheidung aufzwingen. Sie war beinahe ein Kopf kleiner als er.

„Lasst mich in Ruhe, Weib, und geht heim, bevor ich meine Geduld verliere“, brummte Tristan mit ein bisschen mehr Ernst in der Stimme. Die junge Frau lächelte immer noch.

„Ich mag Euch, Ritter, und aus diesem Grund seid Ihr auch noch am Leben. Doch strapaziert meine Geduld nicht zu lange. Ich frage Euch noch einmal: Wollt Ihr leben oder sterben?“ Tristan schüttelte verständnislos den Kopf. Diese Frau war allem Anschein nach krank. Etwas genervt spielte er aber ihr Spiel mit und versuchte, sie somit loszuwerden.

„Wenn Ihr mich so fragt, Weib, dann will ich lieber leben“, antwortete er ihr. Er lächelte ein bisschen gequält. Katharina ging auf ihn zu, dabei hörte er beinahe keine Schritte im Schnee von ihr. Verführerisch ging sie um Tristan herum und streichelte mit ihren eiskalten Fingern die Schulter entlang über das Fell, bis sie schließlich zum Nacken hochglitt. Mit zärtlichen Bewegungen streichelte sie ihn, sodass er eine Gänsehaut über den ganzen Rücken bekam.

„Seid Ihr euch sicher?“, fragte sie noch einmal.

„Ja, das bin ich!", beteuerte er. Tristan war immer noch verwirrt.

„Weise Entscheidung", flüsterte sie ihm verführerisch in sein Ohr. Dann griff sie mit einem Ruck an seinen Nacken. Sie packte ihn und zog ihn zu sich heran. Sie stellte sich genau vor ihm hin und blickte ihm tief in die Augen. Tristan war wie paralysiert. Irgendwas passierte mit ihm und er verstand nicht, was es war. Irgendjemand befahl ihm, stehenzubleiben und sich nicht zu bewegen. Er konnte nicht sagen, wie ihm geschah. Katharina schaute ihm tief in die Augen.

„Ich werde Euch das ewige Leben schenken und Ihr werdet ein treuer Begleiter der Travianer werden", sagte sie ihm, ohne dabei die Lippen zu bewegen.

„Ich gehorche", stammelte er leise, kaum hörbar.

„Ihr werdet loyal sein und der Gilde dienen", sagte sie in seinem Kopf.

„Ich gehorche", wiederholte er.

„Gutes Kind", betonte sie und lächelte Tristan an, der sich immer noch nicht vollständig bewegen konnte. Dann packte sie sanft mit ihrer rechten Hand seinen Kopf und zog ihn nach rechts. Tristan blieb wie versteinert stehen. Die Kraft in seinen Händen verließ ihn. Das Schwert glitt ihm aus seiner Hand, als er den Griff öffnete. Es plumpste in den Schnee, ohne ein Geräusch zu verursachen. Dann kam sie ein Stück näher, neigte ihren Kopf etwas und er spürte bald ihre kalten Lippen auf seiner Haut. Katharina küsste ihn sanft. Gänsehaut machte sich auf seinem Hals breit. Er spürte, wie sich ihre Lippen bewegten. Es war betörend und Tristan schloss die Augen. Dann spürte er ein Stechen im Hals. Zwei Spitzen gruben sich in sein Fleisch und er hörte, wie Katharina zu saugen anfing. Unfähig, sich zu wehren, ließ er den Kuss zu und schloss erneut die Augen. Seine Hände glitten nach oben und er umarmte Katharina.

„So ist es gut. Erwartet den Kuss des ewigen Lebens“, flüsterte sie in sein Ohr. Seine Gedanken rasten. *Rosenwasser. Tod. Ewiges Leben.*

Es dauerte einen Moment, dann ließ sie von ihm ab. Sie gab ihm einen kurzen Schubs und Tristan fiel zu Boden. Mit beiden Händen fing er seinen Körper auf, rollte sich zur Seite und blieb so liegen. Er war wie berauscht. Blut sickerte aus seiner Wunde am Hals. Zart und sanft. Die Frau kam auf ihn zu. Ihr Mund war mit seinem Blut verschmiert. Katharina beugte sich zu ihm hinunter. Von jetzt auf gleich änderte sich sein Zustand. Tristan spürte einen starken Schmerz in der Brust. Er begann, etwas schneller zu atmen. Vor Schmerzen verzog er sein Gesicht.

„Bleibt ruhig und atmet einfach weiter. Wehrt Euch nicht dagegen. Sonst dauert der Schmerz nur länger, vertraut mir“, sagte sie. Dann biss sie sich in ihre Hand, bis sie blutete, hielt sie über seinen Mund und presste Blut heraus. Langsam tropfte der rote Saft in seinen Mund. Er schmeckte es und er nahm es auf. Die Frau lächelte ihn an.

„Der erste Teil ist geschafft. Es dauert nicht mehr lange und ihr werdet ewig leben.“ Seine Sinne verschwammen ein wenig und er fing an zu zittern. Langsam wurde ihm schwarz vor Augen und seine Sinne flossen in ein scheinbares sinnloses Nichts. Die Frau hatte gelogen. Von wegen ewiges Leben.

Fortsetzung folgt ...

DANK

Dieses Buch ist nicht nur aus Worten entstanden, sondern aus Momenten, Zweifeln und Gesprächen.

Ich danke all jenen, die mich in dieser Zeit begleitet haben, denen, die fest an mich geglaubt haben, auch als ich es selbst nicht tat.

Die mir mit Geduld und Worten zur Seite standen. Ohne sie hätte diese Geschichte vielleicht nie den Mut gefunden, die Welt zu betreten.

Euer Vertrauen hat mich weitergebracht, wenn meine eigene Stimme etwas leiser wurde.

Danke an alle, die mir zugehört, Probe gelesen, kritisiert und ermutigt haben. An alle, die mich erinnert haben, warum diese Geschichte erzählt werden musste, weil sie uns verbindet, weil sie Hoffnung schenkt und weil in jeder Dunkelheit ein Funken wartet, der nur darauf hofft, entdeckt zu werden.

Und vielen Dank an dich, der oder die dieses Buch in den Händen hält. Danke, dass du diesen Weg mit mir gegangen bist. Vielleicht hast du hier zwischen den Zeilen etwas gefunden, das dich berührt, gefesselt oder einfach ein kleines Licht in dir entzündet hat. Das allein wäre schon mehr, als ich mir wünschen könnte.

Und Mama, ich weiß, du wärst sehr stolz auf mich.

ÜBER DEN AUTOR

Patrick Sieger verbindet visuelle Kunstfertigkeit mit epischem Storytelling und erschafft damit Fantasy-Welten von seltener Tiefe und visueller Kraft. Als gelernter Grafikdesigner bringt er eine einzigartige Perspektive in die Literatur ein: Seine Geschichten entstehen nicht nur aus Worten, sondern aus einem tiefen Verständnis für visuelle Komposition, Atmosphäre und Details. In seinem Debütroman „Dunkel ist die Nacht" zeigt Patrick, wie moderne Fantasy aussehen kann, wenn kreative Welten mit handwerklicher Präzision verschmelzen. Inspiriert von den großen Meistern Tolkien und Hollerbach entwickelt er jedoch seinen ganz eigenen Stil – dunkel, faszinierend und voller überraschender Wendungen. Was Patrick besonders macht: Er denkt in Bildern. Jede Szene, jeder Charakter wird zunächst visuell konzipiert, bevor sie zu Papier gebracht wird. Diese doppelte kreative Kompetenz ermöglicht es ihm, Leser nicht nur zu unterhalten, sondern sie vollständig in seine Welten eintauchen zu lassen. Seine Mission ist klar: unvergessliche Abenteuer schaffen, die lange nach dem Zuklappen des Buches nachwirken. Patrick Sieger beweist, dass Fantasy mehr sein kann als Eskapismus – sie kann Kunst sein.

Folge mir auf Instagram: @patricksieger.autor

Liebe ist das Licht,

das die Dunkelheit erhellt.